鳶山誌

半透明哀愁的旅鎮

詹明儒

目次

從舊作到新作，一段漫長的苦寫過程

錢鴻鈞

一、《西螺溪協奏曲》的鄉土小說本色

我在二十五年前就知道詹明儒的名字了，因爲《番仔挖的故事》，他獲得了一百萬的獎金。沒想到二〇一七年十月底，牛津獎我當接待，看到一個簽名，原來他就是詹明儒啊。就拜託一起合照，在場的還有與他形影不離的詹師母阿桃。

然後繼續在臉書上取得聯繫。他非常的慷慨、大方。不斷鼓勵我、指導我寫作。還提供我感興趣的有應公等資料，介紹相關對此有研究的朋友給我認識。我們還談血型，談得不亦樂乎。想法不同，詹老師也不會見怪爲忤，還約我到三峽相聚，請我吃飯。

幾年後，沒想到詹老師寄來厚厚一本著作《西螺溪協奏曲》相贈。只是，我翻了前面後面，眾多人物，然後作者就安排主角死了父親。我一下子無法進入情節。一方面地點不熟悉，文字太多形容詞。特別是我所興趣的平埔族的書寫很少，這本似乎不同於《番仔挖的故事》的題材。

此書，我發現文字有一個特色，長句、文藝性重，幾乎每句都會加上成語、形容刻劃。對讀者的耐心，形成很大的的考驗。不過一開始的死亡事件，失蹤事件，把大家聚在一塊；加上人物

眾多之外，內容還包含宗教、政治、地理、族群等等，無愧為一部台灣鄉土長篇小說，也算是能夠吸引讀者的興趣。

同年，飛頁書屋來電，召喚我來跟詹明儒等人對談。於是我開始閱讀《番仔挖的故事》，這本書訂了好久，也恰好收到了。

二、《番仔挖的故事》的大河小說精神

其實從《濁流三部曲》，我就注意到沙山，也就是番仔挖。我會注意詹明儒這本小說，完全是他有寫到平埔族這部份。《濁流三部曲》的《江山萬里》，鍾肇政提到曾在光復後，到沙山教了幾個月書。

原來，《番仔挖的故事》和朱和之的《逐鹿之海》，也是在寫鄭成功時代的故事。不過以趣味性來講，我覺得朱和之安排故事情節，相當的巧妙。但是，讀到詹老師的書到兩百頁的時候，我開始感動了。

特別看到歐西摩跳到井裡，警告番仔挖人的一段話。其中充滿人道關懷、社會批判、台灣意識。這是一般趣味性濃厚的歷史小說，所缺少的。如之前的朱和之就比較注重娛樂性、技巧性；雖然，這也很不錯。

而詹明儒小說的行文裡，有濃厚的文字溫度，濃密的人文感情。並企圖使用魔幻的手法，結合原住民的思考方式，拓展台灣歷史小說的新視野。我想，這是很大膽的嘗試，也是此書的獨特

處。

對番仔挖土地的肥沃讚美的安排，我也感到很興奮，只是對漢文明的枷鎖的批判，表現就不一定很清楚。好像比較偏重政治上，相關於那些古詩書，至少在本書的行文方式，是比較注重堆疊綿密的。

在飛頁書屋對談現場時，我想問詹老師一個問題：「我也很好奇。當初您在創作這種超長篇小說前，相信也接觸過台灣的三部曲傳統作品。多少也會比較、歸類自己的這種長篇歷史小說。我想您對自己的寫作定位，應該是葉石濤在西元二〇〇〇年左右，曾經提到的書寫台灣的時間、空間，必須還要更加廣闊的提示吧？」

這時候，我因爲《番仔挖的故事》剩下兩章還沒看完。看完時，才大吃一驚。其實，結尾就已經預告了，一九九七年之後，作者想要持續書寫的主題、場景。也就是說，上述這兩部小說，不僅在主旨與精神一致；而且，時間、角色，都還有互相聯繫的因果關係。

三、《西螺溪協奏曲》的成長小說定位

看到《西螺溪協奏曲》第七十六頁，主角翻看母親的私人物品這裡，我非常感動。因爲與《番仔挖的故事》的風格不同，有強烈的呈現出現代性的意圖。

我此時往前回顧十一頁的第六行與第五行，印證出這是一本濃厚的，現代人心理蛻變的成長小說。此書以青年人的政治覺醒與社會意識、人生價值的領悟歷程，做爲主題。是標準的成長小

說的寫法，非常精彩。

這裡提到「四季常綠的青山啊，您到底在默默孕化著什麼？粼粼流閃的老河啊，您最後又將兀自流往何方？」作品開頭就明顯的暗示了，主角被孕育、餵養與方向的未來前途，正就是本書所要處理的。

一百四十七頁，這一小節非常精彩的提到兩個好友之間的對話，有關藝術、友誼，以及母親的守寡。最讓我意外的是，還提到小說一開頭的父親的死亡，藉由作品的結構緊密，對重要劇情加以連結。最後來到主題是這條老溪的美麗，也就是台灣大河小說的主題，不斷的歌頌美麗的寶島台灣、台灣我們的安身立命之土。

之後的情節令人期待，當日對談之中，直接表現作者的思想與看法，值得讀者好好品味。

上面提到的母親要改嫁的問題，主角非常猶豫不決。深深的表現了主角的焦躁，讀來非常深刻。相關主題，在其他大河小說沒有出現過。而女性的地位與處境問題，往往暗示了台灣的境況；這是大河小說常有的象徵方式。此外，牽涉到台灣人的認同與命運，男女的交往，則有了深沉隱喻的內涵。

第五章講神父、老兵的哀嘆，第六章黨外人士的助選演講、沈珍珠的迷惑。內容都十分精彩，非常像我這種在那個年代才國小的時候，那種朦朧的、被洗腦的感受。這本書正好給我重溫了一遍，我童年、少年時代的困惑，讓我感到很了不起。如果我也創作類似小說，我希望能連接到我自己眞正的年代；把詹明儒所處理的重點，在不同世代的觀點下，加以傳承下去。

二百七十七頁放鞭炮這一節，選舉、葬禮等等社會文化的重現，描繪重要配角凸面豹的個性，以及台灣人的種種精神面貌，也是風格突顯而鮮明，個個無不令人既感動又溫馨。詹明儒所寫的人物複雜眞實，比起鍾肇政的浪漫理想英雄性格來說，相當不同。

二百八十四頁寫老兵，提及老兵跟台灣人的一些男女糾葛，非常逗趣與深入。這種眞實人物，也不同於李喬那種雖然是平凡人的，一種以黑暗的潛意識心理爲基礎的刻畫方式。二百八十九頁打死母狗這一段，表現粗鄙的狠勁，也不同於李喬。但是又覺得非常生活化，比較接近鍾肇政了。

四、《番仔挖的故事》的族群融合意涵

我發現此書的強項是那些巫術與魔幻的部分。而詳細的現實的地理描述、農業的實際耕作、平埔文化的實際操作，比較少。算是台灣文學大河小說的精神傳承，也就是比較趨向人道思想，台灣族群融合的理想性的想像。

詹明儒說：「巫術、魔幻只是手段，好引來讀者去瞭解我的思想，內化書中的人道精神，關心台灣的族群融合。」

比較上，鍾肇政的文字極爲樸實，敘事極爲現代化。不過，鍾肇政沒有去探索四百年前那麼久遠的時代。而對於原住民爲主題的，跟寫漢人一樣，都著重於反抗性、英雄人物的刻畫。

詹明儒此書，在魔幻與宗教、巫術上，試圖建構一個共通的神明與廟宇來統合大家的信仰。如書中不斷的出現巴布薩長老召開八雉大會，將歐西摩的骨灰撒遍台灣島。象徵著以原住民共通的魔幻巫術，以及一個爲台灣犧牲的大愛，做爲共同的信仰來拯救台灣、救贖台灣。

鍾肇政在兩個三部曲，則相當的隱微。主要在福佬與客家的融合上，如果不去深入、小心探究，就看不出來。李喬相對的就非常刻意，但是仍是成功的。

五、台灣大河小說的未來

對於詹明儒來說，從《番仔挖的故事》的最後一章，就預測他的下一部作品《西螺溪協奏曲》，甚至下下一部作品，也就是目前正在創作的，時空更爲廣闊的小說；諸如民族大熔爐的主題，矮黑人的故事等等。難怪這章的篇名，就叫做「因果」。

而《西螺溪協奏曲》的末章，也是節奏很快的一下子，從美麗島事件進展到九〇年代之後，三名主角成爲社會中堅的階段。作品如同上一部設計了荷蘭人留下的古代寶庫那樣，現在則是神父的日記，裡頭似乎隱藏有什麼法寶與預言，同樣的都是在處理台灣的核心問題，族群的融合與多元性、古往今來的歷史恩怨。

所以詹老師給我回應說：「我現在視野比較寬闊了，正在寫《大島記：渾沌台灣》（暫名），鋪陳的是史前矮黑人及泰雅、賽夏、布農、鄒、排灣、魯凱、卑南、阿美、達悟諸族的互動故事。若能得到肯定且活得久些，便會再寫矮黑人消失後，凱達格蘭、噶瑪蘭、道卡斯、巴布薩等，後續統稱爲平埔族的命運過程。然後，再寫荷蘭人、西班牙人、鄭氏王朝治台的殖民史。」

上述舊作內容與新作構想，都是在建構台灣的未來風貌，也是在延續他一生的創作主旨。這完全符合葉石濤生前最後的重要提示，也就是台灣作家必須具備更加廣闊、深遠的時空眼界，還有五族共和的想法，甚至更包含外配的新住民在內。詹明儒顯然巧合似的加以實踐，進而超越了葉石濤的想像。

六、《鳶山誌：半透明哀愁的旅鎮》的時空哀愁

沒想到五年過去了，《大島記：渾沌台灣》預計在今年底完成。而在這中間，詹老師又寫了四本長篇小說，包括過去有一本沒出版，詹老師應該至少有八本長篇巨河的作品才是。而其中有一本《鳶山誌：半透明哀愁的旅鎮》，說是在寫三峽歷史、朝代、族群題材的「雙連作」之一。到底另一本「雙連作」之二爲何，現在外人還難知其詳。

我則有幸先閱讀這本，我感到詹老師此書眞不是拿來閱讀的，而是用來「供奉」的。我覺得他眞是一個大天才，已經超越鍾肇政、李喬了；出乎之中，又超拔其外了。他的主題思想，繼承大河小說家的台灣反抗精神，又超越了反抗精神；把小民人物的生存意志發揮到極點，把漢人殖民的罪惡加以揭露，而不僅僅是抗日、反國民黨、反專制強權而已。

小說中，他把平埔族、泰雅族的反抗與消逝過程，也都納入。而澄清出一個主題，台灣歷史那麼多事件，何者該記憶，何者該遺忘？他念茲在茲的想要在思想上，超越過去的大河小說家，又似乎不甘浮沈於主流之外，想要在文字與技巧上，超越市場上的名家。而更有堆疊辭句，特意使用長長的段落的對稱筆法，表現獨樹一格的聲韻美感，以顯示出他駕馭文字的，絕不服輸的另類氣魄；也就是說，此書文字不只是有溫度、色彩的，更加是有音樂性的。

只是我初閱此書時，簡直難以下嚥，無法進入狀況，抓不到故事脈絡與主幹，時空跳躍，人物眾多，題材繁複。後來，我以創作者的角度審視，發現這種形式、筆路，簡直就是一種敘事革命，一種文學創新，一種全面與全新的超越。另外，從整體情節來看，我也這才知道，爲何他可以寫這麼長？而綜觀題材的包含，主題的開闊，歷史的禍福，時代的情感，世代的哀愁，其實他都不得不寫這麼長啊。

暫時不說他之前的兩部長篇，加上連載完畢的《六個小孩與地仙》，之後還有一本「雙連作」的長篇還沒發表，而且又有一本台籍國軍的歷史小說。眞的，想到這裡，不禁讓我感到既期待又怕受傷害，我會被這麼沉重的系列小說壓死了。我期待這樣「重量級」的小說家，終將會得到更爲普遍的注目！

補充說明一下，文字之艱澀、堆疊，或者可說是他的創意，他的書寫風格。這在他早期的幾本巨著裡就有跡象了。最重要的是，他想探討的東西，時空的檢視、族群的觀照、人文的省思、人性的沉澱，可能無人能及了，破世界紀錄了。他無畏於李喬，無畏於鍾肇政橫亙於前啊！

我是一開始不習慣這種書寫方式，他的序文就非常非常長，這也是有原因的，有許多書寫理念要向大家解釋，向大家溝通的。只要耐心看過序文，讀者便能輕鬆開啓閱讀之門，就像遊賞三峽老街的仿巴洛克式建築，祖師廟的廟雕藝術那樣，一路遊賞詹明儒的文學工程之美。

而瞭解以上矛盾，走進故事宮廷後，也就能體會我所言的，此書只可供奉崇拜，卻又肯定爲天才之書的本意。

【錢鴻鈞簡介】

- 清華大學物理博士，現為真理大學台灣文學系主任進入第七年。竹塹社平埔族人，父母講海陸腔與四縣腔客家話。
- 著有《錢鴻鈞激情書》、《天堂與地獄：武陵高中成長記》、《追尋少年時：量子求生記》。
- 編有《台灣文學兩鍾書》、《吳濁流致鍾肇政書籍》，與莊紫蓉合編《鍾肇政全集》三十八冊等書。

文字魔術師，飛躍三角湧

江明樹

一部長篇小說，著墨人物繁多，應接不暇，但再次出現而滲透到歷史情境之中，又提供另一線索的鋪陳安排，設計拐點的再奔馳前進。以李梅樹作品爲比，小說家試圖將大畫家的美術元素，幻化在小說深層當底蘊，製造某些高低起伏，催動讀者興味亢奮追逐，有如進入三峽祖師廟，遊賞一幅幅精彩廟雕藝術，品味一個個時空人物。這就是我閱讀詹明儒此書的看法。

清水祖師廟，李梅樹加上諸多藝術巨匠的精心規劃，一座東方石雕藝術殿堂，於是巍巍現世。漢化道教的傳統繪畫技法，受過嚴實西畫訓練的李梅樹，超越此限；人文宗教疊床架屋的信仰氛圍，再建構再打散重塑，創造出迥然不同的人神風貌。當年，李梅樹完成此廟的轟動程度，並不亞於現在北港媽、大甲媽、新港媽的迎神賽會。傳統舞獅舞龍、八家將、七爺八爺、乩童、神轎，還有南部流行到北部的電音三太子，色彩極盡艷麗之能事，是信眾與遊客的拜廟重點。但駕臨三峽則翻轉過來，拜廟敬神之餘，李梅樹的廟雕藝術，竟然成爲最大的瞻仰焦點；其後，再連結「李梅樹紀念館」，出色人物畫，栩栩如生，彷彿走出畫面與欣賞者對話的情境，更是另有一番遊賞情趣。

穿梭三峽及其前身的三角湧、三角躅，詹明儒則既在小說世界，扮演鄉土作家的自己，又扮演原住民遺族、童書插畫家、風箏創作家、地方文史工作者、自然生態觀察者，以及網遊媒體開發者、登山健行會員、動物保護人士、李梅樹及其後代等角色。區區三十萬字，沉重交織出三百年「三峽殖民史」，嚴肅交映成七千年「三角湧族群演進史」；而讓讀者設身處地，深度重走了一趟三峽今昔時空，重溫了一遍泰雅族、平埔族、漢人、日本人，滄桑悲愴的在地歷史情味。

此書之延伸演繹，《三峽鎭志》是作者內化後，引領讀者閱讀的敲門磚。這是作者定居三峽教書，在退休後，長期居住三峽，比故鄉彰化竹塘更久，「日久他鄉變故鄉」的深情書寫；然後，獻身進行田野調查，周旋於此，發心而爲的浩大工程，如今成書，向台灣文學交出厚重作業。

書中，一個章節，一個故事，一個故事，一個亮點。

全書，情節上是歷史事件的推移，技巧上卻總又設計伏筆在後；而讓章節環環相扣，故事曲折勾勒，亮點閃閃交輝。人文上寫的是時代變遷，弱肉強食，強者操控弱者，弱者被命運擺弄；賦義上寫的是不同時代，產生不同英雄好漢，也產生各種攀附權勢者，甚至圖利自己的爪耙仔。上述人物，人性上無可厚非，而在社會形態的變貌裡，史道世途的淘洗下，典型在夙昔，引爲世代典範，前仆後繼，族群共榮；我認爲，這才是作者使盡渾身解數，所要達成的文學立意。

典型在夙昔，回顧從前再創造。陳瑜、李國開、董日旭、林金聲、翁儕寬、蘇力、陳小埤、林成祖等人，天馬行空的想像，排比舊墳新墓、舊願新志的探查，複雜的歷史因果，深沉的世代現象，交錯其中。歷史事件以文字重現，掀開那層神秘面紗，詹明儒的撰寫想像，呈現了全面性，全新性的創作模式。盤點島嶼史道脈絡，漢人情結、日本情結、原住民情結，加上歐美情結，龐大情愫通通交錯在台灣；千絲萬縷，詹明儒以大量時空穿越技巧處理之，這是他的不得不然，應非在炫技。另者，此書旮旯之地的三峽縮影，卻有全島視野的投射；而諸多前賢豎立的在地典範，想必就是他心目中的台灣標竿吧。

延伸《三峽鎮志》，作家據以寫成小說，讓冷硬蒼邈的正史或野聞，轉化為有溫度、有色彩、有血淚的故事。古早，泰雅族、平埔族的青年戀愛故事，簡直就是羅蜜歐與茱麗葉的翻版，卻造成族群猜忌而諒解，再由誤會而流血對抗，精彩程度比之，亦不遑多讓，簡直出神入化。前代，劉、蘇兩姓交惡，彼此仇視詛咒，互不嫁娶；這種狀況，全台多處發生，例如清代「肖蔣破地理」的傳說。不管道聽塗說或虛構改編，只要大家覺得親近好看，引為借鏡，當就有了意義。

此外，南島語族遷徙台灣，不但留下圓山、大坌坑、土地公山、十三行等等，重要遺址，也留下相異於漢人的早期祖靈信仰。後期，才有出現在三峽的漢神，祖師公、媽祖婆、上帝公、尪公、呂洞賓、有應公；而人神之間，當然也在小說中演繹了，三峽長老教會最為接近上帝的使徒典範，馬偕牧師的卓越貢獻。

台灣歷代掌握政權者，從明鄭王朝、清朝轉到日本，再轉到中華民國。中華民國總統，從蔣介石、嚴家淦、蔣經國轉到李登輝，然後轉到陳水扁、馬英九，直到蔡英文的參與大選。

掀開一頁三峽史，可以照見本書囊括歷代統治者，其中都有針砭鋪陳。古代番埔事件（平埔與泰雅）、明朝番漢事件，清朝渡台禁令、埔漢事件，日本隆恩河之役、三角湧之役、能久親王事件、理蕃計劃、六三法、土匪條例等等，作者都藉由虛實角色，加以見證及評比。

虛實角色猶如走馬燈，無論墾殖者或統治者，一路喧嘩對抗。早期，平埔族和泰雅族的對立，以和平共存收場；前代，漳泉鬥、閩客鬥的開墾紛爭，以漳泉鬥「刣人窟」，最爲慘烈。晚清，馬關條約後，初期三峽人掀起抗日風潮，中期平埔族早已被漢人收編爲「三峽人」，一起投入統治者陣營，聯手迫害泰雅族，大豹社社毀人逃，幾乎滅族。後期，日本退出台灣，國府接管並鎭壓台灣人，馴至台灣民主化兩次政黨輪替階段，作者安排櫻井夫婦來三峽訪友，同時憑弔戰亡日軍遺址。從悲慘史道、殘酷政治，回歸民間情義世途，這段漫長過程的時空轉折，有利於三峽方志，甚至台灣人文的探討與深化；並且，有益於幫助三峽人的歷史沉澱，甚至台灣人的價值澄清，非常值得大家對照參考。

由古至今，台灣人一直無法解脫命運的鎖鍊，只能努力走向茫茫的未知。黑暗元素與黑暗美學，台灣困境與絕境。特別是近代史，日本的大東亞共榮圈，國民黨的殺朱拔毛、反共復國，中國的文攻武嚇等等，國人只能陷入眼前藍綠統獨的無奈僵局。此書反抗再反抗，戰鬥再戰鬥，最大用意就是世代相傳，前仆後繼，直到自立自主的達成；統攝今昔朝代癥結，分斷當下統獨問題，一部風格鮮明、「破格」創新的好小說，絕對不寂寞。

如果不是作者在自序中，已說明這是一部實驗作品。筆者會想到的是，馬奎斯《百年的孤寂》，卡爾維諾《如果在冬夜，一個旅人》，米蘭昆德拉《笑忘書》、《玩笑》、《不朽》的名著。

福克納以降，現代小說技巧，隨時插入進出，左右逢源，最能顯現小說內容的時空轉換。一場場畫面閃過，另一幅幅影像又來，彼此交錯糾葛；有時故弄玄虛，虛虛實實，實實虛虛之間，已轉到另一個轉折點，承載起更多情感與遺緒。如陳中州、詹姓作家，如台南許君、雲林台西外婆，如臭老導演、戲劇、電影及小說；如陳種玉、李梅樹，如翁景新、翁國材父子，曲折離奇，精彩萬分。

穿梭朝代，行走山林，考古、歷史、人文、圖騰，處處暗藏玄機。三角湧的故事，經過小說家的生花妙筆，七千年一閃而逝，種種主角、配角、跑龍套者，繞指揉般轉化爲人間舞台的生旦淨末丑。這就是詹明儒筆下的三峽人，也就是詹明儒擴大投射的台灣人。

台灣社會充滿生命力，透過小說，台灣人處在新舊對話中；文字魔術師翻雲覆雨，利用語境翻轉生死，十分魔幻。不得不說，這種筆法，不但是在考驗作者自己的耐心與功力，也在考驗讀者的耐性與閱讀能力。例如，文字巧奪天工，文學語言、社會語言、政治語言，優雅好壞的疊句、台語三字經，傳統詩對比多行羅列，有些以文言文凝鍊呈現，有些則以現代詩加工處理。

此外，幾乎每一章節，都會有「詩」的出現，或是打散傳統詩、現代詩再陶熔爐化，以突顯新意。還有，俗氣到超爆的民粹語言，台語、日語的罵人髒話，奉勸讀者要適應作者，如果繼續深讀下去，即使閱讀節奏緩慢下來，內容蘊藏文字如酒釀，值得慢慢細品；如果語意不明，再讀一次，好酒沉甕底，疊句、倒裝、轉折，明喻、暗喻、矛盾，意象、象徵、誇飾、騷動、比敘，內省、外顯、遠近，抽象、映襯、擬人、擬物等等修辭，有如實驗性的虛實交錯又交融，互相延伸又糾結，剪不斷理還亂。坦白說，此書並不好讀；但靜心讀下去，掌握故事情節，抽絲剝繭，保證精彩感動，有所領悟。

例如，第二章〈鳶山不死鳥〉：

漫漫時空，史道百迴，世途千轉，兩腳不停踩邁。朝代已經倏忽六度變天的鳶山下，三峽先民早有賦義，這就是所謂的「海海人生」。

挺身或側進在「海海人生」，兩腳不停踩邁，日以繼夜，不進則退；三峽先民也早有感慨的定義爲，這就是「奔波」。倘若更又搭配雙手不斷划擺的動作，年復一年、不浮則沉，身心勞忙直如拚鬥搏命，那就是「打拚」。

如此世途，常年奔波，終身打拚。您累了嗎？那麼就請「奉茶」。暫歇一下——

「海海人生」和「奔波」、「打拚」，加在華文中畫龍點睛，極具閱讀魅力；閱讀放慢腳步，好好欣賞文辭之美與意境，這是有所必要的。幾乎每一章節，都有讀之悸顫的生命之歌，十足撼動人心。採用慢速閱讀的要求，此書非第一本，舞鶴的《亂迷》，整本小說，沒有標點符號，有如迷宮探險，自行解讀困難重重；讀者要去配合作者，此書也不例外，但輕鬆許多了。無獨有偶，不爲迎合市場的易讀性，而選擇追求小說的藝術性；活到七十歲了，不能不說詹明儒此舉，確實具有開拓台灣文學新章的實驗精神與勇氣。

本書之前，詹明儒已出版兩部長篇小說。剖析包含本書的三部巨著，剝除語言、文字、技巧、理念、形式的層層包裝，直到剝無可剝、除可除，便可顯現小從個人混血新生命，大至族群融合新族群，正是詹明儒的創作宗旨，亦即詹明儒的文學靈魂。作品會代替作者說話，《番仔挖的故事》、《西螺溪協奏曲》這麼說了，《鳶山誌：半透明哀愁的旅鎮》也這麼說了。

三書都顯現深刻的族群融合象徵，相當具有說服力。而不好讀，藝術性高，是本書超越前兩書的最大特色；讀進去之後，情節峰迴路轉，場景應接不暇，儼如進入李梅樹的清水祖師廟，琳琅滿目，幅幅皆碑，令人激賞。

此書很厚，堂奧很深，但讀者千萬別嚇到。閱讀時，不但可遊賞三峽的亙古天地，瞭解三角湧的來龍去脈；還可讓作者帶領大家，如何練就敏銳的觀察力，宏觀追探大史道的共通點，微觀追查小世途的同異處。三峽是著名觀光勝地，每年遊客高達三百餘萬人次，遊三峽、賞三峽，一書在手，按圖索驥，感性、知性皆得。一兼二顧，何樂不為？

台灣書市很冷，台灣作家寫的多是「老梗」；這是一家長年苦撐的出版社，這是一部破格創新的大作品。台灣人已有足夠智慧，選出破天荒的女總統，台灣人想必也有足夠心願，認養這麼一介破天荒的窮作家吧？要不，他另有幾部精彩的好小說，可就得「束諸高閣」了。

【江明樹簡介】

- 高雄旗山人，定居南化六年。
- 繼葉石濤、鍾鐵民之後，得鳳邑文學貢獻獎。已撰寫作品，一千萬字。
- 著有長篇小說《十八奇女》，長篇傳記《李旺輝傳》，詩集《歪打樂》、《蕉城歲月》、《蕉城滄桑》等十餘冊。

小說三峽事．大談台灣史．演繹神仙情

蔡寬義

欣聞詹明儒老師又有新作出版，可喜可賀。能得一九九七年《文學台灣》主辦的「台灣文學暨百萬元小說獎」得主的他，相邀爲序，自是寬義的榮幸。二〇一四年，寬義在國立清華大學台灣文學研究所執行台灣歷史小說研究計畫的文獻回顧過程中，從陳建忠教授等合著《臺灣小說史論》的「臺灣小說推薦閱讀書目」一九七六至一九九〇年代項下，認識這位著名的小說家。細讀詹老師的多本著作後，並於二〇一七年的眞理大學「第二十一屆台灣文學家牛津獎暨吳晟文學學術研討會」中，以〈曲同調異─吳晟《筆記濁水溪》與詹明儒《西螺溪協奏曲》的比較研究〉爲題發表論文，除析論兩作的文學地景敘事外，並向勤於創作，且以台灣鄉土認同爲書寫意識的吳晟老師與詹明儒老師致敬。前者以散文著稱，後者以小說成名。詹明儒的新作《鳶山誌：半透明哀愁的旅鎭》，以三峽爲文學地景，嘗試新的形式與敘事爲台灣歷史與社會文化，呈現另類視角。

近年來更多的資料出土與解密，再再證實了二次大戰後，台灣的學生在教科書裡讀到的台灣史，經常只是中國歷史教材的附屬品，執政者爲了統御的目的，甚至很多台灣的史實是掩蓋的或被汙名的；透過史學家的不斷發掘，讓人們看到台灣史的眞正面貌。即便如此，多數的官方史料，雖不全然像似古典史籍的皇貴將相史，一般人民的生活記載也付之闕如。紀錄與呈現更多台灣人民生活的經驗，是台灣歷史小說家的天職之一；而作爲台灣文學研究者，發掘並推舉優異的台灣歷史小說作家與作品，鼓勵更多人閱讀，正是研究者給自己的職責。詹明儒老師正是寬義樂於發掘，並推舉的優異的台灣作家。《鳶山誌：半透明哀愁的旅鎮》像是一部台灣歷史小說，它不僅僅是以三峽的人文地景爲書寫基盤，更是以台灣史的，甚至是以台灣文化書寫的小說。透過詹明儒優雅的人文素養，加上他勤於廣泛閱讀、忠於史料考據的習性，所完成的這部知識量豐富的《鳶山誌：半透明哀愁的旅鎮》，因著勇於嘗試創新的寫作形式，而很難以魔幻寫實文學或台灣歷史小說來框限它。權宜之計，或許可以用「台灣魔幻歷史小說」暫稱之。

當人們談及三峽，首先浮上腦海的會是什麼？金牛角麵包、三峽祖師廟、畫家李梅樹，或者恩主公醫院與台北大學？沒錯，這些人物與地景都是我們對三峽的印象。但讀了這本小說後，至少還會多認識一名三峽作家。這位作家不只是小說的書寫者，也是小說人物裡的「他」；雖然小說中沒有「他」的名字，可他既是這部小說的靈魂人物，也是三峽故事的主要講述者。讀者將在每個小說場景中，看到他的身影。原來他就是小說中的「在地文史踏查者」、「鄉土作家」、「藝創工作者」、「風箏製作者」、「生態觀察者」、「人道守護者」、「寺廟管理者」等等的化身，甚至在小說的第一章，第一位出場的「三峽某瘋子」也是「他」。

三峽的故事還眞的要這麼多分身，從不同的角度來說給讀者聽才行呀！「在地文史踏查者」會適時告訴閱聽者，「三峽」這個小鎮名稱，還是三峽人取名，日本天皇欽定的喔！「三峽」之前叫「三角湧」，轄區有個叫「隆恩埔」的地方，就是現在台北大學三峽校區的前身。「隆恩埔」也是後來的大「三峽」的一部分，可知今天的三峽邊界是隨著歷史時光長成的，「隆恩埔」顧名思義就是「感謝『主上隆恩』，所賞賜的一塊墾佃荒埔；所感謝的『主上』，指的就是當時遠在北京城內，只須那麼揮筆頒下一道紙面聖旨，便可大慷平埔族雷朗人之慨，足足讓漢人墾首，坐收一百五十年『隆恩租』的清朝乾隆皇帝」。

法國人類學家Francoise Zonabend（1935-）在其《The Enduring Memory: Time and History in French Village》（持久性記憶：一個法國村落的時間與歷史）裡，就法國村落Minot的歷史建構研究，發現了三種歷史：第一種是「由歷史學家記載屬於國家的大歷史」；第二種是「地方史或社區史，主要是依靠循環而重複的社區時間，藉由村落內的集體活動（例如，全村性的相互交換、晚間的聚集、葬禮儀式）等實踐過程做爲記憶體制，透過所謂持久性記憶〔enduring memory〕建構與再現的歷史」；第三種是「家庭史或個人史，是個個不同的家庭時間或生活與生命的時間，以個人生命週期的關鍵時刻所構成……。」顯然這本小說就如上述法國學者的發現一般，作者是要以「地方史或社區史」爲框架，以三峽人歷來的集體活動如祖師廟的祭典、三峽藍染百年風華的開創歷史，或者三峽原住民與晚到的漢族人等的爭鬥與融合過程，鋪陳這個小鎮千百年豐富的歷史。在作者的巧筆下，不同角色的小說人物時而循循有序出場，時而爭先恐後地搶鏡頭，但最終都能在相互折衝下定居在這個小鎮上，共筆三峽的歷史與文化，包括二〇〇三年在新北市三峽區安溪國小退休的詹老師，「他」自己。

大談台灣史是這部小說的特色之一。除了三峽的「地方史或社區史」就像四百年來台灣史的縮影外，小說提及四百年前，一批明末清初的東渡漢族遺民，爲了躲避異族迫害，也爲了找尋安身立命的海外夢土，或是爲了伺機等待「反清復明」的機會而來到台灣。「這批嶄新面目的漢族遺民，人文盤根錯節，觀念蒂固根深，性情念舊排外，性格深沉隱忍。他們身穿漢服、口吐漢語，頭頂台灣天空、手捧唐山神祇，腳踩台灣土地、心懷唐山情愁，至死遙奉敗退台南『承天府』的鄭國姓爲正主」。可惜鄭氏王朝在清朝康熙二十二年（一六八三年），宣告瓦解，台灣正式劃進清朝版圖，嗣後不僅開始陸續移入了大量人口，甚至將原住民擠入山區。漢人築起「土牛溝」，阻絕原住民的出草反撲；除了漢人整肅境內異己的械鬥外，更結合清朝官方勢力，蠶食了平埔族的土地資源。「歷經三百年的處心積慮，三百年的篳路藍縷，終於拓墾成一片充滿中國閩南風味的『唐山化』社會，複製出一處遂其所願的『閩南式』家園」。

一八九五年滿清割讓台灣、澎湖給日本的歷史，包括台灣民主國如星光閃爍般的成立與幻滅的史實均未疏漏。作家甚至塑造了日軍近衛師團步兵第三聯隊，第六中隊特務曹長「櫻井茂夫」的後代，以觀光客的身分穿梭於小說情節中的地景，引領讀者有如身歷其境般地，回到台灣歷史中乙未戰爭的現場。作家藉著日治台灣五十年的歷史書寫，試圖提醒讀者深思的是「關於歷史，關於殖民者與被殖民者、統治者與被統治者，關於一切可遺忘與不可遺忘的人間世事」，那些地景、地物，才是「唯一不被抹滅的共同印記」。

二戰結束日本投降後的台灣歷史，小說也反思著「關於蔣介石的退領台灣，根據國府說法，是依據二戰盟軍領袖共同發表的『開羅宣言』與『波茨坦宣言』。然而，歷經一甲子沉澱後，這種說法已被部分國內史學家，廓清爲並非『正確答案』」；甚至關於「台灣主權未定論，或說是『台灣主權歸於台灣人所有』的說法……併同當代『二二八事件』、『白色恐怖』新悲」，以及台灣人原罪論」。

顧名思義，這本《鳶山誌：半透明哀愁的旅鎮》，看似只寫鳶山下的三峽小鎮的故事，其實不然。作家在小說中，精彩而另類的台灣史論，也是非常值得關心台灣史的讀者們，加以細讀與探索的。

台灣的宗教信仰是自由的、多樣的，尤其是神明更具多樣性。詹明儒老師在這本小說中，談到的神明至少有濟公活佛、媽祖婆、祖師公、上帝公、三太保、六人公等；甚至，因爲三峽有一間台灣基督長老教會三峽教會，小說連基督教的上帝與耶穌也沒給漏寫。台灣很多人從小跟著父母或親長到廟裡拜拜，或舉香隨拜，但對那些神壇上的神明卻未必了解。讀了這本小說後，應可更加認識小說提及的神明的來龍去脈，或神威與事蹟。這些神明不只活在詹明儒老師的筆下，更活在三峽人的信仰生活裡，也活出了三峽的歷史與文化。就三峽人而言，小說中的這些神明大都是外來的，但「六人公」明顯是三峽土生土長的；土生土長的神明，則也是台灣多數人，比較不認識的。

「六人公」是「忠義」的代表，也是義士的化身。「據他當年所見，乙未變天，三角湧大焚街時，身爲橫溪義民營官的林成祖，率眾與日軍戰於橫溪右岸，慘烈敗北；入山躲至歲暮再度潛返橫溪，年初密謀襲擊佔領坪林庄的日軍，事經當地漢奸密報，不幸遭圍受執，當場怒罵日軍侵門踏户後，旋與另外五名義士，一起被殺。」林成祖與其他五位死於日軍刀下的義士，因而被後人供奉在六人公祠內。三峽的「六人公祠」正如台灣各地的「有應公廟」，供奉著無名屍骨，也安頓了鄉民的變天心靈。小說中的「六人公」，只知其中一位是林成祖，其他五位義士的名字，卻不爲人知。讀了詹明儒老師這部大作後，讀者們必然長知識地，知道了三峽的「六人公」的義行。

而被台灣人認爲是海神的媽祖婆，在鳶山下的三峽山城小鎮，也被尊爲重要的保佑神明。小說中的媽祖婆，幾乎是三峽人生活需求或生命解脫，隨時掛在嘴邊祈禱的神。就算今天到那條古典高雅、整齊乾淨，兼融西洋「巴洛克式」建築的，本土文化底蘊的百年大街的觀光客，也會適時地進入興隆宮媽祖廟一拜。此外，祖師廟供奉的清水祖師公是一尊佛爺，法號「麻章上人」，正襟端坐於神龕上；上人的法相莊嚴，一頂佛冠、一把禪杖，一襲僧衣、一雙芒履。而祖師廟的道教外徵，佛家的前身內涵；小說家認爲這是台灣天道恢宏，萬法歸宗，神佛合一的必然與偶然，也是三峽人多歧史道，患難世途的當然與應然。小說中，祖師廟不只是三峽人的「門口埕」，廟口文化豐富，更是乙未年三角湧之役前後，台灣人、日本人的人性對映舞台，場場好戲正等著讀者來觀賞。

看完這本共計二十五章的長篇小說，讀者不難發現小說情節不但有歷史小說的韻味，還添加了不少文學地景的書寫、自然生態保護的呼籲，以及神話、傳說故事的新詮釋。根據自己的喜好元素或關注的議題，讀者甚至可以跳讀不同的章節，擷取知識性的資料、發現神奇傳說的新解，或只當個台下看熱鬧的觀眾，觀賞眾多的小說人物的情節演義，達到閱讀小說的第一個娛樂效果。更細心的讀者們，在細讀每一章後，也會發覺作家的企圖很明顯；那就是他有心跳脫，過往書寫的形式與類型的框架，走出一條屬於自己的文學創作路徑。

詹明儒老師出生於彰化，說因緣際會也好，或北漂來到新北三峽也罷，經過多年的在地文史踏查與探究，早就以「三峽人」自居。他在自序中，不但向讀者告白了這本小說書寫的心路歷程，也預告了這本小說並不是他的最後一本。書寫台灣已經是他的志業，閱讀本書之餘，也請讀者們共同期待他的新作，能夠不日問世。當然，作者的書寫意識，顯然不只是要娛樂讀者或餵養資訊，而是要對台灣的所有住民，提出嚴肅的訴求——那就是請一起認同，台灣這塊各族先民為我們墾殖、打拚之地。

【蔡寬義簡介】

- 一九四七年出生於嘉義縣六腳鄉古林村。國立東石高中畢業，在空軍儀隊服完三年義務役後，從事進出口貿易三十八年，美國寶石學院（G.I.A.）合格鑽石鑑定師，獲得教育部閩南語能力檢定考試高級證照、成功大學台語能力檢定考試高級證照。
- 二〇一〇年（六十三歲）參加大學入學指定考試，錄取於私立真理大學台灣文學系，輔修英美語文學系，畢業後考上國立清華大學台灣文學研究所碩士班，取得碩士學位後，再考上國立清華大學台灣文學研究所博士班。目前是博士候選人，博士研究計畫為台灣歷史小說研究。

自序：小說的變體與連作

時空恆在。歷史卻是對立而斷裂的，只好以書寫進行焊接
世代綿延。記憶卻是分立而凌亂的，只好以小說進行梳理

一、這部小說的情節概意

這是一部連我自己，都會書寫到長出翅膀，兀自天馬行空的另類作品。

一名三峽作家，因爲長期從事文史踏查、生態觀察等工作，無形中罹患了多重身分、多層衝突的身分錯亂症，時常遭受價值觀分裂之苦。

某日，他逃出恩主公醫院精神科問診室，茫茫自我尋找解脫之道，半途巧遇了一組，在地歷史連續劇的拍製團隊。於是，不覺跳進他們的劇本裡，儼然成爲一系列參與者與見證者；再次重現了一次，台北盆地天災人禍的滄海桑田，重演了一回，北台灣原住民、唐山漢人、日本人、中國人，族群交逼的矛盾角色。

戲內，劇終人散，拍製團隊在商言商，隱入幕後，核算利益盈虧；戲外，演員們洗清鉛華，恢復原相，以便觀眾們選擇自己的生命對應，尋找自己的世途扮演。天際，神鬼們卻高坐雲端，

盤點史道因果，構思下一齣人間劇本。

鳶山下，另一場現代社會連續劇，則仍自如荼如火的同台上演。

這名三峽作家，試圖跳出沉重的歷史老劇本，進行自救計畫。一路同時，先後經由六人公祠、宰樞廟、祖師廟、媽祖廟，基督教堂、噶陀寺、仙公廟的神鬼洗禮；最後，這才隨著土地公、土地婆，走入鳶山後花園的「流螢小徑」、「桐花步道」，總算從一世四蛻變的火金姑、一年一燦綻的山桐花身上，學到了所謂「沉澱」、「澄清」與「輕盈」的自救之道。

二、這部小說的書寫緣起

高山起伏到一個程度，世人便會橫看成嶺，側看成峰。

長河蜿蜒到一個程度，地勢便會左迤右邐，助闖出口。

小說書寫到一個程度，作者便會很想跳脫舊有模式，另尋創作途徑，另求創作意趣。我也不能例外，尤其面對前輩如山，後輩如林的台灣文壇；某種另起爐灶，獨樹一格的衝動或想法，便會油然而生。

回顧自己的寫作生涯，我在一九八四年以前住過彰化、雲林、屏東，也短暫住過台東，曾經運用當時還是十分有限的手邊資料，藉由以地寫人、以情述事的方式，完成了一些相關作品。其後，長期羈旅新北市（台北縣）以來，蒙受台灣政治逐漸開放、資訊快速發達之賜，各種歷史禁忌可說已經完全解除，各種寫作資料更可說已經唾手可得。

落腳三峽初期，我首先流連於老街的思古幽情，驚艷於清水祖師廟的莊嚴典麗。中期，在一群文史同好的介紹下，逐漸瞭解原來諸多古蹟，都是各有精彩故事的；於是起心動念，開始蒐集資料，浸染情緒，發誓非寫下這些故事不可。

二〇〇三年八月，我從國小教職退休，面對一堆龐雜資料與一團蕪雜情緒，著手進行最後的整理與統合。此時，我碰到了一個不是難題的難題，那就是以文學形式與文學內涵而言，我到底應該把這些故事，寫成新詩、散文、小說或報導文學？把這些情緒，體現爲類似仿歐洲「巴洛克式」樣貌的老街，還是中國傳統「道教廟宇」格制的祖師廟呢？

說這不是個難題的原因是，其實身爲一名書寫者，但憑先天創作直覺與後天文學素養，大可放手下筆便是，何必多所猶豫？

說這是個難題的原因有二。之一是，一系列的三峽文史，實在非常沉重，新詩、散文、小說，一定難以承載；三部曲的長篇小說，或可支應，但篇幅浩繁耗時、情節矛盾悲心，我沒被篇幅困住餘生，也會被情節衝撞到靈肉俱裂，變成一介三峽瘋子。之二是，就算我願意以長篇小說作繭自縛，同時暫且拋開急起直追的如林後輩，但仰觀銅牆鐵壁的如山前輩當前，區區禿筆早已無法超越，我又如何才能在台灣文學史中，鑽爬出一條自己的可行之路呢？除非，連同台灣先民開島伊始的洪荒之力，也一起借來用上吧？

於是，棋走險招。我又蒐集了更多相關資料，總算擬訂好寫作計畫。

但是，正當急著開筆鋪陳時，我又碰上兩個難題了；那就是電腦當機，頭腦也當機了。前者比較容易解決，懂得電腦的朋友告訴我，你這台386的電腦過於老舊，運行不了新版的作業系統，換上一台486的，便可正常操作；另外，為了防備電腦病毒入侵，必須分割成系統、邏輯、延伸的三個磁區，免得到時波及珍貴檔案。後者，看過我舊作的文友告訴我，你這顆CD版的頭腦太過陳腐了，難怪開啓不了DVD版的新眼界，呈現不了多媒體式的新視野；另外，為了防範心神錯亂，途徑紛歧，必須存置為「共同資料」、「打算書寫」、「正在書寫」的三個檔案，免得如走迷宮，牽扯不清。

面對新買的電腦，我沉思良久，總算想出後者的解決之道，那就是向電腦學習，自我升級這顆過時的陳腐人腦。此外，為了預防在諸多磁區與檔案的穿梭之間，造成顧此失彼的現象，我另外向電腦模仿了一套類似CPU「三核心」的運筆概念，期使自我提升為「三向量」、「三思維」的多重人事價值觀。

又，為了善用難得借來的先民洪荒之力，我將整部草案切割為「大島記：渾沌台灣」、「鳶山誌：半透明哀愁的旅鎮」、「鳶山誌：藍色三角湧」，分別存入延伸磁區；前者存為「打算書寫」的卷宗，後二者存為「正在書寫」的檔案。初切前者時，我內心一陣難過，再切後二者時，我更是一陣軀體兩分之痛。

因為，他們三者本該是同聲共氣的。尤其後二者，更本該是同身共命的。

初切前者的原因是，前述我的不想作繭自縛；再切後二者的原因是，我果然被情節衝撞到靈肉俱裂，幾乎變成三峽瘋子了。出乎意料之外的是，雖然前者尚未寫成，所以不知形貌如何；已經收刀拆線的後二者，竟是內外都被切割得「天衣無縫」，肉身脫胎換骨，靈魂煥然一新，宛然就是一對活生生的變體姊妹。

當然，既是來自同一座鳶山，她們在眉目上是有某些神似，在意旨上是有某些雷同的。如此兩部作品，大家或許會說，這是長篇小說常有的「二部曲」；作者倒是汗顏，而自認爲這是長篇小說「雙連作」的新實驗，比較來得妥當。

美術有「雙連作」的對映美感，小說應該也有「雙連作」的相映意趣吧？

同一座鳶山，經由不同角度，輻射出不同的向量能力；同一群子民，透過不同手法，型塑成不同的時空價值。這就是我進行這項「雙連作」實驗的動機，至於值不值得或成不成功呢？這已經不在我的評估範圍，身爲創作者從起意到完稿，可提出分享的是，我已經充分經歷過創作的「沉重」與「輕盈」了。

因爲都涉及人間兒女與世代傳承，當寫下《鳶山誌：半透明哀愁的旅鎮》最後一首佛偈時，我眞想偕同書中諸多摯情兒女，齊奔鳶山頂，如下暢飲千杯酒：

一佛一燈一舍利，一天一地一代人
一僧一唄一滅度，一草一花一次春
怒放吧，紫牽牛——
怒放吧，紅地荳——
怒放吧，白百合——
怒放吧，金忍冬——
善哉，阿彌陀佛——

也因爲都關及人間禍福與生命信仰，當寫下《鳶山誌：藍色三角湧》最後一個句點時，我眞想請出書中諸多情義先民，一起跪向雲端，如下大哭三句話：

哀哀鳶山子民，衰衰三峽先靈——

不此人神同燼，何來浴火重生——

不此浴火重生，何有百年典範——

三、這部小說的創作構想

初切待寫的計畫草樣，我將整座台灣，畫歸給《大島記：渾沌台灣》使用。將六萬至七千年前的整片時空，分配給包括雞距人、黑矮人、九族開台先祖在內的，台灣史前人居息；據以留下台東「長濱文化人」、苗栗「網形文化人」、台南「左鎮文化人」、屏東「鵝鑾鼻文化人」，以及新北「大坌坑文化人」等遺址。

其後，另將七千至四千年前的新北「大坌坑文化人」遺址，分配給陸續上岸的台北「圓山文化人」、「芝山岩文化人」等先民居住。從而混雜並分衍出，台灣北部分立面貌的「山地文化人」與「平埔文化人」之前身。

再切完成的兩部小說，時間上已來到三百年前至今，人事上已進入中國兩度殖民台灣，日本一度統治台灣的近代階段。我在《鳶山誌：藍色三角湧》裡，演繹了中國第一次殖民時期，三峽地區「平埔文化人」的平埔族裔，被「唐山文化人」的漢族收編後，聯手入侵「山地文化人」，一起擠壓泰雅族的競合現象。

馬關條約（一八九五）後，台灣改朝換代，清朝退出台灣。日本統治初期，懷抱濃厚唐山意識的漢族，抵抗最激烈，死傷也最慘重；平埔族裔受到池魚之殃，自是可以想像，而看似與事無關的泰雅族，其實也沒有幸災樂禍的餘地。以三峽而言，日本覬覦山林資源，既已平定平地反抗活動，於是開始徵組漢族、平埔族裔的隘勇與墾民，入山掠奪泰雅族的樟腦及土地；泰雅族家破社毀，只好躲進更偏遠的桃園山區，尋求最後生機。

日本統治中期，抗日義士戰死的戰死，逃亡的逃亡，歸順的歸順；三峽人逐漸被收編完成，消極者忍辱偷生，積極者當上街庄頭人，努力收拾善後。這個階段至日本統治後期，對岸中國先是陷入對內革命，後是對日抗戰的泥淖中；台灣社會相對穩定，三峽子弟對於日本，則已經產生國屬感。不意，日、中戰爭捲入世界二戰，日本敗於同盟國退出台灣；日本退出台灣，卻引來了自己另再陷入內戰，最後被共產黨逐出中國的國民黨，一路逃過台灣海峽，順勢接管了台灣。

自此，台灣進入中國第二次殖民初期，重新面臨再度變天的血腥亂局，重新面對認同新朝的矛盾撕扯。三峽人基於先前抗日諸役的慘痛教訓，並未實際參與這個階段，「二二八事件」的抗暴行動，及其嗣後的「白色恐怖」迫害；但退而求其次，在一九九五年二二八受難者家屬獲得國家道歉次年，當眾拆毀罪魁禍首的蔣介石「銅像」，率先打破「國在政在」的朝代鐵則，大膽創下「政在碑亡」的歷史首例。

其中情節，依史寫人、依人寫事，依事述情、依情演義，脈絡清楚，恩怨分明，並不難寫。倒是書寫時，手如懸鉛，筆如執錐，心如扎刺，只能以「沉重」與「悲痛」自況。

這種歷史性質的「沉重」與「悲痛」，我會另在該書序文中吐露，在此略過。

四、兩部連作的異同旨趣

本書《鳶山誌：半透明哀愁的旅鎮》，接續了《大島記：渾沌台灣》之後的七千年，共擁了《鳶山誌：藍色三角湧》的相同空間與部分人事。這就是我爲什麼自稱，後二者是一對「變體姊妹」，或兩部「雙連作」的原因。

所不同的是，我在創作策略上，將前述歷史性質的「沉重」與「悲痛」，代替以文學性質的「沉澱」、「澄清」與「輕盈」；在書寫手法上，將前者按部就班的「寫實主義」，改爲靈活穿梭的「魔幻寫實主義」；在語文運用上，將前者的漢文交插日語，改爲華文混合台語。而在文氣起承與情節轉合上，則將前者「史河式」的一盪到底，改爲「網海式」的多重串湊；這種運筆方式，有如現代人的遊逛網頁，正好也就是我上述所謂「棋走險招」，自期另闢蹊徑的創作實驗。

小說裡，我以在地文史踏察者、鄉土寫作者、藝創工作者、風箏製作者，生態觀察者、人道守護者、寺廟管理者等複合身分，懷抱著多重價值認知與多層生命矛盾的「某瘋子」開場。這瘋子是因爲生命塞滿歷史生態上的多重矛盾，受到天理良心上的多層價值認知所干擾，於是走進醫院向精神科醫師尋求療癒之道；但醫學療效有限，只好一邊透過文學途徑與宗教管道，自我進行沉澱與澄清。

文學沉澱的途徑，則是透過各種史道角色扮演，以鳶山爲戲碼、以三峽爲舞台，重新走過七千年來的世途之路，一層層卸除臉上粉墨，還原爲一條條純粹內在生命的的蛻化過程；過程中，他現身扮演且見證了自己，同時也扮演且見證了別人。宗教的澄清管道，則藉由各種寺廟家祠或清聖勝地，以鳶山爲號召、以安息爲主旨，祈祝魂兮歸來，一重重卸除生前功過，安頓爲一縷縷純粹時空魂魄的昇華結局；結局裡，他顯相看清自己且護佑了後人，同時也讓後人引爲借鏡照見了自己，願意世世代代爲子孫而衝撞，爲生存而奔忙。

基於這樣的創作思維，我在這部「雙連作」小說內，於是比前書向前延伸了六千餘年，也向後延伸了三、四個世代。人事上，爲了延續歷史情愫，我在保留前書某些主要人物之外，也新增了諸多新世代的生、旦、淨、末、丑，以及相應而生的神仙、老虎、狗。

對照二書，保留的主要人物，屬於前書一線主角者，平埔族有文仔嗹、伊娜兄妹，王阿藷、王阿原一家人，阿宏、阿志兄弟；泰雅族有卡朗・達奧、艾瑪（烏面青姑）兄妹，瓦旦・燮促、樂信・瓦旦父子。漢人有白臉青姑、李三朋、陳種王、蘇力、陳小埤、翁景新，與翁國材父子、林成祖（六人公）、大郎先仔、豆花勇仔、李梅樹等人；日本人有日本工兵、樺山資紀、達脇良太郎，加拿大人有馬偕牧師。保留的主要神明，漢神有濟公、媽祖婆、祖師公、上帝公、三太保，洋神有上帝、耶穌基督。其相關章節，我則盡量使用不同筆法，加以穿插分述或刪增裁剪，以免被取笑是「作者偷懶」或「自我抄襲」。

綜觀本書規模，我已跳脫歷史小說框架，加入神話、傳說、地誌、自然生態的元素。而以史前台灣北部的風物想像、台北盆地的族群勾勒，古今天災人禍的肆虐現象、在地新舊住民的互動變革、歷代三峽人的共同願景爲主題；總計五個面向、二十五個章節、三十萬字，期使能附帶投射出整體台灣人的命運倒影。

盤點書中角色，我新增了漢神呂洞賓、土地公夫婦，日本天照大神；平埔族的清朝文仔鵲，泰雅族的現代嬤孫，明清兩朝的鄭成功、施琅；中國撤退來台第二代的宋楚瑜、馬英九，台灣土生土長的廖富本、蘇大興、李登輝、陳中州（日本劍道九段大師）夫婦、駱先春（三峽長老教會牧師）、施明德、陳水扁，蔡英文。以及，日本旅客的櫻井夫婦，父籍加拿大的偕叡廉牧師（馬偕之子）。

此外，必須一提的是台灣留鳥、候鳥、迷鳥的千禽當中，我特別以鳥喻人，在此書標榜了有「國鳥」之稱的留鳥「藍鵲」，特寫了已有部分歸化爲留鳥的候鳥「家燕」；以及被放生，卻已完全融入在地生態的東南亞「家八哥」、「泰國八哥」。情節所喻，究竟代表何意，相信大家閱讀後，應可自行心領神會吧？

話說回來，倥偬七千年以降，有人入境台灣已經繁衍或輪迴幾多世代，仍然抵死自認爲是一隻兩岸「迷鳥」或異國「漂鳥」，不願認同這塊寄命埋骨之地。這種心態，就不是區區書寫者的我，能夠給予理解及詮釋了！

五、這部小說的創作檢視

動用台灣洪荒之力，使出渾身解數寫完這部作品，我走起路來不禁有一種穿越幾重史域，洗淨幾層世塵的虛浮感。而長眺遠景，眼前卻隨即轉爲一片清明，腳下也隨即轉爲一片輕盈。

付梓成書前，三度開檔修潤時，我第一次以作者身分檢視之，發覺這是一部「歷史小說」沒錯；第二次以讀者立場檢視之，發覺書中主角並不明顯，或主角們都被「時空化」，行誼都被

「詩韻化」，似乎很像一首「世代史詩」。第三次再以作者及讀者的雙重角度檢視之，發現竟然可以分章閱讀，不同的主角及主題則各章都有，而且筆調「行旅化」、筆觸「方史化」，倒是更像二十五篇串連一體，諸多主角及主題貫通一氣的「方史遊記」；加上敘述「散文化」，內容「報導化」，說這是一本「超級散文」或「另類報導文學」，應該也行。

無論如何，姑且不說，歷史小說、世代史詩的「舉重若輕」，方史遊記、超級散文或另類報導文學的「舉輕若重」；一旦辛苦成書，總算是熬過台灣哀怨書寫的「出疹」過程，身心已經擁有悲苦命運的「免疫力」。往後，相關的創作之路，諒必腳下可以更自在，筆下可以更自如，內心可以更自信吧？

總言之，不管寫得成功與否，但願這項實驗能夠拋磚引玉，引出台灣文學更自在、更自如，台灣世代更自信的各類作品了。

第一章
三峽某瘋子

搭乘縱貫線火車北上，駛出鶯歌車站，鶯歌寓名的「鶯哥石」，忽忽閃身而過。

開車經由北二高南下，接近台北盆地南端，三峽地標「鳶山」，匆匆迎面而來。

下車後，蒼顏男子被窮追猛趕般，緊步躲進三峽恩主公醫院時，內心猶豫了一下。

就是這家道教醫院嗎？這不會又是另一種陷阱吧？他兀自向誰探問著，聲音不大，只喃喃問在自己心裡，但仍然意識到大家好像都聽見似地，紛紛轉頭朝他猜忌的瞅覷了過來。

他假裝尋找「煞斯」體溫測量器的動作，偷偷察看究竟是哪些人在瞅覷他？然而，這些人總能在被他發現前，迅速又恢復那副若無其事，毫不相干的陌路神情。其實，就像他們悄悄在瞅覷他那樣，他當然也在瞅覷他們；他想，他與他們之間，必然有一方是「異類」。

「煞斯」體溫測量器，就是類似古早混世瘟神降臨年代，家戶必備的鎮煞符艾。但想不到才事隔十年，各地醫療院所必備的該項設置，以及相關宣導標語，早就被整套撤除了。

台灣人這種好了傷口，忘了痛的健忘根性，真是要不得。他嘀咕了兩句，滿腹狐疑的退出醫院，退至幾乎撞到候客計程車的路肩上，重新審視一眼，高高掛在醫院十七樓側壁的綠十字標誌。這塊綠十字標誌，應該就是一種出自泛綠醫界陣營，心照不宣的政治暗示吧？

他會心一笑，在欣然接受這種政治暗示的同時，卻聽見計程車司機正坐在黃色車殼內，朝他輕輕按響兩記善意的警告喇叭。

黃色，勻入等量紅色就變成橙色，調進等量藍色就變成綠色的，在他腦內攪成一團。

他重新躲進醫院時，決定採取視死如歸的心情，故意視若無睹地，穿越那大票想當然也包括藍色系列在內，人間百色交雜，生老病死的等在前廳領藥的病患與家屬，昂然走向掛號處。

他有點擔心，自己會像上次壓不下四百年積鬱那樣，跳上掛號檯向他們振臂疾呼：

咳，咳，咳，咳——
煞斯世紀超級病毒，嚴重急性呼吸道症候群出現啦
中國熱，中國肺炎，最原始深沉的古老瘟神來襲啦
台灣社會總考驗，中華民國總體檢，人性總呈現啦
媒體大肆渲染疫情，立法委員私心囤積防護口罩啦
百官無策，專家束手，第一線醫療人員臨陣脫逃啦
貪生病患，私自溜出醫院，怕死民眾，四處驚竄啦
體溫三十八度C以上，潛伏十天
無需導航，無限射程，絕對匿蹤
穿越古今，橫跨國籍，不分藍綠
敵人固然是敵人，親友更是敵人
說什麼血濃於水，什麼手足同胞
活該，你們台灣陷入絕境
死好，你們台灣淪爲孤島
誰理你們，誰理你們
咳，咳，咳，咳——

好在，他這次算是大有改善，還能自我克制到就近拐角的廁所內，一鼓作氣嘔出上述不吐不快的陳年穢物後，渾身舒暢的踩上電扶梯，直抵二樓。

「我剛才又吐了，吐得一場糊塗。」他告訴醫師。

「我會幫你調整用藥，減輕這種胃部常見的副作用。」醫師說。

「喔，不是，我指的不是胃腸問題的那種嘔吐。」他更正一下說法，又補充一句病狀：「不知怎樣，我在劇烈嘔吐後，總是久久忘記自己，直到有人提醒，才會重新回神。」

「我們知道，你想描述什麼。不過，你確實又嘔吐了！」護士從診桌邊的紙盒裡，抽出幾張衛生紙，幫他擦拭嘴邊殘留的胃渣腸沫。

「謝謝，這次應該是記性問題。唉呀，我竟然忘掉了，我是誰？」他乾脆明講道。

「記性嚴重喪失，竟然連自己是誰，也會忘掉？」醫師尋思片刻，開始提筆疾書。

醫師在他病歷表上，一長串精神分裂症、時間過敏症、疫病驚恐症、政治熱衷症後面，又加註了「身世焦慮症」、「歷史強迫症」（強迫記住或遺忘歷史事件），兩項新症狀。

「還有，我好像也總會忘記，自己正在做什麼？像今天這趟路，我看過病後，還想趕去某處尋找幾件某東西，趕去某地探視幾位某朋友，或是趕去某場所幫一些某事下定義，參加某場合被一些某人做見證。但是，我竟然全都忘記了。醫師，我這個樣子，還算正常嗎？」

「正常，當然正常。其實，只要是人，難免都會偶而出現，某些失憶現象啦。」

「您是說生而為人，一路活著，偶而失憶也還算正常嗎？醫師，那您自己呢？」

「我啊，當然也會。記性越老越差，一般人心理性失常，也會引起暫時失憶。」

「心理性失常，那是因爲軟體病毒入侵；」醫師的坦誠，讓他產生一份同類意識的親近感，一抹同病相憐的悲憫心。在醫師看來，也許有點荒謬唐突，但他確實發自一番善意的推薦道：「軟體病毒入侵，我最近發現一種另類療法，那就是重新把自己格式化。」

「重新把自己格式化嗎？人腦又不是電腦，人心又不是晶片。」醫師發愣了一下。

也許謹愼考慮如何不出現後遺症的措詞，也許還不太了解這句電腦術語的涵意，也許這正是他專業領域的另類瓶頸。「你這種病，還不會演變成當機絕症，建議你刪除某個樹枝狀目錄和檔案，或是更改某個軟體標籤，重建某個不良記憶——換句話說，你大可盡量學著像一般芸芸世人那樣，採取選擇性記憶、選擇性遺忘，或是選擇性盲從的生命模式，以後應該就能正正常常的過日子啦。」醫師要寫不寫的，將筆懸宕在病歷表上說。

醫師另又詢問了，他最近的人際互動情形。他答以時常會跟多位諸如鄉土作家、童書插畫家、風箏創作家，地方文史工作者、自然生態觀察者、網遊媒體開發者，登山健行會員、動物保護人士，以及大畫家李梅樹與他後代，那大夥他自認爲舊雨新知的交往概況。

他說得繪聲繪影，好像眞的。醫師也許爲了顯示同理心，也許爲了診斷他的妄想程度，更也許爲了滿足私下的好奇心；於是，要他盡可能翔實說出，這些朋友的姓名與事跡。

這些朋友都是在地的行誼獨特者，他當然都能如數家珍，如假包換的逐一介紹。

「哈，醫師，您還記得吧?上次，我不是要您拿聽診器幫我估算一下，這顆區區方寸之心，到底能容納多少人嗎?」他拍拍腦袋，搥搥胸膛的笑道：「想不到，我這間小小的套房內，竟然可以住進他們這麼多奇人異士吧？」

但在一長串名單中，醫師似乎只熟悉那位大師級人物，這座山城典範的已故大畫家李梅樹，其他人就素昧平生，沒什麼相關反應了。雖然如此，醫師還是連連點頭的附和他說：

「嗯，嗯，李梅樹，李梅樹。還有，這些年輕人，我都聽過，我都聽過！」

「哈，不知什麼原因，一直以來，我總覺得自己超愛交朋友和逗熱鬧啦。」

為了證實自己所言不假，與時俱進，他秀出了「超愛」這個當下青少年的時髦字眼；以及一句在鄉土文學作品裡，或在地方文史活動中，庶民們常用的「逗熱鬧」的台灣俚詞。

「超愛交朋友和逗熱鬧？很好，很好，這對你正常生活很有幫助，很有幫助。」醫師難得喜獲一絲線索般，抓住話尾追診下去：「那麼如果在不逗熱鬧時，你又超愛做些什麼？」

「打開電腦，一個人上網啦。」他不加思索道。

上網，悠遊天際雲端，這當然也算是一件「交朋友」或「逗熱鬧」的正當休閒活動。醫師把正要下筆的手，從病歷表上移開。好像有點不滿意這種答案，但仍然提醒說：

「上網，一定要做好防火牆，更莫亂下載東西喔。那麼，你沒有超討厭的事情嗎？」

「您指的是我的電腦，還是我的頭腦？我知道，電腦最怕中毒，病毒往往就躲在包裝得快樂好玩的軟體內，引誘你上鉤；頭腦最怕秀逗，頭腦思考過度或連錯思路就會秀逗。我超討厭的事情，就是電腦中毒和頭腦秀逗。這超麻煩的，必須整個內部重新建置過！」

「電腦中毒，確實超麻煩的，我的電腦也中過毒。」醫師經驗豐富的，及時關閉他那即將開啓的話匣子，導進正題的插入了一句話：「你既然超愛逗熱鬧，那麼你應該參加過例如農民示威，工人抗爭之類的街頭遊行吧？」

醫師是一位老教授，聽說在台灣醫界早已桃李遍地，醫院經營者是透過長年政學關係，從某大型教學醫院特別情商過來駐診的。他懷疑醫師受過日本教育，因爲醫師曾經暗暗試探過他的日本經驗，更曾經偷偷刺探過他的日本情結；他也懷疑這類型的老教授，是不可能學過現代電腦工具，備嘗電腦遭受病毒入侵之苦的，但他寧願選擇相信他的善意謊言。

信任你的主治大夫，不管對你病情改善，或跨越世代鴻溝的精神結盟而言，絕對是一件優質人性的展現與見證。「植物懂得形成群落，抵禦外種侵害，禽獸遭受凌虐時，也懂得回應幾聲抗議哀號，何況是人？抗爭活動，是人類自覺意識的超級逗熱鬧，我當然幾乎每場都參加了。」所以，因爲擁有這層絕對的信任感，他突然湧現一股肝膽相照的傾訴衝動。

「那麼，你一定參加過二二八牽手護台灣[1]，四〇三總統府前大反動[2]，這類藍綠政治族群的

1 發生於民國九十三年二月二十八日，是陳水扁蟬聯第二任總統大選前，由民進黨主辦、前總統李登輝贊助的一場「傾獨」造勢活動。主辦者以「支持公投」、「反對飛彈」、「中國No」、「台灣Yes」爲訴求。參與者以「手牽手」排在「台一線」上的方式，從台灣頭（基隆和平島）排到台灣尾（屏東昌隆、枋寮），牽成一條「百萬人鍊」，盛況可謂絕無僅有。前此一屆，一直由藍色執政超過半世紀的台灣政局，終因國民黨分裂出連戰與宋楚瑜兩組競爭對手，致使陳水扁漁翁得利，倖得總統大位；所以，該屆搭檔復合的連、宋陣營，也隨即以「心連心」爲口號，發動浩大「傾統」群眾，與陳水扁形成選前對峙局面。

然而，無論雙方眞正目的爲何，包括「族群和解聯盟」在內的民間有識之士，無不憂心忡忡於統獨雙方此舉，簡直就是在假借「族群融合」之名，製造「族群對立」之實。

總對決吧？」醫師沒有阻止他，但還是小心翼翼的措詞著：「那麼，參加過後，你心情如何呢？我想知道的是，你在第二天醒來，還能正常工作或吃喝拉撒嗎？」

「醫師，您說奇不奇怪？這兩場藍綠總對決，我竟然都臨時因病缺席了。」他不勝沮喪道：「二二八牽手護台灣前夕，我心胸澎湃如海，頭腦超量負荷，竟然在次日行前，當機出醜啦。四〇三總統府前大反動當天，我則因臨時心痛發作，全身放電過度，情志掏空耗竭，連開手機寄報到簡訊都滿眼痲亂了。您說，我狼狽到這種地步，事後還能正常生活嗎？」

悄悄，醫師在病歷表「政治熱衷症」之後，附加了一句「朝代恐慌症候」的註記。

「兩場超級政治運動，我反胃到聽見人聲就嘔吐，反感到看見人潮就閃避，乾脆偷偷跑到荒郊野外，看人教導國小學生放風箏。我就是在這種厭棄人群的心情下，認識那位風箏創作家的！」這次他努力裝出恢復正常，已經能自行控制語言長短的療癒效果。

「很好，跑到荒郊野外看人放風箏，這種心情一定很快樂。」這次，醫師倒是童心大發似地，反而鼓勵他說：「莫客氣，莫壓抑。放風箏，一定很好玩，你請繼續說下去！」

他沒想到以老教授的人生資歷，竟然還能夠清純到，對童年玩藝的「放風箏」感興趣。於是，立刻幾近夢囈般，開始面對著醫師，面對著自己，面對著任何世人的喋喋而述了：

咳，咳，咳，咳——

「這放風箏嘛，可說也是必須經過再三學習和試誤的。您們千萬不可小看，那面薄紙和那條細線！」他絕對好心好意的，向大家分享道。

這放風箏嘛，首先是必須想盡辦法，讓那面薄薄的紙片飛起來，其次是必須用盡心思，讓那條細細的長線別斷掉。最後也是最重要的是，必須能夠一個人愴然迎風而立，獨自承當整片天空、整座曠野的絕對空寂，孤單忍受全副心神、全身靈肉的絕對空茫。

咳，咳，咳，咳——

「請大家告訴大家，父母告訴兒女，老師告訴學生。我必須事先提醒您們，千萬不能輕忽，上述三種無形壓力，否則就別想學會放風箏。我就是因爲抵抗不了最後那種高空單飛，孑然淚下的滿腔虛無，這次才又重返繁囂人群的！」他絕對誠心誠意的，向大家分享道。

語重心長，仁至義盡，爲免被打斷的一口氣說完「放風箏」經驗，他起身一個鞠躬。

「請記住，風箏並不是飛鳶，它只不過是薄紙一張，細線一根；——」

「但是，放風箏的人，務必心如飛鳶，這才是風箏起飛的關鍵；——」

就像上次那樣，他拿捏著胸口躁動與胃口翻騰，趕緊起身向醫師道謝後，奪門而出。

三月二十日大選之夜，八成以上投票率的選票開出，陳水扁以不到三萬票之差，驚險連任成功。連、宋陣營則直似世界末日，先以前晚陳水扁在台南掃街時，狙擊陳水扁的「兩顆子彈」槍擊案，影響選情爲藉口，提出選舉無效暨當選無效之訴；繼而發動四次抗爭，聚集五十萬人示威，企圖推翻此屆選舉結果。

2 此項大反動，即爲上述四次抗爭之一。但抗爭聲勢，約僅五萬人，地點在台北市，政治動機上已被台北市長，操控至最弱程度。而「大反動」之說，疑似兼具抗爭綠營外敵，削弱藍營內敵的雙擊意圖；內敵所互相指涉者之一，才剛嶄露頭角、時任台北市長的馬英九，於是適時動用公權力，強制驅離自家人，達成內外「雙重反動」的政治意圖。此役過後，陳水扁連任達陣，連、宋開始式微，馬英九趁勢浮上，藍營第一線檯面。

護士因爲是突發舉動，根本無法反應，只能發出兩句驚呼。醫師也當場傻住，想出聲安撫，已經措手不及；只好聳了聳，白色巨塔的老肩膀，眼光追露出一抹是否「鳶靈附身」的民俗學疑問後，低頭在長篇累牘的病歷上，增列了一則「空曠恐慌症」。

他則摀住嘴巴，掐住喉管，聲如瘟鳶。唯恐失態出醜，更怕多言惹禍地，一路朝向噤若寒蟬的其他候診病患，朝向草木皆兵的家屬及看護，也朝向自己的連聲告求道：

「抱歉，實在是萬不得已啦。請借過，請借過！——」

「歹勢，確實是十萬火急啦。請讓路，請讓路！——」

他必須緊急找到，一個可供自己放心傾吐的地方。他是老病號，當然知道山城這家區域醫院，另有一間生理性廁所，就在二樓拐角北端。

然而，假使紅黃橙綠藍靛紫的七種顏色，都可代表台灣隱微存在的七種意識色彩；那麼數字諧音中，足以安頓人身病苦的四樓西側神堂，那就更是他心理性的最佳傾訴處所了。

四，在這個移殖自漢人悠久記憶的古鎮，當然依舊擁有足夠象徵性，對應西洋傳統邪惡觀念的黑色十三。否則，「四」就不至於被這家道教醫院，巧妙跳過「死」的聯想，慎重加闢了一間開啓更高生命向度，更深心靈層次的，傾吐及傾訴心事或祝禱命運的幽冥神堂。

這座幽冥神堂，名曰「平安室」。聽說進入後，邪惡數字與暗黑物質，都將受到正面翻轉，四將非四，樓將非樓，生將淨化，死將昇華；一切傾吐將被收納，一切傾訴將被聆聽，一切病痛將被緩解，一切疾苦將被撫癒，一切祈願將被兌現，一切生死將被圓滿。

就這樣，他一頭栽進這座供奉「恩主公」的精妙乾坤裡，舉目四顧，轉眸逡巡到一具似曾相識的傾吐團蒲。神堂內空無一人，但他知道自己並不孤單，有形的芸芸眾生、無形的幢幢神鬼，正齊聚其中，彼此默默沉澱著各自有限生命，互相靜靜澄清著共同無限悲喜。

他張嘴鬆喉拜跪而下。自認爲非常童言無忌的，面對高高居中坐鎮的紅臉大神說：

「拜跪，就是最好的傾吐姿勢。我吐完就走，絕不尸位素餐，佔著毛坑不拉屎！」

「祝禱，就是最好的拭嘴儀式。我擦淨就走，絕不獨饗煙火，抱著牌位不超生！」

這個高度現代化的文明國度，卻是到處行走著「前現代主義」的舊朝遺民，漫天瀰漫著「後現代主義」的前衛慾望。既然，他們可以恣意揮舞著比颱風眼還妖言惑眾的旗幟，企圖旋轉扭曲社會風潮，吼叫著比震央還聳人聽聞的口號，妄想威懾嚇唬世人耳目——當然，我也可以充分享用我的生存權利，盡情揮霍自己的天理良知，大肆踐踏鄉親的世代美夢。

他開始暢所欲言，滔滔吐出一切肉體穢物，滾滾嘔盡所有心靈污汁，再也不管它們日後將會被供奉爲太上老君的「烈火金丹」，釋迦牟尼的「焚身舍利」，或被咒罵成千年撒旦的「惡臭排遺」，萬年瘟神的「惡毒屎尿」。

拜跪時，他難免入境隨俗的，向紅臉大神表露了某些人世哀怨，對前述台灣七色，揭露了全套灰黑底彩的末世誓語。祝禱中，他也難免臨景隨興的，向天地星辰祈求了某些人間悲願，對前述「前現代主義」、「後現代主義」，迎擊了整卷「超現代信念」的絕命宣言。

然後，搖晃著耗盡情志的虛脫腳步，果眞說走就走，毫不眷戀的負負離開而去。

第二章
鳶山不死鳥

我是誰，鳶靈是什麼？

精神科醫師眼中的「鳶靈附身」，究竟又是怎麼回事？

是不是，曾經有一隻大鳶因他而死，還是他曾經因爲那隻大鳶之死而重生？

讓風箏起飛的關鍵，也許因素很多，但絕對不包括打落那隻比風箏還善飛的大鳶。

所以，他知道妄自尊大的打落那隻大鳶，顯然跟「空曠恐慌症」有關。也就是說，當初誰打落了那隻大鳶，誰想必就是「空曠恐慌症」的帶原者。

那麼，到底是誰打落了那隻無辜大鳶呢？有人說是明末，從中國唐山轉戰台灣海島的延平郡王鄭成功；有人說是清初，跨海闖越黑水溝，冒死另闢桃花源夢土的漢族難民。

那麼，他們兩者內心，究竟又在恐慌著什麼呢？歷史人物鄭成功，當然是恐慌朝代空茫盡頭，另起爐灶的進退無據。黑暗年代離鄉背井的漢族難民，當然也是恐慌蠻荒異域，前景一片空蕩的依附無著吧？

他那夥朋友裡，就有人藉由「民俗學」角度，形諸於外的認爲，那隻大鳶是讓民族英雄鄭成功以一溪之隔，架起「火砲」打落的；有人採用「心理學」觀點，成諸於內的主張，那隻大鳶之死，是重創於漢族難民虛擬的心境投射。有人更透過「文學」看法，兩相結合的揭櫫，其實這是一則典型的殖民神話；而殖民神話，自古以來就是外族渡海拓墾的初民文化，眞假其實毋需認眞考究，用意其實只是提供難民群體，增加求活意志的心靈支撐。

公領域上，他雖然逢人便幫漢人說好話，辯解此舉絕對情非得已，否則眾多流離生命就得失根於蠻荒墾地，淪爲無心無神的古代殭屍。私領域上，他則捫心反顧歷史中，四百年來被朝代炮火打得血肉模糊的，似乎不只那隻大鳶，而是還包括被殖民者與漢人自己在內。如今亡者已矣，想辦法召喚大鳶回魂，重新再讓彼此的風箏逆風起飛，這樣才能來者可追吧？

他是誰，鳶靈附身的鄭成功轉世嗎？還是，其實只是個想向大鳶學飛的泛泛世人？

他但願只是個泛泛世人。因爲泛泛世人終其一生，兩腳不停踩踏，即便前方終得面對死亡；但或挺身或側進在漫漫時空，最後無論成神成鬼，卻是可以悉聽尊便，自由選擇的。

漫漫時空，史道百迴，世途千轉，兩腳不停踩踏。朝代已經倏忽六度變天的鳶山下，三峽先民早有賦義，這就是所謂的「海海人生」。

挺身或側進在「海海人生」，兩腳不停踩踏，日以繼夜，不進則退；三峽先民也早有感慨的定義爲，這就是「奔波」。倘若更又搭配雙手不斷划擺的動作，年復一年、不浮則沉，身心勞忙直如拚鬥搏命，那就是「打拚」。

如此世途，常年奔波，終身打拚。您累了嗎？

那麼就請「奉茶」。暫歇一下——

行走在鳶山下，家簷亭仔腳的矮凳上，一片紙條、一具茶桶、一只飲具，山城街坊擺出了這樣的旅鎮情味。紙條上是大大的兩個漢字，矮凳與茶桶是大豹山區的原生杉木所刨製，茶種是三角湧庄盛產的「膨風茶」；飲具則是，出自鄰鎮鶯歌師傅手拉胚的「青花碗」。

這當然不是高檔的待客之道，店家們所想提供的，其實只是一種出外方便，一份過路情義；心存感激，上前「奉茶」的旅客，其實也往往只是那些常年奔波的挑販走卒，那些終身打拚的礦伕、腦丁或佃農。那些稍有頭臉的訪客與盤商，他們才不會飲用這種一泡到底，況味苦中帶澀，帶有些許施捨意謂的路邊「大桶茶」。

礦伕們來自民國五十年代，上迄日治昭和年間，古鎮山區的黑暗地底；腦丁們來自明治末期，上迄清朝道光初業，古鎮三面環山的綠色番地。挑販走卒及佃農們，來自時空更加邈遠，包括山城在內，年代直溯嘉慶、乾隆、雍正、康熙四朝，海山堡、海山庄的週野墾地。

相傳，大鳶被明末「延平郡王」鄭成功打落時，海山堡、海山庄的周邊淺山，還住有泰雅族；山城舊名「三角躪」，就是泰雅族的古語譯音。而鳶山下的整個平野，有漢人信史為證，幾百年來就是平埔族霄裡、龜崙、擺接、武嶗灣四社，共同擁有的傳統居息地。

但在他深沉的記憶裡，曾經一度風華絕代、古往今來的本鎮街巷間，卻從未留下過屬於泰雅人、平埔人或他自己，前來接受漢人「奉茶」的任何相關印象。

他是誰，這究竟又是怎麼回事。會不會，他其實就是個泰雅人，或是平埔人呢？世居山城，始終不敢挺身直行，挺胸面對。是他厭棄「史道」，寧願走岔「世途」，還是早已陷入精神科醫師所謂的「選擇性記憶」，「選擇性遺忘」的生命模式中了？

離開醫院前，他先爬上十三樓，探問一位癌末朋友的治療情形，不巧該友已經出院。只好順便由那間病房的北邊窗口，改向自從民國五十年代建造石門水庫以來，早已水量劇減，變得奄奄一息，挨靠著大棟山東麓流入台北盆地的大漢溪，幽幽探視了一眼。

然後，回到一樓前廳在等候領藥空檔，踱至正壁下觀賞，李梅樹晚年那幅《清溪浣衣》圖。依稀追思了片刻，畫內有關其支流三峽溪，悠悠千古流湧的前世記憶。

「我是誰？我也許可能或竟然果眞，就是那條宿命鳶靈嗎？」畫境煙波沉情處，他發出長串擬眞鳶唳，一再如此試問自己。

終於等到櫃檯打出電子號碼，快速領過藥後，他立刻踩住這串長唳衝出醫院大門，極目找尋，窮眼張望，童年驚鴻一瞥的那道愴然鳶影。

「車行北二高，記得才被電話叮嚀，靠邊減速通過三鶯國道大橋開下交流道，沿著大漢溪左岸進入台北縣境，便可遠遠看見，那隻三峽地標的落頰鳶精。但是，車子倏忽轉至右岸恩主公醫院前，看到的竟然並非漢人傳說中，所謂早經鄭成功隔溪轟癱的半死大鳶，而是一隻義憤塡膺、栩栩如生，守護在台北大學西端的石雕大怒鳥。而迢迢來自台南古都的許君，卻自此陷入本年度三峽藍染節的沿路飄飄旗海下，兀自迷失了遊蹤；——」

「此爲台灣首度政黨輪替以來，民國八十九年民進黨執政伊始，本鎭三峽舉辦的第五屆藍染節。連續經過前四屆藍染節的敲響鐘聲，本縣綠色政府促進地方文化產業的招靈旗幡，已經悄悄喚醒山城子民，重拾遺忘了漫長三百年的褪色記憶；——」

這是他才剛向精神科醫師提過的舊雨新知們，那名鄉土作家在一部在地小說裡，對於另一位外縣市文史工作者，同時也是一名鄉土作家的奇幻書寫。

他隔著一堵揭示著，「出外人新故鄉，在地人好所在」的綠色工地長籬，終於在北二高南側下方，看到了那隻二樓高的龐然大鳶。那是一隻多麼威武，多麼渾沉的洪荒神禽啊。

鄉土作家是山城新住民，傳說中被國姓爺開砲重創的這隻鳶精，實體上便是如其所寫，迎面癱趴在鳶山崖頭上的那塊鷹嘴岩。但文學上那句「義憤塡膺」與「大怒鳥」的情緒性用詞，以他所知，對於某些誓死堅稱自己是漢人後代的三峽人而言，卻是斷然不能苟同的。

至於，他呢？他已經蟄居在這片老山林，不知經歷了多少世代，反而因爲太過於融入這座山頭，太過於體恤這段時空，早已滄桑得不知從何說起？只好墮落成一個兩面討好，處處不得罪的歷史老鄉愿，並且也只能姑將一切因果期待，寄望在那只風箏的重新起飛上。

這道文史課題，他請教過許多親友師長。一般看法，大致上是你是神，但就顧好你的寺廟香爐，你是鬼，但就顧好你的人間煙火；你是人，但就顧好你的腹肚要緊啦。

鄉土作家罵他，你知道史實並非如此，你是歷史中人，你要勇於指正。地方文史工作者勸他，傳說可以不等同歷史，神話已經在現代生活絕跡，你要珍惜鳶精這道族群傷口的文化價値。自然生態觀察者建議他，神話不外乎生命初始困境的生態建構，群體初始劣勢的競活鋪陳，入侵者難免都採取自己有利的方式爲之；因而，看待歷史務必兼顧時空的偶然性，生態必然性的雙重天演結果，看待神話則是聽聽就好，不必認眞啦。

童書插畫家安慰他，天生萬物，只有人類會製造神話、傳頌神話，歷史其實就是一系列人與鬼神，人與冥靈的互蛻過程；互蛻固然令人感傷，過程固然令人沉痛，但生命缺少神話想像，人子哪能快樂成長，人心哪能輕盈轉化。有志之士，何不重啓千劫不死的赤子之心，擦亮萬塵蒙蔽的童眞之眼，奇天妙地看人間，好山好水過日子？

至於，那位有點縱容他的精神科醫師呢？他倒是在醫言醫的囑咐他，對於某些一時走不通的人生轉角，最好是跟在別人後面繞過它，其次是暫時不走它，最後是永遠忘掉它；千萬別像松鼠那樣，總是受困在人爲設限的鐵籠裡，一輩子原地踏步，直到自己累死。

風箏創作家則融合上述各家看法，權充和事佬，主張生命宜應改「走」爲「飛」，透過精良材料、創意造型，在地製作、國際行銷的理念，構製完美風箏，並且善用山城環山上升氣流，成功放飛風箏；這才是面對鳶靈昇華的最佳闡釋，面對先民功過的最佳註解。

其實，他早在醫院與北二高都還沒個影子，甚至古鎮都沒被日本天皇定名爲「三峽」的「三角湧」時期，就已經曾在台北大學前身的「隆恩埔」上，迎著鳶山北坡，嘗試著放飛過自己的童年風箏。那個年代，「隆恩埔」顧名思義就是感謝「主上隆恩」，所賞賜的一塊墾佃荒埔；所感謝的「主上」，指的就是當時遠在北京城內，只須那麼揮筆頒下一道紙面聖旨，便可大慷平埔族雷朗人之慨，足足讓漢人墾首，坐收一百五十年「隆恩租」的清朝乾隆皇帝。

所以，事實上，豈只是區區鐵籠，會牢牢困死一隻松鼠的軀體；就算無限開展的史道，無盡延伸的世途，更會緊緊禁錮一支族人的靈魂，活活銷蝕一腔生民的情志。生而爲人，他也很想走出一條坦蕩大道，暢遊一趟生命之旅；只是此身總像隨風飄搖的風箏，每每總會遇上一波波時空亂流，跌落爲一場場朝代殘夢，而令人心生悲苦，徒呼負負。

像現在，聳矗著大鳶雕像的這片北大校園，就曾經跌落過，無數他與族人的斷線風箏；因而每次行經此地，他不禁總會湧起一股翻越那堵長籬，重拾種種童年夢願的莫名衝動。

光天化日，公然翻越那堵長籬竄進工地，除了必須擁有一個正當理由之外，那份「捨我其誰」的勇氣，應該才是重點所在。

他當然這樣做過，並且非做不可。此次，他手執最新流行的數位相機，假冒成一名正在用心觀賞憤怒鳶雕的忘我遊客，嘴裡喃喃稱頌著，連自己都不知所云的美學讚詞；就這樣猛然一個躍身，迅速翻過這道綠色長籬，一路深入正在挖築地下停車場的工地內部。

昔日，隆恩埔的舒坦稻野，早讓挖土機、堆高機，開挖得坑坑洞洞，怵目驚心；做做停停的地下停車場，潴聚著古老擺接溪，默默滲出的千年老淚。他從日夜不停抽除這種千年老淚的馬達運轉中，似乎聽到地層深處，傳出陣陣不是國語（北京話）、福佬話、客家話的人群竊談聲；他懷疑那是菲律賓、印尼或泰國外勞的南島語族工人，正在忙裡偷閒，絮絮吐述鄉愁。

但這天也許是假日，也許是工程暫告一段落的空檔，他轉頭環目四顧，工地上哪有半個工人。不由得，他疑心生暗鬼起來，這陣陣絮絮鄉愁，會不會就是兩百五十年前，同屬南島語系的泰雅族，或是霄裡、龜崙、擺接、武嘮灣，平埔四社族人的喁喁冥音？

此處山城與陶鎮交壤地界，有河從西南雲巒間流轉而下，蜿蜒擦過鳶山北麓，薄薄沖積成半圈與三角湧溪相夾的夢幻灣原。發源自遙遠雪山支脈大霸尖山下的這條老河，有過六個名稱，迂迴繞經插天山之背的上游泰雅族領域時，名叫「塔克金溪」；其中、下游原名「大姑陷溪」，流淌過一百五十年清治期間，曾經二改其名，一從豆干之鄉大溪鎮霄裡社人，舊稱的「大姑崁溪」改爲「大科崁溪」，聽說是爲了標顯漢人子弟李騰芳在同治年間，高中舉人的科考事蹟；光緒中業，出於時任台灣巡撫劉銘傳的英明決定，此河又從「大科崁溪」，改名爲「大嵙崁溪」。大嵙崁溪穿行過十八、十九世紀，流經整個滿族皇朝，流向二十世紀初期日本大正年代時，新統治者以「川」（卡瓦）代替「溪」；此河，於是另又擁有了一個充滿東洋風味的新名字，叫作「大溪川」。

大溪川兀自滾滾流過五十年，當風風雨雨流出日本天朝，堂堂皇皇流入中華民國的藍色天空下時，聽說當權者爲了彰顯台灣重返中國懷抱的「大漢天威」，於是河稱再變；「大漢溪」之名，於是天經地義地，儼然出現在民國四十八年以後出版的三峽地圖中。

前述所謂的「擺接溪」，指的就是三角湧古興上，現今鶯歌至土城的大漢溪河段，其意爲「從霄裡社流往擺接社」之溪。古老記憶裡，從洪荒歲月默默流湧千百年的「擺接溪」，甚至包括大溪、樹林、土城、板橋、新莊、三重在內的，整條大漢溪流域；相傳，無論名稱如何，此溪都曾經多次以山洪暴發、溪水氾濫，河流激烈改道的激烈方式，對天地表達歷盡滄桑的不滿情緒。

山城原鄉，早已永遠消失的泰雅族與平埔四社族人，依情依理，天公地道是擁有權力與義務，向這塊土地、這片山林、這條老河，傾吐種種世代悲苦，傾洩種種朝代憤怒的。

「你是誰，爲什麼擅入公家工地？」

「你又是誰，爲何私闖我家宅園？」

「出去吧，這並非你該來的地方。」

「你才出去吧，客人趕走主人喔？」

四下裡，工地馬達聲與嗎嗎冥音，倏然互爲表裡，恍惚交雜成今古時空的幽明對嗆。

兩條人影，從長籬鐵門處迤行而來，一個拿著手機、叼著香菸，一個嚼著檳榔、甩著鑰匙串，邊走邊詢問他；同時，一邊彼此責問起來的對話著。

現在小偷多，不是叫你鐵門一定要上鎖嗎？鐵門上次被颱風吹壞了，鎖不上啦；再說，鎖上鐵門就防得了小偷嗎？何況，工地除了那麼多挖不完的土石，抽不完的地下水之外，小偷還能偷走什麼？唉，說的也是，工人難找，鐵價飆漲，公家又短缺工程款，聽說上面的頭家們，幾乎都快撐不下去了。唉，台灣什麼資源都缺少，就是小偷、颱風、地震和失業者，特別多。唉，我的意思是說，上了鎖最少可預防那些失業的人，跑來工地自殺啦。嘿，嘿，我看，第一個自殺的會是我們尪某（夫妻）呢。嗯，談了老半天，我老婆到底怎麼說啊？

「喂，喂，高金鷲！妳等一下，石頭仔有話要跟妳講啦！——」

拿手機者，看來像是個小包商，一邊透過空氣跟嚼檳榔者交談，一邊藉由無線電波跟不知身在何處的某人對話。嚼檳榔者，像是個工人，頭寬臉闊，皮黑體壯，外貌酷似原住民。他吐掉口中戀戀不捨的檳榔渣，接過手機向所謂的「高金鷲」，十分懺悔又非常眞誠地，吐露出一大串悅耳動聽，卻天音難懂的南島母語說：

「喂，婿某仔，聽我說。我重新上工了，也不敢亂搞女人了！」

「歹勢，歹勢，我走錯路了。」他拿著手機，跟他們擦身而過。

他們並沒有繼續對他提出其他質詢。倒是看他一身休閒穿著，小包商機警覷了覷他通訊與照相兩用的手機，反而充滿防範感的客氣問道：

「嗯，嗯，請問這位老先生，您有什麼問題嗎？」

嚼檳榔的工人，在嘰哩呱啦的手機話隙中，騰出嘴巴，天生熱心的轉換語系告訴他：

「這位歐吉桑啊，你若是要去台北大學，那就走出鐵門直直去。若是要去看藍染、遊老街，那就翻過圍牆走回復興路，然後在前面永安街轉角，再問問當地人啦！」

工人說話時，咬到碎石粒似的另類腔調，總是尾聲輕輕上揚起來。那種面對優勢外族，不敢使力說話的溫馴語氣，使他感受到一份下意識的謙卑與善意來。

「咦，您不是復興鄉的表叔公，樂信．瓦旦，林瑞昌嗎？您老人家何時回三峽啦？」工人這樣委婉趕他時，突然似曾相識的嘴角一斜，睜大那對雙眼皮深目，納悶問道。

「喔，不是！我不是你表叔公，更不是樂信．瓦旦，林瑞昌！」他往往不知自己是誰，雖然也很想知道自己是誰；但對方顯然是個原住民，於是立刻遵照三峽人慣例的撇清說。

他當然知道，小包商的機警、客氣，那是內心唯恐惹惱民眾反感，工地瑕疵被無謂拍照存證，拿上電子媒體爆料。另外，工人那份透自骨子裡的謙卑與善意，當然是跟台灣原住民自古以來的歷史命運，始終無法掙脫的族群困境有關。

兩者自求多福的當今世態，他已經習以為常，見怪不怪；他是個擁有絕對自尊，並且胸懷悲憫的人格者，於是光明正大的，攤了攤拿著數位相機的手，選擇從正面鐵門走出工地。「哼，哼，我才不是那些偷雞摸狗的小毛賊，埋天怨地的自殺漢，更不是大處懵懵，小處咄咄的爆料狂。不妨告訴你們，我其實只是個很想拾掇童年風箏的尋夢客啦！哼，哼，我當然選擇從正面鐵門，心胸坦蕩的離開工地啦！」他向擋在工地門口的警衛，做出簡短說明後，兀自喃喃向誰或向自己做出澄清般，昂首闊步，跨出被緩緩推開的簡易欄柵。

「頂著大日頭，走得滿身臭汗，只為了尋找童年失落的風箏嗎？」守衛仔，雙眼緊追著他身影，重問一遍。然後也喃喃然，瞪著他後腦殼，自我迷惑的好笑起來：「我沒聽錯吧？台灣車輛多、抗爭多，垃圾多、閒人多，什麼時候，竟然連瘋子也變多了？」

「哼，哼，你也是所謂的閒人和瘋子吧？你整天閒閒看工地，其實看的也是自己心中那只風等吧？」他轉頭斜瞅著佩戴齊全，目光凌厲儼如專業監視者，其實只是虛有其表，悶坐在鋁製哨亭內的這傢伙，狠狠回瞪了過去。「哼，哼，你這看門狗，你看得住有形有影的假瘋子，赤手空拳的假小偷，你防備得了無形無影的眞瘋子，眞槍實彈的大強盜嗎？」

守衛仔，打開哨門探出臉來，甩擺著身上的哨子與警棍，叮叮噹噹弄出一陣晃響。

「台灣已經夠亂了，我們就莫再互相刺激吧？現在工作不好找，我當這小小的守衛，也是爲了盡到社會責任，爲了一家大小，三餐溫飽啦。」守警仔，遠遠看他一眼，也許不想事後被暗捅一刀，立刻放緩臉色說：「喂，喂，這位先生請聽我解釋，您好像誤會我了！」

「看門狗，少跟我說這些虛僞的表面話。我問你，你曾經被惡意監視過嗎？」

「喂，喂，這位先生請等一下，我向您道歉好嗎？我沒有監視您的意思啦！」

他不自覺拔腿便跑，這年頭憨頭才會乖乖聽任解釋，蠢蛋才會傻傻接受道歉。

因爲，自古以來，有史爲鑑，而今尤然——

一副看似誠懇親切的和顏悅色，其實總是包藏著，重重窮追猛趕的哨聲與棍影。

一席聽若溫煦順耳的婉言軟語，其實慣常潛伏著，層層凶惡殘暴的敵意與殺機。

第三章
昨日之怒

說什麼社會責任，什麼一家大小，什麼三餐溫飽？甚至，談啥國族大義，啥天理良心，啥人情義理？竊鉤者誅，竊國者侯，偷拿雞毛蒜皮者鋃鐺下獄，盜取土地家園者供上史冊。他渾身竄起雞皮疙瘩，且跑且笑，且笑且嘆，逆風披髮，一口氣奔至開挖不久的北大「心湖」前；這才放緩腳步，回顧身後世塵，偷眼瞥覷這一路上，到底是誰在窮追猛趕他。

他這才發現，原來剛才是奔跑在大漢溪前身，二百五十年前，擺接溪氾濫分流後，遺存在乾隆初年被清兵總鎮王郡的受惠戍卒們，歌頌爲「隆恩河」的殘水廢岸上。

「心湖」裡，綠頭鴨三五成群的追嬉聲，依稀喚醒了，他如斯百年一瞬的幻滅印記。

昔日，某個天荒地老的冰封世紀，六萬年前的北台灣突然爆發一次地殼變動，大幅抬高了「桃園台地」，一夕之間致使台北地區陷落成「台北盆地」，迫使原屬桃園縣河的「大漢溪」倉卒北移；惶惶然，歷經四度衝撞轉向，最後找到生命出口，改從台北縣境入海。

一萬年前，最近一次冰期結束，融冰急速升高海平面，大量海水灌進「台北盆地」形成「古台北湖」，淹沒一切「天地不仁」的殘暴痕跡，以便爲了蘊釀下個階段的「厚生之德」預做準備。五千年前，天候恢復正常，地球高海期過後，海水逐漸退出「古台北湖」，「台北盆地」於是脫胎換骨，面目一新，充滿無限生機的重新露臉了。

「前生今世」或說「今世前生」，依照「台北盆地」型塑的「古台北湖」，恰如大地之母孕化生命契機的處女腹肚，形成一大片南北倒立的豐饒「三角形水域」。

七千年前，「古台北湖」中期，北面芝山岩遺址最底層，幽幽鑽出一夥顏面蒼蕪，疑似來自中國東南沿海的北台灣「湖畔文化人」。他們趕路般俯身驚起了無數湖灣水鳥，渴飲了第一口「古台北湖」水，轉身掉下一把爬滿牡蠣、藤壺、蛇蟲螺的採獵用石砍器；隨即起身繼續趕路，匆匆退出飄渺空蕩的台灣史前史，這是最早短期居留的「台北過客」。

四千七百年前，被推測具有南島族系原民祖型特色的「大坌坑文化人」，開始從八里大坌坑，遷徙至逐漸縮小面積的「古台北湖」北側水草間。他們三五結伴圍撈了第一條「古台北湖」鯰魚，圍獵了第一隻「古台北湖」綠頭鴨。然後，將魚脊禽骨與舊網墜、舊石簇，棄置於芝山岩、圓山遺址下層的部落空地，這是最早在湖岸周邊住下的「台北地居主」。

四千五百年前，「古台北湖」降至更適合人類營生的水位時，一群疑似來自中國古粵沿海地帶的移入者，沿淡水河上岸取代了定居圓山的「大坌坑文化人」，開創出「圓山遺址」上層的早期「圓山文化」；同時透過馘首殺戮的戰爭方式，先後兵分三路擴大生活圈。

他們向北越過基隆河，趕走佔據芝山岩「大坌坑文化人」家園的「芝山岩文化人」，旋即走下關渡湖海隘口，形成「關渡遺址」下文化層之餘，又強登淡水河左岸營造了五股「慈法宮遺址」上文化層；進而轉西趕走，同時期佔領八里「大坌坑文化人」故址的「繩紋紅陶文化人」，再將族眾擴散至「十三行遺址」下層，建立了該文化晚期的分殖地。往南則橫越新店溪，在台北盆地逐漸重現的東面新生沃土上，伸出中和「尖山遺址」的強勢觸角。

這群依傍「古台北湖」而居的移入者，台灣史前史稱爲「圓山文化人」，他們依照「古台北湖」的消退速度，大多習慣將撈獵食後的大量貝殼、魚獸殘骨，以及已經形式繁多的魚叉、槍頭、箭頭的骨角器，棄置在不同海拔的各處遺址中，堆積成滄海桑田的「貝塚」，而在北台灣足足活躍了長達二千年之久。

直到三千至二千年前，他們遇上了也是來自中國閩粵沿海，疑似從八里大坌坑登陸後，一路遷至大漢溪左岸建立起樹林「狗蹄山遺址」、「潭底遺址」，新莊「營盤口遺址」、台北「植物園遺址」，而以農耕爲主的「植物園文化人」部落爲止，終於互相交孕出嶄新的「土地公山系統文化」。從此締造了距今之前三千至二千年間，「土地公山系統文化人」上下於沼澤處處，矮山環列的台北盆地週緣，且漁、且獵、且耕的在地原民生息風貌。

然而，「土地公山系統文化人」在逐漸移向新店溪左岸、大漢溪右岸，由北往南留下一系列中和圓山子、土城土地公埔，三峽鵠尾山、上帝公山，大溪犁頭尖、員樹林等遺址後，突然不知爲什麼全都銷聲匿跡，憑空消失不見了。

二千年前，淡水河口南邊海岸興起了另一支移入者，他們張望著深岸眼眶、閃映著黝黑皮膚，身懷最新科技的「煉鐵術」。早期，他們首先趕走八里「圓山文化人」，建立了「十三行遺址」上層的根據地；隨後，在距今之前二千至一千年間，兼併了八里「圓山文化人」與「植物園文化人」的「大坌坑遺址」共領地。晚期，更再以台北「新庄子遺址」、「社子遺址」爲跳板，向東佔有了「圓山文化人」的「圓山遺址」，上層家園。

這支留下龐大「十三行遺跡」，以及豐富「十三行遺物」的「十三行文化人」，其族裔在距今一千年內，迅速往外擴展至桃園縣境，甚至遠達北海岸、宜蘭等地。往內則移進台北盆地廣袤丘原，分別跟淡水河系兩岸的其他先住民，交融成「巴賽」與「雷朗」兩大族群，一起搖身蛻變爲十七世紀掠奪者，西班牙人與荷蘭人文獻裡的「凱達格蘭族」；以及十八世紀殖民者，中國漢人眼中的「平埔蕃」，十九世紀統治者，日本人泛稱的「平埔族」。

一千年來，累代世居台北盆地的平埔族人，怡然搖櫓划舟，和樂唱和在「古台北湖」鳶飛魚躍的殘澤上，共同分享著天涯地角的世外生活。洲渚間，他們所抱持的天人態度，水草裡的雁鴨們早已相知甚詳，每每時而拍翅低飛、時而昂首高鳴的，與之悠揚對吭。

五百年來，在終究海晏河清的台北盆地上，在豐饒水域功成身退的三角形南尖角隅，六萬年前被迫北移的「大漢溪」，卻猶自憤憤不平的策動支流三峽溪、橫溪，聯手發動無數次微調改道，流盪成包括隆恩河、清水港、石頭溪，隆恩埔、劉厝埔、麥仔園、柑園在內的，諸多分流與河埔，滋養出豐富肥美的魚蝦獐鹿；引來了龜崙（鶯歌、龜山）、霄裡（八德、大溪）、擺接（土城、板橋）、武嶗灣（樹林、新莊）的四社族人，在痛定思痛後，和解爲並肩勾勒出同耕一方土地、同獲一圈魚獸，同飲一條溪水的「近代族群共榮圖」。

六萬年來，綠頭鴨目睹過地殼變動、神哭鬼號的極剛手段，目睹過冰河融解、天地無聲的至柔手法；目睹過這大片三角形時空，地文上的最簡構圖，人文上的最繁演繹。

綠頭鴨應該全盤瞭解，他這層層歷盡滄桑的萬古折騰，事過境遷的千古心事才對。

這是自然生態觀察者，曾經提供給地方文史工作者，藉由想像力歸檔於天際雲端的，有關台北盆地整體生態之一的天演過程。

自然生態觀察者，指的就是他也多次曾向精神科醫師提過的，那些主張單純只以「上帝之眼」

盡到「旁觀歷史」之責，一切世態不予介入，一切世局不予臧否，凡事隔岸觀火的自然主義者。而他們的「天演」之說，聽說跨域文史工作的鄉土作家，並不贊同；但卻被童書插畫家據以另外勾勒出，天眞最美、天意最善，一切回歸赤子初心的最高天趣憧憬圖。

鄉土作家堅持萬物之靈的人類，應該勇於打破物競天擇，優勝劣敗的既定惡訓，挺身編造成一個天地有情，人間有義的族群共榮大夢；並堅稱此事其實不難，平埔族雷朗群四社先民，同耕一方「北台灣」土地、同獲一圈「三角躪」魚獸、同飲一條「大漢溪」水，就是一則典範古例。

自然生態觀察者，立刻當頭棒喝，那是小時距，小地域的「假性平衡」；世人難保時光可以永遠停格，短暫時距不被一再特意拉長，短暫封閉地域不被一再惡意撞開，短暫迴異物種不被一再蓄意置入，導致終將重新回歸「弱肉強食」的野蠻生態模式，應驗「勝王敗寇」的殘酷天演鐵則。因為，人類既然是萬物之靈，人性就必然更加充滿「可變性」與「可塑性」，否則如何因應複雜萬端的生存環境，演化日新月異的歷史進程？

果然，四百年前，古老帝國傾覆，相對時空決堤。一支也是來自中國閩粵沿海的「唐山文化人」，剎時猶如當初「古台北湖」的海水般，又從台灣海峽源源湧入台北盆地了。

所謂「唐山文化人」，指的是一批明末清初的東渡漢族遺民。明朝滅，清朝興，唐山社會動盪，民生蕭條；彼等東渡台灣，一來是爲了躲避異族迫害，二來是爲了找尋安身立命的海外夢土，三來是爲了伺機等待「反清復明」的風雲再起。

這批嶄新面目的漢族遺民，人文盤根錯節，觀念蒂固根深，性情念舊排外，性格深沉隱忍。他們身穿漢服、口吐漢語，頭頂台灣天空、手捧唐山神祇，腳踩台灣土地、心懷唐山情愁，至死遙奉敗退台南「承天府」的鄭國姓爲正主。

他們的逃難心理，最是注重天象地貌的興衰象徵，山川形勢的禍福觀察，地理風水的吉凶審度。因而，在早期初抵台北盆地南端時，一出手就架起「鄭王爺之炮」，轟擊鳶山、鶯哥山頭，迫使「鳶精」落頦，「鶯哥精」斷頸；藉以徹底破壞掉，平埔族雷朗群的兩處保命「地脈」，先期進行了一次提振士氣的神話賦義。

緊接著，兵臨台北盆地北側，再出手便往「圓山遺址」丘麓，巴賽群最要緊的活命「穴眼」，祭出「鄭王爺之劍」，令使插劍生泉，聚水爲潭，取名「劍潭」，據爲己用。然後，悉將淡水河流域，全部納入漢人生息的殖民領域，進一步強化了亡國失鄉的立命涵意。

而在落頦鳶山下，鄭氏王朝於清朝康熙二十二年（一六八三年），宣告瓦解，台灣正式劃進清朝版圖，嗣後籍貫互異、涇渭分明，各爲泉、漳、粵三個族群的「唐山文化人」，不僅開始陸續移入了大量人口、豐富文化、高超文明，同時更也連帶攜進了殺人無形的大瘟疫、慾深谿壑的大心思、血腥殘暴的大械鬥。自此，面臨多重壓力的四社族人，處境每況愈下，心性寬愿的多數族人，逐漸屈辱順變，改名換姓歸化漢族，歸順當朝；心有不甘的少數族人，只好扶老牽幼移向荒山野林，含恨投奔也是噩夢乍臨，命運不變的泰雅族而去。

在被改名爲「三角湧」的沖積平原上，漢人築起「土牛溝」，阻絕泰雅族的出草反撲，開挖「陂圳」，疏導攏接溪的分流餘緒；進行「分籍械鬥」整肅境內異己，一邊結合清朝官方勢力，一邊蠶食平埔族的土地資源。歷經三百年的處心積慮，三百年的篳路藍縷，終於拓墾成一片充滿中國閩南風味的「唐山化」社會，複製出一處遂其所願的「閩南式」家園。

然而，整座台北盆地的天空下，平埔族的最後一抹身影，從此就永遠退出三峽了。似曾相識的夢魘，簡直就是二千年前「土地公山系統文化人」，憑空消失的翻版。

第四章
時空追逃

古今聖賢們，都說天方地圓，光陰似箭，逝者如矢——

但是，雖然時間成直線進行，歷史卻總是反復重演——

這一路上，究竟是誰，總是世以繼代，窮追猛趕他——

他踩波踏浪，再三惶恐四顧，任何時空的風吹草動——

因為，距今一百二十年前，平埔族消失、泰雅族退向較深山域後，無論血緣與歷史都風馬牛不相及的東洋「近代日本人」，也插上一腳了。而距今七十年前，日本人前腳才走，另一支來自幾乎是整個中國全境縮型的對岸「近代中國人」，後腳又緊跟著取而代之了。

東洋「近代日本人」與這支對岸「近代中國人」，都以自己的夢想或夢魘，當作在地台灣人的願景或福祉。並且都以事實證明，歷史確實是可以正反操作，倒帶重演的。

世人皆睡，惟我獨醒。時至事過境遷的今日，他都還記得彼支日本人加在前代「唐山文化人」，此支中國人又加在前朝「日本文化人」身上的，種種悲涼往事。

這種種悲涼往事，自然生態觀察者仍然堅持美其名為「天演現象」，地方文史工作者跨前一個進階的，記取為「歷史教訓」。新認識的在地廟務管理者，便三句不離本行，謹守神鬼冥訓地，勸世為各人造業各人擔的「因果報應」。

他們引經據典，自以為是，各說各話。唯一共同交集的是生而為人，這恩仇應該可以寬恕，這記憶卻千萬不可遺忘，這歷史更絕對不可再度重演。

但他懷疑的是，盡信天不如無天，盡信神不如無神，這恩仇難免不被有心人是非倒置，這記憶難保不被蓄意者黑白篡改，而世人仍然願意全盤相信。他更憂心的是，這世途一旦沉淪至此地步，這史道一定繼續重蹈覆轍。

當然，他偶而也有世人皆醒，惟我獨睡的時刻。

像現在，一向被自己記憶爲古老冬候鳥，百萬年遵循遷移習性而活的綠頭鴨，他就不明白牠們何時竟被馴化在「心湖」裡，情願淪落爲人類豢養的「觀賞鳥」。

三幾個，也許是首次見到這種美麗水禽的遊客，隨手拋出手上的麵包或土司，引來綠頭鴨群集爭食，以便透過牠們尋找些許休閒樂趣。幾隻流浪狗則倏忽閃隱在湖岸灌木叢間，不時飢腸轆轆的虎視眈眈著，這群早已喪失警戒心的活體野味。

他十分不解包括人類和流浪狗在內，現在都早已進化到脫離地心引力，飛向太空接近天神的年代，綠頭鴨竟然還兀自停留在物質階段，寧願犧牲自由天性的原因何在？雖然，他自己倒是還像活在「古台北湖」畔的隱約記得，這些可憐的野禽什麼都沒改變，羽色鮮艷、身姿優雅，甚至連此刻適值炎夏所發出的沙嘎嗓調，都還足以讓他渾身打起隆冬才有的寒抖。

牠們唯一改變的是「記憶」。以致遺失了生命中，最珍貴的「飛翔」吧？

他頻頻猛擦冷汗，一名像似本地新生代的年輕人，瞧他一臉慌張神色，善意告訴他：

「這位先生，您是迷路趕時間嗎？出校門右轉，就有通往藍線捷運站的916公車。」

「不，我在尋找二百年前海山堡境內，樹林柑園客家人和三峽漳州、泉州人分籍械鬥，鮮血染紅整片墾地水田的桃仔腳刣人窟啦。你知道這刣人窟，怎麼走嗎？」他故意作弄道。

「喔，刣人窟[3]？我們北大附近，有這麼恐怖的地方嗎？」年輕人眨眨眼，反問他。

「哈，我被桃仔腳的漢人墾戶，從古早一路追殺到現在，怎會迷路在這片自己的家園上呢？」他竊笑了一聲，這個白吃三峽米，白飲三峽水的現代少年仔，竟然拿我當外客看。

不過，這年頭已經罕有這麼願意像個童子軍，日行一善的好青年，所以他當然還是滿心感激的回謝了他。然後，煞有其事地，立刻轉身離開「心湖」朝向校門疾行，好讓這位新生代，感受短短三分鐘的助人之樂；也好讓自己緩解一下，剛才被一路窮追猛趕的恐慌情緒。

一個頭戴白帽頂、綠帽簷，全身被長期猥瑣工作沾滿污漬的落拓傢伙，遠遠從學生宿舍那頭，吭啷匡噹開來一輛三輪車。三輪車在校門旁停下，落拓傢伙鬍椿蕪然的叼著菸頭，掏出菸盒走向警衛室，想向戴著藍帽子的警衛請菸套交情。

白帽頂，聽說是爲了避開被老婆戴「綠帽」的忌諱；綠帽簷，聽說是爲了突顯綠色大地的鄉土性。這年頭情願戴著這種帽子的這傢伙，肯定是個綠色政黨的死忠擁護者。

警衛們並沒讓這傢伙走進警衛室，也婉拒了他的菸；其中之一，一手指了指門邊的「禁菸」標誌，一手指了指警衛室旁，圍湊著幾隻流浪狗的，幾堆黑色大型垃圾包。落拓傢伙於是趕緊連連彎腰稱謝，轉身揮擺手臂，大動作喝走流浪狗，開始逐一解開那些垃圾包，探手撿取散置其內的資源回收物。

禁止閒人進入警衛室，警衛們嚴守職分，當然無可厚非。但拒絕這傢伙請菸，究竟意味著什麼？嫌厭這雙拾荒之手的猥穢，悲憫這副底層之身的卑微？還是，全然出自兩種顏色區分，政治對立的直覺反射？或者，只是不想爲了貪抽一根菸，惹來無謂的爆料風波？

聽說，警衛們就曾經只因某日心血來潮，好心驅打那夥咬食綠頭鴨的流浪狗，莫名其妙便慘遭某些愛狗遊客的嗆聲兼爆料，無端惹來校方責備，甚至媒體報導的無妄之災。

「唉，畢竟這年頭人心難測，誰知道誰心裡，正在暗暗悶想著什麼？誰對誰，又怎能不在自己心裡，悄悄防範著什麼？」他偷瞄了一下，那張早已取代以前的「保密防諜」，張貼而上的「禁菸」標誌，兀自感慨嘀咕道：「眞是的，區區抽一根菸，打幾隻流浪狗，竟然這麼嚴重嗎？怎麼不反過來想想，拾荒漢只是爲了討個人情呢？綠頭鴨更是早已被馴化，喪失了危機意識，活該牠們被流浪狗吃進肚子啊？」

這些疑問，雖然就像當年「土地公山系統文化人」的消失那樣，答案只有「天曉得」；也甚至，此事壓根兒與我何干的「何必問」。但請千萬記住，「近代中國人」所引發的第一樁台灣歷史悲劇，民國三十六年「二二八事件」的燎原之火，就是從一包不到一百立方公分大小的「違禁菸」，開始引燃的。

喔，民國三十六年的二二八事件嗎？他內心深處，倏忽閃過一抹將忘未忘的錐心之痛。

916公車來了，全程走「北二高」，一路迅捷開往擺接社故址的土城永寧站。嶄新的區間

3 桃仔腳在今之柑園境內，爲乾隆至嘉慶年間，泉州人所墾闢；傳說，當時該地長有大桃樹，墾民常在樹下納涼，故名之。後來，漳州人與泉州人爭地，雙方大動干戈，是爲早期一系列「分類械鬥」事件之一。漳泉此次爭地，聽說後者假借清水祖師神助，士氣大振，最後以寡敵眾擊退前者；但彼此死傷慘重，屍體橫陳，血流滿田，而有「刣人窟」之稱。

編號，嶄新的亮麗車體，嶄新開通的交通路線。

他並沒上車，公車本來就不是他的搭乘工具，這條新線各站，也本來就不是他想赴會的參與或見證地點。車上，十幾名乘客，分成三組魚貫而下後，公車噴出一屁股廢氣開走了。其後，一輛休旅車驚險擦過公車，右側擋住他去路的駛至校門口空地停下；日本廠牌的該車左側，從駕駛座跨出一名奇裝異服，見怪不怪的搞怪青年。

走在最前頭的公車遊客，是三名看似大專聯考塡寫志願前，前來山城看校園，順便參觀藍染節的中年夫婦及女兒。「大學就在大漢溪和三峽溪附近，石門水庫就在大漢溪上方，萬一水庫決堤或溪洪暴發，整個校區豈不全被大水淹沒了？」這家子好像來自中南部或更遠的東部，媽媽先是向爸爸一陣提醒後，走進校門又退出校門的面對鳶山，或面對他質疑著。

「安啦，安啦，這種事我從小活到現在都沒發生過，以後也不會啦。」搞怪青年似乎是個土生土長的古鎮子弟，順口代替鳶山或代替他回答的看向他們，同時看向他。

他一邊聽在耳裡，一邊悻然心想，他當然也希望但願如此。但事實上，他更想鐵口直斷的警告他們，這兩條溪都是備受漢人感念，卻受盡原住民怨咒之溪；這片沖積平原是染滿安溪人血淚，卻也充滿漳州人、客家人怨怒之地。就像選擇在地震帶上，蓋核能電廠那樣，誰知道那麼多怨咒與怨怒，何時不會伺機應驗，趁隙傾瀉呢？

「嘿，這個自以爲三峽通的小伙子，不就是三角湧文化協會的陳君嗎？」尋憶半晌，他恍惚想起自己可能就是陳君前世，陳君又可能就是他那隻童年風箏地，啞然失笑了起來。

其實，陳君就是他曾經向精神科醫師提過的，那夥地方文史工作者之一的某位新生代。

全身有如一幅藍染節活招牌打扮的陳君，是三峽文史踏查，與社區文化再造的有心人。聽說，此人隨時隨地總是藍墨鏡、藍頭巾、藍衫褲、藍吊袋，一身藍色系列的復古穿著。其目的，除了努力想打響本鎮藍染節的名號之外，另一用意是爲了幫助正在書寫地方文史論文的自己，增益一份山城二百年藍染風華，重新再現的幽微感應力。

又聽說，爲了替地方文史增添若干最上層的非物質性辯證，發皇些許最底層的白色人性幽光，他在這篇論文完成後，將無私奉獻給不同領域的其他有志之士參用；以便共同挖掘某些不被正式方誌，所登載的外史軼事，聯手撰寫某些不爲外境騷人，所知曉的稗野傳奇。

據他所知，陳君所謂不同領域的其他有志之士，除了他之前，已經向精神科醫師提過的那些舊雨新知以外，還包括一支盡其在我的業餘戲劇製作單位，連同多位藝創菁英在內。

「吃飽閒閒無代誌，憨人枉費憨時間！——」

一記不知來自何處的淡漫幽語，悠忽輕啐著。

這淡漫幽語，也許發自任何一張傳統父老的訓斥之口，也許發自一份當今地方有識之士的矛盾心境，甚至更是發自一句陳君本人內心的自我嘲諷。但陳君可能故意充耳不聞，也可能渾然沒有自覺地，在迎向一對日本老夫婦，以及一名三峽老翻譯爲伍的第二組公車遊客，一連疊聲互相「歡迎，歡迎」與「感恩，感恩」的握手致意後，背對著他走進北大校園。

看似一身倦容的這對日本老夫婦，心情不禁開始興奮，眼神有所企盼的發亮起來。

「重溫一場明治天皇年代，早被注定的抗戰之役，尋找一座南征先祖死後，遠被豎立的亡靈之碑。」老翻譯代替老夫婦，說明了此次迢迢台灣之旅的三峽訪意。

「喔，那麼是隆恩河之役，三角湧之役，還是大豹社之役？」陳君問道：「是戰跡碑，表忠碑，還是殉難警察官之碑？」

「把你所搜集到的資料和古蹟，都盡量介紹出來。」老翻譯說：「尤其是最早期隆恩河之役，那座日軍運糧船隊的戰跡碑，不就是建在這附近嗎？」

「嗯，沒錯！那座大正十二年建立的戰跡碑，就建在原爲大片田野的北大校園上；同年建立的表忠碑，是建在鳶山坡麓的三峽公園裡。但你們找對了地點，卻來錯了時間。之前，表忠碑已經在民國七十年被鎮公所敲掉，戰跡碑也已經在北大校園整地中，不知所終！」

「戰跡碑，不是聽說已經被移入北大校園啦？這就是我約你在這裡會合的原因啦。」

「這碑，台北大學建校以來，我曾經私下進入找過幾次，但都遍尋不著，校方表示已經送還日本當局。這些悲痛的殖民象徵，從藍色當權悄悄拆毀許多日本遺跡，綠色執政公然打掉許多中國銅像以來，台灣民間早已冷漠看待，我們三峽人更是已經不再聞問了。」

老翻譯告知這番話，老夫婦企盼的眼神，隨即暗淡了下來，興奮表情倏忽轉爲失落。

「一朝天子一朝事，一代子民一代悲。這就是中國人，這就是台灣人啊！」老翻譯不禁面對陳君或面對誰似地，使用著所謂「台灣國語」的北京話，狠狠連罵兩聲。然後，轉爲日語羞愧的告訴對方：「噢，老朋友，櫻井桑！讓你們大大失望了，實在十分抱歉哪！」

櫻井桑？櫻井，好熟悉的日本字眼。這不就是那位日軍近衛師團步兵第三聯隊，第六中隊特務曹長，「櫻井茂夫」的所屬姓氏嗎？

驀然，陳君腦幕閃過山城鎮志「抗日活動」所載，明治二十八年（一八九五年）七月十三日伊始，一系列隆恩河、土地公坑、小暗坑等大小戰役中，一連串關鍵角色的日軍姓名。

「難道，這位櫻井桑就是櫻井茂夫的後代？」陳君反感地，低聲向老翻譯詢問道。

老翻譯點點頭，愼重注視了陳君半晌。暗中悄悄審度起，當年那一場場立場迥異、慘烈相殘的日我戰役過後，如今這件人生機緣巧合，投爆在這名現代青年內心的震度與震幅。

老翻譯姓林，世居三峽，是一位受過戰前日本教育的國小退休主任。這種雙重身世的台灣子弟，難免多少都目睹或耳聞過兩甲子以來，日、中兩國種種所作所爲的統治手段。

然而，你不能因爲老翻譯的這層歷史背景，或剛才痛罵了社會現狀的那兩句話，就認定他是個挺綠人士；他其實早在年輕執教時，就已經加入國民黨，一輩子也大多將選票無條件投給泛藍色彩的地方公職候選人。當然，你也不能因爲這種投票取向，就將他打成藍色陣營的死忠鐵票；他在最近十二年間三屆的總統大選中，就屢屢動員親友人脈，公開倡言誓必選出一位具有本土意識，確立在地價值的台灣共主。

陳君是一名國小教師，兒少期都在鎮上學校就讀，長大接受正規國教師資養成教育後，選擇回來本鎮服務鄉里。課餘，秉持自己的性向與志趣，結合其他同好籌設了一處藍染工作坊，試圖致力於重新喚回，古鎮那份早已風華過盡的傳統藍染榮光。

在陳君的感性認知上，陳姓古來就是本鎮第一大姓，清初先民陳瑜是帶領唐山漢人，將腳印踩在鳶山下的第一人；嘉慶年間，首開墾地書院學務，設帳清水祖師廟教授漢文的，就是「三角湧庄」第一教席的陳川。光緒八年，打破古鎮兩百年天荒，中選台灣學政縣學秀才的，就是「三角湧街」第一才子的陳嘉猷；光緒十八年，前赴唐山賑恤例敘九品，領受三角湧開庄以來第二高官銜的，就是「三角湧街」第一善人的陳種玉。

光緒二十一年四月，滿清割讓台灣、澎湖給日本，民間倡議以「民族自決」方式，自行成立「台灣民主國」；五月，唐景崧、邱逢甲在台北召開「防台會議」，代表三角湧人列席與會的，就是「海山堡」第一謀士的陳有善。七月，日軍進抵三角湧，率領本地義軍開啓隆恩河戰役，就在隆恩埔幾乎盡殲櫻井運糧船隊的，更是不愧爲「清末遺民」的山城第一美男子、抗日第一驍將，膽魄品貌雙全的陳小埤。

在陳君的理性認知上，當然知道隆恩河、隆恩埔故址，早在逐次更新的本鎮地圖內，各自消失或變貌；隆恩埔、隆恩河、三角湧庄、三角湧街、海山堡等詞，也早已流爲一干空留追憶的懷舊象徵。並且，也當然知道，鳶山下曾經有過如此一段人間慘事，你先人爲了執行皇令侵犯了我先人家園，我先人爲了捍衛家園殘殺了你先人性命，諸如此類所謂的「國恨家仇」，當屬人性之內的歷史悲哀。

「那麼，罄竹難書的前朝舊事，備嚐血淚的生離死別，我就這樣隔著層層煙塵，自我置身爲一介無關痛癢的第三者嗎？反之，身爲陳小埤死後百年的新生一代，我比起亡者理應超越某些朝代層面，跳脫某些歷史情結吧？」林姓是本鎮第二大姓，山城不計其數的抗日戰役裡，也不乏林姓先祖浴血其中；老翻譯曾經是陳君的行政上司，同時更是陳君的啓蒙恩師，陳君對於他慎重注視的眼光，一時不禁爲之矛盾了起來。

在陳君神情凝沉，做不出適切反應的空檔，老翻譯轉身朝向老夫婦，一陣友情慰談。

「眞是殘念，十二萬分的殘念哪！」老夫婦似乎仍然堅持著什麼，老翻譯則頻頻「嗨、嗨、嗨」地，連連表示遺憾後，轉頭幾近央求的告訴陳君：

「看來這表忠碑和戰跡碑，已經是瞻仰無望了。剛才，櫻井桑有個不情之請，既然都遠從東京風塵僕僕而來，他願意以每趟新台幣一萬元的嚮導費，麻煩你帶他們重走一遍，當年櫻井曹長的隆恩河戰亡之旅。這是我的再次拜託，但可能是櫻井桑此生的最後請求！」

每趟新台幣一萬元的嚮導費，扣除包車款三仟元，已遠遠高過每節二百六十元的國小教師鐘點費；與時下正夯的電視談話節目，每集四千元起跳的名嘴爆料費相比，也猶有過之。難道在老一輩日本人眼裡，過往輝煌或慘痛的戰爭經驗，行情已經如此昂貴啦？還是一場場慘烈戰役過後，所犧牲的無數親友人命，只值得區區這個價碼？

「日本人不是常罵台灣人怕死，愛錢，愛面子嗎？入侵者和抵抗者之間，嚮導費不是問題，心態和立場才是問題。」陳君鐵青著臉色，最後不忘自我嘲諷一句地，總算答應了這趟導遊工作：「嗯，我今天就以一名文史志工的身分，免費接下這件國民外交了。」

但他告訴老翻譯，他必須先聽聽櫻井桑，關於他上述兩點疑問的看法。

聽過老翻譯的轉譯，以及頻頻「這只是年輕人的好奇心，這只是年輕人的好奇心」的委婉補述後，老夫婦的失望神情一掃而空。被尊稱「櫻井桑」的老人答非所問地，要老朋友轉告這位戰後出生的三峽子弟，說他在日本東京老家，也有個這種年紀的小男孫；但身爲祖父的他，這次來訪並未攜同那個興緻勃勃的小伙子，一起陪伴同行。

「身爲祖父的我，是因爲不想讓上幾代的遺憾，沉積成下一代的負擔啦。」

櫻井桑在心意被轉譯的同時，恨不得自己親口說明般，不斷插入對應的日語與手勢。

北大校門此處，是三峽目前已知觀賞落頦鳶精的最佳地點之一。關於歷史，關於殖民者與被殖民者、統治者與被統治者，關於一切可遺忘與不可遺忘的人間世事，也許這座猶自劫後聳立的巨鳶山頭，才是山城唯一不被抹滅的共同印記吧？

「那麼，我們就從櫻井曹長，當年也曾經抬頭目睹的這座鳶峰，開始說起了！」

「客隨主便，我們完全遵從嚮導的安排。但在開始之前，是否容我默禱片刻？」

想像著，如何在百年滄桑過後，理解或詮釋一段民間的恩怨情仇？櫻井桑顯然是採取勇於面對，反躬祈祝的懇切態度。而在他內心，諒必也是寄盼於對方，相同高度的對待吧？

儀式，是大和民族的特殊行動宣示，好像不這麼先行起頭一番，心情便不夠莊嚴持重。櫻井桑於是端身整襟，面向落頦鳶精一陣注視，然後兩眼微閉，雙手合十，喃喃而念：

飛鳶之翼，義民保鄉之怒啊
隆恩之野，死士護土之戟啊
大川之水，異域征子之血啊
明治之魂，大正表忠之碑啊
皇天之高，后土承載之德啊
共榮之志，家園承受之殤啊
死士之戟，就此低低放下啊
飛鳶之翼，就此高高昂揚啊

似輓似讖，如悼如憶，且頌且嘆，既怨還歌。

櫻井桑霎時悲聲顫抖起來，渾如親置其境的化為當年的櫻井曹長。陪立身旁的櫻井夫人，則更像是個老媽媽般，追懷著冥冥一縷青壯英魂，頻頻抹眼拭淚。

陳君剛好趁此空檔，掏出時尚手機，連連向誰一番撥打。

「嘿，吃飽英英美代子（吃飽閒閒無事幹），白痴才做這傻事。」

鳶山下的野風裡，那隻不知躲在何處的嘴巴，似乎又出聲說話了。

第三組公車遊客，摻雜著幾個金黃色染髮者在內的一夥草莓族學生，後來居上的越過他們前面，漫步遊進北大校園。這次，他可以百分之百肯定，時下會使用這種「火星語」酸人的，鐵定就是他們了。

年輕人，當然必須擁有自己圈內才懂的語彙與看法，否則哪算是年輕人。

但他們針對的是誰呢？是日本老夫婦，台灣老翻譯，還是三峽青年陳君？

當然，他們也有可能針對任何人，甚至就是針對他們自己。「我們待會要去爬鳶嘴岩，你就別再那麼無厘頭好嗎？捐錢可以，參加免談，高級政治乞丐啦！」他們之一，打開一只發出類似名模林志玲嗲聲的智慧型手機，向空中無奈加無聊意味的搖搖頭，聳聳肩。

高級政治乞丐？時值台灣整體社會抓狂的焦燥八月，綠色執政另一波政治危機乍起，一場藍色陣營身穿紅衫的「倒扁捐百元」示威風暴，正在「凱達格蘭大道」上，迅速成形。

他們就是針對那夥「反反民主」，負負得正的藍色紅衫軍嗎？手機天音，無人得曉。

反動如豪豬的時代青少年，誰知道他們內心正在想些什麼？誰又敢去知道，他們手上正在忙些什麼？誰更是勤於或懶於去想像，他們的日子、他們的生命，即將發生哪些變化？

他的手機也響了，響鈴是一長串悲切鳶唳。像北大校園的風聲，也像鳶山的霧影。

那是陳君剛剛透過文化協會轉達的二手電話，對象包括他在內的那群山城文史志工。話意，重點大致如下：

「茲因臨時執行某件神聖的國民外交，小黃、炯任、淑宜、老何、李二哥等人，請最少挪出一人，接替我今天的藍染節行程。否則，我們必將成爲三角湧的歷史罪人；——」

「國民外交，歷史罪人嗎？此事詳情，晚上我會伊媚兒，給大家知道；——」

「另外，協會附啓。凡接訊者遇見上述諸人，請告之速往老地方會合；——」

第五章
尋人啟事

如此世途，日夜奔波，終身打拼。您累了嗎？

那麼就請「奉茶」。暫歇一下——

他並未前往他們所謂「老地方」的鳶山東麓旁，那家「輕便車小棧」赴約。陳君之託，純粹是剛才那段時空轉角的偶發事件，他不想因此就隨便逸出既定老路。他也有自己的急事。他原想折返恩主公醫院前的復興路，走至三峽溪老渡口，然後穿越山城唯一的地下道，前去六人公祠，應驗一則尋人啓事；現在，他必須反向而行了。

二十分鐘後，他抄捷徑趕抵古早漳州籍柑園人，經常挑來麥子園土豆的老油坊前。

奉茶。請奉茶——

連番趕路，他跟在幾名外地人後面，牛飲了三碗，這種沾滿土豆油香的免費路邊茶。

老油坊不知何時也榨起了苦茶油。一堆來自南面山區的白雞鄉親，一邊蹲在門廊上等待取油，一邊好奇的張望著，從蔣經國年代以降，逐漸熱鬧起來的龍埔庄新街面。

「火旺叔公，囝市姑婆，生意很好喔。白雞生金蛋，龍埔出龍子。何時土角厝油坊，改建成透天厝店面囉？」他繞過那些白雞鄉親走進油坊，一邊嘴甜的說著好話，一邊回到囝仔時代那樣大聲問候著，一對高高坐在廳堂上的盛裝長者。

「柑園人早就不來賣土豆，現在是讓兒孫們榨點零星苦茶子糊口啦。」他們說。

「您們老人家眞是念舊啊，還堅持著讓後代子孫，傳承這份老本行。」他深深行個日本式鞠躬禮，然後到處找糖果吃地，幽幽探望了老油坊一圈。

「那幾位外地客，看來個個穿著怪異，神情冷漠。鎮上，今日哪來的這些人呢？」

繞過忙著按壓計算機，正在核算客人榨油工資的櫃台時，他指向好幾名奉過茶就走的外地人，詢問那個不知是火旺叔公第幾房頭，第幾代子孫的年輕人。

「他們嗎？聽說是跑來咱們三峽，拍製古裝連續劇的演員啦。」小伙子說。

「不是吧？他們看來有的像你阿公時代，跑來鎮上掘礦的下港人，有的像你阿祖時代，跑去山上種茶的客家人；有的更像你阿太時代，入番地砍樟煉腦的唐山羅漢腳仔喔。」他懷疑的糾正道：「你沒注意到嗎？他們個個滿身風塵，人人嗓聲深如古井打水，跨起步來總是盯著遠方看。咱們三峽沒海，他們所想看見的，應該就是遠遠等待墾伐的那片山林吧？」

記憶中，一向管教嚴格的童養媳罔市姑婆，此時操著濃濃泉州腔，開始厲聲罵人了。

「唉啊，你們兩人一個是冊龜毋識世事，一個是竹雞四處晃蕩，難怪目睭都大過平埔新娘。這些人，哪是戲棚上的啥戲子，或是陽間的啥活人，他們是一條條過往幽魂呀。他們總是盯著遠方看，他們所看的是天邊夢園，所想的是一輩子，勞勞碌碌的甘苦人生哪！」

他回望了一眼，始終正襟危坐在後廳壁上，無論眼神、表情、服裝，全都儼如慈禧太后再版的罔市姑婆。趕緊連糖果都不敢找，都不敢要的，立刻悄悄抽身退出老油坊。

油坊旁的站牌下，一名拿著飲料、揹著背包的候車遊客，迎面噴了他滿鼻碳酸氣。

如此世途，日夜奔波，終身打拼。您累了嗎？

那就來一罐清香可口的維他命C，加鉀離子，馬上讓您恢復一日所需的充沛活力。

奉茶。現在啥時代了，誰還落伍到取飲那麼一碗，古早三角湧的街坊「大桶茶」？

誰又沒常識到，還使用那麼碰過多少人嘴舌，沾上多少大腸桿菌、霍亂弧菌、腸病毒、肺結核菌、超級冠狀病毒的，鶯歌師傅手拉胚的「青花碗」？

他恍惚了一下，重新醒回現實，莽莽撞撞的擦身而過，另一名手機貼在耳邊，獨自面對著某層異度空間比手畫腳，碎碎唸個不停的濃妝熟女。熟女也許正值歇斯底里的更年期，也許不幸遭受薄倖男人的家暴或劈腿，瘋子般瞪視了他一眼；他則也在瘋子般不客氣回瞪她一眼後，唯恐對方臨時情緒失控，當場潑婦罵街起來，趕緊就近閃身躲入六人公祠堂內。

聽說，在鄉土作家最新一部小說裡，那位迷途於古鎮藍染節飄飄旗海下的台南許君，失蹤前那輛日本製本田老爺車的最後停留地點，就是這座六人公祠堂前。

鄉土作家姓詹，是個「一書作家」，早年倖獲某報文學獎後，曾經出過一本賠錢的短篇小說集子，從此便一蹶不振風光難再，不是半年寫不出兩篇作品，就是投出的稿子總遭退件命運。聽說，如此藝文人士，台灣比比皆是，簡直就像一群受到天罰的瀕絕動物。

但將龍肚懷龍胎，寧蟄龍埔孵龍子。不信榮光難重再，誓拿青春換青史——

平時靠著老婆車成衣度日，臨老仍然挺住一口不妥協殘氣的鄉土作家，就蟄居在本鎮三峽老渡口下方不遠，舊稱「大旗尾」，現稱「龍埔」的那片舊式公寓裡。所以，這個已經不再年輕的老小子，每當才思壅塞如便祕、筆尖沉重像銅槌時，便總會踽踽爬上溪堤左岸，一路踩著粼粼波光，走入李梅樹〈生命〉、〈三峽春曉〉、〈河邊清晨〉、〈清溪浣衣〉的畫境，回程轉來老渡口下處的六人公祠堂，面向六位抗日義士相濡以沫，順便面對繁囂世塵，當街瘋言瘋語的臭罵一通。

「鄉土，他媽的啥鄉土，就是這困住我們最後一抹情志的，愛鄉愛土四字啦！」

「義士，鬼扯的啥義士，就是那累死你們最後一縷魂魄的，憨忠憨義二詞啦！」

往往，雖然說是當街臭罵一通，但鄉土作家罵得出口的，其實大抵就只是這樣。

印象中，一介文人當然不比那些罵街潑婦，能把一件小錯罵到惡貫滿盈，把一樁小非呸到狗血淋頭。但話說回來，正當面臨一個浮華年代的某些熟腐現象，一種虛無文化的某些矛盾狀況，一枚秋葉的迎風飄落聲，又豈是漫天夏雷可堪比擬呢？

那麼湊巧，就在六人公祠堂內，他正好撞見又在一葉知秋而罵的鄉土作家。

明治二十九年（一八九六年）元宵剛過，因鄉人漢奸舉發赴義的六人公祠影，越過前李登輝時期拓寬的三十米民生街，投映到對面一所幼稚園大門的壓克力圖騰裡。

煙霧梟繞的香爐上空，包括林成祖在內的「六縷忠魂」，就這樣被禁錮在那片壓克力質地的光怪陸離中，兀自翻騰呼號。

後李登輝時期，台灣經濟逐漸出現轉型瓶頸，屬於黃昏工業的成衣界，無不想盡辦法轉進敵對的中國大陸尋求商機。商家無祖國，市場就是祖國，商人無情義，業績就是情義。鄉土作家的失業老婆，有如台灣一樣遭到同甘共苦的廠商遺棄後，聽說就曾經在幼稚園附近，擺過一段歲月的雞排攤子；於是，雞排攤子區區不到半坪大的一隅油漬地上，脂粉不搽、珠黃鬢枯的一條勞苦熟女背影，從此就被這介落拓傢伙，偷偷掛滿無奈而無助的愧疚眼光。

鄉土作家在替自己，或是替六人公一番洩恨後，心情好像舒服多了。緩緩，從身後背袋取出一卷什麼藍圖似的奇怪草稿，似乎試圖臨街勾勒出，某些尚未成型的小說人物。

但其實，那只是一張畫上一幀人頭像的「尋人啓事」。顯然，這花甲文青已經思考不出什麼新創意，建構不出什麼新情節了。

互相打過招呼，他湊近一看，故意用力拍手叫好起來。

「很像，簡直栩栩如生。黑矸仔裝豆油，實在看不出，你還擁有這手絕妙畫藝！」

「你恭維個啥，是拜託小張畫上去的。如果我會畫圖，那三峽畫家一定滿街跑！」

「不仔細看還好，一仔細看，這人頭像竟然有點像我呢？」他又故意大吃一驚說。

「唉，豈只像你，更有點像我，或像小張他自己啦。」鄉土作家似乎早就發覺道。

「眞的，這人頭像，任何台灣人看了，一定都會以爲是在畫他自己。」他點點頭。

「也許，在小張眼裡，我們這些台灣男人都是同一副臉譜吧？」鄉土作家嘆口氣。

聽說，黃人看黑人和白人，人人大同小異；反之，黑人或白人看黃人，也大致雷同。

小張，就是他曾經向精神科醫師，提過的那個童書插畫家。童書插畫家，習慣透過兒童的天眞之眼，看待這個世界，就像黃人、黑人、白人之間的類化互看，其實都是一條單純生命。小張簡筆類化的台灣男人臉譜，當然深得上述生命精髓，不但其貌統合，其神類似；簡直可說，就是那種命運最大公約數的，一張台灣男人之臉。

其實，這是一幅針對台南許君的尋人啓事。鄉土作家煞有其事地，將畫像貼上祠牆。

這是鄉土作家在一系列小說書寫中，有關尋找台灣市井人事物，第五度的尋人啓事。除了這件標題爲「尋找一名出神入鬼的搜尋者」之外，鄉土作家其他四件啓事，按照尋找時間先後，依次是畫上一蛟百尾的「尋找一處無限哀傷的老源頭」，畫上一隻沮喪落鷹的「尋找一記無端消音的老蒼嗓」，畫上一群空臉人身的「尋找一夥暗淡退場的老角色」，畫上一片暗黑人形剪紙的「尋找一干風中踉蹌的老身影」。

鄉土作家說，前三件失蹤者，大致已經在本鎮三峽找齊創作資料。第四件則必須等到尋得許君後，才能俱足天時、地利、人和的歷史條件，聯手前往台南古都按圖索驥。

「把這張啓事貼在這裡，應該是因爲許君的來歷，跟神鬼冥靈有關吧？」

鄉土作家點點頭，爲他簡介了一下來自台南府城的許君說，擔任過鹽分地帶文藝營總幹事的這漢子，是一名南瀛地區文史踏查工作的狂熱者，曾經編撰過《南瀛厲祠誌》、《南瀛太子宮》等，十幾本庶民信仰專書。文史底層神鬼狀況之探究，時空深處冥靈事跡之挖掘，是他最爲堅持而著迷的人生志業。「把這張啓事貼在這裡，還有個更重要的原因是，現今人人自危，遇事莫管、見死莫救的澆薄社會，透過鬼神管道尋找他，應該遠比向路人詢問或向警察報案，更加有效率。」鄉土作家有感而發道。

「我贊成你的看法，這年頭問蒼生不如問鬼神。」他也感同身受，心有戚戚焉的表示善意說：「我一年到頭都在本鎮各處遊走，也許能夠幫你找找他，同時幫忙找找，你上述有待補充的另外三件書寫元素。不過，我有機會在你的小說裡，遇上他們或被他們遇上嗎？」

「你眞是祖上有德，在昭和十二年（一九三七年）日、中宣戰時，被派充爲中文翻譯官，隨日軍遍征長江兩岸各地，僥倖不死；戰後，中國代表盟軍太平洋戰區接收台灣，你在民國三十五年五月回到三峽，不巧遇上翌年二月在台北城爆發的二二八事件。返鄉後，不得不識時務爲俊傑，歸隱菟裘、默默經商，幸運躲過其後三十年間，中國內戰國民黨敗退台灣所引發的一連串白色恐怖，直活到民國八十年底壽終正寢；然後，這才敢化爲一縷幽魂，背負一份原罪，不時遊蕩在二二八公園裡，喃喃悼念，當年被政治追剿的其他台灣子弟。」鄉土作家有點不滿的瞅了瞅他，一邊陷入尋思說：「哼，很好，很好，你這建議給了我一個靈感。也許，在往下幾個章節的某些必然或偶然裡，我可以安排你正式上場，公開跟大家會會面！」

「你現在所指的我，就是在中國八年抗日期間露臉的，那個爲虎作倀的蘇大興？」

「蘇大興文采絕倫、心如赤子，朝代資歷齊全、離亂身世完備，角色扮演經驗豐富，生前是繼新竹客家人吳濁流之後，三峽漢人足以寫下第二部《亞細亞的孤兒》的唯一寄盼；甚至，更是直追俄國人托爾斯泰項背，台灣人足以寫下第二部《戰爭與和平》的不二人選。這已經算是我對你的最大禮敬了，否則你還希望，我把你寫成誰？」

「也罷，聖賢奸邪盜，神仙老虎狗。只要你能持平創作，不把我寫成一隻充滿負面情緒的歷史豪豬，其他任何角色和細節，我全都隨你鋪陳，絕無怨悔！」

雖然嘴上這麼說，看著鄉土作家心緒難平，性格偏執的模樣，他倒是有點替自己，會被扭曲成一副什麼德性的擔心起來。「你這樣子，還能正常寫作嗎？我認識一位恩主公醫院的精神科醫師，他說我們現代人難免都會有點心理問題，連精神科醫師自己也不能例外。他好像也認識你，你不妨抽空掛個號去看看他！」他趕緊委婉的提醒道。

被一名自己的書中人，跳出來直指心理（或心態）有問題，他以爲鄉土作家必會無言默認，然後援引古今中外案例，搬出一堆「先知」或「天才」總被當成瘋子，「灼見」或「先見」總被看作笑話的托辭，自我辯解（或陶醉）一番。然而，這位聽說當初是爲了改善家庭經濟，在七十年代遠從中部貧苦農村遷來台北找生計，卻一再推辭許多兒童作文班、社區寫作班，落得必須靠老婆吃飯的矛盾傢伙，看來似乎並非宗教上所定義的「先知」，學術上所定義的「天才」，也不是醫學上所定義的「瘋子」，其實只是一個凡夫俗子的「窮鬼」。

因爲，其一是他並不像清朝同治十二年，虔誠從淡水穿荒入野前來古鎮傳福音，卻慘遭三峽人擲石以對的「洋瘋子」，馬偕牧師那樣，謙卑而無畏的面對當前惡劣環境；其二是雖然他還能堅持文學信念，但不僅沒有忘掉自命清高，反而時常顯露出，最下層次的怨天尤人。

果然，他才剛把話說完，這傢伙立刻被人踩到痛腳似地，惱羞成怒的飆罵起來：

「哼，聽好，我靠老婆吃飯，但不是窮鬼。世人窮而喪志，我則是人窮志高！」

「哼，聽好，我不是天才，但也不是瘋子。你們可以都是瘋子，我就是不能！」

「哼，聽好，我這樣子，當然還能正常寫作。我不寫作，我還活著所爲何來！」

「哼，哼，聽好，我當然處處有所不滿。事事順遂的人生，何需文學的存在！」

「哼，哼，聽好，我當然咒罵人性，又歌頌人性。不如此矛盾，又豈是人性！」

民國七十年代後期，他的晚年情志，還會跑去台北「二二八公園」前身的「台北公園」附近遊蕩時，曾經見過一名掖著黑色事務包，終年來回奔波在公園路，以及火車站之間的蒼顏青年。

此人戴著一副近視眼鏡，中等體型，殷實容貌，全身梳理得整整齊齊。如果不是一路跟蹤到他，竟然不時面對擦身而過的706公車揮手微笑，又每逢十字路口便指天劃地，書空咄咄的反常模樣；你一定會誤以爲，他就是一個精神飽足，充滿工作熱忱的台北上班族。

往來於台北、永和、中和、土城區間，老路線的706公車終站，就在本鎮鳶山下；進入民國八十年代初期的三峽街頭，隨後開始出現鄉土作家，那副未老先衰的蹣跚身影。他總是恍惚認爲，這傢伙如果不是從台北轉來三峽，尋求變換人生跑道的該名青年，必然就是「土地公山系統文化人」，無數古魂之一的對應化身。

「小伙子，相信前生今世，因緣際會的因果輪迴嗎？如果沒有706公車，沒有奔波在台北街頭的那個倥偬青年，應該就沒有終於前來古鎮三峽，找到一處精神慰藉之所的你吧？」他曾經在山城鎮志，才剛編纂出爐的對方溫熱閱讀中，斜著老臉跟他四目交映的探問過。

「我才不是那個寧爲浮華台北淪喪自我的小瘋子，那個小瘋子也絕非情願替文學浮名窮守一屋山風山雨的我。」彼時，比現在整整年輕兩序年的鄉土作家，反而一語驚醒夢中人的點醒他：「我倒認爲，那個曾經在台北公園迷失心性，在台北車站喪失自我的年輕人，其實就是當年在二二八事件現場，總算還顯現出些許人性的你自己。助紂爲虐，三峽第一才子的蘇大興，事到如今，還不敢承認從生到死，從日本人到中國人的這一路上，你究竟在閃躲什麼嗎？」

如此世途，終生閃躲。您累了吧？

那麼就請「奉茶」。暫歇一下——

落拓遊子，尋求一處風雲再起的發祥地嗎？

歡迎光臨。這裡是百年風華的鷹揚之城——

他於是猛然回神。學著，7-11超商夥計的口吻，像光緒二十一年（一八九五年）面對櫻井曹長的鳶靈般，面對鄉土作家，面對自己或任何三峽人的施禮道歉說：

「歹勢啦，你當然不是瘋子，你只是個瀕臨抓狂邊緣的超級才子！你當然也不是窮鬼，你擁有山城古今千百年的神鬼人脈，可供支使；坐享古鎮將近二百平方公里的山林資產，可供揮霍。你這老宅男、老米蟲，其實比蔣中正、毛澤東的那些歷史人物，還權勢在握！比王永慶、郭台銘的那些現代台商，還財力驚人！」

幸好，他總算還懂得世故的放低身姿，擴大包涵地，就這樣逗笑了這個幾近瘋掉的大怪胎，也避免了自己差點再度靈肉兩分的失神窘態。

第六章
矛盾世情

從新莊、樹林開來的交通工具，已經不再是武嶗灣社的獨木舟，或是大稻埕的紅頭船。眼下，另一路光鮮亮麗的802公車，風塵僕僕的在老油坊與六人公祠之間，靠站停車。

車頭上方，雖然一路顯示著二十一世紀的電子字幕，但稍有文史概念的地方耆老，仍然可透過第三隻眼，從那一幅幅蒙染厚重史塵的車窗看出，此車其實是穿越十七世紀以降的多層時空，一路駛經海山庄、海山堡、海山郡、海山區而來的多重旅程，迢迢抵達也是終站的飛鳶之城的。公車靠站停定，似乎也是前來參觀藍染節的外地遊客，紛紛起身下車。

時光飛快流逝，使他有點心急，某種幸與不幸，生與死的憤慨，在胸懷翻盪不已。他忍不住踱起步子，多看了那則「尋人啓事」兩眼。

這附近以前是「三角湧街」邊郊，日治初期還是一片陰森田埔。六人公當年捨身取義的六顆頭顱，聽說就是被人暗中拎至此址，偷偷接上屍身入土為安的。

如今，這片陰森亂埔早已寸地寸金，全都蓋上高樓大廈，充斥著車來人往的雜沓市囂。然而，聽說當年三峽人偷葬六人公時，竟然是連呼吸都不敢大喘一聲，天地神鬼也為之閉嘴封噤的肅殺慘況；只有六位三角湧老母，暗暗躲在植滿綠竹、茶樹、柑樹、金針草的幽暗厝宅角落，悄悄將心碎聲化做惡夜風吟，姑且自我泣訴喪子哀痛的。

「噢，母親啊。請寬恕我，這枉做一介人子的莫大不孝！——」

「噢，三角湧啊。感謝您，提供這六副寒骨的最後安頓！——」

他好像聽到如此這般，也許發自本身記憶，也許發自六人公口中的幽冥呼告。

「若是心情鬱悴，看不見將來願景，那就多想想家鄉的母親和那片土地吧！」

他打著乾咳，以曾經是個過來人的口吻，輕聲勸慰自己似的勸慰著鄉土作家。

他也好像這樣勸過六人公後，尾隨下車遊客，穿過斑馬線走向對街的地下道。

地下道內，由於才遭颱風侵襲，照明損壞而一片陰暗。短短三分鐘不到的腳程，人語回音盈耳、人影幢幢疊映，有如潛行在一段未經充分格式化，或不完全轉譯的視訊亂碼裡。走在後方，互相輕妄打笑，嘰嘰喳喳說個不停的，可想而知就是那些總把身邊八卦消息，當作人生主要課題的年輕遊客；走在前方，悶聲不語，腳勁有力，將步伐踩得格外嚴肅而沉重，沉重到幾乎微微震盪腳底的，很可能就是一夥做慣粗活的傳統莊稼漢。

出口處，陽光漫射而入。他這才逆光瞧見，這夥莊稼漢是六男二女的八條蒼默人影。

八條背影上，男人們似乎清一色，身著薯榔浸泡的深褐、深赭色，套染衫褲。兩個女人則可以十分肯定看出，穿扮的正是新近幾年本鎮藍染節所研發推展，一系列充滿山城意趣的菁染布料與花色，讓人一照眼就直若看見兩襲同式同款，幾可亂眞的「青姑」姊妹裝。

他們先他幾步走出地下道後，拐向三峽大橋下，很少有人行經的三角湧溪畔古徑。

三峽大橋下，此前曾經有宗教狂熱份子，私供了一尊大家樂時期的水頭落難觀音，其神像屢經溪洪暴漲，卻都能安然無恙。他以爲這八人可能是該神信眾，於是雖然心存納悶，但因目的地不同而就此分道揚鑣，兀自越過十字路口的一家箍桶店，繼續走向古鎮市區。

十字路口是本鎮兩大主街，復興路、民生街的交會處，也是後者的街頭部位；該街由此向市區縮小，並一路往兩旁岔出可通往諸多老住區，各年代重要歷史據點的舊巷弄。往往，從本鎮這條老主街幽幽走過，總會讓他滿滿泛生百味雜陳，愛恨交加的人世情愫。朝市中心直去，僅容兩輛小貨卡會車的傳統街面，兩側攤販挨擠，人車就像緩緩漂移在一條百年老溪的橫雜物，必須人己相貼，物我緊靠而行；否則，便會不小心撞上對方，或被對方撞上。

近距離看，那些人潮、商家、攤販，也許就是你的伯舅嬸嫂、姑姨甥姪，也許就是你的親戚鄰居、同事友朋，誰也不好當街怪罪誰，粗口開罵誰；免得一旦傷感情或撕破臉，日後相見就會很尷尬。因而，本街段聽說平時絕少發生車撞人，人撞攤位的意外事故。

遠距離看，那些販夫、走卒、街客，也許就是古老漳、泉、粵墾民，爭地械鬥倖存者的後裔；如今前塵已矣，彼此雖然尚存傷痛昇華後的族群意識殘型，但都總能內化先民的血淚教訓，不再無事生波。所以，聽說萬一不幸遭逢傷害事故發生，大家也幾乎都能權且暫以立場超然的新台幣緩衝場面，或是衡情量理請出相關士紳避開藍綠色彩，爰引姓氏及親族淵源，加以和解收場；非到實在不得已，那才會報警依法送辦。

這種整合唐山移民，兼容日本殖民社會的生命樣態，既散亂又有秩序的生活型態，既鄉愿又理性的處世風格，聽說已經在處處快速現代化的台北盆地南端，耐人尋味地，型塑出自成一格的在地口碑。而這正好就是，本鎮三峽令人百味雜陳，愛恨交加的新舊矛盾美感了。

他險險閃過一輛手推菜車，轉入始創於明治三十三年（一九〇〇年），至今已有百年歷史的三峽農會前。他目的之一，是想順道繞過來瞧瞧，很有可能會逗留在這座老農會附近，因爲流連該幢本鎮少數殘存的老建築之一，致使渾然忘我的台南許君。

不過，日治時期號稱全台首家民間農業金融機構的老農會，在經歷當年那段農林榮景過後，早將會務遷往市郊新址；濃濃日式風味的此處舊部，已另謀其他商業用途，整座拆毀重建，僅餘一般提、存款服務。拚經濟拚到這種地步，也算是現代社會的圖存求活之道吧？

拆毀農會舊地標的三峽街景，頓然使他兩眼失焦、視野失衡，全身傾斜起來的察覺到，原來一路追趕他的某些人事物，這也算是其中之一。

他並未在農會附近看到許君，也未在農會倉庫改設的停車場，找到許君的車子；於是順便在櫃員機前，掏出金融卡，提領了若干這趟藍染節之行的備用款。他以爲這些現金會是全然千元大鈔的新台幣，但拿在手上一看，竟然夾雜有兩張民國三十年代幣制巨幅變革，「四萬兌一元」的舊台幣，更黏附著三張昭和時期，日本翹鬍子「老翁仔票」的頭像紙鈔。

老農會走過戰前日治、戰後國府接收台灣，以及嗣後政黨輪替的三階段，他並不引以爲奇。反因意外獲得這五張朝代意義重大，賣價不菲的古董而偷偷高興起來。

他倒是疑神疑鬼的納悶著，提款機會發生這種怪事，除非是時光隧道裂開兩道歷史缺口，否則便是他本身出現三重時空的並置幻覺了。

他傾斜著身子，立刻暗將三種新舊現鈔，分別塞入皮包的三個不同夾層內。然後，也是傾斜著身子，趕緊涉過街面車流，躲進一條只能使用「羊腸小徑」，才能形容的陰巷中。

霎時，暗巷兩旁的低矮屋舍，開始朝他緊迫夾攏過來，空間於是被擠壓成一張平面，時間於是被濃縮成一截線段。他整個人，於是立刻有如置身在日本撤出後，國民政府領台以來、台灣經濟起飛以前，對於身爲一介三峽佬而言，姑且再也免受時代嚴重淘洗，免遭歷史激烈衝撞的半封閉地境裡。換言之，這片現今大隱於市的老住區，就是那種讓你這個歷盡時空滄桑的遊遁者，終於獲得可以臨時放慢一下腳步，暫時調整一回心思的逃世之感。

這種感覺使他心神坦泰許多了，一邊緩行到一座有著兩扇班駁門神彩繪的古廟旁，狠狠喘吐了一口氣。老廟週圍，正是本鎮開鄉三百年初庄，現名秀川里轄內的「公館尾」；廟後及左右鄰邊，捱靠著諸多原地重建的簡陋家舍，老舊格局、風化牆面，歲月痕跡處處可見。歷經世代傳承，現代化裝修的家屋內，包括清朝、日本、國府三朝，以迄藍綠政黨二度輪替執政以來，最少有十代祖孫同堂而居。

他站在一框似曾相識的窗影前，不經意偷偷聽見也是似曾相識的，如下家人互動。

「眞衰，我又踩到狗屎了；——」

穿紅衣的青年，把鞋子脫在屋簷下，打赤腳走進屋內說。

「哇，踩到狗屎，不會是上次那坨吧？」

妹妹專注的黏在手機熱線上，有預感的回過神來詭問道。

「唉，一定就是上次那坨。同個時間，同個地點，同個動作！」

哥哥苦笑著，一邊連連切換電視頻道。但切來切去，都是穿著紅衣群眾的示威鏡頭。

「活該踩到狗屎，不是叫你莫浪費時間，參加什麼倒扁遊行嗎？好好專心讀書吧。」

嫂嫂正在廚房煮飯，老媽抱著一直喊「好臭，好臭」的小姪女，沒好口氣的數唸著。

「反殖民，反暴政，反貪腐。咱三峽每代，總會出現幾個這種憨忠憨勇的子弟啦！」

老爸扔下一疊不是整版八卦新聞，就是通篇政治口水的報紙，幾許無奈的反諷他說。

「這囝仔跟你三表舅和五堂叔公一個模樣，就是看見什麼現象就反感，碰上什麼事情就反對，全身兩百零四隻骨頭，每隻都是反骨。」做祖母的，從房內暗處踱出來，自認爲苦口婆心的操著淡淡漳州腔說：「我聽你阿舅說，你們住在大稻埕的三表舅，跟人家密謀什麼黨外運動，最後是被抓去新店監獄關到差點發瘋。你外阿公說，你們住在宜蘭的五叔公是二二八事件時，失蹤在台北街頭，最後變成一隻八張犁亂葬崗的孤魂野鬼啦！」

「還有，更早以前，大家都還住在李家大院那陣子，我親眼看見、親耳聽到，咱們三角湧那些蘇姓、陳姓、林姓和翁姓鄉親，爲了反抗日本人，敗到家產散空、家族衰微，子孫更是落難到現在，才能稍微翻身。」一記活似壓抑在更內間某處的老男嗓，透過濃濃泉州腔，幽幽搭嘴道：「唉，戲可亂唱，政治不可亂睬。看看咱們李家大廟總管和李大鬍子他們那兩房，祖先只拜上帝公，不拜皇帝，子孫不入官場，只顧專心經商，這樣才能代代無事啦！」

「嘿，莫拿李家大廟壓人了，上帝公當然是大好神，就是太正經了。李大鬍子，當然也是大孝子、大賢孫，就是太愛做大夢，太想做大事了！」那張泉州老男嗓才剛說完，另一張更深隱更濃純的安溪老痰腔，突然跨出八仙桌上的公嬤牌位，狠狠吐出如下兩串怒斥：

「老祖公說得好，今生悔當青史人，來世但做野閒夫。你們都莫再苦勸他了，今日咱這老大人就把這話重提一遍，傳示汝等參考後，一切福禍吉凶，那就自行負責了；——」

「從明朝躲到清朝，從故鄉安溪躲到新鄉三角湧，我已經躲得夠累了。你們趕緊噤嘴莫吵，免得被偷聽。廟前渡口，好像有鄉親被殺了，我出去探探，會不會牽連到我們！」

這張老痰腔，似乎聲嚴色厲，緊貼耳畔，又好像以古儆今，飄在遠方。包括那張老男嗓在內，所有在場子孫無不心神一凜，趕緊閉口噤嘴。他從腔音、語氣、思維與家族淵源上，想像著這位老人家的身分與模樣。

他推測他應該是活在明、清兩朝傾軋末期，生前大隱於市，死後供進牌位，被某個對於朝代現象擁有「不滿特質」，並對生命品質懷有「理想性格」的後代子孫，漂洋過海揹來台灣的某位老祖先。他又從他那副痰腔痰調的老喉頭推斷，他應該跟他一樣，想必也是一名習慣以抽濃菸緩解生命壓力，性情孤高，形貌蒼槁的大煙槍。

果然，在子孫們久久一陣噤聲後，他扶著一管煙桿，掖著一塊白布，從後門露臉了。

他悄悄尾隨過去，越過大門深鎖的所謂「李家大廟」，越過因抗日戰事幾近歇市的「公館尾碼頭，來到稍下方的左岸義渡口。

李家大廟，就是今人所說的宰樞廟，供奉的李家大神，就是赫赫有名的上帝公。相傳，上帝公本來是一名屠夫，晚年因感悟殺孽深重，於是放下屠刀上山修練，臨河剖腹洗棄腸胃，最後洗盡罪惡得道成神；並且，收服蛇妖（自己的腸）、龜精（自己的胃），手執七星寶劍下凡，濟貧扶弱，行義人間。李家祖先尊崇上帝公，想必並非為了成神成仙，而是為了自家免受罪業作祟，子孫免受朝代迫害的那份區區祈求吧？

迎風飄揚著一面日本紅丸大旗的義渡口上，三三五五站立著一堆三角湧街民，大家正在圍觀著兩只竹籃內，被日軍一刀兩斷的六顆抗日人頭。老人家打咳著久年痰喉，搖晃著蒼槁身影，穿過圍觀街民，悄悄去為六顆人頭，蓋上那塊白色遮屍布。

「唉呀，原來眞的有鄉親被殺了。你說矛盾不矛盾？既然是義渡口，這義行上帝公是神不能做，李大鬍子怕事不敢做，那就只好由我出面義助了！」然後，朝他似曾相識的搖頭苦笑，轉身消失不見。

六顆人頭，聽說其中之一，就是橫溪坪林人，林成祖。其餘五人，雖然姓名、住地尚未探知，但大範圍而言似可確定，也全是三角湧人才對。

竹籃工法細緻，篾片反射著正月料峭的殘冬寒光，何其眼熟而淒切。可以確定，應該也是採自三角湧山林良竹，出自三角湧藝師巧手編製而成的。

以如此兩只竹器，承裝如此六顆人頭，聽說是被日軍在上方祖師廟，懸首一日棄溪後，南邊山頭突然起雲落雨引來溪漲，竹籃瞞過日方耳目漂向下方，卡在義渡口被蓋上遮屍布，才讓一名李姓屠夫趁夜撈至左岸荒郊，接上六具屍身，草草入土爲安；並於民國五十年代，再由族人獻出該墓所在祖地，透過一位陳姓頭人奔走籌資，這才建立「六人公祠」，供人追念的。

至於，那塊裹覆六顆人頭落葬的遮屍布，三角湧父老，始終無人知曉箇中來歷。直到一個月後，公館尾有房三十間的李家大院，悄悄傳出前述李大鬍子，開設在艋舺北郊的安記號商行，從唐山進口的昂貴布料中，竟然神不知鬼不覺地，被偷走了一匹白綢緞的大怪事。

「這賊會是誰？可能是，某個想幫上帝公贖罪的李姓族人，或是剛才那位祖先吧？」

「上帝公在乾隆十七年（一七五二年），庇佑李姓開基祖李國開，始墾於三角湧公館尾，悠悠生聚至今，後代子孫已經儼然綿延成本鎮第三大姓。大神大德，上帝公又何罪之有呢？」

他近眺粼粼流閃的三峽溪面，遠望層層濛霧的三角湧煙雨。開辦於清治道光年間，擺渡過咸豐、同治、光緒與日治明治、大正，兩國六皇倥傯流轉的此處老渡頭，已經在昭和八年（一九三三年）被「三峽拱橋」所取代。六顆人頭的棄置處，也已歷經滄海桑田，被後人塡高築成防洪岸道，任由過往行人百年走踏。

這條防洪岸道，就是靠溪側像蹲滿山城清純浣衣女那樣，植有婀娜垂柳的清水街。因早年水運而享有世代榮昌的三峽人，並未完全遺忘三角湧溪的恩澤。有識之士，也許為了延續先民血液裡的親水習性，也許為了方便昔日河神、溪怪、水靈們的登臨造訪，清水街臨溪岸邊，於是被沿路設置了多處上下石階。

他站在宰樞廟埕尾的一處石階上，驀然心血來潮，正猶豫著是否走下老渡頭，重溫一次擺渡到礁溪對岸的昔日風情時，突然聽到岸底響起一陣步履聲。石階下方，隨即陸續爬上了八抹人影，險堪堪地，差點跟他撞在一起的擦身而過。

八抹人影，六男二女，步伐沉邁有力，腳勁微微傳透整條清水街而去。他睜眼一看，這八人，不就是剛才走出地下道時，讓他驚鴻一瞥的那夥古裝遊客嗎？

六男二女，看來都目標明確，意向堅決，完全漠然於婀娜垂柳，忽視於來往路人的存在。六個男人，行至宰樞廟前，心情好像這才有了波動，緊握拳頭，開始怒聲嗆呼「為什麼，為什麼，為什麼」。似乎，為什麼，上帝公總是默默無言吧？然後，踩踏著自己淒厲的溪面迴音，拐進另一條，總是使人有跟清水街「路徑」交纏不清，「身世」交混不明之感的秀川街。

秀川街以日式語言命名，是一條比清水街更久遠的老巷，中段沿溪街面，已在民國六十年代，被新建的清水街所襲奪；後段穿越社區的街面，也早讓祖師廟埕所掩蓋。但老馬識途的這八人，卻猶然習慣選擇此巷而行，渾如一夥不屬於清水街年代的某朝遺民。

秀川、清水兩街與清水祖師廟埕，且明確分立、且模糊疊合的這片地境，非常有可能是二個、三個甚至四個以上，相異時空的交錯要衝，或是不同朝代的並置地帶。

這是一件天大地大的新發現，他趕緊打開手機，通報並詢問鄉土作家。

「喂，老宅男，前面有兩條交叉路。我應該怎麼選擇才好？」

「嘿，老遊魂，你是在地的三峽人，怎麼向我問起路來呢？」

「我是三峽人嗎？那麼我是誰，姓氏是什麼，名字是什麼？」

「你是三峽人，而且還是個三峽佬，你是誰應該自己知道。」

「還有，那夥身分神祕，路徑詭異的六男二女，又是誰啊？」

「你應該知道怎麼走，也應該認識他們的。否則，可能是恍神，又加上失憶了！」

「另外，我必須告訴你，秀川街、清水街和祖師廟埕交界處，好像有點怪怪的。」

「嗯，你就是因爲這樣才恍神，晃蕩了老半天，還逗留在三峽溪岸走不出去吧？」

「我才沒恍神，沒失憶。我是因爲應該先走新路，幫你找到許君，實現自己的諾言；還是應該先走舊路，查問六男二女，滿足自己的好奇心，這才猶豫不決起來的。」

「喔，恭喜你了。百層時塵，千重世障，你終於找回一份屬於本身的自我意識了！」

「哈，雖然筆拿在你手上，但腳長在我身上，我不一定就得乖乖循著你的筆路走。」

「很好，很好，我再次衷心賀喜你了。滔滔史浪，萬劫餘生，你總算懂得反抗了！」

免不了地，互相鬥過幾句「嘴鼓」後，鄉土作家言歸正傳的告訴他，其實三峽市區並不大，更加上歷史因緣環環相扣，朝代路徑條條相通，穿過兩條街，就能重逢昨日靈肉分離的你自己，繞過三口井，就能邂逅前天生離死別的老親友；你剛才穿越的老社區，史頁緊密到彈指翻轉，人事緊靠到眨眼變換，就是個活生生的時空切片。

「拜託，你可以先幫我找到許君，再放懷滿足，你那份追查六男二女的好奇心嗎？」

「拜託，從恩主公醫院趕到祖師廟口，我都快渴死累癱了，你何必這麼苦苦相逼。」

「有話好說嘛，祖師廟口，喝的吃的應有盡有，你大可一舉兩得，邊休息邊找人。」

這話說得也是，廟埕跟鄰近幾條老街舊巷同氣連枝，古往今來流轉三百年，原住民、漢人、洋人、日本人，各種過客絡繹於途，時空擠壓得比義渡口還緊湊，世代濃縮得比公館尾還深重。如蒙祖師公垂憐，或許徜徉個兩小時下來，說不定就能找齊想找的任何人事物。

「但是，切記！你務必遵照醫囑按時服藥，免得藥效消失，腦筋鎖死，記憶打結。更務必記住，萬一不幸如此，那就得趕快就近跑上長福橋，找到那位胡大仙幫忙解套；——」

手機裡，幽幽傳來對方關鍵叮嚀之餘，同時也隱隱聽到這傢伙便祕似地，電腦鍵盤憋一次氣，吐出一個字的斷續敲打聲。他欣然感到一股慰藉，鄉土作家終於恢復正常寫作了。

只要鄉土作家繼續進行小說演繹，地方文史工作者苦心挖掘的冷硬文史化石，就能重新回過神來，化為一副副血肉熱軀。他也就能在找到台南許君，追查到六男二女後，繼續有感有覺的甦醒在這座山城中，繼續有情有義的遊活在那片字海書林裡。

甦醒著，遊活著，生死兩忘著。一塊文史化石是一圈世代年輪，一頁文史資料是一面朝代切片，一卷文史檔案是一座神鬼殿堂。

他於是加快腳步，且在停滿清水街邊的車輛裡，尋找許君的老爺車。且在川流不息的遊客中，但願可以盡快重逢那夥六男二女。

第七章
菁染大夢

果然，鄉土作家並沒騙他，祖師廟埕周邊跟公館尾社區大致類似，可說都是本鎮唐山漢人挨擠成性，泉州墾民株連聚居的殘存櫥窗。

直挺挺，沿溪岸依現代思維規建的清水街，在宰樞廟段襲奪日式意趣的秀川街後，在祖師廟口左前端，又跟交會過另一條社區小巷的秀川街殘段，再度重疊一次。這另一條社區小巷，就是國民政府取得台灣統治權後，強化教忠教孝的施政內涵，所重新賦義的忠孝街。

庶民的世途之路，最後指向往往總是一座老廟口，他並沒有鄉土作家所謂恍神或失憶的問題。他童年曾經次次探索在更悠遠深邃的古老聚落裡，穿梭在更蜿蜒迂迴的陰暗巷弄內，最後總能在某個記憶轉角，拐個彎找到祖師廟口，重新想起返家之路。

前述秀川里清水、秀川兩街重疊夾角，也就是兩條迥異史道分道揚鑣的岔口，適巧能夠緩衝多重世情的前置三角窗空地；假使你是個疲憊路客，當可隱微察覺，其上早已備好一具斑駁茶桶，正在等待著你的不時之渴。但你若能進一步屈膝躬腰，駐足細看，其實還可更加深隱一層的驚訝發現，茶桶下方，竟然另有一口正在浮映出，你那張過往面目的小古井。

一個眨眼，他原以爲今生或將失之交臂的六男二女，此時剛好有意無意的停下腳步，好像專爲等候他，也好像只是依循慣例的臨井打水；慎重擦洗起，他們那八張風塵僕僕，穿越多少過往歲月的蒼鬱倦容。栩栩如生地，他肅穆觀看著朵朵水花，撲閃在他們憂患鬚鬢，聆聽著嘩嘩水響，潑濺自他們悲苦手縫；而替他們深沉感受到，陣陣如歷其境的前世悲涼。

新世紀之初，他當然心裡明白，那只是一口歷史的記憶之井，此井其實早在民國九十年代或更早的八十年代，已經被作廢封死。因爲，前此他在二十世紀末重回山城時，此井早期該有的那泓清冽幽泉，早讓一圈不搭調的黃土蕪草給填實取代了。

這是可以理解的，一切求新求變的三峽人，豈有保留這泓古泉的意願與餘地。

再一個眨眼，他忍不住緊步趨前，有如驚逢早年故友似的審視起這口古井來。

他這動作，立刻引起三角窗屋簷下，兩名對弈老者的納悶與好奇。其一，額邊有塊長壽斑的，側著臉習以爲常，見怪不怪的說明道：

「這位哪來的鄉親，你在找啥吧？這口井不乾淨，早就塡平囉。」

他告訴老者，剛才——就在剛才，他看見有人站在井邊打水洗臉。

老者怔然低下頭去，似乎正在思考盤中棋局，霎時久久忘了落子。

「六男二女，男的本島衫、本島褲，女的一式藍衣打扮。」他說。

「喔，六男二女，六個穿著本島衫，本島褲的男人嗎？」老者拉吟著長長痰嗓，恍恍惚惚自問了一句：「難道，會是他們——六人公，又返來咱們三角湧啦？」

「對，就是六人公，林成祖他們六人。十五分鐘前，我看見他們邊罵邊走過李家大廟，趕緊拿起枴杖追出來。哪知他們身手還是那麼勇健，一轉眼就追丟了！」

一介看似更年老的長者，一把長鬍浪漫飄曳的，悄悄從他身後晃近，繞至棋盤旁搭腔著。

「他們背後，還緊跟著有點像以前的你們，又有點像年輕的我那樣，三分像人、七分像鬼的這個少年仔。」長鬍長者似乎既相識又陌生地，指著他及兩位對弈老者審視。

他也似乎既相識又陌生地，看向突然出現的，這位第三個三峽耆老。

「聽說，每逢變天或世局大亂前，六人公就會現身三角湧。最近一次，上屆總統大選，國民黨下台後，已經很久沒聽過有誰看見他們了。」長壽斑老者，眉頭緊蹙的尋思著，棋子久久拿在手上說：「他們這次現身，莫非是在預告著，咱們台灣又要發生重大變故囉？」

「這六人和我同年代，據我所知，他們是回來向上帝公和祖師公討公道的。」長髯長者悲哀的嘆氣道：「唉呀，事到如今，早已時過境遷，他們六人，還是一肚子悶氣啊！」

「六人公，當年被日軍侵門踏戶，砍下人頭，吊在祖師廟揚威示眾，廟內神明個個沉默無言，難怪他們會生氣。」長壽斑老者拿著棋子，撫著額頭疑惑說：「不過，另外一對藍衣女子，又是何方神聖呢？莫非，咱們三角湧，還有沒人知道的抗日女義士嗎？」

「我若生前死後訪查無誤，這對藍衣青姑，相傳白臉的叫阿雲，烏面的叫伊娜。」聽說，白臉青姑是個來台尋父依親，被山洪淹死在三角湧溪的唐山姑娘，烏臉青姑是個早期遭受漢人羅漢腳仔調戲猥褻，羞恨跳下橫溪自盡的泰雅族少女。兩件慘事同時發生，兩具屍體、兩條靈魂在兩溪匯口巧妙交會，結果負負得正，兩陰化陽、兩凶化吉，兩人不但神奇復活，還一起發現泡菁染布的方法，從此就以「青姑」形象流傳後世。

「有一點，我倒是覺得很奇怪。年輕時，我曾經做過植菁製藍事業，當年探聽到的這件青姑傳說，大約發生在咱李姓開基主，開墾三角湧的乾隆中葉。但她們和六人公身世不同，時代不同，怎麼可能走在一起呢？」娓娓然，長髯長者依稀回想著，同時感到非常懷疑的補充道：「除非，這少年仔眼花看錯人。要不，就像我晚年那樣，時常因爲過度愧恨，心神驚恐，竟然可以同時看見開基主國開公、元明公兩兄弟，看見陳小埤、翁景新、蘇根銓、林成祖的義民營同志——他們那一條條，初期開荒和後期抗日，一直徘徊不去的新舊靈魂！」

「莫怪喔，那陣子李家大院曾經傳出，您老來得了嚴重高血壓和怔忡症的壞消息。」

「高血壓是植菁製藍時期就有了，此症糾纏到我六十九歲腦充血過世。彼時，先是於家於族進退失據，後是於私於公苦惱萬分，煎熬得我一個頭兩個大，一粒心臟兩邊跳！」

聽說，人越老就越耽溺於回憶，長髯長者一觸及往事，不禁往前吐溯起同治後期、光緒初葉，那段先遭父喪再逢番變，大片菁園毀於一旦，平生藍染宏圖轉眼成空的辛酸來。

「怔忡症是在光緒二十一年，也就是明治二十八年四月，在得知台灣依據清、日馬關條約，被割讓給日本以後，那才逐漸出現的；——」

長髯長者悲哀而述，那年他五十四歲。日本首相伊藤博文，從清廷特使李鴻章手中接收割台條約不久，能久親王旋於五月底率軍登陸損仔寮（貢寮）澳底，並一路開抵台北城後，六月下令經由枋橋（板橋）揮兵南下；七月十二日，日軍坊城大隊進駐三角湧街，同時在特務曹長櫻井茂夫率領運糧船隊的支援下，進行南進龍潭陂（龍潭）之前的補給工作。

七月十三日，在三角湧溪夜泊一宵的運糧船隊，不意就在凌晨轉溯隆恩河發往大嵙崁溪途中，首遭埋伏於隆恩埔兩岸的三角湧與樹林義軍，第一波的截襲反抗。

此仗，後人稱爲「隆恩河之役」，自此揭開了敵我雙方，其後無數次大小戰役的悲慘序幕。戰役初期，甚至引暴了日軍「焦土掃蕩」手段，沿路焚街屠庄的激烈反撲。

「當時，我在艋舺經營航運，堂口人多貨雜，剛好成爲掩護義軍物資援助，情報提供的地下工作站。我一則於私操持商務瑣碎，一則於公心懸家國大事，精神嚴重耗弱，心靈極度虛脫，因而埋下怔忡症的病因。這病終日恐慌，竟夜不安，有如失心發瘋，那種痛苦竟然比高血壓還難纏，一直折磨到六十九歲，我併發腦充血而死，這才終於獲得解脫；——」

「終此一生，雖然死在高血壓，總比死在失心瘋，還來得痛快和灑脫。但早年菁染產業血本無歸，晚年護台志業功虧一簣，我總是問心自疚，並無家鄉父老們所說的功德圓滿啦！」

長髯長者說完，兀自蓋棺論定的一句幽嘆，聲如微風拂耳，簌簌從柳岸吹向溪面。

「將軍，這盤你輸定了！——」

另一名對弈老者，大聲竊喜道。

「這手不算，我剛才分心了。」

「牽牽拖拖，你剛才怎麼啦？」

「我剛才在跟鬧番伯公聊天。」

「鬧番伯公，不就是李家大院內，那個當年在艋舺大街開大店的李三朋嗎？」

「對，就是李三朋。那把大鬍子，就是他老人家在三角湧街的註冊商標啦！」

「同樣姓李，同樣大鬍子，聽說有人將他比作萬人之上的李中堂來恭維，也有人看成宰相有權能割地的李鴻章來取笑。嗯，當年艋舺大街的有錢人，今日返來三角湧做啥呢？」

「於私，三朋先仔少懷壯志，天生是個生意人，年輕時就發現台灣染布業大有可為，可惜投下巨資栽植的大菁山場，因為三角湧地區鬧番害（泰雅族出草殺人），轉眼成空。要不，日後三角湧街，哪會還有陳恒芳、元芳號、林元吉，這些染坊存在的餘地？大菁藍染，是李三朋一生風光商場，唯一落空的大願。他老人家這趟返來三角湧，想是為了重溫當年那場藍染大夢吧？」

「鬧番伯公，忙著啥啊？稍坐下來，喝一杯咱們三角湧古法烘焙的海山包種茶啦！」

「人生有夢，生前是美夢，死後是遺夢。一杯茗茶，哪留得住一名徹底的藍染迷？」

果然，當兩名老者一邊重新排棋，一邊大聲呼請時，對方飄曳著灰白長髯，遠遠說：

「今日不行，我得急著追趕六人公。然後，參觀庄役場的藍染大展去啦！——」

「喂，鬧番伯公，請等一下。您說六人公，是回來向上帝公和祖師公討公道的，這是怎麼回事？白臉青姑和烏面青姑的復活奇蹟，那又是怎麼回事？」山城悠悠三百年，古人可遇，古事可查，但傳說難求。他趕緊抓住機會，學著時下爆料記者的追問道：「還有，請您說說。您認爲當年台灣回歸清朝好，歸附日本好，還是自己成立台灣民主國好呢？」

「唉，都已經一百七十幾歲的老人了，還公私兩邊跑，難怪他會忙到失心瘋。」

兩位老者重新擺開棋局後，各據楚河漢界，又開始忙著展開下回合的攻防搏殺。

庄役場，就是日治時期的三峽庄役場，國民政府領台後，改爲三峽鎮公所；也就是此次藍染節，一系列藍染作品靜態展覽場址，近年又改爲三峽歷史文物館的前身。

車、馬、炮的激烈戰火中，你、我、他的漫然應答聲，邈若溪水流響。冷不防裡，當他本能反應的再度驚惑眨眼間，三個老人、三條老身影，竟然全都隨風飄逸而逝了。

三角窗街屋內，一名染著金髮的新世紀青年，推門走出，還算態度親切的詢問他：

「這位老先生，您是外地來的遊客吧。您找誰嗎？」

「喔，我在找兩位下棋的歐吉桑。剛才，不是有兩位老人家，坐在古井旁下棋嗎？」

「那是火炭叔公和老鄰長，他們生前時常坐在井邊下棋，不過都早已往生很久了。」

「喔，喔，眞歹勢。那麼，請問去三峽歷史文物館，參觀藍染節作品展，怎麼走呢？」

他心神一陣恍惚，些許確定，些許否定的同時，趕快指著此處兩條時空岔口的回神道。

「兩條路，都行得通。不過，你往前斜斜穿過祖師廟口右轉，會比較順路。」

「還有，請問你聽過陳瑜、李國開，或是六人公、鬧番伯公，這些古人嗎？」

「嗯，不好意思。那些古人，那些歷史人物嘛，我只聽過大畫家李梅樹啦！」

年輕人搖搖頭，些微尷尬，些微愛莫能助的笑了笑；然後，跨上停在屋簷下的「豪邁」機車，噴他滿臉無鉛廢氣的揚長而去。眼看著，年輕人穿過祖師廟埕尾，逕往八張左岸直騎的路線，他猜想這小伙子應該是打算經由清水街尾，前往弘園街頭的中園國小，專程探看藍染節開幕晚會，別開生面的動態表演場子而去的。

爲何，會有這種猜想呢？那是因爲他也曾經年輕好奇過，早已打聽到主辦單位，將在本屆這場晚會裡，特別安排在地產、官、學界的名人服裝秀；以及林佑威、李沛旭等人，那些超級偶像明星的激情歌舞演出。

祖師廟口，鄉土作家也並沒騙他，周遭確是各種冷熱飲食都有。

廟埕空地，此時還容許車輛停靠，遊客則三五成群徜徉逛其上。

他眞是又渴又餓了。一走進廟埕，便迫不及待的掏出日本「老翁仔票」，買了一碗古傳漢方龜苓膏，消暑兼充飢；隨後，又買了一瓶昭和年代的彈珠汽水，重返童年歲月的且走且喝起來。

當然，在滿足口腹需求之外，他還不至於忘記此行目的；一邊遊目逡尋，台南許君的老爺車，一邊環眼張望，整座廟口的雜沓人客。

他有點迷惑，在三峽莊嚴廟雕，老街典雅建築的盛名招徠下，廟埕上各地觀光客所搭乘的車輛、所穿戴的服飾，竟然何其多樣化與個人化地，繁雜到讓他不知今世何世的傻眼地步。

尤其，人臉流露的心思，竟然比起許君的簡筆畫像，更加進化到讓他撩亂難懂。

眼前，他至少看見五個以上電腦視窗式的交疊鏡頭，呈顯出以現代石化休閒便服為主，交映著日治精緻和服、台灣簡樸衫褲，清代長袍馬褂、唐山粗拙布衣的錯合畫面。

他當然知道，這諸多奇裝異服的芸芸常民，其實不見得完全是為了參觀藍染節而來的。參觀藍染節，也許可算是一個主要目的，順便拜拜神、湊湊熱鬧、散散心，有機會在公共場合秀出自己，想必才是一種體現休閒附加效益主義者，彼此心照不宣的現代流行趨勢吧？

他在一個類似網路頁面彈出的小視窗裡，突然重逢了急於追趕六人公，又忙著參觀庄役場藍染展而去的鬧番伯公。他原以為老人家是被廟口擁擠的人潮所耽擱了，但湊近視窗這才看清狀況，原來他正駐足在懸掛著六顆人頭的高直廟桿下，大搖其頭的仰天長嘆。

高直廟桿，當然是山城在地杉木所製。六顆人頭，也當然就是前述六人公所屬。

依據他記憶所及，六人公就義成仁後，首級被送至三角湧街懸掛在祖師廟口，時間是在隆恩河之役與兩次三角湧會戰之後，三角湧人爭相「走番仔反」躲入山地部落，義軍則化整為零，進行後續抗暴行動的明治二十九年（一八九六年），正月中旬。這意涵也可換句話說，六人公的六顆人頭，已經被日本人吊在祖師公面前，將近一百二十年之久了。

關於「死」，東方世界提出「功德圓滿」，「壽終正寢」的最佳死法；西方世界認為「除非上帝要一個人死」，否則一條生命是不會眞正結束的。青壯年華含恨而死的六人公，當然栩栩如生，都還活在三角湧；果然，當他湊近另一個久久滯留不去的小跳窗時，先前無端消失的六男二女，又驀然現身眼底了。

走在前面的六人公，二十出頭、三十來歲，氣宇軒昂的六名血性漢子，清晰可見，頭縛褐巾，衣襟打結抄在腰際，步伐微微震動的踩出視窗。如在宰樞廟前那樣，面對聖神，舉臂連聲嗆喊「爲什麼，爲什麼，爲什麼」——爲什麼，諸神總是默默無言後，魚貫跨入祖師廟內。

不知爲什麼，他們一進廟就朝向高高在上的祖師公，備極哀怨的依序擺頭怒視，涔涔流下，十二行負氣難平的青壯淚水。六人先後擺頭怒視時，被日本軍刀斬殺的六道斷頸處，不禁都「喀嚓，喀嚓，喀嚓」的接連發出，六串身首重新接合的頸骨齟齬聲。

此時，燭火閃爍，香煙裊繞的神龕上，交替顯現出兩尊聖神的相貌來。烏面的，當然是清水祖師公；粉紅臉的，則是日本官方在昭和十六年，強制本鎭各寺廟奉祀上去的「天照大神」。

他不明白，那六句怒嗆與十二行眼淚，是六人公不滿漢神「清水祖師」的守護不週，或是憤岔日神「天照大神」的殘酷不仁，還是無奈於彼此無法自主的困頓命運而發出的。

不過，可以十分確定的是，六人公身上的本島衫、本島褲，若非著色自清朝同治年間，三角湧染布街陳種玉創設的「陳恒芳染坊」，便是泡染自光緒年間陳嘉猷創設的「元芳號染房」，林金井創設的「林元吉染房」了。因爲，那種久經百年塵事淘洗而不褪色，如血涸附體般深染入骨的本地薯榔原汁，其暗赭衣影是絕非歐洲合成染劑，所能人工調製出來的。

就像鬧番伯公所說，六人公、黑白青姑，並非史道上的同夥人，當然也就不是世途上的同路者，但雙方似乎目標一致。六人公在痛快宣洩不滿後，昂然跨出廟門，走向或許也隱藏著諸多相同身世的人客中，再度消失不見；原本重疊的視窗裡，於是因而不僅更加廓清出一對「青姑」該有的音影軌跡，並且也同時浮現出清水祖師廟，草萊初闢時的原始廟景來。

依據他模糊記憶所及，草創於乾隆三十四年（一七六九年），歷經道光十三年（一八三三年）台灣大地震後的修建，明治二十八年（一八九五年）日軍焚街後的復建，以迄民國三十六年（一九四七年）再經李梅樹精心整建而脫胎換骨，從此享譽國際的這座東方石雕大廟——原來，竟然只是一抹浮水印似地，漾映在三角湧時空底層的「流幻庵堂」。

黑白青姑的一對身影，看來有如同一主靈的兩抹分身。彼此穿戴的服飾，也有如同塊布料、同瓢染劑、同條溪水漂洗後，經由同副針線、同雙巧手，所縫製出來的同命姊妹品。

她們先後輕輕跨進庵堂，先後緩緩來到祖師公座前跪下，先後深深伏身，三叩頭而拜。兩人都始終背對著他，先後連續的身姿，便像兩道慢速分解，連串流閃播映的藍色幽光。

由於，時框深置，視廊深邃，三峽鎮志裡也無所記述而無從查考，他一時難以辨明她們到底誰是白臉阿雲，誰是烏面伊娜。進而難以理解，她們總是一先一後的涵意何在？

這兩項疑問，讓他久久站在祖師公廟前，幾乎渾然忘掉了，原先對六人公的好奇，以及急著尋找台南許君的初衷。然而，既然鬧番伯公說，白臉的是阿雲、烏面的是伊娜，可見三角湧人曾經有誰，近距離看過這對「青姑」的盧山眞貌。

日移星轉，天緣難再，史滾塵揚，古顏難逢。他務必趕快想個辦法，一探究竟。

他原想佯裝香客，混進庵堂伺機窺視。卻立即遭到，兩名古裝軍爺的嚴厲喝阻：

「哪來的番童野囝，不得隨意進入，攪擾麻章上人的清修！」

兩名軍爺持戟擋在廟門口，一把揪住衣領，將他拽出庵堂外。

番童，野囝？他發楞了一下，從小到大第一次被人如此斥喚，讓他有點不知所云。

「嘻，小三轉仔，莫發呆了。你想偷看黑白青姑的祕密，那就隨我來吧；——」

一位活似從唐山年畫走出來的老壽翁，拈著雲鬍，拄著蛇杖，悄悄將他扯到一旁。

小三轉仔？他又是一楞，更加莫名其妙起來。番童與小三轉仔，語意好像指的是他的種族和血統；野囝則應該是說他，缺少孔孟詩書的禮教薰陶。那麼，我這就是二百五十年前，唐山先人眼中的那種小異類嗎？否則，嶄新世代的三峽人，又必須是一副怎般身世呢？

他在「不知所云」與「莫名其妙」裡，不禁又摻入一份濃濃扞格感的錯愕起來了。

「老人家，您是誰，我們相識嗎？」

「我從小看大你，我們當然相識。」

「那麼，您應該也知道我是誰吧？」

「我當然知道你是誰。嘖，嘖，天地造人，果然中道而行，天衣無縫啊；——」

老壽翁有如鑑賞一件超完美藝術品，兀自萬分讚嘆地，打量他全身上下，好一陣子。然後，伸出佈滿壽斑的手，就像自家十八代小孫子那樣，牽著他拐向庵堂邊廂。

「這囝仔，從小在平埔族外嬤家長大，荒廢了大片心田和學業，我今日專程帶來祖師廟拜師習文啦。」老人家躬腰作揖，向邊廂門房打過招呼後，偷偷從日治初期，漢文先仔陳斐然的書齋內，曲曲折折、躲躲閃閃，潛行到清朝嘉慶十八年，老夫子陳川開設的塾堂裡。

這一路往前潛行，他等於是經由旁門左道，穿越了將近一個世紀。

老夫子陳川的塾堂，是借用清水祖師的庵堂正殿而設。十來名垂髫學子，正在一邊面對著陳川搖頭晃腦，一邊虛掩著泛黃的線裝課本，背誦「之、乎、者、也」。

神龕上，麻章上人正襟端坐，法相莊嚴，一頂佛冠、一把禪杖，一襲僧衣、一雙芒履。

原來，祖師公是一尊佛爺。更想不到，道教外徵的祖師廟，竟然兼具佛家的前身內涵。

天道恢宏，萬法歸宗，人性提升到極至處，神佛自必合而為一。在台灣，必然與偶然之間，當然與應然之際，你似乎不得不說，任何世事都充滿無限可能。

「小三轉仔，聽好！我的能力，只能透過這種方式，帶你來到還有五十年差距的此處時空點上；還有，探查兩位青姑的身世區別，你只有一眨眼的觀察時間。觀察關鍵所在，是烏面伊娜，伏拜祖師公的微妙眼神！」老壽翁且好心提醒著，且慎重叮嚀道：「最後，切記！千萬莫讓那些死腦筋的大門神發現，一旦被發現，他們是絕對不會饒過你這小雜種的！」

「老人家，非常感謝。您住在哪裡，我們以後還能再相見嗎？」

「我住在廟後福安宮，只要我們有緣，應該隨時都能相見啦。」

「老人家，請等一下。請問，回程時，我自己又怎麼走出去？」

「你可默唸三聲烏面祖師公，或默唸三聲阿彌陀佛，試試看。」

老壽翁東張西望，一副唯恐被逮到的慌張神色，簡扼說完便轉身循原路退回。

他在腦海裡，迅速根據依稀記憶，推算出祖師廟草創，陳川開堂授課的大致時差；兩者之間，眞是神差鬼使，竟然幾乎整整五十年。同時，也眞是何其湊巧，就在老壽翁轉身離開瞬間，黑白青姑竟然就在眼下，雙雙走到庵堂的佛座前。

另外，更湊巧的是，經過剛才二百年宏觀世距，五十年微觀代差的調焦後，兩眼剛好呈現出，四十五度的最佳仰瞻視角。四十五度，這看神是神、看佛是佛，看仙是仙、看靈是靈的「黃金仰角」，剛好讓他在辨明走在前者爲白臉阿雲，走在後者爲烏面伊娜之餘；更恰好，可以明顯捕捉到，閃現在烏面伊娜臉上的隱微表情。

無論年齡、身形、高矮、胖瘦，烏面伊娜簡直就像白臉阿雲的雙生姊妹，動作、神態也是如出一轍。她們的區別之處，除了前者是丹鳳眼，後者是深瞳大目之外，果然就在伏拜祖師公的三次起落間，悄悄洩漏端倪了。

悄悄，一連三次，他都注視到後者情不自禁地，掩藏在烏面下的某種痛苦抽搐。

其實，後者所謂的「烏面」，只是兩道不知爲何刺在相對頰側，呈現「V」狀的暗色青紋。而某種痛苦抽搐之力，則恰好足可帶動兩道「V」狀青紋，往兩邊眼尾傳動，應然牽引出她內心深處的某種莫名情愫，進而向外凝結爲一抹「眼神」的。

假使老壽翁所指的觀察關鍵，就是這抹「眼神」，那麼他算是終於窺探到潛藏在烏面青姑內心，那抹歷經二百五十年以來，始終難以撫平的靈肉癥結了。

但是，這層初步觀察的「靈肉癥結」，難道眞的就是，這對黑白青姑的區別之處嗎？相關情愫，歷經二百五十年的暮鼓晨鐘，難道連聖神祖師公，都無法潛移默化她嗎？

「烏面青姑，等一下。請問，祖師公在漢番之間，是不是黑白同憫，一體同悲呢？」

「還有，請問經過二百五十年的神鬼歷程，您對漢人還是憤憤不平，遺恨難消嗎？」

「此外，再請問一個比較隱私的問題，這問題您擁有拒絕回答的權利。那就是，當年調戲、猥褻您的唐山羅漢腳仔，是陳姓、林姓、李姓，還是劉姓、蘇姓、董姓的先民啊？」

他尾隨著伏拜結束，緩緩行出庵堂的兩條身影。突然，一時控制不了，台灣人向來喜歡嚼舌根、聊色情的劣根性，趕緊連珠炮似地，一口氣提出以上三個見獵心喜的八卦話題。

然而，話才出口，他立刻感到十二萬分的失禮與後悔起來。他後悔藍綠政治意識，嚴峻對立的此時此刻，這些問題一定會被視爲居心叵測，大大惹來挑撥族群仇恨的社會指責。

尤其，第三個問題，簡直形同一腳踩在原住民尊嚴與女性貞潔的舊傷口上，一手剝開三角湧初墾六大姓，一向道貌岸然的歷史瘡疤。眞是禍從口出，兩邊得罪，後果不堪想像。

啪啦，啪啦，啪啦——

他懊惱得正想連甩自己三記耳光時，三道清脆拍打聲，倏忽晴天霹靂的兀自響開了。時空應聲後退五十年。老夫子陳川高舉戒尺，千古鏗音連拍三下後，悠悠吟哦道：

「人不閒，勿事攪，人不安，勿話擾；人有短，切莫揭，人有私，切莫說。道人善，即是善，人知之，愈思勉；揚人惡，即是惡，疾之甚，禍且作。善相勸，德皆建，過不規，道兩虧。今日，弟子規（訓蒙文）就教到這裡，大家放塾！——」

「哇，放塾，放塾。多謝祖師公，多謝先生！——」

「嘻，嘻，阿彌陀佛。先生再見，同學再見！——」

師言諄諄，童語琅琅。他稍不留神，三兩下子就被活潑好動的學童，擠出了庵堂外。

僥倖未被門前軍爺發覺的擠出庵堂後，學童們一哄而散。他這才回神看見，廟前神幡廟桿，正好被日頭壓縮得不能再短的桿影，何其隱忍的踩踏在自己的桿腳下。

也就是說，就在日正當中的午時之交，他鑽過子午線上的最大時空隙縫，又重返六人公懸首儆世的祖師廟口現場了。

爲什麼，爲什麼，爲什麼，諸神總是默默無言——

喀嚓，喀嚓，喀嚓。喀嚓，喀嚓，喀嚓——

他忍不住深沉哀傷而驚心地，好像重又目睹了一次，六人公返回三峽討公道的吶喊畫面；重又聆聽了一回，六截頭骨，劇烈齟齬的擺動聲。

第八章
廟口因果

烏面青姑臉上的刺青，就是台灣人目前所知，泰雅族已經流傳數百年的「黥面」。黥面，在中國是一種將罪罰，以針刺在犯人臉上的羞辱性古刑。但在台灣，傳統泰雅人卻將之視爲一項，至高無上的光榮。

古老的泰雅族社會，男子必須在戰場或獵場上，表現英勇優秀，女子必須在品行或織藝上，表現貞淑出色，才能享有「黥面」的榮耀。尤其是適婚年齡的女性，一旦擁有了這種標誌，便會追求者更多，選擇機會更多；家長也能要求，男方更多的聘禮回報。

二百五十年前的烏面青姑，想來必是這麼一名才德兼備，君子好逑，父母引以爲傲，家族引以爲榮的泰雅淑女吧？這麼一位青春燦爛、幸福在望的美麗佳人，誰寧願甘心追隨祖師公，走向青燈古佛的孤寂天路呢？

他遙望著雲霧深鎖的蒼茫時空，內心不覺湧起一股無以名狀的悲愴與歉意。好像當年污辱烏面青姑的漢人羅漢腳仔，可能就是他自己了。

他掏出手機，打給鄉土作家，詢問阿雲與伊娜只是一則傳說，還是確有其人其事。另外，爲何他總是揮不走，六人公朝向祖師公，或朝向天照大神嗆聲的那幅畫面。

「前者，是否就是你正在著手書寫的文史故事？後者，是否你又才思枯竭，卡在那些歷史情仇的憤怒中，苦苦無以爲繼了？」他提醒他：「你情緒糟糕到這種程度，是不是眞的應該趕快抽空去看看，我曾經提過的那位精神科醫師呢？」

「民國八十年代，是有一位大溪籍鄉土作家徐國揚，寫過一本《青姑》小說，開先披露所謂的三峽藍染傳奇；書中詳情如何，也許你去文化協會請教陳君，會比較瞭解。至於，阿雲和伊娜是否確有其人其事，這應該跟鄭成功砲擊鳶精的神話，存在著類似邏輯關係；我們大可先且假設，如果後者可能存在，前者就可能也存在，反之也是。」鄉土作家敲打著電腦鍵盤，倒是頭腦清楚的回答他說：「我不是說過，你如果記憶打結了，就去長福橋找胡大仙解套嗎？拜託，我只是個外強中乾的疲倦寫手，不是瘋子，你不要一再打斷我的思路好嗎？小心我把你寫成平埔族後代，讓你記憶更加錯亂，甚至寫成泰雅族子孫，讓你心靈更加困頓！」

關掉手機前，鄉土作家威脅了他一下。並提醒他，一定別忘了遵照醫囑，按時服藥。

三峽藍染，三峽人通稱為「三角湧染」或「大菁染」。其原料大菁，又叫作「馬藍」或「山藍」，是一種台灣北部的野生草本植物，常年永續盛產在三峽淺山的陰濕地帶。

「關於藍染傳奇，徐國揚和李三朋的說法，有些雷同與出入；前者將黑白青姑，當作同一人，後者認為，她們分屬兩種迥異的身世和境遇。但這些都無關宏旨，最重要的是當初發現大菁染布的曲折過程，竟然活生生的就在本鎮發生了！」當他以手機聯繫上陳君，對方答以簡短看法後，十分興奮的把重點擺在故事蒐集上，而非人事求證上的說明道：「對於締造地方產業百年風華的三峽藍染而言，有了時間、地點、人物、產物都還不夠，更需要一個精彩動人的好故事，一段刻骨銘心的好情節。我強烈建議你，繼續跟緊李三朋和黑白青姑，挖掘更多大菁和兩個青姑之間，不為人知的藍染老傳聞！」

「這不就等於在捕風捉影，製造新神話嗎？」他有點不能苟同。

「世人大多不信史實，寧信神話。但神話並非天然產物，不無中生有，累代增添，豈會自行繁殖？拜託，天機難逢，你一定要想盡辦法，窮追猛查下去！」陳君積極慫恿道。

「嗯，嗯，你現在應該是陪著櫻井夫婦，沿著三角湧溪順流而下，抵達隆恩河的交會口了吧？」兩人理念不同，但陳君的古道熱腸，讓他不忍推托，於是支吾岔開話題。

他內心，正被烏面伊娜的痛苦撐脹著，所以須要的並非神話，而是眞相與公道。

根據他當年記憶，日軍近衛師團，由特務曹長櫻井茂夫率領的運糧船隊，曾經在遭遇抗日義軍襲擊前夕，夜泊祖師廟前的三角湧溪上；翌晨，運糧船隊這才回航轉向，經由上述隆恩河交會口，溯往隆恩埔，奔赴他命中註定的受難地的。

換言之，該時空交會口，就是櫻井茂夫的生死交叉點。這位異域征夫，當日拂曉就是在星閃螢舞，蟲鳴蛙叫的那片河灣上，烙下此生第一眼，更是最後一眼的兩溪迷魅夜色的。

「嘿，現在哪還看得到這個交會口？早都已經變成國立教育學院的園區用地囉。不過，我告訴你，我們現在正好來到該地點附近的橫溪口，進行當年櫻井曹長，調頭溯航的模擬踩踏；這三峽溪和橫溪的交會所在，其實也剛好就是徐國揚在《青姑》裡，目睹白臉阿雲慘遭山洪滅頂，又神奇復活的生死場。雖然物換星移，古魂如煙，但幸得今人小說藍染話青姑，你何不趕過來跟我們共同神遊一番呢？」陳君又是一陣興奮邀約道。

又是何其湊巧地，這兩溪匯流附近，剛好也是李三朋所言，烏面伊娜的殉節重生處。

藍天白雲，鳶飛鹿竄的橫溪河灣上，死後的伊娜也像櫻井氏一樣，就此烙下她此生最後一眼，「三角躅」家園的美麗印記嗎？如果是，她們兩人臨死心情，相信也同樣萬分哀傷吧？

他不禁有些蠢蠢欲動，有些悲愴嚮往，有些同病相憐，有些悲憫不忍的矛盾起來。

「不，我不去了，我分身乏術啦。」由於最後那層悲憫不忍，他選擇婉拒了陳君。

他再次自我確認一遍，他要的是天理昭昭的眞相與公道，不是浪漫虛妄的神話與緬懷。剛好，此時手機出現一則插話顯示，他趕緊告訴陳君：

「有人緊急叩我，我要插聽電話，你自己忙你的去吧。」

「喂，喂，等一下。談了大半天，我竟然忘了你是誰？」

「你好健忘，這手機還是你去年中元節，火化給我的。」

他自認為非常幽默感的開著玩笑，把手機切到來電線上。

「喂，喂，你這老遊魂，竟然有空打手機跟朋友聊天？你如果還杵在祖師廟口不走，我小說就眞的會卡死在六人公畫面上，苦苦寫不下去了。」是鄉土作家氣極敗壞的催罵聲。

「別逼我，免得萬一狗急跳牆，我會使壞走出你的書寫路線。唉，我告訴你，我現在突然又臨時讓一名泰雅少女，自作多情的給困住了！還有，我跟你一樣，眞的好累，好亂；我需要補充一些體力，同時調理某些情緒！」他無奈的再度提出協議說：「是不是，可以先讓我追查一下，到底是誰欺侮了烏面青姑，然後再繼續上路，幫你尋找六人公和許君？」

「別怪我沒提醒你，揭露族群恩怨，挑撥世代仇恨，你可是自找苦吃喔。」

「我不入地獄，誰入地獄？」他堅決說著，學著手機響鈴的長串鳶唳，兀自一陣仰天長鳴後，趕緊呼喊著，拐向廟後三峽歷史文物館的李三朋：「喂，喂，鬧番伯公，請留步。歹勢，麻煩您再透露一點，有關白臉阿雲和烏面伊娜的藍染奇蹟好嗎？」

「主角不急，急死配角，泰雅人不急，急死你這番童野囝。」透過雲端感應，他直覺鄉土作家正在睜眼瞪著電腦螢幕，大搖其頭。然後，只好懊惱兼妥協的建議他說：「李三朋已經累死一次，我們這回就饒過他老人家吧。我有個靈感，既然兩位青姑都是祖師公的虔誠信徒，你不如直接進廟請教就算天塌下來，還是那副此事與我無關，老神在在的祖師公！」

一語點破局中人，自己直接進廟請教清水祖師，一切疑問不就全都迎刃而解了？他關掉手機，於是如同找到關鍵鑰匙似地，再度潛近看似空門無禁，實則警戒森嚴的祖師廟。

老壽翁沒騙他，把守在廟門兩側的嚴厲軍爺，確是令人望而生畏，渾身發寒。

麻章上人的小庵堂，歷經道光年間大地震、明治初期大焚街，兩度天災人禍的大肆破壞後，廟殿入口，早已從單門擴建為三川門。門前守衛，也越趨森嚴的，擴增為三組六員。

三組六員的唐山天將，覷覷目光如炬，個個全副武裝；七星劍、鞭魔鐧、煉妖鼎，如意板、調風琵琶、順雨玄傘，各種文武器械更是樣式齊全，功能各異。他觀察著，最安全的可能進廟途徑，也想像著，不幸遭到任何利器擊中的最壞後果。

最後，終於選擇從右側門，打算以緊貼著右門柱的方式，溜入大殿。理由是，守護這扇門的是個捧鼎天官，萬一被逮住，頂多也只是關進鼎內，禁閉幾天而已；主意既定，便悄悄繞過廟柵，趨近門邊。他看到該天官，雙瞳反映著前方三角湧溪光，似乎整副心神，都關注在悠悠流淌的逝水煙波中，全然無視旁人的存在；不禁一陣竊喜，立刻閃身而入。

他迎面聽到了一大串幽邈鷹唳，恍如他手機鈴聲的那種悲調，迅即在門內一片昏天暗地的絕對禁閉中，瞠目驚見，無數道幢幢擺舞的青灰蛟影。潛意識反應下，他直覺發出那串幽邈鷹唳的，竟然就是那隻萬年鳶精；而青灰蛟影是何物，則便前所未見，素所未知。

他趕緊睜大眼睛，仔細再瞧，其實青蛟只有一頭，卻擁有百條以上的繁多長尾。那無數道幢幢蛟影，便是這百條以上的蛟尾，抓狂舞動出來的翻騰景象。

「番童野囝，竟又敢來？你也未免太過低估，本天官這只其貌不揚的煉妖鼎了。鼎裡，可是正在煉化，九層天九層地的萬劫不復之惡！」一記警告聲，倏忽在他耳畔霹靂而響：「這千年百尾蛟影，那是基隆河、新店溪、大漢溪，交合幻化為淡水河後，包括本地上游三角湧溪、橫溪及其支流，土地公坑溪、大豹溪、竹崙溪、鹿母潭溪在內，各種河妖溪怪多位一體的萬古掙扎。快快出來吧，此非凡夫俗子該去，也絕非汝輩能去之處！」

千鈞一髮，他覺得幸好最少有八樣以上的身外物，剛好卡在鼎蓋與鼎口隙縫，讓他進退不得地，就這樣僥倖躲過一劫。

這回，當他被一把拉出鼎外時，手上的手錶、手機，衣袋裡的皮夾、藥包、處方箋，腳上的針織襪子、休旅膠鞋的現代文明物質，立刻一概脫離身體，哩哩啦啦掉落滿地。尤其，那只還未喝光的汽水瓶，更是且冒泡且噴汽地，交盪著瓶內彈珠，兀自滾向廟門外。

瓶、彈交盪聲，有如清亮天音，一路鏗鏗鏘鏘滾出廟柵，滾落廟階，圓輪輪滾至廟埕，又斜斜滾過一段街面。最後，才讓一坨狗屎，擋在一塊地界石墩前，停住不動了。

地界石墩，疑似一塊掉落自數千年前，奉令守在本路段兌現命定運數，前此早已應驗過多少販夫走卒、達官顯貴，多少次牛車、三輪車，曾經被跌撞過的鳶山老滾石吧？

眞是萬幸，好在有這坨狗屎，及時化解輕脆瓶身被撞碎，清亮天音被散盡的大劫數。

「非人非鬼，非精非魅，非妖非怪。你是哪來的，不知天高地厚的無主野靈呢？」該天官抄住他後領，好像提著頑皮山猴的張口怒問著，聲如巨雷，響徹三峽溪面。

若說人類果眞具有三魂七魄，此時他最少看見眼前出現三個以上，恍如他自己模樣的靈肉分身。一個是小雞力搏老鷹用盡渾身吃奶力，慌亂扭動手腳妄想掙脫超級神掌的，不自量力的他；一個是倉倉皇皇，忙著爬在地上，撿拾一干散落身外物的，世俗而悲哀的他；一個是近在咫尺，三幅比鄰頁面，卻又遠在天邊，好像被一道無形天牆隔阻的，愛莫能助的他。

「似夷似胡，似閩似蠻，似漢似番。這是誰家子弟，竟敢擅闖天域禁地啊？」該天官，復再扯嗓高喊一遍，喝問聲遠遠傳向山巔水湄，然後悠悠傳回廟口。

他看見廟後，某戶破宅，踽踽走出一介老嫗，終於出面低聲下氣的領走了他。老嫗素未謀面，卻又熟聲熟調，白髮蒼蒼地，挽了一顆插著三角湧竹簪的台灣古髻。一面牽起嘴中喃喃呼喚著什麼的他，一面自己也喃喃低訴著什麼的，將他帶回破宅內。

他當然知道，自己所喃喃呼喚的，不外乎就像一般台灣囝仔，受到別家大人粗暴對待時，常常會不自覺喊出阿娘、阿母、媽媽等等，統稱爲「母親」的哭喚字眼。而身爲一介面對不可抗力的三峽「母親」，他也當然知道，老嫗所能喃喃低訴的應該也不外乎那些，你要乖、你要聽話、你要懂事、你千萬莫再鬧事等等，概括爲「愛」與「吞忍」的勸慰話語。

他看見這個自己，隨著白髮老嫗走進破宅的同時，那個世俗而悲哀的他，爲了急於追拾彈珠汽水瓶的爬出廟柵、爬出廟埕，爬出那面視野，爬到三角湧最短最窄一條街的，後來被命名爲「長福街」的廟街上。他又看見，一名拿著高級相機的專業遊客，正在四處捕捉各種祖師廟之美的回神中，突然發現人間至寶的趕緊停腳；對著汽水瓶與那坨狗屎，襯以鳶山老滾石爲背景的猛按快門。時空轉換，百年一瞬，他不知這名遊客是否及時捕獲，內心所想要的地方文物鏡頭。但他知道，這只彈珠汽水瓶與這團狗屎，應該全都確實存在過；否則，這塊千年鳶山老滾石，就不至於儼如那對黑白青姑一樣，在聽盡祖師廟二百五十年的晨鐘暮鼓後，還堅持守候至今的一起共構出，這麼一幅栩栩如生的廟口浮世圖。

提起這塊鳶山老滾石，就使人不覺聯想到民國八十年代，被媒體大肆爆料的祖師廟經營路線之爭，以及廟旁某民宅隔代爭地的兩樁懸疑公案。而說到該兩樁懸疑公案，不禁又使人聯想起本鎮三峽，每逢改朝換代便總會有某家衰運子弟，莫名其妙踩到「狗屎」的小趣聞。

踩到狗屎，也許是一件倒楣事，但也許反而是一種「狗屎運」。冥冥裡，有例可證的此類人間際遇，也許今天、今年不會發生，但明天、明年、下輩子或下一代，鐵定會應驗。

這幅浮世圖或這兩樁公案，在世塵已邈，當事兩造早已訴諸法理情，加以處置。但你當然不妨也可透過文字書寫或影劇編製，如下演繹一番，天馬行空或天人交戰的另類詮註。

西元一八九五年（清朝光緒二十一年、日本明治二十八年），七月中旬，經由枋橋發兵南下的日軍近衛師團，採取今田亮夫中隊走大嵙崁溪左岸，坊城大隊借道三角湧，山根支隊直攻桃仔園龍潭陂；三隊會師龍潭陂後，合攻大嵙崁街的「三箭戰略」，進剿北部抗日義軍。

以大嵙崁溪右岸爲行軍路線的坊城大隊，在十二日開抵三角湧時，便在李家大廟、李家大院、祖師廟、媽祖廟（興隆宮），以及染布街的亭仔腳，安營夜宿。

前此，驚聞清廷割讓台灣、澎湖，倉促成立的「台灣民主國」，其武力成員都是清軍舊部，他們在日軍登陸澳底鹽寮後，早已無心防禦而不戰先潰。緊接著，民主國官員與各界領袖，見到局勢不妙，也個個無不三十六計走為上策，紛紛臨陣脫逃。

其中，有頭有臉叫得出尊姓大名的，先是台灣首富兼任國會參議長林維源、大總統唐景崧的暗渡廈門，副總統丘逢甲的潛返廣東，清軍副將、台中大地主林朝棟的遁往漳州；後有軍務大臣李秉瑞、內部大臣俞明震，相偕夜搭英輪「亞莎號」的逃離滬尾（淡水）港。

一干官大膽小的在位者，走的走，逃的逃。整個民主國立刻分崩離析，只剩下一名「民主大將軍」劉永福守在台南，獨力揮擺著那面「藍地黃虎」旗，勉強維繫人氣。

當時，陷入無政府狀態的三角湧抗日「義民營」，公推腦業大戶暨聯庄會董辦蘇力為統領，蘇俊、翁景新為副統領；司令部設在媽祖廟，軍械庫設在祖師廟，指揮所設在鳶山頂。蘇力早在日軍壓境前，便跟三角湧人暨桃仔腳庄、鶯哥石庄、大嵙崁庄等多路義軍，謀定禦敵對策；那就是兵、民分開，在三角湧方面，街坊住家豎起白旗詐降，偽與親善鬆懈日軍，義軍則悄悄佈署兵力於鳶山兩側，一側先在北麓隆恩埔河伏擊運糧船隊，一側暗於南麓土地公坑溪上游，建構布袋形陣地，打算一舉盡殲坊城大隊。

艷陽高掛，雲淡風輕，莫名焦躁起來的七月天，山城表面無事，實則殺機暗藏。

該日前夕，海拔一千二百米的南邊東眼山頭，照例凌空浮起幾縷若有若無的灰色嵐氣。這嵐氣，對於冒死渡海墾殖於鳶山下，早已傳過六、七代的三角湧人而言，早已見怪不怪。

早期，灰色嵐氣就近出現在鳶山頂，幻化出傳說平埔族四社巫師，祭請鳶精吐毒為害漢人的大怪霧；這大怪霧，聽說重者患瘴癘、發高燒而亡，輕者不食不耕，整日失神發呆，形同行屍走肉而活。三角湧人最初是恭迎精神領袖鄭王爺炮轟鳶精，逼走四社巫師；後來是奉請清水祖師、媽祖婆、上帝公，全境巡狩掃淨平埔祖靈煞氣，徹底摧毀該族信仰，悉數馴化該族社民，大家終於逐步建構起一方寄命天地。

但是無處可逃，便不得不向東、向南退散的平埔族怨氣，竟然糾結另一股山域林霧，重新凝聚成更加凶險的這灰嵐，便不時浮滯在白雞山、五寮尖山一帶，伺機作祟。「祖師公、媽祖婆、上帝公，趕快顯靈保佑喔！山頂的烏面生番，又要出草殺人囉！」因而日久以來，每當見到灰嵐從上述山頭升起，疑似長年患有「蠻煙恐慌症」的三角湧耆老，總會心生恐懼與罪歉的抬起那張唐山老臉，仰天忐忑呼祈。

消失了和善的平埔族，出現了強悍的烏面生番，史道轉轍，缺少一層居中緩衝者，世途行走，當然更加嚴峻血腥。烏面生番，指的就是刺有「王」字黥面的泰雅族人；「黥面」涵義，前已述及，「王」字則是泰雅勇士強悍殺敵，視死如歸的護土標誌。

泰雅人自從漢人一波波入侵，平埔人一群群消失後，那年頭的「王」字黥面勇士，已經遽增到該族有史以來的最大數量。

泰雅族，最後是在光緒十三年（一八八七年），經由台灣巡撫劉銘傳軟硬撫剿後，退向更蠻荒的加久嶺與插天山域。這灰嵐於是便又隨著該族腳步，退至更東邊的雞罩山、竹崙山，更南邊的東麓山、東眼山，被逐漸安居樂業的三角湧人，當作已經歸順藍色天空的高山野霧。

東眼山是插天山系次級高山，此山已是泰雅祖靈讓無可讓，海拔一千七百米天險的北插天山前緣。此時此刻的這灰嵐，看在擁有特殊感應能力的唐山陰陽師眼裡，則認爲這是自從明末遺民陳瑜首墾鶯哥石，迄至漢人開荒三角湧二百年後，另一番改朝換代的動亂先兆。

「這霧可不像最近十年來，金敏、大豹、詩朗番地，平常泰雅族的狼煙喔！」

一位素有「大郎先仔」盛名的命卦師，突然心血來潮地，兀自喃喃而語起來。

當年，俗稱「染布街」的這條三角湧街，中街、頂街之間，靠土地公坑溪側有塊市集空地，一千日常山區產物，大多聚集於此進行交易。大郎先仔就在市集一隅擺攤，一邊聊助亂世眾生排解生命迷津，一邊勉爲自己糊口度日。

大郎先仔，三角湧街坊如此尊稱這名命卦師，其實只是一種口頭禮數。那含意，並不等同於尊稱「林元吉染坊」老闆林金井是「金井先仔」，「元芳號染坊」頭家陳嘉猷是「秀才先仔」，「陳恒芳染坊」掌櫃陳種玉是「種玉先仔」的有形地位；而是著眼於勞苦人生，總難一路平順的奔波打拚中，寧可信其有，不敢信其無的「命運」兩字，對他無來由抹上的一種無形敬畏。

那麼，大郎先仔的命卦術，究竟準不準呢？鐵口直斷，不賣弄玄虛，不訛財詐色的他那張鬼嘴，當然是號令神佛，直透天機的。要不，這擔青瞑孤老的破攤子，豈不早讓劉阿貓、詹赣番、鱸鰻秦仔，那夥街溜仔給打人砸桌啦？

「這霧可不像最近十年來，金敏、大豹、詩朗番地，平常泰雅族的狼煙喔！」

喃喃然，大郎先仔似乎對著舊雨新知，對著自己又提醒一遍。然而，新近十年總是忙著拚家計，忙著謀生活的三角湧人，好像早已忙得聽不見，也忙得不在意此類末世微音了。

市集上，一日勞碌將歇，喧雜叫賣聲逐漸平息下來，大家挑起剩貨陸續散市。

大郎先仔伸手摸摸陶碗內，寒酸僅賺的幾文錢，起身向天空照呀照過兩窪半盲眼窩，逕自錢也不拿地，緩緩探著手杖，向下街拐角的祖師廟口走去。

「超過三甲子啦，這灰嵐、這山霧，好像透著一層怪異。莫非，人世間種種老鼠冤，因果報，終於都要因緣俱足囉？」他邊走邊問著自己，也問著天地。

清朝割棄台灣前，光緒十二至十七年間，清朝皇帝曾經派遣前述漢人巡撫劉銘傳，遠來三角湧撫剿泰雅族；如今收編該族後，清廷卻絕情絕義遺棄三角湧人。是不是，大郎先仔已經未卜先知，這多層族群命數，這多重歷史因果，終將重新啓動，並且一發不可收拾吧？

果然，清曆閏五月的此時此際，東眼山悄悄起霧，日本皇軍遠渡北洋而來了。

大郎先仔在祖師廟口，巧遇了從公館尾碼頭，一路蹣跚叫賣過來的豆花勇仔。

「又累又熱啊，豆花勇仔！——」

「又累又熱啊，大郎先仔！——」

向西偏斜的日頭下，貿貿然，豆花勇仔差點跟大郎先仔撞在一起。「先仔，失禮喔！目光仔撞到目花仔，我請您吃豆花啦！」豆花勇仔趕緊放下涼點擔子，連連賠罪道。

「請我吃豆花，你今日生意那麼好啊？」

「唉呀，踅了大半晡，還剩一整鍋呢。」

「原來，你這凍酸鬼是請我吃餿豆花。」

「既然這麼說，那就請您吃龜苓膏吧。」

「請我吃龜苓膏，你今日撿到龍銀嗎？」

豆花勇仔無精打采的擦著汗，最近世局紛亂、民心惶惶，碼頭船次與苦力大為減少；豆花不好賣，剩著容易變壞發餿，大郎先仔並沒說錯。龜苓膏是街上老字號漢醫，元春藥舖第二代文章先仔，新近研發出來的藥膳珍品；因製程複雜，數量不多，吃得起的不是街坊大戶的頭家嬤、少奶奶，便是碼頭附近「芭樂腳」那些賺軟錢，出手闊綽的紅牌煙花女。

他打開竹籠擔子，捧出剩餘的三碗龜苓膏，大郎先仔接過去嗅了嗅，吞了吞口水。

「龜板、茯苓，甘草、涼粉草，槐花、菊花、金銀花。減了朝鮮人蔘、唐山苦草，加了本地蒲公英、大菁根、七葉膽、苦瓜、蜂蜜。確實是三角湧在地化，消暑清熱，養顏美容的好配方！」大郎先仔感官超奇敏銳道：「憨面勇仔，請我吃龜苓膏，你想得到啥回報？」

「我從沒相過命，就請您幫我相個命吧。」

「你是左撇子，習慣用左肩挑擔子；——」

大郎先仔摸了摸豆花勇仔的手掌、肩膀，聞了聞，嗅了嗅空氣中的聲音與氣味。

「還有，你最近總是踩到狗屎，並且都在同個時間，同個地點。」

「嘿，神準，先仔就是先仔。但是，您又沒看見，怎麼知道啊？」

「哈，那並不重要。重要的是，你最近都在哪裡，踩到狗屎呢？」

「每天，我都在這時陣，從公館仔（公館後庄）踅來上帝公廟、祖師公廟和染布街，沿路賣豆花。」豆花勇仔想了想，往左、往右移動身子，向前、向後找著廟埕某處，突然腳底一滑的驚叫說：「唉呀，先仔您看！我這陣子，又在廟口這裡，踩到一坨臭狗屎啦！」

「恭喜，憨面勇仔，半世人挑豆花，最後總算讓你踩到狗屎運了！沒錯，就是祖師廟口這裡，我最近也是連續三天踩到臭狗屎。」大郎先仔用力拍打豆花勇仔，挑過二十幾年豆花擔子，挑到左肩傾斜的後背說：「看樣子就在這廟埕旁，我們就快要擁有一間自家店面了。但遺憾的是，你掌中沒姻緣線，卻有孝女紋，這店面你恐怕就只能傳給養女囉！」

豆花勇仔跑到三角湧溪裡，邊挖溪沙猛搓踩到狗屎的大赤腳，邊打量就快讓他擁有一間店面的這片狗屎地；對於大郎先仔異想天開的說法，幾乎懷疑大過相信的笑歪了下頦。

這片時常氾濫淹水的狗屎地，是一大塊三角湧溪與土地公坑溪夾角的沖積河埔。靠土地公坑溪一側，街上染坊透過向祖師公認捐的方式，將漂洗過的染布就近晾在臨溪斜坡上。靠三角湧溪一側，經由三角湧溪順流運下的上游山產，竹材、木材、山藤、木炭之類的沉甸物資，便卸集在此處等候批銷外運。

祖師公之外，他們最大，連染坊大戶都畏懼三分的那夥街遛仔，劉阿貓、詹戇番、鱸鰻秦仔，就以這片狗屎地爲地盤，以那塊鳶山老滾石爲地界，向船家和盤販抽起地頭稅。

「我飫狗奢想虎腿肉，您先仔放屁安狗心吧？」豆花勇仔踩著濕腳印走回來，撫著笑歪的下頦說：「鶯歌出碗盤，三角湧出鱸鰻。我十個豆花擔子，都不夠街遛仔砸爛喔！」

「安啦，天命已定，各人造業各人擔。那些街遛仔，吃銅吃鐵的好運走完了，鱸鰻秦仔前幾天，也因爲踩到狗屎來找我；」冥冥中，大郎先仔有所感應道：「聽他說，他們已經接受染布街頭家們出面邀請，加入蘇力的義民軍當營官。這次，他和手下那幫虎狼豹彪都不會回來了，都趕上這場亂世烽火，一起升格當起有應公的路邊陰神而去了！」

大郎先仔並沒有享受那三碗龜苓膏，他要豆花勇仔暫且保留這份心意，以便轉贈給另一位更需要的人。這位更需要這麼三碗龜苓膏的人，究竟是誰呢？大郎先仔並不多講，只囑咐豆花勇仔幫忙將他的相命攤子，從市集空地移到祖師廟口來；另外，並叮嚀這個憨厚窮小子，此後半個月內，務必照例都在此時此刻，一路把涼點擔子，挑來祖師廟口。

至於，爲什麼務必這麼做呢？大郎先仔也不想多作解釋，只一句話帶過說：

「一切都是命，天機不可洩漏。洩漏越多，人間這趟路，你就越不敢走！」

七月十二日下午五時，坊城大隊開始從三角湧溪登岸，進駐三角湧街。

眼界內，到處插滿詐降白旗的山城，從上帝公廟、祖師廟、媽祖廟，以至八張土地公廟的三角湧溪左岸一線，立刻一片乒刀鏗鏘，人聲喧騰。溪岸上，日本兵挨挨擠擠，進行著整隊與移動；三角湧百姓則自動自發，更在上帝公廟的碼頭邊，協助搬扛各種補給品。

儼如中元普渡拜門口，這是最後一餐款待日本兵那樣，上帝公廟前有李家大院擺出了韭菜肉絲煮大麵，祖師廟口有「金聯春染坊」、「洽和油鋪」，挑來了豆芽蝦皮炒米粉。媽祖廟以南，各戶商坊也毫不吝嗇地，在自家街廊添置了大大小小的「奉茶」桶，供上了農曆閏五月，兩度祭拜的五月節肉粽，與香噴噴的芫荽、貢丸「綠竹筍湯」，展現恭迎誠意。

豆花勇仔鑽出公館後庄的山屋家門時，總習慣回頭朝上方山腰，多觀望那麼兩眼。山屋後面，老母親年過一年幫他在山坳裡，圈養了兩頭，有朝一日用來娶親的大黑豬。他回望著山腰上的豬舍，也回望著總在鳶山頂盤旋的黑鳶，然後挑起擔子，緩緩走下山。

他小心踩著腳步，一邊提醒自己，就像不能一再踩到廟埕那坨狗屎一樣，今天一定不能又再踩到山徑上的那窪坑洞了。但是走著走著，最近時常半夜遭到莫名驚擾的大黑豬，突然又出聲驚叫起來；就這樣，他轉頭再次看豬時，還是落空又踩進那窪坑洞裡了。

一行七、八名抗日義勇，額前綁著褐頭巾，相繼穿過山腰上的亂葬崗與豬舍，溜滑梯般悄悄溜至他身前。「憨面勇仔，沒跌壞竹籠擔子吧？又累又熱，能讓我們吃你一碗最後的涼豆花嗎？」豆花勇仔站穩身子，抬頭一看，帶頭者竟然就是日前才剛談到的鱸鰻秦仔。

就像半晡打盹，做了半個惡夢，這行人吃過豆花、擦過嘴後，有的抄近路，斜斜下到河蘆叢生的隆恩埔；有的攀回亂葬崗，爬向義民營設在鳶山頂的指揮所，幽隱走出他視野。

「我們會永遠懷念你的涼豆花，豆花錢就暫時記在祖師公的廟壁上；——」

「還有，此事天知、地知，你知、我知，你下山後就當作啥都不知；——」

遠遠，鱸鰻秦仔那山鴉般的粗嘎嗓子，就像響在另外半個惡夢似的交待著。

此事只有天知、地知，你知、我知。此事說的是白吃豆花，還是另有所指？

豆花勇仔出神想半天，重新挑起竹籠擔子，轉出後來被豎起一座包括櫻井曹長在內，三十五名殉難日軍「表忠碑」的鳶山坡麓，行經昔日董日旭的老公館，一路走到李家大厝前，撞見了正在卸甲用餐的日本兵。這才恍然想起，鱸鰻秦仔的那句話，原來就是警告他，千萬不可洩漏抗日義勇行蹤的這回事。

豆花勇仔也這才回神過來，確定鱸鰻秦仔吃他的霸王豆花，並不是大白天作惡夢。

上帝公廟口，幾個經常在船販苦力之間，吃喝打轉的碼頭痞仔，起哄著要他捐出幾碗涼豆花，慰勞他們協助日軍搬糧卸物的大功勞。豆花勇仔不肯，他們於是又虛情假意轉嘴說，那就奉獻給辛苦遠道而來的天皇軍爺吧；豆花勇仔有點爲難，但眼看著日本兵那一張張似曾相識的疲倦臉孔，也就忍痛答應了。

不過，日軍紀律森嚴，並未有人上前取食；一擔涼豆花，最後是由人群裡，走出一名李家長者付款，讓那幫碼頭痞仔狼呑虎嚥了一大半。不知爲何，拿了李家長者的豆花錢，豆花勇仔還是很心疼，立即片刻不再停留的挑起竹籠擔子，逕往祖師廟口踽踽邁去。

祖師廟口，他看到了更多日本兵，都是歲數不大的少年家，渾身透出濃濃惶恐與累意。他們有的坐在榕樹下養神，有的靠在廟階上發呆，讓他心頭不覺又是一陣抽痛。

廟側幡桿，不知何時換上了一面日本紅丸大旗，無風不動，軟懨懨地，對照著廟內垂眉閉目的祖師公。豆花勇仔不看紅丸大旗，不看祖師公，只急著趕快找到大郎先仔。

蘇力的詐降親善策略，看來頗爲奏效，三角湧人個個表情卑懇，面露微笑；一干街坊士紳更是齊集進廟晉見，早已入駐廟內的大隊長坊城後章，向皇軍致達歡迎盛意。但雖然日軍戒心明顯淡化了，嚴謹軍紀仍像一道繩索般，在軍容上，拉起了一圈無形的警備範圍。

警備範圍外，圍湊著好奇街民，有幾個幫完搬卸工作的少年家，甚至搭著毛巾、抹著汗水，和善而忘然地，就跟日本兵比手畫腳的搭訕起來。日本兵請他們吃梅干，他們請日本兵吃檳榔，然後彼此都因口味殊異，特意皺眉吐舌扮鬼臉，互相一陣逗趣大笑。

這是血戰前夕，雙方軍民最親善的一段好時光，也是敵我心靈最親近的一幅好畫面。

兩溪夾角的狗屎地右側，豆花勇仔終於找到總是守在人群角落，一張破攤桌、一面爛卜幡而坐，冷眼旁觀此間一切眞假世情，一片虛幻世象的大郎先仔。

「先仔，現在是啥時啥刻，您擺攤子給祖師公算命啊？還有，憨面勇仔，你今日挑豆花賣給三角湧溪鬼吃嗎？」一幅演繹著八八六十四卦的太極卜幡，一副挑起千百聲街巷吆喝的叫賣擔子，就這樣同時引來了一大串不知死活的質疑與訕笑。

「莫睬他們，渺渺天機，豈是凡夫俗子能知？咱們等下去，稍後必有貴客上門。」大郎先仔滿臉肅穆，把自己端坐成一尊等待因果循環的木塑佛；也成竹在胸地，奉勸豆花勇仔，務必守在這千載難逢的命數經緯上，耐心等候，另一輪嶄新命運的翻轉契機。

小小三角湧街，一下子湧進那麼多人，祖師廟的水井、水缸、屎礐，都不敷使用。日軍於是就在溪岸下處，搭設了幾個簡易便所；日本兵二人成行，三人成列，井然有序的分批來往於兩溪之間，有的洗碗，有的洗身，有的如廁。

一名臉上、頸上，長滿疹痘，從勞累登陸澳底至枋橋行軍南下以來，就出現心煩口燥、小便短澀、大便困難的兵員，被兩位同袍攙扶著，悄悄來到大郎先仔的命卦攤前。

「大師在上，本人代替工兵達脇君，向您請教能否挨過此次病厄難關。」三人齊齊一個九十度大鞠躬後，由爲首官長模樣的士兵靠前，以日語夾雜零碎福佬話的求問道。

大郎先仔不懂日語，往還溪畔的日本兵裡，適巧走來一名被徵爲挑水伕兼翻譯的羅姓基隆人，總算如上湊整話意。大郎先仔照例先問姓名與八字，得知原來該工兵是京都人，名叫「達脇良太郎」；因生下不久，便從大阪送給京都親戚當長子，所以只知年紀，不知生辰。

「嗯，一個失去出生時辰的人，大概連神鬼都無法正確追蹤凶吉禍福吧？」大郎先仔於是只好採用「摸骨」方式，像摸卜豆花勇仔那樣，摸卜了這介兵員的手骨、肩骨與頭骨。

「是問命，問運，還是問病？」之後，他咧嘴一笑道。

「異域征夫，不敢問命，只問這莫名其妙的怪病啦。」

仍然還是那位看似官長模樣的爲首士兵，代爲回答說。

「又渴且熱，既疲累，復怔忡，這位兵爺犯沖水煞、土煞，鄉土關、陰靈關。但肉實骨硬，此病在飲過三角湧水，食過三角湧土後，可逐漸痊癒；另外，頭端肩厚，運勢在沾染三角湧血，踩踏三角湧地後，可大爲騰達。」異域征夫，不敢問命？大郎先仔設身處地，心頭一慘，寧冒洩露天機，惹來天條大罪的，轉對這位上司附帶透露道：「請記住，貴軍此去，兵凶陣險，災厄連連。一本悲心，相互體恤，你等三條小命，便能保住！」

「另外，還有你，且留步。請問你是漳州人吧？」命盤既已載數，大郎先仔聽聲辨運，伸手拉住那名羅姓基隆人，又說：「你不想知道，自己此後命運嗎？」

「喔，先仔，神準，我確實是祖籍漳州。」羅姓基隆人一聽，先是驚愣一下，隨後沮喪道：「改朝換代，兵荒馬亂。我一個台灣挑水伕，命運不想可知，但是又能怎樣？」

「哈，大命由天，小命由人，你總算也來到三角湧了。」大郎先仔向他警讖道：「叫住你的用意，是想奉勸你，此去九死一生，多行善事，必將如魚得水。謹記，謹記，謹記！」

聽過大郎先仔一番晦澀卜義，三名日本兵與羅姓基隆人，打眺著眼下無盡流淌的三角湧溪川，環顧著重巒疊翠的三角湧大地，對於可從何處取來治病的三角湧水，三角湧土？何地可得到如魚得水，翻身轉運的契機？四下裡，不禁惶惶然，感到無從著手的迷茫了起來。

根據唐山醫書記載，龜苓膏消暑利濕，夏日服食，必有一定的清熱解毒療效。染布街上，三代懸壺濟世的文章先仔，獨創山城在地化的龜苓膏加減配方，有病治病、無病滋身，是一方天庇護一方人，一方地孕育一方物的濟世妙品。再者，此膏調製過程，除了包含純粹鳶山泉液、在地相思樹柴，所熬煉的外在元素之外，最珍貴的是最終成分裡，更再額外融入了一份，豆花勇仔冥冥守候的內在苦心與祝福。

「若肯信我，這龜苓膏不妨一試。但先生緣，主人福，療效有多大，就看彼此福緣有多深了！」大郎先仔示意豆花勇仔，捧出應允的三碗龜苓膏，豆花勇仔不禁又是一陣心疼。

全身有氣無力，一直飲食無味的達脇工兵，接過龜苓膏嗅了嗅，有如隱隱嗅到諸多三角湧特有的悲苦況味。起先，他顯得格格不入地，透過意志力強迫自己試嚐第一碗，接著在同袍鼓勵下，又勉強嚥下第二碗；其後，終於嚐出幾許悲中帶喜，苦後回甘的箇中藥趣，在自願吃完第三碗龜苓膏之餘，竟然食欲頓開，又向豆花勇仔要求了一碗涼豆花。

豆花勇仔看著四名年輕人，尤其近近看著病愁滿面的達脇工兵時，也終於看到自己今日那種似曾相識，連連心痛的原因了。他看到同治七年，二十歲死在烏塗窟屯墾所的大兄，看到同治九年，十九歲死在「十三天」[4]隘勇哨的二兄，看到光緒二年，十八歲死在大豹番「出草」的小弟了。三

4 三峽古地名，舊屬「十三添庄」，今畫入添福里；爲三峽溪上游東岸，包括菁礐埔在內的大片埔野。相傳，早期墾戶佃丁，曾經有一餐可吃十三碗，添十三次飯的紀錄，故名「十三添」；又相傳，當地雲雨多，常有抬頭十三天不見日月的現象，故又名「十三天」。其附近山峪，曾經發現史前先民石器，考古學家命名爲「菁礐埔遺址」。

位兄弟，不僅生前，總是憂愁著一張吃不飽肚子的病容，甚至死後，被停屍在茶寮、隘寮、腦寮的青春之臉，也都是還堆滿著三角湧弟子，那抹一致類似的惶恐與悲哀，一致相同的疲累與無奈。

溪水悠悠，溪風習習的白底紅丸旗下，日軍開始吹響集合號，達脇工兵趕緊掏錢付帳。但是，大郎先仔與豆花勇仔，哪忍心收取，這種異域征夫的絕命錢？

兩人一再推辭，那位官長模樣的爲首者，只好誠意十足的打開背包，連忙翻找出，也許是他此刻僅有的兩樣好東西。「區區一塊沙文，兩瓶拿慕內，聊表謝意！但願後會有期，再報此恩！」他行禮如儀，匆匆擱下所謂的「沙文」與「拿慕內」後，趕緊領隊集合而去。

沙文，荷蘭話，就是三角湧人當時所說的「茶摳」，後人通稱的「肥皂」。

拿慕內，日本話，則是早期台南府城舊稱「荷蘭水」，其後經過日本人添加糖漿、萊姆（檸檬）香料，所製成的高級飲料「萊姆汽水」，亦即今人所謂的「彈珠汽水」。

大郎先仔把兩樣禮物，全都歸給豆花勇仔。天命既已完成起頭階段，他兩窪眼窩照呀照著，即將風起雲湧的三角湧天空，便悄悄起身，退出了在劫難逃的歷史共犯現場。

茶摳不能吃，幾個嚼棕蓑、啃秤錘的街溜仔，半軟半硬，強要分享豆花勇仔那兩瓶難得喝到的「拿慕內」。豆花勇仔不想惹事，街溜仔們爭先恐後接過「彈珠汽水」，七手八腳的轉開瓶蓋，壓落彈珠，蠢蠢欲動的「萊姆」與「碳酸」精靈，立刻破禁而出；你一口我一嘴地，些微麻辣著他們鼻膜與舌蕾，些微麻痺著豆花勇仔心痛的，被他們輪流喝得精光。

彈珠汽水，最後是昇華爲滿串玻璃清音，連同被隨手一拋的空瓶，滾進三峽近代史。

玎玎璫璫，滿串玻璃清音，一瓶當晚滾過滄海桑田的廟埕斜坡，滾過兩溪交會的千古匯口，氤氳爲百年流幻煙波。一瓶於翌日凌晨，滾過鳶山兩側，雙役並舉，抗日義軍在北麓隆恩河大獲全勝，日軍在南麓土地公坑受困三日，糧盡彈絕，只好掘藷果腹的慘烈戰場；滾過「漢奸」羅姓基隆人，威逼利誘另一名「漢奸」羅姓山戶，假扮成四名乞丐，協助坊城殘軍摸黑突圍，潛赴龍潭陂求援的娘子坑；然後，滾過總督府近衛師團頒發的焦土掃蕩令，滾過祖師公避禍的台北艋舺，滾過七月二十二日敵我兩軍，第二次大會戰的整座悲壯鳶山。

最後，一發不可收拾的滾回七月二十三日午後，日軍左翼，反撲三角湧的祖師廟口。

重返祖師廟口的先頭部隊中，此時出現了四人一組，似曾相識的焦慮日本兵，正在四處找人探問，大郎先仔與豆花勇仔的下落。好像私底下，急著想要警告他們趕快走避，某件不爲人知的驚天大災禍。

鄰里本是同林鳥，大劫來臨各自飛。早因隆恩河、土地公坑兩場血戰震撼，三角湧人能逃的逃、能躲的躲，已經紛紛「走番仔反」潛往山區避難的三角湧街面，哪還找得到任何可供探詢者？四名日本兵，一路驚走幾隻夾尾庄犬後，徒然只在狗屎地與祖師廟交界，那塊鳶山老滾石附近，找到兩攤疑似大郎先仔與豆花勇仔所遺下，空空如也的爛卜幡與破竹籠擔子。

彼時，漢人「走番仔反」指的，並非躲避平埔番、山地番出草，而是東洋番的兵災。

七月二十四日，會師大嵙崁貫徹掃蕩令，沿途執行焦土報復的山根支隊，抵達三角湧，立刻放火洩恨。剎時，大嵙崁溪右岸隨即火焰沖天，大嵙崁與三角湧兩地，煙霧連延數十里。

原來，四名日本兵，急著警告大郎先仔與豆花勇仔的，就是這件「三角湧大焚街」。

一面久久找不到人，一面環視該街百年繁榮迅速化爲灰燼的四人，報恩不成之憾，不禁深深蓋過戰後餘生的喜悅。其中，一位名叫「達脇良太郎」的工兵，更是良知凜若北國臘月白雪，良心烈似南島七月赤日；一時就在內外極端交迫下，長跪在幸好主神及早外移，廟殿卻已盡成廢墟的祖師廟前，幽幽吟出一首過河卒子的悲願詩懺。

這首悲願詩懺，這名工兵唯恐祖師公聽不懂，便請另一名羅姓挑水伕，翻譯如下：

偉大的京都城啊，您因遍歷戰火奠立千古風華

愧對的三角湧啊，您也應可如是鳳凰浴火重生

家鄉的鹿苑寺啊，您由於慶仁之亂而名留青史

義地的祖師廟啊，您也應可如是成就神聖殿堂

鹿苑寺的臨濟佛，祖師廟的烏面清水祖師爺啊

此刻請共同見證，罪疚之人的如下虔誠懺願啊

十至二十年之內，弟子必將改頭換面重新再來

奉還三角湧父老，那麼一條新世代的百年大街

滿串玻璃清音，滾過三角湧遮天蔽日的連天燹火，滾過達脇良太郎的冰火誓願。

滾過其後，持續三年的抗日游擊戰，滾過鱸鰻秦仔、詹韆番、劉阿貓，全都拋屍荒野的鶯歌庄。滾過三角湧街，神鬼無言的緘默階段，滾至一切因果，次第展開的復員時期。

明治三十一年，總督府公佈「台灣地方稅規則」律令，開始徵收地租、戶稅、雜稅、家屋稅，以及各種莫名其妙的殖民地附加稅；這使得紛紛自內山返庄重建家園的三角湧人，窘困情形雪上

加霜。當威風凜凜的日本警察，足登馬靴、腰佩軍刀，厲聲指問著祖師廟側，曾經散落有相命攤、豆花籠子的兩堆灰燼，究竟是誰家之屋、誰人之地時，面目慘澹的鄉親們連忙撇清，把相關責任一致推給不在現場的大郎先仔，與豆花勇仔。

大郎先仔，自從當日為三名日本兵相過命後，早已極久未在街面出現。有人說他洩露天機受到天罰，早已連同媽祖婆神像，被燒死在下街的興隆宮內。有人則說，他們躲「番仔反」時，好像曾經在泰雅族的大豹社，匆匆看過他最後一面。

日本警察找不到大郎先仔，於是前往鳶山下找到豆花勇仔，追討這大筆無妄之災的地方稅。此時，老母親已經逝世的豆花勇仔，取出籌備娶親的賣豬款，以及李家長者捐贈的豆花錢繳完稅；算算餘金，竟然不多也不少，剛好足夠他訂製一副全新的豆花擔子。

重新挑起新擔子的豆花勇仔，吆喝過三角湧街就地重建，媽祖廟、祖師廟鳩工再造的高物價年頭；又吆喝過娶妻無著，只好認命抱個養女，姑且傳宗接代的羅漢腳仔歲月。

「嘿，神準呀，先仔就是先仔！有了店地，沒了女人，沒了女人，有了女兒。但是，現在，您自己呢？」往往，每當豆花勇仔肩上挑著豆花擔子，背上揹著小養女，一路吆喝過陸續搭起幾家店面的祖師廟口時，總會走到早被某些有錢人付租領走其他店地的狗屎地旁，默默追念了大郎先仔兩句話：「唉，難怪老輩們都說，算命仔算不準自己的命啦！」

最後一次，豆花勇仔說這話的時間，是在三角湧大焚街二十年後的大正四年。

此年，那麼湊巧，有一位剛好也叫作「達脇良太郎」的日本京都人，在幾經巡查、警部、兵事主任、支廳長的警政歷練，並經嘉義、桃子園（桃園）、三角湧、大坵園（大園）的人事輾轉後，最後以山城第五任支廳長的新面目，冥冥應讖似的又重返三角湧了。

該日，豆花勇仔照例踅來狗屎地說過那番話，幫忙即將招婿開店的養女完成最後一件心事，從廟旁搬來那塊鳶山老滾石，以便豎在店面前立界為誌。「噢，女兒呀，阿爸這輩子是眞正走累囉！這樣拜請祖師公在天為證，這店地就任誰都偷妳不走，燒妳不掉囉！」豆花勇仔的最後遺音，響過養女耳邊，響過老滾石上，響過大郎先仔不知所終的街角或山林間。

翌晨，該日湊巧協助豆花勇搬石頭的達脇良太郎，突然感到心頭一陣哀傷感應。當他擱下手邊公務，匆匆親往鳶山下，尋訪這名似曾相識的三角湧憨佬時，豆花勇仔已經靜靜趴在老家石磨與火灶邊，永遠睡入古鎮的百年之鄉了。

就像那坨臭狗屎，那瓶「拿慕內」曾經確有其物一樣，兩個「達脇良太郎」，似乎也應有其人。只是由於時空巧合，姓名、籍貫相若，令人充滿是否同為一人的因果聯想。

依據他模糊印象，這位達脇良太郎精於工務，性情剛毅、行事嚴謹，擇善固執、高風亮節，具有典型日本高士的人格特徵；而最值得一提的是，他極為體恤手下，愛護部屬。

達脇氏履任後，經官民八個月的商議期，次年立即著手進行三角湧「街區改正」，「店屋改築」的規建工程。工務進行中，不僅要求屬下嚴控施工進度，工匠嚴守工事品質，對於不配合的街戶屢以斥罵、勸告或激勵之餘，本身更在公餘脫下官服，穿上草鞋，親赴現場督導；他那種追求完美，全力投入的「日本精神」，街坊們無不動容感心。

大正六年，一條古典高雅、整齊乾淨，兼融西洋「巴洛克式」建築美學，並蓄本土文化底蘊的百年大街，於是打造完成。大正七年，誓願既償的達脇良太郎調升他職，在幾位知心士紳的陪伴下，向當年與街同焚，此時與街重建的興隆宮媽祖婆，喃喃說過一番誠敬祝禱；然後，便悄悄離開三角湧支廳，退出三角湧地境，永遠再也無人提起。

冰火史道，炎涼世途，來也匆匆，去也匆匆。短短三年任期，悠悠百年功過，如果不是於神有約，於己有願，此「達脇良太郎」就是彼「達脇良太郎」。否則，官場哪來的良苦用心，世人哪來的洒脫身影，說做就做，說走就走？

一去不復返的玻璃清音，就此滾過這段，除了天知地知之外，只有祖師公與大郎先仔知道的因緣果報。以及這位「達脇良太郎」，另在興隆宮留下的，如下贖罪似的誠敬祝禱：

偉大的京都城啊，您因遍歷戰火奠立千古風華
愧對的三角湧啊，您也應可如是鳳凰浴火重生
家鄉的天照大神啊，您因帶來和平安祥而成神
異域的媽祖娘娘啊，您也必將如是而成就聖蹟
日本母親的天照大神，台灣母親的媽祖娘娘啊
此刻請共同見證，罪疚之人的如上虔懇懺願哪
三角湧的父老鄉親，感謝大家的容忍與包涵啊
此刻請共同驗收，這麼一條嶄新的百年大街哪

第九章
天人答問

滿串玻璃清音，當然兀自繼續滾響。種種人間因果，也當然兀自繼續滾轉。現在，鄉土作家在跟他通完電話關掉手機後，或許因爲文思受擾而同時關掉電腦。一直滯留不去的小跳窗，此時總算消失不見了。

他於是從淡淡朝向三峽溪「抹去」的六男二女畫面裡，被慢慢「溶解」的釋放了出來。「抹去」與「溶解」，這是實相被虛影化或虛影被實相化，兩種雲端影像的互換手法。

那名手捧高級相機，猛對彈珠汽水瓶、臭狗屎，以及鳶山老滾石大按快門的專業遊客，面對著淡淡被「抹去」臭狗屎與老滾石，慢慢被「溶解」出一片汽化人形的這幕顯像過程，先是誤爲自己拍攝太多廟影神像，而恍神半晌。及至，終於看清眼前，竟然是一個實體眞人時，不禁立刻掩住鏡頭，向他連聲道歉起來。

你當然知道，無所忌諱猛對他人拍照是有失尊重的，何況對象是個正想準備吃藥的精神病患。而他呢？當然並不介意，時下遊客，難免都會出現此類「觀光」通病地，反而假裝十分海涵的接受了道歉，大方展現出一份在地人「被觀光」的表面心情。

就這樣，他仰飲著那瓶剩餘汽水，服下鄉土作家一再提醒的「恩主公」藥錠。兩相反襯之下，眼望著或許爲了掩飾恍神失態，一邊頻頻搖頭，一邊猛打後腦杓走遠的該名外地遊客。他不禁好笑的懷疑起來，他這種道歉行爲，有可能也是一種表面辭令吧？

因爲，漫漫歲月，滾滾山城，人事往來何其繁多，時空交錯何其頻仍，誰在意你那種轉眼變換的世途形影？你更何必自我介意，竟在瞬間受到歷史之手的移形換影，戲弄了錯覺？

也就是說，一旦置身祖師廟口，一切便是常態，也是非常態，世人何必大驚小怪？

他轉過臉去，身後是一間老舊店面，店前那塊鳶山老滾石，早已杳然無蹤。殘破店牆則懸掛著，幾幅類似「人心不古，天理何在」云云，呼神告鬼般，店地糾紛的抗議白布條。據他所知，座落於廟口黃金地帶的這間老店，目前擁有「實際使用權」與擁有「法律所有權」的雙方，並非同一人。前者堅稱，擁有該店承購自對方先祖的「口頭契約」，因而得以繼續使用；此店原主是一名早已遷居外地的過世老婦，身爲後代子孫的後者，則以官檔爲證的女祖載名，控告對方非法佔用。

兩造和解不成，只好興訟公堂。但因年代久遠，無人證可問，法院裁定前者敗訴。口頭契約，在樸實重諾的本鎮三峽而言，應該確有其事，而且處處都有。因此，聽說使用者非常不服，在法律無法還原事情眞假，法官不能釐清世道黑白的非常痛心下，只好怒尋另類的「天問」之途。

這店想必就是當年狗屎地上，受過豆花勇仔死願護持的那間店面吧？他有點好奇，如果是，那就算包青天再世也恐怕於情無依，於理無從，更別說事事講求證據的現代法官了。

「嘿，歷史債，天理還。往前推進一層因果，莫非這更是鱸鰻秦仔，那筆記在廟壁上，由祖師公應讖償還的豆花債嗎？」

「喂，喂，祢們好歹有誰挺身出來，把原委講清楚，將情理說明白。好讓雙方子孫，各自捫心自問，彼此諒解認命吧？」

他忍不住走上因經年纏訟，無人整理的殘店地板，用力踩踏諸如門神、灶神、地居主之類，一千百年沉睡的神鬼腦門。無意中，卻抬頭發現這老店的破牆上，也不知在何年何月何日，被何人貼上了，一幅類似鄉土作家做法的「尋人啓事」。

舊照片影印放大的人頭像，看來有些走樣。並再受過一段時光的風吹雨打，日曬煙燻，影像效果如夢如幻；不禁讓他油然泛起若眞還假，若假還眞，好像他就是你，你就是他，任何人都有可能就是被尋找者的自我意識感。

經再三辨讀褪淡字跡，他倒是還能猜知這是個失智老人，在去年正月初六「祖師公生」那天，偕同兒孫返回三峽觀賞神豬比賽失散後，雖經努力找尋卻只在此處廢店空址，找到遺鞋一雙云云。啓事上，家屬誠懇表明，除了祈求祖師公、媽祖婆、土地公，保佑老人家還活著之外，對於提供線索協尋有果的善心人士，無論死活，必當奉贈薄酬的承諾。

這幅「尋人啓事」，他不覺多看了兩眼，內心暗自一陣失笑。

他失笑於家屬的杞人憂天，其實天知地知，還有他也知道；世人的失智，只是爲了暫時遺忘記憶，停止思考，家人的失散只是爲了暫時逃離現場，拋開憂煩。遺留一雙鞋子，其實那便是表示生命馱負，仍在悲苦進行中；但如今鞋是鞋，腳是腳，他已經不想再繼續奔波打拚於世，踩浪操勞於途了。

「我也曾經這樣遺棄過，類似的身上物，或失散過什麼親友嗎？」

「如果有的話，那麼遺棄在哪裡，失散的又是一些什麼親友呢？」

他停住笑聲，皺起眉頭。拍拍後腦殼，看看祖師廟，望望來時路。

祖師廟清聖香氣，冥冥襲鼻傳來。在他向前走過兩家店面時，香氣漸與附近香腸、臭豆腐、冷熱飲的人間煙火味，相互混雜疊合，形成一層神、人之間，傳統廟口特有的幽明溫馨感。

然後，他站在號稱全國最短的長福街上，且讓各種熱鬧廟聲，勾引起無限優閒的遊旅情趣；且讓各類清濁世塵，渲染著極盡悲歡的廟口情愫，既撕裂成兩半又交融爲一體了。

他踱至曾經有一家，「祖師廟前喝咖啡，談天說地聊是非」的新潮咖啡店轉角，繞過對側另一家，有如歐洲諾曼地登陸或台海炮戰現場，擺滿「頭、頸、腸」滷味，「掌、翅、爪」烤品，牆上電視不停播放紅衫軍「倒扁」戰報的老式麵攤邊。舊世狀加上新世局，不經意或者也可說，偶然與必然，強迫遺忘與強迫記憶，總是互相狼狽爲奸地——竟然一時就這樣被如此人間慘況，疲勞轟炸到立刻抱頭躲入，街側一條迷宮似的小巷內。

向來常爲外客忽略的這條小巷，是廟口通往三角湧溪、土地公坑溪交界，轉個彎，曲折深入染布街後院的祕徑。此巷，巷中有弄、衚中有衕的幽迴格局，令人頻頻衍生某種不知伊于胡底，恍如擠身在一套順逆文化層，一座新舊歷史體的朝代夾縫中。

這使得他在稍經兩個照眼後，便輕易嗅出一份古今時空嚴重牽扯，過往神鬼極度互動的濃厚霉濕氣息來。這種山城獨有的老巷情味，在一般古蹟最起碼的年代久遠之外，理當也已經俱足某些瓜熟蒂落的世代條件，否則箇中種種因果牽扯與互動，怎能憑空穿鑿附會？

這樣猜想著，沒走幾步，他果然就在巷口不遠的「太郎命卦館」前，突然跟一位不斷照呀照著天空，兀自抬頭窺探什麼天機神旨的蒼顏老叟，一個不小心撞得滿懷了。

這老叟可能是個青瞑者，彎腰拾起被撞落的手杖，竟然對著他，或對著誰的尊稱道：

「哈，全身油彩味，梅樹先仔，是您吧？您又偷偷跑去觀賞，達脇大人的新街囉？」

「唉呀，我只是個囝仔，請莫再這樣叫我。拜託，此事千萬不能讓我多桑知道喔！」「眞歡喜，就快囉。日本人還給了三角湧人一條百年大街，再來就是咱們三角湧人，替自己打造一座百年大廟囉！這是您此生的使命，您這輩子的天命啦！」蒼顏老叟以一貫命卦師似的口吻說：「一隻大鳶，總得擁有一雙好翅才能風雲再起，千里飛揚哪！」

「喔，喔，阿里阿朵！眞感謝，也眞不敢當啦！」一名公校學生模樣，大約十四、五歲的三峽黑髮少年，從他身上「穿透」或「析離」而出後，現身三個鞠躬，趕緊靦腆跑開。

對於這條古巷，蒼顏老叟似乎極爲熟悉，啄點著好像只是象徵性的手杖，兀自熟門熟路地，幽幽走入，有一隻寵物狗趴著打盹的「太郎命卦館」內。

這件意外邂逅，那句預告讖語，他並不感到離奇，也不感到訝異。此人那個抬頭照呀照著天空的窺探動作，加上命卦館的「太郎」之名，無不難免讓人聯想到，他也許就是當年那個寧願受到天罪懲罰，也要洩漏天機的大郎先仔。

「大郎」與「太郎」二名，其實賦義相同，都是家中「長子」的人倫排序；倒是「大」與「太」的形音之別，卻正好足以明顯區分出兩條生命，各自誕生在兩個迥異朝代的文化屬性。也就是說，冥冥中，管他什麼被慘痛撕裂的時空，管他什麼被慘烈碰撞的歷史，靈魂仍然兀自不死，因果依舊兀自延續；唐山墾殖末期的漢裔「大郎」，交纏著日本殖民初期的台裔「太郎」，早已註定必須異身同命，共同走完這麼一趟「世代交替」的嚴肅命數。

無關年代，無關族種，無關姓氏，最要緊的是生而爲人的這麼一息相通，一氣相連。此「太郎」莫非就是彼「大郎」的輪迴轉世？這家「太郎命卦館」現址，就是當年大郎先仔，命中注定的那塊「狗屎店地」？

他不禁很想印證這番因緣果報地，抬頭審視了審視，該店門牌一眼；竟然，三峽里「秀川街」的戶政昭示，果眞這麼映目而寫。想不到，晚近一甲子受盡忠孝街、清水街糾纏之苦的秀川街，還能老樹埋根求活般，兀自鑽過祖師廟埕層層覆蓋的流轉記憶，一路從「公館尾庄」沉潛到「三角湧庄」，從「秀川里」隱忍到「三峽里」的再度跟他不期而遇了。

「秀川」二字，寓義「秀麗之河」，指的就是日治時期水運重要樞紐的公館尾庄、公館尾街，所依傍的美麗「三角湧溪」之意。其與「太郎」相同的用語屬性，都富含著濃濃的東洋風味，正是古鎭遭逢數度滄桑以來，目前絕無僅存的古老街名。

秀川街浮沉拐繞至此，不僅已屬本身境遇，烏龍擺尾的最後一段，更是山城階段歷史，好酒沉甕底的最後一盅。他不覺更加好奇地，立刻走進太郎命卦館，急於一窺個中玄奧。

然而，當他登門張眼一看，電視機自顧播放的幽祕館中，卻是空無一人。

幸好，也許感應到不速之客的微妙氣息，內間某處，隨即傳出先生娘口吻的漫應聲。

「歹勢，馬上就來。請先自己看電視，稍坐一下！——」

他於是坐下來，邊瀏覽著滿屋懸掛的神機銘匾，邊觀看著，也是紅衫軍的示威活動。

這是他平生首次，坐在命相館看電視，看的又是緊貼時局演變，現場同步播出的新聞報導。歷史就在你眼前的深沉感，隨即讓他既興奮又驚悚，既眞實又虛幻的搖頭感慨起來。

他平時不常看電視，不知那是台灣一百多個頻道的第幾台。導播想必精通各種媒體播映技術，一幅小小廿五吋的螢幕內，竟然諸幅主副畫面同置，諸層子母鏡頭共呈；不只主畫面框著副畫面，母鏡頭圈著子鏡頭，甚至主副畫面可以倏忽對換，子母鏡頭能夠瞬間互轉。

主「歷史」裡，框著副「歷史」，前人、今人、後人，可因世互涵；而是非對錯，恩怨情仇的價值判斷，同時自當也可因人、因事、因物的變遷，自行權宜互換。母「時空」內，圈著子「時空」，昨日、今日、明日、後日，能因代相藏；而生、旦、淨、末、丑的人生角色，同時自當也能因時、因地、因局的變化，自我權謀對調。

生而為人，誰都很想扮演英雄，掌控局面。但頻頻對換的主副畫面裡，卻每每牽繫著環環相扣的朝代禍福，連連互轉的子母鏡頭下，更往往包藏著因因相逼的世代殺機；所以，誰都別自滿於以前的曾經擁有，別得意於目前的已經佔有，更別竊喜於以後的即將獲有。

在一個紅影湧動，紅潮澎湃，浩然針對綠色政權進行「反貪腐」示威的主畫面裡，他看到了紅衫軍首腦人物的施明德，一人四角的如下四框副畫面：

——昨日，生長於戰前高雄市鹽埕區醫師家庭，出身於台灣陸軍砲兵學校，在漫長黨外政治運動暨高雄美麗島事件中，挺身犯難、火鳥紋身、杜鵑啼血，刺染一身綠色印記的他，滿臉民國六十年代反國民黨暴政，七十年代共創民主、人權、公義史頁的台灣英雄本色。

——今日，在綠色胎記上，外披一襲紅衫，額前隱隱閃漾一枚藍色浮水印的他，儼然反身化成一名滿腔公憤，昂然站在凱達格蘭大道與台北火車站前，高舉反對民進黨政府腐敗，反對陳水扁總統貪污大幟的正義旗手。

——明日，雖然革命家灑脫性情依舊，頭頂泛藍陣營擁為諾貝爾和平獎候選人光環，慨慨然一身肝癌病容的他，已因無端陷入「倒扁」行動不繼、巨額捐款支出不明，反被紅衫軍打成欺詐、背信的「政治騙徒」窘局。

——後日，藍營大選獲勝重掌執政權，企圖透過泛藍本質的紅衫軍餘勁，憤然面對藍色總統再燃「反貪腐」之火，有意重造昔日街頭運動聲威的他，卻已經時不我予；只在電視上亮相三分鐘，便即轉身退入螢光幕後。

在一個紅影簇擁，拇指朝下，矢口狂喊「貪腐，下台」口號的母鏡頭裡，他看到了浮上泛藍政壇檯面的馬英九，一角四身的如下四圈子鏡頭：

——昨日，出生於戰後英國租借地香港調景嶺，成長於台灣台北市，在美國哈佛大學留學期間，幹過打壓台獨的「特務」學生。學成，擁有法學博士學位，返國擔任過法務部長的他，扮相十分謙懇俊雅，慣常穿著一條清涼短褲，參加慢跑活動而性感吸睛；八十年代打敗陳水扁選上台北市長後，難得展露出一股國民黨中生代，政治明星的清新風格。

——今日，台北市長連選連任，經由黨員直選榮膺黨主席的加持，渾身散發捨我其誰氣勢的他，幡然面目一變，逐漸出手清除黨內敵對勢力，暗為競選下屆總統大位而鋪路。

——明日，卸下台北市長職位，卻遭到黨內對手「以其道還施彼身」反撲，開始面臨國家「查黑單位」，依其私吞兩任市長「首長特別費」罪名起訴的他，自此陷入「待罪之身」的司法審判，「人格破產」的政治困境。

——後日，法官與律師聯手，強勢巧藉公帳「公使錢」托辭，私帳「大水庫」障眼術，狡身鑽脫「首長特別費」法網，高聲大喊「死也要死在台灣」、「燒成灰也是台灣人」的選戰口號，雙腳踩踏巨量選票登上總統大位，各項施政方針卻明顯傾向敵對中國的他，終於潛抵「歷史陰谷」

盡頭，顯露「兩岸終極統一」企圖。於是，「騙取選票」、「通敵賣台」的質疑，紛紛交相唾罵而至。

在另一個綠旗飄揚，拇指往上，眾口相濡以沫，大聲疾呼「向上提升，向上提升」信念的螢幕背景前，他看到泛綠首位共主的陳水扁，一身四貌的如下四幅大特寫：

——昨日，出身於戰後台南官田三級貧戶，憑靠農家子弟打拚精神力爭上游，透過六十年代黨外政治運動躋身政壇後，一路從市議員、立法委員、台北市長攀爬到總統暨民進黨主席的他，全身洋溢著「阿扁仔」暱稱的草根色彩，頂戴著台灣「貧民達人」的進取美譽。

——今日，總統連任成功卻始終眉頭深鎖的他，對於敵對陣營無限上綱的惡意攻訐，自是不必在意。但種種被一連串爆料的第一家庭風波，尤其併同第一夫人捲入「國務機要費」貪污案的遭到法院起訴，卻不得不一再讓人引發昔日「台灣之子」，如今是否已經喪失「台灣精神」，而快速「向下沈淪」的莫大問號。

——明日，面臨立法委員、下屆總統迫在眉梢的選戰壓力，面臨再三攻防、以拖待變，或其實只是「政治獻金」的「貪污案」官司，卻兀自信誓旦旦於第一家庭的清白。面對黨內同志斷然切割、泛綠民眾怒然引以為恥，面臨總統即將到任、歷史不知如何評價的他，則再三誓言自己始終「愛台灣」，「護台灣」的赤子初心。

——後日，民進黨立法委員、總統選舉大敗，黯然卸下黨主席暨總統任滿下台的他，親藍媒體、司法暗手、外黨駭客的聯合抹黑，更加鋪天蓋地而來；黨內同志的棒打落水狗，更是變本加厲，毫不留情。孤立無援之下，他於是選擇了「坦白」、「省思」及「道歉」；同時，開始啓動面對昔日情義相挺的父老鄉親，悲悔訴求以「乾夏濡沫」、「寒冬偎暖」，告解以「忍辱負重」、「浴火重生」的台灣懺罪之旅。

總計二度政黨輪替以來，區區不到十年歷程的流轉下，短短一段史道、匆匆一趟世途，三位台灣政治菁英都還活著，竟然可以共手翻轉出十二種正反身姿。

如此境地，不禁讓他深深納悶起來。所謂的「台灣」或「台灣人」，究竟遭到了什麼莫名其妙的神鬼詛咒？

雖然，由母愛天性得知，從漫長逆境隱忍過來的台灣母親，一般都選擇寬恕勇於悔過的孽子。但無論時勢造英雄或英雄造時勢，殘酷史潮，卻不知另將如何淘盡一干英雄人物？

由於，一切人事物都尚未蓋棺論定，關於後日之後，三方主事者的歷史定位與世局如何演變，只有天知道。但他相信，在一道道朝代符咒疾疾如律令，一疊疊世代冥紙熊熊似篝火的催逼下，各類人世妖魔鬼怪，各種人間奸邪盜寇，勢必逐一現形；而苟活於時政熱鍋上的芸芸眾生，則必將繼續被燻烤得人人焦頭爛耳，煎炒得個個失魂落魄。

命卦館的天際電波，且卜且卦，若警若惕，冥冥洩露著如斯天機。

命卦演繹，定數龐雜，變數橫生，非常沉繁耗時。但以上現代史跡，被簡約壓縮成不輕不重，褒貶剛好讓他承受得住的十二段聲光影像，長度也恰如爲他剪輯特製的戛然而止。

眼前，電視螢幕適時呈現一片麻白，娟雅得像個日本仕女的先生娘，歉然現身了。

「歹勢，你是誰？眞不巧，先仔不在喔。這有線電視到底怎麼搞的，又跳台啦？」

先生娘說著，伸手拍了拍電視機，一片麻白螢幕，隨即恢復正常。台北街頭的「倒扁行動」，兀自如荼如火的還在進行。

「先仔不在，不會吧？我才剛看見他從門口走進來！」他驚疑道。

「十分鐘前，先仔才讓他們請去吃中飯，哪有可能現在就回家？」先生娘篤定地，說出幾個口耳能詳的台北政要姓名後，遞給他一封似乎內裝什麼卦文爻辭的玄牒，問說：「你就是那個姓詹的鄉土作家吧？先仔臨走前交待，你們今日，一定會在此時上門找他問事。」

喔，我是誰，我們又是誰？我就是一個這麼問史於野的偏執作家，我就是一群這麼問道於盲的蒙昧傢伙嗎？那麼，除了那個跌撞在本鎮世代靈肉交纏的老宅男以外，我另外的其他身分，到底是那隻「落頦」鳶精，那夥「忠義」六人公，那名鄉人「漢奸」？或是，那個來自台南古都迷失於藍染旅途的許君？還是，什麼都是，也什麼都不是？

他自我尋思了半晌，似是而非，似非而是，不置是否的接過那封玄牒。

聽說，太郎先仔能通神召鬼，常有政商演藝名流，登門問命求運。據他所知，名利姑且不論，總是感受到史道紛歧、世途多變之苦，本身智慧又不足以掙脫困局的老宅男與許君，只好轉而問生於神、問死於鬼的「天問」之情，身爲過來人的他，倒是頗能感同身受。

他於是急於知道，這份生而爲人的世局分疏或生命枯榮之謎，且又好奇於剛才巷口所見的興奮了起來。「聽說，先仔是大豹人，以前泰雅族的大豹社，就是現在的插角里嗎？」他假裝隨便問問的求證道：「我認識一位插角國小老師，他說先仔，就住在學校斜對面。」

「沒錯，大豹社就是現在的插角里，你說的插角國小斜對面，那是先仔的老家。」螢幕裡，紅衫軍久久滯留在凱達格蘭大道高聲吶喊，女主人乾脆嫌吵的關掉電視說：「先仔確實是大豹人，但在他出生以前，泰雅族早就被日本人趕到桃園復興鄉去了。現在，他老家旁邊那塊茶園，也早在好幾年前，被縣政府徵收改建成里民活動中心了。」

「嗯，先仔神機妙算，聽說他曾經幫李梅樹算過命，算出這座百年祖師廟，就是李梅樹一生注定的天命嗎？」他又假裝隨口說說的再度求證道：「剛才，我竟然就在巷子裡，看到白髮老人的太郎先仔，遇見黑髮少年的李梅樹呢？」

「這問題，你要自己請教先仔本人。不過，他比李梅樹小了好幾歲，老年的太郎先仔，竟然會遇見少年的梅樹先仔？哈，你這個拿筆編故事的讀冊人，未免想像力太豐富囉！」

也許，太郎先仔跟李梅樹相提並論的「與有榮焉」，加上他所言有如童話似的「神奇有趣」；這位先生娘，一時不禁童心大發，高興得就像是個純眞囡仔的大笑出聲。

他也自覺此問就像荒唐童話般，一起笑得那隻打盹的寵物狗驚醒過來，朝他翻白眼。

太郎先仔，就是投胎轉世到內山插角的大郎先仔嗎？命卦館址，也就是當年大郎先仔的那塊應讖店地吧？就這樣，這傳說總算有跡可尋的獲得間接證實，但當然信不信由你了。

身處亂邦危朝，凡事盡量趨吉避凶。他不想成爲讖語應驗或天道輪迴的對象，趕緊起身稱謝，快速逃離命卦館；沿路神經兮兮，躡手躡腳地，唯恐踩到什麼臭狗屎的繞過祖師廟口後，終於找到一處鐵厝轉角，偷偷開啓了那封神祕玄碟。

這鐵厝就捱在祖師廟右後側邊，外表看似一間簡單搭成的臨時土地公祠。轉角上，另有一座民國七十年代建立的，台、日獅子會的紀念鐘塔；羅患時間過敏症者，一不小心駐足其下，宛若秒針躂躂不停流轉的那種傷逝感，凡是年歲稍長的三峽老輩，應該都能深沉感受到。

生命總像秒針流轉，直如沙粒流瀉。不斷被輪迴於世間的倥傯人生，其實就是一具被反復旋緊發條的時鐘，一只被再三反手倒轉的沙漏。

關於，他所自問的「我是誰」，「我們又是誰」？所想像的「世局分疏」，或「生命枯榮」之謎，太郎先仔則在玄牒內，如下批註道：

前生今世且莫問，你是我來我是你
後果前因暫休提，他纏你來你纏他
若因世道衰微嘆，你非我來我非你
不如無執這顆心，他成佛來你成仙

這辭義裡，並非制式卦卜的直口推算，倒是委婉得更像俗世的勵志籤詩。

顯然，大郎先仔或太郎先仔的批斷對象，應該絕非一般市井的通常個案。前生緊扣今世，後果緊咬前因，生命其實就是我中有你，你中有他的互含現象。混世處事之道，其實就是天道不轉人心自轉，世情常變人性不變，能放下某種無謂執著，便可活出一份自如自在。如果仙佛擁有較諸陰陽命術，別具人生更上一層的澄清價值，那麼太郎先仔想必是特意歸納陰陽家的複雜演繹，簡化成這麼一則簡約輕盈的佛機仙趣，好讓問道而來的鄉土作家在下個世代輪迴前，先行透過文學沉澱，進行一次大我生命的小我淨化吧？

也許是精神科醫師的鎮靜劑發揮藥效了，他被沿路窮追猛趕的焦慮感開始轉淡，身心內外逐漸變得神安氣閒，自我有所輕重緩急的調整起優先順序來。

他首先把「恩主公」藥包放回口袋，把電子錶戴回手腕，把尼龍襪、休旅鞋穿回腳上。然後，環目尋找著某種妥當地點，打算將清末是一種奢侈舶來品，日初調配出最佳口味，如今只是一種模擬童情複製的彈珠汽水瓶，歸置到它最後該被歸置的地方。

他一直找不到印象中，民國八十年代那種具有廢棄物分類功能，資源回收再利用的公共環保箱。久久，拿著一只被喝乾內容物的玻璃空瓶走路，除了比滿街「手機奴」聊以加多一份古雅遊感之外，其實反而平添了，往後這趟「輕盈人生」的另類負擔。

這不禁使他立刻印證了放下內心執著，擱置身外累贅之必要，而大大感受到環保箱的重要性。在各款人世環保箱系列裡，只要稍具電腦操作概念的現代人，當可隨手簡化任何生命垃圾。他慣常會將某些所謂的老身世、老記憶，封存在「硬碟海馬回」，加以「年輪化」；將某些新神志、新理念拖到「桌面捷徑」，貼上「標籤」以便隨時選用；將某些舊殘念、舊遺緒，逕送「心靈焚化爐」，進行最後無溫昇華的「刪除」或「粉碎」處理。

當然，放下執著、擱置累贅後，你很有可能因為難以承受此身之輕，形同空蕩遊魂或行屍走肉。但別忘了，活在當今世代，你所幸除了保有硬體與生俱來的公用系統程式，肉身揮之不去的共享情慾檔案之外，你周遭還處處擺設著隨插即提的櫃員機、妥善歸類的公共環保箱，隨時任君選用當下之所需，擱置用後之所棄。

這就是公共環保箱不勝枚舉，到處可見的好處了。像他就常去庄郊家廟，重拾那一份份十八代祖宗的篳路藍縷之心；去野外萬善堂，重溫那一縷縷無名先民的蒼涼失落之情；去社區古厝，追懷那一枚枚古今承傳的悲喜歲月。甚至，還會跨域遠赴台北博物館、忠烈祠之類的大型堂口，去檢視那一卷卷積塵深重的霉濕史頁，禮敬那一串串國族烈士的枯癟肝膽。

而往返之間，只需攜帶悠遊卡一張、礦泉水二瓶，付出三滴清淚，奉獻四聲輕嘆。

如上以觀，陳年垃圾堆裡，也可能找到身心靈的稀世寶石，各種分類完備的環保箱內，也可能尋得各款人生在世的舍利子。諸多寶石或舍利子，雖然成色不同，價值各異，但你今生就是不得不割捨，這些有形或無形的身外物；否則來世，便遑論所謂的「脫胎換骨」。

他最後是，走回原先購買彈珠汽水的涼飲店，擱下日式情懷的，歸還了那只空瓶子。

這涼飲店，位於民國七十年代初期，由鎮公所籌建的長福橋西端斷面下。店側，右前方空地，就是他剛才已經走過的，本鎮最少三層以上交錯時空的岔口處。

凌空橫跨三峽溪，橋面格局高過祖師廟門的長福橋，引聚了安溪右岸的朝拜人潮，引匯了支流「礁溪」（無水溪）的先民拓墾史脈，卻也引來了當年不少地方人士，各自專業上的非議與反對。其中，景觀設計界認爲，此橋破壞祖師廟，整體廟藝之美；堪輿界更是直批，橋樑高聳、橋勢斷沖，此乃「不祥」之橋，恐需折損哪位哲人賢士，才能獲得緩衝。

前者主觀性質的「藝術」論，當然可以人殊言殊；後者冥冥無據的「風水」說，也當然可以信口開河。但信不信由你，據他所知，李梅樹後來就是讓這座大橋，給活活氣死的！

換個角度看，結合中西雕繪之美的祖師廟，是台灣傳統宗教信仰，跨向國際藝術領域的新里程碑。那麼，這座長福橋應該也可換言之，其實就是三峽人現實主義、超現實主義，現世主義、超現世主義，兩組四套生命價值觀的殘酷分歧點了。

李梅樹出生於明治三十五年（一九〇二年），生命史橫跨日本、國府，兩個外族的統治階段；擔任過國校老師、畫家、大學教授的多重身分，扮演過協議會員、代理街長、鎮民代表、農會理事長、縣議員的多層角色。從民國三十六年（一九四七年）起，他就將中壯期、老年期，大約三十六個年頭的後半生，投入祖師廟「改頭換面」的重建志業上。

他在重建過程中，透過縝密精緻的專業要求，堅持親赴各地考察名剎古廟，親繪廟殿藍圖，親邀名師能匠。不只在硬體象徵上，保留了唐山文化的某些什麼，在軟體精神上，調進了台灣底蘊的某些什麼，也在內涵意義上，揉合了西洋美學的另外一些什麼；甚至，更且甘犯廟制禁忌地，巧妙暗藏了一份宗教之外，政治之內的某種海島生態隱寓。

祖師廟重建工程，正殿部分大致於民國七十五年竣工，李氏在有限空間兼容多層理念，並蓄多重思維的浩繁理想，於是幾近功德圓滿。然而，他並未親自出席，稍後兩年舉辦的「五朝醮典」大會；因為，他不願與會，也來不及赴會了。

李梅樹不願與會的原因是，他太累了，他徹徹底底的累壞了。

他在一生參與過千百次，包括祖師廟籌建在內的各種會議後，早已累出兩次致命大病。臨老，更在最後一次「三峽鎮都市計劃委員會」，長福橋規建評選會議中，關於藝術與宗教之優先順序，美學與便民之輕重緩急的力爭失敗下，氣惱得當場撕毀選票，身心俱疲至極的累出第三次大病了。

李梅樹來不及赴會的原因是，他在這場大病發作的翌年，未入席就離席的提前獲得最後安息，永遠告別家鄉三角湧的缺席而去了。

一隻大鳶，總得擁有一對好翅，才能風雲再起，千里飛揚。土生土長的李梅樹，終於達成重建一座「百年大廟」的天命，催生另一番山城百年風華的永遠放手了。

李梅樹死後，無人再予反對，官方開始大膽動支經費，越三年橋成。三峽溪面上，於是就在三弧虹形的日式「三峽拱橋」之外，另再增置了一座唐山遺韻的「長福橋」。但是，同時卻也在祖師廟前左側，有頭無尾地，留下了一幅「景觀斷面」、一處「地理斷點」，並暨一頁「神、鬼、人」三位一體，凡夫俗子難以論定的大廟外史。

長福橋規建，已經不是李梅樹的份內事。其實，李梅樹堅持的並不多；他只希望「橋」是「廟」的外在延伸，「廟」是「橋」的內在納涵，如此而已。

根據消息靈通人士傳言，知曉這段內情的有心人，正打算情商電腦傳媒高手，將李氏當年此椿臨終巨憾，製作成動態影像。一來藉以如實存證，免得淪爲爆料野譚；二來掛上網路形成風雅逸聞，廣加流傳；三來編進社區文化導覽課題，使成日後觀光造鎭的公共資產。

他不禁有點興趣，也有點擔心起來。不知那些所謂的有心人，會是屬於深藍、深綠或淺藍、淺綠，藍中帶綠或綠中帶藍，甚至各種顏色混雜一通的，其他文史大炒手。

「來囉，內山輕便車來囉！白雞煤炭，大豹包種茶，五寮綠竹筍下貨囉！——」

「來囉，大稻埕，新莊的紅頭船來囉！唐山菸酒，日本五金上岸囉！——」

「來囉，鈴，鈴，鈴，請讓路喔！外國洋客，急著趕船班喔！——」

「叭，叭，叭。嘟，嘟，嘟！——」

「嘰嘰喳喳。嘻嘻哈哈！——」

他行經廟埕尾，閃過日治前期逐漸形成新興碼頭上的，幾個在地山農、幾個行郊販子、幾個出口洋人；閃過日治後期的幾台綑工推車，幾輛響著手鈴、嚷著讓路的三輪車。閃過民國六十、七十年代，不時按著喇叭、噴著油煙，擦身而過的老汽車、舊機車；閃過八十年代祖師廟聲名大噪以來，迎面不絕如縷，兀自充斥七情六慾，只顧走馬看花的遊客與香客。

他站在所謂「景觀斷面」、「地理斷點」的長福橋尾下方，嘗試著各以一介在地老輩、中生輩、新生輩的三代心情，面對其上一堵緬懷早期唐山故國風情的巨型民俗浮雕，拾掇著某些本鎮「橋」與「廟」、「人」與「土」、「生命」與「時空」的過往情愫時；也許，由於滄海桑田，事過境遷的快速變異，三代之間的感受，竟然大相徑庭的嚴重齟齬了起來。

他又嘗試著假扮成一名過境旅者，置身事外的由橋端兩側引道之一，登上橋面縱觀整體景緻。總結心得是一方天地、一撮蒼生，一抹溪煙、一窩山民，如果你還能權且忍受某些不搭調的視覺失衡，某些不連貫的精神落差，某些不和諧的心靈牴觸；那麼此橋馬馬虎虎，可說已經具備著模擬為一座「廟前之橋」的基本功能了。畢竟如此，這才符合一座先受清朝斷臍之痛，再受日本殖民之辱，後遭國民政府統治之苦的風霜古鎮，本身記憶斷落、思維重組，新生體系尚未完全蓮花化身的正常呈現；更也畢竟，身為一名現代化工商社會的匆促過客，其實你那副終日奔波的忙碌身心，早已倦意十足，懶得細加品賞與考究了。

以上，一己所感的三式多款心境，或因人而異，或因事而轉，複雜情懷殊難定型。但無論如何，你照理還是難免會出於單純好奇心地，提出某些疑問，參與某些想像吧？

譬如，這橋還不夠好嗎？那麼，哪裡不好呢？還有，除了前述「景觀」、「地理」方面的疑慮外，接受完整日式教育的漢裔李梅樹心中，這橋又應該是一座怎樣的橋啊？

這是這樁「懸疑公案」的主旨所在。但是，這些疑問與想像，長福橋上，並無設置專業導覽人員，因而無從獲得相關解說。話說回來，就算設置了，由於態度不同、視野不同，枉然也只是片面其詞或答非所問，難搔人性的複雜癢處吧？

假期難得，行程短促，誰都想在最小成本的消費下，獲取最大的附加價值。而你最能直接了當，一針見血的做法，那當然就是親訪李梅樹，向他老人家當面直接請教了。

遊客通常可在以下三個地點，找到李梅樹。其一是祖師廟，尤其是左廂的石雕工作室，這是李梅樹早期常跟陳應彬、黃龜理、李松林、林松的雕刻大師們，說花話草、談山論水的公開場所。但在八十年代，廟方董事會陸續資遣該批殘存老匠，更逐漸從對岸引進石雕廟柱而跟某些地方人士，引發一場疑似「藝術」卯上「宗教」，「台灣」對上「中國」的路線之爭，雙雙撕破臉鬧上法院的前述「懸疑公案」之二後，聽說李梅樹就絕少進出那間工作室了。

其二是在民國八十四年（一九九五年），設立於安溪國小斜對面巷中的「李梅樹紀念館」。本館屬於家族籌建的非營利藝術館所，最大特色是「畫中人」會走出畫框外，如臨其境、栩栩如生的向你「說畫」。依常情而言，此館內典藏著無數珍愛畫作，走動著繁多鍾愛家人，應該是李梅樹死後，最常徘徊不去，最爲眷念不捨的盤桓之處。

其三是以祖籍「安溪」命名的安溪國小，該校園左側草皮上，豎有一座本鎮絕無僅有的李氏室外銅像。安溪子弟李梅樹英靈不滅，偶而也有可能魂兮歸來，前去自我憑弔一番。

此外，如果夠幸運的話，你也很有機會就在長福橋上，幸運邂逅他。

老唐山傳統亭欄格局的長福橋，仿古橋面素樸而寬敞。無論是在平時溪風習習的閒蕩漫遊中，或在假日觀光客擦肩摩踵的擁擠下，如果你碰巧遇見一位神情嚴肅、身形清矍，頭戴梵谷式高頂寬邊硬氈帽的孤高老人，一路從廟前橋尾斷面飄然走來。一邊撕碎本鎮都市計劃委員會的表決選票，一邊搥胸頓足的連呼著：

——爲什麼，爲什麼，爲什麼？

——要建橋可以，但橋樑竟然這樣設計！

——噢，眞是可惡至極，眞是可惡至極！

——爲什麼，爲什麼，爲什麼？

——要建橋可以，但橋樑竟然這樣設計！

——噢，眞是可惡至極，眞是可惡至極！

那麼此時，你大可不必驚疑，請立刻把握天賜良機，毫不猶豫的趨前就教吧。

因爲，他就是當年一切時局變化，一切世情流轉都已洞察於心，最後寧願選擇「玉碎」氣死，也絕不「瓦全」苟活；甚至，氣到可能會逼使自己，徹底失神瘋掉的李梅樹。

第十章
人生歸零

滿串玻璃清音，仍然兀自繼續滾響。
現代傳聞，終將被滾盪成近代傳說。
近代傳說，終將被滾遠為前代神話。
如此世途，日夜奔波，世代浮沉。您苦了嗎？
那麼就請「奉茶」。暫歇一下——
身影蒼愴，百年穿梭，雙腳蹣跚不捨晝夜。您若是還能不苦——
那是因為，您還心懷願景，或說還擁有些許所謂的人間情志——

點擊滑鼠，拉下一面網頁，又點擊滑鼠，放大這面網頁。
被放大的這面網頁上，襯托著巨大「黑洞」漩渦為背景，逐漸浮現一座時空路標。
在釘滿主路徑的路標上，點選想去的地點標籤，更多的次路徑，便會繽紛出現。點選想去的次路徑標籤，然後鼓起勇氣一跨而入，從此你就可踏上，隨心所欲的穿越時空之旅。
不必龐大花費，免帶沉重行囊，只需擁有一套簡單雲端概念，一股旺盛遊興；世人上窮碧落下黃泉，專程來一趟廣度兼具深度的尋幽或訪勝，已經不再只是紙上談兵。
沒有使命感的朝代壓力，沒有入世心的世代負擔；一個網址連接一個網址，一面網頁橫亙一面網頁，一片網域跨越一片網域，一串記憶牽繫一串記憶。浩瀚網海、浩繁史境，無限天地、無限徜徉，無盡參數、無盡變數，無窮旅程、無窮奇遇，自此任你生死浮潛其間。
但為了避免你過度沉溺虛擬情境，延誤歸期，或在沮喪情緒中，自暴自棄；請謹記在每個路徑岔口，默唸三聲「阿彌陀佛，回頭是岸」或「阿門，上帝與你同在」，藉以隨時保持最佳回醒念力。另請先在電子履歷表上，塡寫姓名、電話、生辰八字，以便出事時可用來催動電子符咒，召回迷失心神；並也可據以知會，親友連同加持，叫回撕裂的三魂七魄。

「這是預防萬一的安全措施，一趟悲喜交加的穿越時空之旅，你當然最好能夠自己遵守旅遊守則，平安往返。否則，電子符咒一經催動，即便最後你還是可以全身而退，但險象頻起的穿梭過程，卻也難免不讓沿途各路鬼神，折騰得心驚膽戰、靈肉俱疲，遊興盡失。」

網路傳媒高手，胡大仙的旅狐網咖，就擺在長福橋中段左邊的涼亭旁。他抵達時，口沫橫飛、比手畫腳的他，正忙著在幫一批遊客，解說他所訂立的「三角湧時空旅遊」守則。

胡大仙，就是他曾經向精神科醫師提過的，那位網遊媒體開發好友。旅狐咖攤，主要賣點，當然就是他所開發的時空旅遊光碟，搭配一種靡入淡淡「貓尿酸蛋白」的網路茶品。

貓尿酸蛋白，就是那種新近生化界，美其名為「好奇心」的「貓尿」，貓科費洛蒙。貓尿其臭無比，一般寵物飼養人士盡所皆知，從表面上看來，此茶品似乎專為某類「逐臭之夫」而售。骨子裡，其實它最想穿透的，就是那種所謂「正人君子」之外的道德矯飾；最想挑逗的，就是那份所謂「道貌岸然」之內的野性遐思。

網路茶品，包括茶與咖啡兩個系列。茶方面，有金萱、翠玉、烏龍、碧螺春、白毛猴、東方美人；咖啡方面，有舞鶴、草嶺、藍山、拿鐵、吉力馬札羅。但兩者不管是產自台灣本土，或遠從世界各國進口，都統而冠上「網路」和「茶品」標籤；這是取意於前者「點之則來，刪之則去」的即興效果，以及後者「比開水濃，此酒精淡，比汽水雅」的偷閒概念。

旅狐網咖對面，通常另會擺有一擔鋪著黃色「太極八卦圖」桌布，將一隻卜命烏龜騰空托置在桌面法罐上，藉以激發遊客神祕感的相命攤子。兩者之間，似乎彼此在打對台，更好像互相在烘托著一層什麼懸疑氛圍，對映著一股什麼吊詭謎團。

此外，人客川流有如三峽溪水的橋端前，這幾天恰好又加入了，另一擔民俗童玩攤子。有一手顯然是殘肢的「陀螺先仔」，手、腳、口並用，不時比正常人還敏捷地，連連抽打起兀自不停旋轉的大、中、小陀螺。這陀螺攤子，何其巧妙地，剛好緩衝了幾許電腦與烏龜，無線網路與有形法罐之間，那種屬性懸殊的「視覺扞格」與「心靈反錯」的違和感。

無形中飄散開去，直鑽人性深處的「貓尿酸蛋白」好奇心，凌空托置在法罐上，自顧聳呀聳著長頸子的卜命烏龜，一再承受抽打，直到力竭倒下的旋轉陀螺。於是，如此這般，就在李梅樹差點氣到瘋掉的長福橋上，聯手再在傳統「廟口因果」上層，共同建構出另一番新世代風貌，新時空風情的「橋上文化」況味。

相對於相命攤子的「太極八卦圖」，旅狐網咖則是在每台電腦前，擺置了一具象徵時光流閃的「電子沙漏」。沙漏一經啓動，便會不斷上下消長、正反剝復，用意跟太極八卦的綿延演繹，大異其趣而殊途同歸；目的，同樣都在呈顯，某些人間現象的運行感與無限性。

「這段期間，你到底去了哪裡，大家都在找死找活的尋找你。」胡大仙替一名躍躍欲試的年輕遊客，一邊戴上MR遊鏡、遞上感應遊器，一邊啓動電子沙漏的轉頭詢問他。

「只是在三角湧和三峽之間，走走逛逛啦。」

「只是走走逛逛，不會這樣的身心交疲吧？」

「我本來只想前去恩主公醫院複診，同時順路回老家尋找童年的斷線風箏，然後在繞道觀看一則尋人啓事途中，承諾了一位好友的尋人請託。緊接著就一邊找人，一邊遇上滿街滿巷都是的故人舊事，竟然忙到幾乎忘記吃藥，沿途連連忘記了，我是誰？」

「喔，不好意思。這是因爲我在你那杯青心烏龍茶裡，放進了過多貓尿酸蛋白，所以讓你好奇心過度旺盛，使命感過度沉重，核心價值不勝負荷了！」

「還有，我總覺得好像有一股踩到狗屎的臭味，如影隨形、揮之不去，而特別偏愛或排斥起某種氣味，某種色彩和某段身世。」

「時局變動不已，人心焦慮難安，一趟穿梭歷史四百年之旅歸來，這是一般台灣人都有的正常現象。至於，個人踩到狗屎的衰運，我建議你，不妨過去問問對面的鐵口先仔！」

因爲青壯階段身心過勞，加上飲食問題導致腸胃癌化的胡大仙，頂著化療光頭指了指滿嘴長鬚，總是垂眉閉目陷入冥思狀態，正好跟那隻卜命靈龜動靜互襯，形成一圈「人龜相依爲命」，反差對比畫面的那位相命師。

隱隱，他聽到背後「喀嚓」一聲，有誰向胡大仙、鐵口先仔或陀螺先仔，按下快門。

「你這旅狐網咖，有跟鐵口先仔，陀螺先仔的雲端網站，取得連線嗎？」

「哈，信不信由你！其實，當你端著茶杯、想著烏龜、看著陀螺時，你就已經跟他們搭上線了。」胡大仙要他轉過臉去，觀看那大、中、小，被陀螺先仔不斷抽動的旋轉陀螺。

只要是人，總會偏愛某段身世，排斥某些色譜；這是世態常象，更是積見難改的朝代印象。將天地七色，依序等量塗在同一平面，加以旋轉，如果轉速夠快就會呈顯一片白色，照見七彩終極整合的希望明光；反之，就會產生原色殘缺，引發視覺偏頗。

平心而論，一部部中外史籍，一冊冊鄉鎮方誌，大致都是一只只格式不同，原色殘缺的偏頗陀螺。但人心非秤，世情無準，這也怨不得那些史家誌士；誰叫你的處身之地，立命之所，總是無法仿效鉛垂器與水平儀，本著天理良知，將自己拉得鉛直，擺得水平。

所幸，天道運行自成體系，神鬼運作自有規制，或可姑且彌補史筆不足。

玄學上，呈顯白色的旋轉陀螺，一旦轉速達到光速，便會出現超越人性的正極神光；若是更讓轉速快過光速，便會繞向人性背面，反轉成一片速極似止的負極黑洞。神鬼兩者不斷進行物極必反，快慢對作，正負對置的極端過程，便會演化出太極生兩儀、兩儀生四象、四象生八卦的萬千爻象，開啓宇宙無窮連動的天體反應，演繹人間無限對應的天演世途。

「哈，信不信由你！我這網咖的天際網路四通八達，串聯天地各界，你記憶體有多大，它網域就有多大。我開發的這套網遊軟體，結合易經演繹理論和陀螺旋轉系數，你思維有多迅速，心緒有多複雜，它層面就有多高遠，層次就有多深重！」胡大仙按住被襯托為首頁背景的那團巨大「黑洞」漩渦，拖曳出一幅螺旋狀深藍雲海的次層頁面，嘴角噴沫道：「簡言之，就是境隨意轉，象由心生！你的想像力，有多神奇，它的對應力，就有多魔幻啦！」

譬如，坐在天干「丙」字號，那台電腦前的日本櫻井先生，他為了添補一趟老三峽仿古行腳的不足，於是經由一位在地耆老、一名文史志工，以及一名鄉土作家搭線找上我。我們五位一體，聯手透過本網咖結合櫻井先生的旺盛遊興，耆老的零散記憶、志工的文史素材、作家的文學素養，一路重拾了這趟有感有覺、有血有淚，如歷其境的日治三角湧之旅。

說得天花亂墜，不如親眼目睹。胡大仙乾脆就地舉證，指了指有一名被MR遊鏡，遮住三分之一臉部，但從握著感應器的手背皺紋與壽斑，大略看得出是個高齡遊客的說明著。

「櫻井先生？不會就是我才在台北大學門口，剛遇見的那位櫻井桑吧？」他納悶道。

「沒錯，就是他。你們當時是在某個時空交叉點上，碰巧遇上了。」胡大仙解釋說。

「櫻井桑身邊，除了櫻井夫人之外，不是另外還陪伴著，陳老師和林主任嗎？」

他疑惑的環顧周遭遊客，卻只見到臨溪獨坐在唐山橋亭內，將一本「與你有染」的藍染節活動手冊擱在膝前；另將一本李梅樹畫冊，翻閱至〈三峽河碼頭〉頁面，對照著昭和七年（一九三二）建造的，早已跨越將近八十個年頭的「三峽拱橋」，悠悠神遊其上的櫻井夫人。

「今年八月藍染節過後，陳老師又忙著明年二月，老街重建紀念的籌備工作去了。林主任則是爲了滿足櫻井先生的好奇心，特別跑回老家，尋找一張關於隆恩河之役，鳶山公園表忠碑的老照片；如果有事詢問，你可以稍等一下，他應該很快就會趕過來。」

「我是臨時遇到幾個問題，或可從他口中，問到一些蛛絲馬跡啦。」

「什麼問題呢？各種三峽文史，網咖資料齊全，也許能幫你解謎。」

「所謂的三轉仔，那是什麼意思？」

「三轉仔，指的應該就是，混過三種血緣的混血兒。」

「三種血緣，咱們三峽，有聽過這種身世的家族嗎？」

「三代雜種仔，好像滿悲慘的。還好，我從沒聽過！」

「你看看我，像個三代雜種仔嗎？」

「嘿，你爲何突然會有這種想法？」

「剛才在廟口，有個白髮老翁，就是這樣叫我的。」

「嗯，你是不是遇上了，一位這副模樣的老歲仔？」

福祿壽喜，一手撫著雲鬍，一手拄著蛇杖，滿臉知足常樂的童佬賊笑。

胡大仙打開雲端建置的「三角湧快取面譜」櫃，拉出了一張台灣老臉。

「對，就是他。他是誰啊？」

「哈，祂，就是土地公啦。」

祂就是台灣五朝十四代，四百年滄桑史，碩果僅存的最後一份古樸心靈，最後一套如實存檔的土地記憶，最後一頁如假包換的生命見證。胡大仙補述著，哈哈大笑的安慰道：

「別在意祂的話，只是一尊基層小神，許多世事不是祂說了算。還有，身世是可以一再胡編，血統是可以一再瞎掰的。此事文史工作者，人人皆知，只有你還蒙在鼓裡嗎？」

「這位老歲仔還說我，天地造人，中道而行、天衣無縫，這又是啥意思？」

「那是在讚美你這三轉仔，即便三混五雜，仍然內外天成，人子赤心啦。」

胡大仙看了看他，同時看了看投映在他眼瞳上的自己，又是一陣哈哈大笑。

在邊聊邊等待林主任復返的空檔，胡大仙投其所好地，爲他沏上了一杯早在三角湧街，悄悄消失將近八十年的「阿薩姆」紅茶。

「這是大正年間盛行的日東牌老茶品，櫻井先生點的也是這泡茶。這茶特色，是一股經過徹底揉捻、完全醱酵的人間風情，一抹熟透卻又不太香膩的生命況味，一絲濃烈卻又可有可無的懷舊幽思。這是戰前老一輩台灣人的最佳選擇，祝你飲後一路順風了！」胡大仙老王賣瓜的解釋著，轉身朝他悲憐一笑。

「我已經厭棄紅茶的陳腐味，還是給我來一瓶，可以邊喝邊走的拿慕內吧。」他說。

「邊喝邊走，你這個始終不服老，兩條腿拋拋走的三峽佬，難怪累到身心交疲！世代漫漫，天路迢迢，先讓自己放鬆一下，何必急著上路，相信林主任就快趕來了。」胡大仙嘴裡勸告著，手上還是以客爲尊，依言幫他換上一瓶現代模擬品的「彈珠汽水」。

林主任終於出現了。交給胡大仙一張嚴重泛黃的黑白老照片後，竊竊私語地，開始坐下來，低頭跟櫻井桑聊起這張老照片的舊記憶。

印象蕪雜，斷痕班駁的童年記憶中，林主任頻頻在印象蕪雜處，附上了「好像」，「也許」，「可能」的自我疑問；在記憶斷痕處，加注了「聽我多桑說」，「聽我叔公說」的間接說明。胡大仙則一邊應付其他遊客詢問，一邊設置上述聲影整合機制，一邊設定相關時空參數；一陣忙碌後，總算抽出空檔來，爲自己調製了一泡非常奇怪的藍紫色茶液。

「上次回恩主公複診時，順便爬上癌症病房探視你，想不到你早已人去床空，我還以爲你已經成神成仙而去了。」暗紫色茶液，他以爲那是一杯轉世「孟婆湯」似地，替他哀傷道。

「那已經是過去式的昨日煙塵，我現在不是還好好活著嗎？你別老是罣礙那些無法避免的生老病死，應該正常活在當下才對。」六年前發現大腸癌後，斷然離開竹科園區，入院接受一連串險惡療程的胡大仙，倒是向他故作輕鬆的舉杯邀飲道：「如此世途，日夜奔波，終身打拚，您累了嗎？那麼來一杯三峽藍調系列，清肝潤肺，消勞解鬱的大菁養生茶吧！」

「你們這些科技新貴，賺十年就足夠我們辛苦一輩子。你其實大可不必，把自己逼成一顆旋轉陀螺啦。」他奉勸自己似地，奉勸著他說。

「唉呀，什麼科技新貴，只不過是另一種以命換錢的新行業罷了。其實，這場大病讓我沉澱下來思考了很多事，領悟到消極的說，打拚也是死，閒散也是死，不如姑且打拼，姑且等死，反正最後都是死；積極的說，快樂也是度日，憂愁也是度日，不妨姑且快樂，姑且度日，反正終究都得度日。嘿，我告訴你一個秘密，你知道天底下有什麼事，最能讓人忙而不碌，勞而不疲，永遠樂在其中嗎？」胡大仙突然岔開話題，壓低嗓門說：「嘻，我偷偷告訴你，這秘密天知地知你知我知，千萬別讓第三隻耳朵聽到，被第三張嘴巴外傳！」

胡大仙說，那就是偷看世人緊緊包藏的七情六慾，偷窺天地稍縱即逝的神鬼玄機。

「信不信由你，我現在就是這樣越忙越起勁，越活越有趣的。」胡大仙擠眉笑道。

他點擊螺旋狀深藍雲海上方，那排長長工具列的某個小標籤，一框封鎖在第三隻眼界外的另類視窗，乍然彈跳出來。放大這面視窗，隱藏其內，被解壓縮的音訊與視訊檔案，隨即緩緩釋放出滿滿鳶山蟬鳴下，交盪著一縷〈三角湧進行曲〉殘音的清幽林徑來。

清幽林徑，草蛇般游繞在半山腰；他的第三隻眼睛，亦步亦趨，一路尾隨登抵盡頭的一處寬敞平台。平台上，一片肅靜，導覽的陳老師，見證的林主任，緬懷的櫻井先生，默默佇立在一座龐然古碑前；三人似乎正在觀看著，某年某月某日，所舉辦的一場追悼祭。

「主祭是中間的井口校長，由左算起前排第三人，是公學校應屆畢業生的我。每年七月十三的忠魂紀念日，全校師生在追悼儀式後，就會齊唱這首三角湧進行曲，做爲結束。」

「那麼，這碑就是所謂的表忠碑，被追悼者，就是當年隆恩河殉難的日軍戰士囉。」

「這碑建立於大正十二年，是台灣軍司令官陸軍大將福田雅太郎，在公館後庄鳶山中腹東側所勒；四年後的昭和二年，表忠碑併同附近山坡整合爲三峽公園，隨時提供本地皇民瞻仰。二戰後，三峽公園於民國五十年代改名中山公園，改立鄭成功紀念塔和孫中山銅像。原來的表忠碑，就這樣不知去向，可能已經被主事者敲毀，埋做公園步道下層的地基石！」

「政在碑在，政亡碑亡，我可以諒解，這是理所當然的歷史通則。」

「櫻井桑想認識，當年可能參加此役，突襲你先祖的義軍後代嗎？」

「其實，三峽街上所見，最少十人有五人的祖先，曾經在隨後三角湧兩次會戰和後續三次燒剿抗戰中，殺過日本人或被日本人所殺。」導覽的陳老師，指向身旁的林主任，指向第三隻眼界外，冷眼旁觀的他，以及胡大仙；話意裡，微微透出，幾經燹火死劫的世代怒氣。

「逝者已矣，來者可追，我們何妨塵歸塵土歸土，將屬於歷史的還給歷史。」

「某些歷史，我們是可以原諒，但絕不能遺忘。」

「但是，短短四百年台灣史，你們畢竟還是選擇特意記住什麼，忘記什麼吧？」

「您指的是，我們的原諒和遺忘，充滿不是常態性的偏執，常情性的偏頗嗎？」

「對於荷蘭、西班牙和日本，難道你們沒有特意選擇，記住某些負面的什麼，又刻意忘記，某些正面的什麼嗎？反之，對於明朝、清朝和中國，你們採取了相同態度嗎？我當然尊重你們的選擇，但如果歷史可以重來，你們還是寧願選擇，通往目前局面的老路嗎？」

「哈，櫻井桑來者是客，陳老師你就少說兩句吧。唉呀，不過說的也是，如果歷史可以重來，台灣就不是現在的台灣了。但是，又有誰知道，台灣到底又會變成怎樣呢？」

是的，如果歷史可以重來——

誰不想重新開創出一系列更美好的朝代因果，連動成一連串更圓滿的世代生命？

假設，台灣的「政黨輪替」可以反溯，中國的「國共內戰」可以追悔，清日的「馬關條約」可以重訂。台灣，必將不是目前的台灣吧？

假設，二次大戰能夠不被啓動，美國兩枚原子彈能夠不被投射，麥克阿瑟大元帥能夠親自來台接收。台灣，也必將不是目前的台灣吧？

是的，如果歷史可以重來——

我必將不是目前的我，你也必將不是目前的你吧？

但你千萬要記住，這些危言聳聽的心底話，我們三人只能私下偷偷談論。這在民國三十至七十年代的台灣，本國人是會被監聽拘捕下獄，外國人是會被監視驅逐出境的。

其實，這是憲法保障的言論自由。誰都曾經在任何場合，說過更嚴重的敏感話題。

那是八十年代起，蔣經國結束戒嚴後，李登輝、陳水扁的當家階段。你們這代，可說是前人種樹，後人乘涼啦。但眼下，黨國舊朝重新執政，誰也很難保證，會不會故技重施？

是的，如果史道可以重轉——

如果世途，容許回頭重走——

戴著MR遊鏡的櫻井先生，不斷從緊握感應器的手部，透露出內心的翻湧程度。

「唉呀，說的也是。如果歷史可以重來——」

「這趟隆恩河戰役之旅，櫻井桑還要繼續走下去嗎？我擔心，他會出問題。」

胡大仙趕緊將櫻井先生，那杯日東牌阿薩姆紅茶的「貓尿酸蛋白」成分，以主機滑鼠拖離螺旋狀深藍雲海頁面，移棄至桌面的「資源回收桶」內；一邊轉頭詢問，同樣也是一番激烈扼腕情緒的林主任。

「出問題？是出在生理上，還是心理上？」林主任馬上緊張了起來。

「一般而言，這問題大多起因於極度情緒漲落，對生命應該不會構成威脅。但在此後旅遊品質上，那就難保不會留下，諸如沮喪、懊悔、失落的負面作用！」

「難得，一趟臨老期望的台灣宿願之旅，竟然必須落得滿懷感傷而歸，那就不遊也罷。那麼下一站，我這個很想略盡地主情誼的三峽老人，還有其他補救的景點嗎？」

林主任請教胡大仙，胡大仙一邊開啓搜尋程式，一邊好奇反問林主任：

「請教您一個私人問題，陳老師對日本人不懷好意，應該是跟台灣部頒歷史教科書，通常都十分親中仇日有關。但是爲什麼，您這位資深老主任，反而這麼親善櫻井先生呢？」

「這有兩個原因，一是我曾經受過六年日本教育，耳濡目染，日籍師長的情義風範。二是我女兒留學東京期間，櫻井府上，曾經是她的寄宿家庭；當時，因爲櫻井茂夫埋骨三角湧的這層歷史因緣，櫻井夫婦愛屋及烏，非常照顧離鄉背井的這女兒。」

林主任依據實情加以說明，尤其關於他親身經歷的前者，更舉出如下事例，娓娓而述。

原來，林主任出身舊時溪南庄的窮苦茶農，童年常因幫忙父母夜間製茶、清晨採茶，延誤早課，時常遭受校規處罰。高年級時，學校新來了一位日籍級任橫田老師，在連續施以六天「把該壓落」訓斥，「五弓枷」（五指內弓，以掌背指節痛擊頭部）的嚴懲後，察覺出如此屢犯必有苦衷，於是私下叫至辦公室查詢；經林主任哭訴上情，半信半疑的橫田老師，竟然在毫無任何預告下，當日夜間及次日清晨，兩度親赴溪南庄，執行家庭訪問與求證。

然後，在第三天早課上，當著同學面前向他大加褒勉，並鞠躬致歉。之後，更特別提供單身寢室，方便他每天午寐補眠。

「你想像一下，這對一名卑微的台灣學生來講，當時會是一種什麼感受？現在，又會是一種什麼心情？當年局面，蒙受眞摯關懷，再怎樣也不能特意忘記吧？」林主任追憶往事，不禁懷疑說：「不過，微不足道的私人感念，有可能彌補櫻井桑的整體歷史遺憾嗎？」

「最少，應該可以平衡一下，櫻井桑某些旅遊情緒。」胡大仙因應著氣氛變化，立刻幫林主任與櫻井先生，換上一杯目前台日養生界盛行的，三峽人最具製茶初心，最無揉捻矯味的「碧螺春」綠茶後，再問：「那麼，櫻井桑最具初心的宗教是什麼？也就是說，櫻井桑有什麼宗教信仰嗎？下一站，我是打算配合你們之間的珍貴情誼，但願盡快平復一位老邁旅者的悲沉情緒。一般認爲，宗教性質的洗禮，一定比譁眾取寵的景點，還要來得有效啦！」

「據我所知，身爲公務員的櫻井桑，平時公暇十分熱心基督教公益活動，櫻井夫人則獨鍾繪畫藝術；但我去年前往日本遊玩時，兩人卻都引以爲傲的，安排我參訪許多他們的日本神社。另外，我聽櫻井夫人提過，櫻井桑年輕時，曾經一度熱衷日本劍道，幾乎著迷到不顧每週日上教堂做禮拜，也要去道場對殺一番的瘋狂程度。」

電腦搜尋系統，迅速臚列出，一大串景點清單。胡大仙大略斟酌比較後，點選了一般遊客必到的幾處「世內公共旅站」之外，另外增補了「三峽神社」、「中州道館」，以及「三峽長老教會」，三座少爲人知的「世外私家祕境」。

緊接著，螺旋狀深藍雲海，開始加速旋動。當轉速快到螺紋消失時，以多媒體呈顯的一段行前字幕，一幅隱含自我期許、自我催眠、自我暗示的首頁畫面，於是漸層出現眼前：

本套生命遊戲軟體中，設有隨心所欲的多重逆轉機制

想讓最快樂的影像歷久彌新，最歡愉的時光永遠停格

想讓不滿意的出身重新來過，不順遂的命運從頭開始

「旅狐」網際遊覽公司，就是您前生唯一的最佳選擇

「狐仙」網站俱樂版主，敬邀您今世無二的終極加入

恍惚間，深藍雲海，達到極限轉速。行前字幕，直如點燃嘉年華會的漫天煙火，開始一字字、一行行的接連繽紛爆開地，循序迸射出滿眼滿眶，時空元素重新組合的七彩激光。

七彩激光逐層翻閃，天干地支的遞移，人間世代的轉換，幾乎快若仙界百年一瞬。

電腦網絡連結著 MR 遊鏡，MR 遊鏡連結著視覺網膜，視覺網膜連結著人腦電波。大宇宙物象催化著小宇宙心象，小宇宙心象穿越「路由器」孔道，建構著螢幕液晶映像。

起先，或因諸多祕境時空駁雜，人事物繁多，電腦螢幕出現臨時記憶體不足，封印檔案解譯

不及，過往聲光擷取不當的些許亂碼。緊接著，經由電腦自動作業系統，重新解壓縮再壓縮，解碼解譯再編碼編譯的緊急處理後，目前位置的「長福橋」視野，逐漸泛漫變色；終至，淡化成一抹只有「浮水印」，才能形容的半透明空間來。

半透明空間遠近難辨，似實還虛，如眞猶假，只能以「如是夢境」，才可比擬。

如是夢境，一條孤寂人影，臨溪而立，倒影載沉載浮在粼粼溪波的無盡流湧裡。

此人，也許正在失神發呆，正在出神徘徊，也許正在凝神沉思，正在忘神等待。

此人，可能是泰雅族的黥面勇士，剛烈少女；可能是平埔族的擊櫓漁夫，執鋤耕婦。可能是巴賽群的失姓老父，雷朗群的佚名老母，或是「土地公山系統文化人」的空臉老祖。

此人，也或是李梅樹、李三朋，豆花勇仔、太郎先仔；是陳金聲、董日旭，李國開、陳瑜。也或是陳小埤、六人公，孫中山、鄭成功；是白臉阿雲、烏面伊娜，甚或更是上帝公、媽祖婆、清水祖師公。

此人，也可能是應識還願的達脇良太郎。是慘遭欺瞞伏襲的櫻井茂夫、坊城後章，是滿腔忿怒，反撲執行三角湧大焚街的山根信成。

那麼，此人最後究竟是誰——

其實，到頭來最有可能的，應該就是歷盡世代交替，遍嚐史河翻盪之苦的你自己。

咦，好奇怪，怎麼會這樣——

胡大仙抓住時光空隙，立刻連擊「暫停」按鈕，火速查驗網站路徑簽證。

電腦先是浮出「太初」的上層根目錄，然後顯現「渾沌」的下層主路徑。

「會不會是，相關參數設定錯誤？」他提醒道。

時空參數無誤，記憶參數無誤，想像參數無誤。

胡大仙重新一陣檢查，電腦如上顯示一串答覆。

「太初是什麼，渾沌又是什麼？」他奇怪問道。

「應該都跟生命歸零有關吧。」胡大仙猜測道。

此時，工具列出現兩則快顯訊息，提醒已經及時攔截的安全警示。

胡大仙側瞄一眼，掃毒系統的監視器，立刻開啓這兩則快顯訊息。

那是兩面爭先恐後，誰也不讓誰，誰也不服誰的註解視窗。其內，開宗明義，試圖標榜或詮釋「命運」本質的旨趣，果然如胡大仙所料，都跟「生命歸零」有關。

關於，「太初」與「渾沌」——

較先被點選的視窗認爲，「初始之前，道神同在；道在神裡，神在道中，形式相仿，本質相同」是爲「太初」；其後萬物肇創，善惡兩分，善靈歸上帝，惡靈歸撒旦，生命始焉。

隨後被點選的視窗主張，「元氣未分，天地渺亂；萬象同體，不可割分，萬物無端，莫見其根」是爲「渾沌」；其後元氣既分，陰陽剖判，清者爲光明，濁者爲黑暗，天地始焉。

兩則訊息，顯然是前者的西方立場，以及後者東方觀點的激烈對辯。但對於宇宙時空的肇始見解，卻都是萬法歸宗；對於天地神鬼的同源說詞，也是不約而同的。

所以，想讓銘心印記永久長存，刻骨時光永遠常駐，尤其想讓卑微身世重新演繹，醜陋身影從頭拼湊；那麼無論你是個任何宗教的善男信女，甚至你是個十足「鐵齒」的無神論人士，你的捷徑就是先讓身世「歸零」，先讓身命返回「太初」或「渾沌」的空無狀態。

雖然，這兩則快顯頁面都未附上網站簽章，不知來自何方伺服器？但胡大仙依據經驗判斷，它們想必屬於遙遠兩處，不同信仰的力場對抗。前者最有可能的中繼站，疑似就是他剛才點選的，本鎮最古老的台灣基督教「三峽長老教會」；後者中繼站，疑似就是道教性質的相命攤子，以及長福橋尾端斷口下方的「清水祖師廟」。

他轉頭瞅了瞅，終於難得等到生意上門的相命攤子。看見鐵口先仔，正在幫抽出三根竹片命籤的兩名顧客解命與推運，宛如電腦編譯系統的解碼與編碼。

兩名問命者在遊客隙縫，時現時隱，看不出是一對情侶、夫妻或愁男怨女，聽不到所問是婚姻、家運或事業。但一男一女、一陰一陽，全都面臨生命困境，倒是可以確定的。

天地一體，太極兩儀，八卦千象，天演無限，人間百態，世途紛歧。鐵口先仔，最後是在黃色「太極八卦圖」桌布前，以逆來順受的東方處世態度，寫下「順其自然，時來運轉」的二句批辭，向他們換取了區區聊以一日果腹的，兩張紅色的佰元新台幣。

人生極盡漂泊如飄萍，命運極盡轉折如彎流，鐵口先仔說的也是。前句「順其自然」，當然就是要你能「隨波逐流」，不當「中流砥柱」；後句「時來運轉」，當然就是要你能「耐心等待」，不做「末路狂花」。

台灣古諺有云，人間難買「早知道」，神仙不賣「後悔湯」——

想讓最快樂的影像歷久彌新，最歡愉的時光永遠停格，想讓不滿意的出身重來一次，不順遂的命運重走一回嗎？胡大仙取消「暫停」，電腦多媒體隨即浮現出，另一組字幕提示：

本套生命遊戲軟體，結合東方神算哲學暨西方電算科技
只要秉持赤子初衷一份，焚化心香一炷或投下天幣一枚
您人生就能在不見恩怨情仇，毫無悔恨之下，完成歸零
您旅程即可在處處抬頭見喜，心想事成當中，次第展開

第十一章
人神斷面

漫天深藍雲海，於是恢復旋轉。
滿串玻璃清音，於是恢復滾響。

眼下，「浮水印」半透明空間，寂寂淡出，周遭重現一片明朗視野。林主任收起了那張老照片。櫻井先生，啜飲了一口三峽「碧螺春」。從「三峽拱橋」上，神遊而返的櫻井夫人，又悠悠跨向了八張左岸。她跨越一堆堆熱歌勁舞的野台觀眾，一群群蹲身浣衣的街庄妯娌；繞過一排排臨溪漂洗的晾曬藍布，一具具熱氣蒸騰的素布煮桶。最後來到三角湧庄、八張庄交壤，低低垂拱的一棵老榕下，早在乾隆元年就立有一塊「土地公石」，被供上本鎮第一縷漢神香火的鳶山南壁。

這山壁臨溪而斷，形成一處天然屏障，溪岸及山壁之間的狹徑，設有一道防番隘門。西出隘門，遍野蘆茅雜生，老榕下卻是覆影深濃而寸草不長，儼然頗有一股仙神祥瑞靈氣。

一夥十餘名頭繫葛巾，手握鍬鋤的羅漢腳仔，正在清理這片，後來被奉祀一座頂街「福德宮」的漢番墾界。他們在榕蔭下，清出半圈範圍，一邊放火焚燒成堆的落葉枯枝，一邊誠心清洗那塊鳥屎斑斑的「土地公石」；然後，取出一幅紅布，畢恭畢敬的掛上樹幹半腰。

爲首者，自稱是泉州府安溪縣的董日旭，手捧香把，率眾跪下，口中喃喃呼求：

「拜請五路神明降駕，庇護人畜平安，五穀豐收。日後子孫，必當建廟感謝！」

熊熊墾火，於是從八張左岸的處女溪墺開始燒起，燒過乾隆二十年（一七五五年）的董日旭腳下，燒過嘉慶初年（一七九六年）有牛犁八張的陳金聲身前；燒向漢人原稱「土地公坑溪」，日本人改稱「福德坑溪」，最後國民政府又改稱「中埔溪」的，古早隘門外的大片番屬腹地。

墾火過處，墾煙沖天，鳥雉紛飛，羌鹿竄逃，土著走避；慘烈情景，並不遜於一百四十年後的日軍大焚街。其後，八張、中埔，大埔、大埔、十三天諸庄，於是次第被墾成漢人家園。

新舊香火呼求，裊裊直達天庭。幾度降駕的顯靈者，當然都是階層最低的土地公。

荒煙蠻霧中，首位前來上任的土地公，輕裝簡從，只攜來女眷一名、蛇杖一把、草花蛇一對。新設神邸非常簡陋，遠遠望去，小不拉搭地，也只是鳶山南麓的一間矮石祠。

此日，矮石祠前，倒是賀客盈門，車馬喧鬧，爆竹連響。賀客們，首先來了包括南海觀音、西天羅漢、北辰道爺在內的，一干唐山仙班；隨後，來了一組西洋天使，與一位東瀛神母。唐山仙班，有的乘龍騎鳳，有的騰雲駕霧而來；西洋天使，搭坐的是兩道報福天音，東瀛神母則是踩在一條巨大白鯨背上，乘風破浪而至。

這是三角湧墾境，漢人破天荒的首度封神嚆矢，唐山仙班於是頒給了土地公，一塊象徵「天道觀想」的黑底金匾。西洋天使合送了一座，代表「人道意識」的銀質十字架；東瀛神母則致贈了一幅，寄寓「武道精神」的鐵面畫軸。

諸多天神，後來都在三角湧各地派駐了分身，設置了行館；一干唐山仙班，日後更都分身變成土地公的頂頭上司。但該日，個個都表情嚴肅，少言寡笑，賀意既達便擺駕離去。

似乎，彼此心中，早已預知，此後即將一系列展開的各種人間悲喜因果。

唐山仙班、西洋天使、東瀛神母，顯然都來自天外異度的四方路向。但在離鄉背井的開拓者口中，聲聲呼請的「五路神明」，竟然好像獨缺「中路神祇」。

代表在地的「中路神祇」，會是哪尊天仙地鬼呢？
土地公拄杖翹首恭候，卻只見四處一片藍天綠地。
而在這片藍天綠地的等待中，此後二百五十年歲月，轉眼倥傯而過。
漢番墾界消失，頂街、中街、下街，忽焉早已連成一條三角湧老街。

漫天深藍雲海，兀自繼續旋轉。
滿串玻璃清音，兀自繼續滾響。
前者旋轉在林主任深沉的眼底，旋轉在一行人重新啓程的天空。
後者滾響過櫻井夫人手上的畫冊，滾響過櫻井先生斑駁的蒼顏。
長福橋上，有一隊國校師生正在進行「藝術與人文」的美術教學。學童們半小不大，半大不小，年齡介於中低年級之間；畫題則以「長福橋」爲主，畫名自訂，畫法自便。
一名靈光倏閃的低年級生，借用「三峽拱橋」爲形，就在芸芸遊客隨波浮沉的橋面倒影上，以水彩畫拉開一座單拱橋身；又取來祖師廟脊的剪黏圖騰爲義，在單拱橋身上空搭起半弧七色虹頂，勾勒出一幅漫天霞光渲染，飛仙獻瑞，天官賜福的天眞願景圖。
一位頭戴寬邊硬氈帽，身材清癯，神情嚴肅的師長，悄悄現身詢問他。
「小乖乖，你東拼西湊的，到底在畫啥畫？」
「老師，我在畫，我昨晚夢見的夢中畫啦。」
「小乖乖，藝術畫、宗教畫或海報，你要想清楚再下筆喔。」

「老師，我想清楚了。李梅樹小時候，一定也夢過這種畫。」

「小乖乖，很好。那就爲李梅樹，也爲你自己畫好這幅畫。」

這位師長既搖頭又點頭的走開後，學童即在七色虹頂，替心目中的李梅樹，也替他自己的著上了，最後一筆紫彩。

悄悄裡，櫻井夫人突然聽到溪面上，一陣清音大作。包括他在內的遊客，立刻應著這陣清音，抬頭望見，一道巨虹從廟橋斷面掛空而至，匹練般搭向這孩子異想天開的畫紙上。

這道巨虹，後來是在李梅樹死後二十四年的民國九十六年（二〇〇七年），由七彩減縮爲乳藍地，被從「安溪右岸」跨至「八張左岸」的三峽溪面上，取名「八安大橋」的正式體現了。安溪右岸，前身爲三角湧溪右岸支流，因無水而涸的「乾溪」之地，清稱「礁溪庄」、日稱「礁溪保」，戰後改名「礁溪里」所脫胎而出的，今名「安溪里」的臨溪轄域。

這是李梅樹心目中的「長福橋」嗎？可能是，也可能不是。事過境遷，眼下三峽溪兩岸人車交暢，人事交融的和煦流光中，此橋在「藍彩」裡，勻入「白彩」的乳藍色調，或可稍微減輕李梅樹當年的忿怒心情吧？

「想不到，那種拿慕內彈珠的悅耳滾撞聲，竟然從祖師廟口，遠遠滾上了長福橋。」

「不，這聲音在清亮中，透出濃濃的溫潤質地，並不像一般玻璃珠那種冷硬撞響。」

當他莞爾提起，拿慕內彈珠滾響的童年憶趣時，林主任、櫻井桑都發出了共鳴微笑。但是，櫻井夫人搖搖頭，立刻提出不同看法。她以母性天生的悲憫本能，直覺認爲：

「這陣清音，應該是一種慈母綿長心思，串繫千百顆風中珠玉，才能造成的玉響。」

櫻井夫人，突然變得與其說是神經兮兮，不如說是福至心靈的告訴大家。這直覺，是因爲她剛才竟然抬頭看見，有包括中國仙佛、印度菩薩、歐洲天使在內的諸多天神，就在這片藍天綠地的溪野上，冥冥大駕光臨的吉光片羽吧？

「眞的，我看到，我們的天照大神也來了。」

信不信由你。櫻井夫人一臉篤定的這樣認爲。

東瀛「高天原」來的「天照大神」，請留步——

清音大作中，紛紛擺駕離去的天神之一，來自唐山湄洲的媽祖娘娘，疾疾開腔而喊。天邊一陣霞雲湧動，日光折射形成的七彩虹橋彼端，盈盈然，走下了「天照大神」。天照大神，頭梳角髻，手戴皮套，背掛箭筒，一身男相。這是東瀛開國初始，大神在日本神話中，挺身捍衛「高天原」，迎戰海神「素盞嗚尊」之役後，難得出現的全副武裝。

由此可以想見，日後三角湧即將展開的一系列人間悲喜，大神是充滿戒愼而悲觀的。對於三角湧未來的諸般凶吉，日本神祇份內所屬，僅僅只是短短五十年的消長歷程。這五十年消長歷程的因果報應，天照大神想必認爲已在剛才土地公賀禮內，給予事前昭示；嗣後，三角湧人的禍福命運，那就端看他們自己子孫的參悟與實踐了。

天照大神，眼見呼叫者是觀音古佛轉世，懿範天庭、母儀人間的媽祖娘娘，當即放緩神色，變回女身相迎。恢復女相的天照大神，面如古月，長髮垂肩，身著縞袍，腰繫絳帶；頸掛由五百片「月牙玉珮」串成的「八阪瓊曲玉」，胸懸由八百萬條「天神魂魄」研磨的「八咫鏡」，手執惡獸「八頭魔蛇」背脊煉鑄的「天叢雲劍」。

「八阪瓊曲玉」隨風搖動，輕輕碰撞，聲如慈母引喚；是天地仁恕，人間和諧的共榮感召。「八咫鏡」收納天光，映現天理，照見良知；是正直人性，濁世秩序的統攝象徵。「天叢雲劍」神魔同體，遇神斬神，見魔殺魔；是擇善固執，勇於犯難的無畏揭櫫。

媽祖娘娘則手握整塊玉板雕磨的「玉笏」，以至敬之禮，展顏含笑，迎向天照大神。東瀛「高天原」來的好姊妹，祢諒必已瞭然於心，我此刻所想請託的是哪件事情——唐山湄洲來的好姊妹，幸好有祢提醒，否則此行，我將噬臍莫及，徒勞無功而返——同爲女神，兩位神母一經照面，天照大神便已窺知，媽祖娘娘出聲相留的用意何在。這用意，三角湧境內，此後輪迴將以漢人功過最爲大宗，天照大神原本不必，也不便插手。

但根據漢人朝代清算習性推演，日本三代天皇統治台灣期間，各種政績的否定、各項文化的抹除，套一句漢人俗諺所謂「船過水無痕」的結局，似乎已是早可預見。那麼在預知的人爲史燼裡，聯手提前埋藏一枚隱微不滅的天意，以彰顯昭昭天德；於是，就如此倏忽達成了她與媽祖娘娘之間，互相心照不宣的慈悲默契。

好姊妹，承蒙祢願意共襄盛舉，請這就移駕隨我前去，見證那幾件好寶貝——天照大神，欣然跟媽祖娘娘並肩而行，前去瞧瞧對方口中所謂的「好寶貝」。天風徐徐，拂過祂頭上的「八阪瓊曲玉」，也拂過媽祖娘娘手上的「玉笏」。是何等珍寶，能夠讓一向淡泊名利的媽祖娘娘，拿來當作「好寶貝」看待呢？天照大神料定，諒必就是那些等候太初定性，渾沌定命的三角湧赤子元胎了。

滿串玻璃清音，滾過天地人一體的長福橋斷口，滾過是非對錯攪成一團的廟口雲煙。

遊客摩肩擦踵中，一個邊喝邊搖晃著彈珠汽水的蒼顏老小子，緩緩走在他們前方。櫻井夫人一手掖著李梅樹畫冊，一手打開藍染節活動手冊，好奇而驚訝的繼續述說著，她剛才栩栩神遊之所見；林主任於是邊走邊回憶地，爲她沿路說明的導覽了起來。

八張左岸的野台歌舞，那是去年藍染節的重點節目之一，除了新台灣的新歌勁舞之外，更有老台灣的老歌傳唱。一闋文夏的「黃昏的故鄉」，會讓你老淚縱橫；一曲劉福助的「補破網」，會讓你欲哭無淚；一聲曾心梅的「三聲無奈」，會讓你滿懷辛酸。

蹲身浣衣的溪畔風光，那是二次世界大戰過後，三峽妯娌姑嫂們，日日必須操持的生活印記。那是一段男人外出奔波，女人居家主內，無關時空淘洗，無關朝代傾軋，無關政治打殺；單純幾句左鄰右舍的好話關懷，就足以撫慰大半輩子爲誰辛苦，爲誰忙的昨日晨光。

晾曬藍布，素布煮桶，那是從戰前昭和年間上溯道光初年，三角湧染布街百年風華的流光迴影。昔日，三角湧爲北台染布業重鎮，染料有薯榔、大菁兩種，而以後者爲主要泡製來源。山城環圍淺山盛產大菁，加上三角湧溪水質絕佳，兼又擁有淡水河運之便，三角湧「大菁染」於是享譽海內外，自是台灣地方產業史上的「地理定數」。

然而，關於所謂的「大菁染」或「三角湧染」，冥冥裡，又是如何一番陰差陽錯的「命運變數」，引出千百年禁錮在菁葉內的藍靈振翅蛻世，現身人間，展露絕世丰采的呢？

藍色，自古就被歸類爲一種輕輕壓抑的心靈屬性，一層淡淡哀怨的精神狀態。藍靈掙脫壓抑，破繭而出的傳說，版本各有不同，情節各自發揮，但大致上是依據一套「三部曲」典律進行的。

「大菁染的發現和突破經過，十分曲折。櫻井桑是要聽故事式的旁觀，還是身歷其境式的參與呢？」林主任說：「前者，走一段路便可完成，我們可邊走邊講；後者，曠日廢時，參與過程，必須跋涉古今三百年。當然，如果選擇後者，衣食住行有我在，保證不成問題！」

「窺探藍色精靈破繭而出，親履古今三百年奇幻祕境嗎？」

好奇心，加上現場參與感，櫻井先生不禁全身振奮了起來。

在林主任一邊以手機連繫相關人員時，他們已經不知不覺走下長福橋尾引道。

搖晃著彈珠汽水的老小子，突然轉身無來由卻順理成章地，請教了他一句話：

「請問林主任，聽說過李大鬍子、鬧番伯公、李三朋，這三位在地三角湧人嗎？」

「他們都是李三朋，因爲蓄著一把李鴻章式的大鬍子，所以我們又叫他李中堂。」

「兩個李中堂，一個賣台，一個抗日。被鄉親相提並論，鬧番伯公豈不氣瘋啦？」

「同是宗親，李鴻章割讓台灣後，聽說李三朋氣得罹患怔忡症，自此憂鬱終老。」

「還有，您知道或聽過，在哪裡可打聽到，白臉青姑和烏面青姑的相關傳聞嗎？」

「奇怪，啥白臉青姑，烏面青姑？我不知道，也沒聽過，你怎麼會問這問題呢？」

「剛才，我聽見李三朋提過。她們也許正是，本鎮大菁染首部曲的關鍵人物喔！」

「嘿，哪來兩個名不見經傳的奇女子？竟然會是，三峽藍染百年風華的開創者。」

「一個唐山孤女，一個泰雅烈婦，同時在三峽溪流域死而復生，藍彩從而綻現。」

「兩名女人，兩條性命，自此成就了一片大好三峽染布業，這種犧牲非常值得。」

「女人和成就，人命和犧牲，並不一定對等。這當中，想必含有神佛的苦心吧？」

林主任大搖其頭。好奇心大發的櫻井夫婦則以二次戰後，日本男人死傷慘重，在社會復甦中缺席，只靠「女人」及「信仰」撐起整個家國命脈的世代奇蹟，戚戚然加入了對談。

那個老小子經過這番對話後，滿意的朝右踱至，他曾經去過的那家涼飲店。有樣學樣，簡直就像他翻版的洒脫擱置了，那只被搖晃得琅瑠琅瑠響的「拿慕內」空瓶。

「我們台灣人自古相傳，舉頭三尺有神明，人未到，神先來，事未發，神已知；我贊成櫻井夫人的見解，這一切應該都有神佛的存在。早年唐山人、日本人，還沒來三角湧之前，天上諸神，早都已經大駕光臨過。尤其是那尊窮鄉僻壤，山邊水湄到處可見的土地公！」

「所以說，如果黑白青姑的悲劇確實發生過，那麼媽祖婆、祖師公、上帝公、恩主公應該都知道；要不，至少土地公，一定知道。但是，神佛渺渺，可在何處找到土地公呢？」

老小子走後，他適時湊上，參與了話局。這問題，立刻引出林主任依稀的童年記憶。

「有個方法，或許可行。我小時候很頑皮，時常弄蛇取樂，晚上就會夢見土地公，上門向父母告狀的怪事。這怪事以玩弄草花蛇最靈，你不妨捉一條來試試！」

林主任親切回憶著，他於是趁興又請教他，剛才問過胡大仙的那件煩心疑問。

「三轉仔，三代混血，三峽有聽過這種身世的家族嗎？若有，哪裡可找到？」

「以前老輩常說，台灣有唐山公，無唐山嬤。現在三峽街上，說誰好像是外省人後代，或荷蘭、西班牙、日本、美國人的混種仔，都可被微笑承認或否認。但懷疑誰血液裡，可能混有平埔族或泰雅族成分，絕對馬上會被對方瞪白眼，甚至翻臉罵人！」

「但是，番童、野囝、三轉仔，我就曾經被祖師廟的門神和土地公，這樣斥喚過。」

「這種事，發生在何時何地？」

「就在稍前，祖師廟口這裡。」

「不對，時空有誤，這些事絕對不可能發生在現代的三峽鎮。你是誰，他又是誰？」林主任納悶了大半晌，十分疑惑的轉頭打量他，又張眼尋找，早已消失無蹤的那個老小子：

「你們一個聽過李三朋說藍染，一個受過神明斥喚。你們到底是人，還是鬼？」

其實，那個老小子的蒼老，只是背影的觀感，他剛才已經正面跟他照過臉。外表未老先衰，內蘊滄桑堅忍，活像一顆生長在中南部西濱的粗皮土芭樂；這是許多二次終戰前後出生的「下港莊腳囝仔」，所給予「頂港都市人」，過多生命負荷的共同形象。

「我猜想，他會不會就是我某個朋友的朋友，一位長期走動在神鬼之間，擅長追查深層野史，卻在入境本鎮參觀藍染節途中，憑空消失，然後行蹤飄忽如鬼神的台南許君。」

至於，我自己呢？——

「唉，說眞的，我竟然不知道我是誰，更不敢知道誰是我。」

他沮喪的告訴林主任與櫻井夫婦，一邊打手機聯絡鄉土作家。

「我好像找到台南許君了，他看來竟然比小張筆下的那幅尋人畫像，還臭老。」

「台灣沉重信史就從台南寫起，你期待一個南瀛子弟，會俊俏得像馬英九嗎？」

「男人俊俏，不是壞事，也不是罪過。你這種偏頗心態，難怪寫不出大小說！」

「事實上，許君正是個三轉仔，明末從福建海盜，轉世到台窩灣（台南古稱）西拉雅族的四社番，清初又從四社番，投胎爲對岸安平鎮來台的墾民子孫。前生今世，千轉百混，就是沒混上荷蘭人或戰後外省人的好血統，所以活該現在，長成一隻面貌黑瘦的老土狗！」

「少抬槓，言歸正傳。現在，我應該何去何從呢？」

「民國九十七年，馬英九上台，陳水扁下獄，台灣民心撕成兩半，本土文學風光不再，加上國際金融海嘯狂襲，社會百業緊縮，民間失業嚴重。坦白說，連我自己都快要靈肉分離的瘋掉了，哪還有餘力拼湊你？我打算，就此停筆療傷止痛，你好自求活而去吧！」

「喂，拜託，你千萬要撐住，絕對不能放棄。你這一停筆，我怎麼辦？阿雲和伊娜怎麼辦？還有，陳有善、陳小埤、翁景新、蘇根銓和六人公他們，又豈非都得白死囉？」

「看來，許君也正在尋找黑白青姑，你們可以結伴同行，何必事事煩我呢？」

不知是手機電力耗盡，還是鄉土作家當眞瘋掉了，彼端電話，竟然忽焉斷訊。

他有點失神，有點怔忡，有點憤怒。覺得自己，就像另一個李三朋或李梅樹。

臭老，那是一種憂患與世故，形諸於吾人身心內外的交映描述。

林主任也有一副這種形貌。他微仰著山城老輩常有的風柑皺臉，開始帶領著他們，走向藍色精靈振翅欲飛的另一幅古鎮視野。

「這片無限湛藍的天空下，可能早有神佛來過，神佛也可能計議過什麼，允諾過什麼？否則二百年後，歷盡滄桑，風華漸褪的三角湧，哪會還有李梅樹的應命出世？」

林主任當然也擁有自己的神鬼想像。翻過一頁戰前亂象，又翻過一頁戰後殘景的，走進祖師廟內；開始娓娓說起，祖師公現身本鎮時，如下「一神，二相，三身世」的過往身影。

其一，三代祖師：祖師本名陳昭應，生於北宋河南開封府，祖上因追隨宋太祖征戰有功而歷封高官，宋室被迫南遷後，祖師爲報效朝廷乃追隨文天祥，南伐北討抵禦元兵；但戰情每下愈況，於是卸下戎裝，率眾徙閩墾耕訓民，灌輸大漢意識，試圖恢復故土。南宋亡，蒙古人入主中原，祖師不事元朝，於是改披僧服行腳閩境，鼓吹民間共抗異族；事敗，又易裝潛返故里安溪清水巖，教示鄉人忍辱雪恥，以繼漢聲。元末，子孫秉遵遺命，引眾投入漢人義軍滅元；明立，太祖朱元璋敕封建廟，祖師經三朝，自此成聖成神。

其二，普庵祖師：祖師俗姓陳，名應（或「昭應」），宋仁宗時，生於福建永春縣小姑鄉，從小便在六雲寺出家爲沙彌，法號「普足」；祖師深愛佛法，苦無明師引領，後經大靜山明松禪師指點，終於苦參悟道，並得其傳授衣缽。祖師得道後，秉承「我佛最大功德，莫如利物濟世，捨緣行仁」的師願，輾轉「麻章」地區行醫施藥，普濟貧老病弱；鄉民感念其佛恩仁德，「麻章上人」之稱，於是不脛而走，永世留芳。

其三，烏面祖師：祖師幼時家貧，適逢其嫂臨盆難行柴務，乃以兩足伸入灶中燃燒以助炊煮，嫂驚扶而起，祖師竟毫髮無傷，但已面目俱黑；其後，祖師出家，及長更前往安溪縣清水巖精修佛法。初抵清水巖時，遇有四妖躲在巖洞作惡爲害，祖師與之閉洞鬥法，遭受煙火連烤七晝七夜，全身焦黑而不死，妖驚祖師神通，遂乃聽其勸化。歸服四妖，變身爲蘇、張、黃、李四名將軍後，祖師發現巖洞內有白米汩汩漏下，便指示四將悉數搬出廣施窮民，「烏面祖師」聖望自此建立。祖師圓寂後，安溪、永春一帶不幸遭逢大旱，境內耕作無著，祖師乃返清水巖故址現身顯靈，以杖擊地爲民祈獲甘霖，普解旱難；「烏面祖師」暨「清水祖師」之名，於是晝上等號，引爲千古傳頌。

依他記憶所及，三峽人開初以第二、第三身世的佛相，替祖師塑身創庵。不知何故，時光流轉，人事變遷至今，聖號仍然，金身依舊，早期鐘鼓梵唄，卻已杳然；「庵堂」則變身爲「道觀」，堂前「西天飛仙」化身爲「唐山門神」，「供果」衍生出「神豬比賽」。

導覽中，祖師公從而幡然轉現道相，變身成漢人史道上的抗元英雄。

一名解說員，正在秉繼祖師遺志，向遊客積極詮釋聖神的第一身世。

一神，二相，三身世。祖師所要啓示於世的，無非就是生命的多重滄桑與憂患吧？三角湧先民，多爲安溪、永春的漢人後裔，後代堅持弱水三千但取一瓢之心，自是無可厚非。

兩組四名年輕學生，看來像似某種研究單位的假期志工。手持計數器，分立兩旁的龍、虎廟門邊柱，正在計算當日謁廟遊客流量。

他一時心念湧動，很想隨著他們入廟觀覽，戰後三度重建的精美石雕，順便向祖師公確認，烏面青姑的眞實身世。然而，守在門前的唐山門神，使他餘悸猶存，只好悻悻作罷。

唐山門神，已經更加擴增爲五組十員，尊尊道貌岸然，個個不苟言笑。

他有點恍惚，有點生氣，有點想將自己佯裝成六人公那樣，破口嗆聲。

「少年仔，稍安勿躁。莫無禮，莫懊惱，莫衝動；——」

一位印堂高亮，鼻樑架著金邊眼鏡，手拄一把黑杖的老者，匆匆由廟內走出，輕輕拍打他肩頭的安慰著。老者好像急於尋找什麼，這樣安慰他時，也似乎像在安慰自己。

老者衣著體面，儀態清拔，顯然是個德高望重的耆老。但身邊卻無家小陪侍，兀自低頭猛找，多次找出廟外又找進廟內，問過了幾個賣香婦，又問過了那四名年輕學生。

「一只磨破的老皮夾，還有一張泛黃的小籤詩，請問看過這兩樣物件嗎？」

賣香婦搖搖頭，年輕學生也搖搖頭。老者忙而不慌，退而求其次地，順便關心再問：

「那麼，請問賣香生意如何呢？遊客謁廟情形，又如何呢？」

賣香婦仍舊搖搖頭。學生們則高高豎起大姆指說：

「喔，讚啦，來來往往，進進出出啦。但參觀的人，好像比參拜的人還多呢！」

「多謝啦，無論如何，都值得安慰啦。那麼參觀或參拜的，大多是些什麼人？」

「國人，洋人，三教九流，形形色色都有。不過嘛，好像沒有台灣原住民喔！」

學生們突然想起某位在地著名人物，卻又不敢確定的，拿著老者尋思起來。老者寬慰的點頭微笑一下，又搖頭大大的遺憾苦笑後，繼續低頭忙著尋找，他所謂的兩樣物件而去。

「找到皮夾，就能找到籤詩，找到籤詩，不一定就能找到皮夾。但是，拜託，我寧願遺失那只皮夾，也絕不能遺失那張籤詩；——」

老者不斷搓手扼腕。一邊尋找，一邊喃喃自語，著急心情，溢於言表。

「老人家，可莫急壞身命啊。您看看，會不會就是，這幾件小東西？」

他反過來安慰他。趕緊掏呀掏著，從身上掏出手機、藥包、面紙，舊台幣與舊日鈔，一干所謂的「身外物」；最後，掏出自己那只，長期存放著「恩主公」處方箋的老皮夾。

「感恩不盡，就是這只，當年陪我遠去日本東京留學的老皮夾。還有，就是這張，早年從祖師廟籤詩櫃飄到我手上，一輩子當作座右銘的小籤詩！」老者打開皮夾，取出那張處方箋：「這皮夾和籤詩，我隨身攜帶，終生珍藏，只在終戰前躲空襲和光復不久，發生二二八事件時，因爲精神恐慌，失落過兩次。你是在何時何地撿到的，竟然幫我保存到現在？」

「喔，我是剛才在石獅子旁，跌了一跤，爬起來撿回這皮夾的。」他簡略說明道。

皮夾，是早期從地攤購得的日常擺售物，人人可花錢買到，難免酷似或雷同。然而，那張他明明記得，是從恩主公醫院領出，電腦列印著「強心劑、鎮靜劑、催眠劑、綜合維他命劑、自主神經調整劑」，各一個月份的處方箋，竟然轉眼變成對方終生珍藏的座右銘了。

話說回來，這籤詩既然飄降自籤詩櫃，想必載有神佛聖諭，意義應該非比尋常吧？

「唉呀，漫漫一甲子囉。如果沒有祖師公，長相守護，我怎能安度其中磨難啊？」

老者失而復得，總算鬆下一口氣。果然，終於心安神定地，恭謹吟出了籤上啓示：

現出一眞人——

便是玉麒麟——

天花龍吐水——

頂上一枝香——

老者吟嗓，溫文平和，疾徐有致，大大不同於先前托鼎天官的滾滾雷響。

倒是很像，一種唐山古樂器「蝴蝶琴」（揚琴）的錯落彈奏，悠揚飄往鳶山連峰。蝴蝶琴韻，就是此人「玉麒麟」天獸的前身原腔嗎？

蝴蝶琴鳴，一路迴向三峽溪面時，驀然引來另一位老者，另一句破缽似的唐突對唱：

今將世情寄丹青，恆如南陽映北辰
春風秋雨容易了，最難消失是初心
赤子初心也好了，但把此心渡彼心
代代傳渡代代了，代代承啓代代新
哈，哈哈，阿彌陀佛
這史道，借過，借過
這世途，叨光，叨光

這位老者，衣衫襤褸，似丐似僧，手搖破蒲扇，腰繫酒葫蘆，人未到聲先聞。人既到，身影已如一抹溪風拂過廟門，步履微妙得連五組十員門神，都來不及反應，遑論那四名凡夫俗子的年輕學生。

「感恩哪，少年仔。撿到我的皮夾和籤詩，你不要求什麼報答嗎？」那句佛唱過後，老者似有更高一層感應，兀自又高興半晌，然後睜大眼睛徵詢他：「少年仔，這祖師廟就是我的全部生命，不如讓我親自領你，進廟參觀一番如何？」

「噢，不，多謝了。老人家，不瞞您說，那些門神好像跟我犯沖，不讓我進廟。」他急忙搖手，十分忌憚的婉拒說：「剛才，不知爲什麼，我差點被祂們抓去關禁閉呢！」

「怪哉，竟然會有這種事？既然如此，我此生到死兩袖清風，除了家中還留下幾幅不能沾醬油吃的破畫，身邊已無其他價值之物。那你就收下，這個皮夾和這張籤詩吧！」

「歐吉桑，不行，不行。我何德何能，無功無勞，哪能接受您這終生珍藏的東西？」

「沒什麼，區區身外物，你若是願意隨喜收下，那我就不必總是記掛著，何時又會遺失它們啦。不過，門神不讓你進廟，這到底是怎麼回事，你又到底是誰呢？」

遞過皮夾與處方箋的同時，老者如釋重任，卻又大為納悶的瞧起他來。

「天哪，原來如此。萬般思慮，百密一疏，面面俱到，獨漏一隅啊！」

老者取下眼鏡，目露鷹眼銳光，似乎一轉眸，便看穿他的來龍與去脈。

「哎呀，眞失禮喔。廟龕無您神主，廟柱無您圖騰，廟殿無您位置！」

「但是，少年仔！總有一天，你們會發現，我改造這老廟的本意啦！」

老者充滿懊惱，重新戴上眼鏡，再三鞠躬致歉後，挾著手杖不住自責而去。

「兩個老人，一個孤高，一個落拓，一個凝重，一個輕盈。他們是誰啊？」

「還有，素昧平生，那位戴眼鏡的，爲什麼向你道歉，又道歉些什麼呢？」

四名學生，難得看見這幅奇怪畫面，一時不禁滿頭霧水，悄悄走來詢問他。

體面老者的鄭重致歉，使他莫名其妙，全身泛起一股，類似被土地公叫作「三轉仔」的自卑與不自在。然而，他可以十分振奮，並且非常篤定地，告訴充滿好奇心的學生們說：

「好小子，你們眞是幸運的一天，竟然有緣邂逅李梅樹了！——」

另外，關於衣衫襤褸的老者，究竟是誰呢？因爲他那個年代，從未看過這號人物，所以一時無法確定，並沒有告訴四名學生。但若他所猜無訛，這位能將形象看得如此自便，將生命活得如此自如的，應該就是本鎮竹崙里，後來才奉祀的靈隱寺的濟公活佛了。

濟公活佛，又是誰呢？依據唐山古老傳說，祂就是大大有別於祖師公「一神，二相，三身世」，而呈顯另一幅「佛心，丐相，僧德，庶誼」身影的，西方降龍羅漢的應世化身。

「老小子，你這才眞是幸運的一天。不但邂逅李梅樹，更撞見降龍羅漢囉！」

然而，才剛這樣慶幸的告慰自己，他隨即十分憂心的恐慌了起來。這活佛，老遠從靈隱寺跑來祖師廟，應該不會只爲了跟李梅樹對吟那首詩讖，或只爲了讓他見上這麼一面吧？

依據老唐山漫長憂患經驗得知，舉凡此佛行經之處，必是人間最爲悲苦之地。此中必有緣故，莫非古來多災多難的古鎭三峽，又即將發生什麼重大災難了。

第十二章
藍彩原靈

哎呀，眞失禮喔。廟龕無您神主，廟柱無您圖騰，廟殿無您位置——

但是，少年仔！總有一天，你們會發現，我改造這老廟的本意啦——

其實，李梅樹這兩句突如其來的道歉，他連自己都像四名學生一樣，覺得莫名其妙。

他有點納悶，有點受寵若驚。一邊無奈著鄉土作家的停筆預告，一邊環視著李梅樹與濟公活佛消失後的熱鬧廟埕；內心倏忽湧起，一股泫然欲泣的孤寂與蒼茫。

他走向埕尾，溜下溪岸，踱至一座時空看台上，把自己蹲坐成某種「等待」的身姿。

此處，正是三峽溪與中埔溪交匯口。日治時期，曾經建有一座人事倥傯的水陸碼頭。

他蹲坐在水陸碼頭左岸，打算「等待」，或盼望於「等待」某些什麼。等待歷史的翻轉重來，等待鄉土作家的回心轉意，等待台南許君的再度現身；或是，等待櫻井夫婦他們的謁廟完畢。好讓他，趕快有個「寄身立命」，或是「脫胎換骨」的，另一番重生契機嗎？

時空看台，略呈半橢圓狀，共有十一階，每階都或站或蹲或坐滿觀望者。觀望者，人人各有其位，視野也都超過平角；但在極盡盼望之間，偏偏總是看不見各自正後方的背影。

他穿透他們深淺不同的眼界看去，遠景看見整條三角湧溪是一隻出谷蒼蛟，爬行遊走，渾身是勁，蜿蜒迤邐，雲波交盪。中景，看見清治年代的「竹排仔」，正在輕快順溪而下，日治期間六千台斤級的「紅頭船」，正在緩慢逆溪而上；纏著紗頭箍，勒著布腰帶的平埔族與漢人苦力，正在忙碌揮汗吆喝，努力建構生活。近景，看見正月初六「祖師公生」的歡鬧陣頭，五月初五龍舟競渡的喧天鑼鼓，七月中元大普渡的明滅水燈，八月中秋大團圓的雲移月影，十二月底大年夜圍爐的似暖還冷；一切景象似曾相識，一切印記依稀如夢。

貼近當前時空的逼視裡，他看見這條曾經活力十足的老河，早已消退成幾灘殘喘苟延的溪瀨。整片河床，除了裸露出無以數計的石髑礫骸之外，其他舊景，已經一概蕩然無存。

看台底層是半圈親水平階，幾名垂釣者正在一邊守候魚訊，一邊打發生命的空虛。

他同病相憐地，垂覷他們一眼，發覺自己前方台階下，正蹲坐著一名落寞女釣客。

這釣客包著赭色條紋頭巾，咬著紅灰檳榔。不只在性別及年齡上，與眾不同，裝扮、輪廓、膚色與氣態，也跟一般三峽人大異其趣；她是個原住民老婦，她的在場，與其說是十分冒昧突兀，不如說是非常格格不入。

但她看似不以為意，也並不忌諱，反而神情來得比其他釣客，多出一份認眞與期待。她連續釣上幾條，舊稱「南洋鯽」的「台灣鯛」。每當釣上一條「台灣鯛」時，身旁兩名眼睛比一般三峽囝仔大，皮膚比一般三峽囝仔黑，身形比一般三峽囝仔乾瘦的女外孫，便即「雅紀（祖母），您好厲害喔！我們今天要吃剛才釣上的那條魚，明天要吃現在釣上的這條魚」地，拍手歡呼了老半天；算是一邊為老婦加油，也一邊表達著，自己的小小心願。

以致，每當老婦不覺露出兩排檳榔黑齒，滿意而笑時，總不免使他產生聯想的猜忖著，這些準備釣來烹食的「台灣鯛」，想必就是她今日下竿的那份認眞與期待了。

「這魚不能吃！這滿溪都是的吳郭魚，整尾臭油污味，攏總不能吃！——」

一名年歲更大，像似藍染節出門逗熱鬧的老者，站在他正後方，善意的警告著。不知是語言不通，還是隔著一層時空沒聽見，老婦兀自頭也不回的繼續釣魚。

「這溪裡，以前滿滿都是溪哥和苦花，怎麼現在只剩吳郭魚？還有，聽說鱸鰻會在月色下，偷偷爬上岸啃菅筍吧？」他於是以曾經在上游大豹溪聽過的趣聞，隨口漫應他一句。

「可不是，我囝仔時代，大溪出豆乾、鶯歌出碗盤、三峽出鱸鰻，三更半暝跟我二叔去大豹社番仔厝，鏢過溪魚；那個年代，滿溪滿谷都是鱸鰻和鰈魚（香魚）。中年落難時，我都還能蹲在這裡，隨手釣到近尺長的苦花和溪哥，活跳跳帶回家，當河鮮配酒消愁啦！」

這老者聽到有人出聲呼應，好像難得遇上知音似地，立刻隨口打開話匣子。

他喋喋而述，嗓緒飄忽，有時像個玩興洋溢的小漁童，有時像個遺怨滿腔的老釣翁。

他始終看不到自己正後方，看不見這位自稱去過大豹社「番仔厝」，鏢過或釣過三角湧各種在地溪魚的老人家。但總覺得，無論他的風中腔韻或水面倒影，彷彿都似曾相識而殘憶猶存，好像自己也曾經這麼擁有過。

「嗨，金聯春染坊的富本先仔，咱們老街的活土地公！您難得今日有空，又出來巡街看溪囉！」直到有誰，從某階看台這麼匆匆恭問一聲時，他這才回神想起，原來他就是台灣光復初期，爲了臨急躲避政治害迫、肆應時代變局，不得不自我隱遁成溪釣高手的廖富本。

「喔，是啦。感恩啦，想不到你還記得，我這看盡史河難爲水的落拓老人啊；——」

一問一答之間，他看見原住民老婦又釣上幾條魚，但卻未再聽到那對孫女的歡呼聲。

此時，他身後幾階看台的觀眾，突然無端端出現一陣騷動，聲色非常緊促的喝喊道：

「讓路，讓路，拜託大家趕快讓路。那片窟仔底內，好像又有人失足落水囉；——」

緊促喝喊聲下，一個手持晾衣短篙，一個肩扛曝布長竿的兩名三角湧壯丁，隨即疾步排開圍觀鄉親，一前一後，奔至看台上。前者神情凝重地，縱身躍進一片，夏日午後的靜滯溪潭裡；後者滿臉納悶地，探腳涉向，另一片早春初雨的洶湧溪流中。

前者在滯潭浮踩，連連揮篙打撈。最後撈起了一具，暑熱戲水的街坊溺童。

後者在湍溪涉踏，頻頻操竿勾取。終於勾上了一名，順流漂下的木盆棄嬰。

「噢，還活著吧？還有救嗎？神明啊，幫幫忙呀；——」

「天啊，地啊，媽祖婆，祖師公啊，怎會這樣啊；——」

顯然，一前一後的壯丁，來自今古不同年代；街坊溺童，受溺於他自己的世途，木盆棄嬰，遭棄於他自己的史道。然而，天下父母心的告求，圍觀者的感慨，卻是古今相同的。

溺死的街童，是個男孩，隨後就被移往荒郊野外掩埋。救活的棄嬰，是個女孩，聽說隨即就被適宜的鄉親，抱回當作「媳婦仔」收養。

他始終看不到自己正後方。看不見被移走的街童，被抱走的棄嬰，究竟是不是昨日之逝的自己，還是有幸被豆花勇仔，抱去傳宗接代的那名養女。不過，可以十分確定的是，此日有人正站在他背後，久久替他或替誰忍抑著，滿腹不堪生離死別的幽泣聲。

幽泣聲，似近還遠，似遠還近，好像忍抑在溪水裡，也好像忍抑在天際雲端。如果這種聲音確實存在，那忍抑者會不會就是他的生身父母，還是他們其實就是他本身？

看台上，一忍再忍，千忍萬忍。雖然他頻頻告誡自己，在眞正身世尚未釐清前，一定要忍住。但悠悠溪水當前，時光不捨晝夜流逝，終於還是有誰，也許出自生命短促、也許感嘆人生苦多，慨然願意幫他或幫任何人地，張嘴爆開滿腔世人常情的呼求出聲了。

「嗚，媽媽，您等等我們！您轉頭再看我們一眼，也讓我們再看您一眼呀！——」

地點，好像就在看台最上一階，遊客來來往往的溪岸欄杆旁；其人且追且喘，其聲且喘且泣，然後哭喪著整張臉，轉返溪畔看台直奔而下。朗朗陽光裡，這當然不是街童死靈的絕命悲喚，也不是木盆棄嬰的斷情哀啼。

「雅紀，我們告訴您，媽媽來過了！剛才，她躲在那棵蓮霧下，自己偷偷在流淚！」

是那對想吃魚的原住民姊妹。他有點悲傷，有點慶幸，還好剛才溺水的，並非她們。

「雅紀，媽媽一定也是非常想念我們。但是，她爲什麼不回頭，再看我們一眼呢？」

「唉，下次遇見媽媽時，只要趕快跪下來，大叫三聲雅亞，她就會回頭看你們啦。」

「跪下來，大叫三聲雅亞，就這麼簡單嗎？雅紀，您沒騙我們吧？」

「眞的，沒騙你們，因爲雅紀以前，就是這樣讓女兒給叫回頭的。」

老婦滿臉無奈的安慰著。她立刻又釣上一條魚，但卻已經引不起兩姊妹多少興趣了。

媽媽，當然比魚重要。他看著兩姊妹捱回外婆身邊，感同身受的替這家子一陣失神。

雅亞，泰雅族語「媽媽」，「母親」之意。他啓動腦內搜尋系統，卻遍尋不著自己有關這字眼的任何記憶。「嗚，雅亞，雅亞，雅亞！」他在心中，嘗試著大聲連呼三次，也依然呼引不出，任何相干的母性回應。

鳶山下，三峽溪面上。倒是連續傳回幽幽三串，亙古追喚的鳶唳疊音：

嗚，雅亞——

嗚，媽媽——

嗚，母親——

「不對，腔韻不對，重來一遍。卡！——」

「腔韻不對，是因爲天生口腔共鳴部位不同，乾脆重找一個。」

「只拍兩個小鏡頭，臨時從哪兒找來，如假包換的泰雅女孩？」

「三峽自古，漢番都有，人口從清末不及一萬人，迅速擴增到民國九十七年的九萬人。現在，竟然找不到，區區一個泰雅女孩嗎？」

「三鶯橋下，有個三鶯部落，是不是請人去找個合適的對象，過來試試？」

「唉，那個三鶯部落啊，早就被縣政府拆除啦，哪還找得到半個原住民。」

「哈，祖靈保佑，我剛才幫你們找到了。並且看來，還是一對姊妹花喔！」

三串相互追疊的亙古稚嗓，引來看台觀眾，一陣感應傾聽。及至，似乎有誰，乍然驚喜的相關商談後，他聽到兩記輕快腳步聲，先後由背後台階，找向原住民老婦身旁。

「歐巴桑，摟嘎速，您好！——」

「小姐，慕懷速，妳們好。莫客氣，日語、台語、國語，我攏嘛也通啦！」

此次現身的是兩名在地鄉秀，一個少婦，一個熟女。兩人先是口操簡易日語、泰雅語、北京話，向老婦問候；其用意，可能是希望對方，最少聽懂其中之一。老婦則混合著本身母語、北京話、閩南語，流利回答；三人於是採用所謂「國語」的北京話，開始互相交談。

「我們正在拍攝一部三峽古裝連續劇，不知您家小孫女，可以借給我們演戲嗎？」

「演戲啊，香香和婷婷，平常只會自己扮家家酒，她們行嗎？」

「只是幾個鏡頭而已，如果您同意，我們會發給一些演出費。」

「錢不是問題，但演的是什麼戲呢？」

「一個擁有泰雅血統的童養媳，跪在山溪前，呼喚一位一去不回頭的原生母親。」

經過外婆一番慫恿，香香與婷婷興奮而靦腆地，被帶往看台附近某處地點去試鏡。

兩名鄉秀他都認識，正是文化協會前後任理事長，前者叫王淑宜，後者叫李素珠。

民國七十年代，出版界曾經出現一句至理名言，那就是「如果想害死一個好友，那就勸他投資本土書市」。八十、九十年代，此話轉爲演藝製片界的座右銘。

值此外劇全面入侵當口，竟然會有哪個笨蛋，甘冒血本無歸的風險，跑來本鎮拍製台灣連續劇。會不會就是，陳老師說過的那支盡其在我，不計盈虧的業餘影劇製作單位呢？

所拍製的內容，又究竟是選擇性遺忘的悲歡離合，還是選擇性記憶的恩怨情仇？

他跟隨扛著釣竿，提著魚串的老婦，前往圍滿觀眾的拍片現場，湊熱鬧。拍片現場，就在三峽溪、中埔溪交會口南側，八張左岸的那片草埔上；他發現，早已看完祖師廟的林主任與櫻井夫婦，也圍湊在觀眾中，他們身邊則多了那位原先離去的陳老師。

香香與婷婷，手上緊抓著王淑宜與李素珠衣角，眼睛緊盯著外婆，一起被帶到導演前。導演戴著寬邊遮陽帽與墨鏡，神情莫辨，但渾身流露出有志之士，常有的那種臭老氣息。

兩姊妹首先接受試音，各別高呼了三聲「雅亞」，然後進行試演。

「雅紀，我有點想哭。」兩姊妹忸怩的說。

「那就大聲哭出來。」做外婆的告訴她們。

「雅紀，但是我哭不出來。」兩姊妹流出了眼淚。

「別緊張，就像扮家家酒。」也是戴著遮陽帽與墨鏡的女主角之一，走來鼓勵道。

「對，對，就像平時在家裡，兩個人自己玩家家酒。」做外婆的，也流下了眼淚。

幾下子，化妝師熟練的將兩姊妹，打扮成兩個一模一樣的劇中造型。

好，那麼〈藍靈復甦〉，各就各位，預備。三，二，一，開麥拉——

女主角脫掉了遮陽帽與墨鏡，臭老導演則舉起了「大聲公」擴音器。

遠景，山溪淙淙流過，花鹿躂躂奔過，獨木舟嘩嘩划過，唐山帆船颯颯駛過。

中景，黥面、束髮，珠耳、貝項，一襲青布披肩的泰雅女子，幽幽走進鏡頭。

近景，泰雅女子久久停步猶豫，頻頻轉頭反顧。當她忍不住從深眸中，湧現兩行一去不回的熱淚，朝向鏡頭外走出時，外婆的叮嚀又重在兩姊妹耳畔響起。

唉，下次遇見媽媽，只要趕快跑下來，大叫三聲「雅亞」，她就會回頭看你們。

三聲呼喚甫落，兩姊妹早已淚水盈眶。他則久久不能自禁，兀自揪起陣陣心痛。

嗚，雅亞，雅亞，雅亞！——

嗚，青姑，青姑，青姑！——

差點假戲眞做的女主角，或許也是個痛失過女兒的母親，趕緊跑回來抱起兩姊妹。

「好啦，別哭，這是演戲嘛。妳們看，雅亞不就回來了！」

「太好了，我要修改劇本，讓妳一次生下兩個孿生女兒。」

「唉，她們姊妹本來就是一對雙胞胎，兩人只差五分鐘。」

「她們今年幾歲？」

「虛歲，六歲啦。」

「哪個是姊姊，哪個是妹妹？」

「香香是姊姊，婷婷是妹妹。」

「兩姊妹都沒去唸幼稚園嗎？」

「女兒失業，我哪有錢送她們唸幼稚園。」

「喔，那麼哪個是香香，哪個是婷婷呢？」

「香香跟媽媽一樣，都外雙眼皮，婷婷像漢人爸爸，只是內雙眼皮。」

「不管外雙或內雙眼皮，都一樣漂亮。來，都笑一下，給阿姨親親！」

「歐巴桑，這部戲我打算簽下她們，演一對雙胞胎。不知您同意嗎？」

導演的臭老臉上，難得浮起一抹見獵心喜的竊笑。老婦唸出一組手機號碼，要他連絡離家出走的女兒；手機沒人接聽，她又唸出一組號碼，要他連絡四處釘板模的客家女婿。

不久，她那個所謂的「客家女婿」，騎機車來了；頭寬面闊，既黑又壯，溫吞而苦中作樂的甩著鑰匙串，嚼著檳榔。全身浮漾著南島語族遺緒，明顯看得出二轉仔或三轉仔殘廓的這傢伙，竟然就是曾經在北大地下停車場工地，那個跟他攀親引戚的石頭仔。

他有點懷疑老婦的說詞。這個石頭仔，怎麼會是客家人呢？

「他自己，總是那麼對別人說啦。」

「他住大溪，客家父親，原住民母親，是有這種可能。」

「歐巴桑，有了這一小筆簽約金，您打算怎麼使用啊？」

「先讓香香和婷婷上館子，吃一頓全魚大餐，畢竟這錢是她們賺來的。然後，付房租，繳水電費、手機費；然後，錢還夠，就去分期付款一間社會住宅。然後，唉，我怎麼說呢？我現在都還不知道，我那個離家出走的女兒，到底是不是還活著？」

一堆藝文記者一擁而上，七嘴八舌圍住原住民老婦與客家女婿，訪問聲比答詞還多。

「雅亞，您放心，金鶯還好好活著，我才剛跟她通過電話啦。我發誓，這次一定會留住她，一定會好好照顧香香、婷婷，和您老人家！」

自稱是「客家人」的石頭仔，在戀戀不捨的嚼著猩紅檳榔之餘，連忙從簽約商談的同意中，分過神來；仍然是那副不敢使力說話，尾音上揚的向丈母娘保證著。

悄悄，他偷覷到那位滿臉世故的臭老導演，叫來一名鬼靈精的公關組員，附耳說道：

「聽著，這是個好噱頭。善用女孩身世，把握機會，抓住同情心，好好擴大宣傳！」

他詭譎一笑，內心不覺暗想，明天各家媒體綜藝版，必將出現如下聳動的演藝新聞：

痲雀飛上枝頭變鳳凰，童星版湯蘭花，驀然驚艷——

悲情演技震懾三角湧，原住民姊妹花，嶄露頭角——

下一場戲，是這位女主角，毅然決然，投河殉情的絕死鏡頭。

王淑宜與李素珠，早已找來一名善泳替身，坐在一旁等候著。

這位替身，名叫翁詩娜。他也認識，私底下叫她「黑美人」。翁詩娜濃眉大目，黑皮黑肉，喜愛山林活動，有著一種從手掌黑到上臂，從腳板黑到大腿的膚色特徵。總會讓人誤認爲，在漢人入墾「三角躅」階段，她就是一朵忘了從橫溪「油蘇社」，逃去大豹溪「大豹社」的泰雅山花；在日本人入主「三角湧」年代，她就是一名忘了從台北「大豹社」，逃去桃園「角板山」的泰雅女兒。

這麼一位天生母鹿似的健美女子，根本不用多少化妝，戴上耳珠墜、項貝圈，披上青布披肩。背對著觀眾，背對著祖師廟與鳶山，緩緩爬上一塊橫溪或大豹溪的道具凸岩，視死如歸地，便往悠悠流淌的眼下三角湧溪，縱身跳去。

他眼瞳深處，隨即畫過一抹，疾如流星的藍影落體後，視野濺滿一片迷離水花。如此鏡頭，淒美到只有「香消玉殞」，才能形容。他多麼希望，她能再秀一次。

「太好了，今天難得提前結束。晚餐我請客，飯後逛老街，明早在原地集合！」但見好就收的臭老導演，食指扣著姆指，高舉「ＯＫ」手勢，滿意的下令收工了。

這組外景隊忙著收工的空檔，李素珠以著現任協會理事長的身分，碎步跑向林主任與櫻井夫婦。王淑宜則懷著類似「同我族類」，「惺惺相惜」的興奮感，登上一輛大型休旅車充當的臨時化妝室，幫忙翁詩娜擦身換衣。

李素珠家住橫溪成福里，北鄰古稱的坪林庄，正是六人公被日軍逮捕的蒙難處。據他當年所見，乙未變天，三角湧大焚街時，身爲橫溪義民營官的林成祖，率眾與日軍戰於橫溪右岸，慘烈敗北；入山躲至歲暮再度潛返橫溪，年初密謀襲擊佔領坪林庄的日軍，事經當地漢奸密報，不幸遭圍受執，當場怒罵日軍侵門踏戶後，旋與另外五名義士，一起被殺。

正月初六是「祖師公生」，六人公殉難於不久之後的正月十八，這是祖師公的失祐，還是六人公的歷史命數，只有天知道。林成祖成仁前痛罵日本人，取義後嗆問清水祖師或天照大神，他究竟是一條怎樣的人間漢子，或究竟是一縷怎樣的神鬼魂魄呢？

橫溪流域兩岸矮山，乾隆初年漢人入墾三角湧之前，曾經是泰雅族瓦烈社與油蘇社的世居獵地；漢人入墾後，兩社族人一再由溪北、溪東、成福，向內山竹崙、安坑退讓。先住民與新住民的惡性互動，有如凶滔駭浪不停沖撲世道灘岸，複雜頻繁的武力衝突，自是不難想見；而新舊住民互動過程的是非對錯、恩怨情仇，根據「成王敗寇」的天演鐵則，歷史詮釋權，當然完全掌控在漢人與官方手上。勢單力薄的泰雅族，除了零星「出草」反抗之外，大概也只能以大量「詛咒」的手段，姑且詛罵對方洩恨吧？

關於所謂「三角湧染」或「大菁染」的今世前生，目前文化協會是採用時空反溯、人事倒述，穿越三個產業世代、串綴三個主題區塊的方式，以現下本鎮傳統文化再造的〈藍靈復甦〉期，為片頭；然後，循序逆向，昭和初年風靡西服與和服、光緒末葉引進歐洲合成染劑的〈藍影蹣跚〉期，光緒中葉至同治年間的〈藍彩飛揚〉期，以迄乾隆中葉黑白青姑歷劫合體的〈藍光乍現〉期，一步步建構「藍色精靈」破繭蛻變歷程的。

序幕〈藍靈復甦〉部分，本鎮各路有心人士已經進行多年，各種文字、聲影、圖片、實物，隨手可得；三部曲中的〈藍影蹣跚〉、〈藍彩飛揚〉部分，也已經史料齊全，自可依史著墨，全都不成問題。而在道聽途說，人殊言殊的首部曲〈藍光乍現〉部分，由於綠色陣營的大選失利，藍色政黨的重新掌權，相關撰述人員在「切入角度」及「敘述觀點」上，於是出現了偏藍、偏綠，靠向歷史、靠向文學，甚至靠向宗教的兩派三種六套看法。

以上，即是重新現身的嚮導陳老師，針對櫻井夫婦有意參與「窺探藍色精靈破繭而出，親履古今三百年奇幻祕境」之旅的行前解說。

「兩派三種情節，各有一套劇本，請問您們選擇哪種角色呢？」

「喔，客隨主便。日本已退出台灣，我們是客人，無權插嘴。」

「那就安排您們在第二部的藍采飛揚裡，扮演一對日本布商。」

「這麼一來，通譯一角，當然就非精熟日語的林主任莫屬了。」

「哈，眞是無巧不成書！我們又幫忙本劇，找到三名演員囉！」

李素珠在徵得雙方不反對後，喜出望外地，扯喉喊向臭老導演。

悄悄，他尾隨著王淑宜，走向那輛權充臨時化妝室的休旅車旁。

「讚啦，黑美人。一抹藍色倩影，疾如流星追月，畫過吾鄉三峽地境，畫出無限空留回憶；」他靠在拉上深綠色布簾的車窗前，似曾相識的讚賞道：「這段情節，妳事先若是沒有私下演練過，應該是在冥冥前生，就已經擁有類似的深刻記憶吧？」

「拜託，只是一幕〈藍靈復甦〉的客串演出，竟然被你說得這麼盛重。」翁詩娜意猶未盡的情緒裡，似乎濕漉漉地，還殘留著邈遠溪水聲。

三角湧翁姓人口，以橫溪成福庄小暗坑（今之安坑里）居多。道光初年，成福庄曾經有泉州人翁添組成「金聚成公司」，派人討伐生番，率來安溪鄉親據地栽種菁樹。光緒年間，台灣樟腦與茶葉大盛，在盛產地小暗坑築有「大厝間」三十六房，內室百餘間的翁家渡台始祖翁儕寛，就是當時以十六歲年紀，追隨翁添入墾番界，最爲繁衍有成的一支翁姓後裔。

「所以，我懷疑妳，可能具有泰雅族血統，或是平埔族身世。」

「拜託，我家世居溪南林厝，歷代祖宗都是漢人，哪有可能？」

「其實，妳應該翁皮劉骨，寓籍安坑，太祖母則是諱姓蘇啦。」

「祖上十八代舊事，連我都不清楚。你這局外人，怎麼知道？」

「因爲，那是一連串被刻意遺忘的族群詛咒，加上一則被選擇性記取的世代禁忌。」

橫溪的族群詛咒，包含多重面向，近者包括上述成福地區，泰雅族對「金聚成公司」的迫害血誓；遠者包括瓦烈、油蘇兩社，對「橫溪四姓」入墾的侵擾憤怒。其中，當然也免不了穿插四姓漢人本身之間，由於現實利益或生命價値觀不同，所產生的種種齟齬與怨隙。

乾隆前期，橫溪即由林姓先祖，移入溪南墾荒；因時遭鄰番出草干擾，後來又引進陳、劉、蘇姓共抗頑敵，橫溪下游遂乃始闢，奠定了往後深入中上游內山的拓殖基礎。這四姓在發祥地的現今溪南里，都建有莊嚴宏偉的漢式公廳，感念先人冒險犯難以啓山林的勞苦功德。但是，漢人先民也許忽略了，天地萬物、人間萬事，其實無不陰陽相執、黑白相對，有人蒙福便有人遭殃，有人感念便有人咒罵；有多大功德，便有多大罪惡的正反現象。

有可能退讓的瓦烈與油蘇社人，就曾經站在最後的危崖上，拋下這麼兩句天告：

「祖靈啊，我要卑鄙的漢人，欺騙多少泰雅族人，就償還多少子孫性命！——」

「神鬼啊，我要貪婪的漢人，掠奪多少山林資源，就付出多少土地家財！——」

此外，不幸比上述兩社，提前消失的平埔族人，更有可能丟下，如此一記血讖：

「鳶山之鷹啊，我要奸狡的漢人，流淌著平埔血液，永遠互相撕扯而死！——」

另外，在四姓諸多齟齬與怨隙中，劉、蘇兩姓則是曾經由於某種爭執，彼此痛下「互不嫁娶」的世代毒誓。這世代毒誓雖然已經年代久遠，卻並未徹底完成事過境遷的必要性遺忘程序，時至今日，甚至連隔壁男女幼童的居家玩耍，都還在被嚴厲禁止的戒條內。

這種防範，不外乎是爲了避免種下「青梅竹馬」的前因，導致「海誓山盟」的後果。然而，偏偏妳某代祖上，竟然還是明知故犯地，迷上了這項以毒誓相嗆的「禁忌遊戲」。

原本天生一對佳偶，注定從「兩小無猜」到「私通款曲」，從「珠胎暗結」到「東窗事發」，搞得男祖遭到蘇姓女方一頓毒打後，被氣憤的劉家，當堂逐出大門。女祖受到劉姓男方一番辱罵後，被蒙羞的蘇家，草草下嫁給小暗坑的翁姓伐樟戶。

翁姓伐樟戶，其實並不姓翁，而是一支早在二百五十年前，漢人如洪水湧入「三角躧」時期，選擇結盟泰雅族煨火取暖；並於其後一百五十年間，漢人如日中天，大肆開發「三角湧」階段，只好選擇投靠翁儕寬家族，幹起伐樟煉腦伕，同時改從翁姓的平埔族末裔。

平埔人生性樂天隨和，沒有自我主張，又思想單純，不擅爭鬥，凡事大多逆來順受，屈從世局。蘇姓是溪南大姓，翁姓伐樟戶當然樂於趨炎附勢，願意娶來大腹便便的蘇家女兒，當起順水親家。但身爲家長的翁老藤，根據歷代族人跟漢人打交道的慘痛經驗，總覺得此事似乎好壞相隨，禍福相倚，絕不可能盡如想像中的稱心如意；何況，牽扯對象，更是早跟蘇姓存有芥蒂的劉姓家族，以及一對膽大妄爲、天生叛骨的烈性兒女。

果然，迎娶當日，天空由晴轉陰的落起西北雨。因爲並非一般漢人的正常婚禮，當聊以權充的女方代表蹣跚歸返後，不出所料卻又所料未及地，該不該來的事端都開始發生了。

最先是新娘取出預藏短刀，橫頸相抗，堅持不入洞房；短刀被奪後，新娘雙膝跪下，不住哀求，說這婚事不是她本人所願，她可以有名無實的替翁家做牛做馬，這輩子就是一女不嫁二夫。其後，成福庄那窩漢人羅漢腳仔，竟然眼紅心癢，故意跑來小暗坑「鬧洞房」，無事硬要插一腳；最後，甚至連遠在溪南庄的雙方敵對親友，也各自聚夥跑來尋人問事了。

「有名無實，這怎麼行？漢人來後，平埔女孩都選擇嫁給漢人，連我自己兩個女兒，也沒例外。如今，泰雅人又被遠遠趕進加久嶺、獅頭山（三峽、新店交界），整條橫溪找不到半個女人，願意嫁給平埔郎，我翁老藤從此豈不就得永遠絕後啦。唉，倒是換我，向妳下跪懇求吧！只要肯幫翁家生下一男半女，我什麼條件都依妳！」翁老藤說。

「唉，我們有樟腦佃地，兒子也長得很體面，妳是棄嫌他哪裡？我說話算數，只要歡喜度過今晚，這個家就依平埔族傳統，由妳做主！」翁老藤的泰雅老婆，也差點下跪說。

「我不嫌貴賤家世，不嫌高矮媸醜，翁家什麼都好，但我已經懷有劉家兒子的骨肉，虧欠劉家兒子的情義。我們早已雙雙當著溪南山，指誓發願，我們母子活著是他的人，死後是他的鬼。今晚，我對翁家的好意，只能說來世再報了！」

新娘眼見大勢已去，再求無益。於是，打定主意，以死殉情，趁隙奪門而出。

她冒雨衝出翁家石籬，穿過葛藟垂掛的樟林，沿著湍湍流淌的鹿母潭溪，一口氣跑到鹿母潭邊，奮起餘力，攀上一塊突岩。當翁老藤父子帶著喝得醉醺醺的伐樟工，且呼叫且婉勸的追來時，早已攔阻不及。只見新娘毅然決然的就往潭中縱身跳下，大片水花高高撲面濺起，猶如早年曾經有一則母鹿攜子飲水，不幸中箭，投潭護子的悲情傳說。

轉眼，喜事變成喪事，翁老藤與兒子趕緊躍潭救人，伐樟工也立刻酒醒三分，紛紛下水幫忙打撈。大夥兒從午後找到日暮，從斷續雨陣找到獅頭山神發怒出洪，從上游「雙港仔」找到下游跟竹崙溪交會的「竹篙厝」，就是找不到新娘的一衫半裙。

活要見人，死要見屍，是漢人的生死主張。翁老藤返家坐在喜廳上發慌，心想這下子，更加糟糕了；日後，一旦蘇家問起，這意外恐怕要演變成，翁家百口莫辯的滅屍大罪了。

眞是就像漢人常說的，人間總是福無雙至，禍不單行。正當翁老藤如此擔憂著，石籬外突然狗吠聲大作，一群成福庄的羅漢腳仔，嘻嘻哈哈地，拿準時機闖入了。羅漢腳仔的帶頭者，是個像乞丐又像遊僧的老苦力，翁老藤有點眼熟，卻一時忘了曾經在哪裡見過他。

羅漢腳仔眼神猥鄙，大家嘴上嚷說，要來討一頓「菜尾」吃，一碗「酒尾」喝；但翁老藤心知肚明，他們是想來藉酒裝瘋，故意讓挺著身孕的新娘出醜的。彼此都有過幾面之緣，翁老藤不好意思趕人，更不敢明說，新娘已經出事的苦在心裡；唯一權宜之計，便是暗示家人姑且佯陪笑臉，再由自己及新郎出面假獻殷勤，勸菜勸酒的趕快灌醉他們。

但是，好不容易灌醉這夥羅漢腳仔，狗吠聲乍然再起，門外另外闖入了兩撥溪南人。

溪南人，一撥姓劉，一撥姓蘇。前者由林姓朋友帶頭，後者由陳姓親戚陪同，要求翁家馬上請出新娘，回答最後一句話，見上最後一次面；否則，翁家父子，一定永無寧日。

橫溪四姓齊至，翁老藤心頭一震，想不到好事不出門，壞事傳千里，以為對方手腳如此神速，應該是已經得知新娘死訊，全庄特意派人，入山興師問罪的。此事，已經不是單純的家戶嫁娶問題，而是兩個庄，五個姓之間的氏族糾葛；他於是一邊低聲下氣的穩住來者，一邊暗暗叫人潛往本庄「大厝間」，請求翁姓頭家出面，前來協助處理。

不久，「大厝間」那邊來人了。來者，是那個氣宇出眾，才德兼俱的六少爺翁景新，三角湧人通稱的「翁六舍」、「翁六爺」；以及他那個，性情如出一轍的次子，翁國材。

翁景新攜同，時年才十六、七歲的翁國材前來，用意甚顯。有這鍾愛的後生陪在身旁，擺明此事，他這個和事佬，是絕不會隨便仗勢欺人的。

翁景新領著翁國材，跨進喜廳，開口便是先問：

「哈，坪林庄的林成祖，應該也來了吧？——」

「嘿，本人就是。歹勢，勞煩您親自過問了！」

「今日，我帶著這不成才的犬子國材，特來向你學習了。」

「不敢當，今日需要受教的人，才是不長進的晚輩我呢。」

林姓帶頭青年應然出聲，一副同樣的眉目軒昂，氣宇出眾。

「幸會了，林老弟。我就料定這夥貴客裡，一定會有你！」

「對，今晚不來小暗坑，這麼走一趟，我還叫林成祖嗎？」

「我所知道的林成祖，向來都是明禮尙節，有情有義的。」

「好說啊，我所知道的翁六爺，也同樣都是重情重義的。」

「翁、蘇聯婚，連喜酒都喝了，那麼這到底是怎麼回事？」

「也沒什麼，只是受到雙方請託，前來了結兩件心事啦。」

原來，兩撥溪南人，陪同的陳姓青年是蘇家新娘表兄，這表兄因替受辱外嫁的表妹嚥不下這口氣，特地招集另外不平的蘇姓親戚，趕在入夜圓房前，跑來詢問新娘最後一句話；該撥人員來到橫溪渡口時，不巧撞見了另一撥帶著劉家兒子，也是正要趕往小暗坑，親見新娘最後一面的劉家叔侄們。兩撥人馬都是私自行動，意外狹路相逢，但各自爲了一份不捨與一股愧恨，雖然不敢大打出手，卻還是一邊渡河，一邊趕路，一邊互相指責起來；雙方越罵越氣憤，越吵越大聲，一路吵到橫溪庄土地公廟時，不覺引來了兩名樵夫的好奇勸問。

樵夫告訴他們，不用爲此事傷和氣，小暗坑也不必去了。因爲，不久前，他們從「左賣坑」砍柴抽藤回來，才剛在公館埔的駱駝潭一上岸，便聽到一名不癲不介的邋遢羅漢，拿著一襲濕漉漉的大紅喜衣，且悲且喜又哭又笑地，說是上游鹿母潭有個新娘跳水自盡，喪家翁老藤今日雙喜臨門，走了一個無緣媳婦，來了三個契認子孫；從此以後，便可脫胎換骨，改頭換面的變成眞正漢人家戶了。

兩撥溪南人一聽，有如晴天霹靂，各自寧肯信其非，不肯信其是；更都但願，這是翁老藤放出的假消息，前往一探之心，反而變得越爲堅決。新娘投潭自盡，生死問題事關重大，雙方經過一番參商後，決定盡棄前嫌，兩撥合爲一夥；然後，就近轉往坪林庄，請出彼此都有姻親關係的林成祖，一夥人更加理直氣壯地，一路直奔小暗坑而來。

「問最後一句話，見最後一次面，這都在情理中，應該不難。」翁景新看向翁老藤。

「這——恐怕，也要新郎答應才行哪！」翁老藤囁囁嚅嚅地，看向自己兒子。

「這——若是祖先答應了，我就沒問題！」翁家兒子則看向廳堂上的八仙桌。八仙桌上，翁家仿照漢人習俗，供奉了祖師公、聖王公、祖宗牌位，與一對簡陋竹桮。翁老藤走上前，心想也只好如此敷衍一下了；他苦著臉，捧起竹桮，心虛而卜。

一連兩卜，竹桮擲在廳土上，彈滾好幾下，竟然都落在那名帶頭羅漢腳仔臉上。第三卜，醉倒打鼾的這名帶頭者，驀然被吵醒，身子翻兩翻，拿著竹桮站起來。

「卜，卜，卜，卜啥桮，好媳婦都死了，你還卜？」羅漢腳仔拍拍土灰，敲響著兩片竹桮，嘻皮笑臉地，唱起了唐山行乞的蓮花落：「問，問，問，問啥話，好表妹都死了，你還問？看，看，看，看啥面，好牽手都死了，你還看？」

「你是誰，爲何胡亂出口挑撥，存心害我？」翁老藤追著羅漢腳仔搶竹桮。

「你是誰，怎麼肯定新娘死了？」陳姓表兄與劉家兒子，扯著邋遢羅漢問。

「你是誰，這是怎麼啦，趕快講清楚？」林成祖與翁景新，也全都楞了住。

一時，廳外狗叫雞飛，廳內鼠竄貓跳；庭院桐油燈被打翻了，八仙桌上僅存一對喜燭，明明滅滅，投映著幢幢亂影。小暗坑平時多霧，鹿母潭溪中上游尤然；茫霧亂影裡，有誰突然發腔怒喝，聲如銅鐘，洪亮震耳。

5 左賫坑，又稱「祖眉坑」，昔爲泰雅族世居地，在今之竹崙里「紫微坑」一帶。光緒十七年（一八九一），漳州人林左賫率眾趕走泰雅族人，開闢此地採樟煮腦，故名之。

「汝等有眼無珠，都快住手。紫微坑濟公活佛尊前，諸人還不跪下！——」

喝聲甫落，喜燭倏忽紅光爆射，照亮一位臉龐朱赤，圓目睜瞪的青沖少年。

青沖少年昂首跨步而入，身後同時跟進了一位頭戴法冠、手拄禪杖、足登芒鞋，滿臉玄黑的大僧爺。大僧爺身後，又小心翼翼的跟進了一位，一手扶著身懷六甲的落水新娘，一手捧著一件不知是什麼珍貴「好寶貝」的莊嚴嬸娘。

剎時，狗不吠，雞不飛，鼠不竄，貓不跳了。眼下，立刻呈現一團祥穆聖氛，只聞籬邊蟲鳴如織，井畔夜花飄香；顯然，這第四撥現身者，應該絕非一般人間凡夫俗子。

赤臉瞪目的青沖少年，劉家叔侄依稀記得，每年家族大祭所敬拜的公廳主神「三太保」，正是這張威猛面目；而由那副氣態觀之，翁府父子也是似曾相識，竟然就跟自己家廟聖王公「廣澤尊王」，直若一父翻胎十三子，一神分生十三靈，所如假包換的第三分身。

黑面大僧爺，那便更不用說了。包括進出祖祠必拜，前往三角湧街必謁的蘇家親族，與所有溪南人在內，有誰不識，祂正是祖師廟的「清水祖師公」？

至於，那位扶著蘇姓新娘，捧著疑似「六甲元胎」的莊嚴嬸娘，眸露母性慈暉，身透女神瑞氣。諸人稍加聯想，也想必就是護送孕婦回來的，媽祖婆特使的「註生娘娘」吧？

「汝等聽著，此事乃世代因果所致，並非通常情理可以瞭解。各自速速返去，庄內另有大事發生。舊朝就要棄手不顧，新朝就要接手嚴治，妄再偏執，必添悲苦！」青沖少年舉手一揮，一干羅漢腳仔與溪南人，不由自主的翻身爬起，挨挨擠擠，逕往廳外跌撞蹌出。

「還有，切記人生苦短，世事能忘便忘；這趟路，無來無去，這件事，也是從來就沒發生過。」被尊稱「濟公活佛」的邋遢羅漢，玩世不恭的補充著，卻伸手拉住林成祖與翁景新父子，臉色凝重道：「但是，任何人都可以忘記任何事，就是你們三人，絕對忘不得！」

「何事，絕對忘不得，弟子愚昧，恭請聖神和活佛開示！」

既被特意留住，林成祖與翁景新父子，立刻重新伏地跪下。

「啥聖神，啥活佛？廣澤尊王與我，反而才虧欠你們一個拜謝呢。」邋遢羅漢不斷搖頭又點頭，似乎天機不可洩漏的欲言又止說：「何事，絕對忘不得嗎？說破了，也無啥事啦。唉呀，就是記得吃，記得睡，記得生，記得死啦！」

「三位不久也將成聖成神，這禮我們受之有愧，快快請起！——」

三太保也放緩了青沖神色，惺惺相惜的扶起他們，久久一番端視。

這玄語與舉動，林成祖與翁景新在大感疑惑之餘，內心更是一凜。

「翁、劉、蘇三家的氏族姻緣，我與清水祖師已拿定主意，決定以喜上加喜的方式，圓滿收場。那就是今天婚禮仍然算數，翁家收留被逐出家門的劉家兒子當次子，娶進即將臨盆的蘇家女兒傳宗接代，另開翁姓一條新血脈。翁家早前投靠翁府，先已享得漢人大戶庇護之恩，兒子如今代替漢人契弟完婚，也並不吃虧，未來將正式領有此地，建立一片永久家園。日後，翁家三父子，並將以某種方式回報翁府，同享另一份情義相挺的亂世美名！」

「朝代將變，大敵將臨。諸多用心，不知汝等五姓三方，可有異議？」

三太保告訴林成祖、翁景新，又詢問著翁老藤父子，詢問著翁家祖上。

八仙桌上，一位頭插鷹羽、耳掛玉環的蒼顏老者，從翁家祖宗牌位內，應聲走出。

「唉，漫長三百年來，總是漢人設禁，漢人闖禍，平埔族與泰雅族承當苦果。」三太保這番良善安排，雖然寄人籬下的翁老藤父子願意默認。蒼顏老者卻不吐不快，不能不說的開腔感慨道：「許多世事，往者已矣，我們都可以不再計較。但原本是平埔族的我們，總不能平白養活這一大串外姓子孫，日後卻將自稱是漢人的翁家子弟吧？」

「漢人與平埔族之間，另有一番更深遠的因果要走，吾等在此不便多說。我現下可以保證的是，只要大家能和衷共渡，緊接而來的兩度死劫；一百二十年內，諸神必將還給汝等，一個恢復百年族名，一次重繼千年血脈的大公道。」黑面大僧爺，無限悲憫的承諾道。

「有道是：一朝君臣一朝民，一代禍福一代悲，漫天風雪吹降後，遍地殘花誰來憐？」邋遢羅漢則像早已預知世事演變，痛定思痛地，恢復嘻皮笑臉的慫恿說：「唉呀，老人家，您已經成仙成神，當然可以不怕，但子孫們呢？一百二十年兩度死劫，就是短短兩甲子，就得四代面對三次改朝換代啊！」

「也罷，歷史總是再三反復，世事總是不斷重來。目前，也只好漢人怎麼活著，我們平埔人就怎麼活著了。」蒼顏老者似乎心思不多，胸襟寬厚，也似乎神通不大，無可如何；老眉一垂、老眼一閉地，默默退回，八仙桌上的翁家祖宗牌位內。

「第一度變天死劫，已迫在眉梢，你們不怕嗎？」邋遢羅漢看向林成祖與翁景新。

「寧為本朝鬼，不做異國奴，一旦瞭然於生，就不怕死了。」兩人同聲堅決回答著。倒是年輕氣盛的林成祖，忍不住理直氣壯的多問了一句：「諸位聖神在上，敢問該納的捐都納了，該繳的稅都繳了。為什麼，為什麼——為什麼，我們還會淪落到變天的地步呢？」

「答得妙，也問得好。前者，你們必將死得大呼過癮，因爲祖師公、媽祖婆、三太保，也會一起焚身陪死。後者，我這個不管解惑，只管善後的邋遢癲僧，還是先閃爲妙喔！」

邋遢羅漢，雙肩一聳，手上搖著，不知何時多出的一把破蒲扇。一邊走出翁家喜廳，一邊管他天下多少事、人間多少苦地，一路霧裡霧外的自顧扯嗓唱去：

一佛一燈一舍利，一天一地一代人

一僧一唄一滅度，一草一花一次春

哎唷，怒放吧，紫牽牛——

哎唷，怒放吧，紅地荳——

哎唷，怒放吧，白百合——

哎唷，怒放吧，金忍冬——

哎唷，善哉，阿彌陀佛——

這個國家曾經在綠色執政期間，還過原住民公道，開放恢復傳統族名與重繼傳統族姓的申請。進而，開啓其後，一番本土文化價値的認同風潮。

算一算，在時間上，從清朝領台後期至民國九十年代末，剛好將近一百二十年。在人事上，從日治、國府接收台灣，以迄台灣首度政黨輪替，也剛好歷經四代三次的改朝換代。

「這件史道讖語，最後是在陳水扁總統任內應驗的。」他實話實說。

「那又怎樣？三鶯部落那群原住民，現在還不是一樣過著吉普賽人的生活。漢人怎麼活著，我們平埔人就怎麼活著——我倒覺得翁家祖先的看法，比較務實！也就是說，不管原住民或漢人，還是先顧好自家生活要緊啦！」翁詩娜走出休旅車，雙手叉腰，以笑歪整個身子的方式，回應他的擬眞或現身說法：「但無論如何，我們橫溪翁姓，絕對是一支富有開拓精神的光榮大姓。我家更絕對不是翁皮劉骨的後代，太祖母也絕對不是諱姓蘇的犯禁女子！」

「其實，我比較關心的，也不是那些個人身世問題，而是台灣歷史會不會第四度重演？我更擔憂的是，三峽現在已經沒有人會像林成祖、翁景新那樣，樂於獻身當義士了！」

「林成祖和翁景新，後來是怎麼死的？」翁詩娜總算有所好奇的追問說。

「林成祖是外姓，妳大可置身事外。翁景新之死，妳竟然也是一無所知，虧妳剛才還以橫溪翁家為榮呢！」他暫時擱下翁詩娜的好奇心，臉色不禁微慍起來的訓斥道。

「嘿，這不能怪我啦。那是因為，我們從來就沒聽過族內長輩提起嘛！」

「這當然不能怪妳，因為妳已經遺失相關記憶；也不能怪妳族內長輩，因為他們不敢記取相關記憶。後者，就像不能怪罪當年翁老藤的祖先那樣，為了生存不得不屈從，當下大勢所逼。前者，在歷代先人因因相循下，妳比較無辜的是就像一台廠牌相同，但一再被重新格式化，被灌入新軟體的現代電腦，作業系統、運作模式、記憶檔案，早已不是原始資料了！」

「嗯，我是一台失去原有格式的現代電腦？這的確是一種非常另類而貼切的比喻。」

「唉，不只是妳，我也一樣。這就是我擔憂台灣歷史，可能會再度重演的原因啦。」

「你的擔憂，我沒興趣，但你的故事很迷人。其中，我最想知道的是蘇姓親族，究竟想問蘇家女兒，最後一句什麼話？還有，劉家兒子，又到底想見，新娘最後一次什麼面？」

「如果我是當事人，想問的應該是，妳眞的眞心喜歡劉家兒子嗎？想看的應該是，請讓我再看一眼，妳曾經山盟海誓，我今生今世，一定永遠記住的那張臉！」他設身處地說。

「然後，蘇家女兒一定會說，我們以愛相許，活睡同床，死葬同穴。劉家兒子，也一定會最後一求，三角湧一片好山好水，不如我們這就化蝶而去，比翼雙飛！」翁詩娜笑道。

這是撿現成的唐山古典愛情悲劇，「梁山伯與祝英台」式的不朽賦義。兩人逢場作戲，浮世取樂，搞笑到翁詩娜再度笑歪了整個身子，好像彼此前生前世，就是那對犯禁兒女。

第十三章
袞袞神子

晚餐後，大夥兒一邊閒逛老街時，翁詩娜把他介紹給那位臭老導演。

「雖然，歷史總是再三重演，世事總是不斷失憶。但今宵今夕，你那份失落心情，豈是三峽人的待客之誼？我們還是繼續下午的話題，鄭重聊聊林成祖和翁景新的故事吧。」翁詩娜睇眺著一路亮開的仿古街燈，不覺渾身洋溢文史情懷的慫恿他：「說不定，我家先人，翁老藤和翁景新——喔，不，應該說是你們那代的感人事跡，有機會被拍成永恆鏡頭呢？」

「噢，永恆？當今台灣字典，還找得到這個比三峽世道無常的字眼嗎？」他感嘆道。

「這位林先生或翁先生，您千萬莫氣餒！台灣現在雖然藍綠壁壘分明，但只要是共同歷史題材的好故事，透過適當藝術處理，還是會有相當程度的永恆色彩啦。當年，我那部既叫好又賣座的《悲情城市》，不就是這樣拍製出來的？」臭老導演藉由侯孝賢的口吻說。

「喔，不，看您下午跟翁詩娜的對話神情，您應該更像一位蘇姓或劉姓的族老吧？您老人家大可不必過度悲觀，其實歷史再三重演、世事不斷失憶的台灣社會，早已逐漸重組出一套因應世代流變的核心價值。」臭老導演尋思半晌，又透過類似吳念眞語氣的修正道：「高層菁英型的英雄人物，固然高高在上，舉輕若重，動見觀瞻；低層草根型的卑小角色，卻因爲貼近常民生活，反而舉重若輕，揮灑自如，更加適宜發皇人性的隱微幽光。懿德風範就像媽祖婆，遠播海內外，台東菜販陳樹菊的榮登富比世國際義行榜，就是其中顯例！」

「感恩哪，謝謝你們願意傾聽。廣義來說，我可以姓翁、林、陳，可以姓蘇、劉、李，也可以姓王、黃、張。藝術與永恆，確實是人性標榜的最高境界，但我就算很敢這樣玩命，卻不敢這樣奢求。老街淒迷的夜燈下，只要你們願意相信，即便出於一路走，一路啃著台灣豬血粿的閒逛心態，我也樂於傾訴！」他謙卑說著，不禁幽幽而問：「你們遊賞山城，禮讚古鎮，你們紀錄三角躅，歌頌三角湧。你們想必已經想像過，那場〈三角湧大焚街〉的歷史大戲，但你們應該還沒聽說過，另一場〈火燒大厝間〉的稗野慘劇吧？」

「喔，三峽在當年大焚街之外，還有另一場火燒大厝間嗎？」

關於前者，前文已略有所述。關於後者，一行人則大搖其頭。

「我喜歡蒐集故事，您將兩者相提並論，聽來好像很有看頭。」臭老導演也許非常具有專業敏銳度，也許只是在戲言戲，在商言商的插進一句話：「不過，我們經費有限，如果這故事剛好跟正在拍製的三峽藍染有關，您但請開個價錢，我會預付薄酬，簽下版權。」

「版權不是問題，問題在於是不是跟三峽藍染有關。根據我記憶所及，翁景新生前正值三角湧藍染盛世，其父翁儕寬領略過〈藍彩飛揚〉的風光期；之後，深入當年成福番界開拓樟腦業，搖身變成北台巨富。翁氏父子爲人樂善闊交，家族親友多達千餘名，我懷疑該姓初期拓殖過程，可能早有類似翁老藤身世的落難土著，被收編藏身在內。所以，我認爲既然三角湧大焚街，可以燒出媽祖婆的廟神俱毀，祖師公的本尊外藏——那麼，小安坑有房三十六間的火燒大厝間，應該也可以燒出〈藍光乍現〉的某些藍靈外逃！」

首部曲〈藍光乍現〉部分，是整個三峽藍染文化重建最爲珍貴，也最爲艱難之處。被他這麼一聳恿，臭老導演趕緊機會難得的掏出手機，連叩了四通電話。

前兩通，應似打給文化部與國藝會相關人員；只聽他頻頻握拳強調，「一定，一定，這戲我一定，一定會主打台灣義民抗日精神啦」。第三通，應似打給本身常來三峽，元配亡靈更安奉在鹿窟山腹的台灣首富郭台銘；只聽他連連拍胸保證，「一定，一定，這戲我一定，一定會突顯台灣女人犯難情操啦」。

最後一通，他鐵定是打給自己老婆。因爲，經他低聲下氣再三求饒，發誓如果這部戲不賺錢便永遠退出影藝圈後，高呼了一句「台灣女人萬歲」。然後，面露喜色的告訴大家：

「翁府三十六房豪宅，重建經費有望了。現在，火燒大厝間之火，又從何燒起呢？」

「也就是說，您的故事——喔，不，應該是說翁景新之死，這到底又是怎麼回事？」

這火，當然是從三角湧大焚街的歷史轉角，一路火勢熊熊延燒過去的。

他們走向「三峽派出所」同側的老街長廊。走過大正階段，同址前身的「三峽警察官吏派出所」前，走過明治年代，「三角湧大焚街」的餘燼殘煙中。走過凌亂幾戶，逐漸復員重建的街坊店面時，突然聽到幾聲劫後天眞童唱，幽幽如此傳來：

火燒大厝間啊，火燒大厝間——
蘇力叔侄做事無頭尾啊，無頭尾
抗日兵敗走唐山啊，走唐山——
害死翁府父子鑽硐硿啊，鑽硐硿
可憐六舍男子漢啊，男子漢——
枉費一世英名不敢認啊，不敢認

幾名哼唱著俚謠，玩「撿石子」遊戲的街童，悄悄看到有詭異人影走近，以爲日本巡查又要抓人來了；立刻敬鬼神而遠之，誠惶誠恐的躲往廊柱背後。

「我明明看見，有啥黑影走來呢！」

街童們前窺後探，你看我，我看你。

「我明明聽到，有啥謠歌傳出啊！」

他們不禁也是左顧右盼，面面相覷。

鳶山上，寂寂飄下幾片入秋落葉，輕輕發出幾句入密微音：

東瀛「高天原」來的好姊妹，請——

唐山湄洲來的好姊妹，您也請了——

一行人看向對側「金聯春染坊」門口，卻看到另類門神般的站列著幾組凶惡壯漢；光天白日下，加上派出所就在斜對面，於是大膽的越街上前觀湊。「那是民國四十年以來，每逢縣長選舉便會現身金聯春門前站崗，威赫選民，監視候選人的便衣特務。但是請放心，我們繼續前進！因爲當事者的富本先仔，早就從後門溜到三峽溪邊釣魚去囉！」經過林主任淡定釋疑，大家轉身望向興隆宮的斑爛廟檐時，久久消失的漫天玉音，竟然再度玎璫作響了。

滿臉敬肅的櫻井夫人，當然也聽到了這陣重新傳來的玎璫聲。好像有所預感，唯恐錯過一場百年盛會那樣，她發誓今晚務必進廟一謁，也許是此生僅此一見的媽祖慈顏不可。

「那麼，四位請了！——」

「請，大家明天見！——」

他們於是跟臭老導演的戲班人員，就此揮手告別，分途走向各自的時空路徑。

他有點猶豫不決，一時不知應該跟往哪邊人事岔口才好。猶豫不決的原因是，攸關翁景新之死的「火燒大厝間」，他才只是起個開頭，半途中斷，豈不吊人胃口？但話說回來，他實在是另有要事掛心，如果一再延宕下去，恐怕很有可能會在翁景新與自己之間，在漢人三轉仔與原住民番童之間，在白臉阿雲與烏面伊娜之間，重新被那隻百般作弄的暗手，多層剝離，而導致精神分裂症，再度發作。

當導遊陳老師以「金聯春染坊」爲例，簡報了一遍三角湧染布業，從清朝同治、光緒，迄至日治明治、大正年間的五十年藍染全盛期風華後，開始領著櫻井夫婦走向興隆宮。

此時，陳老師、櫻井先生，以及林主任的手機，湊巧都不約而同的接連響起了。

打給陳老師的，是才剛分手的李素珠。她是受到臭老導演的臨時拜託，煩請他隨時提醒櫻井夫婦，如果當眞願意參與此劇演出，那麼今晚便得把握各種時機與場合，好好揣摩身爲一對東瀛布商的角色扮演；因爲，說不定明天下午，就有他們的重頭戲要開拍。

打給櫻井先生的，是遠在日本東京老家的么孫。這年輕人除了一般遠門問安外，主要是興致勃勃地，要求祖父務必帶回一件他指定的禮物，繪有「風の影」或「水の痕」之類浮圖的，藍染節紀念品。「喔，好，好！你這自以爲滿有人生意境的小伙子，分明是在替我這俗氣爺爺出難題嘛！」櫻井先生轉知櫻井夫人後，勉爲其難卻十分認眞的轉向林主任求助。

林主任則一邊回應櫻井先生的求助，一邊接聽一通，發自胡大仙網咖的緊急警告。

「原先旅遊路線不變，但當心再跨前一步，即將進入〈三角湧大焚街〉的近代史危域！不過，請百分之百放心，旅狐網際遊覽公司，絕對全力維護顧客人身平安。一切臨場險象，可保如風之吹拂，如水之流轉，如過眼雲煙之不著痕跡！」胡大仙提醒林主任，在手機觸控面板的「歷史身分」欄上，點按「時空過客」選項，大家便能逢凶化吉，來去無礙。

一行四人，於是就在二十一世紀初期的老街，完成十九世紀末期的通關認證，鑽入朝代板塊劇烈碰撞的三峽時空裂縫中。眼看著，被光緒二十一年與明治二十八年碰撞火花，所吞噬的四條人影，始終還是拿不定主意的他，突然出現一股餘悸猶存的踟躕與恐慌。

去年中元普度，陳老師燒給他的手機，早已轉眼過時，並無觸控面板的最新科技設置；他踟躕於自己能否處在熊熊史焰下，可以不被焚燒得魂魄俱喪，情志盡失。而逝者如斯，世事蜩螗，他尤其恐慌於自己身置不捨晝夜的人生如戲裡，一旦散戲，到底又該何去何從？

主祀「天上聖母」，舊稱「媽祖廟」的興隆宮，信史記載是由閩籍永春縣墾民，興建於乾隆四十年（一七七五年）；但據他所憶，本廟其實始肇於更早的乾隆十四年（一七四九年）。減少，或多出的這二十六年，究竟是怎麼回事呢？

減少二十六年，是出自強勢族群的安溪縣墾民，特意模糊記憶，藉由先來後到的時差，增長守護神祖師公的廟齡（興建於乾隆三十四年），以便抬高神階的私心？還是純屬冥冥天意，二神不得不然的特殊安排？若屬後者，那麼這多出的二十六年，又到底隱藏在哪裡？

「三轉仔，莫發呆了。你不是一直想追蹤烏面伊娜，想追究自己的身世嗎？」

似曾相識，一手撫著雲鬍，一手拄著蛇杖的土地公，此刻又在他眼前出現了。

「媽祖婆與黑白青姑都是女性，她們的因緣際會，三角湧開荒之初，便已註定；爲了涵化這段因果，時程上便會比祖師公，提前二十六年。今天是天赦日，今晚更逢天壇三大巨星聯會，與隆宮廟門大開，鬼靈精妖自由進出。你想探究自己的身世，正是此其時也！」

天機稍縱即失，土地公看準時間點，猛然伸手一推。然後，老臉縮皺，老眉顫抖地，面對著他慘叫一聲的背影，垂下了兩串老淚。

熊熊史火，瞬間將他燒出兩條古今身形。一條緊隨一行四人，走進興隆宮，一條緊追臭老導演，倥傯而去。前者的他，好像終於找到自己母親那樣，緊緊抓住櫻井夫人的衣角，直直穿過全副武裝，目光炯炯，三組六員的唐山門神。

「就在這裡，興隆宮曾經是海山地區抗日組織，三角湧義民營的司令部。隆恩河之役的火苗，三角湧兩次會戰的火頭，三角湧大焚街的火勢，就是在這裡醞釀成形的！」一行人拜過媽祖後，陳老師邊走邊隨手畫出一片範圍，開始娓娓進行，此處抗日司令部的建置導覽。

虛擬實境的興隆宮內，長福橋上的胡大仙網咖彼端，緩緩秀出一系列栩栩如生，如假包換的相應人物。他們圍坐在當年挨擠於諸多街屋中，隱密而昏暗的興隆宮中殿，彼此雖然姓氏地位有別，扮相姿態各異，慘遭祖國割棄的憤怨，如喪考妣的悲痛，卻是不約而同的。

就在這裡，這張方形供案權充的議事桌前，導覽者翻開一章史頁，逐一介紹了他們：

這位在腰帶上，佩掛一把「盒子鎗」的魁梧中年漢子，就是義民營的大統領蘇力——

這位全身書卷氣，一臉聰明相，智謀賽諸葛的青壯輩就是蘇力之侄，副統領蘇俊——

這位就是另一位副統領，火燒大厝間的男主角翁景新，小暗坑英靈埋恨的翁六爺——

這位身後靠著一柄超長毛瑟槍（德國製來福槍，射程四千米）的大帥哥，就是第三副統領兼營官，膽識、槍法俱佳的陳小埤。我合理推測，隆恩河之役的突襲中，應該就是他端起那柄毛瑟槍，居高臨下，狙殺櫻井曹長的。換言之，就是一槍斃命，死前毫無痛苦啦——

「喔，說的好，說的好。但願如此，陳小埤一槍斃命，先祖死前毫無痛苦！」陳老師介紹至此，櫻井先生凝神注視陳小埤許久，然後默默閉目，喃喃追懷。

沉重史話，櫻井夫人似乎沒興趣，禮貌性觀駐半晌，便另有主張的走往後殿。

當時，興隆宮門面不寬，但縱深頗長；以光緒年間，傳統「染布街」的規格而言，義民營進行會議的中殿所在，大約位於現今「中壇元帥」殿址。穿越此殿，走向觀音殿，櫻井夫人看到了一座古拙烏沉的露天金爐，百年香火對映著一方雲天，裊裊環繞而上；縷縷香煙則飄向頭頂，蒸騰起層層糾疊的半透明霧罩，有如浮旋在重重浮水印痕的螺紋渦漩中。

不斷旋呀旋轉的深藍色渦漩視野，突然旋出了一抹鳶影，凌空咻咻啼鳴。

嚴重警告，觀音殿內，時空一片渾沌，擅自硬闖，一切後果，自行負責。

他手機響了。是胡大仙緊急傳來的電子符籙，以及一張網遊產品的選單。

若是非闖不可，請加值點選下列裝備，本公司自將隨君所遇，保全到底。

卑鄙的市儈行徑，拙劣的行銷手法。他嘴裡雖然狠狠連聲啐罵，但在好奇心的驅使下，仍然不得不依其要求，立刻幫自己與臨時母親的櫻井夫人，額外添購了如下四樣裝備：

其一：可將「時間罩膜」，迅速啃出一道「蟲洞」的，「電子鋼牙」軟體兩副。

其二：可將「人身」與「蛀蟲」，眨眼間反覆轉換的，「數位變體」程式兩套。

其三：可在「空間幽谷」隨風起降，類似台灣飛鼠的，「時空滑翔」膜器兩架。

其四：可在「歷史樊籬」匿蹤潛爬，匍匐於過往廢墟的，「翻牆貓」載具兩台。

聽說，女人是最能感應冥界現象的生物之一。憑著直覺，櫻井夫人穿越首層半透明霧罩後，深藍色渦漩倏忽淡去；浮水印痕，隨即廓然顯像出，一座如其所感的唐山宮殿庭園。

庭園周遭，亭閣幢幢，花團處處；珍禽棲雲，異獸伏霞，儼如三界之外的九天人間。玎瑲作響的漫天玉音，原來竟然都是發源於此，不僅耳畔可聞陣陣玉鳴如風鈴，眼前更是可見朵朵光閃如冰花；聲波與光波的互為質變，聽覺與視覺的相予轉換，簡直令人嘆為觀止。

亭閣裡，往聖先賢，衣影飄香；這邊圍湊著一夥奇人在談天，那邊聚集著一群異士在說地。玉鳴光閃下，個個頭面崢嶸而謙謹，人人談吐溫文而儒雅，彷彿此際重點，並非各自身懷的神通靈能，彼此有過的道德功績；而是互相都在靜候著，某個天啓時刻的盛重到來。

天空未見懸日，但環眼清亮像夏晝。頭上未見掛月，但通體清爽像秋夜。

顯然，這是一座非晝非夜，且晝且夜，非乾非坤，且乾且坤；有如陰陽兩儀，天地兩域或神鬼兩端，所交涵共構的「太初」世界。也顯然，大家正在靜候的，想必是諸如「飛仙獻瑞」、「天官賜福」、「人間見證」之類，重大「註生賜命」或「太歲賦運」儀式的進行。

東瀛「高天原」來的好姊妹，請——

唐山湄洲來的好姊妹，祢也請了——

媽祖娘娘手牽天照大神，並肩聯袂而至後，互相一陣揖讓，便雙雙落座於庭央主閣。

這個頁面，三百六十度環繞視野，3D視訊與八聲道音效的一部「千禽靈卷」多媒體，以及一條三角躅與三角湧「蛹之生」的開初史道，於是緩緩拉開序幕。

史道首篇，以天地無聲，四野寂然，主鏡頭淡淡拉遠成一道乾隆初葉，漢人墾首陳黨的背影爲襯底。副鏡頭有兩組，其一近者，一撥先頭墾民，正在七手八腳，共構一爿茅屋；其二遠者，一撥後到羅漢腳仔，分別手捧神像，身揹祖宗牌位，正在涉溪跋蔓，揮汗趕路。

然後，以茅屋搭成，兩組鏡頭相溶抹去，兩組唐山墾客碰頭相依而聚，彼此按林、顏、陳、洪、鄭、周、黃等，十二姓順序擺上祖先牌位，最後供上離鄉背井的共同守護神「媽祖婆」而止。於是，一個「家」，總算底定，一座「廟」，遂乃伊始；由此，上述諸姓終得藉以「寄身立命」，身後血脈終得據以「定根傳承」。

亦家亦廟，生死互寓，且居且祈，人神共濟；此後，此家是爲「十二姓之家」，此廟是爲「媽祖廟」。此年是爲乾隆十四年，較之乾隆元年的土地公，稍晚十三年，較之興隆宮正式建廟，略早二十六年；這撥羅漢腳仔是爲第二批，拓殖於「夢土三角湧」的漢裔子孫，這位母神是爲第二尊，安奉於「蠻煙三角躅」的唐山神明。

原來，二百六十年後，金碧輝煌，萬神拱昭，宛如一座微型天庭的興隆宮前身，竟然只是一戶寒酸傴促，前景不明，世途難卜的「移民墾寮」。

原來，記憶中，多出了二十六年的那段時空，便隱藏在這爿別有堂奧的墾寮裡。

原來，那短短被隱藏的二十六年，竟然就是橫互山城二百六十年雲煙的醞釀期。

悠悠天地，一瞬十轉，滄桑時空，一息百變。「千禽靈卷」與「蛹之生」所孕蛻者，當然就是一系列足以相應翻湧起一波波時代風潮，開展出一頁頁歷史進程，或是至情至性、才德十足，或是至魂至魄、肝膽相映的，那一連串三峽神鬼人物了。

原來，這一連串神鬼人物的孕蛻機制，其實早都設定在這座具體而微的興隆宮內了。

媽祖娘娘與天照大神，相偕落座的主閣位置，依創廟以來幾度翻新或擴建的興隆宮格式推測，似乎就在現今「註生殿」前方空處。果然不出所料，就在多媒體影音如過往雲煙的簡短序幕過後，只見媽祖娘娘面露微笑的舉手一揮，一座高懸著該殿匾額的拱形宮門，立刻浮顯而出；所謂「飛仙獻瑞」、「天官賜福」、「人間見證」的天啓儀式，終於正式登場。

宮門內，款款走出一組爲數十三名的專業團隊，清一色都是婦女人員的護育保姆。爲首者，右手持「本命筆」，左手執「生育簿」，一神三身，三身一相；儼然，正是唐山封神榜上「雲霄」、「碧霄」、「瓊霄」三仙合體，此前曾在翁老藤喜廳出現的「註生娘娘」。

註生娘娘身後，本該人手一嬰的十二婆姊們，今天則是格外小心翼翼地，各以「混元金斗」練製的特級「產盆」，恭敬捧出了八八六十四枚，如玉似脂的渾白神子元胎。

元胎如蛹，孵在產盆裡，蠕蠕而動。這「蛹」就是媽祖口中，所說的「好寶貝」吧？

八八六十四，恰爲太古伏羲推演天地現象，推算世事因果時，由無極生太極、太極生兩儀、兩儀生四象、四象生八卦，從而衍生出千萬艾卦，自此造化基型大備的第五層命數。

這八八六十四枚神子元胎，果眞就是此後，推動三角湧三百年文史的關鍵人物嗎？元胎皆未命名，只是初具人子的生命形式，但似乎終身命圖已定。在十二名婆姊，一字站開後，「蛹之生」多媒體對應著註生娘娘的唱號，開始由對面「太歲殿」的相關神祇，逐一勾勒出他們的前生今世，並草擬出他們的本命流年。

每當註生娘娘唱過一枚元胎編號，多媒體播放一卷神子應世映像，庭內仙神精妖便興起一回唏噓或讚嘆。神子們，或有狀況特殊者，大家更無不紛紛提出，其所該受的「詛咒」、「寬恕」、「點化」、「加持」或「賜福」，好讓相關司命者，登錄在他們「命盤」上。

其中，印象最深刻而值得一提的是，整個天啓儀式過程，首末卷的兩場神鬼爭執。

首卷，最先現身的元胎並非漢人，也並非男性，而是一位姓名古怪的土著女子；由於天光初曙，大地晦昧，看不出她是平埔族或泰雅族裔。原住民勇士手拿番刀的遠景，唐山首航古船的中景前方，一襲藍衣直逼眼幕浮凸而出的半身近像，是爲她的年代背景與定裝照。

這女子，先被彩虹仙子，賜予開啓台灣七色的「藍彩」殊能，又被送子觀音，賦予產下首胎「三角湧之子」的孕化使命。如此兩項始祖型角色，某些仙神不滿意她的蠻夷身世，某些鬼魔不信任她的原母懿德；某些精妖則回駁，彼等存有種族偏見，爭執於是由此而起。

此爭執，最後是在前項殊能，加入另一名漢裔女子，後項所生「三角湧之子」，冠上唐山漢姓，再由媽祖承諾隨身垂庇，清水祖師應允隨時垂訓做爲彌補，終獲歡喜收場。意識恍惚下，他突然有個直覺，認定這對懷有「藍彩」異賦的奇女子，應該就是那對黑白青姑了。

末卷，被安排在清朝、日治重疊期出場的諸多悲劇人物，早已陸續過往；適值三角湧大焚街過後七年，祖師廟二度重建告成五年，正是另一頁三角湧文史整合期肇始，另一度台灣時空碰撞期的醞釀階段。當註生娘娘高聲報出一個嶄新編號，多媒體幽幽播出，一杖將會被命名爲「李梅樹」的元胎，七十年後三度重建的祖師廟，將會在他手中，徹底改造爲一座嶄新的「東方石雕藝術殿堂」時，某些往聖先賢、奇人異士又有意見了。

質疑，「這人爲何不是陳梅樹、林梅樹、劉梅樹，偏偏就是李梅樹」者，有之；反對，「這廟爲何不是興隆宮、宰樞廟、仙公廟，偏偏就是祖師廟」者，有之。主張，「那石雕爲何不是在地漢番萬神圖、先民草萊初闢圖、族群融合共榮圖，偏偏就是唐山漢人忠孝節義圖」者，有之；認爲，「那石柱爲何不是台灣鳥柱、龜柱、蟒柱、鯨柱，偏偏就是唐山龍柱」者，也不少。

前二者，是由李姓守護神上帝公，以「李家費心養育此子，三角湧平白共享其成，天恩並無獨厚」，祖師公以「本廟第三度重建，幸得天獸玉麒麟應世護持，七股諸姓百年同沾其光，天德並不偏私」，給予委婉闡釋。後二者，經過鳥神朱雀強烈倡議，在祖師廟正殿諸多主柱定調爲「龍柱」之餘，另再增設兩根「百鳥朝梅柱」做爲彌補，最後總算平息眾議。

一時之間，爲數眾多的原禽百音齊鳴，千羽競翔；包括黑鳶、藍鵲、翠鳥、紅鳩、紫嘯鶇，綠繡眼、白頭翁、金翼白眉、褐色叢樹鶯、火冠戴菊鳥等，總計一百多種，一千餘隻的台灣境內留鳥、境外候鳥，甚或古今無有正式紀錄的海天佚名迷鳥，無不立即群情振奮，爭先恐後飛撲而入。捷足先登者，佔滿了那兩根「百鳥朝梅柱」；動作較慢者，只好找往其他門簷、走廊、橫樑、側柱、邊牆，各覓一隙，落腳停棲。

散席前，媽祖娘娘暫決此爲初步構想，最終還得參酌兩位海外仙家高見，才能定論。

這場祝生暨見證大會，以媽祖娘娘「天上聖母」之尊，竟然還不能拍板定案。兩位海外仙家，究竟是何方神聖？當下，不禁引起大家交頭接耳，紛紛左顧右盼的納悶起來。

此時，自始保持緘默，不予干涉的天照大神，終於盈盈如滿月的起身致意了。

天照大神以「八咫鏡」反鑑己身，以「八阪瓊曲玉」與「天叢雲劍」，拂過這枚清水祖師所言的天獸「玉麒麟」元胎。其後，輕如慈母的「賜福」道：

——孩子啊，汝是吾二千年最清純的意念，大和子民五十年最深沉的歉意呀。

——赤子啊，請接受吾如八阪瓊曲玉的生命質地，如天叢雲劍的人間初心吧。

天照大神，並未題外多說什麼話，「致歉」與「賜福」既畢，便又緘默落座。

這當兒，時間拿捏得何其巧準，彷彿天意早有安排地，由千里眼與順風耳判定方位，讓「中壇元帥」李哪吒腳踩「風火輪」，帶路領來的另一位海外仙家，終於匆忙趕到了。

這仙家前額禿亮，滿腮虯鬍，諸神乍看之下，誤認爲是印度來的達摩祖師，立刻紛紛起身歡迎。但非也，他身材較高，鬍子較長，自稱是來自加拿大的福音使者，馬偕牧師。

他舉起大家平生首見的「十字架」法器，也喃喃如儀的「賜福」說：

——兄弟啊，愚兄謹以上帝罪僕的身分，但願你堅忍承受，四野諸魔的非難呀。

——賢契啊，本人謹以耶穌使徒的名義，祝禱你堅毅涵納，四海諸神的託付哪。

早已列席在座的達摩祖師，睜眼審視著馬偕牧師，則反過來以傳道士始祖的情誼，以曾經一路坎坷走過從前的心境，惺惺相惜，「嘉勉」了這位基督教先驅，如下兩句佛偈：

——同道啊，先到後到，終是趕到，此道彼道，都是好道呀。

——同德啊，此德行去，萬里天德，彼德走來，苦就是福喲。

這是臨時插曲，達摩祖師垂下兩行先行者眼淚，馬偕牧師則晚輩受教的悲喜而泣。

舉頭三尺有神明，人未到，神先來，事未發，神已知。依據事後史料顯示，馬偕牧師是在同治十二年（一八七三年）六月，首履山城佈道。聽說，他的出現，竟然引來三峽人視同歪魔邪道的抵制，十年後再來，甚至受到包圍擲石潑屎的對待；地點，疑似就在三角湧，老街尾。

有關天照大神暨馬偕牧師，所額外施加於李梅樹身上的四項「賜福」，根據他記憶所及與事實印證，諸如李梅樹全程日本化的教養經過，獨樹一格的日本式處世作風，並在主持祖師廟第三次重建時，兼容並蓄的東、西方藝術美學。尤其，在鳥神朱雀所賦予，以鳥寓人，以杜寄義的「百鳥朝梅柱」上，如實揭示了台灣海島的包容特性，大膽標榜了三峽山鄉的多元特質，大致都已如祝如讖的逐一應驗。

兼容並蓄的外在，多元包容的內含。潛存「日本精神」的三峽老街，暗藏「台灣精神」的祖師廟——這雙相隔一甲子，總算成對的飛揚之翼，終算脫胎換骨的千年鳶精，終於改頭換面的百年古鎮。這也就是大郎先仔，即便成神成鬼，也要跑回三峽鐵口直斷的天職吧？

諸多珍貴元胎，諸多賢能神子，諸多神鬼事蹟，忽忽琳琅滿目，匆匆流閃而逝。他們的姓名或相貌，白紙黑字留存在《三峽鎮志》的幸運者，大約有二、三百人；其餘，全都失名失姓，有如一個個空臉人的不幸者，一概湮滅在滾滾湧動的三峽史河中。

至於，他自己是誰呢？多媒體一播畢，宮殿庭園一消失，他立刻連打了三通電話。

一通打給已經打烊收攤的胡大仙，查證他會不會就是，送子觀音賜予的那個首胎「三角湧之子」。一通打給得過荷蘭國際風箏節首獎，此刻正奔赴美國參加「台灣日」風箏展的風箏創作家，打算偷偷向他洩露，風箏爲何可以如鳶起飛的神祕天機；一通打給鄉土作家，打算苦口婆心的鼓勵他，此際這樁也許能幫他重獲創作靈感，或書寫動能的天啓奇遇。

前兩人，都在關機狀態。幾日前爲靈肉分離所困，眼下又被執政者拚經濟，拚到心力交疲的鄉土作家聽後，矛盾而懷疑得有點恍惚，分裂出兩種口氣，既抱怨又感謝的提醒他：

「唉，我沒自己瘋掉，也會被你的妄想症搞死。再度警告，莫忘了按時服藥喔！」

他自覺很正常，自信上述情景，千眞萬確，絕對不是妄想症復發。因爲，當他孺慕的牽著櫻井夫人，走回義民營司令部時，也聽到這位臨時母親，滿臉篤定的告訴櫻井先生說：

「老頭子啊，信不信由你。剛才，我看到媽祖娘娘，也看到我們天照大神了！」

這世上，任何人都可以懷疑他，就是鄉土作家絕對不能。對方的否定，他內心那抹才剛撫平的孤寂與蒼茫，不禁倏忽重又悲哀湧現了。

這次，他不想繼續自我忍抑，就像抱住母親腿桿的抱住一根媽祖廟柱，放聲大哭：

嗚，嗚。雅亞，雅亞，雅亞——

嗚，嗚。青姑，青姑，青姑——

被史火燒出另一抹身影的他，追上臭老導演，自我推薦了幾個戲中角色。然後，就踩著馬偕牧師的蹣跚步伐，逛向老街尾「南橋」北端，竣工於民國四十年代的基督教長老教會。

這個晚上，好端端的鳶山下，不知爲什麼，突然飄起了半陣子毛毛雨。

但雨陣並未減低大家遊興。斜飛雨絲，恰好反將人造宮燈烘托出，百年老街別具一格的微濕心境；飄零雨意，也恰好反讓仿古心愫渲染成，風塵三峽才能獨有的一份微淚遐思。

適值二度政黨輪替以來，經由藍色政府拍板定案，本縣即將改制爲「新北市」前夕。本鎮新名未定，也許重新跟鶯歌、樹林或土城合併，回歸日本敗戰後，國府接管初期的「海山區」；歷史就在你眼前，鎮民們竟然可以難得遇上，一樁無關生命新運宏旨的，現代共同記憶。

無論如何，事後他記得此夜，自己最後是回到「南橋」東端，站在清朝「防番隘門」的時空岔口上；一邊塵埃落定的反顧著這條老街，一邊又能怎樣的，看向還在苦盼中方神祇出現的，頂街土地公。一邊，痛定思痛地，只能這樣的喃喃自語起來：

天啊，這歷史，究竟會不會再度重演
地啊，這記憶，到底會不會再度失落
唉呀，只要記得吃，記得睡，管他的
唉呀，只要有街逛，有戲演，管他的

第十四章
戲夢人生

或許，得自昨晚的天啓或鼓勵，他耳邊重新又響起，鄉土作家的電腦鍵盤敲打聲。果然，沒多久，胡大仙便透過電子遊箋，傳來這落魄傢伙，如下擬訂的兩行想定：

「當年你死我活誓不兩立，現在把酒言歡稱兄道弟，如此玩弄歷史，顚倒記憶！」

「當你將某事視爲志業，你就必須與之纏鬥，有如糾葛不清的戀人，誓死方休！」

兩行渾沌想定，語焉不詳，有如天書。但兩種褒貶語氣，清楚對映，意有所指；似乎，鄉土作家已經恢復寫作慾望，正想下筆臧否何人，指摘何事。

這個偏執的戰後小子，是在暗示國民黨的暗藏禍心，民進黨的路線搖擺，影射蔣介石、蔣經國的蓋棺論定，李登輝、陳水扁、馬英九的當下功過吧？或者，其實只是單純在隱喩某種悲涼世途，諸如昨日你的山盟海誓，今日我的言不由衷，明日他的始亂終棄呢？

「喂，你還在線上嗎？可以馬上幫我搜尋一下，有誰知道，跟騙術有關的台灣紀事。還有，你還在媽祖廟的註生殿現場嗎？你昨晚提到的百鳥朝梅柱，我認爲其中的黑鳶和藍鵲，應該跟鳶精和黑白青姑有關。能不能趕快再幫我查探一下，這兩種台灣普遍留鳥，最後是停在某朝某代的某個位格上？」他聽到這老宅男，難得靈感閃現，或心血來潮的求援道。

鄉土作家口中所謂的你，前者當然指的是胡大仙，後者才是他。

「你一向自閉得很少上網，怎麼今天一開機就堵在我線上？」他奇怪問道。

「活該鄉土作家，就得像一條蚯蚓那樣，一天到晚躲在泥土裡嗎？」鄉土作家沒好氣的回答他：「你這個神鬼不忌，穿堂入室的窺探狂，連我老婆都知道防範你。怎不自己反問，是你無時無刻不搭在我線上，偷窺我們的七情六慾吧？」

「哈，土裡來，泥裡去。誰叫你將鄉土書寫視爲志業，我只好跟你至死方休了！」

胡大仙只花三秒鐘就從網際雲端查到，包括西元前十二世紀古希臘的「特洛伊：木馬屠城記」，西元三世紀中國三國時代諸葛亮的「空城計」，以及十七世紀初荷蘭人訛詐台南西拉雅族的「牛皮圈地」在內，四千多萬筆古今中外的國際欺騙案件；連同以「詐騙集團」爲關鍵字，發生於二十一世紀當今台灣社會的，八百多萬起集團性的民間欺詐報導。

「台灣人向來好騙、健忘、難教，總是無法借史爲鑑。好騙、健忘，是承襲自八成五平埔族，生性單純、善良、樂觀的壞血統；難教，是肇因於一成五漢人，凡事執拗、僵化，自以爲是的劣根性。」胡大仙附檔加密道：「這是我使用木馬程式，向某綠色文史學者偷來的研究資料，希望可幫助你了解，一般台灣人的共同遺傳基因。但請千萬別張揚出去，否則惹來竊取智慧財產權官司事小，因而導致兩造陣營的駭客圍攻，我網咖就得整個癱瘓掉了！」

「你的事就是我的事，我們正在老街拍攝三峽藍染連續劇，黑鳶和藍鵲的問題，我會就近迅速抽空再查。」他哥倆兒有志一同地，滿口應允了鄉土作家。清清喉嚨，故作遲鈍後，卻又不禁貓科費洛蒙劇烈發作，有禍同當、有福同享的詢問說：「不過，我懷疑，騙術和百鳥朝梅柱，黑鳶、藍鵲和鳶精、黑白青姑，究竟有啥關聯？你最好能凡就凡，能俗就俗，盡量避開容易被人非議的政治話題，好好寫出一部藍綠通吃的暢銷書。另外，胡大仙所謂荷蘭人的牛皮圈地，好像一語雙關，這到底又是怎麼回事？」

「這牛皮，荷蘭人不像中國人那樣，整張湊在嘴上吹，而是切開來用手拉的啦！」

一記似曾相識的腔嗓，此時適巧接上話題，原來鄉土作家線上，還搭湊著第四張嘴。他恍然聽出，此人就是那位典型下港囝仔，內蘊堅忍滄桑，外表酷似土芭樂的台南許君。

「嗯，吹牛皮、拉牛皮，這是因爲東西方文化不同，所造成使用方式的差異吧？」他學著7-11超商夥計口吻，趕緊欣喜寬慰的向他致意道：「歡迎光臨，幸會了。在深沉詭譎的山林古鎮，你這位上窮碧落下黃泉的神鬼行者，最後是如何，被老宅男給找到的呢？」

「其實不難，因爲就在可通盤俯瞰北二高車流不息的鳶山頂，擁有我們南來北往的共同鄉愁。尤其，那座高插入雲的無線電塔，無時不在傳遞著，我們千里牽扯的共同心事！」

「諒必，老宅男已經知會你了吧？那片山頭，還因一隻黑鳶被無的放矢而死，堅立了一方聊表歉意的飛鳶碑記，一只紙鳶被無端斷線而失，設置了一座取代鳶唳的和平銅鐘。」

「我都知道了，那是個本該不被任何人類獨佔，現在卻讓某支族群刻意封印之地。」

「還有，那塊遊客山盟海誓，寄志鷹揚的鳶嘴岩，那是天神留給黑鳶停棲的位子。」

「這位子，我也聽說過，並且親自攀登試飛過了。眞是託您之福，沾黑鳶之光哪！」

「莫客氣，這就是咱們三峽人，包括我、文史工作者，以及鄉土作家的待客之道！」

幾句禮貌性對話後，台南許君也清了清喉嚨，大有說來話長意味地，開始解釋「牛皮圈地」所寓，那場他們台南西拉雅族安平社人，曾經大上其當的歷史騙局。

西元一六二四年，荷蘭人被明朝官方與海盜鄭芝龍趕出澎湖後，一路往東逃至台江內海北線尾沙洲，建立「熱蘭遮城」。翌年，爲了方便日後長久性謀取當地資源，便派人帶著十五匹印度花布，登陸沙洲對岸的赤崁社，試圖向當地土著，換取一塊實地。

「十五匹花布，交換一塊地，這地只需一張牛皮，能圍住的大小便可。」

「很公平，老少無欺。十五匹花布，交換一塊牛皮地，我們非常樂意！」

許君一邊學著，當年也許是荷蘭商人花言巧語的口吻，也許是西方傳教士能言善道的嘴舌，懇求說著。一邊又學著，台灣三轉仔承傳西拉雅族，渾沌天智，純眞天性的高興道。

荷蘭人取出牛皮準備圍地，執行前置作業者，想必是他們船隊裡，最優秀的裁縫師。一張牛皮，竟然能被剪成一條精妙長線，拉開數里方圓，圍出一座「普羅民遮城」。

「阿立祖啊，這到底是怎麼回事，難道我們受騙了？」許君學著當場傻眼，最後扼腕認栽的先民，徒呼負負。又學著輕易得手的荷蘭人，笑得百味雜陳說：「感謝上帝，我們尊重你們也是一群好人類，請信守雙方承諾，誠實履行吧！——」

「原來如此！不過，還好發生這件騙案，演變出台灣第一次，正式接觸西方文明。」

「天公疼憨人啦。我們頂港人，還不是像這樣被騙大的，現在不是都還好好活著？」

胡大仙與他兩人，自覺有點鄉愿，有點事後觀點的安慰著台南許君，也安慰著自己。

以太極爲始，八卦爲端，有史實爲證，傳說爲憑。一件小小騙事，竟然可讓荷馬經緯成一部震古鑠今的希臘史詩，讓諸葛亮架構起一番三國鼎立的中國史局，讓台南人醞釀出一頁以啓初民的國際機遇；偶然與必然的交互作用，蝴蝶效應的漣漪現象，何其弔詭而宏大。

「但是，少年仔！總有一天，你們會發現，我改造這老廟的本意啦！」

由彼而此，自古而今，驀然使他連帶想起，李梅樹曾經向他說過的那句愧歉之語。

富麗堂皇，天地守默，莫非依千年唐山古制重建的祖師廟內，可能也隱藏有李梅樹礙於某種禁忌或某種監視，當年不敢公開，現在不便透露的某樁深沉騙事嗎？

這椿騙事，會不會就是開初朱雀鳥神所提議的，那對似乎完全跟歷史與宗教無關的「百鳥朝梅柱」？若然，難道「百鳥朝梅柱」上，果眞隱藏著騙過當代宗教固執者，騙過當朝政治監視者，類似二十世紀末期網友窮搜猛尋的，那件「達文西密碼」的「李梅樹心事」？

而有關鄉土作家交會台南許君後，最新出爐的兩行不明腹稿，對照於黑鳶的時空座標。天曉得，這傢伙即將如何演繹或怎般闡釋，黑鳶與藍鵲，所交相寄寓的朝代現象？

「黑鳶和藍鵲，最後應該都停在你自己心中吧？」

他最後是深恐牽涉其內地，把問題丟還鄉土作家。

演員，場務。都就位——

燈光，道具。都就緒——

那麼，清場啦。預備——

三，二，一。開麥拉——

臭老導演，今天有四段劇情在老街取景拍錄。其一是由櫻井先生飾演日本布商的分鏡，其二是義民營副統領翁景新開會完畢，最後一次走出興隆宮的身影；其三是日本治台階段，其四是國府領台時期，各自雷滾雲捲的兩組民間擁戴風潮。

臭老導演採取時光倒流，歷史倒溯的述事方式，串湊今天同地異戲的四場影音效果。

現場圍觀遊客，於是就在兩幅各由三峽國民學校、三峽公學校，所歸檔的舊照場景裡，首先看到兩組時空並置的對映街情，如下倥傯流閃而過：

民國三十年代末期。在國共內戰，「反攻大陸」的呼喊中，三峽人簇擁著領袖大照，揮攏著青天白日旗，吹著軍樂，敲著鑼鼓，走上老街矢志「殺朱拔毛」的宣誓遊行——

昭和十七年間。在太平洋戰爭，「大東亞共榮」的口號下，三峽人繫綁著必勝額巾，高舉著紅丸赤芒旗，扛著步槍，騎著布馬，走上老街狂賀「南洋降伏」的慶功華會——

宣誓遊行與慶功華會，都難免加入激昂音樂，以壯聲色。短短不到十年，一曲華語版蔣中正作詞、蕭而化作曲的「反共復國歌」才歇，另一闋日語版樋口晴雄譜就的「新加坡陷落歌」又起。三峽人的歷史戰歌，於是如斯響動在慘綠如黛的鳶山下：

打倒俄寇，反共產！消滅朱毛，殺漢奸！收復大陸，解救同胞，服從領袖，完成革命；三民主義實行，中華民國復興。中華復興，民國萬歲，中華民國，萬萬歲——

聽，新世紀的突進曲！忍耐着，多時忍耐着！十億民族，大亞細亞的精神，現在已經燃燒。詭計欺人的英美陣營，已被消滅。啊，啊，感動人心的這首祝捷之歌——

兩場街戲拍演過後，一名劇務模樣的傢伙，也許得自「懶人包」靈感，也許出於未雨綢繆設想。悄悄附在臭老導演耳邊，臨時提出一個既可撙節人力，又能升高劇緒的建議。

「我們可馬上利用原班人員，順勢多拍兩場鏡頭，將歷史張力和經濟效應，最少往前推進一百三十年，向後延伸八年。預計，前者只需另外租用兩套清朝官服，後者則滿街時尚遊客，都是我們的免費演員！」這傢伙突發奇想的說明道。

前推一百三十年，最佳人事似可落在首任台灣巡撫劉銘傳，在三角湧設立「撫墾分局」，在八張建置「三角湧腦局」，並委命北台首富林維源擔任幫辦大臣，總理蕃務及墾務；年代正好是清廷官商相權，賦官於紳，寓商於墾，林維源墾地遍佈三角湧的光緒中葉前期。

「後延八年，你指的是馬英九所謂的黃金八年吧？」見獵心喜的臭老導演，不禁又發揮某些想像力，暗自招來相關人員，竊竊一番計議。

「前者是史實，自當不具爭議；後者尚未發生，難保不惹來綠色鄉親的反對抗議。」

「三峽人，不是藍多於綠嗎？何況，經濟並不牽涉政治，我們更是只單純在拍戲。」

「三峽人意識型態，藍中摻有一層半透明綠，綠中混有一層半透明藍，色譜並不單一。這各自半透明之處，隨時隨地都會跳出一個向自己，或向別人嗆聲的六人公或司馬遷！」

「司馬遷，不就是那個連漢武帝都莫可奈何，寧願接受宮刑，也不妥協的太史令？」

「沒錯，多數三峽人是即便窮昏餓癟了，也寧願不在天理良心上，打折的死硬派。」

「這是最可貴的人性，但要卸除它並不難，只要我略施小計，保證一切順利進行。」

以上忠告與疑慮，最後是在另一名公關組員，鬼頭鬼腦「略施小計」後，獲得解決。

如此這般，三峽老街上，於是又另再匆促流轉而過，如下古今相仿的兩場對映街景：

光緒十二年（一八八六），在清廷「撫墾內山」的政策下，三角湧人恭聆劉銘傳佈達暨恭迎林維源履新，八音齊奏，陣頭盡出，列聚老街慶讚「國泰民安」的感恩畫面——

現階段，執政黨在台海兩區「也擱發」簽訂後，三峽人恭送陳雲林離去，恭盼中國大陸共產黨領導蒞臨，品碧螺春，嚐金牛角，遊踩老街預祝「兩岸雙贏」的窩心鏡頭——

也就這樣，百年千劫，一首古曲今唱的「百家春」南管才歇，另一首今腔古韻的「一笑泯恩仇」北管又起。三峽人的歷史命運，於是如斯輪迴在兀自緘默的鳶山下：

憶彼日大地錦繡，花草萬物皆獻媚，因啥事離鄉別親，兩地怨乖隔？說當年時局蜩螗，到如今五朝已過，同嘆三聲人間無情，二度又重生，倒讓一人獨佔百家春——想那時山河多嬌，你賊我漢難相容，爲哪樁成王敗寇，兄弟相鬩牆？看現在歷盡風霜，且擱置三代嫌隙，共圓兩岸中國好夢，一笑泯恩仇，管他雙手染滿千家血——

其實，該組員的略施小計，只是領著演員們象徵性的給媽祖勉強求了個「允杯」，藉以瞞過自己，瞞過三峽鬼神後，施以公關策略向在場觀眾開誠佈公說：「感謝媽祖婆諒解，這一切都不是眞的！這是劇本安排不是歷史操弄，這是角色扮演不是記憶錯置！」而最重要的關鍵是，他答應大家只要不帶國旗進場，只要願意聽從導演調度，任何人都可參加演出。

就這樣，配角比主角入戲，遊客比演員逼眞的代替三峽人，留下了這幕即興浮世繪。

其後，主戲上場，一片肅殺的興隆宮內，神情凝重地，跨出開完抗日會議的翁景新。

翁景新抬頭眺望一眼，有如潑撒著濃濃大菁染液，點綴著朵朵樟腦晶白的七月雲天，腳步不覺放慢了下來。成福翁姓以植菁起家，小暗坑翁姓以煉腦創業，湛藍的菁靛、雪白的樟腦，昨日曾經是翁姓族人最爲夢幻的兩項產物，今日卻成爲他最爲心痛的兩抹品色。

他有點猶豫，是否該多走兩步路，踅往街尾幾家老街坊，以及已經由腦局改制的「抽分館」，向那些長年好友打聲招呼，預爲道別。因爲，自從得知日軍登陸台灣，穩住台北城亂局以來，他總是隱隱感到這場變天，已經無力挽回；今日上街，恐怕是此生最後一次了。

會議上，依據消息靈通的陳有善簡報，在「台灣民主國」主要幹部唐景崧、邱逢甲、林維源等人，紛紛捲款逃離台灣後，惶惶失序的台北城，是在一群富商推派鹿港人辜顯榮爲代表，攜帶求救書奔赴基隆，敦請日軍進城維安的。富人有錢保命為重，寧為挾尾犬不做守土魂，商人買空賣空唯利是圖，寧為太平狗不當亂世民；兩者都是人性，自是無可厚非。但日月不捨輾轉春秋，天地無間更新歷史，眾多五代十世逃不了，老弱貧賤走不掉的草根百姓，又將如何度過往後的時空淘洗呢？

聽說，逃回廈門的林維源是以終生不再返台，不在祖國出仕的做法，規避日人對龐大家族及家產的朝代清算；那些「黠仔出嘴」的台北富商，是以不在求救書署名的方式，一邊留在台灣繼續牟取新朝利益，一邊預行避開，萬一舊朝復返的叛國報復。而「戇仔出身」的辜顯榮，寧冒生命安危，以及日後「漢奸」罵名，想必不會只是一時衝動的憨膽行為吧？

他想到的，辜顯榮也會想到的。從傳統價值觀念的反面角度看，遙遠的唐山臍帶既然已被剪斷，陳腐的漢族意識既然已被裂解，在「台灣民主國」的破滅希望中，另一種在地「生命共同體」的覺醒感悟，應該是有識之士的共同體認的。

痛定思痛下，見風轉舵、匍匐側進或絕然昂首而行，這是當前一般台灣人的三種抉擇。三種抉擇，途徑不多，前程卻千變萬化，翁景新思考過各種後果；他在其父翁儕寬，追隨翁添漂洋過海來台灣找尋夢土的七十年後，無奈於重又面臨，禍福再度轉折的重大岔口了。

假設，父親當初抉擇為對，那麼到底對在哪裡？為錯，那麼究竟錯在何處？此後，這條異族統治的不歸路，他又該將如何帶領這支龐大家族，忍辱前進？

另外，他萬分為難的思量過。他如今抉擇也是有對有錯，有是有非吧？那麼在這趟所謂「義不帝秦」的世途中，他又該將如何盡其在我，以功抵過，或以褒補貶呢？

既然，選擇留在台灣，守護這片先人墾殖的美好家園。那麼在形成「生命共同體」的基壤上，他也可以自我定位爲堂堂翁姓子弟，少數迥異於隨世淘洗的硬質成分吧？

他終於決定，這最後一趟的三角湧街之行，就不再空讓那些好友徒增唏噓，而改以眼神默致辭意了。然而，就在最後這麼一次投眼間，他眉頭一蹙、心頭一怒，眼尾似乎瞥見一對東瀛夫婦，正站在「陳恒芳染坊」、「元芳號染房」或「林元吉染房」的亭仔腳，十分閒適而此事與我無關地，觀賞著碾布工來回踩滾砑石的有趣動作；慘烈的抗戰即將開打，他們當然不是貪婪可憎的日本官員，而是記憶裡去年八月，曾經同桌共宴的一對日本布商伉儷。

他非常矛盾，也非常困惑。爲何自己走踏海內外數十年來，不改厚道本色的良善心境，竟在現下，就那麼讓一紙不是自己決定的「馬關條約」，整個翻轉而怒火中燒起來啦？

他回身最後一次跪拜媽祖婆，又快步走至祖師廟前，最後一次跪拜祖師公。

「天地呀，這一切到底是什麼人，在操弄著我們呢？」

「神佛呀，這一切究竟是哪雙手，在挑撥著大家啊？」

他連聲何其虔誠，卻更又何其無助的質疑著，仰問著。

然後，趕抵宰樞廟碼頭，匆匆登上渡筏，疾返小暗坑。

久久，不知爲什麼，拍片空檔，被林主任陪同站在「三角湧藍染工坊」前，臨場補強藍染情境的櫻井先生，總覺得好像有誰，一直盯著他身後瞧。

對方那種時熱時冷，時喜時慍，且歡且悲，且信且疑的眼神光度，盯視得直讓他如芒在背，百味雜陳而難以自適。爲什麼會有這種感覺，可能是一名歷史形像總被刻意醜化的殖民國後代，因爲身上所承擔的負面觀感，必然產生的心理反應嗎？

除了這層心理自覺之外，櫻井先生以爲，也可能是應著昨晚櫻井夫人的請求，剛才受到林主任請託離去的陳老師，又重返現場；正睜大著，那對透出「馬關條約」、「抗日戰役」的雙重怒眼，兀自在潛意識裡，朝他狠狠注視所致。

但經過數次轉頭暗覷，他並未發現重返現場的陳老師。反而看見，這條仿「巴洛克式」建築的大街上，他正在客串演出一段連續劇。已經被場務人員，加以簡單復舊的幾家相關染坊，文市（零售）、武市（批發）兼營的舊招牌下，布商形形色色，布販來來往往；中國閩南式的老亭仔腳前，漂布工進進出出，碾布工忙忙碌碌的繁絡景象。

這段戲，包括在地布販、外地布商、染坊員工在內，都是街頭戲台的臨時演員。彼此最大不同的是，他自覺於曾經是殘殺過，鎮壓過三角湧人的日本人，所以理當罪疚在心，活該無法自在吧？那麼其他更多，曾經做過類似惡行的荷蘭人、西班牙人、明朝人、清朝人、中國人，又必須如何自處，或必須如何被三峽人看待呢？

他忍不住這樣自問著，也這樣懷疑著。

卡，卡，卡，卡——

卡，卡，卡，卡，卡——

「Mr. 櫻井，已經連吃五次 NG，您老人家沒問題吧？」兩對北大年輕男女外籍留學生，所客串飾演的英國、德國盤商夫婦，不禁善意關懷道。

「喔，抱歉，抱歉。眞是失態，失態，一輩子擔任公務員，這是第一次扮演布商啦！」被擬眞化粧術，還原到四十多歲的櫻井先生，滿臉罪過的說。

「注意，這是在演戲，任何前生今世，國籍人種，全都不必放在心上。所以，誰都沒殘殺過誰，沒鎮壓過誰，沒欺騙過誰，沒清算過誰。大家只是單純在幫三峽人，搬演三峽事，在幫台灣人，拍製台灣戲！」一記戲神田都元帥，或臭老導演的導戲聲，隨後權威的提醒著。

那麼，第六次重拍。各就各位——

五，四，三，二，一。開麥拉——

這段戲，櫻井夫婦在聽取藍染製程介紹，參觀一系列絞染、夾染、綁染、縫染的藍染產品後，一起偕同那兩對外國盤商，被安排前去參與包括鴉片、樟腦、茶葉、染布等，多家特種產業店主在內的，聯合採購歡宴。

上述「副劇情」，於是淡淡串場而過。「主劇情」則聚焦在，最致力於大菁染藝改良的「陳恒芳染坊」少主，陳種玉的個別續攤招待上。

個別續攤招待，席設染坊內廳，在場作陪的有陳小埤、翁景新、陳有善等，多位後來跟日本人反目爲敵，血腥相向的抗日志士。這是櫻井先生第二度注視，殺祖仇人陳小埤；也是直覺上，首次受到後來慘死在皇軍手中的，小暗坑翁景新的正面注視。

「難道，剛才老盯著我身後瞧的，就是這雙翁景新一百二十年前的矛盾眼光嗎？」三人六身，十二道眼光交閃而過。櫻井先生隱藏在戲服下的心情，不禁也是一陣矛盾的反問道：「那麼對換立場而言，陳小埤承受我眼光的心情，也是一番這種矛盾況味吧？」

席間，在幾名妖嬌藝伎彈唱助興下，櫻井先生難敵台灣式的輪番划拳敬酒，開始不勝酒力；不僅醉醺醺的摟抱著藝伎，向英俊的陳小埤爭風吃醋，還逞強的連飲帶吐起來。

「唉，唉，失禮喔，眞是失禮喔。今日，他喝得醜態畢露，吐得滿地都是！」

「莫怪他，吐得好，吐得妙。沒這酒醉一吐，哪來那藍彩飛揚的絕代風華？」

陳恒芳染坊少主，深得其父經商手法的陳種玉，叫人取出一匹自家研發的私房藍布，往櫻井夫人身上一掛；又請她旋身轉了兩轉，一幅光緒中葉東瀛版的「白臉青姑」圖，於是藍光瀲灩地，就在眾人眼前驚艷浮現。其後，陳種玉操著濃濃泉州腔，娓娓說起一則因爲「飲酒嘔吐」，卻意外造就另一樁「有心發藍藍無彩，無心建藍藍滿缸」的傳奇美事。

美麗貨品加上傳奇故事，當年的這次採購，當場博得賓主盡歡的最佳結局。

取過藍染布樣的櫻井夫婦，付過訂金，卸下戲服，洗盡鉛華。然後，跟隨著也是適時取來另一款藍染布樣，早已等在一旁的陳老師，行程緊湊得正待繼續踏向他們下一站而去。

「且慢，那是啥？莫非，你現在手上拿來的這款布樣，也是一種藍染製品嗎？」

因爲還有後戲要拍，戲服未卸，鉛華未洗的陳種玉，戲意十足的叫住了陳老師。

話說回來，原來剛才離開的陳老師，是臨時抽身尋找有誰可幫櫻井先生的么孫，染製那件「風の影」或「水の痕」的，藍染節紀念品而去的。讓一塊素布飛滿藍彩的方法，十九世紀後期以降的古鎮當地，早已家喻戶曉；但想在藍布上寫字或繪畫的最新技術，這倒是一項連陳種玉都不能想像的高難度創舉。

然而，陳老師終究還是幫櫻井夫婦找到了。此技研發者名叫蔡漢榮，蝸居在老街往新市區延伸過去的民生街內；聽陳老師轉述，他所使用的是一套透過「蠟染」媒材，跨領域結合書法、水墨畫概念，將經濟產物的傳統藍布，別開另一番心靈意境的獨門功夫。

「春風大雅能容物，秋水文章不染塵。」戲裡戲外的陳種玉，不覺喃喃吟出，浮漾在該布樣上的「拔染」行草，既朗誦，且稱讚道：「好，好，好！三角湧子弟，眞是後生可畏啊！」

悠悠然，從陳種玉到蔡漢榮，超過兩甲子的漫長歲月，一恍神匆匆流轉而過了。

眨眼間，胡大仙的網遊主機彼端，隨即又傳來一串跑馬字幕，及時提醒任何人，這是在演戲，也是在做夢，三峽人千萬不可沉溺其中；這是假的，也是眞的，這就是我們常言所謂的「戲夢人生」。

隨後，一組隱含自我標榜，自我催眠，自我暗示的置入式行銷，也同時招攬浮示道：

本套生命遊戲軟體內，設有隨心所欲的多重逆轉機制

想讓最快樂的影像歷久彌新，最歡愉的時光永遠停格

想讓不滿意的出身重新來過，不順遂的命運從頭開始

「旅狐」網際遊覽公司，就是您前生唯一的最佳選擇

「狐仙」網站俱樂版主，敬邀您今世無二的終極加入

他並未跟隨臨時起意的櫻井夫婦一行人，前去民生街體驗蔡漢榮的藍染新技；而選擇逗留老街，繼續浸沉在臭老導演，下一章劇本的「戲夢人生」現場。

因為，從櫻井夫人身上驚鴻一瞥的那幅「白臉青姑」畫面，從陳種玉那樁「有心發藍藍無彩，無心建藍藍滿缸」的故事裡，他似乎幽幽嗅得另一股「烏面青姑」的特殊氣息了。

下一場戲，臭老導演為了節省成本，空間、場物保持不變，時間則前移大約十年。這說長不長，說短不短的十年，加上櫻井先生自覺於翁景新，那對矛盾眼光的前清一百二十年，剛好將近該名劇務組員，所估算的一百三十年末段。

時序為夏秋之交，適值本地大菁盛採期，三角湧街面，呈現一片挑運菁葉的繁忙景象。

十幾年來，十五歲就承當起染坊重任有成的陳種玉，此日正坐在自家亭仔腳，邊點收菁葉，邊苦思某件長期困擾他的老問題。這老問題說大不大、說小不小，說重要不重要，說不重要卻已先後困擾過他祖孫三代，一直備受百思不得其解之苦了。

其難解處，就是凡經三角湧溪與土地公坑溪水漂洗過的染布，為何總是比井水或其他溪水所漂洗者，都來得鮮艷亮眼呢？這兩溪之水，難道隱藏著不為人知的，某種關鍵元素嗎？

另外，早已遐邇馳名，商譽甚至超越唐山老牌染號的「三角湧染」，雖然品質已經夠好了，但他總覺得那片「藍」，還藍得稍嫌沉悶，還藍得不夠飄逸。似乎，其中禁錮著一抹淡淡的「哀傷情愫」，以致彩度凝沉內斂有餘，風韻則卻輕盈外灩不足。

套一句常語比喻，這種感覺就像一件缺少釉光晶芒的鶯歌瓷胚素燒，其所展現的只是一張「大菁原草」的表層初顏，終究提顯不出那層「神祕藍靛」，原始該有的內蘊本色。到底必須，採取何種非常方法，透過何種非常手段，經歷何種非常過程，才能促使這抹「哀傷情愫」徹底釋放，激發這層「神祕藍靛」淋漓揮灑，好讓這片「藍」，藍得活靈活現呢？

這就是陳種玉遇到的專業瓶頸，也就是整整困擾過，他祖孫三代的問題所在了。

「嘿，三角湧最年輕的少年頭家，您在想啥事？連叫了好幾聲，都沒聽見啊。」忙碌中，一介挑工特意放大嗓門，卻更加放軟語氣地，喚醒陳種玉的恍惚回神。

難得忙完一天，這是最後一趟挑活，也是最後一擔菁葉了；從沉思裡猛然恍醒，陳種玉抬頭一看，此人正是家住頂街西郊中埔庄的王阿原。王阿原中壯年紀，天生一副橫粗體態，全身孔武有力，挑輕擔重一向搶在大家先頭，今日為何會故意落在收工前的此刻呢？

「唉，眞見笑，是這樣啦。因為想帶咱牽手去看病，還想順便幫這對雙生女兒剪塊布，幫那個小兒子打兩斤豬肉補身，幫那隻老狗買幾根豬骨磨牙。所以，想請您能行個方便啦！」王阿原好像有所請求的囁嚅著。

「喔，我知道，你是想提前支領月給吧？很好，難得你這麼關心家人和牲畜。」

陳種玉叫來掌櫃預付工資時，不覺特別朝向那三個總是靜靜站在廊柱後的母女，以及那隻早已不再打獵，顯得瘦巴巴的老狗看去。

「阿原叔，且等一下。你們四位，請隨我進來；——」

給過工資，當他張眼驚鴻一瞥時，內心一震，趕緊叫住轉身就要離開的王阿原。

「秦師傅，詹師傅，上回試染的藍布完成了吧？請拿出來，讓我們比較看看！」

陳種玉帶著王阿原四人，門庭幽深的穿過店面，穿過中庭往後院走，一邊喊著。

後院煙霧蒸騰的染場內，十幾名打赤膊的煮布工、製藍工、泡染工、碾布工與繃布工，各司其職的忙得不可開交。尤其，面臨菁葉採收季的那些製藍工、泡染工，往往都因菁液久置便報廢成藍泥的時效性，更加必須焦頭爛額的跟時間比賽，個個無不早已忙到日夜顛倒，邊恍神做活，邊瞇眼打盹了。

秦師傅，詹師傅，各是製藍部與泡染部的領班工頭。陳種玉所說的試染藍布，便是三天前，特別吩咐他們，額外趕工加製的實驗品。

「你交待的那幾疋布都泡染過，漂洗過，也曝晒過了，現在只差還未碾平啦。」

「沒關係，我們要緊的不是浮在布面的平滑度，而是藏在布內的那份藍彩啦。」

陳種玉接過，也是還未捲上木軸的其中三疋布。立刻迫不及待地，便分別拿往王阿原的牽手，以及一對雙生女兒身上掛去；然後，一再前看後看，左看右看的仔細審度起來。

最後，他終究還是大失所望地，長長嘆出一口氣。

「少年頭家，這藍布還是不滿意嗎？已經改進十幾次了，這次問題又出在哪裡呢？」

「一定是阿宏、阿志兩兄弟，又帶著黃飛那個小鬼頭，邊泡染邊啄龜（打盹）啦。」

「嘿，若不是看在兩兄弟跟頭家，同姓同宗的情面上，我早就將他們掃地出門囉。」

「喔，千萬莫責怪阿宏和阿志。問題是出在我自己的配方上，我應該更加努力啦！」

其實，這些布，這片藍，穿在細皮白肉的艋舺小姐身上，是已經夠好看了。但陳種玉還是不滿意，他希望膚色較黑的海山、桃園、竹塹的農家姑嫂，甚至膚色更黑的諸羅山、台南等地的所有婆媳們，都可因此布在身而衣影泛彩，此藍在身而風姿流麗。

王阿原的牽手，黑膚深目，看來像是個泰雅人。那對女兒，比陳種玉小了十幾歲，雖然外貌難分彼此，卻有一個皮膚較黑、眼皮外雙，一個皮膚較白、眼皮內雙的差別。

剛才，他再三審度的，除了三人不同一般漢人的身相以外，特別還端詳了，那種一家三女、一布三衣，既互屬又互異、既相遠又相近，一系列漸成排開的姿態與風韻。他想像著，也同時渴盼著，急於一睹她們各自穿上這片藍的三聯作，以及他此後的改進之道。

「很好，那就麻煩兩位師傅，速將此布壓平碾滑後，交給阿原叔帶回家。」陳種玉且慎重囑咐著，且早知王阿原嗜酒底細的，正經要求道：「阿原叔，錢您領了，布您也拿了！請記住，半個月後，我要看見她們母女三人，一起穿著這套藍染新衣上街喔！」

「嘻，少年頭家，您放心，您放心啦！這種錢，我絕對不敢拿去喝酒啦！」王阿原嬉皮笑臉，卻是喜出望外的回答說。

陳宏、陳志是八張人，王阿原每天都會往還路過他們家埕尾，因而互相很熟識。於是，趁著秦、詹兩位工頭送布砑碾的空檔，他便踱過去，向兩兄弟打聲招呼。

「伊娘，這詹師傅眞不夠意思，好事都往自己身上攬，壞事盡向別人頭上推。」

「幹，那秦師傅更不是個好東西，不是叱，就是譙，從無一句好話。若不是咱們阿爸、阿母死前說過，要呑忍、要呑忍、要呑忍，我眞想一刀砍死他。」

染塘畔，陳宏日以繼夜的浸菁、打藍，陳志夜以繼日的泡布、翻布。爲了避免不知不覺打瞌睡，兩兄弟終於找到兩名工頭不在的機會，開始藉著罵人來提神。

「對，要呑忍、要呑忍、要呑忍，誰家床下沒藏著那把番刀，誰家阿爸、阿母沒說過這種話？但你們要想想，兩位師傅是啥來頭？」王阿原打哈哈地，適時接上他們話題說：「砍死了兩個老歲仔，就算躲得過漢人官差的逮捕，也逃不掉鱸鰻秦仔和詹戇番的追殺吧？」

「阿原叔，您尪某無事不登三寶殿，今日是帶著兩個美麗女兒，來讓我們頭家相親娶二房吧？」兩兄弟看見有人走近，趕緊閉嘴噤聲，等到擦乾汗水看清來者，立刻放心道。

「愛說笑，我家阿烏、阿紫，哪有這份福氣？能嫁給你們兄弟，我就很安慰了。」

兩兄弟放心的原因是，王阿原大咧咧的粗佬一個，並不像其他工人狗眼看人低。此外，他個性很隨和，爲人很風趣，隨時隨地，總愛說些小諢語、小笑話，逗弄大家苦中作樂。

「說到鱸鰻秦仔和詹戇番，您在去年，不是也受過他們很大的羞辱嗎？」

「去年，你們是說大鬍子馬偕牧師，第二次來三角湧傳道，那件事吧？」

「那件事，若不是這兩個浮浪貢仔帶頭起哄，慫恿那個林姓礁溪人，丟下第一塊石頭，馬偕牧師就不會被街民圍毆。您也就不會因爲幫他說話，連人帶狗，一起被罵被打啦！」

「聽說，他們罵您忘掉祖先，不拜祖師公，甘願認洋上帝做天父。但您剛才說，您家床下也藏有一把番刀吧？阿原叔，莫非您並不是漢人，原本不姓王嗎？」

「哈，那件不快樂的往事，我早就交給土地公坑溪，讓洪水沖走了。蒙主福報，好在那天發生這件事，當我趁亂將馬偕牧師帶回鳶山躲藏時，剛好我老爸牙病又發作。這位大鬍子二話不說，拿出揹袋的鉗子一使力，老人家兩顆愛作怪的老門牙，就這樣永遠解決了！」

王阿原事過境遷的回憶著。他那副凡事總往好處想的樂天個性，也不管眞假如何，立刻引得兩兄弟又是一陣放鬆，一陣趣笑，漫長日夜打拚的疲勞，難得消除了不少。

未幾，秦、詹師傅抱著藍布轉返了。兩兄弟見神見鬼般，趕緊打住話題。

「記住，今晚我請你們喝酒，咱們無醉不歸，一定要喝到忘掉滿肚子恩怨喔。」王阿原順利預領了工資，又平白得到了新藍布，笑咪咪扮個鬼臉，悄悄有福同享的告訴兩兄弟。

嗜酒如命，往往喝到爛醉，躺在三角湧街頭打鼾，正是王阿原人盡皆知的底細。

晚餐後，染坊員工紛紛收工回家，只留下一夥製藍工、泡染工，繼續加班趕活。

夜色下，王阿原果然提著一包滷味、三矸渾酒，翻過後院圍牆，摸進染塘來了。

昏黃的煤油燈前，火灶餘燼猶溫，菁液腥氣轉濃。兩兄弟趕工重要，不敢多飲，起先只是一邊手上忙著，一邊抽空淺酌兩口；一邊嘴裡，仍然有所保留地，跟王阿原說話解鬱。

後來，酒勁漸強，睏意漸增，索性便停下工作，坐在菁絪上，半睡半醒的聊談開去。

「歹勢，剛才沒說，這酒是我家自釀的米酒頭仔，後勁很猛，恐怕會耽誤你們喔。」

「喔，米酒頭仔，說出來怕漢人取笑吧？這酒，我阿公和老爸也偷釀過，偷喝過。」

「阿原叔，今晚，我就坦白跟您說了。其實，我們不姓陳，也不是眞正漢人；咱祖上，因爲陳是最大姓，族神最靈，族人最多，這才隱瞞祖籍躲來找庇護，希望平安過日的。」

「喔，你們祖上，不會是古早漢人墾民，好幾次在柑園爭地相殺時，被漳州人趕去鶯歌的，客家人和龜崙社的混種仔，還是被泉州人趕去桃仔園的，漳州人和霄裡社的混種仔吧？彼時，我祖上也改姓蕭，那是因爲蕭是霄裡社最大姓，最不會被欺負啦。」

「蕭？您祖上，不會是桃仔園八塊厝大頭目，蕭瑞雲的親族吧？喔，眞是失敬！」

「那早已是前朝往事，我祖上後來爲了歸附漢人，又怕被笑是番仔，只好又改這不大不小的王姓，眞是慚愧啦。唉，喝酒，喝酒，怎麼沒酒囉？明明記得，不是帶來好幾矸嗎？」

對三個常年勞動的粗漢而言，王阿原攜來的三矸渾酒，只能算是小飲而已。王阿原酒脾才開的嚷著酒，兩兄弟也意猶未盡的找著酒。

「噓，莫急，酒不就送來了！」菁腥氤氳中，一對藍衣女子，笑吟吟提酒來了。一對藍衣女子，兩兄弟看成那是穿上新衣的王家雙生女兒，王阿原當作這是染坊頭家的新眷或新婢，揉揉眼睛，伸手接酒。「今晚，兩兄弟辛苦了！百年難逢的關鍵時刻，你們三人就盡情喝酒，喝個一醉解千愁吧！」藍衣女子，一個白臉、一個烏面，說話聲前後相應，似乎發自兩張嘴，又好像出自同顆心。

「喔，那我們就不客氣了。喔，喝吧，少年頭家真是大好人，好人一定有好報！」

「喔，可不是？好人，好人，若不是看在這份情義上，我們早就跳槽換頭家啦！」

「喔，不可跳槽，不能恩將仇報，我們阿爸、阿母這麼說，算命的大郎先仔也這麼說。喔，這麼一來，我們只好一刀砍死，姓秦和姓詹的那兩個工頭囉！」

「喔，喔，不可，你們萬萬不可。我們一定要吞忍，一定要吞忍呀；——」

「喔，喔，那麼就讓一切委曲和辛酸，全都吐給那條土地公坑溪吧；——」

遠遠，他們聽到另一個夜勞者，一隻暗光鳥似的豆花勇仔，又挑著他的涼點擔子，幽幽喊過三角湧街角而來了。涼喔，涼喔，涼豆花喔，杏仁口味的涼豆花喔；——

「喔，喔，勇哥，那就給我們來三碗，透心涼的杏仁豆花啦；——」

「喔，喔，一擔擔豆花，一塘塘菁汁，一天天的勞苦打拚啊；——」

「喔，喔，這囝仔是誰？可憐，也給他來碗透心涼的豆花啦；——」

「噢，喔，他是黃鳶的兒子。他正在長大，好好讓他睡覺吧；——」

「噢，喔，黃鳶？這黃鳶沒有見過，卻有聽過，他又是誰呢；——」

「黃鳶，就是鳶山南峰相思樹林裡，那個不拜媽祖婆，不拜祖師公，不拜上帝公。自家窩在獅頭巖下，只拜那尊呂仙祖，無事便跑到鳶山頂放風箏的燒炭工啦；——」

此晚，王阿原與兩兄弟且飲且訴，醉看著躺在菁綑上，睡得像小死豬的童工黃飛。一邊，從人聊到神，從豆花勇仔聊到黃鳶，從三代卑賤聊到何年何日，才能轉運翻身的自己。徹夜，終致聊到揪胃作嘔，恨不得伏在染塘前，全將滿腹鬱悴，吐個一乾二淨。

天未大亮，公雞三度報曉，一陣催過一陣，一聲催過一聲，終於猛然催醒兩兄弟。不知爲何，今早雞啼，聽來顯得格外嘹亮，就像事先預報著，某件大事正將發生。兩兄弟睜開眼睛，這才惺忪發現，昨晚兩人竟然都趴在染塘邊，睡了個成人以來，從未有過的大好覺。然後，拍拍頭額，也這才驚覺，昨晚的穡頭，竟然就這樣給嚴重耽誤了。

「喔，慘，慘，慘，三個慘連做夥。捲舖蓋走路不說，咱們哪賠得起這筆損失？」

「喔，難怪這幾日，我一連踩到臭狗屎。原來，就是會讓阿原叔，請喝這頓酒！」

剎時，兩兄弟睡意全消，哥哥火速跌跌撞撞的去打藍，弟弟趕緊踉踉蹌蹌的去提布。染塘裡，早已沉澱大半的藍泥上，凌亂浮盪著，幾撮莫名其妙的濁白泡沫；也浮盪著，昨晚三人，滿腹鬱悴的嘔吐物。哥哥陳宏閉上眼睛，不敢看，只顧痛定思痛的掄起打藍棒，使勁攪拌；心想，現在也只能死馬當作活馬醫，盡量攪散這塘藍泥了。

「阿兄，你莫再只顧攪藍了。你趕緊過來看看，這到底發生啥事？」弟弟陳志扛來幾疋素布，不知其然，卻大吃一驚地，突然呼叫起來。陳宏鼓起勇氣，張眼再瞧，想不到整塘藍泥，都瞬間還原化開來了。

後院染坊前進，以一道內牆相隔的陳府中庭，隱隱傳來咿呀開門聲。兩兄弟心裡一慌，瞭解陳種玉素有早起巡坊習慣，料定此刻起床開門的，應該是這位奮發有為，勤勞持家的少年頭家。不過，昨晚的酒醉誤事，若是事先讓他親自知道，倒是總比挨過工頭一頓臭罵後，再添話轉告，還來得讓他們心服口服，甚至被諒解有望。

憾事已成，只有誠實面對，兩兄弟於今之計，也只能盡力補救了。於是，同心協力，趕忙將素布，逐一泡進染液裡；同時，內心拿捏著，待會要怎麼開口認錯求情。

「早啊，阿宏，阿志，你們辛苦囉！——」

「早啊，頭家。昨晚，我們，我們；——」

開門者，果然正是陳種玉，抹著睡臉，打著呵欠，緩緩走過來。

「昨晚，我整夜難睡，苦苦思考著，如何改良染劑。也苦苦思考著，怎樣回收藍泥再利用，好讓染坊降低成本，員工減輕勞力。」

「喔，種玉兄，您眞是個有心人。但是，歹勢啦，昨晚，昨晚；——」

「喔，昨晚，我們和阿原叔是躲在染塘邊，偷偷喝了點小酒啦；——」

「昨晚，我聽到後院有異狀，於是跑來看究竟，我沒看見阿原叔，只看到你們和黃飛都累到睡倒了。看著你們呼呼大睡的樣子，倒是引起我自己濃濃的睡意，回房一躺下，竟然也馬上睡著了。並且，一睡到現在，還作了一個奇怪好夢呢！」陳種玉似乎並不為意，反而高興而好奇地，特別追問道：「阿宏，阿志，你們坦白告訴我，昨晚深夜提著兩罈酒，直直從亭仔腳穿過大廳，走向後院的那對藍衣姑娘，到底是誰？還有，那兩罈酒又是哪種酒？」

「喔，喔，您全都知道囉？飲酒誤事，我們願意受罰，但跟那兩個姑娘無關啦。」

「阿宏，阿志，我們都姓陳，都是三角湧人；我陳種玉保證，今日陳恒芳有一口湯喝，你們就有一口湯喝，明日陳恒芳染坊有一碗飯吃，你們就有一碗飯吃。你們但請直說無妨，不必擔心。因為，我夢見她們身上，所穿的那種衣色，正是我廢寢忘食的那片藍！」

少年頭家陳種玉，甩甩終於睡個好覺的頭殼，睜大充滿期盼的眼睛，開始四下察看。陳種玉為人寬厚，事必親躬，兩兄弟既然人情有顧慮，他也就只好親自盡力尋找了。

這對姑娘，一白一黑，無論身形或體態，初看之下，都很像披上那疋新布的王家雙生女兒。但他理性的以為，她們絕對不是，總跟漢人保持一段距離的那對姊妹；更絕對不是，自己府上添配的新眷或新婢。他相信，這對女子既然可以自如來去，入夢相示，當屬上天特意派來的神差鬼使，只待時機一到，便會出夢相見；否則，就是他用心不夠，福分太薄了。

他冷靜俯視著，疑因攪拌過兩兄弟嘔吐物，竟然泛現黃褐色污斑的滿池素布；冷靜繞過緊張得滿臉一陣青、一陣白的兩兄弟，終於在堆積如山的菁綑之間，找到了兩隻大鳳蝶。兩隻大鳳蝶，早已奄奄一息，想是昨日不小心，挾在菁料裡，被工人從山上挑下給壓傷的。

兩隻大鳳蝶，顫抖著兩對一式的長觸鬚，搧動著兩組一款的大翅膀；兩組翅膀合上時，前翼黑中藏褐，搧開時後翼則格外鮮明地，衍染出一片奇妙薄藍。陳種玉捧起大鳳蝶，如獲至寶的就著曙光一照，這片比「藍」稍亮、比「青」略輕之外，又再淡淡勻入一層乳白的奇妙薄藍，突然直讓他恍若乍見神女天衣般，迎面瀲灩一閃。

他發出一聲驚叫，並直覺這驚叫聲，也因爲反映著這片薄藍，而顯得十分輕盈響亮。

驚叫過後，他轉頭看見，原本注視著染塘發呆的兩兄弟，突然也像有所發現，第二次大吃一驚地，伸手由立姿改爲蹲姿的撈起一疋泡染布。濕漉漉，沾滿浮沫的這疋泡染布，倏忽就在眞實人間裡——就在主僕三人六眼的見證下，逐漸從剛才所見的黃褐色，緩緩轉變爲一片有如大鳳蝶附靈幻化，傳統三角湧人前所未見的「三角湧藍」了。

想不到「有心發藍藍無彩」，藍泥攪進豆花胃汁與酒液，竟然可以「無心建藍藍滿缸」。並且，經由藍泥還原泡染的藍布，竟然可以藍到這麼表裡通透，藍到如此內瀲外灩。

「媽祖婆保佑，我陳家的三代理想，我生命中的夢幻顏色，就是這片藍了！」

「祖師公保佑，我們兄弟出運囉。三角湧人，不必趕時趕陣的浸菁打藍囉！」

「呂仙祖保佑，我終於有空閒，追著阿爸放風箏啦。看哪，風箏飛上天啦！」

陳種玉與兩兄弟，喜極相擁而泣，猶自甜睡的黃飛翻個身後，更是頻頻夢囈而呼。

奄奄一息的大鳳蝶，終究搧動最後一次藍翼而死。三角湧染布街上，跨越同治、光緒的燦爛風光，並又烏龍擺尾，延伸至日治明治、大正的百年風華，自此於是邁入了全盛期。

何謂「三角湧藍」呢？

這是當年染坊、布商、庶民，三位一體的單純布色名詞。

事實上，也只是以唐山漢人的人神合一，厚德載福的三角湧觀點，所共同架構的一種人文價值，所共同渲染的一層生命底色。

然而，一百五十年後，這片「三角湧藍」顯然已經摻進，其他不同屬性的複雜色素了。依據自然生態保育者、地方文史工作者，地方派系觀察者、政黨色譜分析者，以及市井清談者的綜合看法。此「藍」應該就是一層藍中有綠，青中有白，卻又不青不白——總是浮閃著，一層現代「三峽哀愁」地，只要略加辨視，便可微微被肉眼看穿的「半透明藍」。

但基調上，此「藍」還是藍，偏綠偏青偏白比例，卻可因人因事而異，因時因地而變。

第十五章
風中願景

如此世途，日夜奔波，終身打拚。您累了嗎？
那麼就請「奉茶」。暫歇一下——
綠色執政八年的台灣朝野惡鬥，您痛心了嗎？
藍色復權八年的國家政策偏傾，您錯亂了嗎？
那麼就請「奉石」。稍喘片刻——

所謂「奉石」，指的並非早年三角湧人，對待異教徒馬偕牧師的以「石」侍奉。而是當今年代，一種順應時運而起，類似職能性「心理治療」的，另類街頭服務。

不知何時開始，嗅覺敏銳的古鎮聰明小販，悄悄在「中山公園」與「三峽第一公墓」交界的鳶山下，開始擺起這種賺取「時代傷痛」的路邊攤位。

一輛中古「發財仔」車，一車鶯歌「滯銷磁器」，一塊也許是從鳶山麓或大漢溪底搬來的「老頑石」；只要區區花個新台幣五十元，選購一件「滯銷瓷器」，你便可將內心最痛恨的某些人，生命最痛苦的某些事，寫在台灣最精緻、世界最盛名的鶯歌瓷器上，就像王建民或陳偉殷投擲美國職業棒球那樣，以超高速度投向那塊「老頑石」，來個大家玉石俱碎。

「奉石」應聲破碎的，當然不是那塊頑石，也不是那些瓷器，而是你那顆鬱悴之心。

當剎那即逝的痛快發洩後，一般人當然並不在意，這小販究竟如何處理那堆滿目瘡痍，或遍地猙獰的流麗瓷器碎片。也當然並不在意，這塊承受世人多少喜怒哀樂，悲歡離合的老頑石，又即將如何沉重到壓垮那輛中古「發財仔」車。

至於，你這顆破碎的鬱悴之心呢？最好是你無辜遭逢時空不變，歷史轉軌的家人當中，還有個無怨無悔的慈母，或愛妻倚門相候；否則，那就只好自求多福，萬事小心了。

你要切記，生命就算如何不堪，也絕對不可密室燒炭，跳樓自殺，尋求解套。

你要切記，密室燒炭，或許舒服得，就像一段相思樹幹的悶燻成燼。跳樓自殺，或許也美妙得，就像一只童年風箏的斷線墜地；但這輩子，卻是僅此這麼一次。

你要切記，你擁有一大片取之不盡，用之不竭的相思樹林；你握有無數條逆風扶搖，困境奮進的情志絲線。所以，你絕對不是相思樹幹，也絕對不是斷線風箏。

你，其實就是一名燒炭工，一名風箏操縱員——

你，其實就是一位控火人，一位命運自宰者——

「奉石」。一次次的，投擲心事——

吭啷夸啦。一回回的，玉石俱碎——

此處就是當年因爲改建「三峽公園」爲「中山公園」，曾經被特意遺忘一座日軍「表忠碑」；後來，更因爲市鎮綠化美化，被強行移走諸多三峽人祖墳的鳶山東側。

是誰在不知不覺中，鯨吞蠶食了我們情志，處心積慮抹除了我們記憶？

他苦等不到豆花勇仔的涼點擔子，於是認定這憨佬若非被誰惡整，弄亂了時刻，便是他自己被誰惡搞，挪走了座標。不得不，只好臨時改變飲食口味，改向一名聲稱老遠來自秀姑巒溪的水果販子，挑選了一片紅如心口滴血的花蓮西瓜，聊以消暑解渴，以便繼續趕路。

他趁著，一邊聆聽鶯歌瓷器撞碎聲，一邊品嘗花蓮西瓜甜汁的空檔，向那位風箏創作家叩了一通電話。這次，好在對方手機開著，鳶唳鈴聲大叫過後，他接聽了。

「嗨，少年仔。如果我沒記錯，你應該姓黃吧？」

「沒錯，我姓黃。但是，你是誰，我們認識嗎？」

「我是誰不重要，你先聽我說。你黃家府上，信奉呂洞賓吧？」

「也沒錯，我家主祀呂仙祖，我從小就獻給呂仙祖做契子啦。」

「呂洞賓是個天地大玩仙，喜歡雲遊四海，難怪你有樣學樣，總是搭飛機四處跑。」

「嗯，感恩啦。承蒙仙祖和祖宗保佑，我是有幸受到國際邀請，順便各地玩玩啦。」

「聽說，你從小就超愛玩風箏，常常追在你老爸身後，一起跑上鳶山放風箏是嗎？」

「喔，那是我哥哥和姊姊他們。我嘛，是追隨在幾位兄姊背後，才學會放風箏的。」

「看哪，風箏飛上天啦！小時候，你想必時常這樣說夢話吧？還有，你第一次放風箏，是一隻雙翅彩繪著，那種三角湧藍的大鳳蝶是嗎？」

「玩風箏，夢見風箏能像老鷹一樣飛上天，那確實是在所難免。不過，我第一隻風箏，其實是一隻菱形的小黑鳶；玩大型的彩蝶風箏，那是長大後，稍有審美觀的大學時代。」

「無論如何，你最後就是發揮天賦才情，讓各種風箏都能像老鷹那樣，一飛沖天！曾經有人說過，一代子孫的功成名就，至少必須經過祖宗三代的夢想涵化。那麼，請問你這位古老山城的現代風箏王子，你家族內，應該有兩位，名叫黃鳶和黃飛的祖先吧？」

「黃鳶和黃飛，他們是誰？抱歉，請原諒我不能半路認祖，我必須回國翻閱族譜，才能確定。」

但話說回來，你總不至於自認爲是黃鳶或黃飛，自稱是我的祖先吧？」

「他們是一對超愛玩風箏的奇特父子，黃鳶是鳶山下的燒炭工，黃飛是三峽老街的藍染學徒。昨天，我們同在〈藍彩飛揚〉年代，碰巧一起回魂甦醒了。我或許就是黃鳶或黃飛，或許不是，但卻好像似曾相識，互相有啥牽繫呢！」

「燒炭工和藍染學徒，都超愛玩風箏，這倒是一對很有趣的奇特父子。我學會放風箏以來，難免也曾經嘗試著在傳統材質之外，創新風箏各種色彩、造型和涵義；」無線電波倏忽流竄的彼端線上，風箏創作家經過一陣啞然失笑後，傳來滿懷好奇的反問說：「不過，你所謂彩繪在大鳳蝶風箏上的三角湧藍，我第一次聽到。這到底是一種什麼顏色？」

「這種三角湧藍，我私下又稱爲鳳蝶藍。在那個歷史衝撞，時空破碎的年代，應該是一種想借用大鳳蝶美麗而脆弱的雙翼，努力讓夢起飛，卻抹上另一層淡淡哀愁的顏色吧？這層淡淡哀愁，也許間接附加在，吾人情志、身世、族群、政治、經濟的困境內，也許直接包藏在，世人生命悲歡離合的本質裡。你不覺得，呂洞賓的天海遊蹤，你自己的國際旅次，一趟趟來去之間，不也往往都是染滿著，這種既歡悅又哀怨的感傷色彩嗎？」

他越想說清楚，卻越加陷入那層感傷地，憤然擲出一只、一片，或一隻手上的什麼。

他以爲擲出的是一只遺落的風箏，一片啃剩的西瓜皮，但其實是一隻鶯歌瓷豬撲滿。

「咦，你身邊，那是些什麼聲音？」

「噢，那是碎瓷撲滿的美麗憧憬。」

「不是，碎瓷聲我聽過！我童年就曾經打破過，總是看不到一條魚，或半塊肉的花瓷飯碗；

也使性子撞破過，呂仙祖總是插滿野薑花，或月桃花的青瓷供瓶。我說的是再稍遠些，那種如夢似囈，模模糊糊、細細碎碎的人語聲響，那是怎麼回事？」

「喔，那是台聯黨主席黃昆輝，那個理想不死的老男人，四度陪同中生代，最後一屆鎮民代表的陳白霞，正在擺攤懇請我們三峽人，連署反對也擱發（ECFA）的公投呼求啦。」

「嗯，雖然不知道你是誰？但身在海外，還能聽到台灣市井心聲，實在眞好。」風箏創作家也許有所顧慮，也許並非政治熱衷人士，緘然不再多說的關上手機。

下一場主戲開拍前，臭老導演邀集大家，模擬了四個〈藍光乍現〉後的可能情境。情境之一是，陳種玉在驚艷「鳳蝶藍」之餘，會不會愛上了王阿原那對雙生女兒？情境之二是，陳種玉夢中所見，那對神祕藍衣女子所提的兩罈酒，究竟是什麼酒？情境之三是，平埔族頭目後裔的王阿原，及其泰雅牽手的結合，到底是怎麼回事？情境之四是，王家女兒，如果嫁給平埔與客漳混血的兩兄弟，此後劇情怎麼發展？

時值午餐時分，他們仰視著聳矗六根古羅馬巨柱的鎮公所，行經一家「大呼過癮」的「臭臭鍋」店，拐進另一家「黑白切」的鵝肉館。選擇此館用餐的理由，主要是因為該處位於三岔口街角，恰好足以透過環繞鳶山東麓的，中山路與仁愛路形成的外環道三角窗，醞釀出一幅人來車往，勞碌人世、戲夢人生的偷閒況味。

然後，一夥人就在兩大碗嘉義粉蛤湯、彰化苦瓜湯，三大盤雲林鵝肉、新竹米粉、澎湖血蚶，以及半打台灣啤酒的醉意微醺下，一起陷入了那片「鳳蝶藍」惹來的情愁意境中。

他們模擬的結論是，青年俊彥陳種玉即便能放懷愛上，這種淡淡哀愁的「鳳蝶藍」，也絕對不能愛上，任何平埔族或泰雅族的番籍姑娘。否則，整個三角湧漢人主流價值，就會在頃刻間崩解，大大減弱了二十年後的整體抗日意志，進而降低「三角湧大焚街」、「火燒大厝間」的可能性。影響之深遠，變動之鉅大，甚至波及二十五年後，祖師廟、興隆宮的浴火重生，四十年後，達脇良太郎的街區改正；七十年後，祖師廟的三度重建，九十年後，李梅樹「百鳥朝梅柱」的深沉應世。

所以，戲裡、戲外，雙生姊妹，最有可能嫁給身世相仿的阿宏、阿志兩兄弟。並且，此後命運，必須是越曲折坎坷，越貼近命運共同體，才能越顯人性張力，越增悲劇效果。

至於，那對神祕藍衣女子所提的兩罈酒，最有可能的就是，王阿原家自釀自製的米酒頭仔；材料在粳米或粟米之外，其他諸如手法、水質、添加物，那就有待考證與演繹了。

關於「三角湧染」的風光於世，三角湧溪及其支流得天獨厚的特異水質，酒精、鹼液的被引用為藍泥還原劑，如今早已民智大開，原理大白。臭老導演於是最後整合眾議，決定就從「米酒頭仔」切入主戲，演繹一場王阿原祖上因何製酒，如何製酒的戲中戲。

根據通曉「番俗」的地方文史工作人員，提供相關看法，古早的平埔人、泰雅人，除了重大祭典、慶典、嫁娶之外，平時並不隨便喝酒的；近代以來，他們給人好酒、嗜酒、酗酒的負面形象，其實是起因於某些歷史情緒的世代累積，加上眼下工商社會的生活壓力所致。

那天，王阿原在跟兩兄弟痛飲米酒頭仔的半個月後，依約攜著穿上新衣的妻女們，上街回見陳種玉。「阿原叔，你實在有夠老實，竟然還惦記著我那句玩笑話！」陳種玉雖然這麼說著，眼光卻依然迫不及待地，趕緊朝向穿上新衣的母女三人看去。

然後，轉身直奔內房，捧出一疋早已備妥的「鳳蝶藍」成品，以及一只精緻木盒。他掀開木盒，已經不必藉由人身比對的閉上眼睛，開始左右對映，前後對照的想像了起來。他一陣子點頭，一陣子搖頭，表情頻頻變化，心思連連轉繞；終於，非常滿意，也非常遺憾地，又忍不住兀自長嘆了一聲。

王阿原好奇看向木盒，差點啞然失笑，這木盒裡珍藏的，竟然是一對死蝴蝶。

「阿原叔，你且莫笑我！困擾我家三代的，就是這種大鳳蝶身上的那片藍，現在終於幸運得到，我能不珍惜嗎？」蓋上木盒，陳種玉將最新完成的一疋藍布與一串錢，推至王阿原面前說：「這疋布，這片藍，已經達到無可挑剔的完美成色；我希望，這布料做成的第一套衣服，就由你家母女最先穿上。但在裁製前，請告訴裁縫師，最好能幫膚色最沉的王阿嬸綴上絳青滾邊，次沉的阿烏縫上橙黃袖幅，最淺的阿紫襯上桃紅襟裾，這樣就會更搭配！」

「少年頭家，感恩啦。說到這種大鳳蝶，咱們三角湧郊野，夏天一到就會到處飛舞，您要多少，我明日就可以幫您捉多少。我們土地公坑的山谷裡，還有一種藍得同樣美麗的藍鵲，拖著長長尾巴到處穿梭；府上若想養一對來觀賞，過幾天，我也可以幫您捉過來。」兩次受到贈布，今天更拿了人家裁縫錢，王阿原投桃報李的感謝道。

「阿原叔，多謝啦。活靈靈的蝴蝶和藍鵲，我們捉來關在籠子裡，豈不白白限制牠們的生命力？」陳種玉告訴王阿原：「倒是，能不能麻煩你，幫我說說，你家的米酒頭仔？」

「喔，我家的米酒頭仔嗎？這酒啊，摻合粳酒和粟酒兩種酒，它們是各自都有故事的。古早，在我們原住地的那片荒野上，包括大鳳蝶和藍鵲，一切讓人覺得美麗的東西，也是各自都有故事的。不過，說來話長，我要回去問過我家老大人，才能把故事說得完整啦！」

「很好，我們來日方長，那些故事，你可另日有空再談。我今天最主要的用意是，想預訂你家這種米酒頭仔！」陳種玉推出另一串買酒錢，前思後想了很久，最後決定忍痛割捨某件美麗心事，眼神浮上一抹「半透明哀愁」地，嗒然幫誰成全道：「還有，你認為阿宏、阿志兄弟，人品如何呢？坦白說，你們尪某的身分和家世，我們早有猜測和傳聞，只是藏在心底，一直沒說破。阿宏、阿志都姓陳，只要你不反對，我想大膽幫他們說媒。五年、十年、二十年後，你王家府上，就擁有一大群，三角湧最大姓的好外孫囉；——」

「少年頭家，感恩啦。那麼三日後，您就交待阿宏、阿志，前去我家拿酒和提親！」王阿原暗自遺憾的收下那筆買酒錢，明知陳種玉說媒是用來回報兩兄弟，買酒是用來回報他，以及還原大菁藍泥的。臨走前，仍然一本隨和風趣本性地，一語雙關的提醒陳種玉一句話：「少年頭家，這酒後勁很強，您千萬莫要喝多了，醉到半夜起床叱我，譙我喔；——」

深情頭家陳種玉，也暗自遺憾的苦笑了一下。當下決意，將心中那抹忍痛割捨的淒美哀愁，轉寄在那片「三角湧藍」的他，心思轉移而隱微一閃，突然起身跑兩步的追問道：「阿原叔，還有一件事。請問，你還記得，你們喝醉米酒頭仔那日的大菁，產地是哪裡嗎？」

「大旱那批，是從烏塗窟挑過來的，下晡從碼頭挑上岸那批，是從城仔進貨的。」

這已經是非常專業的細節問題。王阿原回答著，內心莫名其妙地，畫過一道疑問：

「嘿，染布上的那片藍，跟水質、米酒頭仔有關。莫非，也跟大菁產地有關嗎？」

烏塗窟，讓陳種玉想起了廣植大菁作物，企業化出口相關加工品的李三朋。城仔（後來之成福庄），讓陳種玉想起了善與在地住民打交道，全心致力，固守樟腦產業的翁景新。

姑且不論，大菁與產地有何關連。烏塗窟則讓王阿原想起了，一趟趟往還於大溪、八德交界，那條昔日霄裡社與三角躅之間的燒墾路；城仔更讓他想起了牽手娘家，一次次溯涉橫溪，從溪南山退向竹崙山、獅頭山的，那段泰雅族瓦烈、油蘇二社，屢受漢人墾擾的悲痛往事。

王阿原所稱的他家「老大人」，指的就是早在乾隆年代，祖上曾經追隨被官方賜姓的總頭目改姓「蕭」，嗣後私下恢復原姓「文」，最後又埋名改姓「王」的他老父，王阿諸。

說起他們原本居息的那片荒野，王阿諸不勝唏噓的揮手一比，幾乎涵蓋了土地公坑、大埔、十三天在內的廣大範圍。但在三代祖上蕭阿粟於嘉慶年間，將「犁舌尾」[6]最後一塊山埔，賣斷給林姓漢佃後，幾經中人抽佣所剩，已經只能回購鳶山下的幾畝熟田與厝宅。

那片荒野西接烏塗窟、娘子坑，是霄裡社平埔氏家歷代祖先，從桃仔園大嵙崁東出三角湧的傳統游耕領域。此領域向北以王公坑山，向東以湊角山，向南以錐子頭山，跟泰雅族的游獵山場爲界，彼此互不侵犯；三不五時，還會互通有無，交換日常所需。

平埔族與泰雅族之間，這種互不侵犯的友善現象，是事出有因，並非平白得來的。

相傳，泰雅族遷移自比插天山更高聳，比桃仔園更遙遠的大壩尖山以南之地。當他們一路沿著上游「塔克金溪」，來到中游「大姑陷溪」北岸的「巴科哈煙」（早期以某土著酋長之名命名，現稱「阿姆坪」）附近，不期遇上了霄裡社的遠祖；兩族語言可通，膚色相近，相談之下似曾相識，有如故舊重逢，甚至更似遠親重會。

兩支族人，自此相隔幾座山頭而居，並且常有往來，導致埋下了一名泰雅青年，愛上一名平埔少女的不幸禍端。青春男女眞心相愛，並非壞事；糟糕的是，雙方族俗不同，平埔族要求新郎必須入贅，泰雅族堅持新娘必須出嫁，事情因而變得十分棘手。

更糟糕的是，兩人早已愛到難分難捨，山盟海誓，暗通款曲的嚴重地步。女方兄弟，於是只好採取一刀兩斷的終極做法，悄悄在他們私會半途，動手暗殺了這名至情青年。

幾日後，青年屍體被部落獵人發現，泰雅頭目心知必是平埔人所爲，盛怒之下，立刻率眾攜械前往問罪。豈料，一干勇士火速趕抵「巴科哈煙」時，平埔族早已人去社空。

泰雅人鼓脹著滿腔悲憤，追殺著自知理虧不敢回擊的平埔人。從「大姑陷溪」追到「擺接溪」，從大嵙崁追到三角躙、土城、枋橋之後，平埔人突然全都躲得不見蹤影了。

「陰沉的平埔人啊，明明可以動口解決的問題，爲何搞到血腥相見呢？」

「你們好歹出來說句話啊！只要誠懇道歉，我們還是可以重修舊好的！」

泰雅人邊追邊喊，一路追到有兩條河交會的「港仔嘴」，這才氣消停步。

氣消停步的原因是，泰雅人抵達「港仔嘴」（今板橋江翠里），面對滔滔翻滾的淡水河水，驀然憑岸湧起時空流轉、人世流離的悠悠鄉愁時，一個臉上兩抹刺青隱約可見，自稱是平埔族百

---

6 三峽古地名，舊屬清治「十三添庄」，今畫入嘉添里；位於三峽溪、打鐵坑溪交會處，地形如犁舌尾端，故名之。其附近山麓，亦曾發現史前先民石器，名曰「犁舌尾遺址」。

代遺母的佝僂老婦，終於現身替平埔人說項求情了。

「孩子們回頭吧，再追殺下去就是大河口，也就是泰雅始祖，最忌諱的大海囉！」

「還有，切記脣亡齒寒，善待對方。因爲自古以來，兩族就是一對同命兄弟呀！」

老婦一邊勸止他們，一邊自我介紹說，這片廣闊土地，以前曾經是一座大湖；當湖水退向外海，湖面縮成一片平野，呈現兩條在此交會的大河時，北岸一支漁獵部族走下平野，遇見了另一支，從西岸涉河而來的農耕社群。初次碰面，雙方都難免深懷戒心，只從互贈禮物與以物易物，開始交往；直到那麼一天，悄悄出現第一對異族戀人，產生第一份異族戀情，不得不舉辦第一場異族婚禮後，兩部族人這才相鄰而居，建立起互信互愛的新聚落。

老婦說，當年這第一對異族戀人，第一份異族戀情，第一場異族婚禮的當事人，就是身爲漁獵部族長子的她「牽手」（平埔族夫妻之互稱），以及身爲農耕社群長女的她。婚後，她高興的接連生下一窩子女，但最後卻不幸而幸運地，只養活一對孿生兄弟。

這對兄弟逐漸長大成人，雖然彼此感情融洽，但性格天差地別。哥哥傾向母系血統，擅長燒墾耕植，喜愛平疇綠地；弟弟傾向父系遺傳，擅長弓矢狩獵，嚮往山林藍天。

兩兄弟各自或迎娶，或入贅了鍾愛的「牽手」，也各自擁有了志同道合的同輩族眾。兩幢家屋，兩夥年輕人，平時倒也都能同心協力，凡事總爲對方著想；直到那麼一天，弟弟終於向哥哥提出了，自行建立新部落的「分家」要求。

哥哥說，親愛的弟弟啊，只要你想過並決定了，那麼你就走吧；你需要什麼，你就取走什麼，但請你務必留下這對年邁的「老大人」，免得他們沿路飽受顛躓之苦，並且妨礙你的行程。弟弟說，親愛的哥哥啊，我已經想過與決定了，我一件也不取走家產，我只要你分享我「種粟」與「釀酒」的技術，容許我帶走些許「粟種」與「粟酒」；此外，你一定要善待這對年邁的「老大人」，直活到日月同壽、天荒地老，我最後帶著子孫，返回相見彼日。

弟弟拜別雙親與族老那天，家屋旁的石縫裡，一窩蜜蜂正在分巢，竹柵外的莿桐樹上，一家藍鵲正在列隊飛過。然後，一群意氣風發，另起爐灶的年輕傢伙，插著黑石刀，揹著黃藤簍，扛著赤陶甕，攜家帶眷的動身出發了。

他們越河向東轉南而去。在去年捕魚的沼澤，升起第一縷炊煙，在前年燒耕的丘陵，燃起第二縷錖煙；在大前年獵鹿的山谷，傳回第三縷狼煙，然後斷絕了任何訊息。

就這樣，當年分巢的蜜蜂家族，仍然還在部落前嗡嗡採蜜，列隊飛過的藍鵲家族，仍然還在莿桐樹上嘎嘎聒噪。身為母親的她，卻從此走丟了一對兒媳，走失了一支族人。

「泰雅人，你們一路北來，看過這些孩子嗎？或者，現在的你們，就是以前的他們？如果是，那麼其間發生了什麼事？」老婦無從辨別，但顯得既喜且悲說：「如果是，那麼弟弟終於踩著哥哥的恐慌，重返我身前了。因為，你們追殺的平埔人，正是哥哥的後代呀！」

「可憐的老人家，您走丟了一對兒媳，走失了一群族人，那是多少年前的往事呢？」

「年代已非寸思能及，世事已非寸心可憶，一個母親唯一掛念的，只是這份惦記。」

「老人家，我們歷代祖上相傳，泰雅族人源自高山巨石裂開所生，您的話可信嗎？」

「淵源已非神話能說，族親已非傳說可載。那就殺了我吧，母子鮮血，必能相鑒！」

「噢，不！泰雅族已遺失原初男祖，豈能再殺您這位百代遺母，我們到此為止了。」

老婦說法，泰雅頭目半信半疑，只能透過彼此臉上的類似刺青，旁加佐證。雖然答應，不再追究疑似千年血親的平埔族，但對始祖最忌諱的大海，卻興起了莫大的好奇與不服。

泰雅族從未有過，與大海接觸的相關傳述，原因何在？大海或大海彼端，難道隱隱牽繫著，泰雅人曾經深惡痛絕的悲傷往事嗎？否則，歷代祖先自有記憶以來，爲什麼竟然寧願認定是高山巨石所生，意圖徹底忘掉自己的海洋經驗，甚至忘掉彌足珍貴的源頭身世呢？

當族勇繼續從「港仔嘴」順流而下，抵達淡水河口時，老婦所謂的「大海」出現了。海灘，驀然隨著眼界兩側大幅拉開，形成一道巨水與大島之間，不斷互相撲迎的動盪長線。

遠遠近近，無盡灰藍的海天一色，無限延伸的動盪長線，無法目測的詭譎島岸。這就是泰雅始祖靈魂底層，不敢面對或不堪追憶的絕對傷痛嗎？

泰雅頭目深深感染著某種不安，惴惴然，重返「港仔嘴」向平埔老婦道別後，逕自撤回「大姑陷溪」右岸，溪沼魚蝦唾手可捕，林麓羌鹿彎弓可獲的環丘地帶停腳。暫時便跟重新以霄裡、龜崙、擺接、武嶗灣，四大社人面目露臉的平埔族，相鄰而處，友善互動。

經過一段探索及適應的泰雅族，有意在「三角躅」附近定居者，於是選在橫溪流域，建立了溪口北岸的瓦烈社，以及坪林地區的油蘇社；其他族人則深入內山，大豹溪、五寮溪流域，建立了金敏、大豹、有木、詩朗等十三社。諸社中，以柴埔山、溪南山、王公坑山，一帶淺丘爲活動範圍的油蘇社人，即是在獵場上跟霄裡社重疊，互爲毗連的一支。

某年夏末，一支霄裡社人，去時從礁溪啓程，經麻園、土地公坑、烏塗窟返回大溪，來時從大溪出發，經娘子坑、山員潭子、大埔進入三峽，一路採集迴墾至王公坑山南麓。他們擇定於三角湧溪、打鐵坑溪交會處的犁舌尾，安頓好一部分族人後，開始著手在土地公埔、菁礐埔、鹿窟尖山北麓一線，放燒第一把野火；以便將隱藏在十三天矮丘的大型獸物，驅至三角湧溪右岸據水獵捕，這是第一次小規模的社內圍獵。

其後，又涉過三角湧溪，來到舊稱「一塊大荒埔」的，今之「大埔」北端，將另一部份族人安頓在麻園山墺後，前往二鬮山南麓一線，放燒第二把野火，此為第二次小規模的社內圍獵。被先後兩次圍獵驚擾的山羌、花鹿、水鹿，餘存者眾，無不紛紛橫渡三角湧溪逃往東面王公坑山，或向下游遷向泰雅族所稱「三角躅」之地，擺接溪、三角湧溪、橫溪的廣闊沖積河埔躲避；以至，等到中秋舉行過「獵鹿祭」後，更有第三次大規模的社群圍獵。

屆時，西邊的霄裡社、西北邊的龜崙社，北邊的武嘮灣社、東北邊的擺接社，便會一起領著獵犬來到「三角躅」週緣，準備一年一度的集體大狩獵。大狩獵的方式，大抵為各自憑藉上述三溪天險「守株待兔」，三方趕鹿，一方獵鹿，相互輪流，各取所需；四社族人，誰也不爭先恐後，不趕盡殺絕，直到認為獵獲物已足夠或某方累了，便告停止。

相傳，這就是二百五十年前，在地平埔四社，享有永續「公共獵場」美譽的由來。

此日，被這支霄裡社頭目囑咐，留守犁舌尾燒墾區的長子文仔嗹，一時心血來潮。

時值第二次社內圍獵結束，正是等待舉辦「獵鹿祭」的空檔。他突然建議妹妹艾瑪，一起攜著短斧，揹著藤筐，出去採集用來浸泡祭酒的野薑花；於是，兩人帶著一隻從小養大的白獅犬，一邊人犬快樂追嬉，一邊走向跟泰雅族毗連的王公坑山北側。

每隔二至三年，便會受到一次燒墾洗禮的這片土地，不但草木長得茂盛，連帶開在溪畔的野薑花與活在溪裡的魚蝦，也都因為水土中某種成分的涵育，顯得格外芬芳與肥美。

清晨，太陽爬上白雞山頭了。哥哥在前，妹妹在後，沿著打鐵坑溪採向三角湧溪，他們背後，已經採得滿滿兩大筐野薑花；邊走邊唱歌時，竟然引來幾隻大鳳蝶的聞香追逐。

「野薑花的素白，大鳳蝶沉黑和浮藍的搭配構圖，花神和蝶神是不是想要告訴我，這就是一襲咱們霄裡社，第一英雄的最好衣色？」適值十五、六歲花樣年華，也是部落編織好手的艾瑪，瞧著哥哥英挺好看的背影，忍不住突發奇想說。

「我們霄裡社人，傳統以棉蔴原色為白，搗薯榔汁為褐、長瓜葉汁為綠，從九芎樹中取黑、蒲公英裡取黃，想採得這大鳳蝶身上的藍，簡直比剪下一塊天空還難。親愛的妹妹呀，謝謝妳的好意，妳還是把這襲夢中天衣，獻給未來的情郎吧！」哥哥戲謔的取笑道。

兩人爬上三角湧溪右岸，妹妹不甘被笑，追纏著轉往「礁溪」的哥哥跑去。

礁溪，就是「乾溪」之意，也就是王公坑山西稜尾丘下方，一條雨季成河，注入三角湧溪，平時枯涸成埔的「無水溪」。埔上多石，溪床卵礫遍佈，霄裡社人除了偶而前來狩獵之外，平常並不耕植；以致人跡罕至，野草恣長，倒是更加引來了，各種彩蝴翩翩飛舞其上。

「哎呀，好心的哥哥，你快來看看，我這腳怎麼啦？」遠遠，艾瑪發出一聲尖叫。

哥哥轉頭，看見妹妹有一隻腳，正陷入兩塊溪石中，動彈不得。這並不是什麼嚴重大事，霄裡社人平時走踏在荒埔野林，誰沒遇過類似的小意外？然而，當哥哥回身走近再看時，不禁也立刻跟著發出一記驚叫聲；因為，他赫然竟在溪石上，看到了一灘鮮紅血漬。

「哈，霄裡社最勇敢的大英雄，原來也有擔心害怕的時候嗎？」妹妹看見哥哥滿臉緊張，高興得強忍腳痛，反過來擠眼撇嘴的取笑他。

「看來，妳這吃不了苦的小母鹿，是須要有個專心伺候的好男人了！」文仔嗹使力搬開石頭，發現艾瑪只是擦傷或扭傷，不覺寬心而不服的又調侃了一句，同時暗自尋思起來。

這灘血，既然不是妹妹的，那是何人或何獸所流？又在何種情況下，所受的傷呢？

文仔嗹仔細觀察周遭，終於找到了其他血跡，凌亂滴過乾埔，滴向丘腳林麓而去。

一邊尋跡追蹤，一邊納悶尋思。他想著，這可能是一隻圍獵時，被射傷的山獸吧？

「哥哥，我很不舒服呀。這腳又腫又痛，我怎麼辦才好哪？」

灌木叢裡，文仔嗹聽到艾瑪以外的第二種聲音，這樣哭嚷著。

文仔嗹找向山麓，最後是在一處山壁轉角的獵徑此端，首先發現，一隻躺在另一灘血漬上的小花鹿；此鹿看來後臀舊傷未癒，舊血斑斑，前腿更再剛中一箭，新血汩汩，傷上加傷的苟延殘喘著。旋即，又抬頭發現，一個泰雅少女正蹲在花鹿前，一手持弓，一手撫腳，萬分難受的直喊痛；緊接著，他看向獵徑彼端，看見一名跟泰雅少女，以一條怒蛇相隔五、六步，正揮擺著山刀，急欲引蛇離開或伺機襲殺的泰雅青年，以及身後一條噤聲屏息，準備隨時撲身救主的黑土狗。

少女看似早已不幸被蛇咬到，側身警戒而坐。青年則頻頻主動作勢出擊，卻猶恐逼蛇反咬少女，導致毒上加毒，進退不得之間，既矛盾又緊迫地，已經跟蛇僵持一些時候。

時間快速流逝下，偏偏，這狹窄獵徑左面是高壁，右面是深溝；此蛇又是毒性最強，脾氣最壞，整片山野最為惡名昭彰的「飯匙倩」（眼鏡蛇）。雙方耗時越長，少女傷勢就會越為不利，這名泰雅青年的焦慮心情，簡直可想而知。

文仔嗹一照眼，當即明白情況緊急，立刻放下短斧，卸下藤筐，高舉雙手以示善意。在潛步迅速抱走該少女的同時，泰雅青年也領情搭配著利落攻勢，兩下子手起刀落，再經黑土狗縱身張口一咬，於是輕易解決了這場生死僵局。某種看似天大地大的難題或困境，其實就是這麼單純簡要，只須放下猜忌，同心共氣，聯手去做，便可立刻迎刃而解吧？

文仔嗹既已看清毒蛇種類，趕緊張嘴，替少女吸出部分毒液。又火速採來一大把到處都是的「魚腥草」葉，分成兩次咀嚼，葉汁自己先呑三口，餘者嘴對嘴，送進少女口中服下；葉渣則外敷在對方紅腫處，再以月桃葉與葛莖，粗略包紮纏綁妥當。

「快，快，否則就來不及！這只是初步處理，我們還得用到酒和其他幾味草藥！」文仔嗹簡單泰雅語加上手勢，表示願意留下妹妹與白獅犬當「人質」，揹起傷患便拔腿狂奔。

少女持弓的腕肘上，另外還圈戴著一串不知是誰編製的藤環鈴鐺。這鈴鐺隨著兩人身體顚動，不斷湊在文仔嗹耳畔叮噹作響，一路綿密急切的催促他，一鼓作氣奔回犁舌尾。

當文仔嗹命人分頭找齊蛇舌草（龍吐珠）、掇鼻草（牛膝）、三腳破（野芙蓉）的蛇毒解藥後，最重要也最不能缺少的酒，卻讓他大大爲難了起來。這酒是準備用在獵鹿祭上敬神的，不能隨便開甕；此外使用人喝過的酒祭神，更是絕對禁忌，那是會招來神靈懲罰的。

但救人要緊，他也顧不及這些了，取酒、搗藥，立刻同時動手進行。好不容易，經過大家一番忙亂，飲過藥酒的泰雅少女，漸漸恢復氣色；其後，泰雅青年也手上抱著花鹿，背上揹著艾瑪，身後追著白獅犬與黑土狗地，快速趕抵部落了。

泰雅青年額上，刺有「王」字標誌，顯然是個擁有光榮功績的至尊勇士。但當他看到少女已經大致無礙後，竟然在呈上花鹿爲酬時，毫不猶豫的跪在文仔嗹身前，連連叩謝起來。

「感恩啊，霄裡社的好朋友，好兄弟！我是油蘇社頭目的長子，卡朗．達奧，孿生妹妹伊娜，是雅爸（父親）和雅亞（母親）最鍾愛的唯一女兒。剛才，如果沒有您的見義勇爲，我眞不知應該怎麼回見，他們兩位老人家呀！」他再三致意道。

這對泰雅族的孿生兄妹，年紀較文仔嗹略小，比艾瑪稍大。原來，他們是趁著霄裡社兩次燒墾圍獵，平埔野獸大量逃入山林之便，夥同幾名年輕族人，潛至王公坑山打獵的。

不意，總是偷偷黏著哥哥，想學當一名「女勇士」的伊娜，逐漸脫離同伴走進剛才的山徑上，跟一頭小花鹿狹路相逢。那小花鹿好像負傷在身，早已喪失正常敏捷性，伊娜見獵心喜，雖在射技上一箭中的，卻在臨場上缺乏叢林警覺心，得不償失的被躲在轉角那條「飯匙倩」，狠狠咬上一口；等到哥哥發覺一路找來，她已經蹲在小花鹿旁，痛得哇哇大叫了。

卡朗．達奧的說明，一干霄裡社人聽得哈哈大笑，都說連一條區區小蛇都對付不了，又這麼愛哭的女孩，怎能承當那句「女勇士」的讚譽。

「喔，請問哥哥卡朗，妹妹伊娜是個孕婦嗎？剛才一時心急，我竟然忘了霄裡社的酒，是孕婦的絕對禁忌。」朗朗笑聲，使大家消除了異族之間的那份戒愼與矜持，文仔嗹不知是好心提醒，還是有意試探的認眞問道。

「瞎眼公雞，你明知故問吧。一名擁有雄心想當勇士的女人，怎麼會是個孕婦？」

「是呀，伊娜整日黏著我這哥哥打轉。豈只不是孕婦，她現在都還沒有情郎呢！」

艾瑪白了哥哥一眼，又瞪了幫自家妹妹伊娜澄清，卻猶似隱隱在說她的卡朗兩下。

「喔，喔，愛逞強的男人婆伊娜，不如嫁來霄裡社替翁婆持家，自己就可獨當一面了。也是整日黏著哥哥打轉的艾瑪，不如嫁去油蔴社當個小媳婦，博得大男人的全心照顧！」

天性樂觀詼諧的霄裡社族老，把兩對年輕人，看在眼裡，有人不禁如此逗樂起來。大家又是一陣哈哈大笑，笑得伊娜與艾瑪臉上，各自浮起了兩片少女的羞赧腮紅。

事實上，獵務及其必須懂得的山林經驗，並非伊娜長項。伊娜兩邊臉側，也刺有清晰的墨藍頰紋，從唇角斜斜延至耳邊；這是她新近在社內織藝競賽中，獨佔鰲頭的榮譽標記。

她與艾瑪志趣相同，最拿手、最在意的是染技及織藝，偶而逞強想當個打獵英雄，只是旺盛心志的另一種延伸。「艾瑪，好姊妹！其實，我心裡最想實現的是，把一種泰雅人從未有過的顏色，彩染在麻線上，編織成一匹可幫美麗少女，增加高雅風姿的夢幻衣服；這顏色，我私下想像過，必須比我們臉上的藍紋略輕，比我們油蔴社大尖山上，看見的晴朗天色稍亮。嗯，哈，說來說去，我應該怎麼形容這種顏色呢？」說到染技與織藝，已經脫離險境的伊娜，心情快樂而憧憬地，向艾瑪透露她的心思說。

「伊娜，好姊妹！這顏色我曾經見過，夏天大鳳蝶成雙飛舞了，春天藍鵲成對求偶了，牠們穿在身上的，就是彩染有這種顏色的美麗衣服。但是，除非能夠蛻變爲一隻鳳蝶仙子，或幻化成一隻藍鵲精靈，要不怎麼得到這種顏色？」等待第二次服藥的空檔，艾瑪一邊指導伊娜，編織霄裡社青年最爲榮崇的野薑花圈，藉以打發時間；一邊欣賞著伊娜的異族臉龐，試想著將白色花圈，透過哥哥或自己之手，套在伊娜或卡朗身上的美好模樣。

她想，可不是？假使泰雅族的深濃刺青，可因野薑花圈的素白而少些沉重，多些輕盈；泰雅淑女，應該能夠更加秀麗清逸，泰雅勇士，也應該能夠更加英揚開朗的。相反，如果這野薑花圈藉由伊娜或卡朗．達奧之手，套在哥哥或自己身上呢？刺上深濃面紋的泰雅心愫，應該也能夠感染給平埔淑女，更多的端莊嫻靜，轉注給平埔勇士，更多的果斷沉穩吧？

「嘿，艾瑪！這顏色不能空憑想像，不試試，怎知可不可得！」伊娜自信的說。

「哈，伊娜！可不是，這念頭不能只說不做。不如嘛，我們就立刻做做看了！」

就在族老們更加看透少女心思的再度哄笑下，情竇初開卻稚氣未脫的艾瑪，靈機一動，一把拿過伊娜手中的野薑花圈，踉蹌著痛腳，便走向哥哥文仔嗹的頭上套下。

「哥哥呀，您可聽好，伊娜這盟誓花圈，就這樣套下囉！唯一的條件是，你必須攀上他們油蘇社的大尖山，或爬到咱們霄裡社的鳶山頂，剪下一疋晴藍天色，好讓她彩編成，兩套天下最夢幻的雙人枕巾！」艾瑪附在哥哥耳旁，但想讓卡朗．達奧也一起聽到的大聲說。

艾瑪的調皮玩笑之舉，正中伊娜心意。隱隱，也窺得對方心意的她，隨即依樣奪過艾瑪手中的野薑花圈，虛浮著痛腳，如法便拿往自家哥哥卡朗的頸子掛上。

「哥哥呀，艾瑪的唯一要求，可也並不比我輕鬆。那就是你必須走遍他們霄裡社的崎嶇原野，或攀盡咱們油蘇社的險惡山林，取來大鳳蝶或藍鵲身上的一把藍彩色素，好讓她染織出，兩襲人間最珍貴的同心嫁衫！」伊娜也希望文仔嗹聽見的大聲附和道。

原來，如同風中蛛絲的無形纏繞，終生僅此一次的少女情懷，全三角躪都是一樣的。在霄裡社眾，再次爆出一陣大笑下，兩人羞赧的腮紅，不禁都紅上加紅了。

午前，接獲獵伴通報的油蔴社頭目達奧．匹馬，偕同三名長老，揹著粟酒與山豬肉為謝禮，盛重趕來犁舌尾接人了。這是在地兩族二社之間，新近一次最高階層的親善接觸。

文仔嗹之父，這支霄裡社頭目的文仔嗒，不敢怠慢，親自從麻園山趕來接待貴賓。文仔嗒就在部落的一棵鹿仔樹（構樹）下，以粳酒、鹿肉、鱸鰻、香魚的大餐，回報對方。

席間，兩社頭目、長老及當事者，都逐一透過自家得意的酒釀，向對方致謝與回敬。

「這粟酒，是我們遵從祖先古法釀製的，您們或許甜了些吧？」達奧．匹馬客氣道。

「很慚愧，我們已經棄粟就粳。這粳酒，您們或許酸了點吧？」文仔嗒也謙虛的說。

趁著大家酒酣耳熱逐漸談開時，卡朗．達奧與伊娜，索性將粟酒與粳酒，不分彼此的摻合在一起。然後，拉著文仔嗹與艾瑪，互敬兩家「老大人」。

「兩位親愛的雅爸在上，好兄弟文仔嗹，已經知道，咱家妹妹的紋面意義，並且也展現了，守護雙方幸福的能力。」卡朗．達奧指著伊娜臉上的光榮刺青，連同文仔嗹頭上的野薑花圈說：「現在，喝過了他們最眞誠的敬酒，您們兩位老人家，倒是尊意如何呢？」

飲著甜中帶酸，酸中帶甜的混合酒液，文仔嗒與達奧．匹馬，神情各異。

前者眼睛一亮，連說好酒好酒的拍手稱讚起來。後者一陣沉吟，腦中隱隱浮現出，某個遙遠年代，某件有關泰雅人與平埔人，因愛惹禍的悲慘傳說。

這件悲慘傳說，文仔嗒當然也沒有忘記。他看了看自家女兒艾瑪，看了看也是套著一串野薑花圈，捨不得取下的卡朗．達奧。

「好兄弟，達奧．匹馬，請接受我一句心裡話！泰雅族與平埔族之間，雖然曾經因為某種誤會而血腥相向，但更也曾經因爲可能擁有過共同的母親，互相取得原諒。因爲這份共同母愛的緣故，我們都害怕往事重演；」文仔嗒體諒道：「這件事，我們不如這樣吧。霄裡社就以我家女兒艾瑪的命運，交換你家女兒伊娜的幸福，不知您意下如何？」

「好兄弟，文仔嗒，您言重了！其實，我想要的正是這句話。這麼一來，油蔴社與霄裡社，雖然各自嫁出了一名好女兒，卻也各自娶進了一位好媳婦；同時，只要我們多疼愛艾瑪三分，你們一定更會還報四分給伊娜。哈，好親家，我這是不想讓您佔到任何便宜啦！」嚴肅的達奧．匹馬，難得學著平埔人的詼諧口吻，引頸一口仰乾了，那杯新生代的混合酒。

「唉，唉，唉呀！這麼一來，嫁走了艾瑪的霄裡社，嫁走了伊娜的油蔴社，那就不知各有多少痴情青年，會傷心到夜夜對著月亮吹鼻簫，暝暝對著星星吹口簧琴囉！」

鼻簫，口簧琴，分別都是泰雅族，平埔族傳統的傳情樂器。兩族頭目，兩家老大人，於是就在霄裡社眾的另一波逗笑聲中，歡歡喜喜地，共同訂下翌年中秋的聯婚佳期。

晴藍天色，那是一種什麼顏色——

大鳳蝶與藍鵲身上的藍彩，那又是一種什麼色彩——

中秋期間，卡朗．達奧與伊娜，被邀來參加即將展開的，前述四社的集體圍獵。

這次作客，兩兄妹順便帶來了一袋油蔴社新粟，以及四根大尖山頂的藍鵲彩翎。

新粟，將被伊娜用來教導艾瑪，共同釀製明年婚禮，所使用的交杯喜酒。藍鵲彩翎，卡朗．達奧打算等份贈給文仔嗹，以便在各自留下一根後，一起再將其他一根，獻給彼此的準新娘；藉以嘗試著依諾兌現，四人日前的共同盟願。

伊娜與艾瑪，很快的著手釀酒。泰雅古法，有使用「嚼酒」及紅藜果子發酵，兩種釀酒方式；這酒既然是洞房花燭夜的交杯喜酒，當然採用前法釀製。當一切材料準備就緒，兩人叫來文仔嗹和卡朗，開始進行「嚼酒」。四人各自捻取兩小塊磨漿煮熟的粟米團，放在嘴內嚼爛灌糊後，雙雙吐出，分置於彼此的陶甕底；其後手續，大致跟後法相同。

這麼一來，這酒裡便將你中有我情義，我中有你恩愛，最後蓋上山蕉葉加以封存。封甕後的粟酒，夏天大約三日，冬天大約七日便可啓用，但封存愈久則酒香愈醇。

四人並不急，即使在社青們暢飲得如醉如痴的「獵鹿祭」裡，勇士們興奮得高亢抓狂的圍獵期間，這酒還是被原封不動的堅持著。而在傳統族風上，對於向來自由開放的霄裡社而言，這種所謂「原封不動」的堅持，當然更還包含著，兩對青春男女的靈肉情志在內。

社群圍獵，大致爲期十五天。當月亮逐漸圓滿高掛的終獵當晚，由霄裡社輪值做東的慶功營火，搭襯著週野亙古的明滅螢點，開始熊熊點亮了，今年鳶山巔頂的中秋夜空。

向鳶神獻過感恩的犄角鹿頭後，四社代表與他們的同行獵犬，一起席地而坐。

「西邊河口（淡水河口），漢人不斷渡海登岸而來，今年圍獵也許將是四社族人，最後一次了。」最靠近枋橋（板橋、土城）漢人墾區，一路繞過多處「租贌地」（漢人佃地）而來的擺接社頭目，首先提出這樣的隱憂說。

「漢人心眼，比西班牙人、荷蘭人，還壞。以前那些紅髮白臉人，只搜括我們的鹿皮；現在這些唐山漢人，不但強佔我們的土地，拐騙我們的女人，最後甚至還會趕走我們的神靈呢！」最早接觸漢人，沿途越過漢人多處「土牛溝」的武嶗灣社（新莊地區）頭目，更是眉頭緊皺的擔心著。

「其實，舊漢人早前在南靖厝（三峽、鶯歌交界）落腳後，新漢人更是已經遠從新莊來到海山尾（樹林尖埬尾山），一步步上溯擺接溪來到三角躅囉！我們族人在擺接溪左岸的風櫃店（樹林）、鶯哥石（鶯歌）和右岸崙仔、斗門（柑園地區），都已經先後看到他們放燒野草，逐漸逼近的濃烈鬡煙。」游耕於鶯哥山、龜山丘陵，避開滾滾擺接溪水，就近從鶯哥山古洞地道潛越溪床，直鑽鳶山「清風洞」而來的龜崙社頭目，好心提醒著霄裡社人。

「我們當然也看到了，幾年才過，漢人腳印早已沿著三角躅溪（三角湧溪），踩進霄裡社領域，近近出現在大尖山（溪南山）北麓。」當初，因爲該域介於平埔、泰雅兩族的模糊地帶，文仔嗒並不十分在意；現在，既然即將跟油蔴社結爲親戚，他就必須有所顧慮了。

社群圍獵依然豐收如昔。文仔嗒內心，卻油然平添一抹，新朝代風雨欲來的秋愁。晴藍天色，眼下正是那片，只能抬頭仰望而無法蹴及，微微感到涼中透寒的灰藍。

至於，如何取來大鳳蝶或藍鵲身上的藍彩色素呢？翌晨，文仔嗹與卡朗・達奧，偕同伊娜與艾瑪，重臨鳶山巔頂；雙雙攀掛在只有飛鳶能夠停棲的，可以俯視整個「台北盆地」的「鳶嘴岩」上憑崖談心。

四社營火煙氣，經過這座山頭的整夜吸納消化，早已轉換爲古老鳶神張口吐出的幾許嵐霧，悠悠蕩向遠天。四名青春兒女，儼如兩對新鳥繾綣在半空懸石前，從凌厲俯瞰大地的單飛黑鳶，談到曼妙飛舞原野的成雙大鳳蝶，談到流麗穿梭山林的藍鵲家族。

然後，從永遠高不可攀的白雲藍天，回歸到能力有限的現實人間。

「親愛的伊娜和艾瑪啊，除非我們能夠搭乘風箏飛上天空，窺探天色因何變藍的奧祕，或借用龜崙社人的潛地巫術，偷偷潛入大鳳蝶和藍鵲體內，盜得藍彩色素；要不，妳們的願望，看來我們這輩子是不能實現了。」雖然如此，文仔嗹與卡朗．達奧並不氣餒，依舊一致展現勇士擔當的承諾說：「不過，衡量當前局勢，我們倒是非常願意，獻上兩根藍鵲彩翎。代表日後，雙方家人和族人，都能效法藍鵲家族的互助精神！堅決負起，共同捍衛家園，守護族親的生死盟誓，直到天荒地老！」

伊娜與艾瑪，即便滿懷少女浪漫情懷，當然更明白剪下一片藍天，取來一把藍彩色素的絕對難度。生於斯地，長於斯土的她們，也當然更懂得，何謂「藍鵲家族」的互助精神。

藍鵲，台灣特有種，朱喙紅足，全身大致呈顯耀眼的鮮藍色。性喜喧譟，情好群居，尾羽極長，時常排成一列直線而飛；逐隻或從山腰飛過溪坡，或從兩峰飛越山谷，共同串連出一幅美如藍靈現身，藍仙走秀，十足令人嘆爲觀止的驚艷丰采。

此鳥，棲息在三角躑地區者，一般活動於白雞山、錐子頭山線以下，以迄大尖山、王公坑山、鳶山之間的環丘茂林深處。而讓油蔴、霄裡社人，都曾經心嚮神往的共同領略過。

牠們有個千鳥終極特點，那就是秀外慧中，外才內德，相得益彰。親鳥在時，隨侧同守舊巢，親鳥老時，輪流啣食反哺，親鳥亡後，替代養育弟妹；精誠互助之情，代代傳承。

「親愛的文仔嗹和卡朗啊，我們豈又忍心爲難你們呢？即將身爲兩社日後的共同母親，我們不約而同，一起寄盼的心願，其實就是你們這份精誠互助的情義呀！」

只因出於眞摯相愛的唯一理由，伊娜與艾瑪喜極而泣，涔然流下了眼淚。各自都樂得肯讓對方，在插著素白野薑花的髮箍上，另再插上那根藍鵲彩翎。兩對情侶，於是指天爲誓，跪山爲盟，如下祈求道：

「高高在上的飛鳶之神啊，懇請祢，慈悲保佑呀！」

「保佑，此情不變，此義不移，此願天長地久呀！」

山野莽莽，冬風蕭颯——

山鷹隱逸，冬霾翻捲——

鳶山北麓前緣，不知是鶯歌的泉州人、柑園的漳州人，還是樟樹窟的客家人？秋收後，開始出現一夥歇冬的唐山羅漢腳仔，遠遠跑在遍佈礫石的擺接溪岸，高高放起了紙鳶。

鳶山南麓後壎，霄裡社的農閒青年，則追逐在耕火才熄的草燼野地，長長拉起了風箏。

無論唐山羅漢腳仔，苦中作樂的紙鳶上，究竟是否另外承載著，一份他們沉重的鄉愁或願景；也無論霄裡社青年，有趣好玩的風箏裡，到底是否個別寄盼著，一份他們飄渺的夢想或憧憬。雙方不約而同的，應該都是如下人性所在，一縷小小的共同心情吧？

「風神啊，懇求祢！請護持這紙鳶，一節節迎風直上喔！」

「鳶神啊，拜託祢！請保祐這風箏，一圈圈如鳶盤旋啦！」

第十六章
悲憫觀音

根據古鎮方志記載，乾隆二十四年（一七五九年），台灣北部發生大水災。大姑崁溪洪暴竄，海山庄東南一帶墾地，瞬間淘成空埔，人財損失非常慘重。

記憶中，海山庄東南一帶墾地，大略範圍而言，即爲上述平埔四社的共同獵鹿地。

這大片三角形平原，由大姑崁溪、三角湧溪、橫溪，共同沖積而成。其上，支流穿插，洲渚密佈，可耕處今年河東，明年河西，根本就是平埔人心目中的危盪浮地；但漢人卻視爲佳園厚土，一無反顧的招夥引伴，絡繹前來墾殖。

三角湧之域，一年十餘次有感地震，十餘次颱風大水，原住的瓦烈、油蔴及霄裡社人，早已見怪不怪，一致當作兩種天地註定的共同宿命，大都能夠未雨綢繆，或敬而避之。漢人的遙遠故鄉，難道陷入比地震、洪水，還凶險的處境，迫使他們非得如此冒險犯難嗎？

既然選擇此地，重起新灶，另燃新煙。那麼漢人也甘願承受，這種共同宿命吧？

事實上，乾隆年間，本地三角湧所暴發的大水患，豈又只是有史爲證的這一樁。

方志外，當然另外有多起，漢人過度侵墾這片初土，水神發怒示警的沉痛慘事。

其兩例，就發生在上述油蔴、霄裡二社，三年兩度盟婚，無奈嫁娶的中秋前後。

三年兩度嫁娶，互爲前戲與後戲，命定兩波巨洪，合譜變奏與協奏。

王阿諸掀動起，被大鬍子馬偕拔掉門牙的癟嘴，說話漏風的敘述著。

秋天，藍天鷹揚，金風送爽；邃夜星繁，飛螢流閃，心境澄澈，思憶綿長。正是悲苦人間，最爲舒適而幸福的美好季節。

隨著半邊彎月由缺而盈，新近於乾隆二十年，踏上三角湧溪左岸，鳶山東麓的董日旭，已悄悄在八張墾地，插上了慶讚五穀豐收的「土地公枴」。而稍早於乾隆初年，入墾橫溪左岸，溪南山北麓的溪南四姓，以及入墾三角湧溪下游被逐出前，後來改稱「劉厝埔」的客家人，更是佳節當前望月思親，幾杯渾酒下肚便拉吟著唐山胡琴，幽幽唱起了家鄉小調。

豈料，七月大水剉咧等，八月颱風到毋知，湛藍天空說變就變，秋颱竟然來襲了。此日，天色倏忽起風轉暗，霄裡社人久久等不到，油蔴社嫁娶隊伍到達。本來以爲，這是因爲颱風延誤了腳程，於是自行領著相關嫁娶人員，打算在半途互相會合；然而，當新郎文仔嗹一行人，最後歡天喜地直抵油蔴社時，這才曉得新娘伊娜，原來已經無故失蹤了。

岳父達奧．匹馬告訴文仔嗹，身爲父親的他，並不明白女兒爲何離家，又在何處失蹤？只四處問知曾經有人，看見伊娜獨自涉過橫溪，一個人悄悄攀上大尖山而去；但經動員全社勇士，整整找過了兩天一夜，尋遍了大片橫溪山野，至今仍然找不到她的人影或屍體。

匆匆從北岸瓦烈社趕回的另一名新郎，卡朗．達奧則一憂一喜的報告說，他終於打聽到一些蛛絲馬跡了。瓦烈社西跟客家人，南跟溪南四姓相鄰，三日前曾經有人居高臨下，看見雙方兩夥漢人，好像喝著酒，唱著歌，醉醺醺的聚在橫溪口；不久，互相看不對眼，一陣叫罵毆鬥後，前者逃回「劉厝埔」前身墾區，後者躲向東邊大尖山（溪南山）的依稀印象。

卡朗．達奧認爲，前往兩處漢人聚落，找出那幾名醉漢，應該便可問到伊娜下落。

隨即，兩社族人在兩名新郎帶隊下，分別前往客家人與橫溪四姓住處，進行探詢。

是時，北方遠天飛霾漸起，眼下已有狂風暴雨欲來之勢。兩個時辰後，兩組人員，先後冒著疾風驟雨而返；兩名帶隊新郎，大致簡述如下，對於兩處漢人聚落的詢問所得。

就如瓦烈社人所言，兩邊漢人叫罵毆鬥是事實；雙方臨風飄搖，漏雨漣漣的墾寮內，都還各自躺著屍體及傷患，氣氛極爲淒迷哀傷。肇事原因爲，互相排斥對方、敵視對方，先是四姓仗恃人多，藉口粵腔鄉謠「鴃舌逆鼻」，隔溪叱諷；客家人不甘示弱，便以閩歌「靡耳擾心」，反嘴回譏。彼此於是更加互嗆，那就同赴漢番三不管的橫溪口，好好打上一架。

至於，當被詢及是否曾經見過，泰雅少女伊娜時，兩邊漢人不禁全都搖頭以對。當被問到，躲向東邊大尖山的是誰時，一干羅漢腳仔更是支支吾吾，含糊其辭的推給對方。

「一定，一定啦！只要一發現這位伊娜姑娘，無論死活，我們一定馬上派人告知！只要一查出有漢人墾民牽涉此事，我們一定負荊請罪，嚴懲不貸，絕不包庇！」當被進而拜託協助探聽，幫忙查尋時，雙方頭人則無不猛拍胸脯，滿口承諾的答應著。

兩組文化相近，宗氏不同的頭人們，不管是客家人或閩南人，看來都已經歷練得十分精幹沉著，並且粗通平埔話。溪南四姓頭人，甚至叫出了一名泰雅語流利的通譯，模樣似乎是個出身自早期擺接社，或武嶗灣社的漢番二轉仔，藉以佐證自己的可信與可靠。

雖然，一時難從漢人那一式同款，喜怒不著痕跡的神情上，精準看出他們語言之外，內心之中的眞假成分；但礙於風雨越來越烈，兩隊人員最後不得不趁著天黑前，失望而返。

當晚，貿貿然，當霄裡社人頂著風雨，拖著腳步回到犁舌尾後，颱風正式臨境了。

雷驚電懾，風嚎雨泣，狂林撼山，怒水竄地——

這是天魔惡意的毀滅，還是天神善意的締造——

三晝兩夜，不速鬼神來得疾也去得快，颱風離境了。冥冥天意，看來似乎只爲了藉以順勢處理，泰雅人、平埔人、漢人，三位一體之間，此樁有史以來的命定大案例。

此案例的序曲一歇，娶了新娘艾瑪，卻失去妹妹伊娜的卡朗．達奧，隨即滿心愧疚的夥同一伍血性好友，重新下探溪南四姓。嫁了妹妹艾瑪，卻迎不回新娘伊娜的文仔嗹，也立刻滿懷沮喪的邀同兩名死忠旅人，再度造訪三角湧溪、橫溪，聯手沖積而成的「劉厝埔」。

兩組人員，這趟訪查仍然無功而回。卡朗．達奧在目睹過遍地瘡痍的溪南四姓後，原先還對漢人墾區災情，付以無比同情；但回程在一處長滿大菁樹的山腳溪墺旁，發現一只漢人草鞋、一截泰雅斷匕時，心中僅存的希望不禁爲之破滅，一把怒火立刻熊熊衝燒而起了。

文仔嗹則著意於活要見人，死要見屍，在悲傷走出風頭水尾，屋浮田淹的客家聚落後，且耳聞著他們呼天告地聲，且找向橫溪口。原本便是低窪淺澤的橫溪口，早已浸沒成一片茫茫水域；他撥開殘蘆斷樹，赫然驚見，一艘唐山紅頭船骸，就斜斜擱淺在崩亂溪岸邊。

紅頭船，好像全部乘員都已沉溪不見，只剩桅桿頂，緊緊抱著一具死也不放手的莫名人屍。屍身上，以紅帶綁著一尊木頭神像，屍身下方則載沉載浮地，漂纏著無數唐山素布。

研判，這紅頭船疑似從擺接溪下游的「大稻埕」，駛往本地南靖厝或上游大姑陷庄（今之大溪鎮）途中，不幸遇上這場要命秋颱，臨時轉進較爲淺水的橫溪避洪而來的。

文仔嗹並沒找到，可能會被山洪沖下的伊娜，心中不覺留存一線生機。離去前，好心爬上桅桿，解下那具人屍；不料，此屍滑落船板，吐出幾口溪水後，竟然幽幽甦醒了過來。

「觀音佛顯靈，當供溪南山頭。頂郊陳老大請託，守護孤女阿雲；——」

這半死漢人，指著身上神像，指著大尖山的方向，喃喃語焉不詳的說著。

霄裡社人不識漢神，卻大大忌諱屍體，趁著此屍一息尚存，火速扛抬上岸。三人原想就此任其自活自死，但文仔嗹沉吟半晌，終究於心不忍，立刻著人急奔兩處墾區通報。

未幾，兩處漢人都趕來了。遠遠，獲得瓦烈社狼煙傳報的油蘇社人，也趕來了。

已有前隙的客家人及溪南人，仇人相見，格外刺目。原就覬覦客家新地的溪南人，不禁有誰，悄悄放話說：「哼，等著吧！總有一天，我們非把你們粵客，趕出三角湧不可！」

「哼，福建安溪人，也等著吧！總有一天，你們都會得到報應啦！」客家人那邊，不禁也有誰，不吐不快的暗咒道。

天災剛過，雙方頭人都不想再惹人禍，各自制止自家人後，一致耐下心來，面對這件船難事故。細問下，原來這人是一名艋舺下郊的邱姓塾師，此行是要前往八塊厝（今之八德）教讀漢文，並受到頂郊鄉親央託，路過三角湧辦理兩件私事；其一是奉請一尊觀音佛，交給鳶山某陳姓墾主供祀，其二是護送一名海禁偷渡的林姓少女，前來三角湧尋父依親。

此船原擬停泊南靖厝卸貨，不料終程前夕，遭逢颱風侵境。風狂雨暴，雷打電閃裡，溪南山頂，突然浮現觀音佛光，指引船家捨擺接溪，轉入横溪航道，這才幸免全船覆沒。

「觀音佛顯靈，當供溪南山頭。頂郊陳老大請託，守護孤女阿雲；——」

這位唐山老夫子，口操漳州腔音，撐住餘氣，狀似懇求的重說最後一遍。

客家人因此人既非同鄉同宗，又已有溪南人在場，於是抽身忙著收拾災園而去。

溪南人解開此人身上紅帶，捧起神像，遙遙對照溪南山頭，竟然果真一模一樣，儼若觀音佛趺坐於頂。大夥兒嘖嘖稱奇，雙膝跪地便拜，立刻接受了這尊唐山神明。

然而，對於這名邱姓漢人的認同，全屬泉州籍的溪南四姓，有人卻提出不同看法。

「聽說，艋舺漢人向來不合，下郊同安人常為港岸利益，對抗頂郊三邑（安溪、晉江、南安）鄉親。同安人跟漳州人走得近，頂郊老大怎會把一名閨女，託付給漳州人？這豈非送羊入虎口，在同鄉姑娘可能受到蹧蹋之外，還替自己惹來，被舉發掩護偷渡客的報復？」

一個手臂裹著刀傷，腳穿新、舊兩只不同草鞋的羅漢腳仔，帶頭浮躁說著。另幾個物以類聚的同伴，也七爺挺八爺似地，臭味相投的附和道：

「可不是，頂郊老大姓陳姓林有誰知，是此人編來攀附咱四姓的吧？另外，林阿雲又在哪裡？就算淹死了，也得找到屍體剝開衣服，讓大家檢查一下，才能證明此人清白啦！」

「嗟乎，汝等猥鄙不堪的東西，掌嘴！——」

「啪」地，大夥兒恍惚裡，一串巴掌聲響過。

幾個出言不遜者，立刻被摑得一陣目瞪口呆。

「是誰打我，是誰打我啊？好膽就站出來！」

「住口，不知死活的傢伙，再掌嘴了！——」

一位臉膛赤紅、雙目圓瞪的青沖少年，從溪南山半空昂首跨步而至，忿然舉手一揮，又是一串巴掌甩打而下。「啊，啊，啊！是溪南聖王公，劉家的三太保降駕啦！」有人乩起般驚叫起來。溪南人趕緊左右環顧，遠近瞻望，但哪有什麼「聖王公」三太保的降駕神影？

倒是，幽蔭濃密的溪埔灌樹叢內，油蔴社的卡朗・達奧，悄悄現身了。

卡朗·達奧的出現，立即引起溪南人一片緊張。文仔嗹則心裡有數，暗中戒備起來。

「王」字番，卡朗·達奧單槍匹馬現身，擺明他不是蓄意前來挑釁滋事的。透過二轉仔通譯轉達，關於伊娜的失蹤，他只要溪南人，交出那個腳穿新舊草鞋的羅漢腳仔，便可無事。

卡朗·達奧動機單純，態度堅決，溪南頭人早有與他接觸，也早有因墾地侵犯獵場，受到瓦烈社人出草的難纏經驗；心知這兩支擅長匿蹤，盯上獵物便死咬不放的泰雅族人，一旦再跟平埔族結合的複雜性與嚴重性。然而，溪南頭人更是心裡有數，萬一交出這名四姓子弟，漢番新仇舊恨之下，簡直等於宣告他的有去無回。

「你妹妹失蹤，我們也很難過，此事若因漢人引起，我們一定負責到底，絕不逃避！」通譯轉達溪南頭人的建議：「但是，人不能讓你帶走，我們現在便可當場一起訊問！」

卡朗·達奧二話不說，取出一只漢人草鞋，一截泰雅斷匕，憤然丟至溪南頭人腳前。

「那麼，我請問，這漢人腳上那只舊鞋哪裡去了？臂上這處刀傷，又是怎麼來的？」

卡朗·達奧一把揪住這名羅漢腳仔的衣領，額上藍到發黑的刺青，迎眼一閃，嚇得羅漢腳仔臉色倉皇，正想托詞狡辯。卡朗·達奧當即伸手猛力一抓，乾脆扯掉他的裹傷布說：

「看這傷口，不是給泰雅短刀刺傷的嗎？還要我砍下那隻腳，再比對舊草鞋啊？」

「莫要，莫要！我承認了，我們確實見過那個番囡仔，但並無殺害她，只是——」

「說，只是，只是怎樣呢？」

卡朗·達奧臉孔逼近對方，伸手又是使勁一戳，痛得羅漢腳仔哇哇大叫。似乎很想避開那塊恐怖「王」字青額，卻又甩不掉自己內心，另一張淒厲紋臉地，終於中邪般吐實道：

「我們，我們合力抓住，輪姦了那個番囡仔！——」

「你們，你們，除了你以外，還有什麼人呢？——」

「四姓子弟都有。但我願意，一人承擔下來！——」

以上三句話，通譯不敢明說，卡朗．達奧與文仔嗹，不禁齊齊看向厲聲而問的溪南頭人。四名溪南頭人，表情凝重，一陣低聲討論。最後由一位年長者，轉憂爲喜的委婉道：

「唉，就是這麼回事，千里姻緣一線牽啦。漢人青年欺負了泰雅姑娘，既然男未婚，女未嫁，我們會遵照唐山禮俗，隆重洗清平埔族未婚夫的門風，正式迎娶你妹妹伊娜啦！」

二轉仔通譯字斟句酌，避重就輕翻譯了溪南頭人，這番一石二鳥之言。文仔嗹正想再詢問他，這「欺負」與「門風」兩字，究竟何意時，族性不同的卡朗．達奧，察言觀色，早已料定這是怎麼回事；立刻寒愴著一雙山鷹厲眼，拔出獵刀，抵在那位四姓長者的脖子上。

「親愛的卡朗，請千萬莫衝動！看來，伊娜好像還活著，只要伊娜還活著，我和霄裡社人都會甘心接受，任何最壞的結果！」文仔嗹連忙出手制止的勸解道：「聽我的話，收起獵刀。殺了溪南人，我們只會減少，更多尋找伊娜的幫手！」

「也罷，只要人還活著，一切都可原諒。三天內，交出伊娜，否則我們沒完沒了！」

卡朗．達奧放過這位長者，向希望轉濃的文仔嗹招呼一聲，兀自隱向幽密莽埔而去。

泰雅人一走，一干惹事羅漢腳仔退向後面，不敢稍再出聲，現場恢復原先氣氛。但是，也許由於如此一波三折的命運安排，也許出自老唐山「寧願救蟲，不願救人」的世故施延；遲遲未獲緊急救助的漳州塾師，終於在嚥下最後餘息，吐出三段詩句後，撒手西歸了。

頂郊老大是誰，姓陳或姓林？林阿雲是誰，又人在何處？溪南漢人很想知道，油蘇社人與霄裡社人，更是充滿好奇。奈何，風霾才起的三角湧天空，波湧流湍的橫溪口，竟然落得只剩幽幽一縷漳州腔音，迴盪著如下三段唐山詩句：

煮豆持作羹，漉豉以爲汁
其向釜下燃，豆在釜中泣
本是同根生，相煎何太急

文仔嗹並未隨同卡朗．達奧返往油蘇社，他聽不懂唐山詩句，但惦掛著伊娜生死。救人如救火，他率偕兩名死忠族人，毫不遲疑的沿著橫溪左岸，火速尋向大尖山北麓。且尋且想，如果伊娜幸運還活著，茫茫好大一片橫溪山野，這是最有可能找到的地點了。

文仔嗹尋至卡朗．達奧找到漢人草鞋，與那截泰雅斷匕的溪墺前。一對花鹿正在臨墺飲水，警覺有人靠近，立刻分別竄入兩條隱密獸徑。溪墺四週，長滿性喜潮濕的大菁樹，上方懸墜著一道崩崖瀑布，瀑布頂端，一塊高岩突兀而出。文仔嗹循著瀑側獵徑，攀至其上俯察；精神怔忡之下，恍惚驚覺這塊高岩上面，竟然是一處隱隱引誘傷心人，縱身一跳的絕死地點。

他吩咐兩名同伴，分頭追蹤花鹿，三人約定日頭偏西，便在大尖山頂會合。他則打算自己一人，好好搜查，伊娜最有可能遇襲受害的這片山腳溪墺，以便單獨面對最狼狽，最不堪的痛心場面。聰明伶俐，滿懷美好願景的伊娜，總不會傻到，只遭受幾名漢人的「欺負」，就拋棄生命、拋棄理想，拋棄摯愛的父母兄長，拋棄天盟地誓的他而跳崖自盡吧？

文仔嗹突然心血來潮，暗想何不親自模擬一番，從高岩上面縱身跳向溪墺，測試伊娜僥倖沒死的可能性？戀之深，思之切，文仔嗹愛者欲其生，說試就試。

重力加速度，剎那一陣暈眩過後，文仔嗹快速落至潭底，濺起一片非死即傷的巨響與水花。但睜眼一看，竟然發現自己還好好活著，身體並未受到多大墜挫或撞擊；只覺得四肢與臉頸，被繁密菁樹刮扎得鮮血直流，雙腳被橫溪百年積沙，震盪得膝蓋發麻而已。

「感謝山神保佑，感謝祖靈保護。我既然還能活著，那麼伊娜也應該死不了吧？」文仔嗹立刻含淚而笑，但這實驗卻只讓他高興片刻；旋即，當他拔腳起身時，卻低頭發覺，腳下正踩著，一只女人穿用的布面鞋子。

他倏忽揪起一抹心痛，所幸再一尋思，想到泰雅人跟平埔人一樣，平時並不穿鞋，一般鞋具也是鹿皮製成的。他洗淨該鞋，仔細察視，發現鞋面前端，竟然還繡有兩株金縷蘭草；其精妙構圖，精緻工法，並非泰雅族與本族所能。

不由得，他想起了漳州塾師所說的那名唐山孤女，林阿雲。

這是怎麼回事？難道，連那個千里尋父的可憐阿雲，也被那些缺德鬼的羅漢腳仔，給不幸「欺負」了嗎？再者，難道漢人「阿雲」與泰雅「伊娜」，竟然都在這塊突岩上，湊巧相遇的投水殉節了，要不兩人的身上物，爲何會掉在同一處溪墺裡？文仔嗹連連猛甩昏亂的頭腦，猜測著其中謎題，揣摩著其內懸義；然後，爬上獵徑，繼續向上尋找。

獵徑環繞大尖山腹而走，是油蘇社人越溪往南，出獵王公坑山的重要岔道；也是橫溪泰雅二社，登臨大尖山，遙拜大壩尖山祖靈的必經之路。獵徑上，低矮灌木濃密挾身，大菁樹漸往上，漸為蕪蔓菅茅取代；文仔嗹不時看見，疑似山獸嬉戲打滾過，或暴雨土石壓滾過，也許更是伊娜或阿雲，逃命奔仆過的紊亂痕跡。

文仔嗹並不了解，伊娜為何選在出嫁前夕，獨自走向這條獵徑的用意？而沿途視野幽明交間，似乎透露著山神萬分複雜的旨意，周遭林鳥隱約穿梭，有如傳遞著祖靈非常難懂的心情。文仔嗹且尋且思，且思且惱，漫漫一無所獲；直到，好像聽見有誰輕輕叫喚了他一聲，這才恍然驚醒，已經一路尋抵大尖山頂。

「文仔嗹呀，平埔族的好兒子，泰雅族的好女婿，漢人的好厝邊，你終於找來了！」

三名面目凝定的老媼，儼若三塊紋風不動的老岩，正就著大尖山頭，並襟聯席而坐。她們看來都曾經年輕美麗過，只因過往歲月久遠，其一頭戴紗頭箍者，有著兩彎垂弧大目特徵的眉宇間，大量堆疊了蘊納三角躅地質的「批麻皴」皺紋；其二束髮後紮成團者，有著兩道黥痕肌理內化的腮頰邊，深刻呈顯著富涵大尖山石性的「雲頭皴」蒼斑；其三頂髻結巾覆肩者，有著一顆眉心丹痣的額頭上，深重渲染出披拂西風老蓮的「荷葉皴」容顏。

三名老媼，前二者文仔嗹似曾相識，第三者前所未見。他猜想著，如果前二者就是艾瑪與伊娜，千百年後的模樣，那麼不相識的唐山阿雲，可能就像千百年前的這位第三者吧？

「文仔嗹，莫要胡思亂想了！還記得，想幫伊娜和艾瑪，剪下一塊晴藍天色當枕巾的諾言嗎？其實，伊娜跑上此山的這趟祈祖之路，就是為了想協助你達成這樁心願啦；——」

「文仔嗹，莫再傷心喪志了！沒忘掉，當時四人，插著藍鵲彩翎所發下的誓願吧？五日後，拿著撿到的唐山女鞋，去橫溪口交換一串泰雅鈴鐺；五個月後，拿著泰雅鈴鐺，去劉厝埔換取一匹菁染藍布；十個月後，拿著藍布包巾，重登大尖山，抱回一對孿生子。後年，此際颱風前夕，揹著這對孿生子，前往油蔴社，你便可迎娶脫胎換骨的好牽手，伊娜；——」

「文仔嗹，此非天譴，而是一次小小的天道輪迴！切記，各人造業各人擔，平埔人有平埔人的天路，泰雅人有泰雅人的命途，漢人有漢人的果報。堅此百忍，秉性而行，歷經七世九代十三劫，你和伊娜便可攜同一家子，重登大尖山，共覽三角躅這片大好風光；——」

三位老嬤子，似偈似讖，似啓似示。隨手一揮，揮灑出二百五十年後，如下兩幅應驗在《三峽鎮志》裡的史頁雲煙：

溪南山，俗名「大尖山」，位於本鎮溪南里，海拔三〇一米。鵠立其巔，視野之寬，比起鳶山有過之而無不及。從遠處觀看，酷似觀音疊坐；——

從背後觀望，儼如一條蜿蜒蜷曲之青龍。朝北昂首，俯視萬沛歸東，春夏綠油油，秋冬金澄澄的柑園、龍埔，公館後、礁溪平野的田疇盛景；——

三位老嬤子，林嵐一湧，三身合一，山風一吹，三貌俱逝。文仔嗹一回神，定眼再看，只見兩名死忠同伴，已經先後會合而來。

先來者，手拿一襲被撕裂的泰雅女式「腰裙」，以及一塊方布「胸兜」，說是在獸路亂草叢中拾獲的。後到者，兩手空空，但表示追蹤至一處山洞鹿穴，發現有一堆被啃棄的果屑藷皮；但最後卻遍尋不著，任何可供做爲對應的其他獸蹤或人跡。

文仔嗹已心中有底，接過「腰裙」與「胸兜」，默默收進吊袋內。同時，愼重囑咐同伴爲免事態擴大，徒致另生節枝，此事萬勿告知油蔴社人，尤其是性情火烈的卡朗．達奧。

三人翻越大尖山，返回犁舌尾途中，高高朝下俯瞰，看見溪南人也正在動員展開，如下三項行動。一撥人，疑似邊警戒瓦烈社人的襲擊，邊入山尋找伊娜；另一撥人，好像邊提防客家人的暗算，邊涉溪探向唐山沉船處。

第三撥人，可以十分確定的是，正在提前搶收，恐讓這場秋颱泡爛的冬藷。

五日後，文仔嗹依言，再度前來橫溪口。

他首先造訪了一趟溪北瓦烈社人，希望能從他們口中，打探到各種相關近況。

瓦烈社人，一見難得來訪的第三者，倒是搶先嘰哩呱啦地，指責起溪南人的不是。說溪南人，竟然把該日溺死的那名漳州人，隨便就棄屍在他們獵徑上；又說，兩日前，溪南人交不出伊娜，卡朗．達奧已率人出草，親自狙殺了那幾個肇事的羅漢腳仔。而溪南人，竟然將這筆賬，記在他們頭上，又把那幾具屍體，趁夜葬在他們粟田旁；逼得大家，不得不放棄那片祖傳靠溪好地，正計議著退往乾淨無祟，卻崎嶇不平的「挖仔」（今之溪北里轄內）北坡。

至於橫溪口方面，瓦烈社人另外更觀察到，住在對岸的客家人，不知是因為溪南人的覬覦，或北邊柑園人時有分籍爭地，燹火沖燒的變故，已經悄悄走得一乾二淨。此外，也不知什麼原因，最近爭相潛往橫溪口，打撈沉船物品的溪南人，這幾天突然縮手不敢再去了。

瓦烈社人善意警告文仔嗹，颱風過境溺死整艘唐山人的橫溪口，是一片河神封禁、溪鬼出沒之地，最好莫去為妙。因為一連幾晚，他們都曾經看到，人去屋空的客家銣寮裡，突然莫名其妙的，被誰點亮了一盞深夜幽燈。

離開溪北，文仔嗹一陣苦笑。暗想，瓦烈社人連續發現的人屍，必是出自那名熟悉泰雅族忌諱的二轉仔通譯，吃雞偎雞、吃鴨偎鴨，特別專爲溪南人佔地獻策的「驅番詭計」。

橫溪口的山洪，已經消退大半，水勢減緩許多；溪岸擱淺的唐山破船，咕嚕咕嚕吞吐著蠻渦荒漩，原本載沉載浮的唐山素布，已經早被什麼人悉數搬走。斜斜戳向半晴天空的桅桿上，果然出現一串泰雅鈴鐺；文仔嗹遵囑行事，以那只唐山女鞋，換下了這串泰雅鈴鐺。

泰雅鈴鐺，文仔嗹好像看過。仔細再看，竟然就是那串，伊娜曾經戴過的藤環響鈴。

「伊娜，親愛的好姑娘呀！我知道，妳還活著，妳就行行好，莫再跟我捉迷藏了！」

「伊娜，親愛的好牽手呀！無論毀貌或失身，受到多大侮辱，我還是永遠愛妳啦！」

文仔嗹睹物思人，聲聲殷切呼喚。奈何，莽莽溪野，只聞縹緲鳶唳，別無任何回音。

五個月後，適逢冬末歲初，紫氣東來，一元復始，大地充滿無限生機的新春季節。

遼闊埔野，橫溪、三角湧溪，清淺緩淌，文仔嗹輕易涉水而過，爬上「劉厝埔」。

經過一百五十天等待，只爲了一個「愛」的期盼，文仔嗹行前在祈求自己祖靈之餘，還專程跑到落腳於三角湧溪岸的一戶李姓墾民家裡，以一對彩雉交換了一束香把，一疊金紙。同時拜求，他們那尊一腳踩龜，一腳踏蛇的「上帝公」，也共同庇佑與見證伊娜的生死。

客家人遺棄的墾地上，諸多莊稼作物早已泡毀，但家廓猶存，門戶還在；尤其，不畏乾旱水澇，越險惡便越堅韌的在地甘藷，反而更加生意盎然，到處繁蔓攀爬。文仔嗹在忍過一個嚴冬，新藤爬過老藤，裸露爛頭又冒出幾許新芽的藷壟厝隅，點焚了那些香把與金紙。

香煙紙灰，隨風飄飛，直將他薰嗆到涕淚四溢，很想痛哭一場。煙淚迷濛中，突然一道蒼藍人影，由破窗閃過；近似一抹迷離難辨的神鬼幻光，引得他眼睛一亮，倏忽而逝。

此人是誰，爲何避而不見？文仔嗹立刻推門查探究竟，他首先看到客家人請走祖先「牌位」後，棄置在正壁竹桌上的一只陶製「香爐」。此舉算是漢人墾民，所謂「家」或「厝」，突遭外人「侵門踏戶」的魯莽行爲吧？香爐前，一股守護寒氣，迅疾朝他劈頭襲面而來。

「漢人的神明和祖靈，請原諒我不請自入。我無意冒犯祢們的安寧，但請助我趕快完成心事，我便轉身就走！」文仔嗹出示，交換所得的泰雅鈴鐺，用來證明他所謂的「心事」；說也奇怪，這寒氣竟然如見自家人或自己盟友似地，悄悄隱逸，不再咄咄逼人。

隨後，在好奇心的驅使下，文仔嗹大略參觀了一下，這「家」或「厝」的構造與擺設。他瀏覽過，「祭拜」與「吃飯」合用的「廳仔」，「床鋪」與「尿桶」同置的「房間」；又瀏覽了，「柴堆」與「廚具」（諸如鍋鏟、刀砧、盆桶、缸瓢、碗筷）雜陳的「灶間」。

「灶間」內，讓他大吃一驚的是，竟然堆滿了沉船上，那些突然消失的唐山素布。

此外，另讓文仔嗹吃驚的是，「灶間」的「柴堆」邊，竟然更又出現好幾綑，長在橫溪沿岸的大菁葉；鐵鍋裡，幾匹素布正在煮沸「打底」，挑桶中，一只正在「浸泡」大菁葉，一只正在「浸染」素布。而走出「灶間」，後院側邊，半堵圍成「豬舍」與「屎礐」的傾廢竹籬前，兩根竹竿上則正在「晾曬」著，幾匹已經「浸染」完成的美麗藍布。

美麗藍布，隨風招展，直如天幕飄降人間。文仔嗹心頭，不禁一陣喜，一陣悲。

他喜的是，這「藍布」，似與大菁染料有關；伊娜有志竟成，終於取得，這創世獨缺的「藍色」了。悲的是，這「藍色」，為何必須藉由這麼哀傷的悲痛過程，才能實現？

根據霄裡社人，自古從天然物中採色染布的經驗，有關「菁染藍布」的全套製作，應該還有一道手續，正在忙著進行，那就是「漂洗」。他相信，剛才避而不見的某人之外，一定還有另外某人，正在某處分工合作；而該「漂洗」者，可能就是伊娜與阿雲，其中之一。

四顧無人，文仔嗹並不貪求，遵囑取下了一匹藍布。並在醒目門頭，掛上那串泰雅鈴鐺後，立刻逕往兩溪水湄；但願能夠找到，這位臨溪「漂洗」者，無論她是伊娜或阿雲。

果然，他在不遠的三角湧溪左岸，一找就找到了，一只十分精緻的客家竹籃。岸畔，蘆草被踩出了半圈活動範圍；但竹籃裡，空無一物，臨溪漂洗者已杳。幾匹任水滌盪的菁染藍布，則是有如幾片藍天倒影，不斷隨波浮沉曳湧，幻化出令人遐思的曼妙雲浪。

顯然，這位漂洗者，也似有意避開的。而通風報訊者，如果不是剛才那抹迷離藍影，可能就是這塊荒蔓溪埔上，那些到處窺視閃藏的鼠兔龜蛇吧？

「明知，伊娜或阿雲，就躲在這附近。但因某種神鬼旨意，必須暫時忍受迴避嗎？」他隨即不再打擾而返。心想，只要能找回伊娜，任何旨意與迴避，他都樂於接受了。

十個月後，文仔嗹拿著這匹藍布，裁剪而成的三塊包巾，重登大尖山頂。

路過上帝公山與大尖山之間的鵠尾山區時，一夥正在山坡上採茶的溪南人，走來幾名曾有一面之緣者，向他搭訕攀交。一番比手畫腳溝通後，原來是為首的墾民，有意向泰雅族或平埔族，承租王公坑山北麓那片阿四坑谷地，想央請他幫忙居中牽成。

其實，王公坑山北麓至大尖山西麓之間，先住民遺址斑斑，無名骸骨處處，早已被平埔族畫爲傳統禁域，早期漢人便是因而輕易佔有溪南墾地的。文仔嗹並不貪圖其中便宜，但雖經他表達只要不侵犯泰雅族獵場，他們便可逕自開墾的看法後，爲首者仍然不肯放行。

再經細問，文仔嗹這才瞭解原以爲勇如亡民，無所禁忌的這批漢人，自從生下第二代以來，最近突然連連見鬼撞邪啦。不只男人下水捕魚，遇到溪妖出現，女人上山撿柴，看見林魈出沒；連小孩睡在自家床上，也時常被夢魘驚醒，苦讓大家日日提心，夜夜吊膽。

蘇姓的恩主公，劉姓的三太保，林姓、陳姓的祖師公都紛紛抓乩指示，這是因爲墾區厝宅「地居主」不認同，田頭園尾「土地公」不認定的緣故。蒼天在上，舉頭三尺有神明，冤有頭，債有主；解決的辦法，就是找來原初地主解除封禁，一切怪異現象，即可平息。

「泰雅人又臭又硬，頑固得就像屎桶板，平埔人有情有義，好說話。請最少帶念到母親正在擔憂，囝仔正在受驚的情分上，我拜託您囉！」爲首者，誠懇得差點下跪說。

「喔，就像我現在的心情一樣，溪南人，這也是爲了一份愛的緣故嗎？——」

「喔，冥冥保護的祖靈，那就請聽我親口說出，這群好漢人的承諾吧！——」

文仔嗹心頭一軟，於是按照爲首者的示範，愼重合手朝向天地四方拜求後，慷慨得連整片溪南山野，索性都無償應允他們了。雖然，事實上，他對於平埔族霄裡社人，是否就是那些先住民的後代都還滿頭霧水，都還不能追溯確定。

「還有，不只是漢人住處鬧鬼，泰雅人時常走動的大尖山上，我們昨晚也整夜聽到鬼嬰哭聲了。但願您好心有好報，此行一路平安！——」

問明去處，不停拱手稱謝的溪南人，倒是非常感恩地，另外回報了他這件訊息。

溪南人所言不假，文仔嗹才剛轉進大尖山徑，「鬼嬰」的哭聲，便已隱約傳來。

他心情篤定，尋聲穿嵐而上。大尖山頭，圍擁著三塊老巉岩的草窩裡，一頭母鹿正在哺餵兩隻乳鹿；他一靠近，母鹿氤氳而遁，形態竟然很像，之前見過的那抹人身藍影。

山風一拂，山嵐散了。文仔嗹恍惚了一下，隨即醒回現實；立刻彎腰一看，兩隻哭啼乳鹿，原來竟然就是一女一男，一對雙胞胎的初生人子。

「喔，親愛的伊娜，那是妳本人，還是妳靈魂出竅嗎？這對可憐的嬰兒，又是妳的親生骨肉吧？喔，可敬的母親，我會堅守當初約定，效法藍鵲家族，養大妳這對遺子啦！」

文仔嗹只是懷疑，但並不猶豫，當即取出兩塊藍布包巾，一前一後，揹上這對孿生子。第三塊藍布包巾，他打算順路拿去油蘇社，分享給好妹婿卡朗．達奧；同時探望，已經將近一年未見的好妹妹，現在也可能挺著大肚子，即將產子的艾瑪。

半個時辰後，當文仔嗹高興抵達油蘇社時，卡朗．達奧剛好依俗在自家床下，幫艾瑪埋過「胎衣」不久。迎面一掌，這妹婿便將才剛洗淨的濕手印，重重拍在文仔嗹的肩膀上。

「好舅子，文仔嗹！就在剛才，太陽升上大尖山後，你終於升格當上大阿舅了！」

原來，疑似伊娜替漢人，生下那對兒女翌晨，艾瑪也替泰雅人，生下一名男嬰了。

卡朗．達奧歡喜得笑不攏嘴。但當他聽過文仔嗹說明來意後，雖然高興的接受了那塊藍布包巾，卻悻悻然對著那對孿生姊弟，嗤之以鼻，甚至忿怒到不屑一顧。

「好阿舅，卡朗．達奧！那男嬰不知像誰，這女嬰倒是有點像伊娜，你好歹也總該低頭看一看，伸手抱一抱呀！」文仔嗹坐下來，小心解開襁褓，將嬰兒攤在膝懷上。

「哼，無恥漢人的後代！我不如就像兩隻小野猴那樣，一手一個掐死他們，好讓大家這段記憶，現在就永遠消失！」卡朗・達奧昂仰著「王」字青紋，雙手猛伸過來。

「好勇士，親愛的卡朗・達奧，千萬不能這樣做。就由我帶回霄裡社，撫養他們長大，好讓我可以隨時看見，伊娜的遺影。要不，我怎麼渡過，漫長的下半輩子啊？」

「噢，好男人，文仔嗹！伊娜有你這種好牽手，眞是太幸運了。但是，狼狽落難逃來的唐山漢人，有你這樣的好鄰居、好養父，那才更加是他們祖上的大福運啊。唉，唉，但是話說回來，你一個笨手笨腳的羅漢腳仔，又怎麼照顧好，兩個哇哇想吃奶的小嬰兒呢？」

卡朗・達奧既生氣又慶幸，一屁股坐在屋簷前，矛盾的吸著長瓜（菜瓜）桿菸。

「好哥哥，卡朗說得沒錯，你又怎麼照顧好，這對沒奶子吃的小姊弟呢？」

「但是，好妹妹艾瑪，妳這母妗豈又忍心看著，這母舅活活掐死外甥嗎？」

艾瑪抱著自己初生嬰兒走出房間，卡朗・達奧手邊的藍布包巾，立刻讓她眼睛一亮，如獲至寶的趕快取來，便往嬰兒身子蓋上。這是第一塊泰雅族擁有的藍布，平埔族交混泰雅族的赤子膚色，隨即就在微黑透紅之外，呈顯出一片喜悅交疊著傷愁的瀲灩藍光。

艾瑪走向哥哥，代替卡朗・達奧探視，這對泰雅族與漢族混血的小外甥。躺在藍巾襁褓裏的兩姊弟，皮膚比自家男嬰略白，但喜悅交疊傷愁的藍光，卻是同樣湛亮照眼的。

「親愛的哥哥，親愛的卡朗！伊娜的事是平埔人的事，也是泰雅人的事；」艾瑪將心比心，親吻著兩姊弟的頭額，撫摸著兩姊弟的臉腮。以著「姑母」及「舅母」的雙重身分，更以著「母親」第三層心情的提議說：「既然這樣，我們可以就先讓泰雅人哺活這對外甥，直到學會喝湯吃糜，再抱還平埔人，養大這對養子。不知你們意下如何？」

「喔，喔，多麼感心的好妹妹。妳是知道的，咱們霄裡社裡，有的是剛生下小羊的好母羊吧？」文仔嗹不反對，但不好意思的逞強道。

「唉，唉，多麼貼心的好牽手。妳也知道，咱們油蔴社的好母羊，並不比霄裡社少！」尊重女人是泰雅族的傳統，卡朗·達奧終於不再堅持男人的看法，也是不服輸的豪氣說。

「哈，你們都擔心，我會奶水不夠，餵不飽三個表姊弟嗎？你們看哪，平埔女人，有的是兩大個豐滿的好奶子，兩袋子飽滿的好乳汁呢！」

艾瑪一把掀開「老嘓」外衣（五尺烏布，平埔婦女蒙體長衣），彈抖抖地，袒露出兩團初爲人母的大奶子，逗弄得兩個大男人與她自己，一起悲喜交加的流下了眼淚。

然後，兩名未來的準頭目擦乾淚水，吸吐著長瓜桿菸，滿懷遠憂的談起三件心事。

其一是，瓦烈社人已經完全放棄溪北舊址，有的撤向北邊「挖仔」，有的乾脆退至東邊的柴埔山域，併入油蔴社混居。原因是，近年又移進兩撥王姓墾民的溪南人，已經陸續越溪侵佔泰雅族的邊界領地，攪亂瓦烈社人的生息安寧，未來的生存壓迫，必將更加嚴重。

其二是，「劉厝埔」客家人的棄地，卡朗·達奧爲了追蹤伊娜的生死之謎，也曾經私下進行三次探查；邂逅了，某些如眞似幻，並非傳統泰雅人，能夠判辨原因的奇怪巧遇。

三次探查，首次是一介邋遢酒丐、一名青沖少年、一位黑面老僧，唐山古裝的三男組，輪流苦口婆心，告誡了一大堆陌生難懂的「天理循環」，將他阻攔在唐山沉船處。其次是一個老嫗，先後顯露出平埔太嬸婆、泰雅太祖嬤、漢人太佛母，三張老女臉的形貌，輪流諄諄絮唸，說明了一大串複雜變化的「人間因果」，將他勸止在客家廢園前。第三次是，他一路通行直抵客家空屋外，看見門頭掛著一串他親手製作的藤環鈴鐺，得知伊娜還倖活人間，並且就住在屋內；但當時反而久久不敢入門確認，只好臨時以自己一串山豬牙項圈，取代該鈴鐺，向漢人示警千萬勿進侵擾後，落得滿腔懸疑與寄盼而返。

其三是，文仔噻向卡朗．達奧透露，他也曾經看過那三張老女臉，探索過那艘唐山沉船，以及造訪過那幢客家空屋；這串藤環鈴鐺，就是他遵照那三位老嬤子指示，所取得並掛上，然後換回今日襁褓藍布的。還有，他已經將阿四坑那片谷坡，允諾給漢人墾植，附帶條件是絕對不得侵擾泰雅族的鄰近獵場，違者平埔族必將參與「出草」，進行嚴厲報復。

「我們有好人，漢人也有好人，只要心存善意，一切好說啦。」文仔噻講述著，進一步樂觀的勸慰卡朗．達奧說：「既然，我們知道伊娜還活著，大家這就高興一點吧。因爲，老嬤子們還告訴我，霄裡社人可在明年中秋，重來一趟油蔴社，如願娶回伊娜！」

「噢，天眞老實的文仔噻呀，但願如此了。唐山的神言仙語，我們也許可半信半疑，但漢人的嘴皮心思，卻是只有他們祖靈才懂得！」卡朗．達奧聽後，大大搖頭的猛吐菸霧。

「唉，事到如今，也只能順其自然，一切看著辦吧？——」

漢人的嘴皮心思，一對對小眼睛，一張張黃板臉，一排排褐斑牙之外，其實文仔噻也是所知有限。一時之間，也只好跟著卡朗．達奧大大搖頭，猛讓菸霧薰漫著自己眼睛了。

暑夏，日頭赤炎炎，無風無雲的烤曬著，三角湧的偌大溪埔。溪埔周邊，分姓而居的漢人聚落，悄悄裡，開始出現一名逐庄兜售菁染藍布的神祕女挑販。

女挑販口操泉州腔，有人問起姓名、身世及祖籍，只會搖頭傻笑，但因這層泉州鄉音的緣故，一般墾民並不排斥她。更因一副藍臉、藍手、藍腳，加上身穿一襲藍色泰雅族「長胴衣」的特殊模樣，憐憫者於是便以「藍臉青姑」，鄙視者便以「烏面番婆」稱呼她。

青姑挑賣的藍布，物美價廉，色緻常新，比起傳統的唐山貨，還受到漢人與平埔人的歡迎。歡迎的另一個原因是，她還會替人治病，大人常見的外傷、痰熱，小孩常患的痢疾、痲疹，都能透過她獨門的大菁草藥，以及「藍泥」給予緩解或治癒。

青姑的出現，特別引起溪南人的關注。溪南人除了人丁旺、婦孺多，對青姑的服務格外需要之外，又因泰雅伊娜與唐山阿雲，始終尋無人屍，一直懷疑這個青姑，也許就是她們其中之一。四姓頭人，由於先前對伊娜的道德歉疚，對阿雲的道義愧憾，早有彌補之心，無不各自吩咐族人，務必贖罪對待；凡是路過的「奉茶」，臨餐的「奉食」，都悉聽方便。

尤其，林姓頭人，更因阿雲那層同姓同宗的血緣關係，特別交待族內子弟，四處傳話放風聲，無論此女是「藍臉青姑」或「烏面番婆」，只要她受到任何「侵害」與「欺負」，溪南林姓誓必不惜一切追究到底，絕不原諒。

事實確是如此，青姑面目，雖然有如罩上一層迷霧，但美醜、身世，並不重要。只因她是個年輕女子，總是難避免那些男性墾民，滋生「侵害」或「欺負」的歹念。

白天，就曾經有某些庄痞子，意圖半途越貨奪錢；但剛一近身，卻只見她一溜煙便遁入龜蛇鑽動的溪葦內，隱逸無蹤。暗夜，更曾經有幾個羅漢腳仔，潛來客家廢屋，妄想人財兩得，但才剛靠近門前，卻見一介山豬牙項圈掛胸的「王字番」，持刀而立，猛抬頭更看到屋後上空，另有一尊頭繞金光的「赤臉怒神」，瞠目而視；再環眼四顧，溪野火金姑明滅飛舞如妖火，耳畔林姓頭人嚴厲警告似響雷，哪有膽子，還敢造次。

青姑的廬山眞貌，直到三角湧逐漸成庄的第二次巨颱前，才被該年一系列清水祖師（正月初六），上帝公（三月初三），媽祖婆（三月廿三），觀音嬤（六月十九）的聖誕慶讚氣氛，所漸層廓清的。七月，青姑終於傾其積蓄在三角湧庄隅，向永春籍林姓墾戶購地搭店，正式擺起一爿女人當家的藍布攤子；那日收工後，她回到客家廢屋清洗手腳，臨溪一照，竟然發現自己擁有兩張臉，一張藍皮藍臉，恍若鬼影，一張黑眉白面，似曾相識。

「妳是誰？」她問著對方，也問著自己。

「我是誰？」對方問著自己，也問著她。

她問著，對方問著。冥冥中，好像更有第三者也問著。

莫非，永遠不褪色的菁染身世，終究還是必須還原啦？

八月，命定巨颱，果然如期應讖而至。此次水患，似已超乎《三峽鎭志》所能承載，不僅海山庄東南墾地全爲所淹，災情甚至擴及淡水河全域，連艋舺行郊也頓成一片汪洋。

大水消退後，世事重新洗牌，地物重新變遷；三角湧主流大姑崁溪，又是一次大改道，包括廢屋在內的客家墾區盡毀，恢復成一片天荒地老的無主浮盪地。但因「王字番」與「赤臉怒神」的餘威猶在，直到乾隆末期，才由陳金聲招來多數劉姓佃農，進行第二次墾殖；也從此開始，此地正式留下了，跨越四甲子的「劉厝埔」地名。

至於，那艘「唐山沉船」呢？該船在洪水中，並未移動多遠，只是翻幾翻換個位置，卡在下游兩里外的石頭溪口；被住在柑園的另一批客家人，拆搬上岸，搭成第一間蠻鄉異域的粵式祠堂。天道演繹，禍福相隨，這就是諸多族群之間，自求多福的例外例，案外案吧？

至於，那只「唐山女鞋」呢？該鞋則滔滔盪盪，順著怒洪沖滾而下。兩個月後，被一介住在台北艋舺的年輕流浪漢拾起，輾轉攜至本地三角湧庄，雛型始肇的初街上。

流浪漢名叫「陳金福」。自稱是泉州安溪人，原係艋舺船商少東，只因此次大水災，不幸家毀人亡，所有產業沖失無存，落得必須找來偏鄉「三角湧」地區，投靠一位邱姓塾師；以及一名曾經受到其父「頂郊老大」，暗中收留過、義助過的，林姓少女偷渡客。

流浪漢窮途末路，且乞且尋，更不幸的是在問知該老夫子，已因船難溺死後，竟自神志俱喪，當街崩潰痛哭，抱著那只金蘭女鞋，蹌至街側土地公坑溪前，打算投水一死了之。

溪水晃漾下，他乍見藍光一閃，溪畔蹲著一名似曾相識的藍衣女子，恍似正在漂洗自己影子。

「阿雲，如果我們有緣，那就來世再見了！」他悽然一叫，縱身跳向那片藍影中。

「阿雲，阿雲到底是誰？這位少爺，你是在叫我吧？」

「喔，對，對。就是在叫我，我可不是就叫阿雲嗎？」

「但是，你又是誰？爲啥抱著這隻鞋，死都不放呢？」

「鞋子，我也有過這麼好看的鞋子嗎？是誰送我的？」

「喔，是熱鬧的艋舺大街，一位金福少爺送我的吧？」

「金福少爺臨別時，盼望我，能穿著那雙鞋重逢嗎？」

「但是，我到底又在何時何地，遺失了另一隻鞋呢？」

流浪漢清醒時，發現自己濕漉漉地，已經被三角湧鄉親幫忙救入，青姑的布店內。

青姑則俯探著，大致還原的素淨臉醫，喃喃問著他，也問著自己。又取出另一隻尺寸、款式、花樣，完全相同的鞋子，湊成一雙，拿在由藍轉青的手上，要他一起參與回想。

然而，深沉天意，已非凡夫所能窺探，悲慘世事，不如盡付命運封存。

只要一觸及，「我到底又在何時何地，遺失了另一隻鞋」時，她只記得當年巨颱之夜，溪洪滾滾，船覆人淹；一隻冥冥之手，突然伸長過來，猛推著她不停往上攀泅。當攀泅至一個莫名溪窪，正要定神喘息，旋即遭到某物從上當頭一墜，頓時頭痛欲裂，記憶斷失。

唯一還能自我喚醒或澄清的是，她就是那個唐山過台灣，尋父依親的「白臉阿雲」。而不再是，逢人傻笑，一問三不知的「藍臉青姑」或「烏面番婆」了。

也是八月，命定巨颱來臨前，已經入墾橫溪北岸的溪北人發現，青姑原來有兩個。

那天，青姑援例鑽出橫溪口的深重埔葦，蹲在溪畔掬水洗面；重新起身時，竟然分出一白一黑的兩個人。然後，白臉青姑挑起藍布擔子，繞道溪南庄，走向三角湧庄；烏面青姑手持一串山豬牙項圈，沿著橫溪左岸，走向溪南山麓。

白臉青姑，顯然目標明確，正在忙著搬挑，最後一趟藍布陳貨。烏面青姑，似乎十分迷茫，好像正在急著辨認，某處溯溪而上的時空入口。原本有如合為一體的本尊與分身，或是人與影、魂與魄，於是分道揚鑣，各奔世塵；溪北人，從此就再也沒見到她們回來過。

此時，除了仍然頑守「挖仔」世居山頭，略為移向擺接社「媽祖田」的小股瓦烈社人之外，其餘泰雅族，大多已從「溪東」退至「城仔」境內。走向溪南山麓的烏面青姑，先是在某個依稀印象的溪墺前，面對大片似曾相識的大菁樹，一陣低徊憑弔；隨即涉過，也是似曾相識的記憶渡口，登上橫溪右岸，逢人便問起，一位名叫「達奧．匹馬」的油蔴社老頭目。

守在漢番界址內的漢人隘丁，只她手上拿著山魔禁令的山豬牙項圈，不敢恣意留難，立刻便予放行。守在漢番界址外的泰雅族勇，則在如實告之老頭目「達奧．匹馬」，已經因為走失愛女伊娜，加上漢人侵擾交逼而死的變故後，只見一臉渾沌神情的這名奇怪女子，竟然無端痛哭得如喪考妣，而將她領到新頭目「卡朗．達奧」的新住處。

「伊娜，伊娜到底是誰？這位勇士，你是在叫我吧？」

「喔，對，對。就是在叫我，我可不是就叫伊娜嗎？」

「但是，你又是誰？為何幫我套上這串藤環鈴鐺呢？」

「鈴鐺，我曾經有過這麼悅耳的鈴鐺嗎？是誰給的？」

「喔，是我的雙胞胎哥哥，一位叫卡朗．達奧給的？」

「前年，我被蛇咬傷，還戴著它讓文仔嗹揹著跑嗎？」

「但是，我究竟又在何時何地，遺失了這串鈴鐺呢？」

卡朗．達奧問過她，艾瑪問過她，族人們也紛紛圍過來問過她，往事總算被溫馨親情，逐層廓清。一大堆親友，不禁悲從中來，淚流滿面的哭成一團。

然而，當被詢及，當年颱風前夕的失蹤，究竟是怎麼回事？這兩年來住在哪裡，吃了哪些苦，身上所穿的美麗藍衣，又到底從何而來？一時之間，伊娜突然身心撕裂、靈肉剝離，雙手在大尖山頂揮擺、兩腳在泰雅獵徑奔竄，肉體朝向溪墺跳落、靈魂轉往天空飛昇；潛意識裡，只隱隱惦掛著兩件事，其他已經一概盡付橫溪山洪流走。

至於，是哪兩件事？伊娜則又渾渾噩噩，欲記猶忘，欲憶還失，黥面不住抽搐，深瞳不停流淚。這兩件事，卡朗．達奧與艾瑪將心比心，隱隱感知，應該就是共同指天爲誓的文仔嗹，現在是不是已經另娶別人？還有，那對懷胎十月的無辜姊弟，現在是不是還好好活著？

「夠了，人平安回來就好，就莫再逼她發瘋了。」最後，是母親老烏妮走了出來，不忍心而世故的垂俯著，自己那張複雜黥面，提醒說：「可不是，我們確是還有兩件事，必須趕快著手準備。一件是颱風又要來襲了，一件是好歹也得向平埔親家那邊，通報一聲！」

中秋，第二度巨颱降臨前夕，時光好像被重新調回原點，世事好像被重新彌補一次。

不同上次的是，霄裡社人已不再取道大尖山下。而是逕沿打鐵坑溪，繞過王公坑山東端，穿越「竹力澤」坑谷（泰雅古語，在今之竹崙里），直赴「城仔」的油蔴社，順利娶回新娘的。

這是一場泰雅女婿、平埔媳婦、漢人養子，三位一體的共構婚禮。因係「三角躅」開天闢地以來的創舉，不禁引得天地變色、風雨交會、雷電齊鳴，也不知這預兆日後是禍，還是福？

所幸的是，諸神委由寬容包涵的平埔人擔綱，在昏天暗地、歡天喜地的迎親綵隊中，新郎與新娘，難得在兩族傳統盛裝上，另外搭配了一件湛藍「披肩」（泰雅服飾）。一對養子，也是難得身穿湛藍「短胴衣」（泰雅童裝）的新衫，充當花童，增添新婚父母的幾許喜氣。

淡淡哀怨的藍彩，竟然成爲當天最體面的顏色。
而大水災過後，三角湧四野，一切重新來過——
只有天曉得，這是人文現象，還是天道演繹——

關於「白臉青姑」，依據徐國揚所著《青姑》版本的詮釋，林阿雲與陳金福，不久結爲美滿夫妻。終於體現，離亂世途眞愛不渝，悲苦人間情義兩全的千古美談。

甚至，對映在地宿老李三朋版本的想望，終成佳偶的一對有情人，前者憑其獨家大菁染技，後者透過舊有行郊人脈，不僅在三角湧街擁有自染自售的染坊，更且基業代代相傳，生意遍及海內外。至於，山城興起於道光，大盛於同治、光緒年間的「大菁藍染」，其中多家林、陳業者，是否就是上述兩人後代，或相關親族？因事蹟遙遠，世情晦昧，那就誰也不敢妄下結論了。

關於「烏面青姑」，根據他依稀記憶所及，可以確定的是，伊娜與文仔嗹二度成親後，並未再有生育。一對養子，因當年由艾瑪及卡朗．達奧，親手抱回犁舌尾時，剛好是藍鵲離巢教飛的七月，一家藍鵲從王公坑山飛向十三天丘埔，兩隻落單幼鳥半途停在部落前，嘎嘎互喚；公廨旁，野百合花叢則有一群大鳳蝶翩翩對舞，互相輝映，呈現出一幅足可永遠追懷的盟誓畫面。文仔嗹與伊娜，於是就將女兒命名爲「文仔蝶」，兒子命名爲「文仔鵲」。

文仔蝶與文仔鵲，後來跟舅家的長男、長女，交換結親；文仔嗹與卡朗．達奧，於是親上加親，始終保持互不相欠，互更相疼的父輩遺訓。霄裡社與油蔴社，兩邊異族親家，於是自此也總會在隔代生下，一對雙男、雙女，或一男一女的孿生子。

至於，阿雲與伊娜，雖然遺失了那段天地驚變的莫名記憶，其他倒還一切正常。兩人除了每逢颱風天，前者會頭痛發作，後者會黥面抽搐之外，彼此都像終於償還了一筆天債般，快樂而高壽以終。

她們各自死後，前者依漢人「土葬」習俗，埋在鳶山中腹東側，今之「中山公園」前身的三峽「第一公墓」，也就是日後日本人遺失一座「表忠碑」附近。後者依泰雅「室葬」族俗，埋在王公坑山南麓，今之嘉添里「犁舌尾」的家宅床下；其附近，已經另外早有一系列犁舌尾、土地公埔、菁礐埔等處，「十三天」史前先民的下層遺址群。

相傳，三角湧人在乾隆年間，一連串首建祖師公廟、媽祖廟、上帝公廟後，並未促進眞正的安和樂利局面；反而帶來乾隆四十二年（一七七七年），更大規模的閩粵爭地械鬥，乾隆五十二年（一七八七年），林爽文事變的反清烽火。導致，屢遭波及的平埔人，被以「熟番平亂有功」之名，正式編進漢人陣營，從此混淆身世，變身爲半個漢人。

嘉慶十五年（一八一〇年），台北地震的警告，猶未引起三角湧人的警惕。道光二年（一八二二年），有翁添入墾「城仔」（今之成福），開山植菁；三年後，更有漢人結合英國商人，進入十三天、打鐵坑的漢番交界，甚至大肆深入附近的油蘇社「番境」，伐樟煉腦。

道光十三年（一八三三年），三尊大神一怒，引發一場更大的地震，竟自震毀了三座廟堂。但廟毀立即再建，一手執香，一手拿刀，不達經濟目的，絕不罷休。

從道光中葉至咸豐年間，漢人對外，另再繼續沿著土地公坑溪，向西侵墾霄裡社的土地公坑燒耕谷埔；並經由烏塗窟、娘子坑，直逼該社僅餘的大料崁、八塊厝的世居地。往東逼退油蘿社，闢建貫穿泰雅族新住地，橫溪上游小暗坑的伐樟山道。

漢人對內，則分別於咸豐三年（一八五三年）、九年，再爆兩次大規模爭地械鬥；不幸，又讓在地人禍，足足擴延了六年之久。但不同以往的，卻是這兩次械鬥對象，已經不再是外族或客家人，而純粹是福建泉州、漳州，自家兩籍的「兄弟鬩牆」。

兄弟鬩牆中，最爲慘痛的「桃仔腳」之役，甚至留下了「刣人窟」的血腥惡名。

同治六年（一八六七年），大神再怒，大地震又起。此次，大廟雖然未有毀損，但被臨時附身顯靈的祖師公乩童，氣惱得吐出如下四句神諭後，便久久閉嘴，不再說話：

典範在前，不思瞻悔——
惡性難改，事端已埋——
此後劫難，禍福自招——
嗚呼哀哉，奈何奈何——

四句神諭，字面並不晦澀難懂，但相應脈絡卻深冥難辨，並非一般桌頭可以參透。

首句的「典範在前」，鄉賢們舉出篳路藍縷的六大姓開荒始祖，想給後代仿效；次句的「事端已埋」，憂心者舉出水患震災的大殷鑑，欲予提早綢繆。最後兩句的「禍福自招」、「奈何奈何」，執事者舉出古有先例的謝神酬鬼，加以慶讚解套，卻一一都被大神否定。

桌頭心慌無策，頻燒金紙，連施符咒，本想催逼乩童重開金口，不意卻催出了前後兩抹青姑身影；前者白臉，後者烏面，隨著裊裊香煙，定定恭立在神龕前。金紙再燒，兩者便齊身跪拜，符咒再施，兩者更便雙首叩地，動作一致，再三反覆，致令眾人更加滿頭霧水。

一對青姑遺影，身披菁染藍光，如魂如魄，像靈像仙，不知是何方神聖，或哪家先人？桌頭莫名所以，幾經催符送客，仍然叩拜依舊，盤桓不走。

眾人心想，莫非這就是大神所要昭示的，三角湧的「典範」人物吧？

那年，文仔鵲已經活過百歲高齡，雖是渾然忘掉自己年紀，但緊急被請來參與辨認「典範」人物時，卻一眼就認出，那位烏面身影者，正是他早已過世四十幾年的泰雅母親。

「喔，喔，親愛的雅亞啊，我總算盼到您又歸來囉！感謝天上神佛的保佑，讓您最在意的藍彩，隨身長駐，您已經沒遺憾了呀！」五朝人瑞，第二代的老叟文仔鵲與第一代的少女伊娜，母子隔世，忘年重逢，泰雅、平埔、福佬三語併用，孺慕得撲身而跪，殷切而喚。

文仔鵲回憶了一下，告訴大家，白臉的叫「阿雲」，烏面的叫「伊娜」，她們就是當年出現在三角湧溪埔的那對烏白「青姑」。兩者一經文仔鵲指認，淚水撲簌而下，穿堂風一拂，廟龕香煙一散，白臉疊向烏面；宛如一對，前生身世相異，今世命運相同的雙生姊妹，兩影一身，兩身一影的不請自走，默默飄向三角湧溪面而去。

當時，年方二十出頭，頭腦靈活，飽讀詩書，三角湧青年才俊的李三朋，以及一介剛從台北大稻埕，流轉至三角湧街擺攤的落魄相士，也被廟公請來幫忙解謎拆謎。

兩抹衣影一逝，一片青光猶存。李三朋但覺千萬隻「藍靛精靈」，繽紛浮閃，忍不住暗自發出一句驚嘆：「今生今世，我的夢想就是這片晴亮，這片華采，這片湛藍了！」

落魄相士是個半盲者。半盲，而比常人更見幽微，兩窪眼白一翻，當即掌握某些蛛絲馬跡，警告三角湧鄉親。今日，兩位藍衣玄女現身，是祖師公安排的一則佛偈，白臉青姑懷憂，烏面青姑帶怨；顯見，本地百年之內，天災可免，人禍難逃，仍然還有兩樁大難臨頭。

至於，難從何來呢？一樁是起於烏面青姑原鄉的漢人「貪婪之劫」，一樁是來自白臉青姑祖國的唐山「無妄之災」。這人禍事前，都可由東面山頭升起的黑嵐，預窺徵兆；但因禍端深埋，三角湧人已經沒有閃避餘地，只能含淚忍痛承受。

落魄相士，掐指一算再算後，頹然正想退出廟外。

「大郎先仔，且留步！請問，這對黑白青姑和大菁藍染之間，到底有何因果？」充滿燦爛夢想的李三朋，緊趨兩步，叫住落魄相士：「還有，我的湛藍之夢，可成或不可成呢？」

烈婦投水殉節，孝女遇劫渡難，魂魄彼此會合交纏，精神兩相契合重疊；一邊攜手同採大菁，敷痛療傷，一邊輪流盜食山果蕃薯，扶持過日。天時、地利、人和俱足，藍彩乃現，是爲「大菁藍染」；劫難既渡，天命既成，魂魄兩分，記憶兩忘，是爲「黑白青姑」。

至於，李三朋的「湛藍之夢」，關及「大菁藍染」者，是陳姓、林姓之福，李姓無份。李姓宜「藍而不菁」，其華采屬「水」，不屬「木」，勉強爲之，將招「池魚之殃」；但此殃過後，可在「瀛海藍波」之上，大展鴻圖。

落魄相士大郎先仔，往還幾層冥域，諄諄而述，穿透幾重因果，鐵口直斷。

李三朋聽得半信半疑，聽他命理深奧，相術精微，有心再問的遞上了禮金。

大郎先仔婉拒李三朋厚酬，但隱隱感知，此人是人中之龍，日後必成大器。於是，在提醒他，近者務必當心「東面山區番害」，遠者切記留意「北面海外兵災」的囑咐後，一邊採著手杖的走出祖師廟門，一邊語帶玄機的拋下一句話：

「李少爺啊，不是我不貪財，或嫌你禮金少，而是三角湧人的浩劫，就是我的福報。三十年後，祖師公自會連本帶利，賞賜我一塊狗屎店地！——」

關於李三朋的「湛藍之夢」，大郎先仔批斷的「池魚之殃」與「大展鴻圖」，正是同治九年（一八七〇年），上帝公山至烏塗窟山的「泰雅番變」，李家植菁產地全毀；以及其後，痛定思痛，另在艋舺北郊創立「安記號」商行，經營海上客貨船務，翻騰出的一番「航運盛局」。

話說回來，關於黑白青姑與大菁藍染之間的因果關係，大郎先仔並未多說；但稍後，則由文仔鵲，透過平埔族的母子心靈感應，如下告訴，充滿嚮往好奇的浪漫青年李三朋。

文仔鵲說，那個族群衝突頻繁的年代，唐山尋親的林阿雲與被墾民輪姦的伊娜，顯然都只能順應命運的安排。當前者拚命攀泅至橫溪岸墺，後者捨命跳落大尖山岩，風雨中互相撞昏醒來，不知不覺，重新回到生命開初的人性原點；爲了活著，竟然在同病相憐的療傷過程裡，發現大菁樹葉，不但具有消炎鎮痛的特殊療效，更還擁有附著於皮膚的藍染效果。

兩人大難不死，雖然神志中斷，語言不通，卻在禍福同命、患難與共的求生本能下，起先由熟悉環境的伊娜，帶領林阿雲暫住山洞獸窟，晝伏夜出偷果竊藷填飽肚子。其後，彼此傷痛狀況漸漸恢復，伊娜身孕也跟著逐漸明顯起來；林阿雲於是反過來帶領伊娜，找往她模糊記憶的橫溪沉船處，並且叨天之幸，發現客家廢屋，暫爲居住。

暫居客家廢屋的日子，兩人合力搬回沉船上的唐山素布，由擅長彩染的伊娜，一面等待生產，一面著手「神祕藍靛」的萃試工作；而動機正是，這就是她天賦潛覺的生死夢願。

也是叨天之幸吧？第一匹菁染藍布，竟然一試成功，經過臨溪漂洗與架竿晾曬後，成色直逼晴朗天空的那片藍。差強人意的是，雖然此藍帶有一層不知其然，並且更不知其所以然的莫名哀傷；但這在當時的三角湧而言，卻是已經足讓擁有滿口泉州腔的林阿雲，一邊順利挑至漢人墾民聚落，賺取生活所需，一邊妥善照料大腹便便的伊娜，直到平安臨盆產子。

生而爲人，尤其是生爲女人，發揮天性，克盡天職，黑白青姑誠爲懿德典範。

清水祖師，佛讖易懂難悟，青姑典範，知易行難，冥冥天意，兀自幽幽運行。

這位烏面青姑，就是王阿藷的泰雅高祖母，文仔鵲就是王阿藷的平埔曾祖父。

「以前，你們漢人祖上，看上我們的好土地和好女人，害得我們勇士改獵爲耕，男人改娶泰雅姑娘當牽手。現在，你們漢人頭家，看上我們的好米酒，你們兄弟，看上我們和泰雅族的好女孫；」王阿藷憂心忡忡地，告訴前來取酒及提親的阿宏、阿志說：「這麼下去，總有一天，甚至連我們最後的靈魂和血脈，都會讓你們漢人，全部通通拿走了。唉，漢人要活下去，平埔人和泰雅人，同樣也要活下去呀。這叫我死後，怎麼面對天上的祖靈啊？」

身爲弱勢族裔的王阿藷，不禁又是一陣唏噓，既點頭又搖頭的拉回現實話題。

王阿藷的憂心，是一種已經大致瞭解漢人心性的無奈感慨。不出所料，漢人蠶食平埔族以後，更大舉鯨吞泰雅族了；其掠奪山區資源的手段，可說更加明目張膽，無所不用其極。

光緒十二年（一八八六年），撫墾大臣劉銘傳在三角湧設立「撫墾分局」、「腦局」，雖然招撫了大部分泰雅人，樟腦業爲之大興；但墾民卻帶進新型瘟疫，致使番社怪病肆虐，引發了翌年三角湧溪上游的七社「番叛」，眾多漢人，不幸死於該族出草的「番害」。這就是漢人的「貪婪之劫」吧？而相應於唐山「無妄之災」者，官商結合，百姓賣命的採樟成果，竟然就在光緒二十一年（一八九五年），清廷一紙「馬關條約」的簽訂下，一切犧牲，一切心血，全都拱手讓給非親非故的日本人了。

三角湧已經流灑夠多血淚，捐棄夠多身軀，這仗本該不打的，但還是打了。大神無語，青姑隱逸，三角湧人駭妄得不得不重墜輪迴，重新建立新典範。

那年，山城已大致呈現平埔族解體，泰雅族遍體鱗傷的無奈局面。王阿藷雖然大大不願意，最後還是依循該族寬厚習性，務實而附帶條件地，應允了兩兄弟的提親。

條件之一是，王家一直單傳，王阿原膝下僅有一屘子，兩兄弟必須「招入娶出」抽「豬母稅」，生下次子歸姓「王」。條件之二是，因爲三角湧是個傷心之地，兩兄弟務必同心協力，盡速他遷；並且，等到事業有成，才可分家異灶。

自此，霄裡社這戶沒落頭目後代，在已有的泰雅族、漢族、平埔族三份血緣之外，再度抹上了一層漢人名分；兩兄弟則在陳種玉早先承諾過的援助下，開始做起藍布外賣的挑販行業。於是，西出娘子坑以達桃仔園境內，東入土地公坑以抵三角湧鳶山下，霄裡社人早已落寞許久的那條燒墾之路，便即藍影飄飄應世地，重新踩出了另一番篳路藍縷的新腳印。

兩兄弟，後來是因爲王阿原不善農耕，分得幾分熟田的若干售款後，各自在大嵙崁的漳州庄街，龍潭陂的客家庄頭，落腳開店；對外拓設了兩處，三角湧菁染藍布的新據點。

王阿原則在雙親過世，依漢俗奉厝於「犁舌尾」故址之東，最靠近玄祖伊娜、文仔嗹，以及曾祖文仔鵲安眠的第七公墓後，因出言頂撞秦、詹師傅，引來鱸鰻秦仔與詹戇番的難堪羞辱，氣惱得回家取出床下番刀，當眾砍到他們父子血流如注。這一莽撞肇事，王阿原心知三角湧再也待不下去了，於是趕緊賤售田宅，悄悄攜妻帶子，逃往小暗坑尋求身家庇護。

這樁嘴角風波，這件難堪羞辱，只要依照一般平埔族性「吞忍」下去，本來是可以委屈避免的。只因王阿原身上，終究還殘存著，那麼幾分泰雅族血性，事情最後，還是發生了。

事情始末是這樣的。上述劉銘傳設置「撫墾分局」、「腦局」於八張時，落成典禮上，各級官員及頭面士紳，難免上台致詞，喊些「招撫生番，墾殖山林，增益經濟，促進繁榮」之類，呼應朝廷政策的動聽口號。面對諸多唐山官爺，各路宿儒富商的大場面，台下眾多趨炎附勢之輩，也難免站在旁邊陪襯著，說些迎合權貴的奉承話：

「看，這一磚一瓦，一樑一柱，全是唐山運來的特級品啦。這一孔一榫，一釘一鉚，也全是唐山師傅才有的好手路啦；——」

「哈，可不是，咱們三角湧土師仔，哪有這種好功夫。三角湧的土石，只能做腳踏，三角湧的木料，也只能當柴燒啦；——」

三角湧漢人，每言必稱唐山好。不禁惹得王阿原一陣耳譟，於是隨口應道：

「嘿，當年唐山人，不是餓壞了，窮怕了，才逃出唐山嗎？既然，唐山樣樣都好，爲啥子子孫孫，還賴在三角湧吃三角湧米，喝三角湧水，踩三角湧土，砍三角湧樹呢？」

豈料，說出那兩句奉承話的，正是「陳恒芳染坊」的秦師傅與詹師傅，站在身後的兒子鱸鰻秦仔與詹戇番，馬上挺身出面，替老子撐腰。俗云「相罵無好話，相打無好拳」，五人一句來兩句去，話鋒不覺逐漸觸及，彼此以前的恩怨嫌隙了。

「哼，你這忘祖背宗，不肯拜祖師公和媽祖婆，甘願認洋上帝做天父的平埔仔，若是唐山不好，爲啥祖先兩次改漢姓？爲啥，自己娶了泰雅牽手，最後還把兩個女兒嫁給漢人呢？上次，暗助洋瘋子馬偕的舊賬，今日咱們就打人刣狗，刣狗吃肉，一起總清算啦！」

「哼，你這兩代無度無量的庄豎仔，橫行直走的街遛仔，若是唐山好，爲啥不滾回唐山呢？很好，老子欺負我女婿，小子圍毆馬偕牧師的舊賬，今日我們也一起總清算啦！」

「你這平埔番，你這老酒鬼！你逃不掉的，一世人都逃不掉的！——」

「你這虎豹漢人，你這蛇痞仔父子！你們好膽，都給我等一下！——」

就這樣，取來床下那把生銹番刀，一陣砍殺染血後，王阿原只好攜眷帶狗，循著先祖文仔嗹娶親的打鐵坑溪老路，逃往橫溪上游，尋找油蔴社棲身而去。

然而，當時橫溪上游的油蔴社人，早已分散爲兩股，一股退向加久嶺、獅頭山的更深山域，一股併入三角湧溪上游的大豹溪社群。走投無路，王阿原只好又改名爲「翁老藤」，躲入小暗坑，翁府「大厝間」的勢力範圍，改當一名伐樟煉腦伕，倒也平順度過了十餘年。

雖然如此，小命運，姑且或可暫時躲過；大命運，畢竟還是在劫難逃。

明治二十八年，前述日軍重返三角湧大焚街後，義軍輾轉退守小暗坑。

日軍往還於三角湧的戰線，竟然就是阿宏、阿志，當年的挑販藍布之路。以漢人爲主體的抗日義軍，敗撤小暗坑，伺機再戰的退路，竟然也就是王阿原，當時的蒼皇逃亡之路。

一百二十年後，後人痛定思痛，檢視因果；漢人闖禍，三峽全員承擔，已成定論。現下，泰雅、平埔及漢人，早已三位一體，三族同命。但誰保證，歷史不會重演？

第十七章
奉行使徒

這史道，成王敗寇，您怕了嗎？
這世途，弱肉強食，您哭了嗎？
這仗本該不打的，但還是打了。
這戲本該不拍的，但還是拍了。

這戲本該不拍的原因是，難得「三峽染」文化重建，最難處理的首部曲〈藍光乍現〉部份，可以有如天助的順利完成，何必戲外畫蛇添足，無端撩撥百年悲劇的矛盾與愁怨呢？還是要拍的原因是，事過境遷的三峽人，想必很想知道，此後世代的新典範，究竟是誰吧？

拍攝鏡頭，於是分爲兩組，一組開向小暗坑，一組留在三角湧。

外景人員，也於是分成兩隊，一隊踩著抗日義軍的再戰殘火，進駐以小暗坑翁景新爲首的「翁家軍」營地。一隊就在「黑白切」鵝肉店進餐，醞釀足夠的世途況味後，陪同林主任與櫻井夫婦登上鳶山，參觀「三峽神社」，以及「中州道館」的兩處另類旅站。

也許無人聽過，原來三峽古鎮，竟然還有這兩處，從未曝光的好景點吧？而這也就是，當初胡大仙幫櫻井夫婦擬訂旅遊計畫時，將之畫歸爲「世外私家祕境」的原因了。

顧名思義，「世外」就是無涉於世，或根本不存在於世，「私家」就是必須透過私誼情商，才會開放接客之意。老街尾端，右轉爬上一段小坡，位於鳶山首峰東腹平台的「三峽神社」，即屬前者；位於「三峽神社」北側，一片竹林左下方的「中州道館」，便屬後者。

前者，胡大仙在電腦主機彼端，按掉民國七十年代建置的「鳶山運動公園」頁面，解開預計竣工於昭和十五年（一九四〇年）的，「三峽神社」壓縮檔案。一群群熱衷於球類運動的青年鎮民，玩樂於各種遊戲設施的社區兒童，於是紛紛淡向，螺旋狀深藍雲海幕後；一撥撥街庄政要，以及街坊商紳、風水術士，於是開始爭先恐後地，忙碌於踏察在這塊古老靈脈寶穴之上。

依據他模糊記憶所及，該年適逢日本皇紀，二千六百週年紀念。爲了慶賀新朝統治者，這個大和民族最具創國意義的重要年份，台灣各地掀起一股興建日本「神社」，安奉天照大神、明治天皇、北白川宮能久親王等「神尊」，專供全台皇民膜拜感戴的輸誠熱潮。

本鎭三峽輸人毋輸陣，全員積極響應這股「皇民化」運動，從昭和十一年（一九三六年）成立「三峽神社奉贊會」起，開始進行各項籌備事宜。而在神社地點的選擇上，幾經審愼評比挑選，最後相中此處不算太高，也不算太遠；既有些今世倥傯交會而來，又有些前生蒼茫交錯而過，卻永遠足可君臨，整個幽明三角湧的神鬼山頭。

特別讓胡大仙調進淡淡古黃色彩的多媒體影像中，以「調公工」方式，參與服勞役的兩批三峽人，一批正在山頭上進行整地工程，另一批正在山麓邊，搬運民間募購的木材建料。其負責指揮者，正是留學東京美術專科學校返鄉，職司奉贊會工務部門的李梅樹。

時值，中國「七七事變」乍起，近代中日戰爭二度爆發期間，且於其後兩年，台灣正式捲入第二次世界大戰前夕。李梅樹一邊抬頭擔憂著這場戰爭，一邊低頭俯視著手上，日本傳統大多以暗灰色系爲基調的神社藍圖，又引頸左顧鳶山下，古老唐山常以燦亮黃紅爲主色的祖師廟頂；並轉頭右盼老街對岸，土地公坑溪南橋畔，正待規畫興建的，台灣基督長老教會「三峽教會」的教堂新址。

因事逢戰事方殷的非常時期，大型公共建物都在禁建之內。統治當局，雖然准許神社的興建，卻推阻了新蓋教堂的申請；因此，李梅樹並不知該教堂，將會被蓋成什麼模樣。

「這世上，難道眞的有神存在嗎？或者，連神也有種族國籍之分吧？要不，同樣都是神，爲何會有如此差別待遇？」李梅樹不覺暗自發出一記感嘆。

這個階段，事業卓然有成的李三朋，以及享有在地「三老陳」盛名的陳種玉、陳嘉猷、陳國治，早已跨越清日兩國六皇，一朝天子一朝臣的先後凋零作古。李梅樹最爲私淑的三角湧支廳長達脇良太郎，也早已官場隱退，萬里江山萬里人的湮沒在滾滾世塵中。

匆匆將屆四十不惑大關的李梅樹，心知日後三峽世代記憶中，必將記下他現在的所行所爲。但至於後人對日本神社，會抱持什麼看法呢？其實，他也正如無法興建的新教堂那樣，但覺神鬼渾沌而褒貶難卜；其價値關鍵或取決角度，必須依爰時局走勢，才能最後論定。

李梅樹不是基督教徒，更不是日本神社的狂熱份子。然而，回想當初返鄉接下奉贊會工務以來，在無數次重新審視〈靜物〉、〈後街〉、〈自畫像〉、〈小憩之女〉、〈切蕃薯之女〉、〈納涼之女〉等，體現美術初衷，漸受專業肯定的一系列作品後，自覺心智及技巧，已漸臻圓熟；人生願景與使命感，也已漸趨恢宏高揚，而交相疊壓雙肩，形成沉甸情志。

往往，每當登臨這座隨時搭在額際的父山鳶峰半腰，傾耳聆聽，粼粼流淌的母河三角湧溪唱，低頭俯瞰，寂寂覆滿史灰的吾鄉街景；忍不住，他總會慨然殷切的盼望著，何時有誰能夠投入，某些嶄新元素，重新彩染這片古老家園的燦亮天色。

他想像著，神社暨新教堂的異質風情，想像著傳統唐山廟宇，與之交映的永恆畫面。

但是，史鑑不遠。他當然也有所惕察著，朝代人事流變，歷史軌道轉轍的近憂遠慮。吾人浮生於世，什麼才是永恆不變，千古不移的傳世價值呢？時年三十八歲的他，不禁很想涵括什麼，超越什麼的重新抬起頭來，滿腔孤寂的，環視那片橫亙眼界的藍天綠地。

冬霾欲走不走，紫氣欲來不來的料峭二月，春陽總算難得露臉的慘藍天空裡，一隻黑鳶驀然急降而下，一圈圈盤旋在李梅樹頭頂，蒼愴而唳，蒼茫而翱。近處瑟縮山屋，遠處蕭颯山林，起先是一群台灣麻雀，幾隻台灣樹鵲的大肆喧吵著；然後，另一群同樣聒噪的台灣藍鵲，也緊跟著喳喳嘎嘎，降低棲息高度，臨庄尋暖與覓食而來了。

李梅樹預期著，冬霾漸去，天象漸晴的清明節前後，各種燕科候鳥——尤其是家燕，想必也會千里迢迢，遠從不利於生存的南方國度，招友引伴，重返本鎮覓食與繁殖。

黑鳶、麻雀、樹鵲、藍鵲都是在地「留鳥」，牠們的穿梭身影，不覺使李梅樹有點愧歉的聯想到，早已消失在三峽地境的平埔族與泰雅族。至於，其他外境鳥類，除了相傳隨同鄭成功東來留駐台灣的「客鳥」（喜鵲）之外，小部分已經成爲「留鳥」，大部分仍然堅持自己是「候鳥」的家燕，則使他格外檢視起，當初遠渡台灣墾殖的本鎮漢人，竟然已在三峽異鄉忽忽歷經十代翻轉，匆匆遍嘗五甲子滄桑，如今卻還徘徊在史道上的矛盾身世。

上述鳥族，黑鳶高揚單飛，足供上引成志；餘者，群居低聚，卻更加適可下寄爲情。然而，既要向上超拔雲霄的輕盈，又要向下俯擁泥壤的沉重，既想跳脫世情之變與不變，又想超越世道之轉與不轉。那麼何者，才是現實時空下的折中之道呢？

久久，蹙眉沉思，久久，托腮細究。最後，李梅樹終於兀自感悟而笑了。

「好在啊，吾鄉三峽恩賜我，這麼一座神鬼共存的寬容時空，這麼一片罪贖並行的寬恕天地！」他恍然想起，即將參與東京「新文展」（原東京「帝展」）的〈紅衣〉新作，以及紀念二千六百年「奉祝展」的〈花與女〉之構思，不禁兀自又是一陣莞爾起來。

兩次兀自而笑的原因是，前者他終於有所想定了。後者，他竟然這才發現，爲何他的畫作，總多偏喜捕捉居家女性的清純心愫，偏擅揭示日常母者的溫婉情蘊，而往往偏少一般男人或父者，面對逆境的陽剛表彰。這是否與他先天的多愁善感，後天的神佛信仰有關？又，假使這是他天生註定，無法改變的性格特質，想來他更可將之圓滿交融，至柔似水，匯集在某件頂天立地的終極作爲上，藉以反顯或反轉出，此生畢全功於一役的某種柔極而剛吧？

李梅樹會心大笑出聲。立刻掏出一只隨身攜帶的皮夾，取出一張浮識著「現出一眞人，便是玉麒麟，天花龍吐水，頂上一枝香」字樣，有如祖師詩籤格式的夢願心箋，再三仰俯咀嚼，反復內外審度的低聲吟誦起來。

其實，就像面臨當年達脇良太郎的「市街改正」那樣，地方人士對他耿耿於籌建日本神社，私下也是頗有微詞的。身爲古鎭諸姓子孫之一，這些私語他自當諸如麻雀、樹鵲、藍鵲們的告誡，警惕於耳；但在左右爲難，渾沌難分的夢境中，他倒也不時聽見某種清音，鏗鏗然安撫著，因世局動盪而變得焦慮矛盾的心靈。

這清音極爲莫名難辨，他以爲來自世外天邊，卻近在午夜枕畔，起身點燈欲尋，卻又幽微隱向雲端。此音高邈響調，有如山鳶拔空獨嘹，但並無那抹猛禽孤飛的傲世寂寥；清脆聲質，類似金玉迎風相敲，竟然分外具有一層，神佛垂憫人間的溫潤柔婉。

他突然想起了，差堪可比的蝴蝶琴鳴，差堪可擬的家燕呢喃，就是這種夢中聲響了。蝴蝶琴，是他致力美術創作之餘，另外涉足音樂領域，所最鍾愛的獨特樂器。第二次世界大戰終戰後，國民政府接收台灣的第二年，在祖師廟第三度重建期間，他就曾經領導本鎮誦經團，每年攜帶此琴，進行環島巡迴助誦，募集所需建廟資金。

他心儀蝴蝶琴，那種別具一格的「柔彈之音」。唐山百樂絲絃之鳴，皆富柔性，唯獨此琴柔中帶彈，十分能夠搭配各種主旋律，以顫、滑、點、撥、揉的簡單技法，對映人間喜、怒、哀、樂的內在情愫；據以因應外在複雜形勢的彈奏出，行誼上由虛入實、由弱轉強，時空上由虧入盈、由剝轉復的萬般迴旋空間。而唐山百譜的南管之音，他最爲喜愛的，就是那首最能激發此琴特色，足堪彰顯祈祝天地新喜的〈百家春〉了。

蝴蝶琴鳴，並非一槌一音的「直嗓門」性格，其「柔彈之音」是一種竹屬琴槌，所特有的「彈性聲」；是一種竹質生命，身處風雨困境，所自然而然展現的柔彈逆轉身段。

家燕呢喃，溫言軟語，如吐細玉，三角湧春後整座天空裡，幾乎處處可聞。

家燕，是一般人心目中的吉祥鳥，喜在家屋風簷下結巢，與屋主同息共氣。

據他觀察與瞭解，此鳥一族不僅能飛善囀，更且兼具念舊、韌性、毅力、眞情與愛心，一生飛行超過六十萬里，終身不棄老伴，直到一方死去；繁殖期出雙入對，費心啣泥築窩，育幼期每天覓食哺雛，高達四百餘次。前窩子鳥成長後，會留巢協助親鳥，餵食次窩弟妹，如是相循扶持至中元節前後離境；翌春，一家子成群結隊或返住原址，或棲息鄰屋爲伴。

台灣千禽，家燕良德在媲美藍鵲之外，倒是增添了李梅樹，另一份移民之裔的自況。

嚴父的天空也許一再風雲變色，但慈母懷抱的溫馨卻能永世常存，這就心滿意足了。

「噢，觀音嬤、媽祖婆啊，我前生今世的天地之母，感恩不盡呀！我但願自己不是一名只爲入境避難的過客，不是一個只會譁眾取寵的畫匠，而是一隻黑鳶、一隻藍鵲，一隻外黑內藍的家燕哪！」對於這片廣容海天迷禽，兼納失鄉迷靈的藍天綠地，李梅樹不覺悠悠孺慕地，發出一長串福至心靈，種屬之外、性靈之內的深切呼喚。

然後，掏筆攤紙，盡性揮灑。頃刻間，隨手勾勒出，滿懷人如漂鳥的赤子天路心愫。

遠遠觀之，他所勾勒的疑似一張素描初稿，一幅水彩草樣，一幀油畫藍圖。但靠近再看的是，無論素描、水彩或油畫，台灣當前的百鳥之姿、千禽之影，大概都已盡收其內了。

胡大仙秉持先睹爲快、遊興至上的客服理念，趕緊啓動「3D電子畫布」程式，將稿繪入，將圖放大，拉開主鏡頭一看。原來，這滿懷千轉百迴的赤子天路心愫，竟然就是那兩根以石雕格式體現，看似重踰千鈞卻直讓本鎮三峽舉重若輕，振翅欲飛的「百鳥朝梅柱」。

胡大仙從螺旋狀深藍雲海底層，衡量可能的世局變化，參酌李梅樹的內心狀況，按鍵拖出「三峽神社」、「興隆宮」、「宰榲廟」、「清水祖師廟」，四個副鏡頭；好讓「百鳥朝梅柱」，雲上雲下，霧裡霧外的飛呀飛著，任憑其自由意志，尋找最有可能的天命歸宿。

然而，其他三座廟宇，都能隨即堂皇成影顯像。唯獨就是「三峽神社」，久久才出現一抹山城鎮志記載之內，三峽子民記憶之外，若有若無的前朝浮水印。

無人可曉，假使日本不因昭和二十年（一九四五年）的敗戰，退出台灣，「三峽神社」會否就是「百鳥朝梅柱」的優先選項？但三峽人卻可反溯歷史得知，這對珍貴的「百鳥朝梅柱」，最後是選在「清水祖師廟」安座落定，儼然撐起一方漢神與島禽，同殿共祀的清靈聖境。

「噢，殘念。天照大神、明治天皇、北白川宮能久親王三神，竟然無此福份！」

這組人員於是就在大家暗喜，櫻井夫婦遺憾聲中，轉往左下方的「中州道館」。

中州道館，隱身在「救生醫院」、「救生牙醫診所」，連棟建築的二樓上。沒有招牌，不對外招生，除非熟客引進，知曉門路的人，可說寥寥無幾。出入其內的，大多是身懷絕技的武林名士，純粹是一處中外遠近高手，前來「鳶山論劍」的私屬場所。台灣祖師級範士，日本劍道神影流九段大師的陳中州老醫師，便是此館靈魂人物。

此日，櫻井夫婦各穿一件寫上「嵐の氤」、「泉の氳」，繪有兩抹遠山，一灣溪流的藍染T恤赴會；想必，這是準備攜回東京送給么孫作紀念的「風の影」、「水の痕」之外，另外兩件出自蔡漢榮手筆的「四聯作」。櫻井夫婦之所以選擇這種穿著，在應景隨俗，想讓外表輕盈起來的一般旅情之餘，配合主人低調作風，不想被認出身世，應該才是主要考量。

兩人不覺相視而笑。相視而笑的原因是，其實無論外表所流露的特質，以及前者裸裎在手臂上的老人斑，後者包裹在一片渲藍下的老奶子，都已在在透露出，彼此民族屬性與垂暮之齡。然後，一邊發出逝者如斯的輕喟，一邊隨著主人走進，一見如故的「中州道館」。

一見如故，指的並非櫻井先生，曾經親自來過此館；而是一份來自館內，某種似曾相識的心神交會之感。熟悉的空間，熟悉的氛圍，熟悉的味道，熟悉的陣仗，熟悉的對吼聲；尤其，當面對各路劍士站立兩側，一字排開，讓出中間主場的絕對肅穆時，竟然直使曾經熱衷此道的櫻井先生，恍如再度重返，日本敗戰前的風光年代。敗戰以降，一切史跡世情早已事過境遷，此館應該就是整個三峽地區，日本「武士道」遺風，碩果僅存的最後道場吧？

九段大師先禮後兵，簡要介紹與稍做熱身後，邀請來訪者，進行三場指導對打。三名館徒對手，都是終戰半甲子內，出生的台灣青壯輩；劍具，則是採自館後鳶山坡麓的三峽青竹。

雖然，道服護具穿戴在身，早已掩蓋彼此外在的年齡與身分；但是，當櫻井先生操使起區區三尺八寸長的三峽竹劍時，不知爲何，竟然沉重得有點手軟，而難以利落自如。

觀戰者，不禁大爲疑惑，原因何在？不過，既屬指導對打，當然不在意所謂的勝負。

「櫻井桑，居合道戶山流六段高手，今日大大的手下留情喔。」九段大師客氣的說。

「說來好笑，面對戰後一代的台灣後進，我一時竟然不知爲何拔刀啊？」爲何拔刀，何時拔刀，是傳統居合道的兩項武學精義；櫻井先生微顯慚愧，卻反而十分高興的回答著。

其後，館方安排五場「試斬」表演。三件分別裹上，一至三張草蓆的「青竹斬體」，以及一盆種在後院花壇的「台灣百合」，一盞插在銅座上的「初芯燭焰」，立刻被擺至現場。

三件斬體，泡軟的草蓆、相當硬度的青竹，是人體肌肉、骨骼的最佳模擬。三名小伙子眞刀上陣，得心應手展示了，低段劍士所應具備，合理性、正確性、目的性的劍道要求。

台灣百合，單株綻放，綠葉襯托白花，其澤玉潤，其姿高潔；剎那間，櫻井先生似乎重新看到了一次，婚前櫻井夫人，曾經讓他百般傾慕的清純風采。初芯燭焰，焰橙燭紅，一燈熒然，新濕蠟油，漸漸滴落黃銅燭座；恍惚裡，櫻井先生更似隱隱有所感覺，如今年歲人壽之將終，趁著油盡燈枯前，透過某種「心祭」，以使「人性」上通「神性」的終極意境。

一番賓主客氣禮讓後，他好像也隱約意識到，主人此種安排的考驗意趣；於是，跳過「台灣百合」，選擇了「初芯燭焰」。如此選擇，意在傳達，他已超越劍技血腥摧命的「殘心」，而展現主客的「生命之燈」，甚至台日的「國誼之焰」，絕對不能就此斬熄的劍道宏旨。

台灣改朝換代以來，他並不清楚民間友情的眞正趨向；但這樣做，已經是他最誠摯的間接流露了。他以「横一字」的一刀斬訣，犀利快切，焰下半寸燭身，然後迴刀取下，重新恭謹接上；接合如初的燭身，始終保持燃燒狀態的燭焰，爲他博得滿堂如雷的喝彩聲。

九段大師，已年近九旬，體型並不高壯，但身心仍然十分矯健矍鑠；選擇的，也是「初芯燭焰」，採取的，也是「横一字」的一刀斬訣。外態沉靜如山，內韻沉寂如林，疾風快刃之御使，生命價值之追求，想必也已經不再只是，高超劍術的炫耀逞能了吧？

果然，緩緩按刀，隱隱聚氣，一切動作看似盡在靈動風雲的無形醞釀中。但徐徐移臂，悄悄納勁下，神色卻看似，無意於任何目標之設定；這不禁使他，有點爲他擔心起來。

先前，他已在蠟燭上，留下一道脆弱「切口」；這是他也想反過來，考驗他之處。他擔心他，除非如法炮製，重複切取焰下半寸燭身，否則必將難逃失手，燭斷燈熄的窘狀。

但是，其實他的擔心是多餘的。納勁後，胸已成竹，刀已出鞘的九段大師，倏忽轉靜爲動，竟然選在一火孑然的燭焰中段，寸勁驟吐；眨眼間，但見火光刀影，交相一晃，他恬然已在刀過無痕的終極斬意中，妙手取下比脆弱「切口」，更加脆弱的半截「燭芯」。

半截「燭芯」殘紅，映向白冷刀面而熄，橙色燭焰卻安立蠟油窪內，仍自熠熠發光。好像切除半截芯燼殘悲，反而益顯人性初衷那樣。對於難以著力的燭焰，九段大師運使的劍勁，已經不只是物理上的刀械力學，而是另外注入了一份，心劍上的某種信仰能量。

「雕蟲小技，獻醜了，獻醜了。櫻井桑，請——」

「大開眼界，受教了，受教了。陳大師，請——」

以武會友，就此宣告一段落，收好銳利刀器，卸下沉重護具。一行人，踩著各路劍士的熱烈掌聲走出道館，轉往樓下小廳，繼續接受九段大師的以文會友。

櫻井夫婦遠來作客，邊走邊參觀時，一壺清茶、幾碟零嘴，早被溫馨的捧上居家矮几。

「清茶，是在地山區的三峽綠茶，零嘴，是街上買來的台灣土豆。請櫻井伉儷，莫小看這樣的待客之道！台灣第一屆民選總統李登輝先生，就曾經親身坐在這張小桌旁，親口飲過這泡三峽綠茶，親手剝過這種台灣土豆！」林主任與有榮焉的津津有味說。

「也請別小看，這家類似韓劇《醫道》裡的簡陋診所，這可是本鎮唯一五代傳醫的救生之家！幾年前，我同事的老婆罹患頑固眼疾，遍訪各地名醫，遍求五路神明都無效；最後就是專程回下港老家，向五府王爺求籤指示，再跑回三峽給陳老醫師治好的。各位也許很想知道，老醫師到底開出啥仙丹妙藥吧？我現在就幫他公開說出來，其實只不過是少吃甜食，多吃蕃茄啦！」嚮導陳老師也善盡導遊職責地，進一步向櫻井夫婦，介紹了陳老醫師。

「在醫言醫，在道言道。老醫師學的是日本西醫，但他有一句傳統中醫，才能領略的食療醫囑：一切藥都是毒藥，只有簡單飲食，才是良藥。這是他結合劍道修爲，領悟的最高養生之道吧？我從日治時代，牢記到現在，各位也不妨加以參考了！」一行人當中，一個似乎隨時都在又隨時不在，手上總像奶嘴不離身，拿著一只手機的莫名傢伙，開腔插進話來。

「喔，喔，你們年輕人，想像力眞豐富！竟然把我這個基督教徒，連上了道教王爺的籤詩。還有，你這個今天飲了我家綠茶，才特意說我好話的老小仔，我記得你好像曾經罵過我呢？」老醫師幽默的看了看大家，又似曾相識的特別瞧了瞧，那個拿著手機的莫名傢伙。

「歹勢，那是民國三十六年，二二八事件後續抗暴行動前夕，我站在被你好話勸退的鄉親裡，曾經暗暗罵過，你是本鎮第二個千轉百迴的李梅樹啦！」這傢伙坦誠道歉道。

「歹勢，當年我治好了，你返來台灣感染的虎烈拉（霍亂），卻沒發現你從中國戰場帶回的恐慌症，害你直到現在都還深深陷入，精神官能的矛盾痛苦中。但是，只要能夠吞忍一時，保住一條小命，逆局總會事過境遷，困境總會海闊天空啦。就像李登輝革除獨裁統治，陳水扁實施民主政治，歷史不是一再給過大家改頭換面的機會嗎？」陳老醫師也醫病醫心地，向他致歉說：「你莫在客人面前恭維我了，李梅樹豈是我這個草地醫生，可以相提並論的？來，來，來，我們都是凡夫俗子，有茶就喝，有土豆就吃！大家請用，大家請用！」

拿手機的莫名傢伙，聽過老醫師一番慰勉，竟然難得泛起些許，久違的快樂與茶興。但是，當他正想隨著大家捧杯喝茶時，耳畔突然一陣長長鳶唳，手機又不巧響起了。

「記住，你正在服用抗憂鬱劑，當心三環素加上茶鹼，保證會讓你立刻藥力倍增，興奮若狂。」他走到擺滿盆栽的診所後簷接手機，聽到鄉土作家一邊警告他，一邊拜託說：

「你能幫我請教老醫師，剛才他爲何不拔刀，試斬那盆台灣百合嗎？還有，胡大仙曾經傳給我幾幅，長老教會新建教堂的老畫面；我翻遍鎭志找不到相關資料，抱怨編纂鎭志的三峽文人，好不厚此薄彼，道教寫了洋洋幾大篇，基督教竟然只有短短七小頁。你幫我問問，老畫面上的那位洋人，究竟是耶穌顯靈復活，還是重新投胎轉世的大鬍子，馬偕牧師？」

「除非你親自跑來一趟，否則我怎麼拿到那些老畫面，請老醫師幫你辨認解謎？」

「我難得漸入靈感佳境，現在絕對不能停筆。你只要借用櫻井桑的智慧手機，便可進入我電腦的資源回收桶，加以還原顯像。記住，檔案標籤名稱是：藍色天空的奉行使徒！」

「台灣瘋子，最後總是被關死在自家陰暗柴房，台灣文人，最後也總是自生自滅伏案而死。我會謹記藥戒，免得變成一條興奮抓狂的老瘋狗。奉勸你，也莫忘出來四處走走！」

「唉，唉！台灣學生死在考試的繁重，工人死在機械的輾轉，農夫死在農地的荒廢，作家死在筆尖的刺痛。老遊魂啊，三峽有誰能夠像你，享有這種無邊遊旅的悠活好命啊！」

鬥過兩句「嘴鼓」，關上手機。他基於追懷，包含青姑遺韻在內的天下至女風範，想要重看一眼，那盆僥倖逃過兩次快刀「試斬」的台灣百合。

但是，非常意外。這株原該被擺回後簷花檯的「台灣好花」，竟然不知起於何時，由於何故，被何人連盆帶花的移往何處去了。

當他重入茶局時，一夥人已經從前總統李登輝的話題，轉至老醫師與李登輝之間，事實上不只是淡江高中同窗，更還是同屬長老會教友的宗教信仰上。

說到宗教信仰，老醫師不禁興致大起，主動接續三人話尾，提及一段其父陳文贊，曾經見證過基督顯聖的私家逸聞。

「其實啊，我一生最敬畏的三件東西是，天命、聖賢、國家機器。平時，最敬重的三種人是，好牧師、好老師、好醫師，反而不是劍道上的頂尖高手。」老醫師說。

天命可以矢志，聖賢可作榜樣。國家機器，足以反轉是非，顛倒功過。

歷經殖民、獨裁、民主，三個歷史進程、三種迥異世代的老醫師，娓娓而述。說以前，他祖上是柑園佃戶，生活並不富裕；其父陳文贊，就是在早期教會好牧師的精神鼓舞，日本好老師的嚴格教導下，一步步走上積極向學，乃至懸壺濟世之路的。

陳文贊課業非常優秀，牧師與老師都鼓勵他選讀醫科，日後佃農翻身，才有希望。

當年醫科採公費，私費二制。陳文贊順利通過公費筆考，穿戴整齊，高高興興的前赴台北參加面試，一切對答也都順暢得體。不意，面試既畢，擔任主考官的校長閣下，突然開口嚴厲試探說公費生名額有限，若是願意自動放棄，便可考慮以私費生身分，給予錄取。

「校長桑，若是進不了公費生名單，那我就明年再來吧。」陳文贊坦直的爲難道。

「混帳傢伙，誠實而不知進退，口氣竟然如此充滿自信嗎？」校長立刻臉色一沉。

「校長桑，失禮啦！只因家父，長年追隨馬偕牧師行醫傳教，恐怕沒有餘力，供應私費生那筆學費啦！」陳文贊趕緊鞠躬退出試場，豈料沮喪慌亂之下，竟然失態摔了一跤。

慘囉，慘囉。只因爲一個「窮」字，如今一切努力與心願，看來都要丟入石頭溪（柑園主要灌溉河流）了。「主啊，耶穌啊，請跟我說，這是爲什麼，爲什麼啊？」少年陳文贊，悄悄回到柑園，一個人躲在草堆旁，向上帝與命運不斷發出質疑與慨憤。

「不久，醫科考試成績揭曉了。你們知道結果如何嗎？」老醫師吊胃口的睜眼問道。

「陳文贊當然是金榜題名了。若無，就算是三峽最古老的陳姓大族，在世代承續上，恐怕也來不及出現，一門五代傳醫的家族美談吧？」一夥人擱下茶杯，意料中事的反問說。

「喔，喔，我告訴你們。結果，當然是陳文贊不但金榜題名，並且還高分錄取了！」老醫師忍不住頻頻搖頭，又連連點頭的複雜強調道。

一百多年了，時空悠悠，諸神默默。老醫師此話，究竟想要強調什麼，或感念什麼？是一份朝代之外，天地之內的「天理人心」？一介清寒子弟，盡其在我的「堅定心願」，一組日本口試官，公正無私的「擇才遠見」，還是一樁上帝保佑的「神蹟顯現」？

「哈，恭喜。虔誠的基督徒，有信有保庇，一定是上帝的神蹟顯現啦！」

大家身為訪客，客觀尋思了一下，不禁半詼諧半嚴肅地，一陣慶幸大笑。

老醫師主觀置身其中，不禁更是陪著大家，笑得眼眶泛濕，兀自感慨說：

「無論是牧師、師長、上帝，還是三者加身的天命，全都感恩不盡啦！」

就在主客慨笑的空檔，他起身靠向櫻井先生，提出暫借手機一用的請求。

關於長老教會新建教堂的老畫面，同為教友的櫻井桑連上網路，點開「藍色天空的奉行使徒」檔案，眼前當即緩緩感應出陳老醫師所謂「天命」的，一系列煙波流轉的舊影像。

「停，停，停，就是他，就是他，就是這位洋人。我有個寫文章的朋友，要我請教老醫師，此人到底是何方神聖？」在悠悠流映而逝的天際遺檔中，他雖然並非基督教徒，倒也一眼就捕捉到，其中一位面目與眾不同，但沒有大鬍子的外國洋人；想必，他就是鄉土作家所稱「顯靈復活」的耶穌，或是重新「投胎轉世」，本名「偕叡理」的馬偕牧師了。

「喔，不是，不是！他不是耶穌，不是馬偕，更不是遙不可及的何方神聖。他就是第一代使徒偕叡理的獨生子，活生生第二代使徒的偕叡廉！」老醫師突然嗓門些微顫抖起來，眼神十分凝定的指認道：「台灣人，千千萬萬個牧師中，他可算是個王爺級的大牧師了！」

「偕叡理是加拿大人，他兒子偕叡廉，怎會是個台灣人呢？」有人懷疑說。

「馬偕自稱是台灣人，牽手張蔥仔是台灣人，兒子當然就是台灣人。」有人解釋說。

「哈，想不到王爺級的偕叡廉牧師，原來也是個二轉仔。」有人突然惺惺相惜而笑。

「喔，對，對！他確實是個二轉仔，是個混血兒！」聽此人這麼一說，老醫師有趣的莞爾一笑，煩請櫻井先生重新倒帶，特別放大這段遺影的聲音效果：「不過，這位台灣基督教的新血輪不只是血緣上的母子融合，身世上的自我認同。你們再聽聽，他的聲音！」

建檔標記，時間爲一九五〇年元月，地點是三峽「長老教會」的「拜堂」前址。

畫面上，偕叡廉正在主持建堂破土典禮，兩旁陪立著，十幾名教會牧師與教徒。

「主啊，耶穌！今日新建教堂，請祢們都來守護三峽福音，萬年長傳。阿門！」

偕叡廉虔虔而祈，悃悃而禱，神韻如父，身影如母，沉厚嗓門比起馬偕牧師，更加土味十足。祈禱後，並做佈道演說，全程都使用字正腔圓的台灣話，毫無半句彆扭的外來腔。

「內心不想做個台灣人，嘴裡哪能說出，這麼純粹好聽的台灣話？」

老醫師說著，印象深刻地，附帶指認起當年一夥篳路藍縷，以撫教眾的牧師及長老。

「這位就是，首創三峽青年會，並擔任淡水中學，台灣神學院教職的駱先春牧師。這位就是，籌辦聖歌隊和英文查經班，提升社區教育，接軌國際社會的袁鄒富來牧師；——」

「這位就是，新建拜堂的靈魂人物，出錢出力，到處奔走號召的蘇城長老。這位就是，救生醫院創辦人，吃果子拜樹頭，當時已經有能力籌措這塊拜堂用地，當年卻清寒坦直到寧願放棄私費生資格的家父，陳文贊長老；——」

老醫師逐一見證時，大家不覺又是一陣半詼諧，半嚴肅的慶幸而笑。

「停，停，倒帶，倒帶。好，好，就是他。那麼，此人又是誰呢？」

櫻井先生，將頁面停在建堂工程的某段畫面上，有誰眼尖的指問道。

該段畫面，看似有一群揮鋤擔箕，搬磚挑土的基督教徒，正在破土過後的建堂工地，同心協力，揮汗如雨，忙得不亦樂乎。其中，有一位駕車拖運建料的年輕小伙子，不時跳下車又爬上車，意氣風發的這邊喊喊，那邊叫叫，儼然一副認眞負責的督工模樣。

小伙子也忙得滿頭大汗，偶而趁著歇喘喝水的空檔，半晌舉目端詳新教堂的雛型，遙思禮拜祈禱的肅穆；半晌引頸探向鏡頭，遠眺漩渦狀的深邃晴藍，想像十字架的潔白神聖。其眼眸，有著滿眶效法李三朋的人生有夢最美，並且揉合著，一層基督教先驅們的實踐風韻；其身姿，有著滿腔直追李梅樹的處世誠敬態度，同時透露出，一份三角湧先賢們的公義底蘊。

青年身影，老醫師似曾相識，隨即眼神一個隔空交會，倏然瞠目恍覺，大叫出聲。

「喔，喔，他就是我！就是如假包換，傳承父親當上醫生，又接下建堂聖工使命的區區在下，陳中州！」老醫師隔世重逢，指著此人，見證了時年二十六歲的自己，興奮得立刻轉頭向他打聽：「這麼珍貴的資料，哪裡拿到的？趕快告訴我，好讓我買來，當作傳家寶！」

一步一腳印，凡走過必留下足跡。只要記憶不被抹除，一切歷史，便將歷久彌新——請毋庸置疑，凡所爲皆存檔天際。除非諸神都已寬恕，所有功過，必當重受審判——

他吟哦著，胡大仙打在影音上層的跑馬詞。才剛表示，這資料應似出自於某鄉土作家，上窮碧落下黃泉的雲端秘檔後，老醫師隨即操著日語，呼喚起另一位這段榮光的分享者。

應著呼喚聲，診所主樓哪間內室，一名藍衣雅婦，手捧一盆百合，步履款款而出。

藍衣雅婦，皮膚皙白，身材娟秀，無法目測實際年齡有多大。但觀其風采，倒與手上的台灣百合，非常契符；另再審其神韻，似乎還比老醫師的氣態，涵納著更多的基督精華。

「你們是在尋找，這盆百合花嗎？眞失禮，是被我臨時收藏起來啦。」她微笑道。

「喔，不，不！我們是在重新見證，包括偕叡廉牧師在內，早期那幾位長老會前輩啦。歹勢，歹勢，醫師娘，叨擾您的清靜了！」原來，那株差點被「試斬」的台灣百合，就是讓她暗暗移走的；他嘀咕了一下，趕緊肅然起敬，隨著大家起身，向這位女主人鞠躬致意。

他當然認識她。她，就是當年在君子好逑的三角湧淑女群中，別具一層「牧師之女」身世，因而顯得比一般基督教徒，更加接近上帝的三峽長老教會之花，駱清信。

「時光重回，千金難買。來，來，如假包換，妳看看這個少年家，是不是就是，當時情志兩得的我本人？」老醫師面對來者，一時不禁年輕六十歲地，立刻再度意氣風發起來。

不必介紹，大家心領神會。顯然，她就是跟老醫師結縭，已超過一甲子的好牽手。

「嗯，都已經八、九十歲了，你還是人老，心不老嗎？嗯，嗯，原來如此！——」

這株台灣百合，這朵長老教會之花，向大家打過招呼後，深情注視了半晌，克紹父裘的陳老醫師；又凝神追憶了片刻，栩栩如生，包括其父駱先春在內，諸多牧師與長老群像。

「那麼現在，這盆無辜的百合花，你們這些男人，應該派不上用場了吧？——」

「那麼東京來的好姊妹，我們聊我們女人的。我請妳參觀，我家那些好寶貝！」

似乎，男人之間，無非是一些意氣上的打打殺殺，意趣上的蜚短流長，意識上的藍綠黑白；喜穿藍衫的女主人，一邊欣賞著櫻井夫人身上的藍染T恤，一邊捧走那株百合盆栽。

兩人隱向主樓內間的藍色身影，恍惚之下，竟然使他直若青年陳種玉，驚見一對藍彩仙子的輕盈瀲灩。前者邀請後者的語氣，竟然也很像媽祖娘娘，邀請天照大神的母性口吻。

「請問老醫師，一向生活簡單的醫師娘，莫非也會隨俗收藏，那些啥鑽石珠寶嗎？」他好奇而問。不知怎樣，也許彼此都曾經那麼接近過神吧？突然無頭無腦地，朝著她們消失的主樓深處，憑空兀自呼喚了一句：「噢，媽祖娘娘，天照大神，我們共同的母親啊！」

「噢，原來如此！」同時，他好像也聽到一句恍悟，悄悄洩露自櫻井先生唇縫。

噢，原來如此，兩名「武林高手」背後，都擁有一位蕙蘭佳人。剛才雷霆一擊的「横一字」的一刀試斬，之所以棄「台灣百合」而就「初芯燭焰」；九段大師希望透過「劍道」，超越某種朝代恩怨的生命澄清，原來竟然跟櫻井先生的殖民沉澱，不謀而合。想是，互相都因而存有一份，陽剛男人自當「以花入念」，血性英雄自當「懸母爲懷」的悲憐感念吧？

他想當然的瞄了櫻井先生一眼，想不到對方也回了他一個，就是這樣的會心微笑。

「人都八十好幾了，哪還會收藏啥鑽石珠寶？不外是又生下幾個小曾孫，那些兒媳、孫子們，又參加啥表演，拿到啥學位，獲得啥肯定的紀念照片啦。」大概看他問得認眞，老醫師返老還童的興奮說，其實他倒是珍藏有一項物件，那才算是不同凡響的「好寶貝」呢。

「保證你們，見所未見，聞所未聞。不信，我這就拿出來，獻醜一番！——」

他聽說，老醫師擁有一張領取於民國三十五年，目前已知全台灣最早的開業醫生執照，以及一支已經在國內絕版的牛角聽診器；另外，還保有兩輛，當年台灣屈指可數，時價可在三峽街上買到兩間店面，老遠從德國進口的「DKW」、「BMW」的重型老機車。

他以為老醫師所謂的「好寶貝」，必然是這四件在文史價值、時空意義而言，確實都算得上有錢難買的老古董之一。然而，大大出乎意料之外，老醫師拿出來「展寶」的，竟然是一把六十五年前，留學日本習醫期間，用來紓解台灣鄉愁的「蜻蜓牌」老口琴。

老口琴，外殼嚴重褪色，孔口十分斑蒼，顯見主人與它，朝夕相處的頻繁程度。老醫師拿在手上，就像菸癮者拿著老煙斗，一陣把玩。沒向客人介紹其中因緣，也不說明此琴特殊意義；兩者之間，似乎存在著一對知音摯友，一副說或不說，已經都無所謂的親密程度。

「既然，這是劍道同好，又是基督教友的櫻井伉儷，老來難得的一趟三峽追念之行；那麼，現在就讓我這矛盾老人，藉用這把終戰前的老口琴，姑且增加一些旅遊情趣吧。」

身為主人，老醫師當即以茶潤唇，隨後以琴就口，試吹幾聲，醞釀情緒。似乎，剛才所說的「好寶貝」，此刻已經都含寓其內，一併勻入，某種生命況味的待客意旨當中了。

一抹肅穆氣息，或說是一份欲窺一把老口琴奧祕的期待，不覺悄悄由眼眸深處升起。人性，似乎總是，深藏在自然流露的絕對純粹裡；他因為太過專注，突然幽微窺見，一縷曾經襲擊過李梅樹的時空孤寂，此刻也正在襲擊著，現場一干台日兩國的主客情懷。

老醫師擺起最適合這種場合，前三後七的「三七步」，後腳直立，支撐有形軀體與無形音樂的七分重量；前腳輕踩，騰出其他三分餘力，以便搭配打拍。

首先，他使用最簡單的「手掌伴奏法」加「琶音」，演奏了台灣民謠〈望春風〉與佛斯特的美國民謠〈夢中佳人〉；其後，使用「三度和音吹奏法」加「碎音」，演奏了莫札特的〈搖籃曲〉，使用「五度和音吹奏法」加「漣音」，演奏了聖歌〈近乎我主〉。接著，提高難度，使用八度和音加「手風琴吹奏法」，演奏了法國名曲〈往事難忘〉；又使用芭蕾舞風的「波浪柔音吹奏法」加「迴音」，演奏了祈求光明女神降臨的〈桑塔露琪亞〉。

最後一首，應似感念留日習醫有成的老醫師，精心專為櫻井先生獻上的特選曲子。

老口琴透過「振音伴奏法」，穿插「手振音」、「腹振音」，混用「舌振音」、「喉振音」；以近似「四七拔音階」的東瀛古韻，4／4拍的中速行板，悠悠吹奏起，日本詩人土井晩翠作詞，音樂家瀧廉太郎作曲的〈荒城の月〉。

〈荒城の月〉，是明治三十四年（一九〇一年），土井晩翠以發想自故鄉宮城縣青葉城、福島縣鶴城的歷史感懷為詞，瀧廉太郎以出生地大分縣岡城遺址的時空幽思為曲，所聯手共構、同聲共訴，無奈於史道流變，無助於世途流幻的傳世之作。

青葉城、鶴城，與三峽古鎮相似，都曾經遍嘗過淪落為古戰場的歷史命運。捱靠在九州最高峰久住連山之南、祖母傾山之北，依傍在大野河支流稻葉河、白瀧河之間，建立在海拔三二五米平台的岡城遺址，地理身世更直似三角湧郊丘，「鳶山連峰」的時空境遇。

C調老口琴，或許無法淋漓盡致於日台兩國，各自文史與族群之間，異同況味的對照呈現。於是，老醫師原曲八小節吹奏甫畢，立刻又入內取出，第二把A調老口琴；使用雙口琴「轉調吹奏法」，放慢節奏，重新詮釋了一回，改譜自日本音樂家山田耕筰的近代新音、改編自台灣某網海墨客的模擬新詞，全曲符值滿滿倍增爲十六小節的四段式蒼涼心愫。

凡夫俗子，不勝負荷的歷史悲愁，芸芸眾生，永無休止的時空哀怨。當即，不覺幽幽如訴如泣，且歌且嘆地，兩相糾纏在C大調之高昂，A小調之低回的跌宕對作間：

春滿城樓登高兮，花間之饗宴；交杯換盞無限好，談笑歡聲起。千古老松相映兮，殘月掛枝梢；過往景象如雲煙，而今何處覓——

深秋營陣入目兮，霜鬢之容顏；千里晴空雁成行，歲月漸蒼茫。鎧甲兵燹連天兮，山樹閃刀槍；往日歡樂埋烽火，眼下哪裡尋——

今夕荒城頹蕪兮，天央之圓月；皎皎月光爲誰明，往事還依稀。蔓藤亂葛斷垣兮，寥落滿胸腔；清風低吟松枝裡，空襟蕩孤寂——

宇宙乾坤四時兮，天光之恒照；榮枯盛衰世之常，朝代已幾度。桑田滄海頻迭兮，人生似朝露；圓缺仍是舊時月，荒城夜半月——

老醫師意猶未盡，一奏再奏。渾然投入的神情，甚至連那隻前腳，都忘了配合打拍。

但那並非這場即興表演的要旨。最感傷的是，大夥兒包括櫻井先生，以及他這條頑冥不化的老遊魂在內，現場老少主客們，忍不住也被感染得以掌擊節，以口唱和；悱悱然，人我俱忘地，一起加入了這首〈荒城の月〉的無盡共鳴裡。

不朽樂音是世人共通的心聲。四段曲詞唱奏即畢，不分彼此，不分日本人或台灣人，彼此都沒有任何掌聲響起，小廳一片不由自已的惆悵與孤絕。

惆悵，是忌諱任何掌聲，以免互相落井下石的。孤絕，則使大家突然變得心神渴求起來的，隱約感應到，另一陣絕境反轉的空靈迴響，演奏的竟然也是這首〈荒城の月〉。

這陣絕境反轉的空靈迴響，不同於口琴簧片的滄浪情味。其音色明亮、平和、穩定，音質清純、圓潤、寬厚，頻率悠揚而富含歷盡百劫後，一股虔誠祈盼生命新機的聖潔穿透力。

他傾耳捫心探觸。以爲日前，那串「玉笏」暨「八阪瓊曲玉」的共振清音，那縷天地共同母親的綿長心思，又從興隆宮「註生殿」故址，滾響到老醫師的「救生醫院」而來了。

「喔，那是手鐘的奏鳴聲。兩個老阿嬤，想是看過那些兒孫們的照片後，現在正在欣賞我媳婦鄭麗純的手鐘表演吧？」老醫師側著臉龐，眼睛一亮，向大家解釋道：「想不到，我們翁媳心有靈犀一點通，不約而同都以同一首曲子，招待難得遠道來訪的日本稀客啊！」

未幾，手鐘迴響停定。兩道藍影一閃，醫師娘領著櫻井夫人，從二樓盈盈走下。

「你們一定更加不信，其實老醫師，另外還有一件更爲珍貴的好寶貝。」他注視著醫師娘，自覺有點雞婆說：「那就是，加拿大基督傳家的馬偕牧師，娶了台灣女兒爲妻，廣傳百年福音。咱們三峽醫道傳家的陳老醫師，娶了東部原住民女兒，生下了一門好子孫！」

「什麼?原來又是如此，難怪女主人這麼喜愛百合花！」櫻井先生又是一陣訝異。

「原來，天意何其高邈，因果何其深藏，愛情何其百無禁忌！本鎮最大族的陳姓，終究還是有士紳名門，娶入土著女子！」雲端之外，有誰猛拍一下頭殼，差點驚嘆出聲的說。

「喔，不是，不是。我老丈人駱先春牧師是淡水人，外界會有這種說法，那是因爲他生前長期住在台東傳道，所以被大家誤解了！」老醫師趕緊愼重的澄清道。

根據教會陳封檔案記載，駱先春確爲台北淡水人，昭和十二年（一九三七年）三月蒞駐三峽佈道九年，是長老教會第十六位先驅者。這段期間，曾經跟陳文贊於昭和十六年被捕落獄，原因疑係非常時期，申請新建教堂，據理力爭有關；其篳路藍縷，以牧教靈的奉獻精神，可說直追早期馬偕牧師的遭辱受難。戰後，駱先春曾經回任淡江中學教職，暫離牧務兩年；卻因始終難忘身爲福音使徒的神聖天命，經向偕叡廉校長再三請辭獲准，於是展開其後漫長二十年的東部山地佈道之旅，直到一九六七年退職，一九八四年回歸主側，享年八十高壽而終。

綜觀駱氏終身行誼，生前淡泊名利，身後兩袖清風，但只遺留聖詩二〇八首，傳嗣六子四女。可說，其才也博，其藝也精，其道也遠，其裔也繁；吾鄉三峽，幸而曾經有他走過，台灣東部，更是幸而曾經有他停腳。

「哈，無要緊，無要緊！當年，馬偕牧師都說他自己是台灣人，阮阿爸被當作台東原住民，相信他也會心甘情願啦！」醫師娘倒是怡然自適，好像並不介意自己被誤認爲原住民女兒，高興的應聲微笑說：「其實，阮阿爸傳教台東山地二十年退休下來，無論是心靈上和精神上，早已都是一個徹徹底底的台灣原住民了。老人家晚年蒙主榮召前，曾經罹患一場中風大病醒來，最先掛念的第一句話，仍然還是那麼多，沒完成的阿美族聖詩翻譯啦！」

「你剛才提到，有個啥鄉土作家的朋友，他是不是一位姓詹的國小老師？」老醫師心血來潮，突然話題一轉的反問他。經他不明所以然的點頭後，老醫師繼續說：「這傢伙眞沒信用，他還曾經允過我，一個媒人承諾呢！」

「喔，你們之間，竟然還有這種事？您請他替誰說媒，對象也是個作家嗎？」允人甚於欠人，他心裡嘀咕著。原來如此，難怪剛才這傢伙推三阻四，就是不敢親來面見老醫師。

「我是拜託他，幫我家那個精神科醫師的男孫作媒啦。」老醫師說：「我希望這孫子，能娶個師範科系畢業的女老師，幫我們陳家傳宗接代。不必名門望族，不必名媛才女，不附帶任何物質條件，只要品貌端正、身家清白，加上是個虔誠基督教徒就行啦。」

「這媒人，應該是當年，詹老師陪他太太來救生看眼睛時，曾經答應過您的吧？難怪那陣子，我時常看他神祕兮兮，到處探聽鎮內未婚女老師的身家資料。」陳老師證實道：「不過，詹老師因為不適任的原因，已經自動退出教育界。這媒人嘛，您恐怕就得落空了！」

「不適任原因是，兩種以上不同價值觀在腦內撕扯，使他不只不能進行正常教學，甚至無法判斷，什麼才是眞正人性。」他替鄉土作家告罪道：「不敢履行作媒承諾，應該也是因為他，已經自認無力評定，現今台灣老師的信念純粹度，但願把事情交給上帝作主吧？」

「兩種以上不同價值觀在腦內撕扯，每當歷史轉轍、朝代更替，各種人性，總是難免一再受到搓揉和變造。這過程，國小教師經手第一層工作，人人搖身變成，光明正大的第三隻手；一段舊史搓過一段新史，一個老朝捏過一個新代，世代循環，再三反復。」曾經是資深教師的林主任，進而經歷豐富的幫他補充說：「久而久之，就會有意志矛盾的某些教師，在捏塑純眞學子之餘，也同時將本身搓揉成精神病患，懷疑自己當不了一名杏壇師表了。」

「聽說，馬偕年輕時，也當過加拿大的國小老師，然後才當上牧師的；一位台灣老師，卻竟然淪落到變成一個瘋子，也眞是處境堪憐。這我不能怪他，反而贊成傳宗接代的大事，還是交給上帝決定最好！」老醫師諒解道：「唉，我們今日不談歷史，不談朝代，只談劍道和音樂。倒是，你們應該勸他，寫文章不能改善症狀，還是應該找精神科醫師治病要緊啦！」

一則插曲，引出了一段題外話。此時，大家這才發現，竟然冷落了櫻井夫婦。

「失禮，失禮。那麼櫻井桑此行，下一站是哪裡呢？」老醫師言歸正題，趕緊起身打開接有雲端「小耳朵」的老電視，好讓訪客能賓至如歸，親切置身在日本家常的熟悉節目中。

「下一站，旅行社規畫是參觀長老教會，三峽文化協會是情商他，客串一場抗日大戲，安坑〈火燒大厝間〉戰役的演出。昨晚，我們又接到一件好消息，好像外插角的舊番地，台日古戰場附近山區，還保存有一座很完整的理蕃「忠魂碑」；所以，下午拍完安坑外景，我們可能還會順便幫他安排一趟，外插角古戰場的謁碑之旅。」嚮導陳老師說明著。

「這兩件歷史慘劇，我小時候都聽過。前者燒燬的是，翁景新家族的大厝宅，後者燒燬的是，大豹社泰雅人的大家園。」老醫師聽後，一陣莫名感嘆的旁註道。

「神影流的九段前輩，非常抱歉，下午該戲的扮演角色，晚學就是客串一名，一刀砍下翁景新父子首級的日本軍官。」櫻井先生立即恭身起立，大大一個九十度鞠躬的矛盾致歉道：「坦白說，今日拜訪中州道館，多少是附帶有權且過來，為這一刀暖身的用意啦。」

「喔，喔，原來如此。但剛才不是說，我們今日不談歷史，不談朝代嗎？真是殘念，好景總是最難常在，好願總是容易破滅。唉，唉，難得今日琴劍交流的美好畫面，竟然忘了叫人拍攝下來！」老醫師身為主人，矛盾得也是深深九十度鞠躬地，還以一個諒解。

「請老醫師放心，舉頭三尺有神明，冥冥中，早已有人幫我們代勞了。」

告辭前，意隨境轉。他重新吟哦了一遍，胡大仙適時打出的貼心跑馬詞：

一步一腳印，凡走過必留下足跡。只要記憶不被抹除，一切歷史，便將歷久彌新——
請毋庸置疑，凡所爲皆存檔天際。除非諸神都已寬恕，所有功過，必當重受審判——

第十八章
同命父子

這史道，昨敵今友，您瘋了嗎？
這世途，左衝右撞，您痛了吧？
這戲本該不拍的，但還是拍了。
這仗本該不打的，但還是打了。

這仗本該不打的原因是，既然孤立無援，敗局已定，何必枉然硬撐，徒造傷亡。還是要打的原因是，自古過河卒子，體現忠孝、落實節義，難道不就是必須如此，戰到你死我亡？

時間是，明治二十九年（一八九六年），元月二十九日，漢人舊曆年前。

去年七月詐降，焚街之痛都還未撫平，更怕被秋後清算的三角湧人是在一年後，獲得台灣總督府諭告「罪行寬赦」令時，這才陸續從各處角落歸鄉復員的。

其前，不甘降服，或說是勇於反抗命運的殘餘義軍，紛紛避入山域番地，進行化整為零的游擊戰。深據內山天險，家業雄厚的小暗坑翁府大厝宅，於是順勢成為各股義軍，且戰且躲，且躲且戰的最佳庇護所與補給站。

翁府開台始祖翁儕寬，捐奉北京貢款頗多，清廷封賜從四品朝議大夫；第二代以降，滿門公忠體國，官聲禮教兼備，加上為人重情重義，在該地擁有一呼百諾的鄉里盛望。因而，翁景新與長侄翁有財，領有一支千餘名的「翁家軍」，不時配合北台義軍作戰策略，遣隊突襲三角湧、土城庄、龍潭陂的日本地方公署；甚至，漢人舊曆年前，台北義軍會攻日方大本營的「台北城之役」，更有大批「翁家軍」奮身參與其中。

綜合上因，日軍對翁氏叔侄如鯁在喉，如刺在肉，急欲徹底拔除而後快。元月十八日，日軍首先透過漢人細作提供的密告，捕殺了從小暗坑潛回坪林庄，見過母親最後一面，正想動手襲擊坪林營所的林成祖等六人，並掃除了當地義軍暗樁。

二十九日凌晨，樺山資紀兵分三路，進行拂曉攻擊。一路由新店沿竹崙溪（橫溪上游支流）掩至腦寮埔（今安坑里北端，竹崙溪、鹿母潭溪交會處），一路由溪北沿橫溪上溯竹篙厝（與腦寮埔隔著竹崙溪對望之聚落）；一路從早在年前十二月掃蕩乾淨的打鐵坑，繞向大厝坑（翁府「大厝間」所在地）西側山丘，悄悄三面包抄「翁家軍」。

日軍追剿義軍的策略，正如當年漢人壓迫原住民的模式，都是由微而漸、由點而面、由平原而山地；今昔差別，只是手段與武器不同而已。事實上，早從祖國宣告割讓台灣、澎湖的一葉知秋，及至最近林成祖等人的被自己人出賣，短短半年之間，翁景新已心知肚明，三角湧漢人當下面臨的命運，正如平埔、泰雅二族，早已走過的歷史老路。

所幸，此次日軍自以爲絕對機密的突擊行動，翁景新也早在深夜，就已接獲相關密告。黎明前，一名邋遢遊丐，由一名竹崙庄獵戶帶路，摸黑涉過竹坑溪，翻過竹崙山，刻意迂迴躲過日軍監視，緊急前來敲叩翁府大宅的小側門。

此門，由一名資淺護院看守，轉轉繞繞，踅踅尋尋，竟然陷入三進三出的大迷宮般，將兩人帶向翁有財房前。翁有財起身問明原因，於是趕緊又將來者，帶至翁景新房裡。

獵戶，翁景新一眼認出，是個兼具泰雅族獵技與平埔族體力的二轉仔。邋遢遊丐，翁景新似曾相識，疑似便是以前鬧過翁老藤娶媳的那夥羅漢腳仔之一；但對方自稱是潛伏在三角湧、橫溪一帶的義軍眼線，今晚冒死前來報訊，單純只爲了回報翁府叔侄的忠肝義膽。

「日軍這次出擊，攜帶的全是從未見過的新式武器，火力強大，威力猛烈，小暗坑義軍和翁府，恐將無一倖免。」遊丐雖然渾身邋遢，倒是極有見地的建議道：「冷靜觀看局勢，不出一年，日方必會頒布反抗義軍的寬赦政策。抗日志業，留得青山在不怕沒柴燒，保鄉護土，其實不必急著眼下就得拋頭顱，灑熱血。翁府臨危遣散各房堂親和家僕，六爺等人趕緊暫時入山一避，等到風頭過後，改頭換面，東山再起，應該比較妥當！」

「對，暫時入山躲避，有我協助，一年半載倒是餓不死您們啦。」獵戶附和著。

「不，我不能走，也不該走。我若一走，義軍便會整個垮掉！」翁景新搖搖頭。

「六叔不走，我們翁家子孫，更沒理由走！」翁有財秉性堅毅剛烈，也搖頭說。

「你們叔侄都不走，但最少也得保住翁姓一脈後嗣吧？」邋遢遊丐苦苦提醒道。

「有財一定要走，誰叫你是長孫！還有，把我大嫂，你老母也帶走！一個亡國毀家的長孫，若再失去摯愛的母親，下半輩子，哪來忍辱偷生的勇氣？另外，把所有的無辜家人，也一起帶走。這禍端既然由我引起，就由我自己承當。但事到如今，他們都還走得了嗎？」

「走得了，走得了。只要依我妙計來做，連您也都走得了！」遊丐拍胸保證道。

遊丐之計，倒也容易。那就是各房大小及親友、家僕，能帶出什麼就帶出什麼，能拿走多少就拿走多少，各自趁夜疏散至附近鄰里躲避。翁家軍與翁府男丁，其實才是日軍主要目標，翁府男丁便委屈扮成乞丐，由他引導至安全地點；如此一來，留守大厝坑與小暗坑的所有義軍，便可放手痛快一戰，各自求仁得仁，從從容容的慷慨赴義而去。

「此法甚好，兩全其美，我們就這麼決定了！——」

翁府財富得自小暗坑山林，如今還給小暗坑鄉親，天公地道，翁景新並不吝惜。回想當時，日本依條約接收台灣，三角湧人起身反抗外權統治，半年來雙方交戰，都已經傷亡不計其數；台灣與日本的歷史情仇，朝代恩怨，既然已經埋下，義軍現在「以命換命」，或說是「以命賠命」，終結這一代的血淚因果，翁景新也認爲天經地義，而可免於枉留遺憾。

當下，他立刻傳來相關家屬、僕佣，以及義軍重要幹部，宣告這項決定。

一時之間，偌大的翁府大厝內，不禁立刻暗影幢幢，火急交錯的各自忙碌起來。

翁家軍向來訓練有素，加上同質性、同命感極高，這一切都在井然有序中進行。

翁景新等到最後一批人影，安全隱入四野山區，在最後召來一伍義勇陪巡各處門禁、槍樓與宅院時，這才發現長侄有財，以及長子國樑、次子國材，都還逗留前院未走。

「六叔不走，我就不走！」翁有財仍然堅持著。

「阿爸不走，大兄不走，我們也不走！」翁國樑、國材兩兄弟，也一致堅持著。

「我們各自有命，三個不孝子，馬上給我離開，這是命令！」翁景新厲聲斥道。

身爲翁府第六房的翁景新，生有三子，屘子翁殿邦夭歿；私心裡，他多麼希望能在保住大房獨子翁有財之餘，同時也保住翁國樑與翁國材，這兩條自己僅存的血脈。然而，三個從小作伙玩耍，作伙讀書的堂兄弟，卻像吃了秤錘鐵了心，還是一再異口同聲的堅持著。

此時，霾雲漸開，天色漸曉，內外義軍，早已各就各位。一片見怪不怪的濛濛雨霧下，外營高處的義軍，突然隱隱傳來幾記零星槍響；隨後，前所未聞的機槍聲，連番大作了。

「注意，他們攻來囉！已經佔領竹篙厝的崗哨囉！」槍樓上，義丁緊急警示著。日軍以機槍掠陣，步槍攻堅，義軍根本毫無抗衡餘地。幾波微弱反擊後，甚至連下一發子彈都還來不及裝填，便眼睜睜看著自己與同伴，快速在彼此的血泊中，躺下了一大半。

竹篙厝失守了，腦寮埔也失守了。義軍死傷慘重，倖活者邊撤退，邊尋找有利地物，暫行掩蔽。大厝坑地形，西南背山，北有竹崙溪、東有鹿母潭溪的深澗天險，日軍難再進逼；但早有腹案備用，於是改採機槍交叉掃射，夾殺殘餘義軍，並掩護己方架設炮陣。

炮陣架設既畢，機槍聲稍歇，渠等開始以逸待勞，改採新式炮彈轟擊。

當前兩枚「過山炮」，畫過大厝坑上空，早已驚醒的整個小暗坑，最先是被兩聲有如天雷巨響，嚇得大人驚心動魄，小孩嚎啕大哭了。當隨後幾枚炮花，連續命中翁府屋頂爆開，小暗坑人緊接著看見，雕梁畫棟的「大厝間」，冒出一團團比樟腦灶，還薰眼流淚的火焰與濃煙；然後，空氣中迅速傳來，一陣陣比樟腦油，更嗆鼻流涕的硫硝氣與燒焦味了。

「注意，後院糧倉中彈囉，左廂軍械室也著火囉！」義丁高立槍樓，扯嗓猛喊。

緊急之下，兩側義軍意圖扭轉戰況，先後再度奮勇展開反擊。但幾陣機槍狂掃後，激烈戰況，重新陷入沉寂，義軍死傷遍野；警戒義丁也遭到流彈波及，哀聲慘叫，滾下槍樓。

「大勢已去，下一枚炮彈不知會打在哪裡，再不走就來不及了。」邋遢遊丐催促道。

「忠孝兩全，是翁家祖訓。尊長不走，晚輩哪能先走？」三兄弟，仍然一本初衷說。

「唉，眞是愚忠愚孝，都是讀死書，不知通變啦。好，好，我走，我們都走！——」

孤臣孽子，翁景新與義軍內心，全都早有準備，只是不知今日局面，竟然來得這麼迅疾。翁景新長嘆一聲，終於顧全大局，通令大家撤退了。

邋遢遊丐，似乎心中有底，也好像早有綢繆；伸手一推，便將身著一襲暗褐色便服的翁景新，使勁推出屋外，交由二轉仔獵戶，半請半拉的帶向後門。又探手向「茄芷袋仔」（蘭草袋子）內一拿，手上多出了三件破丐裘，示意三兄弟趕緊穿上；但翁國材不穿，就著一身日常菁染藍衫，直追父親而出，兩個兄長想要加以攔阻，卻已慢了一步。

「由他去吧，人生在世，誰都有自己命途要走，否則就會死不瞑目。記住，你們兩人都還各有一位母親等待扶持，移忠作孝，此其時也！」邋遢遊丐，將這件破裘轉遞給翁有財，順手往兩兄弟臉上，抹過兩把炮灰後，轉身自顧走了。

適巧，一枚炮彈呼嘯而來，正中大厝正身。大房那邊，隨即傳出一陣慌亂嚷叫：

「不好囉，不好囉，大廳著火囉！大老夫人，被大火困住囉！——」

兩人急奔過去，看見幸好已經有其他各房兄弟，正在搶救祖宗牌位，以及先祖受賜的官帽及官服遺物，翁國樑逕自加入搶救工作。翁有財則穿越火場，撞破母親房門而入。

「阿母啊，您整晚不開門，現在也不開門。您何苦這樣嘛？」翁有財氣惱道。

「有財啊，你們大家能逃，就趕緊逃吧！厝在人在，厝亡人亡，阿母活是翁家人，死是翁家鬼，這把年紀已經死無遺憾囉！」雖說世人如鳥，樹倒林毀各自飛，母親卻不想拖累子孫，執意不走。但翁有財怎肯聽話，一邊替母親披上破丐裘，一邊強行抱起，便往外衝出。

一陣拖延，大廳火勢漸烈，好在其他各房兄弟，看似都已及時脫身。不過，說也奇怪，雖然偌大宅院，早已處處火舌四竄，煙霧瀰漫，母子二人竟然毫髮無傷，一路直出小側門；更奇怪的是，一出小側門，門外竟然早已人影幢幢，聚集著一夥前來接應的遠近乞丐們。

槍戰仍在持續進行，當最後一排機槍掃蕩過後，僅餘守備義軍，幾乎犧牲殆盡。

日軍於是趁勢速將戰線，推過竹崙溪與鹿母潭溪，三面圍向巢破鳥散的大厝間。

「看過此人嗎？無論死活，舉報者，大大有賞！——」

「三頭六臂的翁景新，今日一定讓你插翅難飛！——」

四野，已經一片死寂，吃過「翁家軍」苦頭的日軍，還是不敢大意。陣地前後，立刻佈設監視崗哨與搜索隊，抓來任何可抓到的小暗坑人，對照著翁景新畫像，仔細盤查。

進行掩護的乞丐，斜眼、歪嘴、瘡頭、爛腳的都有，個個一身腌臢惡臭，人人滿手拿著翁府遺散物品，嘈嘈喳喳蹌至哨前站住，準備接受盤問。社會底層的蜉蝣人物，面臨亂世危局，乞丐們顯出一副打打殺殺，全跟他們無關，只要有得喝、有得吃，生死禍福，悉聽處置的浮世本色；反而，日軍唯恐彼等帶來疫病感染，稍加查看後，便揮手吆喝趕快離開。

「巴嘎壓陋，這夥混蛋的台灣烏鴉，倒還曉得趁火打劫！」一名軍佐模樣的日軍，急急吐掉嘴內蒼蠅似地，朝向兩具斜躺在血灘上的義軍屍體，啐唾了一口痰。

這痰有如啐唾在翁有財臉上，心想若不是手邊攙扶著母親，他一定拚死揮拳相向。

離開日軍崗哨，越過鹿母潭溪的橫橋，乞丐們逐漸散去。腦寮埔上，滿目義軍屍血，翁有財忍著哀痛，回盼大厝宅最後一眼，兩行流離失所於自家門前的眼淚，竟自濟濟掛落。

「少年仔，來日方長，好漢不吃眼前虧！趁此時，日本兵忙著找你六叔算總帳，趕快脫離現場，好好安頓你老母吧！」重新現身的邋遢遊丐，趕緊提醒了一下翁有財。

「現在，翁家這種魔神瘟鬼身分，這鄰里還有誰不怕牽連，願意收留咱們母子嗎？」

「小暗坑，受過翁六爺照顧，有情有義的親友多的是。不過，沿著鹿母潭溪往上走，半途看見一堵石籬外，種著許多小山花的那家伐樟戶，卻是最安全可靠的啦！」

「那是不怕天，不怕地，不怕山妖，不怕生番，只怕牽手和媳婦的翁老藤他家吧？」

「對，對，就是翁老藤他家！仔細看著，前面不遠的樟徑轉角，不是等著一個身影模糊的茫霧老人嗎？現在，速速隨他前去翁老藤家，母子兩人安心住下，你就可以一邊躲到日軍撤離，一邊麻煩他家劉姓養子，偷偷連繫蘇力叔侄。然後，相約搭乘橫溪的紅頭船，暗渡唐山廈門，繼續你和堂弟翁國樑，另一段抗日天命而去！」

「老人家，您是誰？那位身影模糊的茫霧老人，又是誰呢？這一切來未來，去未去的事情，您好像全都一清二楚，您應該不是義軍眼線，或是一般乞丐吧？」

「我是誰，他是誰，你又是誰？人生在世，管他誰是誰。滾滾紅塵，渺渺世道，依你之心，行你之路便是；——」

翁有財一陣迷茫尋思時，遊丐杳然已去，舉頭但見滿目濛濛山色，漫天沉沉陰霾。茫霧老人，滿頭白髮、粗眉大目，頭插鷹羽、耳掛墜環，手持長矛、腰插短斧，不時巡視在山嵐深籠的翁老藤家前。翁有財童年經常聽過，那些伐樟煉腦的羅漢腳仔提起，無不繪聲繪影，那抹敬鬼神而避之的神鬼影像，今日總算親眼看見了。

但眼下所見，卻只是對方一幅矇矓背影。翁有財與母親，無論如何緊步追趕，總是無法靠近看個仔細，趨前瞧個眞確。

遠遠，母子只見他體態崢嶸像山岩，形韻高邈像山鳶，步履輕盈像山神，背影蒼茫像遠祖的一路跟隨著。等到翁老藤開門迎入兩人，老人早已無聲無息，不知化進屋中何處。

「莫多疑，莫多說！日後日本人問起，就說你們是我家的遠房阿姑和表弟。」翁老藤夫妻，說著熟練的福佬話，跟這對患難母子，取得身分默契。

以前，翁有財在茶餘飯後，是曾經也從家族親戚的閒聊裡，聽過翁老藤其實是個「平埔仔」，他牽手更是個「泰雅番婆」的身世傳言。若是傳言爲眞，那麼這位恍如山神般的神鬼老人，想來可能就是翁老藤或他牽手，某位古早祖上的原始形貌了。

這身影，這形貌，由實入虛，由幻還眞，虛實眞幻的轉換間，翁有財並不害怕，母親也好像泰然自若。似乎，前生今世的世代因緣中，早已具有幾許似曾相識的親切感。

莫非，翁姓這支小暗坑的龐大家族，自開台始祖翁儕寬以降，或在翁有財母氏外家承襲的族羣系譜裡，早已深遠烙下，如此這般的一抹相關浮水印了。

天地不仁，以時空爲煎鍋，歷史不義，以蒼生爲祭品。這是無可奈何的天道演繹吧？作家不仁，以人性爲情節，編劇不義，以人間爲劇場；然而，這卻是一種不得不然的悲哀作法。因爲不此爲之，世人必將遺忘，自己曾經是個有血有淚的過來人。

一行人驅車抵達，早在民國三十五年（一九四六年），改名爲「安坑里」的「小暗坑庄」時，臭老導演正在扯嗓高吼，指導一組日本炮兵，如何轟炸那落「山寨版」的「大厝間」。

「山寨版」的「大厝間」，指的當然就是一幢幢由竹片、紙板、布縵，臨時搭建的「道具屋」。這「道具屋」，出自八張「三峽糊紙店」祖傳三代的老手藝，製作得惟妙惟肖，幾可亂眞；只要再經現代電腦科技，加以修飾與合成，一座百年「大厝間」便可栩栩如生，如假包換的重現於「大厝坑」，這一大片近山如霧，遠山如夢的蒼茫綠野上。

臭老導演，一來因爲這是一落住過千餘人的宏偉「豪宅」，二來因爲這是一筆他老婆最後的私房錢；於是，不得不盡量打起精神，再三大聲吼叫的要求著，那組日本炮兵無論在心態上或在神情上，務必都要契合兩者該有的，絕對莊嚴性與沉重感。

擁有堂堂三十六房的偌大一落「大厝間」，這一把史禍之火，究竟焚燒了多久呢？

拍片現場，從一幢幢紙糊「道具屋」的拼湊，直迄化成灰燼，大約花費三日兩夜。

事實上，依據當地耆老，流傳三、四代的古老記憶。這落無論建材、款式、格局，並暨土木師傅都來自唐山故土的「大厝間」，略過構工階段不說，單單焚燒過程，便已綿延了月餘之久；其猛烈火勢，所竄捲的紅雲烏煙，連三角湧街都抬頭可見，令人怵目驚心。

此外，另一聽說，該巨宅所用木料，都是最高級的檜木、杉木。爲求逼眞起見，臭老導演特別囑人，不知從何處弄來了幾大袋檜木屑、杉木屑；現場，也是一把擬眞篝火的熊熊焚燒起來，希望能夠極盡一切可能地，徹底催逼出，「火燒大厝間」的原況與原味。

趁著火勢延燒空檔，大家在林老師提議下，陪著櫻井夫婦，就近參觀了一圈小暗坑。好讓櫻井先生，大致瞭解當年這場「小暗坑之役」的地理環境，藉以醞釀下場戲的臨場感。

沿途，他們改由也是協會志工的翁詩娜擔任導覽，從滿目瘡痍的大厝坑，走過悠悠流淌的鹿母潭溪橫橋，走進雙方兵勇橫屍遍野的腦寮埔，走向槍炮抓狂發射的竹篙厝。一路上，逢人便問起早前的這樁抗日慘劇，探詢翁景新的其人其事；但鄉親們若非恐慌得強迫假裝一問三不知，便是滿臉漠然以對，渾似被歷史下達了噤口令，或被自己抽除了難堪記憶。

他們有點懷疑，本身掌握的史料之眞假。躲躲閃閃來到，配置在竹崙溪岸的日軍槍炮陣地時，適巧邂逅了一名日本傳令兵擦身而過，緊急跑向指揮站，傳報當年的戰情現狀。

「什麼？搜遍整座大厝間，整片大厝坑，還是找不到翁景新的人影，或屍體嗎？」樺山資紀高舉單筒望遠鏡，眉頭大大縮蹙說：「難道，這翁景新，還會飛天遁地不成？」

「嘿，瞧！遠遠後山，開滿茅花的獵徑上，一老一中一少，那是三個亂民吧？會不會，其中之一，就是一直神龍見首不見尾的翁景新呢？」一名也是高舉著望遠鏡的參謀，似乎有所發現，一邊向樺山資紀報上方位，一邊召來一個漢人模樣的在地細作，立即加以辨認。

拍片鏡頭裡，這個漢人模樣的在地細作，身穿日本軍裝，以一片芭蕉葉遮臉。心虛猶豫的，不敢露出本來面目，也不敢發出眞正腔嗓，只是嗯嗯哼哼的猛點頭。

「翁景新，可能會逃往何處？說出來，你可多得一份好處；不說出來，我們將在庄內公開你的身分，讓你無地容身。」經過參謀再三逼問，這傢伙低聲囁嚅道：「東南邊的獅頭山頂，有個鼎底窩，鼎底窩內，有個獅仔嘴舌，可以躲人。翁景新，應該會逃去那裡！」

「喔，獅頭山頂的鼎底窩，鼎底窩內的獅仔嘴舌，那是什麼東西？」

「鼎底窩，就是像鼎底的山窩，獅仔嘴舌，就是像獅仔嘴的山洞。」

「哈，哈，好個台灣山猴的翁景新。去年台北城之戰，沒被內藤大佐活逮，今天若再讓你，從我眼前溜走，我樺山資紀，一定當場切腹自殺！」

望遠鏡中，臭老導演透過多媒體的剪接技術，首先淡淡流映出去年七月，「三角湧大焚街」的二十里遠燹。緊接著，色調轉濃，對比轉大，反差轉強；倏忽，痛定思痛，痛下重手地，全銀幕拉開「火燒大厝間」的慘烈背景，一整框拉近，翁景新臨別反顧的雙瞳特寫。

「喔，喔，天地啊，神佛啊。樺山資紀，你這個邪神，你這個魔鬼啊！——」

然後，一長串痛心入骨的巨歎，驀然凌空噴吐而出。其聲音，隨風暴竄，似近還遠，似哭還笑；其形式，有如閃電驚雷的交相激盪，其本質，更像人間情志的反錯迸響。

恍惚之間，大家不禁爲之心搖神晃起來。以致，一時分辨不出，這巨歎是喊自樺山資紀的洩恨喉嚨，翁景新的悲憤胸膛？還是，兩人四目，投射在望遠鏡裡的絕死對撞？

遠遠，山腰上，三條人影，一閃而逝。事實上是，只因至情至性的一個臨別停腳反顧，延誤成關鍵秒差，一代忠孝節義的翁景新，竟然在劫難逃就這樣敗露行跡了。

樺山資紀見獵心喜，滿懷甕中捉鱉的決心。立刻一聲令下，親率一股日軍，火速開往該細作所稱的「獅仔嘴舌」，日後當地遺老念念不忘的「土匪洞」而去。

「卡，卡，暫停，暫停。翁六爺，翁六爺，您怎麼了？——」

一行人站在竹崙溪北岸的三山國王廟前，長眺了半晌小暗坑山野，追思了片刻翁景新的心境後，折返大厝坑。咫尺來回的兩趟路，走過時空相距的一百年，腦寮埔已完成戰場整復，廓清出一片山庄街面；大厝坑也已完成選擇性遺忘的，遍植事過境遷的茶樹與檳榔。

拍片現場，紙糊的翁府大厝間，早已化爲一堆灰燼。質地堅韌耐燒的檜木屑、杉木屑，殘火不死，兀自裊裊繞繞，釋放出兩股幽冥交雜的特殊濃香，隨著山風飄向獅頭山頂。

這特殊濃香嗅在樺山資紀的鼻腔裡，嗅在翁景新的情愫中，也嗅在一行人與拍片人員的餘緒上。當他眷念的滿滿吸入一大口時，向來很健康的五臟六腑，突然劃過一道痙攣，經由背脊直透天靈蓋，悲痛得不禁大聲哀叫了起來。

「導演，歹勢。不知怎麼，我這顆心，突然好痛，好痛！」他當場蹲跪下去。

「六爺，難為您了。唉，您太入戲了，我們只不過是在演戲拍片嘛！——」

久久，當他再度起身時，臭老導演拍了一下肩膀告訴他，下場戲日軍要砍下的，還包括翁國材那顆少年頭，此事因為上述翁國材的臨時變化，還未告知那位飾演的高中生；現代青少年，只知生不知死，到時怕他心生畏懼，不願奉獻犧牲，砍頭戲就會拍不下去。

「臨時須要，有備無患，我們一夥人，看來還是飾演翁景新的您，最具扮相。萬一高中生不肯，那就只好麻煩您，一人分飾二角，被砍兩次頭了！」臭老導演拜託著，十分誠意的承諾說：「不過，您不會白死的！兩次砍頭，我們會奉上兩個大紅包啦！」

獅頭山，海拔七五三米，位於鹿母潭南方與新店磺窟交界，是本鎮極東大嶽。

土匪洞，是日軍圍剿義軍，屢屢為之卻步的，「獅仔嘴舌」的別稱。本洞位於獅頭山腹一座崖潭上方，洞口朝東偏北，洞寬六尺，洞深丈餘；洞內，幽暗曲折，一眼難窺究竟。

此山地勢險峻，加上該洞地形隱蔽，足可容納數十人；後期抗日，便由翁府提供給山區義軍，做為調息整備之用。山區義軍，主要領導者，就是多次糾集北路義軍聯盟，攻打台北城，行事神出鬼沒，動向無從捉摸，最讓日本當局疲於奔命的陳秋菊。

鏡頭內，交插著翁景新的末路潛逃，樺山資紀的索命狂追，一前一後，一暗一明。

背景音樂上，臭老導演則安排了一名枯臉盲叟，獨坐在一幢山屋風簷下，拉搭著一把台灣瓠殼琴（改造自唐山胡琴之當地樂器）。痰聲痰調，滄滄桑桑，悽悽愴愴地，兀自吟哦著兩段小暗坑的老唸謠[7]：

土匪是土匪喔，蹛在紅仙（銹）水啦
打贏攻府城喔，打輸就抽落鼎底窩啦
尪公聖王公喔，做神做佛恬恬毋出聲
千人千條命喔，毋值奸臣仔一句話啦
土匪是土匪喔，蹛在紅仙（銹）水啦
打贏攻府城喔，打輸就抽落鼎底窩啦
明知無勝算喔，乎人侵門踏戶最凝心
頭斷血水流喔，毋是親母仔毋知疼啦

踩著枯臉盲叟的哀怨唱腔，螳螂捕蟬，黃雀在後的拍片人員，疾疾驅車趕赴土匪洞。途中，就在繞過鹿母潭畔時，兩名原住民打扮的獵人，現身擋住了翁景新三人去路。

7 「蹛在」即「住在」；紅仙（紅銹）水，即石縫流出之鐵質紅液，意指「流著鐵銹水如血汁之山洞」；「抽落」即「撤退至」；「尪公」、「聖王公」，為橫溪重要信仰神祇，係保儀尊王、廣澤尊王之俗稱；「恬恬」即「默默」，「毋」即「不」之意。

「請問三位山下來的漢人，看到一對呦呦叫喚著母鹿的小鹿嗎？」阻路者打著暗語。「你們兩個，就是射中那隻母鹿的泰雅獵人吧？」翁景新也打著暗語說：「當年既然捕獲了母鹿，至今已經一百多年了，你們還是不肯放過，那兩隻失去母親的小鹿嗎？」

「唉，說來慚愧！當年，其實我們並沒有捕獲，那隻中箭落水的母鹿，還讓那對小鹿趁機逃走了，眞是兩頭落空啊！」對方說明著，掀開薯榔浸染的暗褐色臉巾，露出兩張抗日義士的焦慮臉孔，朝向翁景新抱拳一揖道：「屬下見過翁副統，快請隨我們這邊走！」

兩名義士，立刻領著翁景新三人，前去會合早已等在鼎底窩的陳秋菊。

陳秋菊，深坑坪林尾人，前清北台隘勇營將領，官拜四品參將，台灣民主國成立時，領有義勇軍數千員；民主國瓦解後，率領舊部轉回老家深坑，繼續投入山區抗日活動。日前不久的元旦前夕，曾經聯合滬尾（淡水）簡大獅、竹塹（新竹）胡阿錦等營隊，騎著一匹大白馬攻進台北城，一度奪回大稻埕，博得「白馬將軍」美稱；惜因後繼無援，最後只好退出大稻埕，分散殘餘義勇，轉入深山養精蓄銳。

「日軍已經攻陷大厝坑，燒燬所有屋舍糧食和槍械。」翁景新不想多說什麼，只是淡然告知，這位有志一同的義軍領袖：「此後，抗日志業，翁家恐怕無能爲力了。」

「透早，山下驚傳槍炮聲，我感覺有異，馬上派出一隊弟兄緊急援助，但一直等不到戰情回報；清晨，我們突然聞見一股濃煙飄上山頭，像火燒大厝間的檜木香、杉木香。我非常擔心，當下就料定大事不妙，現在總算等到你們父子，平安逃出火場了！」心裡有數的陳秋菊，也不忍心多問什麼，痛定思痛的拿出一張三角湧地圖，打算徵求翁景新同意的說：「三角湧人、坪林尾人，小暗坑生、小暗坑死，大不了，我們就一起死在獅頭山頂。現在，是戰是退，就全等您六爺一句話！」

戰，即是以翁景新爲餌，鼎底窩義軍埋伏在鹿母潭溪兩岸，引誘日軍前來同歸於盡。退，即是翻越獅頭山，暫時向東退入新店礦窟、猴洞尖一帶的烏來部落，或向西翻過六寮崙山、牛角尖山，躲進暗鞍、內插角的大豹社。

「退，留得青山在，不怕沒柴燒！退後，不可急躁，白白丟掉性命，反抗異族統治，並非就要血腥犧牲。」翁景新引述昨夜神祕遊丐的說法，交待遺言或交接遺志的決定道：「記住，大家打得過便打，打不過便靜候日方發佈寬赦令，各自返家生聚教訓，另謀對策！」

「退，那就大家一起退。」

「不，你們退，我不退。」

「那不行，兵隨將轉，這世上，哪有兵退，將不退的道理？」

「好兄弟，我不退。犬子翁國材，就拜託您，好好調教了！」

談話之間，不遠密林內，乍傳幾聲竹雞驚啼，這是義軍暗哨的示警訊號。

翁景新仰天一嘆，坦然相告大厝間已燬，國既棄、家既破，他怎能苟活？

「我懷疑日方，握有爪耙仔的情報，早已探知我逃亡去處；今日，我不死在樺山資紀眼前，日軍一定使出全力，打爛整座獅頭山。」翁景新提醒陳秋菊說：「你們快走，免得萬一被發現，枉然暴露，這處義軍最後的藏身地！」

「副統不走，我們不走！」

「阿爸不走，我也不走！」

義軍弟兄，齊齊跪下。翁國材也「撲啪」一聲，跪下雙膝。

山徑上，先前的竹雞驚啼，遽然轉爲數串悽厲的山鴉狂噪。

陳秋菊衡情量勢，心知翁景新心意已決，於是發出一聲猴嘯，暗令義軍撤退。然後，也是「撲啪」一聲，雙膝跪下，算是向翁景新絕死拜別。

撤退中，翁國材抱住父親兩腿，任憑二轉仔獵戶百般拉勸，死也不肯放手。慌忙裡，孔武有力的陳秋菊，只好起身反勢一推，姑且將父子二人，一起推入「獅仔嘴舌」躲避。

崖潭下，樹隙搖影，刀槍閃映；兵行神速的樺山資紀，抬頭望去，但見眾多台灣獼猴，手腳更快的隱進參天鬱林裡，吼嘯一呼百應，瞬間消聲匿跡。及至，爬上崖潭一瞧，果然如漢人細作所言，只見「獅仔嘴舌」儼若血盆獅口，前端還露出一截，獅舌狀長形底岩；底岩下，「紅仙水」（鐵質礦液）像獅沫般潺潺而滲，其餘空空如也，哪有半條翁景新人影。

倒是，瞬間消聲匿跡的深山猴群，一時突然讓樺山資紀大感納悶起來。

「巴嘎壓陋，一定是混蛋的那批台灣叛民，該死的那群三角湧土匪！」

樺山資紀召來帶隊軍官，且咒罵，且觀察，且計議，正打算有所動作。

乍然，幽深的「獅仔嘴舌」裡，直似雄獅怒吼般，傳出一記嚴厲回叱：

「哼，混帳的明治天皇，混蛋的樺山資紀！我堂堂三角湧義軍副統，就等在山洞內。你有種單槍匹馬，入內與我一戰！無種便挾著尾巴，乖乖退出台灣！——」

叱聲甫落，兩串槍響，拖著長長尾音，迅即不及掩耳而至。

頃時，兩名士兵，應聲倒下，其餘日軍立刻就地尋找掩蔽。

「喔，他，他就是翁景新啦！」被帶來當嚮導的漢人細作，嚇得邊指認，邊發抖。

「清國奴，竟讓一個文弱書生的翁景新，嚇成這副樣子？大家鎮定，大家鎮定！」

樺山資紀回過神來，稍做精神喊話後，一組班兵被召來一字排開，猛烈對洞射擊。

剎時，槍聲大作，鼎底窩裡陣陣迴響，密林深處鳥唳猴哭。其聲勢，彷彿百彈齊發，千嘴共號，根本無從分辨出，究竟是日軍射擊或雙方互射，還是箇中另外藏有神祕第三者。

射擊停止，一伍槍兵奉令進洞搜索；但剛走進幾步，倏忽又是兩串槍聲響起，領頭槍兵中彈倒地，餘者受傷退出。拖出了死兵，安置了傷兵，一組班兵又被召來猛烈對洞射擊。

之後，又是一伍槍兵奉令進洞搜索，也是剛走進幾步，便再中彈負傷而出。

如是重複數次，情況依舊如故，樺山資紀氣急敗壞的發瘋了。乾脆命人，扛來一挺新式機槍，進行綿密的抓狂連射，直至槍口起紅出火，槍下堆滿冒煙的發燙彈殼。

射擊停止，一伍槍兵又奉令進洞搜索，但才剛靠近洞口，仍然招來兩串槍響嚇阻。領頭槍兵，應聲中彈倒地，餘者驚慌退出。

「噢，可恨，可恨！這小暗坑的翁景新，簡直就像一隻打不死的台灣蟑螂！」

樺山資紀望著成堆冒煙彈殼，望著「獅仔嘴舌」，不禁雙眉一皺，兩手一攤。

「仗恃精良武器，勝之不武的樺山資紀，你好歹豎起耳朵聽著。只要天理良心還在，就莫再犧牲部屬性命，親自入洞與我對決，否則便挾著尾巴，滾出小暗坑！——」

樺山資紀才剛罵完話，「獅仔嘴舌」內，又是一記直似獅吼的洪亮回叱。

「哼，可恨的翁景新！既然是個帶種勇士，你自己更該自動現身一戰呀！」

樺山資紀望著黑濛濛的「獅仔嘴舌」，有點衝動與羞惱，更有點投鼠忌器。一籌莫展時，參謀帶來了，那個終於狠下心的漢人細作，說是有良策獻上。其策是採取「火攻」，這是在地山民獵捕山鼠的簡捷方法，並且屢試不爽；連野賤鼠類都難以承受的濃辣火煙，當場不把翁景新嗆出活逮，也一定可慢慢將他，燻死在山洞內。

於是，就在最後一撥瘋狂槍彈掩護下，「獅仔嘴舌」前，大堆山柴被快速點燃了。射擊停止，週遭迴響偃息。獅頭山萬籟寂滅，乾濕參半的山柴，煙霧則大過火勢。環顧四野，陣陣林嵐飄盪過來，團團柴煙漫散開去，逐漸交相糾結出，滿眶悲愴天色。終致使得，無論是日本皇軍或台灣義軍，不管是日本人或台灣人，早已分辨不清，當年所見到底是獅魂玄霧，還是魔靈狼煙了。

這場本該不打的役外之役，日軍在霧煙消散後，一邊清理戰場，一邊挑選精悍兵員，準備再度進洞搜查。此時，樺山資紀這才驚訝發現，己方竟在尚未搜出對方是活是死之前，卻已經不知不覺損兵折將，喪失了數十名本該不死的同袍弟兄。

原因何在？樺山資紀不禁十分尷尬，十分難堪，但更多納悶的莫名其妙起來。他凝神直視「獅仔嘴舌」內，眞想一眼看穿，翁景新的通天本領，奮戰意志。而最爲疑惑不解的是，一把老槍在手的這名台灣人，區區戰力，竟然可發揮到如此淋漓盡致。

樺山資紀既佩服又好奇，舉頭環視，影影幢幢的獅頭山野。忍不住詫異揣測，否則除此之外，難道連隱隱藏身在密林裡的台灣猴族與鳥類，也擁有開槍殺人的神奇本事嗎？

下一段劇情——

下一個場景——

說是爲了探究「獅仔嘴舌」的神鬼奧祕，查明翁景新的生死之謎。或也說是，爲了見證小暗坑的兩縷人間英魄，試圖挽回翁氏父子的一線生機吧？

臭老導演突然心血來潮，搶先在日軍進洞搜索前，臨時派出一組實況錄影，並暨劇本修編人員，趁隙摸入了「土匪洞」。

爲何會突然想到，試圖挽回翁氏父子的枉死性命呢？那是因爲就像邋遢遊丐所言，日本當局不僅在此年七月，不計前仇的寬赦了所有義軍罪行；一年半後，更發布了另一項「土匪招降政策」，陳秋菊便是在此項政令下，獲得優厚條件，率眾出山歸順的。

陳秋菊不該死，不必死，翁景新更是不該死，不必死。該組不速之客，於是一邊提防著內外雙方的暗槍誤射，一邊瞎子黑夜渡河般，摸索著兩側洞壁，偷偷潛行而入。

幸好，也許是翁景新早已彈盡力竭，樺山資紀也已經自認勝劵在握；敵我兩邊，並未再度傳出任何槍聲或對罵。這組人員，但覺眼界一片氤氳渾沌，內心充滿壓縮緊窒，有如墜入某種時空細縫，幾乎無法順暢呼吸。前半段，大家忍受著燻煙悶嗆，也不知踩過多少凹凸地面，拐過多少彎頭轉角；後半段，其實這是一座無尾洞，曲折深長，越入煙霧越淡，洞底竟然還保有相當份量的清鮮空氣。

這洞底，疑似神佛特別設計來專讓翁氏父子，演繹最後一場人間情緣的空間吧？

實況錄影暨劇本修編人員，藉由漫射天光，逆視洞口。眼下，前半段那片渾晦煙霧滯留的轉彎處，倒是還能隱約看見兩條人影，各自緊貼洞壁，相向而立；兩條人影，一老一少，白首者垂目，黑髮者瞪眼，神情蕭肅，持槍屏息。

一組人，不識翁景新與翁國材。但心想，必然就是這對同命父子了。

大家非常奇怪的是，翁景新當時才只五十三歲，一夕之間，竟然就這樣愁白了一顆壯年頭。拍攝人員，不敢打燈看仔細，編劇正想掏出手機，向外詢問確認時，翁國材說話了。

「阿爸，這是您嗎？何時，變成滿頭白髮的山仙囉！」翁國材也非常奇怪的問道。

翁景新動也不動，儼如半截石影，滿臉更是悲愴凝沉，顯得心情相當複雜與矛盾。

「阿爸，橫豎都是死，您看這樣好嗎？我假扮您出洞投降，伺機製造騷亂，您再依情況或是繼續藏在洞內，或是趁機潛出山洞，躲入茅野中。」翁國材打量了一眼翁景新，又打照了一眼，透進迷濛亮光的洞外，痛定思痛道：「感謝尪公和聖王公，您現在突然變成這種模樣，應該可以騙過日本人啦！」

「國材，很好，難得你有這份智謀和孝心！橫豎都是死，咱們父子與其兩人都死，不如活一個，算一個。」翁景新也是痛定思痛道：「外面密林裡，陳秋菊一定還在，隨時準備接應我們，你此計應該可行。不過，我最不捨的是你年紀還小，卻要比阿爸先走一步！」

「阿爸，事不宜遲，但願我們來世有緣再做父子，報答未了恩情。」黑忽忽的鏡頭下，轉頭催促著父親的翁國材，突然面露紅光、雙目怒凸，恍然猶如三太保的青沖變身。

父子計議既定，翁景新於是再度開腔，對外喊話：

「可敬的樺山資紀，你仔細聽著。我已經頭昏腦脹，彈盡援絕，但螻蟻尙知惜命偷生，只要你肯對等相待，我便甘願棄械投降！——」

翁景新所謂的「對等相待」，是上駟對上駟，統帥對副統，樺山資紀必須親自受降。

樺山資紀答應了此項要求。逆光運鏡的畫面裡，身穿一襲薯榔染色的本島衫、本島褲，滿臉沾蒙燻灰煙氣的翁景新，於是雙手高舉，緩步走出洞口。但猝然出其不意，便在眾槍虎視眈眈中，突然一個箭步，抱住一名日本兵當掩護，先衝後滾，撲向崖潭而去。

迅即，鏡頭一陣激烈晃盪，視野一陣激烈震抖。另一抹身穿一襲菁染藍衣，一叢殘冬枯茅似的白髮蒼顏人影，一溜煙逸向洞外邊坡。

「好奸詐的台灣人，竟然同時出現兩個翁景新，這又是一場詭計或騙局吧？槍兵，狙擊手，機槍手，無論死活！射殺，射殺，射殺！——」

基於去年七月「三角湧之役」的受騙經驗，樺山資紀先是一怔，隨後立刻警覺過來。舊仇新恨，指著幽深崖潭與搖曳茅花，下令又是一番抓狂掃射。

當下，鼎底窩不禁再度百槍迴響，密林裡復更鳥唳猴哭，千嘴共號。

依他一廂情願的期待，這場本該不打的役外之役，總算是換上父親衣服的翁國材，在百槍齊射下，撲滾落崖，被事先潛伏的義軍所救。換上兒子衣服的翁景新，趁亂逃向獅頭山野，自此不知所終；疑似被天地神鬼，編納爲日後驚鴻一瞥的山神林靈，或自我幻化成每逢這個季節，便滿坑滿谷隨風飄飛的愁慘茅絮。

停，停，停——

卡，卡，卡——

「不對，不對。什麼一廂情願的期待，方志或傳說，有這種記載嗎？」臭老導演一看劇情變化太大，猶似氣極敗壞的樺山資紀，趕緊關掉攝影機，破口大罵：「這是誰的餿主意，誰的台灣情結？只爲了挽救翁國材，神話翁景新，就可以這樣捏造史實，瞎掰故事嗎？」

修正，修正，修正——

重演，重演，重演——

實況錄影暨劇情修編小組，只好重新暗渡時空，再度潛入「獅仔嘴舌」內。一組人，躲貓貓般重新躡至洞底時，這對悲情父子，似乎還在苦心計議著。

「國材，很好，難得你有這份智謀和孝心。但是，阿爸眼睜睜地，怎堪親目看著白頭送黑髮的慘劇上演？」翁景新否決了，剛才翁國材的建議：「樺山資紀執意追殺的對象是我，你只是個不幸被波及的無辜者。事實上，日軍應該不知，另外還有你，跟在我身邊。不如這樣，就由阿爸現身引開他們的注意，你可以臨機決定原地潛伏，或是趁勢逃出洞外！」

「阿爸，人生自古誰無死，橫豎都是死，何必大費周章？就這麼決定了，您出洞詐降引來樺山資紀露臉，我緊跟在後，若能一槍取下這倭賊性命，我們死也就重如泰山了。」翁國材另謀更加重大意義的建議道。

「不孝子，什麼死也就重如泰山，或什麼輕如鴻毛？黠仔出嘴，憨仔出身，莫再聽信那些往聖先賢的春秋大話了。翁家現在落魄到這種地步，最後還得葬送我這條老命，你認爲還不夠嗎？

好好聽著，冒險狙殺了一個樺山資紀，並不能翻轉整個台灣局面，你不如好好保住這條小命，說不定風頭過後，還能偷偷爲我收屍盡孝！」

黑忽忽的鏡頭下，翁國材肅然一醒，翁景新則輕嘆一聲，長槍舉頂，絕然走出洞外。

「可敬的樺山資紀，讓你久等了。台灣大勢已去，但求留個全屍，我願足矣！——」

「可敬的翁景新，幸會了。忠肝義膽，清國當作棄履，但日本會當作珍寶啦！——」

眼下，終於收服最頭痛的抗日對手，樺山資紀內心一喜，親自押住翁景新，正待整隊下山。但是，參謀此時又領來，那個總是以芭蕉葉遮臉的漢人細作，說是有話要說。

「大人，我懷疑他，不是翁景新！」這傢伙不敢正眼看向鏡頭，兀自囁嚅道：「眞正的翁景新，相貌堂堂，風度翩翩，絕不像這個白頭蒼面的老歲仔！」

「喔，那麼眞正的翁景新呢？」

「若不是被傳說中的山神給替換了，就是還躲在山洞內。」

「傳說中的山神？巴嘎壓陋，你這迷信的台灣粗夫，最好睜眼看清楚！」

樺山資紀一把扯掉這漢人的遮臉物，要他正式面對翁景新，再次詳加確認。一邊，喝令在旁待命的一伍搜索兵，火速入洞，仔細搜查。

「啊，這潛伏的細作，這可惡的爪耙仔，原來就是你！——」

「啊，翁六爺，請您諒解。我這樣做，也是不得已啦！——」

世上，有人寧爲顧全情義而死，有人寧爲貪念橫財而活。烈士與漢奸，兩人一對視，四目一交擊；驀然，晴天驚起霹靂，一串慨憾，一串哀嘆，轟轟隆隆滾過半邊天際。

兩串慨憾與哀嘆，滾在兩名當事者心頭，滾在日軍耳畔，滾在或許還盤桓未走的陳秋菊眼裡。也不知是立春前的春雷試鳴，史道與世途的情恨翻騰，還是有誰失手誤扣了扳機，誤射了火炮？但聞鼎底窩內，立刻又是一陣百槍迴響，獅頭山頂，隨即又是一陣鳥唳猴哭。

緊應著諸多疊音，「獅仔嘴舌」內，兩句毛髮倒豎的驚怖聲，猝然疾傳而出。

「啊，啊，天照大神保佑，地藏菩薩保佑。這洞裡有大鬼，這洞裡有大鬼呀！——」

那伍搜索兵，跌跌撞撞退出「土匪洞」，三縷槍口殘煙，都還反映在驚惶的眼瞳裡。

「兩隻大鬼，一前一後，前者王字黥面，腰佩台灣番刀，後者赤臉凸睛，手執中國古劍。他們面貌猙獰，怒目如炬，令人不寒而慄，就像兩尊終極門神呀！——」

搜索兵寧願不顧軍令，狀若著魔中邪，但求心神安寧的描述著。

「傳說中的山神，怒目如炬的門神？混帳東西，滿口鬼話！」樺山資紀看向詭譎莫測的獅頭山野，看向情緒忐忑的在地細作，看向深探異域巨洞的遠征同袍。「也罷，你們退下。明治天皇在上，那就讓我這尊日本戰神，親自會會，這所謂的獅頭山神和台灣門神了！」

他另外徵求了兩名自願兵，馬上率同入洞，一查究竟。但尋尋找找，幽暗洞中，只見兩件狀似深色蟒蛻物之外，哪有什麼所謂的「大鬼」，更哪有什麼所謂「眞正的翁景新」？

兩件狀似深色蟒蛻物，其實正是那襲穿在翁國材身上的菁染本島衫，本島褲。

這是怎麼回事？樺山資紀甩甩頭，難以置信的睜眼再看，暗自也是一番驚疑。

當下，爲了安定本身驚疑，鎭定部屬軍心，於是立刻退出洞外，鄭重下令：

「一把火，燒掉台灣衫，台灣褲。兩把刀，砍下翁景新和那個細作人頭！」

兩顆滴血人頭，於是被日軍就著兩條滿清辮子，綁在一截獅頭山青竹兩端；讓人誤爲就是翁氏父子首級的挑過小暗坑，挑過橫溪，挑過三角湧街，挑上了鳶山高懸示眾。

卡，卡，卡——

卡，卡，卡——

「不對，不對！這又是怎麼回事，劇本原稿是這樣寫嗎？」這次，有意見的是在地文史工作者，依史論史，按志言志，伸手遮住攝影機，厲聲而問：「我們並沒有提供如此史料，這是誰在搞鬼？再說，台灣精神的確立和傳承，豈能這麼不重史實，只重劇情？」

這是誰的餿主意，這是誰在搞鬼——

是那個天馬行空，一向標榜，人生可以重新來過的胡大仙嗎？還是那個異想天開，恨者欲其死，愛者欲其生，總是躲在戲裡戲外作怪的鄉土作家吧？

臭老導演與文史工作者，都問得好。飾演翁景新的他，忍不住「撲嗤」一聲，竊笑在心裡；腦中閃過，胡大仙與鄉土作家有志一同，管他時空有多險惡，都堅信命運可以自己掌握的至性表情。然後，十分矛盾地，藉由臭老導演的嘴巴說：

這劇情，重編，重編，重編——

這場景，重拍，重拍，重拍——

事實上，癌末重生的胡大仙，憤世嫉俗的鄉土作家，都有可能插手影像或情節的篡改。不過，另外更有可能的是，其實這是翁氏父子，包括主演者的他，千轉百迴的心境投射。

以下，就是他們三人，終於拍板定案，互相視死如歸的最後版本——

「國材，事到如今，咱們翁家已經萬劫不復。眼前，你我父子，只剩兩種選擇，一是一起困死在這山洞內；二是大義滅親，押著我出洞投降，樺山資紀應該會放你一條生路。」

「阿爸，從小您就教導我們兄弟，人生自古誰無死，留取丹心照汗青。我寧可選擇，和父親同死洞中，但求忠孝兩全，也不願屈辱苟活！」

「國材，身處亂世，面臨大難，難得你還能不忘盡忠盡孝；你比阿爸不幸，但也比阿爸幸運。假使這是你眞正的想法，那麼馬上使用你最後一顆子彈，射殺阿爸；然後，使用阿爸最後一顆子彈，勇敢自盡。」

「阿爸，爲何要我開槍殺您？國材不能，更不敢這樣做，這樣豈非失孝了。」

「國材，你不敢開槍殺父，難道就敢眼睜睜看著，父親死在日本人手上嗎？」

「我情願死在阿爸槍下，然後請阿爸使用我的槍自殺。做爲一個父親，難道更忍心眼睜睜看著，自己親生兒子，被外敵亂槍打死嗎？」

「國材，你一定很想知道，我爲何要你就在這洞中，幫阿爸一槍了結生命吧？」

翁景新告訴兒子，因爲我才是個失孝者。義軍敗退時，我曾經私下怨天尤人，抱怨過你祖父的愚昧與錯誤，當初爲何選擇台灣這座孤島，當作他青春年少的美麗夢土？嗣後，又爲何選擇小暗坑這片絕域，當作他開枝散葉，繁衍子孫的世代福地？

翁景新告訴兒子，同時我也是個失忠者。馬關條約簽訂後，我也曾經詛咒天地，痛罵過祖國割讓台灣的絕情絕義；還公開推舉陳有善代表三角湧人，參與唐景崧、邱逢甲的「防台會議」，宣誓成立「台灣民主國」，此行此爲簡直就是背叛祖國，數典忘祖的亂臣孽子。

翁景新告訴兒子，另外我更是個智慈兩失者。我曾經反復執著於反日復清、棄清就台、盲目抗日的指天誓地，不斷罔顧身世顚倒、身敗名裂的衝撞敵我三朝。愚妄到，自以爲足可孤臣力挽狂瀾，隻手扭轉乾坤；不但沒有學到林維源的權貴圖謀，辜顯榮的草根思維，更不能體恤到翁姓一門老少的悽慘後境，這才落得如今自家一敗塗地，自身滿懷愧疚。

翁景新告訴兒子，從凌晨敵我激戰到目前父子負嵎待斃，想痛快一死，那還不簡單；眼睛一閉，挺身一衝，自然便有一排亂槍，如願成全。翁景新說，當他回盼大厝間，整個陷入日軍炮口火海的一刻，便即自覺翁家祖上已無愧於前朝榮寵，翁氏叔侄已對得起鄉親情義；他也已經可以堂堂正正，面對先走一步的眾多戰亡義士了。一路所以遠離家園燹煙，支開其他義軍躲來「獅仔嘴舌」內，爲了就是求得能在洞中放空一切，父子眼下的單獨對處。

「好兒子，請高抬貴手，代表倖存的翁家子孫，一槍射殺了我這敗家子！」

「阿爸，我終於明白您的心思，但是很抱歉。我，我——實在下不了手！」

「國材，莫悲傷，莫哭泣。事到如今，我們還有第三種選擇，只要那麼咳嗽幾聲，掙扎幾下，靈魂便能遠離一身功過。只是不知，你可有這種勇氣，願意跟阿爸試試看？」

「阿爸，國材不才，幸得與父同死一穴。您就請接受兒子，這最後叩別了！」

「國材，起來，起來。你臨難勘破這道死關，這就足可跟阿爸平起平坐了！」

父親告訴兒子，那麼跟著我走吧。只要輕鬆閉上雙目，前移幾步，走入那團黑矇矇的煙霧裡，靜坐片刻；當你重新睜眼時，便可看見有神靈前來，接往無怨無悔的清明世界。

這辦法，是早期那些山場工人，酒後閒聊，跟我提起的。你也許有所不知，早期那些唐山腦丁，平埔伐樟佚，絕大部分是內心充滿悲愁的羅漢腳仔。山林常翠，人生漸老，老羅漢腳仔每當遇到病苦，便最容易感傷身世處境。有的還能選擇月下對飲，姑且排遣淒涼；有的索性選擇緊閉夜窗，悶嗅樟煙濃香，好歹就讓自己睡死在大半輩子，相依爲命的腦灶前。

這也就是爲何，你阿公與我這輩子，一直都那麼善待，那些伐工腦丁的原因了。嗅香而死，靈魂隨煙飛升。這辦法聽說最爲自在自如，彌留時刻，你大可隨心所死，也大可臨時反悔，起死回生。喔，很好，兩腿盤坐，平心靜氣，不眷不念，就是這樣——

現在，你看見了什麼——

「我看見眼前黑天暗地，天邊飛來巨大火雲，迅速一分爲三，先後燒向三個方位。」

「那是光緒廿一年，無妄之災的宿命之火，各自燒向三角湧街、溪南庄和小暗坑。」

「我看見三團熊熊烈焰，分別燒出了三條糾扭變形的古老神影，和一片無從辨識的渾沌玄光。三條神影，一尊像是個紅臉道嬷，一尊像是個烏面佛爺，一尊像是個怒目少年，三神都好像非常痛苦。祂們身邊，另外還有一個乞丐和尚，不停搖扇大笑，不知在笑什麼？」

「三條神影，那是三角湧街媽祖婆、祖師公，溪南庄三太保的三尊大神。乞丐和尚，那是濟公活佛的俗身扮像。那片玄光，阿爸從未聽過，所以不知那是什麼？」

至於，濟公因何而笑？祂應該是感慨，媽祖婆以孝女搏海救難得道，祖師公以佛子誓申漢志稱聖，三太保以庶民捍衛鄉里成神。當初，災裡來，禍裡去的三尊大神，現在踏波跨浪東渡，終究還是躲不開史道轉轍的命運，世人毋寧學祂盡性而活，才能活得輕盈超脫吧？

現在，你看見了什麼——

「我看見那片玄光，正在打起渦漩，極速旋出兩撮光點。兩撮光點，一白在前，一藍在後，不知那是啥物？」

「我也看見了，白者如晨星，藍者像夜螢，幽幽由遠而近。」

「啊，阿爸，星子飛到我眼前來了。原來，牠們是一群白面白身的白色精靈！」

「喔，國材，我回想起來了。白色精靈就是樟腦仙子，我童年曾經聽你阿公提起，當時初至成福庄，就是夢見小暗坑有白色精靈群集飛翔，這才選擇定居下來，伐樟煉腦的。」

「還有，夜螢也飛到我身邊來了。原來，牠們是一群藍手藍腳的藍色精靈！」

「藍色精靈，就是木藍和大菁，這對孿生姊妹，變身幻化的藍靛仙子。那是最早另一支翁姓先祖翁添，選擇比務農的橫溪四姓，還冒險深入成福番界，植藍染布的另一種夢境。」

倥傯七十載，身爲翁姓子孫，且不談虛幻世途的緣起夢滅，空茫史道的褒忠貶奸。只言當下，你又看見了什麼——

「我嗅到一縷暗香浮動，氣味如檀。看見相思、加苳、冇樟、石櫟、肖楠，古木參天，披蘿掛藤；看見紅桃、白李、絳櫻、素蘭、金針，百花織錦，千草鋪地。我們父子，正讓藍白精靈簇擁著，一路飛翔，漸去漸遠！輕飄飄，飛向一座七彩虹橋！」

「古木參天，披蘿掛藤，那是小暗坑七十年前的山野原貌；百花織錦，千草鋪地，那是大厝坑七十年來的田園風光。七彩虹橋，那是阿爸囝仔時代，晚上聽阿嬤講古說到的，泰雅人死後通往天界的渡橋。國材，咱們就這樣，一起飛向那座虹橋，有緣來生再做父子了！」

鼎底窩的岩縫內，土匪洞裡的血淚「紅仙水」，潺潺淌入，默默承受的崖潭中。

「獅仔嘴舌」前，翁景新與翁國材兩具屍體，終於被臨時演員，先後扛抬而出。兩者死狀栩栩如生，有如就地坐化，一覺睡去。彼此面目與衣著，在渾身沾滿火燼煙灰下，早已分辨不出，誰是父親、誰是兒子，誰是白頭、誰是黑髮了。

碰，碰，碰。咻，咻，咻——

模擬情境裡，響過六記禮槍後，既陽剛又陰柔、既憤恨又佩服、既搖頭又點頭的樺山資紀，不得不十分矛盾，又非常惺惺相惜的代表日軍，上前向這對同命父子，行過最敬禮。

下一場戲——

已經在「中州道館」暖身過的櫻井先生，被化裝成一名年輕軍官，手捧一把熠熠閃映著無盡蒼茫天色，無比孤寂山容的軍刀上場了。

櫻井先生，此前曾在上一場戲中，跟翁景新有過一面之緣，如今重逢而背景已變，身分已易。「上帝啊，祢也眞爲難我了！翁景新啊，如果時空相同，立場一樣，我們應該可以結爲一對異國至交吧！」櫻井先生更是既惋惜又愧疚，只好非常無奈地，擺出「橫一字」的一刀斬訣；心想，務必痛快的一刀兩斷，好壞也算幫忙對方的靈魂，免受「藕斷絲連」之苦。

第一個分鏡，櫻井先生心手合一，刀起頭落，完美無暇，利落砍下了翁景新首級。

第二個分鏡，當面對鬍髭初長，頭骨甫硬的翁國材時，這位劍道高手心手失衡了。

卡，卡，卡。卡，卡，卡——

「櫻井桑，已經連吃了六次NG，您老人家，沒問題吧？」

「櫻井桑，任何前生今世，都別放在心裡，這只是演戲！」

「櫻井桑，誰都沒有殘殺誰的性命，誰也都沒有砍下誰的頭顱。這只是台灣人，在廓清自己的歷史煙塵！三峽人，在釐清自己的世代價值！」

一時之間，也不知是戲神田都元帥，在昭告敬業宗旨，還是史魂司馬遷，在宣示專業精神？劇務人員的警告聲，臭老導演的導戲聲，地方文史工作者的勸慰聲，七嘴八舌而起。

「抱歉，這孩子，看來才只是十七歲吧？」櫻井先生則在腦海深處，倏忽閃過戰後自家那些兒孫們，青少年階段的茁長模樣，雙手一攤說：「我，我──我實在下不了手呀！」

「我，我──我也不想年紀輕輕，就這麼被一刀砍死啦！」那名客串翁國材的高中生，也突然萌生怯意。看了看，翁景新那顆血淋淋的道具首級，一骨碌起身，趕緊退出鏡頭的扮個鬼臉：「喔，喔，這麼一刀兩斷，頭身分開的死法，說多可怕就有多可怕。我可以飾演校園霸凌，街頭飆車，捷運殺人的耍狠角色。我發誓以後，再也不飾演這啥台灣烈士了！」

各自出於不同價值考量，於是只缺這麼臨頸一刀，鏡頭便又卡住，時空再度怠轉。下一個分鏡，還好綢繆有道，就像臭老導演的先見之明，他只好硬著頭皮上場了。

其實，只要咬牙一撐，引頸一快，當個烈士並不痛苦，何況翁國材早已升天而去。他只須痛定思痛，重新一次化裝，重擺一次死相，一招「橫一字」的一刀斬訣過後，便可再當一次歷史道具。而臭老導演，也只須透過現代剪接技巧，停住、擷取、貼上，一對同命父子，也便可相偕如願就義。

第十九章
空谷流音

下一場戲，下一段情節——

或是，下一個旅站，下一處景點——

從起心動念到著手拍戲過程，從籌資募款到騙出老婆最後一筆私房錢。臭老導演說，他沒錢請會計師，帳目無法精打細算，必須自己冷靜幾日，以便核算收支情形了。

從起心動念到踏上台灣旅途，從訪友弔祖到參與三峽諸多日本人角色。櫻井先生也說，他並不是演員，情緒不能因戲調適，必須私下平靜幾天，以便沉澱身心狀況了。

「那麼，我們就給外插角那邊打個電話，取消古戰場的忠魂碑之行吧？」林主任經歷二次大戰與白色恐怖，多少懂得，亂世子民的疲憊心靈；雖然，事過境遷，卻依然疲憊猶存。他撫摸著，早讓多次地震摧毀變形的「土匪洞」，以及洞前依稀可辨的日軍戰亡紀念碑；一邊確問著櫻井夫婦意向，一邊希望盡量主隨客便地，轉頭知會導遊陳老師。

「我以客爲尊，當然沒問題。不過，櫻井先生難得來一趟三峽，難道不想順便追懷最後一場，日本屠殺大豹社泰雅族的重大戰役嗎？」慣常戴著藍墨鏡，立場偏藍的陳老師說。

「別忘了，那場婦孺不分、雞犬不留，比起〈火燒大厝間〉更悲慘的屠社戰役，可是漢人呼應日本人聯手發動的。漢人爲了山區土地，日本人爲了樟腦資源，同樣都是雙手沾滿血腥啦！」文史工作者當中，另一名立場偏綠的年輕傢伙，不客氣的補充糾正道。

「唉，唉！三角湧人先是責怪生父遺棄，後是懷恨繼父苛薄，現在自己當家作主了，你們當著外客面前就莫再藍綠鬥氣，互相吐臭了。」身爲長者的林主任，趕緊打圓場說。

看來，一段悠悠三百年的時空碰撞，三場漫漫五甲子的朝代傾軋，人事餘震尚在。區區小我，備嘗多層記憶存取衝突，多重角色扮演錯亂，身心靈已經呈現出相互撕裂的窘況。

值得觀察的是，三峽人早從草萊初闢的四野灰濛，泉、漳、客分類械鬥的三方黑白，滿清、日本殖民的一片雜斑，壓縮成兩抹現階段，若有若無的藍綠遺痕。至於，一座偌大的天空，何時才能朗日高掛，五顏六色七彩並現，共同脫胎換骨爲那道終極白光呢？

依他記憶所及，劉銘傳在光緒十二年（一八八六年）二月，撫平海山堡山區大豹諸社後，五月組織「番勇」以番禦番，設置三角湧隘勇事務所於犁舌尾，並在各處山林要衝駐兵，捍衛樟腦產製。蘇力、陳小埤、陳嘉猷等地方紳商，便是當時主要製腦業者。

光緒十三年，山地部落因漢人入住引來大疫，泰雅族時出馘首告祭祖靈；金敏、大豹、敦樂等七社，甚至更於七月聯合背撫抗官，後遭官兵從新店屈尺、成福庄兩面夾擊剿平，並將隘哨推至雞罩山、分崙頂、插角一帶，嚴加防範番害。自此，大批漢人墾丁、腦夫，沿著大豹溪結成聚落，伐樟煮腦業務大興，這是官方正式介入原始樟林開採的伊始。

日治初期，新朝確立，泰雅族反而命運更加舛惡，原因仍是龐大樟木資源。明治三十三（一九〇〇年）至三十九年期間，日本人採取鎮壓政策拓殖山場腦務，更多製腦漢人趁機湧進山域大肆砍伐，恣意侵擾。大豹諸社，不得不群起反抗，燹火狼煙，於是再度引燃。

日本總督府貫徹理蕃政策，軍警用盡武力剿討、物資禁制、槍彈封鎖，電網地雷圍堵手段，這才次第串聯起五道山區隘勇線，十四處番務監督所。過程中，爲了進一步掃平帶頭的大豹社，遂於三十九年九月，在「上瓦厝埔隘勇線」的湊角山頭，發動第一波強勢炮攻；並調來桃園、深坑二廳全數警察，分率千餘名漢番隘勇，進行第二波分進合擊。

湊角山（又名「鹿窟尖」），標高六四三米，視野展望無礙，大炮居高臨下，打得遠近部落火煙竄燒，哀號四起。雙方激戰五天四夜，日本人傷亡近百，大豹社幾乎滅社；總頭目瓦旦・燮促率領殘部，棄離大豹溪故土，退往更深隱的桃園大嵙崁前山後背。

此役，地方文史工作者，稱爲「大豹社戰役」；因番社內，收容有漢人抗日義軍，日本人稱爲「蕃匪事件」，一般三峽人則直呼「大豹社事件」。平番後，日本官方就在湊角山南坡，爲戰亡日軍立碑爲誌，勒曰「忠魂碑」。

明治四十年，山區其他泰雅人久受其困，生機殆絕，大豹社群以「隘勇線外番地請禁外人開墾，准番人居住集線內，並保有槍彈武器；請保護番籍隘勇，不再遭受打綻臀肉及割斷腳筋，請禁止腦丁對番婦猥褻行爲」訴求，棄械降伏日本政府。四十二年，瓦旦・燮促爲了保住該社餘脈，終於忍痛將長子樂信・瓦旦，獻爲「人質」，正式歸順強勢入侵者。越兩年，泰雅族數十代生於遷徙流離，活於動盪憂患的最後勇士瓦旦・燮促，終於鬱鬱寡歡死在復興鄉詩朗社，新家園的水田上；死時，年方五十，比起翁景新，還更短命三歲。

此年，失去父親的樂信・瓦旦，從角板山番童教育所，轉讀桃園尋常高等小學校，同時改名爲「渡井三郎」。大正十年（一九二一年），渡井三郎從總督府醫學專業學校畢業；八年後，受到政治安排，入贅日本人的日野望族，再度改名爲「日野三郎」。

九年後，昭和五年（一九三〇年），相隔好幾十座沉默大山，好幾百條嗚咽溪澗，比插天山更深重，比大壩尖山更遙遠的南投廬山賽德克族，點爆了台灣人最後抗日戰役的「霧社事件」，殺死日人百餘，犧牲族人近千。事件後，除了主事者馬赫坡社頭目莫那・魯道自殺之外，所有參與抗暴部落，幾乎慘遭滅族。

昭和十二年，日本因對推翻清朝二十六年後的中華民國宣戰（即「七七事變」），促使台灣煤炭大量開挖；三峽方面，即有陳炳俊、林開郡、林添富、徐水乞、黃欉等新世代紳商，蒙受巨利。昭和十六年，日軍偷襲珍珠港引發太平洋戰爭，形成美國加入反侵略的第二次世界大戰盟局；這一仗漫漫纏打八年後，昭和二十年八月，日本宣布無條件投降，大戰告終。

同年十月，陳儀代表盟軍中國戰區最高統帥蔣中正，在台北公會堂（國民政府接管台灣後，改為「中山堂」），接受日本投降。從此，台灣再度易主，台灣人再度改朝換代。

民國三十六年（一九四七年）六月，日野三郎以「林瑞昌」之名，向三峽鎮公所提出「大豹社原社復歸」陳情，但被公所托辭拒絕。四十一年八月，其侄林昭明、次子林茂秀，因主張爭取泰雅族權益，受到細作密告，被捕判刑；十一月，林瑞昌本人，也遭受羅織入獄待審。

民國四十三年四月，台灣省保安司令部判處林瑞昌死刑定讞，家產悉數沒收，並即執行槍決，得壽五十五；只比其父瓦旦・燮促，多活五歲。槍決四十三年後，台灣解除戒嚴，長子林茂成才敢將區區一罈枯骨，從復興鄉羅浮公墓，移入漢式的林家祖祠安奉。

根據人類學家指出，中部賽德克族與北部泰雅族習性相近，文化相仿，彼此如果不是近親，也應可歸為亞族遠親。他則痛心於諸多出身不同、族群不同、地緣不同，卻命運相同的泰雅子弟；一邊擺甩著，被日本軍官兩刀砍下的斷頸，一邊撫摸著，被國民政府一槍斃命的胸口，突然舊傷新痛交疊的哭泣了起來。這道相隔將近一甲子的新痛，竟然痛在樂信・瓦旦胸口的，直似痛在他心頭。莫非，就像曾經跟他攀親引戚，自稱是客家人的石頭仔所說，他果眞就是他家那個遠房表叔公，三度易姓改名的「林瑞昌」？

「二〇一一年，魏德聖那部《賽德克．巴萊》，在史言史，其實只是莫那．魯道二元對立的霧社慘劇。在戲言戲，瓦旦．燮促的大豹社風雲，那才更是充滿多元轉折的台灣大戲！」幾個文史工作者，一路尾隨日軍挑著翁氏父子人頭的下山途中，紛紛向臭老導演推介道：「吾鄉三角湧得天獨厚，各類天地精靈會聚，各種世代情仇糾葛。追蹤了藍色仙子身世，釋放了大菁哀怨，引出了白色精靈夢願，排遣了樟腦悲愁；此外，另有等待追查和釐清的，綠色仙子的想望，黑色精靈的悲憫。保證您，一輩子如歷奇境，一生拍不完的精彩戲碼！」

「綠色仙子，族繁無法備載，其一就是嘉慶年間現身海山堡，現在還是盛名不衰的三峽碧羅春茗茶。」有人連同櫻井夫婦包括在內地，補充說明著：「黑色精靈，則在明治四十一年露臉，直到民國七十年代隱沒；祂的俗身代表性人物，就是贖罪捐造三峽行修宮的玄空師父，出身柑園地區，脫胎自白雞海山二坑礦災，昇華於一系列恩主公相關志業的黃檒。」

「藍色三角湧，綠色海山堡，白色大豹溪，黑色白雞山，多麼可歌可頌呀！」臭老導演由此前百年國慶，兩夜燒掉文建會二億元的音樂劇《夢想家》，聯想到爲了自主呈現時空歷程，不惜放棄公視補助金的紀錄片《牽阮的手》，聯想到完全透過民間募款，歷時五年跑遍全國各鄉鎮的兒童劇坊《紙風車》。又聯想到，天高而有神、山高而有仙、樹高而有靈，格高而有願的所有台灣典範人物，連嘆三聲說：「唉，唉，唉！可恨的是，我先天既無《夢想家》的幸運，後天又無《牽阮的手》的硬頸！性格上，更欠缺《紙風車》的堅毅啊！」

「三峽史程，悠悠三百年，其中日本當家五十年，應該還有更多功過可議。」有關台灣人本身的藍綠糾葛，櫻井先生並不想介入。倒是有點疲倦的，向臭老導演自我推薦道：「我這個年紀，已經走過多少，盡其在我的滄桑。這趟旅程，容或偶有戲外的失常情緒，那是戲前沉澱不足吧？請再給我半日，好好調整身心，下一部戲，一定會盡量順其自然！」

走過歷史，日本人須要沉澱戲前的角色心境，台灣人更須要澄清戲後的生命價值。然而，戰爭必須犧牲眾多人命，拍戲必須花費巨資。現階段，臭老導演早讓一部〈藍光乍現〉，搞得人事焦頭爛額，預算左支右絀，哪還有餘力籌備下一部續集？

一行人，於是就在〈火燒大厝間〉廢墟前分手，各自離開大厝坑，塡飽肚子而去。

總計，一場史火的點燃，一支巨族的崩解，一代英靈的殞落，才只花掉上帝半個晝夜。可說過程十分匆促，手段非常粗殘。這就是自然生態觀察者，所謂的「天演現象」吧？

既然選擇順其自然的心境沉澱，澄清戲後的生命價值。主客便在腦寮埔一家無名麵攤用過午餐後，林主任徵求櫻井先生同意，不如就近先回大厝間舊址，進行一回拋開角色扮演的單純致敬，再按照預訂路線，前往外插角古戰場，憑弔那座新發現的理蕃「忠魂碑」；如此一來，也同時或可緩衝一下，文史工作團隊的對立意識，平衡些許此後共事的矛盾氣氛。

「請問，聽過火燒大厝間的悲慘代誌嗎？」

「請問，聽過翁景新義士的抗日故事嗎？」

「請問，聽過翁國材這個翁家大孝子嗎？」

他們安步當車，沿途逢人便問，受問者仍如翁詩娜導覽時所見，都是茫然大搖其頭。

火燒大厝間的場景，早就被臭老導演的場務人員，收拾得一乾二淨。現場週遭，除了僅見現代化的幾幢水泥農舍之外，有心者倒是還能嗅得出來，幾許隱約的杉檜焚香。

依據日後三峽老輩講古所知，古早懸吊翁氏父子首級的鳶山坡麓，便是曾經在大正十二年（一九二三年）立有「表忠碑」，昭和二年（一九二七年）闢爲「三峽公園」，民國五十年間毀碑改立「孫中山銅像」、「鄭成功紀念塔」，同時重新改名的「中山公園」。相傳，當年翁氏父子被懸首示眾的消息傳開後，翁家軍倖活者悲愾不已，即有一名義士自告奮勇，「偷偷」潛至鳶山取回頭顱，父子這才暫時各自全屍掩埋；並於明治三十三年（一九〇〇年），趁著日本軍警全面忙著討伐大豹社番時，由家屬「偷偷」合葬在大厝坑僻隅，自家茶園角落上的。

老輩講古人口中，所謂「偷偷」兩字，不難看出那是出於國家機器強過個人情志，爲想苟且盡孝，只好暗中進行的無奈做法。而他記憶所及，當年「偷偷」密議，最後「偷偷」敲定，爬上鳶山取回父子頭顱的人，其實是三名身分卑微，才能瞞過爪耙仔監視的伐樟戶。

三名伐樟戶也是父子檔，父親褐色額帶蓋面，兒子藍色頭巾遮臉，從成福庄駱駝潭搭竹筏下抵橫溪口，再轉乘三角湧溪的紅頭船，來到宰樞廟渡口上岸。然後，立刻佯裝成碼頭苦力走往鳶山下，前去向豆花勇仔買豆花，趁機潛向今名「三峽第一公墓」的亂葬崗。

天色一沉，三人開始行動，父親躲在低處茂密的姑婆芋叢把風，不時透過有一搭沒一搭的蓬尾鼠（松鼠）叫聲，互相傳遞訊息。兒子朝上摸過豆花勇仔的豬圈，借道鱸鰻秦仔、詹贜番他們曾經踩出的山腹便道，摸抵懸首現場。

「恩公，眞的是您們父子嗎？喔，喔，怎麼總是好人沒好報，壞人快樂逍遙啊？」三人盜得兩顆頭顱，暗暗藉著暝光，一番端詳辨認，一番欷歔落淚。

電腦頁面上，無法細看他們的悲慨表情，只能聽見隨後一陣俯身窸窣動響，一陣反手揹物亂影。翁景新與翁國材的兩縷英魂，便已迅速被裹進兩片姑婆芋葉內，像打包一則鄉野人情，安藏一椿山林恩義似地，就著頭巾與額帶，各自揹向兩個兒子身後。

返程，渡頭船班早已打烊。但這位父親好像識途老馬，迅速擇行，另一條幽僻小路。

三人且改以蕉葉掩面遮身，且從豆花勇仔的豬圈上方，翻抵山後黃鳶家，假途獅頭巖呂洞賓走過的「仙跡岩」祕徑，直下平埔族麻園山墺。再經由犁舌尾，上溯文仔嗹娶親的打鐵坑溪古道，踩著不久前邋遢遊丐與竹崙獵戶走過的殘轍，神不知鬼不覺地，重返小暗坑。

夜空幽寂如溪潭，人影蒼駁如浮滃。胡大仙的多媒體映像中，這三人終於移開蕉葉，緩緩抬頭仰望，一彎如鉤的悲涼山月；一夥等候輾轉接手的翁家子弟兵，至此這才認出，原來他們就是兩度改從漢姓的翁老藤父子，以及那個溪南庄入養的劉姓次子。

至於，唯恐統治者報復的翁府遺族，四年後合葬翁氏父子的忍辱求全，事實擺在眼前，已經毋需外人，多所穿鑿附會。身爲文史工作者之一，陳老師隨即按圖索驥，領著大家走向大厝坑那片老茶園角落，找到了一座掩蔽在亂草雜荊中，如下簡誌的一堆老墳：

「顯祖考諱汝明之佳城，附次男國材府君」——

一代保家衛土英烈，父子同穴，無名或無姓，只敢刻上生前字號爲記。

唐山墓座，漢式碑銘，家屬面對新殖民政權的難堪與無奈，不言可喻。

天地默默，山林無語。一行人循原路折返途中，一名包著回教頭巾，似乎包藏著一層南島鄉愁的印尼女看護，推著一台輪椅迎面而來；坐在輪椅上的中風老阿嬤，好奇而有趣地，和善詢問他們是誰，找啥人或做啥事。

「日本人？喔，可憐的日本人，啥時陣，不是才發生大地震和大海嘯嗎？」

「翁景新，翁國材？喔，嫁來四十多年了，從無聽人提起過。還有，翁家後代嗎？賺點錢的有幾個，成大名的不多；不過，開枝散葉以來，子子孫孫都是大孝子啦。」

「歐巴桑，這大厝坑和腦寮埔，以前是抗日戰場，曾經死了很多人。四、五十年來，您有聽過，出現什麼冤魂怨鬼的傳聞嗎？」有誰唐突而好奇的問道。

「你是說，有什麼不乾淨的東西出現嗎？嘻，啥時代了，無啦，無啦。日時，四、五十年的山風和狗吠，闇時，四、五十年的林霧和鳥叫，一眨眼就這麼過去啦；——」

「只是不知怎樣，最近幾年社區和山溪的火金姑，突然變多了。有些火金姑喔，有時還會飛入大廳內，偷看囝仔看電視，停在窗檯邊，偷看紅嬰仔睡覺啦；——」

老阿嬤，笑得好像突然忘掉身上病苦，兀自返老還童的直搖手。

小暗坑螢火蟲，突然變多的原因，也是兼具三角湧自然生態觀察者的陳老師，額外免費附加一層旅遊意趣地，同時向櫻井夫婦與老阿嬤，進行了一番說明與釋疑。原來，那是鹿母潭溪對岸的建安國小，爲了幫助學童，建構一段新台灣工商世代的快樂初夢，最近幾年正在試辦一項螢火蟲人工復育，然後野放繁殖的教學課程。

螢火蟲的世界，每年一輪迴四變身，必須連續經過卵、幼蟲、蛹的三段過程，最後才會長出雙翅，蛻化爲自由自在的成蟲，四處閃亮飛舞。

「嘻，原來這樣。難怪我們這些老歲仔，每到夏天晚上，突然就會變得囝仔性起來！」

「喔，原來如此。想讓前代死得輕盈，後代活得輕鬆，世世代代就得不斷進行更新！」

櫻井夫婦，也許出於卸下一份歷史愧疚，也許來自純粹某種生命感受，在向老阿嬤深深一個日式鞠躬後，雙方會心而笑，莞爾鑽進陳老師那輛日本廠牌的休旅車內。

悲慘小暗坑，事過境遷。姑且以火金姑的變身蛻化，取代藍色仙子的朝代身世，白色精靈的世代夢願嗎？他想，好像也只能這樣了。

回三峽半途，山區下起了一陣「西北雨」。西北雨，是七月大水蚎咧等，八月颱風到毋知之外，台灣特有的一種地形雨。此雨雖然不致釀成災難，但來時湛藍天空說變就變，黑天暗地，電閃雷鳴，甚至帶有冰雹，有如北邊下雨南邊晴的台灣政治現象，令人措手不及；去時，頭上恢復豔陽高照，晴空萬里，好像任何事情都未曾發生過那樣，令人啼笑皆非。

大致解釋「西北雨」特性後，半途路過竹崙左賣坑，山道左側，突然出現一尊頭戴船形帽，手持破蒲扇，戲裡似曾見過的遊僧塑像。「那就是，今稱紫微坑靈隱寺的濟公！」陳老師於是雨中靠邊小停，對濟公迥異於其他漢神、洋神、日本神的輕盈神性，略加說明。

台灣人自古相傳，舉頭三尺有神明，人未到神先來，事未發神已知。此寺建於民國七十年代，但此佛其實早在三個世紀前，便已來到三角湧遊方勸渡；所以，包括翁氏父子在內，三峽境內無論來自何族何國的亡靈遺恨，可說都已經受到祂的撫慰渡化了。

相應著這種渡化後的輕盈，陳老師嘗試著將自己與大家，想像成一夥八月天空下的山野囝仔，一路免費教唱起，一首日本人應該沒聽過的台灣童謠，〈西北雨〉：

西北雨，直直落，鯽仔魚要娶某
鮎鮐兄拍鑼鼓，媒人婆仔土虱嫂
日頭暗找無路，趕緊來，火金姑
做好心來照路，西北雨，直直落

下一站，他們途經十三天，沿著大豹溪右岸的湊角山麓，來到一塊大斜稜的隧道前。

由於，這是一趟臨時行程，電腦螢幕相應的浮出「實景虛境」與「實境虛景」，兩種商業性的版本選擇。兩種選擇，旅狐網際遊覽公司，如下做出內容說明與價格規定。

「實景虛境」就是「以景造境」的片面追想，導遊人員只須依景點現況進行點狀講述，現況之外的其他人事演繹，旅者必須自行加以揣摩與串湊。這項商品，因爲已經有現成景物可用，老顧客可按交情，享受打折優待。

「實境虛景」就是「以境造景」的全面參與，在前者的片面追想上，進入電腦整合的過往時空，場景逼眞度雖然不像拍攝連續劇那樣，一步一腳印的親歷其事，親炙其情；但旅者可隨時要求原地停格或倒帶重來，並可免去被導演臨時喊卡，或變更角色的扮演尷尬，因而最具人性化與自主性。這項商品，因爲人事龐雜、編碼繁複，旅者必須各視涉世與涉事程度付費；且須自負，諸如亢奮、沮喪、恐慌、錯亂、厭世等，各種後遺症的發作風險。

付費標準，大致按胎兒、嬰兒、孩童、少年、青年、壯年、老人，七個等級遞增；胎兒最低，老人最高。此外，耄耋之齡的老嫗，尤其是活過五個世代，種族爲平埔人、泰雅人、日本人的老母親，爲免臨場淚淹大豹溪，額外強制，加保了一筆防範「山洪暴發」險。

「旅費，保費，都不是問題。但是，我這個歷盡戰期磨難，戰後煎熬的老女人，難道沒有第三種選擇嗎？」此次，這趟三峽之旅以來，始終默默沒意見的櫻井夫人說話了。

言下之意，充滿沉甸時空已非薄軀可撐，繁多世事已非寸心能載的深重感慨。

「大嫂說得對，一路所見所思，確實忽略了妳們女人的觀點。」林主任沉吟片刻，徵詢熟門熟路的陳老師說：「要不，我們改去內插角，參觀日東牌的三井製茶所，如何？」

「忽略了女人，尤其是忽略了一位世故老母親的觀點嗎？我倒是建議，我們乾脆擺脫旅遊公司的制式設計，改採異域遊子的行腳，重新上路。這麼一來，應該便可配合櫻井夫人，走出自在自如的第三條路！」精通電腦操作，從事地方文史工作、自然生態觀察多年的陳老師，突然心血來潮、心有所悟地，回想起幾件事後歸檔的眞實情境。

車行迅速，就在他們忍耐過瞬間的隧道陰暗後，一行人已經通過湊角山的隘哨盤查，穿越外插角「十八洞天」的地理屏障，抵達「山窮水盡疑無路」的大義舊橋奇景前。

此橋前方是個窄拐溪灣，呈現S狀環繞絕崖而行，駕駛人由後看去，往往總會誤爲前車已經開進崖下斷谷，嚇出一把冷汗。這種險途，當年漢人、日本人的進出動機，早已有史可稽。讓人無法想像的是，更早的大豹社人是在哪種況味下，激發出絕路攀越勇氣，毅然決然退入，這片最後還是不免被外族入侵的，「柳暗花明又一村」的反諷死域呢？

大豹社人，這種遁世心情與求活意志，也許只有湍湍溪水曉得，忽忽流雲知道吧？碰。嘎，嘎，嘎，嘎——

一長串，膠輪磨擦路面的尖銳聲下，陳老師突然緊急煞車，大家也趕緊探頭察看。

「怎麼回事啊？」抬頭仰望眼前這塊絕壁，主客紛紛出聲問道。

「沒什麼，沒什麼。我恍惚了一下，好像撞到了一團黑影啦！」

原來，一棵結滿鮮紅果實，有如簇簇血花的構樹上，一群白頭翁家族，群起驚飛；一隻幼鳥，從車前玻璃撞落在引擎蓋上，掉向山路草叢邊。車開過後，兩隻成鳥飛至喙黃猶存的鳥屍旁，一再撲啄叫喚；即使有肇事人類下車探視，其中一隻仍然啾啾哀鳴，不肯飛走。

顯然，這是一支正在進行覓食教學的白頭翁家族，兩隻飛下撲啄鳥屍的成鳥，應該就是牠們的領隊父母。其中那隻，最後仍然不肯棄離的，更應該就是牠們最慈愛的鳥母了。

「想不到五年前，這件上山踏查自然生態的莽撞行爲，竟然成爲自己日後，一直無法原諒的夢魘。之後，每當開車經過這裡，就會重現類似的錯覺反應。」陳老師解釋說。

也是就在這處窄拐溪灣的絕壁前，也是多年殘留的類似心境。出身此線山區國小教師的林主任，同樣也曾經親眼目睹過，另一種狗母嚎子的悲痛場面。

碰。嘎，嘎，嘎，嘎——

二十年前，這條山道被棄養的流浪狗很多，一輛趕早入山的冒進班車，打斜方向盤閃過牠們。晨霧很濃，恍惚之下，司機直覺撞到一團什麼東西，趕快緊急煞車。

司機與乘客們，立刻下車察看，原來後輪輾死了一隻小流浪狗。

司機移走狗屍，吆喝著乘客繼續上路。乘客上車後，躲在垃圾櫃旁的其他小狗與狗母跑出來了，狗兄狗弟們紛紛嗅著死狗，哼哼哀叫；狗母瘸著半截老腿，更是汪汪悲嚎，低頭不住猛舔狗屍鮮血，似乎認定舔盡了那些血汁，這孩子便能重新活過來。

雖然，場面情何以堪，但憑窗眺望的林主任，也只能愛莫能助的默默隨車離開。逝者如斯，如果橫死者是個人類，其後上場的，應該就是一連串的招魂儀式了。生命之於時空，或者之於所謂的「歷史」，不信喚不回的遊子，不信招不回的遊魂；縷縷親情直追，聲聲禱念直催，就算無力起死回生，也但願神佛能夠加以接手。面臨無法抵抗的莽撞外力，這就是一介母親所能做到的最後作法，一名白髮者所能付出的終極悲心吧？

「我看這樣好嗎？這趟路既然都來了，我們不必改去內插角，也不必另找第三條路，就直接前往憑弔地點好了。」早已經是祖母級的櫻井夫人，終於顯出不再迴避的心情了。

休旅車於是幾乎就以直角彎度，驚險切入橋端左側，另一條更窄拐的上斜坡徑。

陳老師於是也就一面依照坡徑盤繞狀況，八彎九拐的將車外視野，逐漸向上盤升至一位母親，一位祖母的鳥瞰俯角。一面隨著嵐霧氤氳情形，情緒高昂低回的娓娓簡介，發生在前述明治三十九年，日警聯手漢番隘勇剷平大豹社，以利進行經濟開發的「大豹社戰役」。

此路其實並不長，大約十分鐘後，他們便駛抵一塊坦嶺上，幾幢山戶旁的盡頭處。一塊坦嶺，抬眼憶昔，樟木已空。幾幢山戶，垂目撫今，僅餘一家。

這戶山農，也早因社會轉型，子女下山就業，只剩下一對父母留守。

這對父母，也是只花二十分鐘便將大家領至，已經被他們清理過的「忠魂碑」前。

「請問，聽過古早這裡，泰雅族的抗日故事嗎？」

「請問，知道這附近山區，以前死過很多人嗎？」

「請問，暝日跟這座老石碑做厝邊，心情怎樣？」

「還有，應該有想過敲掉石碑，眼不見為淨吧？」

男山農拄著長年掘筍挖薑的老鋤頭，沉默寡言，一如山林內斂本色，只說童年是聽阿公說過，「青番殺漢人，日本人殺青番」的嚇唬話；十年前，那個小兒子還在插角國小讀書，放學回家也提起老師教過，這附近曾經是個「古戰場」。「不過，這石碑沒礙著我們，我們也沒礙著這石碑，幾代以來都互相習慣了。」他淡然表示：「若是敲掉這石碑，反而會敲走那些古早的鄰居啦！」似乎，漫長山居歲月，歷史的沉重，已經被山嵐林霧稀釋到最低程度。

女山農比較外向多話，說了一些冬夜偶而會聽到家犬「吹狗螺」，夏夜總會看見盞盞火金姑，提燈圍繞石碑飛舞的個人觀察。這兩種觀察，她認為冥冥鬼神之間，應該是附近有某些無形的東西，正在思慕天外某種呼喚，遠方於是飛來某種心念，很想招引某些身影回家的相應現象；就像我們人間，出外囝仔總會想念家鄉父母，家鄉父母也總會掛念出外囝仔那樣。

「唉，我就是這樣啦！總是掛念著山下那些囝仔，有哪個若是為了幫頭家賺錢，拚到過勞死，不如就回家跟他們老爸一起墾山種菜，平安度日啦！唉，有時我在想，我們人類反而比鬼魂還無情無義啦！」對於這座「忠魂碑」，其內這群為了貫徹政令陣亡的日本人，其外那群為了保衛家園戰死的泰雅人，女山農一邊好心提醒大家山上蚊子多，一邊舉例做個比喻。

對於歷史巨輪的冒進，國家機器的莽撞，總括人間卑微生命的無奈，眼看著櫻井夫人面對碑座與碑文頻頻拭淚，連連鞠躬的哀痛神情；女山農說到情緒盡致處，竟然就地取材，輕輕唸出了一首「蠓仔（蚊子）詩」，呼應彼此的母者心愫，以娛訪客。

「好詩，好詩，眞讚，眞讚！」這首「蠓仔詩」，聽得大家鼓掌叫好，不禁同聲稱讚要不是住在山區，沒有適當機會，否則她一定能夠成爲一名偉大的台灣女詩人。

「嘻，不是啦，這首詩不是我寫的啦。我從小沒讀過書，哪有這種才情？那是前幾天，我剛好在一家蕃薯電視台，看見一位老詩人在吟唸，就臨時改編的啦！」雖然如此，身爲一介大豹山婦、一名台灣母親，她還是顯得歡喜心領，連忙搖手的更正著。

「如果時光能回轉，世事可追挽。我倒是寧願，從來就沒有這座冷硬的忠魂碑啊！」

對於，反面人性的暴衝，正面人性的抹殺。身爲一介東京市婆、一名日本祖母，櫻井夫人當場不謀而合，進一步加深悲憫心境地，回應這位台灣母親說。

關於，那首就地取材，有感而發的「蠓仔詩」——

陳老師在完成這趟導覽後，返家痛快洗個大澡，洗盡渾身旅塵史垢。然後，上網一查。原來那首「蠓仔詩」，正是日本時代老詩人，錦連原著的〈蚊子淚〉，經詩詞演唱家趙天福譯吟播出，再經女山農應景改編的〈蠓仔兮目屎〉：

蠓仔，嘛會流目屎——
因爲，牠吸過母親的血
血內，留有母親的思念
蠓仔，嘛會流目屎——
因爲，牠吸過母親的血

血內，留有母親的憂愁
蠓仔，嘛會流目屎——
因爲，牠吸過母親的血
血內，留有母親的悲哀

根據他記憶所及，有關泰雅族世居三角湧三百年間，反抗外族戰役不下百場，所造成原住民、漢人、日本人的傷亡，更是難以統計。大豹社群這場最終戰役過後，男人們所能進行的唯一活路，便是更再退向蠻煙深處的桃園山域；族老們，尤其是老母親們所能採取的最後寄慰，便是囑咐子孫們，務必將自己死後的屍骨，朝向故園大豹社的方位埋葬。

而依據三百年後的現狀觀察，泰雅族人歷代灑落的悲痛血淚，已經像上游「熊空」、下游「狗空」的地名所喻，早被三峽人一概掃盡清空。全境原住民的存在，足以憑藉見證後人的相關記憶，除了大漢溪「三鶯大橋」下，那撮流浪狗似的「三鶯部落文化人」之外，但只留下金敏、大豹、東眼、敦樂、有木、詩朗，以及包括耆老廖富本曾經去鏢過鱸鰻、打過鰷魚，眼下早成一撮漢人別墅的「番仔厝」在內，一干記憶「浮水印」的泰雅地名了。

網誌裡，也是性情中人的陳老師，最後透過他的記憶，不覺如下自問了起來：
關於林瑞昌，關於瓦旦·燮促，關於達奧·匹馬，更關於「港仔嘴」老媼——
關於，這首既能超越傳統父屬族性，更可貫穿古今母屬天性的「蠓仔詩」——
喔，喔。那麼這就是一個女人，尤其是一位老女人，永遠不變的生命觀點嗎？
喔，喔。那麼這就是一個母親，尤其是一位老祖母，永世不移的歷史態度吧？

第二十章
滿腔原罪

電腦螢幕，被卸除 MR 遊鏡的雲端頁面，呈現出一種半透明哀愁的「半透明藍」。

大家重返長福橋時，胡大仙已將整趟旅程燒製成一片光碟，雙手商業服務性質地，恭送給櫻井夫婦，以便帶回日本當作永久紀念。這是旅狐網際遊覽公司，發自內心的旅後誠意，希望能夠商家貼心、顧客感心，彼此歡樂無限、情義無窮，日後有空再來。

對面相命攤前，坐著一名時尚女子，以太陽帽與墨鏡遮住半張臉，神情顯得別有某種隱私顧慮。看來如果不是流年不利，遇上所謂的「犯太歲」，便是時下常見的「犯小三」。

卜命烏龜，聳呀聳著長頸子。時尚女子，或許是先行吐露出一段什麼「八卦」心事，聽得鐵口先仔眉毛一掀，眼睛一睜；紅顏薄命之外，七情六慾之內，雖不中亦不遠的微笑了起來。其後，鐵口先仔重新閉目垂眉，一手順著鬍子，一手屈指掐算；也或許推演出一番什麼「八卦」命理，聽得時尚女子連連點頭稱謝，先天命定之災、後天造業之厄，關關難過、關關過的，起身如釋滿腔愁怨而去。

短短片刻，區區兩百元，只花一杯咖啡消費，便可擁有心無罣礙的半日三峽遊情。

如此世途，日夜憂煩，終身憂患。您累了嗎？

那麼就請「奉茶」。暫歇一下——

兩手一再操持，雙腳一再踩邁。您爲何不累？

那是因您心中有愛，懷抱著所謂的「掛念」。

「頭家啊，來一碟五香土豆，兩杯茉莉花茶。」

「歹勢，沒現貨。改為金牛角和碧螺春好嗎？」

「你這金牛角和碧螺春，是道地三角湧貨吧？」

「前者摻有西洋奶香，後者摻有東洋禪意，但是都出自一雙三峽人的巧手啦。」

「沒現貨，那就來兩碗傳統涼豆花。記住，是要豆花勇仔，那種在地口味喔！」

兩名頭縛褐巾，藍衫衣襬打紮在腰際的古裝男子，匆匆來到胡大仙咖攤前坐下。

兩名男子，轉頭看了看鐵口先仔的卜命烏龜與法罐，眺了眺起身離去的時尚女子。又回頭瞧了瞧胡大仙的電子沙漏，以及他們自己。

「嘿，啥紅顏薄命，啥先天命定？貪圖榮華富貴的台灣查某，那才是真的。嬈擺無落魄久，名聲當紅時選擇嫁給香港富商，行情退燒後婚姻破裂，人財兩失，一個人哭哭啼啼的跑回台灣偎火取暖！」兩人好像熟識那名時尚女子，一面告訴胡大仙，他們想回去「窟仔底」與「芭樂腳」，會會鐵口直斷的大郎先仔，見見海誓山盟的老相好，一面嘀咕說：「哼，又是啥歌后，啥影后？簡直比那些堅持賣身不賣心，賣肉不賣情的煙花女，還失格啦！」

「他們是誰？三峽有窟仔底、芭樂腳，這種地名嗎？」兩人對於古今台灣女人的評價，胡大仙見怪不怪；倒是好奇於每天生張熟魏，從未見過價值觀如此反差地，側臉問著他。

前者，他打手機詢問鄉土作家，對方回以彼等若非臭老導演的連續劇演員，應該就是那些從某間有應公祠溜出來，向人間尋找角色扮演的時空遊魂；不過，也很有可能兩種身分都是，其區別只在「一身二相」之分了。後者，鄉土作家幫他向一位資深鄰長問到的答案是，「窟仔底」就在祖師廟埕尾，三角湧溪與土地公坑溪交會處南畔，「芭樂腳」則在宰樞廟口的老渡頭附近；聽說，這兩個所在，以前都曾經開過幾家「查某間」。

那名時尚女子，背影確實很像連續劇的女主角之一，那位也許痛失過女兒的好母親。

「至於這兩條遊魂嘛，我直覺可能就是，死後不甘心的鱸鰻秦仔和詹戇番。」

「都已經一百多年了，他們不想早早投胎轉世，還苦苦流連在三角湧做啥？」

「應該是回來找大郎先仔論命，找查某間的查某談情，印證這兩種世間最難解的原始人性吧？」他偷偷警告胡大仙：「強烈建議你，務必想盡辦法，火速將他們封印在你的電腦網海內。要不，萬一稍微話不投機，言不對意，那可就難保網咖不會被砸喔！」

「原始人性，說得好！那我就先喚醒他們的中國人仇日情結，精疲力盡的重新打過一系列抗日戰役；然後，喚醒他們的漢人恐番症候，反身重新面對一連串泰雅人的出草憤怒。最後，就讓他們滿腦子漲滿贖罪意識，自動消失在那一大片，無地自容的三角湧山林裡！」

「很好，恐番、仇日、贖罪，就使用這套正反修羅的殖民三業，永遠超度他們！」

兩名男子，似乎察覺到此番竊竊私語，機警抬上頭來，印象依稀的朝他打個照面。

「你是誰？我們好像有點面熟。」較年輕的鱸鰻秦仔，爭眼刺詢著：「喔，是陳宏、陳志，還是王阿原吧？原來你躲在這座新橋上，難怪我們一直找不到你！」

「對，我想起來了，我們確實曾經在某年七月半，三角湧溪放水燈時，碰過面。」較年長的詹戇番說：「你是豆花勇仔、大郎先仔，還是傳說中更古早的文仔嗹、卡朗·達奧？原來你們都還活著，難怪我們一直感到很不安心，好像有誰隨時隨地，都在盯著背後看！」

「不，不，我們素昧平生，從來不曾碰過面。那些陰魂不散的老臉孔，他們是他們，我是我！」他慌忙閃到一邊，好像再度面臨門神或瘟鬼般，死也不承認的撇清道：「三角湧人那麼多，世世代代、死死生生，冤有頭、債有主，你們的新仇舊恨，完全和我無關！」

「相同的人間身世，比比皆是，相似的市井面貌，更是到處都有，兩位好漢想是執念纏心，認錯別人，也看錯自己了。」胡大仙趕緊送上免費替代飲品，緩和場面說：「哈，那麼請奉茶！且先享用這泡同治初期的大稻埕青心烏龍，看過這段三角湧人的天路歷程後，我保證你們一定恐懼全消，憂患全無，想見誰就能見到誰，想做任何事就能完成任何事！」

喔，喔，你們知道這款青心烏龍的光榮來歷嗎？那是當年台北士紳集團，將「烏龍」圖案，打在封紙上做爲標誌而命名，特別呈獻給大清皇帝的貢茶啦。「哈，眞是蒂固根深的奴隸心態，唯利是圖的商業手法。都啥時代了，還搞這種最後剩餘價值的歷史噱頭！」胡大仙一則積極促銷在地產品，一則機靈轉移焦點，一則自我嘲諷的一陣調侃竊笑。

「執念纏心，認錯別人，也看錯自己？」

「想見誰就能見到誰，想做任何事就能完成任何事？」

「那麼，他是誰，我們又是誰？莫非，我們眞的互相認錯了？」

青心烏龍開始飄散貓尿酸蛋白，電子沙漏開始啓動運作，深藍色漩渦重新風雲滾捲。

兩名蒼顏男子，戴上遊鏡，握住滑鼠。猶自一邊自我寄盼，一邊自我辨正的懷疑著：

「可不是，他是誰，我們又是誰？」

「噢，噢，他們是誰，我又是誰？」

「天啊，我們是誰，他們又是誰？」

「唉，唉，這之間到底誰是誰啊？」

「管他誰是誰，目前最要緊的是，看來你需要徹底休息了。」

「不行，不行。我還想追尋最後一些人，追究最後一些事！」

這樣的浮世邂逅，這樣的擦肩而過。這樣的一路惶惶然於時空追索，世代追躲。

他緊抽一口氣，抒緩滿腔焦慌，並向胡大仙要了一杯水，吞下最後一包三環素。

「誰是誰，你們若是都想通了，我倒是私藏有兩個，清聖空靈的中途休息處。」

「喔，喔，清聖空靈，聽起來好像很高雅清心。三角湧有這樣的中途旅站嗎？」

「爬上鳶山古道，三峽後花園的道教仙公廟、佛教葛陀寺，隨時任君入住啦。」

從宰樞廟、祖師廟、媽祖廟、陳恒芳染坊、橫溪潭墺，直追溯到小暗坑的「獅仔嘴舌」。從黑白青姑、陳種玉、大鳳蝶、王阿原一家子，直追尋到「大厝間」的翁景新父子。

從萬丈紅塵直追查到蒼茫天地，從短暫人世直追究到永恆冥界，可謂上窮碧落下黃泉。一路上，我拚命追打著你，他死命追殺著我，眞是不知伊于胡底，何時才能獲得解脫。

原來，三角湧〈藍光乍現〉的初始元素，竟然就是只在吾人死後才能看見，或者只有天眞兒童才會相信的，那抹藍色精靈仙影；原來，這抹藍色精靈仙影，其實就是你自己。

似乎，世人唯有彌留時，釋盡一切人爲記憶才能回歸原點，照見彼此的廬山眞面。

一聲高空鳶唳，一記手機鈴響，倏忽召喚著三環素藥效，剛好適時發揮作用的他。

「老遊魂啊，有一場非常難得的私人聚會，不知你有興趣，也過去湊上一腳嗎？」

「時間，地點，人物，主題？並請坦白明說，這次你又想支使我，扮演啥角色？」

「幾位在地青年才俊，剛才邀我去李梅樹紀念館，談藝文創作，品春茶。你的任務是扮演我，姑且露露臉，致致意；順便，幫我找到一系列《春神跳舞的森林》的童書插畫。」

「這麼高雅的交誼場合，爲何你自己不去呢？還有，李梅樹有畫過童書插畫嗎？」

「哎呀，你叫我拿啥作品，跟人家談藝文創作？何況，現在我正陪著台南許君他們，攪和在六人公祠斜對面的85度C前，喝咖啡，看街景。李梅樹當然沒畫過童書插畫，但誰又敢說一代鄉土寫實美術大師，從未擁有過這麼素樸的囝仔性，懷抱過這麼純眞的童子心？」

「你這煮字療飢的老米蟲，哪來的這筆浮世閒錢，享受那份85度C的街頭閒情？」

「難得請客，相濡以沫嘛。錢，當然是火燒大厝間，臭老導演給你的大紅包啦！」

「眞夭壽，那是砍掉翁氏父子首級的絕命錢，你怎麼忍心揮霍這種天地良心哪？」他有點不高興，生氣推辭說：「萬一被他們認出來，我其實不是你，那我們豈不尷尬死了？」

「莫生氣，你就是我，我就是你。我喝咖啡就是你喝咖啡，你去就是我去！」

他關掉手機，揉揉讓櫻井桑連砍兩刀的痛頸，悻悻然，趕往相隔兩條街的聚會處。

十分鐘後，他在李梅樹紀念館現身，向櫃檯人員報出通關密語的轉身間，一抬頭突然撞見一位身影清矍，神情肅穆的孤高老者。老者正從館內轉角，領著一夥訪客緩步走出，他穿越他身影後，似曾相識的一個回望；恰好，看到他們都背對著他，正在握手道別。

恍惚之下，從背影研判老者與訪客，好像都是李梅樹及其創始於昭和九年（一九三四年），那夥「台陽美術協會」的創會成員。這種研判是從其中一位，儼然穿著黑西裝、打著黑領帶，卻頻頻回頭揮擺一襲灰白台灣衫，似乎藉以驅趕什麼身後物的中年人身上，獲得印證的。

台灣衫染滿班駁油彩，顯見已穿用多年，習以為常的拿在手上，毫不隱諱渾身那副「台灣畫家」的窮酸模樣。黑西裝、黑領帶，似曾洒脫躺在街頭休息過，濃濃透出南方特有的城市風塵味；黑西裝後背的心臟對應處，赫然則有一道鮮紅顏料或血汁，邊走邊滲淌而出。

此人，顯然就是當年二二八事件中，以嘉義市參議員身分擔任和平使者，前往水上機場慰問所謂的「國軍」被捕，連審問都未加審問，便被槍斃在嘉義火車站前的陳澄波了。

審問，當然大可不必。因為，誰叫陳澄波一出生，就註定揹負著身流中國血，臉蓋日本戳章的台灣人身世。而他頻頻回頭驅趕的，想必就是當年完全無關任何油彩、任何顏色、任何美感，卻總是麇集在屍身躺倒處，連死後都還不肯放過的舔血蒼蠅吧？

「台灣人身世，生於斯、長於斯，活於斯、死於斯，大家還能怎樣？」

「難過而不捨的是，我們這代死後，還讓那些囝仔頂著這項原罪啦。」

「最壞的打算嗎？只好賣畫養館，賣一張算一張，走一步算一步了。」

「哈，哈，然後呢？只好但願下輩子，大家莫再做這台灣窮畫家囉？」

一干老友，好像提到由於藍綠執政輪替，致使政府補助不穩，李梅樹紀念館經費青黃不接的維繫問題，不禁異口同聲的發出兩記苦笑，然後一陣欷歔自嘲。

關於李梅樹紀念館的維繫問題，一干老畫家所稱「頂著這項原罪」的那些囝仔，所指的就是包括李氏次子李景光在內，三位肩負經營重責的第二代。

他一頭撞進紀念館內，一路跌入李梅樹繽紛畫海，直直沉澱至最底部的會客室時，李梅樹已悄悄返回端坐在沙發上，準備為今日的聚會沏上春茶。

「這位是館長李景光，這位是藍染研究者陳老師，這位是——」

「大家莫客氣。都是年輕人嘛，我看還是讓自己介紹自己吧？」

喔，原來他眼前的不是李梅樹，而是三兄弟當中，長得最神似父親的次子李景光。

接過春茶，他首先喬裝鄉土作家，洋洋灑灑地，吹噓了一番寫作理念與得獎事跡。

其後，包括童書插畫家、風箏創作家、地方文史工作者、自然生態觀察者在內，一夥所謂三峽青年才俊們，於是次第談開了自己。

「鄉土文學是人性接引地氣的情志藝術，絕非一般浮淺的鄉野書寫。」鄉土作家舉出民國九十九年苗栗縣政府毀稻滅農，大埔阿嬤守土護家的自殺事件，侃侃而談：「諸如這樣的題材，設身處地寫成鄉土文章，土地公一定會感動到老淚縱橫。」

「童書插畫是赤子之心，搭配純眞憧憬的情趣藝術，絕非一般童騃的野囝說夢。」童書插畫家翻閱著，二〇〇一年獲得義大利「波隆那童書插畫獎」的《春神跳舞的森林》，翻出了〈櫻花瓣發光了〉與〈滿月櫻花祭〉的兩幅神祕夢境，悃悃而述：「前者，灰樸樸、藍濛濛、青幽幽的蒼鷹，以及原住民寫照，是我取材台灣山林的原始想像；後者，一輪黃月當空，金色精靈降臨，飛鼠、獼猴、花鹿、山獐、黑熊，圈繞著粉紅花樹的萬獸共舞構圖，是我借鏡三峽生態的燦爛昇華。誰敢否定，這麼童眞無邪的詠嘆，不能直指天地造物的初衷？」

「藝術，藝術，風箏創作，當然也是一門藝術。」風箏創作家一再強調此語，以鳥寓人談心事，娓娓道出他常年遨遊國際天空的飛鳶情愫：「風箏創作，當然都以飛鳶為嚆矢，以活出蒼鷹般的生命爲宗旨，讓風箏飛得身姿優美，心志高遠，海闊天空。然而，一次次的搏風起飛，無非都因一次次的返航降落；一次次的返航降落，更無非都在那雙遠方無形之手，所牽繫而生的那條無形細線上。大致說來，一隻飛鳶、一只風箏的返航降落，可歸納爲三種原因；一是他累了，二是他想家了，三是他被斷線或被放手了。說眞的，從小學鳶而飛到現在，經歷過不計其數的大小降落，我往往總是擔憂著，不知何時會出現第三種狀況？」

「以廣義的自然生態而言，人爲操縱的生存碰撞、居心叵測的物種擠壓，任何物性、任何人情都必將隨之扭曲，任何變數、任何演繹也都必將爲之衍生。」自然生態觀察者，先是報告了一則東南亞外來八哥，已經在台灣到處繁殖的三峽鳥類觀察。接著，插述了一句李梅樹的「百鳥朝梅柱」，應該補雕此鳥爲誌的小笑話後，打開平版電腦畫出兩口大小懸殊的生態池，客觀提出一套任何海島成員，隨時都得提心吊膽的「淺碟型」生態危機說：

「這兩口原本各自封閉，互相對立的生態池之間，隱藏著一道人爲操控閘門；這閘門，在台灣生態史上，有過幾次開闔情形。開啓時，小池承受大池的動態宣洩，池魚無不同蒙其殃；關閉時，池水逐漸底定，魚蝦螺貝開始忍痛療傷，以便各自進行新一輪的靜態調適。由於兩池的地緣關係，幾千年來幾乎每次開啓，都是爲了下次的關閉；每次關閉，也都是爲了下次的開啓。可以說，其間在在印證了環境生態，人爲操弄的最高天演藝術！」

在風箏創作家效法李梅樹，「以鳥寓人」之外。這是生態觀察者，「以魚寓人」、「以蝦寓人」、「以螺貝寓人」的，台海兩岸觀察心得吧？

說著，說著。生態觀察者異想天開地，提出了他們目前正在規畫，某項暫時取名爲「小魚拚巨鯊，小蝦搏大鯨」的「人類生態」實驗，意圖顛覆「大魚吃小魚，小魚吃蝦，蝦吃泥土」的，傳統自然生態鐵則。並且信誓旦旦說，這實驗純屬「小團體實驗」性質，至今全球學界尚無理論架構，但也許可在本世紀的三峽山城獲得實踐，請大家不妨拭目以待。

「近代史上，粗心或蓄意開闔這道閘門的，可說不乏其人。開啓後，大魚吃小魚，小魚吃蝦，蝦吃泥土；關閉後，當權者鬥爭失權者，強勢者霸凌弱勢者，往往引發社會重組，族群傾軋，致使原罪叢生。」地方文史工作者，呼應自然生態觀察者。借其平版電腦，連上胡大仙的旅狐網站，拉出一系列主要代表人物，做出總結說：

「有史爲鑑，歷史總是一再重演，世事總是一再反覆；整個台灣最大罪源，就是諸如此類，各朝各代的存亡衝突，各世各代的原罪對立。然後，苦了文史工作者，一再翻掘挖尋，耙梳整理，卻樂了鄉土作家，一再見獵心喜，串湊情節！」

以下，即是以赤子純眞童心、風箏起降動力、人類生態天演藝術，互爲表裡；由文史工作者、鄉土作家、網遊媒體開發者，聯手編製，互拉互扯、相輔相剋的「台灣原罪對立圖」。鏡頭於是由遠移近，史煙於是由淡轉濃，時距則剪輯壓縮成，此閘四度開闔的對立組別：

第一組對立者是，西元一六六一至一六八一年代，打開台海閘門，敗據台灣矢志「反清復明」的鄭成功；以及關閉台海閘門，嚴訂「海禁令」，堅壁清野的清帝順治與康熙。本組天演藝術，在朝題旨是「草萊初闢，以啓蠻荒」，在野腳本是「天降橫禍，土著遭殃」。

第二組對立者是，一六八三及一八九五年代，打開台海閘門，發誓追剿「明鄭餘孽」，曾與鄭成功同爲明朝同袍，卻已時任清朝水師提督的施琅；以及關閉台海閘門，代表清廷對日締結「馬關條約」，割讓台灣、澎湖的全權大臣李鴻章。本組天演藝術，漢人情節是「改朝換代，忍辱偷生」，土著結局是「平埔滅族，山地浩劫」。

第三組對立者是，一八九七年關閉台海閘門，執行「清、日國籍更換」最後期限日的台灣總督，乃木希典；以及一九四五至一九五〇年，轉戰台灣期間，先以「建立反共復國聖地」、後以「堅決漢賊不兩立」爲由，右手打開閘門，旋又左手關閉閘門的蔣介石。本組天演藝術，外省人是「一水兩隔，鄉關夢斷」，本省人是「池蝦沉底，洄鮭望鄉」。

第四組對立者是，二十、二十一世紀之交，以「台灣中國，一邊一國」澄清國格，繼續把守台海閘門的台灣總統陳水扁；以及二十一世紀初，當選台灣總統，以「終極統一」、「九二共識」換取經濟利益爲由，又打開這道閘門的馬英九。本組天演藝術，牟利政商是公然熱絡於台海兩岸，台灣本土是企業外移，失業加重；藍綠國人是對立加劇，鴻溝加深。

「唉，當家三年，連狗也嫌！」馬英九面對綠色國人，深惡痛絕的指摘時，不禁自怨自艾抱怨著，自己的中國藍色身世說：「難道，這就是我注定被他們強加套上的原罪嗎？」

原罪，超高票當選台灣總統的馬英九這麼說，蒙辱落獄，財產充公的陳水扁這麼說。受到中國國民黨開除黨籍的李登輝這麼說，早已經蓋棺論定的蔣經國、蔣介石，也這麼說。

原罪，漢人李三朋、陳小埤、六人公、翁景新，這麼說，原住民林瑞昌、王阿原、文仔嗹、卡朗．達奧、艾瑪、伊娜，這麼說。天荒地老的落頦鳶精與斷頸鶯哥精，也這麼說。

原罪，臥屍嘉義街頭的陳澄波這麼承受，搥胸頓足在長福橋上的李梅樹這麼承受。連身爲平民百姓，完全跟政治色彩無關的藝術家之子，也只得遵循珍貴人性的，這麼承傳了。

「請問，李梅樹的一般畫作是偏綠色，還是偏藍色較多？」

「請問，關於李梅樹紀念館的存廢問題，您有什麼看法？」

散會後，他們一起走出紀念館來到紛擾街面。就在「台陽美術協會」那夥老友握手言別的人行磚前，他緊接在誰的好奇心之後，也如此憂心的追問著。

「這個啊，請原諒我不能說，也不可說，就讓學者專家去研究吧。」

前問，也許唯恐被誤解爲敏感的色彩對立，李景光笑而不答；對此，他沒意見，也不敢越俎代庖，強加附會。畢竟，事實上，李梅樹的藝術成就，早已超越藍綠意識型態了。

「目前，紀念館是在如下矛盾中，各持三種不同意見的苦撐著。大哥李景暘，主張賣畫養館，弟弟李景文，堅持封館保畫，我則採取中立。至於，將來我們都死後嘛，那些第三代怎麼抉擇，我就不敢預測囉！」

後問，這位已屆「不踰矩」之齡的三峽鄉賢，在表情上，笑得舉重若輕。

「喔，喔，那麼正襟危坐在東方石雕藝術殿堂的祖師公，又怎麼說呢？」

這也是原罪的無奈吧？他搖搖頭問在心裡，隔空望向香火鼎盛的祖師廟。

電腦螢幕上，淺藍色半透明的憂鬱頁面，開始感應著一系列《春神跳舞的森林》。鄉土作家那台老電腦，似乎又因爲被閒置過久，螢幕保護程式自動開啓。一隻隻天地原靈，一群群荒野原獸，開始紛紛拖光曳影，肆意爬滿鍵盤與桌面。

他走出螢幕，看到精靈、花鹿、獼猴，不禁又想起了翁景新與翁國材，想起了死。

大旗尾，龍埔社區，加上公設比都還二十坪不到的五樓公寓裡，包含小廳、臥室、廚房、廁所，他到處找不到鄉土作家。「一杯咖啡，兩人可以喝這麼久嗎？」他想起了死，想起了那個專寫地方厲祠冥宮的，渾身鬼氣森森的台南許君，突然有點著急起來。

大旗尾，這片三峽溪左岸土地，一百二十年前曾經接納過死得比活著，還輕盈的六人公；日前，又接納過附近某家療養院，活得比死，還沉重的跳樓長療老者。所幸，他探頭逡巡好幾遍，但見窗口下該老者的招靈紙灰，猶自迎風翻揚，倒是並未發現任何新屍跡象。

終於，他下樓繞過幾棟新建大廈，重新回到六人公祠的老位置。這才找到了，各自拿著一盒紅茶、一根吸管，喃喃然，互相跟許君對吸的鄉土作家。

一口，兩口，三口，四口──

一只，兩只，三只，四只──

一車，兩車，三車，四車──

原來，他們是並肩坐在此處，斜眼奢眺著85度C的客人喝咖啡；一邊悲憐默數著，沿街撿拾最後一次文明剩餘價值，滿載蹣跚轔轉，空唧空唧，推車而過的資源回收者。一邊熱切預想著，將於年底總統、立法委員合併舉辦的，藍綠陣營信誓旦旦的選戰宣傳車。

咖啡、鬆餅、小甜點，一口口嚐在舌蕾間，即便那是濃膩膩的倫閒模式。

紙箱、鋁罐、保特瓶，一只只撿上手推車，縱使那是空蕩蕩的生命軀殼。

口號、標語、大政見，一聲聲潑出擴音器，儘管那是嘩啦啦的空頭支票。

拚經濟、拚政治，拚生活、拚幸福，拚存亡、拚夢想，拚到此等地步。究竟靈魂是肉體的原罪，或者肉體是靈魂的十字架？

「不是奉勸你，莫退休，姑且教書，不要寫小說，應該會活得比較輕盈嗎？」

「你也一樣吧？急著退休，鑽進地方文史，被神鬼纏身，搞得灰頭土臉的。」

「總之，無論如何，生而爲人，尤其是生而爲台灣文人，實在有夠倒霉了。」

奢眺著心靈越來越空虛化的85度C飲者，悲憐著年紀越來越年輕化的資源回收者，追盼著對立越來越高蹈化的公職候選人。鄉土作家跟台南許君，或跟自己不禁既身陷其內，又超脫其外的導致了一陣小矛盾，引發了一陣小怨嗟。

嘿，因爲精神問題退出教育圈後，一直依賴老婆持家的老米蟲，我還以爲會鬱悴到跳樓自殺，原來是坐在這裡怨天尤人。喔，誰是誰的原罪，誰是誰的十字架？誰是誰的85度C，誰是誰的資源回收車，誰又是誰的空頭支票受騙者？

「唉，台灣最倒霉的人，其實才是我們這些老骨頭啦！——」

哼，大家用得到時，趕緊把我們從老墳堆裡挖出來，用過後隨手又丟回歷史廢墟內。

「不過，你這老米蟲還算有良心，沒把我被兩次砍頭的死命錢，當作咖啡消費掉！」

他一現身，兩人立刻停止怨嗟，台南許君納悶的側臉問他：

「咦，台灣最倒霉的人？他是誰，我們好像在哪裡見過？」

「矛盾了老半天，折磨了大半輩子。他就是我的原罪，我就是他的十字架啦！」

「幸會了，我們是在祖師廟口見過面啦。」鄉土作家那麼說，爲了淺顯解釋這層關係，他也只好這麼換句話說：「他就是我的肉體，我就是他的靈魂啦！」

「好奇怪，中部人的肉體裡，怎會寄附著一條北部靈魂？」

「何怪之有，台灣的大廟內，怎會供奉著那麼多唐山神？」

「這種多元並置的心靈，你沒離鄉背井過，你不會明白。」

「說得也是，難怪我那大兒子留美五年回來，眼界總是出現兩種視窗。」

「兩種視窗，只要互相取得調諧，反而更加足以迴照出另一層好視野。」

「那孩子很優秀，清大物理系剛畢業，就吵著要我籌錢，讓他出國繼續深造。當初，我還以爲他會嫌棄台灣，放棄父母，像斷線風箏那樣，一去不回。」

「唉呀，風箏，風箏——自己斷線，或被放手的風箏！」

提到風箏，他泫然欲泣，隱隱湧起，一股無奈的失落感。

「你怎麼啦，好好跟客人聊天，竟然失態哭泣起來呢？」

「眞歹勢啊，是一隻什麼風箏，讓你這麼觸景生情呢？」

「喔，喔，那是一隻古早古早，我阿爸親手紮糊翅膀，我阿母親手搓捻拉繩，我們兄弟一起作夥放飛的斷線紙鳶啦。」

「原來是一隻童年飛走的風箏，一枚年少遺落的殘夢！不過，你比我幸運，還能擁有那段聯手放風箏的骨肉親情。我啊，卻連生身父母和兄弟姊妹的記憶，全都一片空白！」

許君安慰他說，他是個養子，剛出生就因爲家窮，賣給一名更窮的三輪車伕當兒子。被抱養之後，養父母和養姊們，倒是非常疼愛他，一路栽培讀到五專畢業。

其後，養姊們陸續出嫁，他也結了婚，生了子。某日，養父母將他喚至大廳上，神情愼重地，娓娓吐露他的血緣身世；他這才知道，原來他們竟然並非他的親生父母。

「阿爸、阿娘，囝仔時代，我時常因爲吃不到肉使性子，您們總是氣得騙我說是從七股海邊撿來的，再哭就丟進潟湖喝鹽水。現在，都已經娶某生子了，您們就莫再騙我了！」

「兒子啊，莫懷疑，我們這次說的是眞話。」養父告訴他，小時候雖然吃不到肉，但三不五時，還是可以吃到魚：「那位時常提著魚來，偷偷看你的歐巴桑，就是你生母啦。」

「當年，因爲擔心日後的身世糾纏，互相訂有口頭約定，生方不能說破，她只好透過這種方式來看你。」養母告訴他：「吃魚，直吃到確定你已經出外就業了，她才沒再來。」

「感謝他們，也感謝你，咱許家總算保有這把香火，可以傳宗接代。」養父說：「你生父姓楊，早年入贅篤加庄，夫妻辛苦合力撐持你生母家，你應該抽空回去，認認他們。」

「你是應該回去認認他們，最少去見見你生母！好歹，她懷過你十個月身孕，更讓你吃足度晬奶水。」幾年後，養父逝世了，養母再度重提一遍：「聽說，你生父最近也往生了，你幾個阿兄飼虱目魚賺了些錢，日子已經不再窮苦。你生母年紀比我大幾歲，你們母子生作很相像，若想見她就要快，免得我們這代都死了，你生方、養方，父母記憶不齊全！」

七股篤加庄，住有一撮古早蕭壟社的邱姓平埔人，在空間上，距離佳里許家並不遠，大約只有四公里路；卻直讓許君足足等到不惑之年，這才重新拾掇那只無奈的手足風箏，會晤了他兄長。然而，隨即在孺慕的追問下，遺憾的是長線雖在，拉線者卻早已永遠放手了。

咫尺天涯，許君事後再三往還於這條篤加庄路上，但願能在某年某月某日的半途中，有幸邂逅，這位默默爲他走過兒少年期的平埔生母。幾年前，他一從公職退休下來，索性便自行成立了一個「鹽鄉文史工作室」，全心全力投入，該域鹽分地帶的人文踏查工作；期使，上天下地、穿神入鬼，拼湊出一幅自己所酷似的，平埔母氏面目與母族風貌。

「難怪，五專時代每到你家作客，總能吃到蒸、煎、煮、炸，滿滿全席的虱目魚大餐。也難怪，你吃膩到想吃肉！」曾經在南部跟許君同窗的鄉土作家，詼諧挖苦的逗笑道。

「方史拼圖上，你生長在樸實念舊的南台灣，想必還能拾掇些許過往印記，算是比我幸運。我啊，浮沉在工商忙碌的北台灣，甚至倥傯到今日的我，都已經遺忘昨日的自己。簡直就像一顆再三重灌的電腦硬碟，遑論那些浮水情緣的世代血脈！」他反過來安慰許君說。

「電腦硬碟，設有復原指令，內建基本自我意識，我看你更像一具行屍走肉吧？」

「額頭貼著經濟錢符，眼神冷直，關節僵硬，終生吃喝拉撒如一日；每逢四年一輪的選舉前夕，尤其是總統大選，這才腦門改貼原罪選票，一句咒語、一個動作，也不管施咒者是何方神魔，就跳呀跳過大漢溪、跳過大肚溪，跳回本籍彰化投下那張神聖一票，然後又跳回新鄉三峽謀求生計。我看你啊，那才更像中國湘西趕屍喔！」

他跟鄉土作家一陣口水搶白。惹得許君直笑說，這算是一種微型靈肉的二元對立吧？

「這趟三峽藍染節之旅，難得邂逅了許多在地聖賢人物，巧遇了黑白青姑，幸會了藍色精靈。那麼一下站呢？」許君居中緩衝，岔開他們說。

「主隨客便，你是想先去鳶山三亭攬勝的望鄉小站，懷鄉片刻，還是先就近拜會雲端搜索高手的胡大仙，請他協尋你生母，補贖這段原罪？」鄉土作家學著林主任賓至如歸的待客之道，攤攤兩手說：「順便告訴你，這位曾經在奈何橋與閻王殿之間，死死生生走過一回，病癒重出江湖，一心懸念助人心想事成的胡大仙，他可也是你們重情重義的台南人喔。」

「客隨主便，我不是三峽人，你怎麼嚮導，我就怎麼配合。」台南許君也學著櫻井先生順其自然的遊旅心情，聳聳雙肩說。

「常理而言，一般遊子應該是先想到母親，才會想去望鄉。」他分享心得的建議道。

今天不是節慶或假日，長福橋上並無人潮攤集。於是，五分鐘後，他們鑽進六人公祠左側後方的那片國光社區，登入胡大仙大隱於市的，那間小小的網遊軟體研發室。

如此世途，日夜牽繫，終身原罪。您累了嗎？

那麼就請「奉茶」。暫歇一下——

研發室裡，喝過胡大仙的電子飲品，填過相關資料，戴上ＭＲ遊鏡，啓動旅狐程式。

許君且連上自己早已圖文齊全的鹽鄉網站，且拉出一系列漢番圖譜，設定一連串孺慕心愫。然後，開始展開一介台南三轉仔的，問道雲端的隔世尋親之行。

一條民國四十至六十年代，台南沿海塵土飛揚的「番仔路」鄉道，於是逐漸成形顯現。一抹挽著南瀛傳統髮髻，插著西濱舊式竹篦，穿著本島藍衫、本島黑褲的西拉雅母親身影，於是踽踽然，開始百年蹣跚地，踩邁在這條「提魚探子」之途。

「阿娘啊，這就是當初既割捨了我，卻又放心不下我的您老人家嗎？」

許君先是有點半信半疑，注視著那張酷似自己的蒼顏，一再忍住哭意。

忍著，久久刻意的忍著，負氣的忍著，最後還是忍不住的孺慕大哭了。

哭聲傳入他耳朵，刺痛了肝腸，再從他喉嚨傳出，形成一組南北共鳴。

「雅亞啊，這就是當年既遺棄了我，卻又放心不下我的您老人家嗎？」

他愀然起立，狂奔下樓，如下將他們的詫問與勸喚聲，迷亂拋諸腦後：

「喂，喂，老遊魂，你怎麼啦？——」

「喂，喂，老骨頭，你回來呀！——」

「這是怎麼搞的，你剛才又跟他爭執什麼，害他情緒失控吧？」

「可能是最後一包鎮靜劑，藥效已經消失，他又病情發作了。」

「我才正想跟他說，那個臭老導演，又有後戲要請他補拍呢。」

「是什麼後戲，失業藝人那麼多，他們非找他軋上一角不可？」

「好像是，鳶山上的那段老輪迴，後花園的那兩場大蛻變吧。」

「喔，喔，感恩不盡啊。我會趕快寫好情節，設法找他回來！」

網咖今天沒擺攤營業，這次私訪是居家友誼服務，所以無需商場上的庸俗客套。

「那麼，自在自如，想怎麼就怎麼，你就自己請便了。」胡大仙告訴鄉土作家。

如此沒擺攤營業的假日，也是胡大仙自己例行的禪修日。就像基督徒擇定每週一次的向主禮拜與祈禱，胡大仙也擇定了每週一次的向佛禪修與禪定。

禪修，套一句時語說，就是類似一顆電池或一組照明設備，為求繼續發光發亮而進行充電。其型態不分「乾電池」或「太陽能板」，主要分別則在於因人而異的蓄電體系。

禪定，這是胡大仙採行的復健方式。對於因為拚業績，拚到自我錯亂的免疫系統，這種徹底放空的無執修持，確實發揮了導正癌化體質的神妙療效，說是奇蹟也不以爲過。

那天，那條老靈魂跑去恩主公醫院，探視被判定爲五年存活期的那具肉軀前，他早從三峽跑到花蓮百丈山的力行禪寺，渡過第五年關卡。最近，第六年重生伊始，他返回醫院通過復診，已經可以連續五天坐在長福橋上擺攤，同時悠哉悠哉地，一邊偷窺浮世百態而自得其樂了。

從胡大仙逐漸入定的電腦視窗裡，鄉土作家看見一座簡陋到不像佛家道場的橫木山門，淡淡顯像；一抹超脫到不像佛子肉身的跏趺僧影，幽幽浮現。

「師仔，感謝您啊，阿彌陀佛。」胡大仙潛意識的合掌而拜。

「我不是說過，忘了我，忘了出身，忘了禪，忘了佛祖嗎？」僧影持珠擺手而笑：「什麼事，你又迢迢跑來百丈山，找上我呀？」

「師仔，我又聽到昨日三里外的海潮，看見明日提早到來的霞彩，這是怎麼回事？」

「小旅狐，當心這叫神通初顯，最會走火入魔。徹底忘了那海潮，忘了那霞彩吧！」

「師仔，請恕弟子愚昧。請問您，什麼是神通初顯，什麼又是走火入魔呢？」

「你已顯現耳神通，眼神通兆端，再不收束便會近憂遠慮上身，無法超拔。」

徒弟還想再問，師影卻是頭也不回的起身離開，只遺下一塊空蕩蕩的老蒲團。

禪定，就是忘了我，忘了出身，忘了禪，忘了佛祖，忘了海潮，忘了霞彩嗎？

小旅狐，胡大仙一回想這句暱稱，便不禁窺得佛機，或童心大發的暗自一笑。

「嘻，老宅男，你在幹啥？」胡大仙在另一個視窗裡，轉頭笑問著鄉土作家。

「也沒幹啥，只是偷窺一下，你禪定的情形；然後，打開第三台電腦，鑽進許君的鹽鄉網站，隨便逛逛。」鄉土作家說著，點選了標示著《南瀛厲祠誌》的資料夾，反問說：「你不是正在禪定嗎？怎麼分得出心來，一邊自己暗笑，一邊跟我說話。」

「是那塊老蒲團，突然讓我明心見性，眼睛倏忽一亮，看到即使就像我師父那種得道高僧，身後還是難免隱隱浮現著，一枚割捨不掉的蟬蛻，一抹船過留痕的浮水印，不覺就分心了。」

胡大仙秀出一幅他師父早期的出家背影，疊上一條兀自彳亍行腳的學佛跫跡，浮水印立刻清晰可見。按圖索驥，跫痕來處，儼然竟是其所師承的高雄佛光山寺。然而，也不知是該座臨濟宗寶剎，過於熱衷所謂「人間佛」的人間涉入，還是他本身過於執著所謂「力行禪」的生命實踐？這跫跡，只在該山寺打轉兩圈，便「道不同，不相為謀」的踽踽東尋，毅然發心卜居花蓮百丈山，另闢自己的禪宗道場。

一步一腳印，凡走過必留下足跡。連菩提證道的西方佛祖，蓮花化身的東方哪吒，甚至曠古絕今的彗星劃過天際，都不能例外。

「力行禪反轉自人間佛，我是偷窺到彗星的這抹殘痕，入了禪境而回眸一笑啦。」

「你的意思是說，你偷窺到力行禪寺，拖曳著佛光山寺的蟬殼，你師父揹負著他師父的十字架吧？說來說去，不管人間佛或力行禪，我們好像又回到人性原罪的出發點上了。」

「沒錯，面對被高估的人性，我們好像只能藉由不斷的參覺忘我，聊以超脫或自嘲；被撕裂的原罪，我們也好像只能透過不停的入世救贖，聊以彌補或自慰。剛才，這也許就是我師父發聲棒喝我，收束神通、節制干涉，日後免受走火入魔之苦的用意吧？」

「佛學非我所長，我不敢置喙。救贖嘛，途徑雖多，卻好像條條都是天路歷程呢！」

「所以呀，我們也只能盡其在我，力行佛理，盡量把被蒙蔽的天理良知擦乾淨啦。」

「長期學佛參禪，難道你只學到了偷窺佛私，參到了這種獨善其身的自我覺悟嗎？」

「哈，善哉，阿彌陀佛。活在各種原罪糾葛的台灣，佛其實也只是一個自了漢啦！」

打開《南瀛厲祠誌》的暗門，一片較諸三峽「六人公祠」的年代與規模，都遠有過之的深重天地，廓廓然，幽幽浮現在鄉土作家眼前。

螢幕上，許君根據《雲笈七籤》所載，開宗明義便說吾人身上有「三魂七魄」，魂為「陽靈」，人死後飛升於天；魄為「陰靈」，人死後歸藏於地，而附在遺骸變成「孤魂野鬼」，出沒陽間作祟，乃立祠祀之，使其有所歸依、長享人間香火，不再遊食四方為害社稷。

鄉土作家，大略觀想著一尊尊有應公們，早期湮沒在滾滾世塵的庶民悲情，哀憐著一尊尊有應嬤們，當年不為世人所知的草根哀怨。恍惚之下，一片黃枯枯的南瀛天空，網際網路之內、本機系統之外，驀然彈出一框框類似「湘西趕屍」的小浮窗；浮窗裡，一干行屍走肉跳呀跳著，跳過孽鏡台似的臺江海面，跳過鯨屍般的大小鯤鯓，直直跳入台灣海峽。

鄉土作家不禁大為一愣，懷疑許君若非遺漏了什麼何方野骨遊魂，必然便是此中檔案，臨時遭到什麼陰間駭客的破解入侵了。

啓動內建的旅狐程式，套進一框框小浮窗；鄉土作家這才看清楚，原來這些行屍走肉，其實只是一張張類似膠膜底片的灰色人形物。此膠膜人形物，看來格式非人非鬼，本質非魂非魄；似乎只是具有，一抹抹來不及附隨肉身蝕化的人體剪影，已經大大超出《雲笈七籤》的定義範圍，超脫《南瀛厲祠誌》的追撫對象。

鄉土作家勉強理解的是，彼等應是屬於人身之外，人性之內的某些情慾與情操吧？那麼，究竟是何人在生離死別時，何其匆促的拖曳著哪些情慾，遺置了哪些情操呢？鄉土作家頗爲好奇，趕緊點選相關標籤與相應事件，然後按下滑鼠，睜眼等待著相關演繹。

彈指下，四百年前的東寧時空倒轉回來了，一朝天子一朝臣的明鄭王國重新顯像了。時間，是鄭成功、鄭經父子先後崩殂，第三代鄭克塽承襲延平郡王的永曆三十七年。地點，是其前二十一年，鄭成功曾在熱蘭遮城外，受降於荷蘭太守揆一的安平港畔。事件，是滿漢最後版圖整合，鄭克塽率同文武諸員打包好降表一份，土地、戶口、府庫圖冊幾大箱，決議繳出延平郡王、招討大將軍，公、侯、伯、將軍印鑑共六顆，以換取正黃旗漢軍公、正白旗漢軍伯、總兵等官位；埋下了，台灣、中國，初始歷史因果的一份輸誠原罪。

人物，分爲三組，第一組是後期政爭頻仍，繼位三年才十五歲的鄭克塽，與其家族們。第二組是鬥死鄭經長子鄭克壓、擁立女婿鄭克塽（鄭經次子）爲王的外戚馮錫範，率領清軍攻取澎湖、誓報鄭成功弒殺父仇的主帥施琅，以及兵敗澎湖退守台灣、力勸馮錫範投降奏效的大將軍劉國軒，並暨矢志光復漢室、不惜鞠躬盡瘁的前兩代軍師陳永華。第三組是驟聞降訊不禁仰天長嘆，家產悉遺左鄰右舍後，率同五妃面西自縊的明朝正朔寧靖王，朱術桂。

初期，鄭、清兩朝分據台海兩岸，鄭成功不以小國寡民爲念，不以全心安領海隅爲志，早已痛失治台先機。後期，對岸屢施離間計，籠絡軍心得逞，面對大勢已去的局面，鄭克塽只好退求其次，自請薙髮稱臣；惟乞仍奉鄭氏宗脈，留其一命、存其一族，遂成最後的卑微告求。

一張張的人形膜片，一層層的身後煙塵，想必就是鄭克塽、馮錫範、劉國軒等人，拖曳著「貪、生、怕、死」的低階情慾出降後，所棄置的「忠、孝、節、義」的高階情操吧？

一抹抹的人體剪影，一疊疊的生前願念，想必就是鄭成功、鄭經、陳永華、朱術桂等人，昇華「忠、孝、節、義」的高階情操後，所遺留的「恨、悔、悲、怨」的情志殘緒吧？

其中，最爲歷盡人性百折千轉之苦的，應該就是叛將與功臣，交相加身的正反施琅了。

先前，施琅原爲鄭軍大將，更是鄭成功反清復明誓師台海的發難者之一，卻因種種公私劣行，招致父弟被殺而降清，自此對鄭氏埋下不共戴天之仇。既已降清，施琅乃力主攻台剿鄭，清廷則採取「以漢制漢，以恨攻恨」的策略順應之。然而，一旦剿鄭告捷，當親登鹿耳門接收台灣時，施琅卻設案跪祭鄭氏墓前，頻頻追念昔日君臣情分，竟至情緒潰決大哭：

「賜姓啊（鄭成功曾受明末唐王賜姓朱），世事如夢，人生無奈，不得已者何其多？此前賜姓雖曾以小嫌而殺吾父，琅今既已收復台灣，豈又何忍屠滅您後代子孫呢？」

施琅於是上疏清廷徼功，並奏請優遇鄭氏遺族，厚待鄭部降將。

施琅在領享，幾乎佔盡南台灣大半熟田的「施侯大租」之餘，於授封「靖海侯」的六年後病逝。屍骨，從鹿港住處返葬故鄉福建，並未安眠台灣。

施琅返葬福建後，其所來不及帶走的，除了那一大片承襲自清帝康熙以降，日治全期、國民政府初期，庇蔭了子孫十二代的「施侯大租」，並暨迄今三百多年的漢奸罵名之餘——倒也留下了些許上述出於七情六慾之內、超乎恩怨情仇之外，滾滾世途上，所謂的「天理良心」吧？

一框框小浮窗，一張張人形膜片，一抹抹人體剪影，不捨晝夜，倥傯跳行。

整片《南瀛厲祠誌》的幽冥迴廊，則是以如下三句旁白，做爲終卷尾聲：

「所有神佛仙聖都是外來的，只有血肉沃肥斯土、骸骨填實斯地，功德垂庇斯民的有應公與有應嬤，才是在地命運相同的魂魄，才是本土命脈相通的底蘊。」

「世人只知拜大廟，不知拜小祠，這是我對有應公與有應嬤的最大不平，與不甘。」

「至於，那些心志背棄斯民、靈魂背離斯境、情義遺置斯土，足讓後人引以爲鑑的倥傯來去者，不停時空跳行，不斷世代跳跨，您們累了嗎？」

那麼就請「奉茶」。暫歇一下——

緩緩流閃的網際頁面，悠悠流逝的在地世情，無數拋荒的庶民野鬼，是以一間間蔓草厲祠，做爲終極歸宿的。兩條恩怨史靈，施琅之後，鄭成功遺骨則於康熙三十九年，奉詔移回福建。他們的身後事，於是被現代台南人，分別打造成隔街對映的一塊藍底大看板、一座渾白大雕像；權且，一來當作風吹日曬的人文裝置，一來當作浮光掠影的觀光路景。

「三句旁白，很像李登輝與陳水扁執政時期的台灣性情，請問那是出自誰的看法？」

「首句是南瀛土地公級人士，鹽水耆老曾德輝前鎮長的持平腔嗓。次句是區區在下，撥亂反正，激濁揚清的高亢心聲。末句，以山城清香茶情代替鹽鄉苦澀海味的，諒必就是三角湧山野，哪條同病相憐的老遊魂，有感而發，臨時附加上去的濃烈倦意！」

先後擱下滑鼠，脫掉MR遊鏡。鄉土作家與許君，一問一答之間，胡大仙也適時出定，從東海岸空靈的力行禪寺，重返本鎮三峽的現實時空下。

高樓公寓之外，一杯杯熱騰騰的85度C咖啡，一台台蹣跚轔轉的資源回收車，一句句信誓旦旦的選舉政見。於是，重又水銀瀉地，如雷貫耳而入，歷歷在目的，拳拳到肉而來。

「善哉，阿彌陀佛。關於茶情和海味，或說關於佛機和禪意，今天這趟路想必你們已經是各取所需，都值回票價了吧？」胡大仙笑問道。

「世塵史煙，鏡花水月，一趟人世穿梭，落得滿腔酸楚。凡夫俗子，又如何掬取些許佛機或禪意，姑且自我超脫？」許君順便請教對方，一條鄉土作家也極想受益的簡易禪徑。

「且遠遠盡觀其中沉浮，且淡淡備嚐其內況味，且恬恬忘得一乾二淨。學佛、參禪，窺佛機、悟禪趣，初學者速成之道，其實就是既參與又旁觀，既投入又跳出啦！」

「簡而言之，一切就像隔著重重史煙世塵，自我設身爲一介無關痛癢的第三者嗎？」

「是如此，也非如此。應該說這煙塵是透明的，這痛癢是痛癢在另一個我身上的。」

「喔，喔，既隔岸觀火，又非隔岸觀火。這到底是一層什麼感覺，一種什麼感受？」

「唉，這意境，夏蟲不可語冰。你們要嘛，就自己死過一次，要不就花錢來買吧！」

胡大仙在商言商，最後一兼二顧，向兩人推銷說，他這套旅狐網遊軟體，還提供另一項「猜猜看，連連看」，時間與金錢都所費不多的餘興遊戲。這遊戲操作簡單，提問淺顯，包括普通級的「旅情八卦」、「天涯神話」、「海角奇聞」，限制級的「旅站後窗」、「世途詭境」、「史道禁域」。只要點選所欲標題，按下「超聯結」，便會自行演繹題旨，歸納題意；而且，問題隨君所思，答案包君滿意。

重新戴上MR遊鏡，許君念茲在茲，將「生母」連上「養母」，點選了「限制級」的全部選項。鄉土作家則將正在書寫的「原罪」連上「贖罪」，也是「限制級」選項全選。

許君的電腦螢幕上，南瀛篤加庄旅情早已塵埃落定，「旅站後窗」的番仔路鄉道兩頭，清晰可見一對百年老嫗身影，正在打絞著兩股長索。長索材料看來極爲粗樸，疑似一般農家隨手可得的田間稻草；打索器也極爲簡陋，想是早期台灣農村使用的，手動式木架絞具。

一對老嫗，時而遙相轆轆打索，時而隔空竊竊私語，也不知打造著一條什麼生命之索，私語著一番什麼時空心愫。未幾，大功告成，兩索結爲一繩，兩心合爲一情；但彼此各執一端，突然幽幽對泣起來，更不知對泣的是傳統忌諱的悲哀，還是母性枷鎖的沉重。

因應著許君疑問，雲端總結性的，自動提出三道問題，及其所對應的三個答案：

請問，這生命繩索是一條血緣角力的「拔河繩」，還是親情輸送的「臍帶」——

請問，繩既結成，兩嫗卻垂淚相對是「村婦之仁」，還是「爲母者的悲憫」——

請問，你是誰?是「兩種身世」的台南許君，還是「雙重孺慕」的南瀛之子——

就像店家所言，這套遊戲操作簡單，提問淺顯，問題隨君所思，答案包君滿意。

許君依序選擇「臍帶」，「爲母者的悲憫」，「雙重孺慕」。半疑半信，將信將悟地，按下「送出答案」後，電腦隱形喇叭，隨即發出一記「所選全對」的清亮樂音。

螢幕上，同時另外浮現一串匆匆足讓許君詼諧一笑，或說已經達到，非常所謂「且遠遠盡觀其中沉浮，且淡淡備嚐其內況味」的，身爲「雙面人子」的跑馬人生旅趣：

賓果，恭喜您赤子童心，終得雲開見月，幸福滿滿——

旅狐網際遊覽公司，敬祝您，上天下地，滿載而歸——

鄉土作家眼前，也許計算機還在抓取相關龐大參數，電腦延宕著南瀛天空，以及三峽街面並置的「交疊」在一塊，或所謂「糾纏」在一起的雙層畫面。螢幕上，聽任著一框框往者已矣的七情六慾，往深層跳行而去，一幅幅來者可追的三魂七魄，向淺層蹣跚而來。

似乎，整片心情，整副肝腸，已經產生記憶體超載，CPU爆量的怠機現象。

久久，「旅站後窗」，終於走出一介阻街小子，臉上掛著幾許「此事與我無關」的玩世神態。所穿藍染T恤背後，卻醒目標示著，「注意，前方有熊出現」的警告字眼。

鄉土作家一邊等候，一邊猜想，這應該是遊戲軟體慣用的吊詭助興伎倆吧？一邊看到，這阻街小子嘴角，突然浮起一抹，「來吧，今天非搞瘋你這鄉土作家不可」的耍酷笑意。

猶豫之間，這小子特意轉頭寒透著眼光，向鄉土作家吐出如下，兩句挑釁「臉書」：

「這絕對不是危言聳聽，你確定要玩下去嗎？如果確定的話，一切後果自行負責！」

「但若連你都不敢，那麼台灣還有誰，敢面對這整座台灣天空，這整部台灣歷史？」

鄉土作家挑戰的點掉這小子。阻街者一走，螢幕於是呈現一片，記憶體反應不及的當機藍屏。

稍後，電腦總算恢復清醒，自行跨過網域就地取材，向許君借來了那條生命長繩。

長繩題組意涵，在許君看來是一條臍帶，是一份爲母者的悲憫，是兩股上天恩賜的雙重庇蔭。然而，可能是「境由心生」吧？此繩移至鄉土作家眼前，竟然瞬間質變爲一條你死我活的「拔河繩」，一道畫地爲限的「楚河漢界」，一系列兩端對立的「神鬼拉扯」了。

長繩像龍又像蟒，時而如飛龍騰空昂首，時而如爬蟒伏地擺尾，幻影轉換極難捉摸。

關於，生命的原罪與贖罪——

關於，一體兩面的靈魂與肉體——

關於，生而爲人的七情六慾——

鄉土作家不禁既好奇又害怕，爲了減輕衝擊壓力，頻頻如下竊呼：

我是旁觀者，我正在隔岸觀火——

我是第三者，這痛癢是痛癢在另一個我身上——

電腦搜尋系統，搜遍正史野傳，終於秀出第一組，古今對映的典型「拔河」人物。

帶隊出場者，皮膚黝黑，身體精實，額上黥痕，若隱若現。鄉土作家以爲，來者若非世怨未解的卡朗．達奧，便是身懷滅社大恨的瓦旦．燮促，死而復活又要下山出草殺人了。

但都不是。此人卻是遠在中國北宋，只因殺死區區一名妓女，便被逼上梁山的宋江。

長繩當前，三十六天罡，七十二地煞齊聚。宋江一聲令下，開始撕裂出極左極右的兩個自己，一邊向眾家兄弟低喃「替天行道」口號，一邊向北宋朝廷高舉「順天護國」旗幟；兀自打起，既是「反賊」又是「忠臣」，既是「衝突對立」又是「名正言順」的拔河大戰。

洋洋灑灑，一部整整百回的《水滸傳》，計算機須彌納於一芥，千思百慮歸於一息。

在完成慘烈贖罪的「方臘之役」，進京面聖接受「招安」後，一百單八名好漢已經戰亡的戰亡、暴斃的暴斃，出家的出家、歸隱的歸隱，被毒殺的被毒殺、自縊的自縊。即便尚餘少數全身而退或安然仕途的倖存者，而朝廷照舊、官場如故，民生社會敗壞依然。史道上，徒只見到梁山泊畔，諷刺的粧塑起一座「宋江廟」；一切犧牲奉獻，終究還是重回原點。

「你這是一套藍到發黑的遊戲軟體吧？啥鬼水滸的文人弄墨，鬼宋江的騷士舞筆，豈非就是想在遊興中，不知不覺，將遊客打入藍色宿命的意識裡嘛！」對於如此餘興設計，鄉土作家突然被觸及哪條痛神經似地，不禁轉頭向胡大仙抗議說：「遙遠中國的梁山或長江、黃河，本人無暇清談。當下，我所在意的就是台灣在地的三峽溪，淡水河、濁水溪啦！」

「眞夠狠毒，你怎能把母子神聖的臍帶，拿來當作殘忍的拔河繩！」許君也抗議道。

請稍安勿躁，藍不藍、綠不綠，狼不狠、毒不毒，宿命不宿命之間，其實就是台灣的最高天演禪趣；事實擺在眼前，歷史已成雲煙，世人抗議無效，只能善加領悟與超脫，才可自求多福。面對兩位好友的不滿，胡大仙搖頭苦笑；將一切歷史映象，都推給那一顆顆冷硬無情的電腦晶體，那一條條撲朔迷離的印刷版路，那一宗宗只能投射編譯結果的軟體檔案。

「建議你們，何妨眞眞假假陪著電腦，或說是陪著自己玩下去。」胡大仙慫恿道。

多媒體繼續虛實流轉，生命長繩再度產生質變。時空座標，也因應著鄉土作家的心境，從遙遠的中國北宋梁山泊，漸次轉至明末清初、清末日初，兩座相互對照的台海天空。螢幕上，第二組、第三組出場人物，已如先前《南瀛厲祠誌》的浮窗，以及鳶山某瘋子，那條老靈魂的諸多記憶所示；鄉土作家不想重蹈覆轍，虛耗血淚，立刻敬而遠之的按走他們。

其後，當多媒體迅速邁進台海冷戰的當代進程時，阻街小子，又現身提出警告了。

「當心，當心啊。前方世途詭境，處處暗哨遍佈，地雷密集，請務必謹言愼行！」

「留神，留神喔。您已踩進史道禁域玄關，請切莫誤觸，正在發炎的時空傷口！」

此次，該小子說完，馬上識趣的隱入幕後。鄉土作家，反而暗自躑躅不前起來了。

鄉土作家開始泛生些許矛盾，些許慌張，些許焦燥，些許即將靈肉撕裂的疼痛感。

因應著這種疼痛感，計算機隨即境隨心轉，設想週到地，適時提出如下五項說明：

其一，在族群屬性上，如此撕裂，您並非台海兩岸第一人，也不是最後一個。

其二，在個案本質上，如此撕裂，一般是情志者始於靈魂，情慾者始於肉體。

其三，在個人抉擇上，如此撕裂，大多是上焉者選擇玉碎，下焉者選擇瓦全。

其四，在歷史定論上，玉碎瓦全的是非黑白，絕對是當權者，才享有詮釋權。

其五，在人性觀點上，改朝換代已是台灣常態，哀矜勿喜，即是您最佳心態。

螢幕上，隨著五項說明的流閃而過，生命長繩橫跨台灣海峽，繩頭搭在民國三十年代國共內鬥的金門、馬祖前線；繩尾，盤向第二次世界大戰結束，日本敗退的後方台灣。歷史格局，時代氛圍，社會現象，生命內涵，於是有如明末清初的重新翻版。

這個頁面，第四組出場者，是代表國府退領台灣的，國民黨主席蔣介石；以及從中華民國撕裂而出，代表中華人民共和國統治中國的，共產黨主席毛澤東。雙方人馬，依循歷史慣例，宿命纏身的各就各位，緊抓中國母親的臍帶，當作拔河繩，一拔就拔過了一甲子。

此時，台海兩岸局面，所迥異於鄭成功與施琅、李鴻章與伊藤博文，唐景崧、邱逢甲與北白川宮能久親王的是，這場世紀大拔河已引來美國、日本的國際介入。形勢上，勝負已經底定，保住台灣、澎湖、金門、馬祖，顯然是中華民國或可一廂情願的最後底線。

這條「拔河繩」，或說是「命運鎖鍊」，東西走向，通體透出慘藍色。前期確實曾經盡其在我，或說是困獸猶鬥的堅守初衷，神龍昂首在金門、馬祖前線戰地，掀騰起一場場悲壯戰役；但貫徹原罪意志的魔蟒擺尾，卻是也曾經在堅壁清野的後方台灣，翻盪出一樁樁「二二八事件」、

「白色恐怖」，所衍生的種種悲痛慘案。

關於蔣介石的退領台灣，根據國府說法，是依據二戰盟軍領袖共同發表的「開羅宣言」與「波茨坦宣言」。然而，歷經一甲子沉澱後，這種說法已被部分國內史學家，廓清爲並非「正確答案」。國府以假亂眞的「偷渡」行徑，也另被某些民間政論人士，比喻成「借殼寄生」，或「借屍還魂」；甚至，更有海外國際法學者，提出「中華民國並非一個國家」的嚴重警告。此中關鍵處在於，「開羅宣言」（一九四三年）與「波茨坦宣言」（一九四五年），皆未具備完整簽署手續；形式上，只能視爲「聲明」或「公告」，並不具有「條約」的國際法效力。

台灣主權未定論，或說是「台灣主權歸於台灣人所有」的說法，於是浮上檯面。這種說法結合前朝「殖民統治」舊怨，併同當代「二二八事件」、「白色恐怖」新悲；更於是自然而然，情理所然地，被另再打造出一條南北走向的，台灣人原罪的慘綠色「命運臍帶」。

關於保住台、澎、金、馬的最後底線，其與中國大陸咫尺相鄰，中共唾手可得的金門、馬祖，爲何能在民國四十七年（一九五八年）八二三戰役的激烈炮火下，還保持未被赤化？根據台海戰局研究者，事後分析指出，其實這是毛澤東知己知彼、洞燭機先，意圖設局，藉由兩塊彈丸之地的藕斷絲連，隱隱扯住台灣、澎湖，這兩只在「馬關條約」中被日本拿走，在第二次世界大戰後，被美國棄置的「大風箏」。

果然，中國情結牢不可破的蔣介石，中計入局了。一九七一年，在毛澤東另再巧施「借殼上市」策略，取代國府在聯合國創始會員國的，「中華民國席位」的攻防戰中，雖有美國提出「中國雙重代表權」建議，卻遭到蔣介石悍然拒絕，寧願不惜選擇頂著「漢賊不兩立」的中國原罪，對撞毛澤東「消滅蔣邦，血洗台灣」的狠毒誓言，宣告退出聯合國。

自此，中國紅色政權的「零和遊戲」充斥國際，台灣面臨外交、經貿、文化的對外活動，處處遭到矮化。甚至，連在藝術、醫衛、體育，非主權場合出現國旗，都受到掣肘。

民國六十四年（一九七五年），蔣介石崩，黨國第二代直系接班人，蔣經國接任台灣總統。

第五組出場的蔣經國，接過彼岸鄧小平宣稱「武力解放台灣」的這條拔河繩，改以「不談判，不接觸，不妥協」的冷處理，因應之。中國臍帶，於是從原來的慘藍，漸層由西向東淡化為深藍、淺藍、淡藍色。面對低伏於台灣內部，另一條新打成或新分裂出的拔河繩，蔣經國則積極培植本土黨政菁英，推動各項民生基礎建設；在他生前親口說出，「我也是台灣人」的認同宣示後，台灣臍帶也逐漸從慘綠，由北往南褪泛為淡綠、淺綠、深綠色。

民國七十七年（一九八八年），蔣經國歿，其所屬意的本省籍黨員李登輝，接任台灣總統。

第六組出場的李登輝，係黨國第三代旁系接班人。既然是以「旁系」身世接任元首，當面對被蔣經國在臨終前，特為掃除戒嚴、黨禁、報禁、兩岸禁忌等，政治障礙的「新政」，並暨開放老兵返鄉探親的「新局」時，想必心境已廓然一清，角色扮演也已成竹在胸了。

李登輝於是一邊接過藍色中國臍帶，向對岸江澤民高喊「特殊國與國關係」，一邊執起綠色台灣臍帶，向台灣人民疾呼「政治民主化」。其任內，順利完成首任總統直選，卸任時並締造了台灣破天荒的首度「政黨輪替」，和平移交，被外來者壟斷四百年的台灣自主權。

上述兩組出場者，短短二十五年世代交替過程，成就了國際驚艷的，台灣「經濟奇蹟」與「民主奇蹟」；悠悠四百年台灣史，說這是台灣人第四度集體療傷止痛，也不以為過。而關於國民黨、共產黨，那場漫長藍紅拔河遊戲，說這是身爲台灣最後強人的蔣經國死前，但願可以據以不枉此生的最後一件懸念，或最後一項贖罪，想來也是順理成章。

然而，人算不如天算，只怪根性深埋的原罪意識在作祟。當前期某些不服者，透過藍色眼光，找出李登輝身上的綠色胎記時，國民黨立刻應然分裂出黃皮藍骨的黃色新黨；後期又因現實利害，世俗情義糾葛，另更分裂出藍黃交混的橙色親民黨。李登輝則在被蓄意抹黑開除黨籍後，自行扶植藍中有綠、綠中有藍，終至索性，徹底沉澱爲一綠到底的土黃色台聯黨。

從國民黨分裂出來的藍、黃、橙、土黃，加上民進黨的綠，於是在第七組出場的陳水扁當家下，繽紛招展成台灣主要政黨的多元色系。但也加深了，另一番綠色執政伊始的紛亂性。

民國八十九至九十七年間，陳水扁頂著台灣原罪，迎向胡錦濤的「寄中國統一希望於台灣人民」，權且以「台灣中國，一邊一國」之刃，切斷橫跨在台海上空的藍色命運鎖鍊。權且，又將原本以濁水溪，做爲假想中線的綠色台灣臍帶，暫時拉過了淡水河。

身爲台灣之子，雖然陳水扁因而付出了，朝小野大的八年憲政空轉，以及國、親、新三黨，質疑連任正當性的嚴峻抗爭，藍色媒體塗黑、紅衫軍抹貪、同志切割、司法追殺、財產充公，幾近抄家滅族的慘痛代價。那條被他快刀斬亂麻的藍色命運鎖鍊，卻仍然由於島內國家認同分歧，島外中國操弄、國際社會作梗，兀自剪不斷，理還亂的高掛在台海上空。

民主國家，政黨謀算本爲常態，雙方拚得你死我活，自是無可厚非。但非常悲哀的是，壓垮陳水扁政府，摧毀綠色政黨最後一根稻草的紅衫軍，其領銜帶頭者竟然就是民進黨前主席，當年黨外元老之一的施明德。

民國八十三年，施明德曾在擔任民進黨主席期間，提出「金馬撤軍論」，是首位慧眼識破毛澤東陰謀，嘗試著拆解藍色命運鎖鍊的行動家；奈何，智在他局外，人在此局中，十二年後反卻一個大轉身，改披紅衫，改唱藍調。這是對映於中國梁山泊的草莽英雄本色，台灣版民進黨恩怨情仇的因果現象嗎？還是暗中那隻無形之手，又在史道上套用「以漢制漢，以恨攻恨」模式，複製了一次「以台制台，以施明德制陳水扁」的同志相殘吧？

箇中究竟，無人知曉，也無人樂於知曉。世人但只寧願就像看完一場政治大戲後，越過囚禁陳水扁的台北監獄上空，冷眼遙覷台南「扁媽」，那張哭瞎了雙目的母者老臉。

這個頁面，旅狐網際遊覽公司不禁以人間為熱鍋，以台南許君的母氏牽繫為湯底，羼進了胡大仙絕症重生的禪意或佛機為鹹淡，幫世人秀出了另一串，感性十足的醒世跑馬詩：

百年獨行的時空旅人，千里迷走的網海遊子啊
日昇月落，潮來汐往，多少恨事早已鑄成定局
單舟弄浪，孤憤拍懷，多少帆影早已船過無痕
當你身處數位世代，被壓縮燒成一片亂碼光碟
來也迷亂，去也迷亂，但望在被解碼或重譯中
請還能替自己或世人，持以淡淡的諒解或悲憐
因為，滔滔史河，也許下一個被淹沒的就是你
因為，生而為人，這才是觀看歷史的基本人性

這個頁面，也許計算機，還在動員抓取最新編碼參數。電腦延宕著，台南「扁媽」那張母者老臉，隱形喇叭也延宕著，那串不知出自何人手筆的醒世跑馬詩。

延宕之間，鄉土作家則喃喃以「我是旁觀者，我正在隔岸觀火」，喁喁以「我是第三者，這痛癢是痛癢在另一個我身上」的兩句超脫心訣，延續著陪自己玩下去的好奇心。

久久，台灣第二度政黨輪替，第八組出場的馬英九，終於顯影露臉了。

一口溫言軟語，一張新好男人的極品眉目，一雙慢跑長腿的吸睛扮相。

溫文儒雅恭儉讓，大瑕小疵皆是美，未婚淑女稱偶像，已婚人妻更痴狂，婦女團體不敢批，股民（股市投機者）自甘揪成粉絲團；政績平平未出眾，黃袍加身成共主，黨規因其可重訂，法律爲他會轉彎，男兒立志當若是，台灣違禁犯忌任我行。

關於馬英九，這是龍蛇混雜的某些男性網友，既羡慕又嫉妒的「酷索」寫照。

民國八十年代後期，馬英九以對手陳水扁自喻，「台灣土狗對上香港貴賓狗」的身姿，選上了台北市長，嶄露頭角。從此政治路上，不僅市長連任成功，更在陳水扁總統任滿前的落難期間，乘勢而起，挾帶紅衫軍風潮席捲選票，擊敗民進黨謝長廷，風光坐上元首大位。

選後，根據選戰專家觀察分析，婦女與股民票數，是藍色基本盤之外的最大宗。

對應黨禁、報禁解除，各種政治主張、報章言論的自由化，自古以來最讓傳統婦女壓抑爲閨房隱私，最讓正派人士遮掩爲敗德劣行的某些七情六慾，終於也紛紛順勢破土而出了。在蔣經國當年的宏觀戰略上，這也是台灣日後，可用來抗衡對岸專制中國的人性武器吧？

孰料，民國九十七至一〇一年間，當綠色拔河繩的假想中線，被往南推至高屏溪上；國民黨

「完全執政，完全負責」的信誓，言猶在耳，公開宣稱「就算燒成骨灰，也是台灣人」的馬英九，私下已經悄悄重新焊接上，被陳水扁斬斷的那條藍色命運鎖鍊。

其後，對內實施一系列「化獨漸統，和平統一」、「九二共識，一中各表」，「海峽兩岸經濟合作架構協議」（也擱發，ＥＣＦＡ）、「黃金十年」的兩岸政策；同時，對外進行一連串中國海協副會長張銘清、中國海協會長陳雲林，中國國台辦常務副主任鄭立中、中國北京市長郭金龍的登陸台灣。短短四年內，這條藍色命運鎖鍊，竟然已經次第染紅了大半截。

而在一幕幕台灣警察，當眾折毀青天白日旗，一場場國家機器，血腥鎮壓抗議民眾，一記記草根百姓，唯恐「吳三桂引清兵入關」，以及「馬關條約」重演的焦慮聲中；對岸中國胡錦濤，更是早已兵不血刃地，隔空跳過金門、馬祖，準備唾手接管當初那條，被邱吉爾、羅斯福、杜魯門信手擱置的，台灣與澎湖的風箏斷線。

民國百年伊始，國民黨提名馬英九競選連任，這是台灣再度面臨國政轉折的關鍵點。這個網頁，也許冥冥感應到總統、立法委員合併選舉，對於台灣時局的吊詭性；一框框猶如明鄭末年，施琅取台時期的小浮窗，復又一具具「湘西趕屍」般，紛紛彈跳而出了。

一框框大蹦小跳，極盡釋放歷史另類迷離情慾的小浮窗，引得鄉土作家正想放大版面，詳加觀覽。此時，電腦一邊體貼的整合商業服務說明，一邊立刻又提出觸犯禁忌的警告道：

請注意，本資料大致可歸納為「大鯨魚」、「小蝦米」兩門，下分「政客軍人」、「企業商賈」、「學者專家」、「社團族群」、「媒藝筆嘴」、「工農庶民」六類。有興趣的旅者，只需選擇相關連線，即可「超聯結」隔岸觀火或親身參與，該門該類的實境演繹——

不過，本旅遊公司必須事先聲明，諸如其內種種光怪陸離的末世現象，純屬旅者本身的心境投射；奉勸諸位時空過客，只能意會在心，不可對外披露。否則事後，遭致媒體性追剿、法律性追訴、政治性追殺、道德性追疚，本網站概不負責——

台灣當前各界的政治立場、社會生態、色彩屬性，鄉土作家早已心裡有數。有關這場攸關國家列車，即將駛往何方、到達何處的重大選舉，挺藍、挺綠已非重點；選戰本質，選後走向，才是他耿耿於懷的關注要旨。

果然，當他懷抱著「匪諜就在你身邊」，「警總就在你頭上」的前朝遺懼，惴惴然逐一開启兩門六類選項，各別連上「台灣臍帶」，按下「重新整理」後；多媒體幽幽所示，竟然是這條臍帶，迅速裂解爲藍、綠、紫、青，四股支索。四索南北兩端之間，或分開說是一張張灰色人形、一抹抹人體剪影，或綜合說是一組組「七情六慾」之屬，額前有志一同、不約而同地，各自貼上了「拚經濟，顧腹肚」、「拚主權，顧佛祖」的魔咒神符；彼此也不管你是誰，誰是我的各就各位，一蹲身便佛魔分邊，神鬼共手，使勁拔呀拔起了，台灣母親的那道千古愁腸來。

對照命運鎖鍊的逐漸赤化，台灣臍帶的另外析出紫索與青索，前者顯係台灣內部某些深藍色素，一旦受到外部強烈紅光映染，所交相迸現的雙重混相之故。後者則應似被陳水扁與馬英九，先後極端化的交界地帶，早在蔣經國時期往北形成淡綠，往南形成淡藍的相鄰隱性色塊；當下，因應窘迫時局所交疊激發而成的，比藍色更輕盈，比綠色更清亮的那種中間新彩。

宇宙陰陽互生，塵寰靈肉對立——

世人姑且莫論，天理良知的黑白對錯，史筆暫且不談，人性善惡的是非功過——

鄉土作家果然瞧見，從李登輝的解嚴體制、陳水扁的綠色執政、馬英九的藍色王朝，一路導致新五都北藍、南綠、中渾沌的現下國情，正在被燒錄成四片雲端光碟。

當「他馬的」中國回歸熱，覆蓋過「民主先生」（李登輝因「民主奇蹟」得此稱譽）棄黨，「台灣之子」落獄的世代記憶，正在被封裝爲一頁現代史跡時；有人開始寒心於政治、沮喪於選舉，有人選擇不再信任司法、不再相信公義，而決然勇於顯現「青色」光輝了。

當史程急轉跌盪至逼出「青索」境地，台灣也正式質變爲社會心靈撕裂、人文精神破產，核心價值錯亂、歷史資產淘空的凶疆惡域了。市井間倒是有人，還在樂此不疲的笑談著，連一顆土製子彈劃過陳水扁鮪魚肚，一枚美國綠卡罩在馬英九頭頂，一把制式手槍射穿連勝文臉龐，竟然全都足以翻轉全盤選情的，另類台灣「民主奇蹟」；而笑談聲外，中國新思維的「非典型戰爭」，卻是早已趁隙將子彈改成鈔票，將導彈換爲選票，兩岸猿聲啼不住、輕舟已過萬重山的翻轉戰場，一步步把金門、馬祖戰線，悄悄推上了台灣本島灘頭。

那確實是一場頗爲另類的「民主選舉」。握有「台灣關係法」大法索的美國，檯面保持尊重，檯下動作頻頻；高掛「反國家分裂法」總令幡的中國，實質上卻是分壇處處，旗幟飄飄。參與選戰的五色人馬則是六面臨敵、八方撕扯，即便輸贏未知，人都還活著，人間集體靈肉重新剝離，個體魂魄再度碎散的悲痛與孤寂，各自選後況味，應該可以提前預見。

這場吊詭選舉，總統候選人，除了馬英九之外，另有二人參加。

打開閩、客、原三轉仔的「蔡英文」小檔案，其成功引領民進黨走出陳水扁陰影，不計毀譽，帶領綠營選將衝鋒陷陣的擔當風範，儼然已經開創出，女人當家的台灣首例。打開中國湖南來台第二代的「宋楚瑜」資料夾，其恪記原始黨魂，恢復蔣經國初衷，不計成敗，四處召喚人間情義的老驥伏櫪風骨，儼然已經傳爲政界美談。打開也是中國湖南來台第二代，但對外宣稱擁有客家血緣的「馬英九」人事袋，其信守中華民國憲法、堅持國家統一，不計後果，衝撞兩蔣台海禁忌的傾中理念，自然也是大有擁戴群眾。

關於國民黨第五代接班人的馬英九，爲何既且往赴桃園慈湖、頭寮朝拜蔣氏父子，卻且掉頭迎合貫徹世仇毛澤東路線的胡錦濤、溫家寶呢？難道說，這是蔣介石、蔣經國與馬英九之間，由於世局流轉，時過境遷，這條五代「神龍」或「魔蟒」的變生肘腋嗎？

若然，到底是「昨非今是」，還是「昨是今非」——

或者，究竟是此爲「神龍」，還是彼爲「魔蟒」——

在激烈選戰的催逼下，當曾經堅持「反共必勝，復國必成」藍色信念的鐵桿將軍們，當曾經信守「三民主義統一中國」藍色信條的忠貞媒體們，當已經吮足台灣經濟奶水的台商巨賈們，當正在享受台灣民主自由的政治要角們，紛紛撕裂出「九二共識，一中各表」的紫色意識時；鄉土作家，不禁茫茫迷亂於世人的七情六慾，竟然可以各自表述到如此不分青紅皀白，惶惶驚恐於台灣人撕裂大我與小我，竟然可以撕裂到如此面目全非的悲痛地步了。

鄉土作家有點欲哭無淚，有點六神無主，趕緊關閉「政客軍人」、「企業商賈」，跳過想當然也是如此的「學者專家」。轉而推開，「社團族群」、「媒藝筆嘴」門扇，落荒逃向該兩類分項，他隱隱懷有生命相屬感的「原民浮繪」、「客族側寫」；以及，他一向情志所寄的「藝文倒影」，三條天高皇帝遠的邊陲旅徑，姑且躲開上述惶恐情境。

然而，誰知就算一時躲開被拉扯的史道，他畢竟還是無法躲過，永遠被撕扯的世途。

在「原民浮繪」的過道中，當快速穿越文仔噠、卡朗．達奧，莫那．魯道、瓦旦．燮促與林瑞昌的悲絕世代，鄉土作家抬頭但見，其族群已撕裂出蔡中涵與廖國棟，一對現代原住民兄弟。前立法委員、教授雙重高階頭銜的前者，正站在自由時報的「自由廣場」上，向現任立法委員、醫師雙層高級身分，坐在中國北京，大談台灣原住民擁有「國家民委，全國台聯，國台辦」三個母親的後者，厲聲斥罵他是「自甘墮落」的「政治花瓶」；對方則透過記者會，回嗆他「台灣政府也好，中國政府也好，只要對我們好，我們就認她做媽媽」。

在「客族側寫」的流光下，那是當清初同是爲了抗禦異族統治，爭取生活福祉，卻被「朱一貴事件」撕扯到閩粵反目，被「林爽文事件」撕裂成非我族類的一張「台灣破碎臉譜」，及至日治時期同是爲了抵抗異國統治，謀求生命尊嚴，這才總算重讓各路抗日義士聯手修補出了，一座完整美好的「台灣生命共同體」。鄉土作家迎面卻見，兼具「二二八事件」受難者家屬、國民黨榮譽主席，兩種正反身世的客籍大老吳伯雄，正一面在選戰中，爲馬英九暗罵蔡英文是不會講客語的「假客妹」；一面在「完全執政」的勝選後，似乎「氣到爆」的鬱悴抱怨著，自己如此大義滅親，竟然還幫不了客家子弟，被馬英九政府網羅入閣。

在「藝文倒影」的煙波上，當連橫「汝爲臺灣人，不可不知臺灣事」的大夢，讓邱逢甲「宰相有權能割地，孤臣無力可回天」的悲嘆，與吳濁流《亞細亞的孤兒》的哀怨，所驚醒。當林獻堂「欲挽狂瀾誰是任，正須吾輩作長城」的宣誓，交盪著賴和〈一桿稱子〉的孤勇；當蔣渭水「同胞須團結，團結眞有力」的呼籲，共振出楊逵〈壓不扁的玫瑰〉的心聲。當蔡培火「阮是開拓者，不是憨奴才」的覺悟，串連起史明《台灣人四百年史》的史魂時——

一眨眼，時空竟然已流轉至，民國六十年代以降，被「鄉土文學論戰」撕開的裂縫前。

所幸的是，事到民國百年，鄉土作家瞻前顧後所見。在台灣文人，尚且還能各憑原罪與救贖良知，安貧樂道於彼此天命的自由耕耘下：

因國家「兩岸路線搖擺」，而痛批執政黨「缺乏核心價值」的評論家，南方朔——

因台北市民「兩片肺葉」，而跪求「空氣權」的散文家，張曉風——

因苗栗農民及彰化土地，而淚乞「耕種權」，「不被污染權」的詩人，吳晟——

因藝文界「資源分配不公」，而抗議「人格尊嚴受矮化」的歌劇家，曾道雄——

因《夢想家》二億元弊案，而謳諷司法單位，還在兀自「夢遊」的文創家，馮光遠——

因捍衛民主台灣，避免被「香港化」，而藉由「拒寫運動」，抗議政治插手平面媒體的七百餘名，藝文人士——

正在有志一同，並肩跨越藍綠鴻溝，不約而同的齊聲發火了。

前述，嶄新析顯的那股「青索」，想必就是彼等眼神裡，那片珍貴的理想激光吧？

至此，多媒體實境演繹告終，阻街小子識相的未再出現，電腦也知趣的不再嘮叨。

胡大仙則不知從何處剪來一段，無論身影語氣，全都酷似三立政論節目主持人，鄭弘儀的跑馬旁白，貼向這卷多媒體片尾。試圖，跳脫藍綠對立，純粹就事論事的境外補注道：

鄉親啊，關於歷史人物。像這樣牽上史道遛遛腿，是馬是驢，不就一目瞭然啦——

國人啊，關於時空過客。像這樣攤在世途亮亮相，是神是魔，不就原形畢露囉——

有人說，一場選戰廝殺下來，各種政治禿鷹盡出；造謠、栽贓，扒糞、抹黑，嚴重破壞性，並不輸給一場眞槍實戰。差別只在於，前者扭曲了善良人性，後者犧牲了寶貴人命。

而當滿目瘡痍的選戰過後，勝者爲王的馬英九，再度風光登場。一邊此事與我無關的清理戰場，一邊更在綠營敗選爭執聲中，笑嘻嘻地，準備乘勝，另闢某處或某種代理戰場。

那麼，下一場戰役，下一番廝殺——

或說，下一場撕扯，下一番撕裂——

會不會就是，馬英九曾經說過，明鄭第三代鄭克塽更早已做過的，兩岸「終極統一」？

若然，在台海兩岸而言——

既是如此，何必當初？前後長達一甲子的，一場場剿匪「反共聖戰」，豈非冤枉白打？

若然，在中華民國而言——

此後，還有誰，肯當玉碎留名的「太原五百完人」，肯入千古傳芳的「國軍英烈祠」？

若然，在台灣孤島而言——

此後，還有誰，敢當抗日慘死的吳湯興、莫那．魯道，敢做抛妻棄子的「台灣義民」？

若然，在本鎮三峽而言——

此後，還有誰，願做捍衛家園的翁景新、瓦旦．燮促，願做守護老弱的「台灣藍鵲」？

這是一次次的時空騙局——

這是一樁樁的殖民騙術——

這是一套套的統治騙戲——

統治者之騙，一朝騙過一朝，一代騙過一代，一世騙過一世，一個謊言騙過一個謊言。國民黨必將再度被輪替，民進黨也必將無法永遠執政。若然，包括其他政黨在內的黨綱與黨員們，相對於整體台灣選民而言，究竟想要編導的是哪齣戲碼，想要扮演的是哪種角色？

若然，台灣終局是奇蹟再現的脫胎換骨，還是重走歷史老路，想來也只有天知道了。

鄉土作家最不敢瞭解，也最不敢想像的是——

在民主暗角與歷史暗道內，冥冥之中的那隻手，究竟隱藏在何種細節裡？

鄉土作家最不願明白，也最不願看見的是——

當因果繼續循環，百世弱肉強食的台灣原住民，又將因而重墜哪番輪迴？

當命運持續延宕，百代南遷東徙的台灣客家人，又會再度重蹈哪般覆轍？

當塵埃終於落定，百年煎鍋內的所有士農工商，又能從中謀求哪些福祉？

那麼，下一場戲，下一次扮演——

或說，下一旅站，下一段世途——

鄉土作家，不禁頻頻前觀後顧，百想千思。終至，關掉電腦，仰天而問：

天地啊，祢們豈忍一再爲德不卒——

滾滾三國，既生周公瑾，何生諸葛亮

哀哀明朝，既生鄭國姓，何生施侯爺
板蕩民國，既生蔣介石，何生毛澤東
曖昧台灣，既生陳水扁，何生馬英九
芸芸世人啊，我們現在就是歷史——
你怎能甘受這種挑撥，順服這種搬弄
你豈可盲從如此編排，遷就如此演出
你到底擁有幾多世代，可供時空淘洗

第二十一章
荒夜剖白

如此史道，時局困頓，世面顚躓。您累了嗎？
那就請「奉眠」。永遠獲得安息——
此心一再憂患，此身一再煎熬。您因何不累？
不累的原因是，您還有夢願未了——

這個國家，還在不斷演練朝代課程。
這片人間，還在不停演繹變天教訓。
而一連串生與死的浮沉，情與志的翻滾，一系列史與命的糾纏，夢與願的折騰；卻早已讓他活得好苦好怨，徹徹底底的身心俱疲了。
精神科醫師告訴他，除了原有的那麼多老症頭以外，他又疑似出現一種名曰「斯德哥爾摩症候群」的新症狀，所以必須調整某些處方。
斯德哥爾摩症候群，又名「人質症候群」或「人質情結」。這是一種人質對綁匪產生情感，甚且反過來協助綁匪勒索得逞的精神病狀。此病狀一般必須經歷過，遭到脅迫或威嚇會突然改變現況的「恐懼」，壓縮在不確定環境導致感受危機存在的「害怕」，一段相處後自我認同對方不得已行爲的「同情」；最後，樂於配合不反抗或助其逃脫或一起逃亡，甚或在落網接受審判時，自動向法官說情爲其脫罪的「協助」，四個階段一百八十度的心境轉折。
此「人質情結」，大致可歸納爲，被害者強烈覺察出，加害者威脅到「生死存亡」，被害者隱約意識到，加害者可能「略施小惠」；以及，被害者一直得不到「外界援助」，以致自我認爲永遠無法「脫困」，四層因素五味雜陳的心情交宕。

「嗯，你曾經有過，被歹徒綁架的經驗嗎？」精神科醫師謹慎的診詢他。

「喔，您指的是今生或前世，當代或前朝，集體或個人？是人身家園的，政經文化的，還是命運歸宿的，被綁架經驗？」他有點答非所問。

他一時無法準確拿捏，諸如當代大規模的美國「台灣關係法」、國民黨的「兩岸終極統一」、中國的「反國家分裂法」，國民政府的「戡亂戒嚴法」、「二二八事件」、「白色恐怖」、「反共抗俄」，二戰時期的「開羅宣言」、「波茨坦宣言」，日治時期的「大東亞共榮圈」、「皇民化運動」、「理蕃計畫」，清日交接期的「馬關條約」、「台灣民主國」，清朝階段的「撫墾政策」、「族群械鬥」、「渡台禁令」、「反清復明」。乃至於，近代小場面的「三角湧大焚街」、「火燒大厝間」、總督府「寬赦令」、「土匪招降令」，前代樂信・瓦旦的被獻為人質，眼下陳水扁的被關進監牢、眾多台商的被鎖在中國，並暨金門、馬祖的被綁架在敵我交界處，是否全都可以攏總算在內。

「你想太多了，其實你大可將上揭事例，全都推給時空共業啦。」

「時空共業？我這老病號，倒是首次知道，有這種療傷止痛法。」

「就是類似首長特別費，集體犯罪，共同免責的那種脫罪法啦。」

「這也是斯德哥爾摩症候群，共犯結構，最佳集體療癒之道吧？」

「對你個人而言，這是一種有點麻木，有點遺忘的預期藥效呢。」

「我開始有點擔心，您這藥效會讓我麻木，或遺忘到什麼程度？」

「安啦，它介於鎮靜劑與孟婆湯之間，等同讓你，返老還童啦。」

「喔，形同介於電腦重灌與格式化之間，這感覺，我還能接受。」

返老還童，那就像電腦作業系統的手動還原，或像人體免疫系統的自我修復吧？精神科醫師朝他斜嘴苦笑，以示醫者悲憫的幽默。最後，囑咐他，不妨獨自跑到不致造成噪音的原野高曠處，大聲罵出想罵的人，使勁吼出想吼的事，療效當會更加顯著。

返老還童所見，那是一種世人歷盡滄桑，猛然回望前塵的沉澱眼界。也就是，胡大仙以半條餘命，換取放空人生，「痛定思痛」過後，此痛是痛在「另一個我身上」的感覺吧？

那麼，一切人間功德與罪愆，就這樣推給時空共業，歸檔到雲端「資源回收桶」囉？

他不禁有點麻木前的不情願，有點遺忘前的不甘心，有點返老還童前的慍忿與負氣。

在向櫃台人員領得藥袋，合著自己口水，猛然吞下一堆委屈的，吞下第一包藥後，他使性的遠遠對著落頦鳶精與斷頸鶯哥精，大聲「譙」出了一個「幹」字。然後，一面慌忙拔腿的進行最後一次逃亡，一面不忘鞠躬盡瘁的，發出最後一次警告：

咳，咳，咳，咳——

三聚氰胺來啦，三鹿奶粉來啦，瘦肉精來啦，美國牛肉來啦

香港式新聞術來啦，台商投票部隊來啦，變身木馬程式來啦

國際勞工來啦，中國財團來啦，胡錦濤來啦，歐巴馬也來啦

日常食品有毒，生活方式有毒，意識思維有毒——

媒體資訊有毒，法院傳票有毒，公職選票有毒——

偷偷打開後門，就有可能，公然打開前門啦
公然打開前門，就有可能，整個拆掉大門啦
第六度，台灣板塊撞擊，變形殖民成型啦
第六度，超級小福壽螺，超級大白鯊來啦
掃毒機制俱失，活該你們屢受入侵——
生態天敵全無，活該你們永被霸凌——

咳，咳，咳，咳——

趁著返老還童的藥效發作前，他趕緊穿過醫院紅綠燈下，從南側門溜進北大校園。

然後，一路奔過，跟地下停車場立體共構的大操場——

奔過，隆恩河淙淙，綠頭鴨嘎嘎，迎新傳唱才歇的「心湖」——

奔過，驪歌又起，四年學業已成，百禽振翅，千鳥待飛。畢業即失業，危機即轉機，親師生依戀留影，榮耀交併離愁，三步一反顧，五步一回頭的，露天畢業典禮會場——

奔過，盲人歌手蕭煌奇高歌著〈阿嬤的話〉，夜色蒼茫，螢棒交閃的畢業晚會。以及，一聲聲吾輩學子，只要胸懷願景，心存希望，當便黑暗即光明，有夢向前衝的搖滾草坪——

奔過，上空飛鴿盤旋繞圈，外圍北二高車陣隆隆，人妻推著幼嬰，外傭推著癱翁，阿嬤牽著愛孫，閒婦牽著寵犬的浮世校徑。以及，一條條吾輩世人，只要情有所牽，志有所繫，當便沉重即輕盈，空虛即豐實，當下即永恆的浮生小確幸——

校門外，林主任、陳老師，以及櫻井夫婦的碰面場景，早已不復可見。日廠休旅車停靠過的老位置，隱隱閃過「抗議瀝青廠污染環境」、「拒絕三峽設立殯葬專區」、「反對龍埔國小改名爲新北國小」，三幅北大特區住民，新近發生的訴求流光。

他直覺著諸多記憶，正在被外界紛紜事物，或所人爲逐層覆蓋，或所天演蝕化剝離。甚且，竟然被覆蓋或剝離到，只剩如下三抹風輕雲淡，此事早已久遠的斷念殘問：

「有容乃大的台北大學校園，竟然乞丐趕廟公，容不下區區一座日軍戰跡碑嗎？」

「日本人也許罪有應得，櫻井夫婦想必早已回到東京，承受福島核災的天譴吧？」

「那麼，中國人的天譴呢？美國人的天譴呢？台灣人的天譴，或說是現世報呢？」

喔，喔，人間如鍋，世事如火，天佑台灣。這整部歷史，究竟是何人綁架著何事，這整座時空，到底又是何事燃燒著何人。是歹徒綁架著人質，還是人質燃燒著歹徒？是靈魂綁架著肉體，還是肉體燃燒著靈魂？是「因」綁架著「果」，還是「果」燃燒著「因」？

姑且，不談周公瑾，諸葛亮。不談鄭國姓，施侯爺。不談蔣介石，毛澤東——當下，只說陳水扁與馬英九，只說民進黨與國民黨——

他或他們，之所以會這麼做或那麼幹。諒必，如果不是局勢所逼，也應該是台灣原罪使然，中國原罪所致而身不由己。其實，彼此同樣都是受害者吧？

喔，喔，人生在世，黃粱一夢，天佑蒼生。日照昇，月照落，三餐照吃，八卦照聽，生活還是一樣過。「沒差啦，什麼都沒差啦！」他輕輕捶胸頓足，庸人自擾的勸慰著自己。

這就是所謂有點麻木，有點遺忘的返老還童過程中，必然出現的些許良知掙扎吧？

他一路重新逃出〈三峽某瘋子〉檔案時，電腦螢幕保護程式，不知又已啓動多久，天地原靈、荒野原獸，四處攀竄。鄉土作家，正扒在鍵盤前，一坨臭狗屎似的死死不動了。

農夫死在田園，獵戶死在山林，漁人死在河海，戰士死在沙場。人間天職宿命，人世原罪救贖，自古皆然。莫非這筆耕漢，一時解脫不了，已經應驗死在自己的字裡行間啦？

他心頭一緊。趕快一邊伸手探摸他的鼻息，一邊用力搖醒他的神志。

「喂，老宅男，你莫要這樣嚇我好嗎？你還好吧，你醒來呀！——」

「喂，老米蟲，你這是在參禪入定吧？你不能這樣拋下我哪！——」

也不知是他的人世情願已失，還是鄉土作家的生命熱度已熄，他突然感到渾身透冷。

時間，是他雞排老婆與夜補女兒，相偕倦鳥歸巢的亥末子初。地點，是舊式公寓，第五層頂樓。人物，是母女推回攤車，在巷底空地停妥後，步履蹬蹬，逐層先行上樓的女兒。

「妳老爸，看來好像不行了。」他幽幽告訴這女兒。

「你少來了，每次選舉完，都這麼講。」夜補女兒摸黑開燈。

「這次是眞的，妳們最好趕緊通知救護車。」他正經警告道。

「喂，喂。老媽，老媽，老媽！——」

這女兒趴在陽台朝下喊叫的同時，匡噹、匡噹、匡噹，雞排老婆提著鍋具上樓了。

「噓，莫吵醒妳老爸！晨起，一個人整日寫作；黃昏，我又帶他去恩主公看精神科，每次吃了藥，就睏到像死豬。醫生說莫擔心，這是我們台灣常見的選後憂鬱症！」雞排老婆邊走向廚房，邊叨唸道：「唉，就像咱家呀，上兩屆投給民進黨，結果妳老爸的退休利息，每個月被陳水扁砍掉五千元；這兩屆我氣得偷偷改投國民黨，結果不但被妳老爸罵我是給國民黨綁架了，選後還被馬英九調高健保費和掛號費，最近更聽說連瓦斯、油電、學費，也都要跟著調漲了。唉，唉，就是日常用品樣樣漲，偏偏我們家雞排，一直不敢漲啦！」

「錢，錢，錢。妳就是滿口都是錢嗎？」

不到三坪大的小客廳，一盞四十燭日光燈，不很亮也不太暗的照耀著。夜補女兒，隨手往沙發上，丟下了兩本書，一本是「托福」，一本是「雅思」的實戰秘笈。

「喔，原來是你！」這女兒轉身，還算貼心的眨眨眼，取來一件外套披在父親身上。

「妳認識我，我們曾經在哪裡見過嗎？」他有點意外。

「你很像七年前，我還在讀國中時，我爸走在三峽溪岸的那種中年模樣。」這女兒又眨眨眼，回想了一下說：「你也很像十年前，我彰化阿公，走在西螺溪埔的那條老身影。」

這女兒兩次眨眼間，他恍惚感到自己後退了兩代，已倏忽退抵她依稀記憶的童年裡。

「妳仔細看清楚，我究竟是誰？」他覺得這種變化，雖然有點詭異，卻也十分有趣。

「嘻，我說出來，你一定會大吃一驚。其實，你更像另外三個人；——」

「喔，更像另外哪三個人？」

「一個是雲林台西，我外婆家搖籃前的床母。一個是三峽本棟老公寓的地居主，一個是台北捷運列車上的老邁女地仙！」這女兒莞爾一笑，疲憊的打著呵欠。

「喔，這片深重塵世，這座幽明人間，竟然又多出三個很像我的人。其中，更有兩個，我從來都沒自己感覺到的老嬤子呢？」他果然大吃一驚。

這女兒告訴他，她從小是在雲林台西，由外婆帶大的，直到升上國中那年，終於才讓請調台北縣的父親，連同已經讀國小的弟弟轉來三峽。住在台西鄉下那段童年，西螺溪對岸的彰化阿公，偶而便會過溪前去外婆家，探望他們姊弟。

那樣的一天，阿公人影早已褪色淡忘，外婆正在蘆筍園忙著。她一邊顧家、一邊看多啦A夢，一邊搖著弟弟入睡、一邊自己打瞌睡，難得哭睡過去的弟弟，突然兀自嘻嘻笑著；她睡眼半睇半睜，就這樣偷偷看到了，一手幫她推動搖籃，一手逗笑弟弟的「床母」。

床母，外貌像個居家長駐的老嬤仔，一雙巧手不知撫慰過多少孺慕幼子，就算多愛哭、多愛鬧的嬰兒，只要經她一哄便無不睡得妥妥貼貼，活得安安穩穩的；這是事後，外婆說的。外婆還說，她才滿度晬就被父母丟在外婆家，如果沒床母幫忙，哪能長到現在這麼大？

轉到三峽讀國中後，父親爲了彌補城鄉教育差距，她一直都在輔導班、補習班、公車之間，匆促度日；跟陌生人碰面的次數，反而比家人與社區鄰居還多。平時上下樓，無非總是回家趕吃飯，伏案趕功課，上床趕睡覺。然後，第二天趕出門，趕搭車，趕上課，很少留意這麼一棟安身立命的老公寓，在自己一家子之外，另外還一起居住了哪些人？

記得，國三下學期接到基測成績單那天，她因考分簡直糟到無地自容，一個人爬上樓頂露台獨自沮喪流淚，正想高高縱身一跳，好讓自己從此銷聲匿跡。滿眼灰色視野裡，一個全身百皺千紋，整張臉乾癟到就像一顆風乾橘子的老阿公，悄悄慢她幾步尾隨上來了。

「老人家，您是誰，跟著我爬上來幹什麼？」她似曾相識，又些許陌生的好奇問道。

「我們是鄰居，我上來還妳，這件有趣的怪東西。」老者上前，遞給她一只望遠鏡。望遠鏡，她略有記憶；是當初剛轉來三峽時，父親爲了拉近她及弟弟的親子距離，特別買來的光學玩具。想不到，這玩具不知在何處遺落了三年後，現在又失而復得了。

「眞歹勢，是我當年好奇拿去玩，一時忘了告訴你們姊弟啦。」老阿公道歉笑著，那張老臉於是縮皺得更加年邁蒼駁，簡直就像一層三峽國小校道旁的百年加苳樹皮。

這棟屋齡四十年還不到的公寓，竟然住著這麼一位，看來超過一百歲的老人瑞嗎？

「乖囡仔，莫懷疑我的誠意，也莫懷疑妳的眼睛。我就住在這棟公寓最底層，時常都會跑去各家各戶串門子。不信，我這就馬上帶妳下樓去，眼見爲眞的看一看！」

老阿公說著，搶先在她之前，跨越露台矮牆，高高縱身一跳而下。

碰。一聲巨響——

公寓下方的建蔽率空地上，隨即浮現，一抹血肉模糊的人形烙印。

瞬間，這片血肉模糊，讓她就像一記，自殺前的當頭棒喝。這道人形烙印，更使她怵目驚心，一條生命的殞落，竟然可以入土三分，留給大地這麼深沉的撞擊印記。這種慘事，一旦發生在自己身上，那些親友師友的心靈，一定也會承受等量的傷逝悲痛吧？

她須臾發呆，隨即回神。恍惚猶豫著，是應該先確認老阿公之言，還是眼下所見？

人命關天，她選擇了後者。當喃喃唸著119報案電話，同時衝到一樓空地時，卻又並未發現什麼屍血痕跡。當心裡有數，卻又十分狐疑的奔返露台，搭起望遠鏡，重新審視那抹人形烙印時；鏡頭裡，一陣輕風打旋滾過樓角，滾出巷弄，滾上河堤，滾向三峽溪面，一溜煙滾成了滿眼亮麗波光。

她恍如隔世重生，趕緊下樓連打四通電話，證明自己還活著，並且印證老阿公曾經現身過。電話之一，她打給就在前面街口擺攤的媽媽，之二打給初履大豹山區，插角國小任教的爸爸；之三打給，也是基測沒考好的死黨阿貞，最後打給，遠在雲林台西的老外婆。

雅娟，妳怎樣了？沒事，沒事，只是臨時很想跟您們說說話。前兩通，她都這麼說，便掛斷電話。打給阿貞時，她差點哭出來的告訴此事，阿貞則罵她「白痴」加「見鬼」了。

第四通電話，外婆的台西腔裡，伴隨著鳩鳴、雞啼、狗吠，幾層隱約的農家聒噪。

哎呀，妳這囡仔八字輕，以前就常常看見那些無形的東西，現在祂們又找上妳了？

「莫擔心，莫著驚，那是三峽地居主，或是台北地仙。既然現身讓妳看見，這表示祂們已經願意接納妳，這個下港外孫啦。」外婆總是永遠那副憂患聲嗓地，最後叮嚀說：「要記住，一定要記住。幫阿嬤轉告妳阿母，再忙也要帶你們姊弟，去祭祭附近的土地公啦！」

就這樣，她與其說是臨劫意外，不如說是生死相通地，有幸邂逅新鄉的「地居主」了。

相同況味，類似境遇，則發生在三年倥傯已過，她學測與指考相繼失利的大一入學前。

她整整三天三夜，透早機械式嚥下，阿貞她爺爺山東腔吆喝聲已杳，她老爸改爲路邊擺攤的饅頭、豆漿。然後，匆匆搭上９１６公車，開上北二高直抵頂埔永寧站，慌忙遁入，比大漢溪底還深沉的藍色捷運線，一路潛越土城、板橋、艋舺下方；茫茫然，從比淡水河底還暗黑的台北車站浮出地表，滿腦子試圖尋覓什麼、重拾什麼、超脫什麼似地，彳亍然，徘徊在南陽街附近的諸多補習班門口。

然後，走呀走著，晃呀晃著，直走到步履蹣跚，晃到街燈低迷。這才兩眼無神，滿懷落寞，行屍走肉的搭上原線捷運、原線公車，重返三峽家裡。

第四天，她心情指數，可說已跌至人生谷底；一鑽入捷運列車，便決心不再重見地面的太陽與人群，連久坐發麻的身子，也決意不想移動一下。此日，她一票坐盡藍、綠、紅、橙、黃的台北捷運線，且任憑車輪與車軌的磨擦，人體與車廂的擺盪；且人似枯木，心像死水的想像著，萬一突然發生什麼天災地變，導致捷運隧道破裂，淡水河水傾灌而入，她也絕對不會做出任何逃生動作，或是任何苟活反應。

碰面人數，轉乘趟數，已難以估計，也懶以在意。她從學生族的一臉朝氣，坐到上班族的一身暮氣，從逛街族的興致勃勃，坐到夜貓客的意態闌珊；從夜氣沁人的直覺，坐到習慣性的返家潛念，這才重新現身藍線最後一班列車上。

連續六年，她早已適應捷運時空的幽祕氣息，更早已熟悉這條藍線列車穿越淡水河底，從龍山寺站過渡到江子翠站的另類喧躁。但不知為何，此夜竟然超出平常經驗，幾乎噪音喧囂，車廂躁動到必須全身緊聳心神，雙手緊抓吊環，兩腳緊踩車板的驚悚地步。

就在如此多重窒悶下，她看到車體內部，酷似節節蠕蟲腔腸激烈扭動的彎弧處，有一位很像她一樣希冀著，尋覓什麼、重拾什麼、超脫什麼的老阿嬤，一路緩緩逡巡過來了。

老阿嬤髮鬢蒼白，面目蒼駁，臉上幾抹黥痕若隱若現，外貌可說風化到直若一片透明人形剪影，飄呀飄著，晃呀晃著，幽幽晃近。但是，即便讓人疏以察覺，或視若無睹；她依然兀自沿車，端詳著每一張神色疲憊的歸客臉孔，低詢著每一副情慾耗盡的半夜心靈。

你是我去年失散的男孫嗎？夜已深沉，有父母守望的家，才是你最後的靠岸——

妳是我今年出走的女孫吧？月已低垂，有親人守護的家，才是妳永遠的終點——

車行迅速，電子廣播器以國語、福佬語、客語、英語發音，苦口婆心地，提醒著永寧站到了，永寧站到了。隨著列車戛然停定，老太婆忽焉失足撲跌過來，口中猶自喃喃叨唸的，跟她撞成一團；那種撲撞無聲無息、無疼無痛，但只彷彿一記呼喚拂耳，一抹歸意襲心。

下意識裡，她乍感滿懷溫馨，直覺應該是幸運遇上，外婆所說的「台北地仙」了。

大漢溪東岸、新店溪南岸夾角的江子翠，古稱「港仔嘴」；傳說，此處三角洲，極有可能就是「圓山文化人」、「植物園文化人」，兩個古早部族中，某兩支小族群的初次交會之地。數百年前，一路從大嵙崁、三角湧地區，忿怒追殺桃園霄裡社平埔遠祖的泰雅勇士，就曾經在該地，巧遇了這位臉上刺有淡淡黥紋，自稱是台北人百代共同遺母的無名老嬤子。

「乖囡仔，能遇見她老人家，妳真是福氣啦。從此有她長相左右，就算走上崎嶇百倍的人生旅程，妳也不致於滿眼迷茫，滿腔空蕩了！」他一則替這女兒慶幸著，一則因她相繼提到「台西床母」、「三峽地居主」、「台北地仙」，不禁自覺又後退了三個世代身階。

「說得也是，那晚回家以後，我終於不再沮喪和逃避，正面跟老爸和老媽，通宵夜談。最後結論是，大學並不是最後終站，情有獨鍾的院校和科系，也並非只是台灣才有。」

「所以，妳就一邊讀大學，一邊啃英文，打算有一天，騎著托福或雅思的夢翼，海闊天空，飛出台灣。我可以順便問一下，生於斯，長於斯，妳討厭三峽或怨恨台灣嗎？」

「討厭三峽，或怨恨台灣嗎？三峽和台灣某些方面，是令人好火大，但還不到這麼嚴重啦。不過，如果能選擇投胎國度，我來生倒是更喜歡當個加拿大人，或是紐西蘭人啦！」

「眞糟糕！妳竟然忍心選擇背離自己的國家，寧願抹滅自己的血緣和親情。」他有點生氣，有點無能爲力的進而再問：「妳有想過，人家加拿大、紐西蘭的生活指數和生命品質，也是經過幾個世代，才努力得來的？妳是怪罪台灣先人的打拚和犧牲，還不夠慘烈嗎？」

「哈，你是誰？語氣眞像我老爸，他呀，也經常罵我們姊弟這種話。問題是，」已匆匆即將大學畢業的這女兒，靠身端詳他，理直氣壯的反問道：「台灣是個正常國家，台灣政府是個正常政府，台灣社會是個正常社會嗎？如果以上皆非，豈不證明台灣先人，再多的打拚和犧牲，一概無效。那麼區區我們姊弟，又何必留在台灣當祭品，做烈士？」

官員可以當眾說謊話，警察可以當街撕國旗，軍人可以公開通敵；只要執政者一變，重大政策便隨之而變，許多努力又回到原點。爲了類似這種藍綠對立、世代矛盾，她早跟外省第三代的同窗好友的阿貞撕破臉了，也早跟大學某些師長與同學，產生政治立場衝突了。

「各人造業各人擔，一旦出國留學有成，我一定會回來帶走父母和弟弟，何必傻傻的充當中流砥柱，苦守台灣，一起沉淪？」好種毋傳，歹種毋斷，這女兒似乎承傳了鄉土作家嫉世憤俗的反骨因子，卻喪失了那份本土情懷的悻悻吐述著。

顯然，台灣才只經歷二度政黨輪替，「國軍英烈」、「台灣義民」的玉碎情操，似乎已從她身上快速流失。所幸相對的是，「斯德哥爾摩症候群」的「人質情結」，也好像正在她體內產生免疫力。他爲台灣泛起淡淡悲哀，也爲鄉土作家湧起些許欣慰；欣慰這女兒，能在下次板塊碰撞、生態崩解前，還替自己親人，保有最後那份「台灣藍鵲」的扶持情愫。

「還記得嗎？那個老宅男、老米蟲，好像說過，這輩子他是絕對不會離開台灣的。鼓勵妳出國讀書的原因是，身為卑微軟腳蝦的無奈文人，萬一哪天像雷震、葉石濤那樣，頂著寫作天譴，被特偵組打入黑牢，關到發瘋死掉，這才留有後人，回國幫他喊冤善後吧？」

「怪哉，你是誰？怎會這麼瞭解，我曾經向我老爸承諾過的，這件絕對機密？」

「妳老爸，不是有個專門搜羅人間孤魂野鬼的，許姓朋友嗎？我是從他們近憂遠慮的電話中，偷偷聽到的。嘿，我還知道住在台南的這傢伙，大概是讓諸多冤苦情志給嚇壞了，甚至還交代他長子，除非台灣一刀兩斷，完全脫離中國糾纏，否則就永遠別回台灣呢！」

「別繞圈子閃躲，你究竟是誰？今晚不說清楚，我就絕不讓你留在我家過夜。」

「我，喔，不只我！我們一群遊魂散魄，是妳老爸的靈魂，妳老爸是我們的肉體啦！」他有點遺忘，有點紊亂，只好就像告訴台南許君那樣，告知鄉土作家後事所託的這長女，然後拜託說：「自古史道危危，天道巍巍。妳能不能看在這層情分上，答應我們一件事？」

「嗯，我不看僧面，也會看佛面啦。什麼事，您——喔，您們請說！」

「那就是你們姊弟兩人，大可不必當烈士，但一定要當個好鬥士。」他最後央求道。

廚房那邊，嘩嘩啦啦，窸窸窣窣。雞排老婆，傳統台灣主婦的洗滌聲，逐漸沉寂了。

「若是補習班沒作業，用電就盡量省，不要一直把自己掛在網路上翻網頁，寫臉書。」臨睡前，做母親的又最後發出另一種老響調，雜雜瑣瑣的，碎唸兩句說：「唉，還有，連國產香菸也要漲價囉。記得，等一下妳老爸醒來，好歹也幫我勸勸他，每天少抽幾支啦！」

也許，精神科藥劑已經到達最高濃度。他有點歉意，但更多麻木的頻頻打哈欠。

「妳老媽的叮嚀，我會以夢境一遊，夢話一句的方式，幫妳代爲奉勸妳老爸。」他兩眼瞌然一閉，關掉這面視窗，逃離這片現場，沉沉向這長女告別道：「那麼，如果明天還能看到日出，我們這就明天再見了。」

喔，喔，感恩啦。明天見——

喔，喔，阿彌陀佛。晚安——

第二十二章
霧鎖情鴛

整夜好睡，唯一勉強還算得上特殊夢魘的，那就只是花東地區，傳來兩次有感地震。

清晨起床，當然太陽還是照樣露臉，白雲還是照樣倥傯。士農工商，還是照樣忙碌。

透早，他們其中逗留在那層公寓五樓過夜的他之一，被溪隄上不停「救—救—救」地，模仿著台灣鳶唳的外來種「家八哥」，以及「泰國八哥」給吵醒了。經過昨晚那席荒夜剖白後，好像顯得更加知所奮進的夜補女兒，也是ABCD、嘰哩呱啦地，搧擺著美國托福或英國雅思的一對夢翼，獨自高登樓頂露台，面對一整條三峽溪的晨光波色，試圖振翅學飛。

他不識鳥話，不懂英語，但覺鳥腔對映人嗓，既齟齬又和諧。更感到，有漂鳥已入境三峽成爲新住民，有遊子即將出境台灣成爲新漂鳥，生命與身世的流變，眞是充滿漂泊性。

稍後，他經由鄉土作家的視野，一路旁觀這女兒跑下樓買早餐，跳上916公車，奔馳北二高。同時，想像著她潛進土城永寧站，浮出台北街頭，重新展開機械式的一天新生活。

又稍後，他們尾隨雞排老婆上市場，市場上也是一片漲聲四起。他按耐著性子，一邊聽任婆婆媽媽討價還價，一邊聽到類似那些外來八哥的鴃舌拗耳聲，竟然又在耳邊響起了。

原來，幾名外籍配偶的台灣媳婦，難得異域邂逅，紛紛正在互相使用母語打招呼。

他不知她們是印尼、越南、泰國或柬埔寨女兒，不知她們是不期而遇，還是特意藉機上街抒解鄉愁的；也不知她們的意識形態、政黨傾向，更不知她們是否瞭解，藍色或綠色執政的終極意義。但內心肯定，這夥心甘情願於「油麻菜籽命」的三峽新世代的母親們，勇敢選擇離鄉背井、孤鳥插人群，遠嫁來台灣謀求終身幸福的用心或立意。

不同時空，不同身世，相同動機，相同想望。三角湧先民歷經三百年滄桑，最後美夢依舊伊于胡底。才只短短三年五載，外籍配偶的用心當眞可以如願，立意終竟可以體現嗎？

年輕的外籍配偶們是否思量過，嫁進一個國度，其實等同嫁進一段歷史，嫁給一個男人，其實等同嫁給一則命運？有夢最美的她們又是否思慮過，夫妻同心協力或可衣食無缺，但如何善用情志，構築一座子孫長住久安的理想家園，這才是台灣當前的最大困境呢？

人海萍水相逢，人間有幸結緣，不再悲憐，不再哀怨。他對於這夥新世代三峽母親的日後造化，已經更再退身到，只剩如下兩句，進入「返老還童」狀態的赤子提醒了。

喔，親愛的媽媽呀。當心蔬果魚肉有毒，當心鹽油醬醋有毒——

喔，親愛的媽媽呀。當心世道人心有毒，當心史道風塵有毒——

然後，他只能拖長童言童語的尾音，童騃而孺慕地，一路拉著雞排媽媽衣角返家。

他們上樓時，經過昨晚那番荒夜夢囈的鄉土作家，似乎已經有點適應，精神鎮靜劑引起的副作用；又開始，有一搭沒一搭，恢復敲響電腦鍵盤，孤寂認命，而有所寄盼的生命運行模式。

電腦裡，鄉土作家往返於今古互涉的四面對比鏡相，開啓著內外交逼的四個浮世檔案。

四面對比鏡相，一是恆常雲來雲往的那座老天空，二是曾經在興隆宮顯影的那卷「蛹之生」，三是安座在祖師廟的那對「百鳥朝梅柱」，以及據以衍生的兩排「千蟲拜仙木」。

四個浮世檔案，一是〈泰雅族的菜農悲歌〉，二是〈一女十八男的火車性愛轟趴〉，三是〈仙公廟旁的最後歸宿〉，四是〈２０１４太陽花學運：世代蛻變之吼〉。

前兩個檔案，都是此次合併選舉過後，網路上廣爲流傳的台灣社會新聞。第三個檔案，是鄉土作家往返於四面今古鏡相之間，正在書寫的最後自我逃遁之作。第四個檔案，若有似無，好像只是一則尚待成形的未來事件氣漩，所以情節無從窺知。

〈泰雅族的菜農悲歌〉，內容爲一對自己育有兩名子女，外加亡姊遺託一名孤女的泰雅菜農夫婦，因不堪天災人禍導致巨大虧損，竟然窮到連搭火車都得躲進廁所避債；最後，只好留下一罐農藥空瓶，八張遺書與滿腔遺恨，拋母棄子的走上絕路。遺書裡，做父母的念念不忘身後事，諄諄期勉三名後代，務必攜手同心，共度難關，將來都能做個有用之人。

當三兄妹被記者問及，如何達成亡者遺願時，兩名正在大專院校休學中的表姊妹，不約而同表示，她們會繼續輟學代替父母賺錢，好讓哥哥順利讀完大學。言者親情流露，聽者心痛鼻酸，難怪鄉土作家特爲建檔，勉強聊以敷衍逐漸被痲木，或被遺忘的赤子初心。

〈一女十八男的火車性愛轟趴〉，案情是一名「群交」網站版主，網羅了一名少女中輟生、十八個網海淫漢，包下一節台鐵莒光號「客廳式」車箱；一路從台北車站，搭配著火車飛輪節奏南下，逐人輪番大玩撫胸、摸臀、搓腿、挖屄，間或口交、性交的「肉體」遊戲。主客盡歡後，一起若無其事的走出竹南站；聯袂前往，一家義大利餐廳舉行「慶功宴」，兼以塡飽，被情慾掏空殆盡的飢餓靈魂。

鄉土作家非常納悶的是，當這班性愛火車，沿途幽幽潛越淡水河、大漢溪下的「台北盆地」，匆匆鑽出樹林地底隧道的時空埡口前，包括遞送指甲刀、濕紙巾、漱口水、潤滑劑、保險套，與警衛服務在內的二十五個台北人，想必見到了泰雅勇士曾經邂逅過，夜補女兒曾經巧遇過的那位百代遺母吧。若是沒有，那麼究竟是她遺失了他們，還是他們遺棄了她？

關於〈仙公廟旁的最後歸宿〉，鄉土作家顯然更加無奈於，連最堅忍的「台灣藍鵲」精神，終究還是敵不過國家機器的偏離重心、社會列車的失控暴衝，而完全萬念俱灰了。

「眞歹勢，這趟時空旅程，這是最後一站，你必須隨時準備下車，盡量自求多福了。」

「等一等，那個〈2014太陽花學運：世代蛻變之吼〉檔案，到底又是怎麼回事？」

「這是胡大仙物極必反的天演預告。想是那群草莓族學生，改頭換面的覺醒反撲吧？」

鄉土作家疲累而慚愧的表示，新世代新舞台，新舞台新戲碼，新戲碼新角色；這檔案，已經不是他這支禿筆所能闡釋，一則奉勸他好生替自己打算，究竟想在何處永遠歇腳，免得再度浪蕩時空，徒然淪為一場朝代戲夢。一則告訴他，為了延長歷史戰線，延續命脈縱深，他已深思熟慮，此生務必活得比某些人更久，走得比某些人更遠的擬妥生命戰略；也就是自私的說，他已經決定封筆，轉換跑道，以便謀求本身有生之年的最後塵埃落定。

封筆，主要在於嘗試著封印「神鬼交戰」的通道，好讓自己可以過得非常隨波逐流。轉換跑道，那是參考泰雅族菜農夫婦的悲慘教訓，所學得身為貧賤父母的血淚課程。雞排老婆早已替他精算過，孩子們都很優秀，她擺攤所得，加上那一小筆不適任教師的退休利息；若他願意再兼個大樓警衛，他們應該還勉強供應得起，這對姊弟的公費留學。犧牲幾縷寫作情志，放棄天譴的那畝筆耕，成就兩名子女的築夢大願，外加也許可以改善自己的精神宿疾。鄉土作家答應了，交換條件是昨晚那長女承諾過的，該件絕對機密。

「民主時代，還在擔心中國明朝的錦衣衛？我看你這症頭，恐怕是永遠好不了囉。」

「莫揶揄我，即便人人一張神聖選票在手，但道高一尺、魔高一丈的史例，斑斑在目。誰又能料到，潛伏在白色恐怖、藍色恐慌盡頭，會不會就是另一場更慘烈的紅色夢魘？」

「嘿，既然這麼嚴重，那麼下一場戰役，你爲何不想再打？」

「民主時代，選票等值，人命等價，傻瓜才會選擇當義士。」

「你是公教退休存款的既得利益者，橫豎最先和最後的倒霉鬼，都不會是你。冷冷，淡淡的隔岸觀火，你這是最近參透禪趣或佛機，還是終於頓悟，海海人生的庶民微義呢？」

「隨你怎麼罵，反正我已經聲嘶力竭，失魂落魄的盡過本分了。一切世事就是，區區小女說過，大郎先仔也說過，溪南山頂三位老嬤子更曾經說過的，各人造業各人擔啦！」

「這麼一來，落頦鳶精，斷頸鶯哥精，怎麼辦呢？黑白青姑，艾瑪、伊娜，文仔嗹、卡朗·達奧，六人公、翁景新父子、瓦旦·爕促父子，他們與我們，又將何去何從啊？」

「喔，你，不——你們，早已各憑堅此百忍，盡其在我的性情，歷經七世九代十三劫，共同譜出了一部三角湧鄉野美談。身後，豈又夫復何求？」

「那個臭老導演，不是還有什麼角色，要我們參加演出嗎？」

「一樁鳶山輪迴，兩場後花園蛻變。你私下有什麼建議吧？」

「若是身世能夠重來，我希望這回可以扮演一次大壞人，幹下幾件大壞事。」

「我就等你這句話，鱸鰻秦仔、詹戇番，老爪耙仔、新賣台客，任君選擇。」

鄉土作家的爽快同意，讓他非常意外，好像書寫腳色不是他自己，搬弄對象也不是他本人；儼然，人性越複雜，世情越混亂，他便越能滿足創作慾望，丈量文學深度。箇中情操轉折，簡直已經放空到唯恐天地無風無雨，人間無災無禍，但願筆下血淚滂沱的失憫地步。

但這也正是山城幽明之間，他們一路互爲表裡以來，最爲置身事外的一次灰色共識。

「昨夜深更，我好像又感覺到，花蓮發生地震了。這會不會是什麼不祥徵兆？」

「台灣地震，司空見慣，那是冥冥中的第三隻眼，總想笑看我們驚慌失措啦。」

他與鄉土作家，又閒聊了兩句話後，黯然分道揚鑣，默默不說再見的下樓離去。

他們之中，被鎮靜劑遺散在菜市場的另外兩個她，一覺醒來都聽見了淒厲鳶唳。鳶唳過後，兩名古鎮嚮導先後領著兩組遊客，一組遊向祖師廟，一組遊向老街。兩組遊客，一組咬嚼著中國東南方的泉州原音，一組拗繞著中國官話的北京腔。

對於前者，兩個她之一，內心暗自一震，直若三百二十年前，平埔霄裡社人，初逢明朝遺民鑿首陳瑜的納悶與驚訝。對於後者，兩個她之二，更是膽戰肉跳，有如一百二十年前，泰雅大豹社人，乍見清朝撫剿大臣劉銘傳的惶恐與驚憤。

這是怎麼回事，難道藍色執政「一中各表」、「和平協議」的選舉口號，才剛落定。時空，便已流蕩過「一國兩區」缺口，流轉到「一國兩制」交界，兩岸可自由行旅的歷史進程了？

奇怪的是，即便鳶唳警訊何其淒厲，眼下卻是一片無動於衷，依然故我的暢樂街色。遊客們街照逛，商坊們錢照賺，嚮導們史料齊備，信手拈來，巧舌如簧。管他神話如何悲絕，野譚如何悽切，一切手段與目的，無非都是爲了增益，本鎮觀光產業的經濟發展。

兩名嚮導，都頗具避重就輕的專業技巧。在祖師廟的歌頌中，特別強調祖師公在唐山原鄉的神聖溯源性；而迴避，動物保護團體的虐殺神豬抗議。在李梅樹的重建介紹裡，極力著重中國傳統廟宇的溯宗價值；而跳過「百鳥朝梅柱」內，台灣海島獨有的涵納精神。在老街市街改正上，則大爲痛述日本殖民者的焚街教訓；而輕描淡寫，當年罪魁禍首的「馬關條約」。

無論如何，滄海桑田至此，世代流變至今，她們當眞是被三峽人徹底遺忘了。

文學是世人最後良心，被鄉土作家失憫釋出於市的兩個她，立刻形同兩隻流浪母狗。只要有人隨興遊賞，信步踩來，她們便得趕快閃身躲開。

她們躲過一大陣，去年六月民視知名藝人，胡瓜〈綜藝大集合〉的笑鬧回音；又躲開一整街，今年正月「祖師生」、三月「媽祖生」，山城信眾大遊行的喧鬧殘影。翻個身，移個位，靠在老街亭仔腳的廊柱下；慶幸以爲，一切已經免於再受干擾時，不意還是被一對年輕踅街男女，不經意的各自踩上了一腳。

這對年輕男女，女的啃著三峽豬血糕，男的把玩著祖師公、媽祖婆的山寨版「公仔」。互相搭肩摟腰，邊吃邊遊、邊笑邊逛，狀似一對親密情侶的走向街尾。

「他們下一站，應該是藍染公園吧？那麼，我們下一次翻身，下一個位子呢？」

「連神聖的祖師公、媽祖婆，都任人把玩，連當過總統的蔣介石、蔣經國、李登輝、陳水扁，都自身難保了。我們憑什麼，還想擁有下一次翻身，下一個位子？」

「時空漂泊，世代遊蕩。我們一直哀怨藉口，拒飲孟婆湯，東躲西藏，避開投胎轉世。一心只想，等待親眼見證人間最後善局，誰知竟然，還是等到今日這種難堪下場！」

「奉石，想不想花個新台幣五十元，買一隻世上最美麗的鶯歌陶豬洩恨？」

「嘿，好姐妹，妳想做啥？我們已經老到做嬤做祖了，不能爲害後代啦。」

兩個她之一，負氣地，緊隨這對情侶而去。之二的她，心裡有數，直覺這對情侶之間，竟然還跳動著，另外兩抹隱微胎息；這樣的四條生命，今天恐怕就要惹禍上身了。

果然，不出她們所料。這對情侶的下一站，正是中街右巷盡頭處，新建的藍染公園。

藍染公園，各種山城藍染的硬體設備、製作流程，栩栩如生的世代風華，擬眞重現。

嗯，聽說過嗎？乾隆時期，發生在唐山白臉阿雲，泰雅烏面青姑之間的藍色命運——

嗯，聽說過嗎？光緒年間，發生在漢人陳種玉，平埔族雙生姊妹之間的藍色憂鬱——

嗯，聽說過嗎？清末日初，發生在三角湧李三朋，小暗坑翁景新之間的藍色情結——

無論正史或野聞，不管淡藍、淺藍、深藍、暗藍或慘藍，男的閃動著單眼皮的眼睛，說得口沫橫飛，女的閃眨著雙眼皮的深眸，聽得巧倩而笑。一幅幅藍幽幽的藍色心愫，於是就這樣半休閒、半遊趣地，無盡招展在藍色情挑的鳶山下。

巧笑聲中，有句悄悄話，有件小小的大心事，女的不知該不該說的欲言又止。

右巷盡頭，仁愛路外環道上方，是李梅樹曾經沉思過的鳶山運動公園；新世代假日休閒球賽，正在生龍活虎的熱烈展開。北側山麓下，五代傳醫的救生之家，看過一場中州道館的「鳶山論劍」，聽過一闋台日合詠的〈荒城の月〉。一曲三峽中生代作家曾郁雯作詞，新生代音樂家陳逸琳作曲的〈阿嬤的雨傘親像一蕊花〉，正在老幹新枝地，如下悠悠傳唱：

阿嬤的雨傘親像一蕊花，行到巷仔口，學校門口
每一個落雨的黃昏時，驚阮的身軀，濕糊糊——
阿嬤的雨傘親像一蕊花，送阮離開故鄉彼一暝

也是落大雨的黃昏時，她身軀淋到濕糊糊——
亭仔腳，廟口埕，大橋頭，中街仔口
春天的後母面，熱天的西北雨，秋天的雨剎剎落
東北雨，綿綿落的冬天暗暝，若想起阿嬤的雨傘
阮就不驚，會淋到濕糊糊——

只要隨手搬弄一塊鳶山老滾石，命該如此的引發一次重力加速度效應，或隨機撥弄一輛外環道酒駕狂車，好死不死的製造一場恍神車禍，慘事並不難發生。

這種巧合見怪不怪，天地洪荒，神鬼草菅生靈，遠古祖師廟埕旁，就曾經被推落過這麼一塊天災滾石，砸毀了多少蟻巢鼠穴。文明年代，物質駕馭慾望，各處山林道上，更曾經被馳騁過這麼一輛人禍飛車，撞死了多少鳥禽走獸。

幸好，在世態一片炎涼中，還能聽到諸如〈阿嬤的話〉、〈阿嬤的雨傘親像一蕊花〉，這樣的人情殘音。人倫序列上，即便是一介已經後退三階輩分的老阿嬤，一縷已經外褪五層血緣的老靈魂，如此隔世感念，依然足以勾動人性不泯的救死護生之心。

殺機總算一閃而逝，死劫總算擦身而過。這對情侶踩著如此歌聲，離開藍染公園，漫步轉往「東道飲食亭」、「黑白切」、「大呼過癮」而去，想似打算共享一頓美味午餐。

三峽古鎮一日遊，拜過祖師公、看過李梅樹，祈過媽祖婆、逛過老街。下午行程，應該就是踏訪鳶山古道，觀賞鐘亭勝蹟，臨晚再攀登鳶嘴岩，暢覽最精彩的北二高暮色吧？

這對情侶如此規畫著，這對老遊魂也是如此推想著。

關於，下一次翻身，下一個位子——

聽說，那夥自然生態觀察者中，有幾個年輕小伙子，正在進行「小魚拚巨鯊，小蝦搏大鯨」的嶄新生命實驗，企圖推翻「大魚吃小魚，小魚吃蝦，蝦吃泥土」的傳統生態鐵則。

「何不趁這空檔，過去向他們問問，有啥地方，可以安頓我們呢？」一個她勸告道。

三十分鐘後，她們沿著文仔嗹娶親隊伍走過的，王阿原投奔翁景新走過的，抗日義士退守小暗坑也走過的，目前行修宮祈福信眾，更是絡繹不絕於途的打鐵坑溪老山路；憧憬抵達，民國九十年代初期，嚴重遭受納莉颱風侵襲，造成山崩屋毀的白雞山莊。

她們心中所寄望的他們，其實只是平日各自忙碌於藝創營生，閒暇相互浮游在台北盆地的空氣、泥土、人群之間，包括小張、小林、小吳、小賴在內的，那幾條小魚與小蝦們。

這些現代社會底層，區區苟活的小魚、小蝦們，又是何許人物，身具何種來歷呢？

小張就是之前提過，那名熱衷重現赤子「精靈世界」的童書插畫家；小林就是開啓清水街「甘樂文創」展演空間，小吳就是另在老街創立「庶民美術館」，共同矢志體現「小民也能看到大藝術」、「窮人也能吃到大美食」、「凡夫也能成就大志業」的，兩名草根文化落實者。有個外號叫「唐鴉」的小賴，則是在前述嚴重地變的白雞山莊，苦心經營「白雞山家庭美術館」，試圖透過人爲的「遊牧與繁生」，踐行修補大地，復健社區的再生理念家。

泰雅人、平埔人所泛稱的「三角躅」，唐山漢人所通稱的「三角湧」，哲人已逝，典範已失。這夥年輕小伙子，當然知道自己到底是誰，更當然知道，自己究竟在幹什麼？

台灣拚經濟，拚到變成「悶經濟」，拚到只剩一縷縷「窮魂魄」。若說，首善之區的台北盆地是一口生態大湖海，精靈世界、甘樂文創、庶民美術館、白雞山家庭美術館，是四窪湖灘小濕地；那麼，他們當然就是一群群游活在最邊緣的小魚，浮生在最底層的小蝦了。

幾年前，在老天爺不疼，大環境不愛的春季天空下，三峽人曾經發起了一系列「喜上梅梢」的「梅樹月」紀念活動。試圖藉由先賢李梅樹的帶頭作用，希望共同以藝術與文創，豐富日趨貧乏的小民生活，喚醒每下愈況的大眾性靈。

這樁盛事，爲期一個月的靜態展覽，主場「李梅樹紀念館」之外，另還包含上述三處館所。動態活動，開幕典禮首由李景光率同兩名在地畫家，聯手於紀念館前，種下一株象徵「百鳥朝梅」傳承精神的台灣野生梅樹後；隨即開枝散葉，移至歷劫重生的白雞山莊。

白雞山莊的活動現場，剎時宛如一處隨性游逛的庶民小集，炒熱氣氛的歌樂聲、清鮮可口的小餐點、琳琅滿目的文創品，自是不在話下。其中，最讓她們印象深刻的，就是聽說由「唐鴉」採來石門水庫涸泥，所塑燒成一枚枚愛者欲其生的「唐鴉蛹」，以及由「唐婆」購自本土小農滯銷水果，所釀造出一甕甕相濡以沫的「唐婆醋」。

這對聽說遷徙自苗栗客家庄的犯難夫妻，在白雞災變家園整復後，偌大一棟家庭美術館內，看似並未生育兒女。他們想必是企圖透過「唐鴉蛹」與「唐婆醋」的寄寓，正在爲自己也爲三峽人，孕化某種下個世代的新生命而試煉，醞釀某種下次輪迴的新活水而努力吧？

原來，小魚拚巨鯊，拚的是比巨鯊還凶險的大命運，小蝦搏大鯨，搏的是比大鯨還龐雜的大環境。原來，身陷經濟動物啜飲同伴血淚解渴，撕呑自己靈魂果腹的當今世局裡，這群小魚、小蝦們，竟然也可以如此和衷共濟，如此盡其在我的快樂存活下來了。

「遊牧與繁生，我突然好熟悉這種生命形式，好喜歡這種生活方式。」她說。

「蛹與醋，也突然使我想起，一次次女人孕事，一盅盅合歡醇酒。」她也說。

一陣似曾相識的緬懷，一番依稀閃現的想望。看來所幸殘酷的世代淘洗之手，顯然並未徹底洗除她們最原始的母性本質。化學合成的精神鎮靜劑，有點麻木、有點遺忘的生理抑制作用，也顯然並未完全阻斷，她們最深沉的母者初心。

「唉，那對情侶，我想，我們不如就這麼放過他們吧？」她說。

「哼，再看看吧。誰知道，他們是不是眞心相愛的？」她則說。

日落時分，她們按照三峽一日遊的構想，離開白雞山家庭美術館，趕往鳶山古道。

鳶山古道，起於鳶山運動公園左側，古早遭到唐山養子遺棄而死的「菜園公」祠前，沿路兩旁串連中山公園、獅頭巖仙公廟，慧悾慈惠堂、藏密噶陀寺，四條分岔暗徑。然後，途經三亭覽勝、和平鐘亭，兩處長眺景點，而止於遠古只有飛鳶才能到達的鳶嘴岩下。

她們在三亭覽勝的「望鄉小站」，趕上了那對年輕情侶。兩人仍然是濃情密意，如膠似漆，讓人見怪不怪的擁擁摟摟著。

此站是個孤稜獨走的鞍狀崖嘴，南北透空，清風習習；遊客爬累了鳶山古道，此處適可駐足小歇，喘喘氣，喝喝水。她們一邊在右側山腳，北二高南來北往的車陣中，追憶半晌，早已返家多年的台南許君；一邊舉目遠眺鶯歌、樹林、龜山交界的大片丘陵，追聆片刻，北邊龜崙社人的古老跫音。同時，一邊挨近這對年輕情侶，暗中衡量後續動作。

卿卿我我中，有句悄悄話，有件小小的大心事，女的不知該不該說的，再度欲言又止。這是她們的第二次機會，於心不忍的她，還在掙扎，該不該這樣做？原本殺意堅決的她，卻反而好奇起來，這吞吞吐吐的女孩，到底是一句什麼話、一件什麼事，兩次不敢暢言；正想伸出往下一推的手，於是又猶豫了一下。

殺機，再度一閃而逝。死劫，再度擦身而過——

情侶倆，隨後轉身離開臨崖欄杆，繼續上路——

下一站，和平鐘亭的「望天高臺」。

依平常大人腳程，大約十分鐘可達。

這是三峽拱橋、清水祖師廟、鳶山勝蹟、白雞行修宮、插角玉女峰的「三峽五景」中，最爲經典的一處「鳶山勝蹟」分站。一般遊客都沒有不此一遊，不此一覽的任何理由。

和平鐘亭，係於民國七十四年（一九八五年），爲紀念「台灣光復」四十週年，由當時國民黨籍的張秀豐鎮長，率同鎮民鳩捐所建。此分站，在鄉土作家尚未出現精神錯亂前的記憶裡，立有唐山式黃釉琉璃瓦頂的大亭一座，內懸百噸赭漆銅鐘一具，黑銹鐘錘一把；聽說，很多遊客相信，只要敲響銅鐘十二下，各種心事即可順遂如願，一切想望便能美夢成眞。

銅器神聖，鐘義深遠。若能慫恿這對情侶，站在鐘下那麼敲擊十二響，她再藉由鐘聲策動這片山林鬼神，合力墜鐘壓人。兩屍四命，諒必也足以被壓得死法隆重，死相莊嚴吧？

和平光復，光復和平。老淚才乾，新淚又灑，三百年史跡斑斑。走過台灣光復，走向台海兩岸，甚至走向世界和平之路的辛酸過程，這座山頭早該俱足這股必殺怒氣的。

她們繞過鐘亭右側的「清風洞」，左轉循階尾隨而上一看；豈料，銅鐘早因公共安全考慮，被官方放低吊鍊，降置另再砌造的水泥基座上。這對情侶於是隨著其他遊客，四處一番走馬看花後，走向「望天高臺」東北緣，找到某個熟悉的小角隅，相擁而立；一起共眺遠方高聳入雲，一片海市蜃樓似的台北圓山飯店、新光三越、101大樓，兀自竊竊私語起來。

依然是孤稜獨走的「望天高臺」，這小角隅曾經是他們初次約會的老地方，更曾經是兩個「她」的，聯盟誓願的老所在。全方位環瞭視野，身、心、靈三位一體，一重重高低原野山川的統覽無遺，一幅幅遠近人間塵煙的盡收眼底，一層層深淺世代心事的滿懷情愁。

向西北、向北，傾聽大漢溪左岸的矮嶺風聲，龜崙社人的古老跫音，越爲接近了；向東北、向東，放眼新店溪穿淌的盆地極景，武嶗灣社人、擺接社人的狼煙，也裊裊升起了。向東、向東南，極目加久嶺、插天山的高山野霧，泰雅族人的狩獵篝火，隱隱閃爍在望了；向西南、向西，凝視桃園台地的燒耕逝景，霄裡社人的遊墾身影，更是歷歷逼在眼前了。

悠悠時空，邈邈召喚，愴然望天。她們不禁頻頻掩臉嗚咽，連連老淚滂沱。

淚影裡，絕眼處，席捲在中國沙塵暴中的都會浮影，半透明而寂寥可見。她們看到這對情侶遠望著，也許曾經萬分嚮往過的那片空中樓閣，驀然男的又是一番口沫橫飛，女的又是一陣格格巧笑。熱戀男女，竊竊私語而津津樂道的，無非是同剪一片藍天白雲的美麗憧憬，共築一只溫馨愛巢的長相廝守吧？

就在如此這般，以銅鐘爲誓，以鳶山爲證的聖嚴氣氛下，女的終於第三度開口了。

「嗯，告訴你一件事，可別大吃一驚喔。我——好像懷孕了！」

「啊，什麼，妳竟然這麼不小心？我沒聽錯吧，妳再說一遍！」

男的鬆開手臂，半晌不知所措。隨即，自覺不適當的，重又攬腰抱上。女的臉色，意外倏然一變。好像察覺到對方不悅，低頭嗒然不再出聲。

「喔，這是好事，但實在來得有點不是時候。不過，妳放心，我會負責到底啦。喔，妳讓我仔細想想，妳讓我仔細想想！——」

無論是理性的現實認知，還是感性的愛情承諾，男的所言都是眞心話。台灣產業外移，壓縮職場空間在前，各種生活費調漲，緊追在後，他是應該仔細想想的。

「喔，難得一起放假散心，怎麼心情說變就變？——」

「喔，不是有一家網紅訂貨童具店，已經答應妳，試用三個月嗎？一切都會船到橋頭自然直啦，妳就行行好，幫我再扮個快樂笑臉嘛！——」

這男的是早期下港北上謀生客的第三代，科技大學觀光系畢業後，幹過超商店員、遊樂場解說員、遊覽公司業務員；目前，在一家旅行社上班，兼拉旅遊保險賺外快。他跟外省老兵第三代，四川籍父親、泰雅族母親、幼保科畢業，曾經當過幼兒園臨時顧員的她，就是在幼兒園戶外教學，旅遊平安保險接洽上，互相認識的。

他們已經交往兩年多了。雖然彼此，都很有趕快結婚的感覺與想望；但因爲男的常常東奔西跑當導遊，女的又遲遲找不到固定工作，所以一直不敢論及婚嫁。

早期下港北上謀生客，第一代是爲了謀求一口飯吃，第二代是爲了擁有一處棲身之所。他的父祖輩在各自教養多名子女，接棒償清龐大房貸期間，漫長半世紀匆匆而過；祖父、祖母早已垂垂老矣，父母雙親也因爲社會快速轉型，不得不提前退休或被迫失業。

現在，他的處境是那層三十坪不到的公寓老家，早已過度擁擠，若想結婚成家，勢必自己設法，另購新屋。因而，他最大的願望是，盡快跟幾個同好，合開一家小旅行社，能夠趕快宏圖大展，多賺些錢，以便分期付款一間屬於自己的新家。

他時常憧憬著，在愛情與親情的支持下，一回回像漂鳥組團出遊的樂趣，一遍遍像倦鳥返國歸巢的殷望。一趟趟像南國家燕，更像台灣藍鵲，共享那種覓食、哺子、奉親的三代溫馨；喔，喔，是的，這就是他在每次跨國越境而飛的夜夢中，經常出現的幸福畫面了。

想起被全球網友票選爲「台灣國鳥」的藍鵲，爲了逗樂這個突然拉喪起一張哭臉的人生旅伴；他曾經道聽途說，當下姑且一說地，想到了一則有關這座定情聖山的旅趣傳說。

明末清初，國姓爺鄭成功，砲轟鳶精和鶯哥精的故事，妳應該還記得才對——

今天，我再說個更精彩，更感人的故事，讓妳高興一下——

聽說，古早古早以前，漢人還未入墾三角湧，國姓爺還未打傷鳶精和鶯歌精。那個「清風洞」還能像捷運隧道，直鑽大漢溪床，直通對岸「鶯哥石」出口的年代——

平埔族霄裡社，有一對兄妹名叫「文仔嗹」和「艾瑪」，泰雅族油蔴社，也有一對兄妹名叫「卡朗・達奧」和「伊娜」，他們在某種山神安排的機緣下，雙雙愛上對方了。但是，兩位淑女要求兩名勇士，必須完成兩件事，做爲定情禮物，才肯答應他們的求婚。

那就是兩名勇士，一個必須攀上溪南山或鳶山，剪來一疋晴藍天布，好讓她們縫製成，兩套天下最夢幻的雙人枕巾；一個必須向大鳳蝶或藍鵲身上，取來一捧燦藍元素，好讓她們漂染出，兩襲人間最珍貴的同心嫁衣。

「喔，這要求好難喔。結果呢？」女的總算開口說話了。

「哈，結果嗎？爲了愛，文仔嗹和卡朗．達奧，當然還是努力辦到了。」

至於，兩名原住民勇士，究竟是怎麼辦到的呢？這個過程百般曲折，一言難盡。

「嗯，只要妳願意，再幫我扮個快樂笑臉，我就繼續說下去。」男的賣個關子。

「你好壞，好壞。還以爲自己是在帶團逗樂，給遊客吊胃口嗎？」女的恢復笑容，不住輕搥對方胸口的離開和平鐘亭，拾階而下，轉身回走兩步，指著蛇穴似的「清風洞」，奇怪而問：

「怎麼有可能，這是騙人的神話吧？這洞好小，怎麼能直通對岸鶯哥石呢？」

「這不是神話，天底下，沒有不可能的事。三百年前，甚至連高高照在天空的藍光，薄薄附在大鳳蝶和藍鵲身上的藍彩，最後還不是都給文仔嗹和卡朗．達奧，如願拿到啦？」

聽著，聽著。至於，女的最有感覺，最想知道的這兩對遠古戀人，後來怎麼了呢？

男的一邊深情而述，一邊摟著女的繼續轉往他們最初定情，同時也是文仔嗹與伊娜、卡朗．達奧與艾瑪，最後盟誓的鳶嘴岩。一邊，突然聽見，有誰開腔大罵特罵了起來：

卡，卡，卡——

重來，重來，重來——

場務，場務，場務——

怎麼搞的，到處一片髒亂——

飲料盒，保特瓶，衛生紙——

這麼美麗的故事，怎能如此猥褻——

這麼崇高的聖山，怎能如此沾污——

開罵者，手拿一只大聲公，昂揚著一張蕃薯臉，嗓門很像脹滿一肚子氣的臭老蟾蜍。

於是，場務人員、臨時演員，包括其他圍觀逗熱鬧的遊客，開始七手八腳，一陣忙碌撿拾。

原來，這樣的一天，那麼湊巧，有人選擇相同的場景，類似的劇情，正在演戲拍片：

那麼，下個分鏡。霧鎖情鴛——

好，清場，各就各位。預備——

倒數，三，二，一。開麥拉——

就這樣，他們緩緩走過廓然一清，滿地只剩林影落葉，兩側只剩宗教性五色靈幡迎風掛蕩的空寂山徑，斜斜登向鳶嘴岩。

半途，山徑右側空地，豎有「鳶山勝蹟碑」一方，鐫有「鳶山勝蹟碑記」一文；此碑於民國六十五年由三峽詩社建立，碑記爲詩社同仁黃景南撰寫。碑文要旨，主在詠嘆鳶山勝境無限高遠之外，仍然不免重申鄭成功炮打鳶精與鶯哥精的唐山賦義。此爲當年三峽文人的代表性心情，事過境遷，也是當今三峽人的代表性心境嗎？

政在史在，政亡史亡。日本人一走，漢人就這樣重啓了這段記憶，封印了這座山頭吧？

事實上，鳶山並不高，山頂的鳶嘴岩，也只不過是一片不甚起眼的突崖亂石。然而，境由心生，意隨心轉；因爲生而爲人，難免五內有感、六根有覺的緣故，旅者的昨日、今日、明日，便都已經渾然具足諸般情愫，附會在這片遐思崖石之上了。

至於，實際眼界所見呢？當他們手腳並用，步步如履薄冰的攀頂一看，十坪不到的鳶嘴岩上，已經擠滿一堆人；而此次重臨，這山頭不知爲何，竟然悄悄蒙上了一抹淡淡哀愁。

好位子，早被先來者捷足佔走，兩人勉強找到一名攝影客前方的崖邊石縫，互相靠身緊貼蹲下。這位子，凌空懸掛在外突高處，看來有點危險，但眼前佳景則相對的更勝一層。

山頭周遭，宗教悲憫性質的五色靈幡，亦步亦趨，繞掛而至。冬蟲夏草狀的密藏咒文，似乎凡有人跡處，便試圖淨化這片人心內，轉化這片意境裡，最爲深沉難堪的某些什麼。

遊客們，個個屏息以候，沒有任何人，發出任何聲響。神鬼交遇之巔，佛魔並置之域，物我交融之所，好像大家都在忘我等待，各自六慾之外，彼此七情之內的某種天人交會。

這種忘我等待下，暮色轉灰，夕照轉紅。遠遠地平線上，不知哪隻神祕之手，偷偷點燃了一把燎原之火，漫天霞彩，立刻一發不可收拾；熊熊然，冷冷然，由西往東焚燒而來。

喀嚓，喀嚓，喀嚓。這對年輕情侶隨即悄悄聽到，身後那名攝影客似乎正在猛調光圈，猛按快門。這對老遊魂則隱隱看見，他們小兩口子，好像又開始恢復先前的竊竊私語了。

「剛才，我想了又想，我們是不是這樣做，會比較好？」男的學著女的，欲言又止。

「我就知道，你是不是想說，我們不如打掉胎兒，比較省事？」女的乾脆替他說道。

「我這也是不得已啦。胎兒應該會諒解，我們生下他，大家一定會吃上更多苦啦。」

「這我也知道，但我外婆曾經生過雙胞胎。我擔心，我們可能會害死兩條小生命。」

「寶貝，我懇求妳了。犧牲兩條小生命，成全一家子幸福，這我也於心不忍呀！」輕呼著對方暱稱，男的幽幽嘆出一口氣：「我已經三十出頭了，最近來來去去帶團出國，每一想起以後的日子，就覺得好累，好累。如果沒有我媽媽和妳，還在台灣等著，有時眞想找一個風光明媚的天涯海角，就那麼永遠躺下來休息；——」

「賴皮，我不准你這麼說，更不准你這樣做。」女的也輕呼著對方暱稱，內心突然閃過一個「死」字：「喔，喔，就算有一天眞的想死，也要記得跟我和胎兒死在一起；——」

互相竊竊私語裡，夕陽西墜，夜幕四合。北二高國道上，也不知哪隻神祕之手，刹時點亮了

兩排人間浮世燭光；沿途路燈立刻一瀉千里，盞盞然，冷冷然，由北往南燦亮而去。

喀嚓，喀嚓，喀嚓。這對年輕情侶再度悄悄聽到，身後攝影客猛調光圈，猛按快門。兩排國道路燈，就像兩排龍珠串夢，流光迷染，無限延伸；雙向馳駛車陣，更像兩抹披彩鳳影，流麗閃熾，極盡往來。夢幻盛境，華麗接引，輕飄飄的就算死了，應該也是美事一樁吧？

崖高三二一米，若能像一對黑鳶撲翅而下，比翼雙飛，儼然已足夠化刹那爲永恆。

「好姊妹，妳呀，可得仔細想清楚！這裡曾經有我們遺落了一隻風箏，三百年來一直讓大家，痛苦了好幾個世代！」另一個她，又提醒她說。

「我仔細想了，這裡應該就是最後一站，不做一次壞人，此恨難消啊。」她掙扎道。有史爲鑒，奸邪總是比忠良，活得輕盈自在；有戲爲鏡，無情人總是比有情人，活得痛快淋漓。日月隱晦的天空下，哪有什麼舉頭三尺有神明？

「寶貝，好在我已經幫妳買了保險，設法拿掉胎兒，我們其實反而可以撈點保險金。但畢竟

這是我們的第一胎，要不這樣好嗎？」男的退而求其次，半開玩笑地，再度欲言又止。

「賴皮，我知道你想說什麼！先不管什麼保險金，我們打個賭，如果是單胞胎就拿掉，是雙胞胎就留住。要不，我就是那句話，四條命要活就一起活，要死就一起死！」女的也表示讓步的，爽快幫對方找理由；然後，也不知是爲景所感或爲情所動，兩眼不覺漣漣落淚。

就這樣，情願爲愛折中，或爲經濟讓步，只好將命運交給天意。那麼到底是誰，正在操縱命運，或正在被命運操弄呢？而明天一覺醒來，又有誰有心理睬，更有誰有意探究的打開電視一看，台灣昨晚又製造多少社會悲劇，產生多少家庭命案，發生多少個人自殺事件？

不必大驚小怪，這只是一則昨日新聞。意外失足，或殉情投崖，那就只有天知道——

她伸手，搭向這對準父母，輕輕一推。臨時起意，或預謀同死，那就任君想像了——

一陣天地旋轉。兩聲鳶唳，兩記忘世驚叫——

一片靈肉渾沌。兩抹鳶點，兩條疾落人影——

喀嚓，喀嚓，喀嚓。攝影客，三度猛調光圈，猛按快門。

她認定，這對難堪情侶，或其中的誰，這次終於死定了。

然而，飄飄然，猛一回神，這才發現墜落者，原來是她自己與另一個她。

「好姊妹，已經歷盡三百年翻轉，做盡九世十代好事。妳認爲，我們還不夠嗎？」

「螳螂捕蟬，黃雀在後，偷偷推下妳的，不是我。妳看，我不是也一起遭殃啦？」

這麼慘烈的高空落體。她們以爲，這次一定痛徹肝腸，血肉模糊——

所幸，過程還算舒適。轟然，兩聲千鈞墜響過後，一切塵埃落定——

她們睜眼一瞧，竟然全身完好無缺，神志清澄，意識如嬰。早已入夜的鳶嘴峰底，四野肅穆，通體透明；格式像圓卵，質地像蛋液，兩人似乎躺在一枚安祥柔軟的原繭中。

「這絕對不是，我們熟悉的鳶山暮色，倒是更像前生母體裡，某處小洞天。」

「看來，我們應該是被誰推入，哪個母親的子宮內，化成一對小小胎靈了。」

「我猜，躲在背後推下我們的，一定就是媽祖廟，那個雞婆的註生娘娘啦。」

「唉，啥因緣果報，天理循環？這種人間，這種人生，我寧願被墮胎打掉。」

「好姊妹，妳不必這樣懊惱沮喪。大不了，我們就是再度一起輪迴爲人嘛！」

「好姊妹，記住，記住。這次重新投胎轉世，我們一定要學會當個壞女人！」

攝影客開始窸窸窣窣，拆卸相機腳架。遊客開始摸黑，攀下鳶嘴岩。調整著一份心情，重整著一幅願景。這對情侶，遲遲留到最後才走。緩緩，靠著崖石起身時，女的突然湧出一股嘔意，興奮的告訴男的：

「好奇怪喔，剛才好像有什麼東西，連撞了我小腹兩下，然後就聽到兩句叫聲。」

「走好，走好，別胡思亂想。妳有喜了，身子比較虛。嗯，那妳聽到什麼叫聲？」

兩人藉著幽暗暮光，踩著依稀徑痕。男的倒是對於後者，感到有點好奇。鐘亭前，臭老導演還在拍片。此時劇情，好像已經進入，本集夜戲階段。

嗚，雅亞，雅亞。現在，我們來了——

嗚，媽媽，媽媽。今晚，您在哪裡——

一對原住民孿生小姊妹，好像早已演熟這種角色，正跪在鐘亭石階上，使勁哭喚。這對小姊妹，拉長著哭聲的同時，鏡頭緩緩移開，焦距微微拉遠，燈光漸漸調暗。

當燈光調至完全漆黑下來，被擬真道具佈置成一片山頭亂茅中，兩條人影驀然就在這對情侶眼中，閃身顯現。朦朧夜色下，也許是平埔族紗頭箍、深弧目、五皁衣、小綁腿，也許是泰雅族束髮、黥面、貝項、珠耳打扮的，頭上插著藍鵲彩翎的兩名蒼顏女子，雙影合一；不忍，或不敢正式面對這對小姊妹的，隔代而視，隔世而望。

雅紀，我們告訴您，雅亞眞的來過了——

剛才，她躲在銅鐘後面，偷偷在流淚——

私底下，扮演這對小姊妹的香香與婷婷，悄悄告訴那位，戲內戲外的泰雅外婆。

太棒啦，簡直原人重演，原景重現。今天，到此結束——

晚餐我請客，飯後逛老街，明早大家原地集合。收工——

臬老導演，習慣性地，食指扣著姆指，高舉「OK」手勢。

燈光乍亮，攝影師開始拆卸攝影機，場務們開始收拾器材。

一切視野，恢復正常。被暱稱爲「寶貝」的這名女遊客，突然充滿想像，張眼注視著，各有一對外雙眼皮、內雙眼皮的香香與婷婷，悄悄告訴，被暱稱爲「賴皮」的這名男遊客：

「好奇怪，那麼巧！我剛才聽到的，就是這種暗夜哭喚媽媽的叫聲！小姊妹，都長得好可愛，正是我想要的一對雙胞胎。但是，我保證，一定從小讓她們快樂長大，絕對不會到處找不到媽媽。嗯，你這個未來的準爸爸，是不是也應該，一起向她們做個承諾呢？」

一切生活，恢復現實。被暱稱爲「賴皮」的男遊客，沉吟半陣子；突然抬頭看見，或許季節使然，或許即將變天的夜色下，鐘亭三組水銀燈，正在悄悄浮起六圈迷茫霧暈。

事實上，百工薪資調低，社會物價反漲的現階段，各行各號早已呈現一片苦撐現象。他實在無法保證旅遊行業，還能繼續做多久，更不敢保證下個工作，是否能順利找到。

然而，也許信口開河的敷衍，也許心中有愛的信誓，他還是充滿希望的呼應她說：

「喔，當然，當然，我也是一樣。最少，我保證我老媽，一定會幫妳照顧孫子！」

「賴皮，人生路上，有你做伴眞好。我覺得好幸福，下輩子，一定還要嫁給你！」

他們離開臭老導演的拍片殘景，繞過「望天高臺」的拍片現場，緩緩走下鳶山頂。沿途，來往遊客已經逐漸稀寥，林影交錯的山道上，無形中感染了幾多空山荒寂。

這趟歸程，仍然是時而親暱摟腰的遊姿，時而卿卿我我的旅意。「寶貝」不禁又像上次出遊那樣，滿心感動得淚眼模糊；「賴皮」則是暗暗陷入，一股莫名不確定性質，台灣明日天涯，漂鳥何處停棲，一切只有天知道的愁惱裡。

這個夜晚，整座鳶山之巔，突然大霧重現。

半透明灰白嵐霧，就從鳶精斷頰處的鳶嘴岩縫，縷縷吐出，裊裊飄漫。頃刻間，嵐霧籠罩了，包括「鳶山勝蹟碑記」、「望天高臺」、「望鄉小站」在內的，整片獨走山脊。悲觀的陰陽家擔憂，說此霧可能是鳶精死而復活，又要開始吐毒爲害了。

浪漫的文學家認爲，煙鎖長林冷霧飛，似鳶似石且休論，渺渺遊情淡淡風，一山佳景萬古存，山靈與我有前緣，依舊鳶山夕照紅。說這遠古天地嵐氣，正是鳶山最爲永恆之處。

但是，事後依據該戲場務回憶。說這山霧，其實是他們多放了「人工乾冰」所致。

第二十三章
最後歸宿

新娘明眸皓齒，清秀美麗。眉頭放開一些，再放開一些，千萬別僵住——新郎氣宇軒昂，英俊帥氣。手臂抱緊一點，再抱緊一點，千萬別鬆掉——好，很好，天上比翼雙飛鳥，地下同枝連理樹。就是這樣，就是這樣——

不是假日的老街，遊姿自在，旅意自如；有人選在減少一份世途擁擠的古雅街屋前，增多一層史道情味的幽長亭仔腳，取景拍攝婚紗照。偕同最佳伴侶，擺出最美身姿，設定最柔光圈，調好最優焦距；彷彿漫漫人生，就此便可長相定格，爾今爾後，便能永享幸福。

他，喔，不，應該說是他與她的歷史共身們——在各自前往「大旗尾」，探視最後一次鄉土作家，以及最後那片自己葬情埋骨的山林大地後，相約重返共擁記憶的三角湧溪、土地公坑溪，交匯處集合，參商明日的何去何從。

歷史共身們，在若干成員缺席的些許遺憾下，所得共識是與其漫長勞累穿梭，歷代愁苦等待；不如就學著獅頭巖的呂洞賓，扮演一群宇宙遊仙，一夥天地玩靈，不再憂患於世。

鄉土作家，已經完全關閉電腦連線，聽從雞排老婆的建議，當個大樓警衛而去。

曾經信誓旦旦的這介老宅男、老米蟲，顯然徹底遺忘他們了。終年兩班制，一天十二小時的警衛勤務，時而權充大樓地下停車場的出入指揮；時而遇到社區住戶，便像遇見恩主公般彎腰作揖，逢有路人接近，便像一條老狗般虎視眈眈。另外，總是背著管理委員，暗暗遵囑服藥，努力佯裝成不是一名精神病患；偶而，私自偷聽幾首郭金發、洪一峰、紀露霞、文夏的台語禁歌，才能勉強快樂一下。

只要記得吃、記得睡，管他天下多少事、人間多少苦，可說就是他的近況寫照。

世間情志恩仇，已成過眼雲煙。他們在「窟仔底」，迴避過那些「查某間」，在祖師廟門前，迴避過那些「唐山門神」；在「狗屎埔」巷口，迴避過大郎先仔鐵嘴直斷的那坨「幸運狗屎」，又迴避過豆花勇仔命中註定的，那間「應讖店面」。這「應讖店面」不知何時，已被其他有緣者，改成「台灣彩」簽注店；該幅類似鄉土作家發出的「尋人啓事」，也早已被移至老街頭的三峽派出所，歸檔爲百年懸案。

當心，媽祖廟內，有唐山註生娘娘值班——

留神，前方中街，有台灣新婚孕婦出現——

關於，前述若干成員的缺席，他早已心裡有數，戒愼戒懼的迴避過媽祖廟，如臨深淵的閃躲過婚紗拍攝現場。既然，投胎轉世已經成爲畏途，一切行事，當然是小心翼翼爲妙。

然而，即便如此處處提防，在掩耳躲開「殺朱拔毛，反共抗俄」、「大東亞共榮，南洋降伏」的鑼鼓鞭炮聲後——他還是慘遭如下，某年某月某日某時，某戶百年老廳婚禮的「四句聯」回音，給一朝被蛇咬，十年怕井繩的，突然嚇出了一身冷汗：

一拜天地，金銀鋪地——

二拜高堂，子孫滿堂——

夫妻對拜，送入洞房——

其後，趕緊沒頭沒腦，逃往對邊亭仔腳；潛經，以前曾與「棺材行」爲鄰的，那家鳥店故址。豈料，才剛抬頭停步，迎面還是遭到，兩記莫名其妙的嚴厲「鳥罵」。

巴嘎，巴嘎壓陋，哈哈——
巴嘎，巴嘎壓陋，哈哈——

本鎮三峽，曾經有過這種滿嘴日本「國罵」，破口嘲笑譙人的「憤怒鳥」嗎？這鳥會是一隻，被鳥店關壞心情的台灣八哥，中國九官，還是澳洲鸚鵡？所譙對象是日本人、中國人，還是台灣人？是漫天神魔，滿街俗眾，還是自詡旁觀者清的牠自己？

午後山城，遠方山區，悄悄湧起一片雷雲。雷雲轉眼而至，西北雨倏忽而落。雷雲閃罩在老街上，立刻催促著遊客，或趕緊走避亭仔腳，或紛紛撐起雨傘花。西北雨狂落在鳶山頂，隨即逼使著四處山野淅瀝沓響，草木惶恐張望。

以上雨景，一般世人，司空見慣。但在亭仔腳與雨傘花下的某種旅趣，沓響與張望中的某份遊思，想必隱藏著一抹連遊客本身，甚至連最世故的三峽耆老在內，也渾若只知其然，而不知其所以然的人生旅愁吧？

這抹人生旅愁，凡夫俗子，當然可以不必細究；只需隨波逐流，人云亦云便是，否則便會身陷其內，作繭自縛，自討苦吃。那是因爲這某種旅趣，這某份遊思，畢竟只有某些先天偏執性格，或後天深重情操者，才能自我感受，自得其樂的。

以至，雖是驚雷驟雨加身，還是有人選擇不避不躲，踽踽獨行，逛向頂街郊外而去。眼前，這名踽踽獨行者，似人非人，似靈非靈；貌如鄉土作家，神若本鎮地方文史工作者、自然生態觀察者、童書插畫家，並暨登山健行者、動物保護人士的情志複合體。

至於，此人眞實身分，究竟是誰呢？其實，早已連自己是誰，都不想繼續追查的他們與她們，當然也是同時失去那份好奇童心了。

他但憑直覺的納悶了一下，那個鄉土作家，或那夥曾經是哥兒們的舊雨新知，日前不是都還好好活著嗎？怎麼多久不見，竟然落拓到必須釋出沉重情愫，兀自霤雨獨行呢？

正月瘋祖師公，三月瘋媽祖婆——

四月瘋火金姑，五月瘋山桐花——

六月瘋觀音嬤，七月瘋普渡公——

撥開世途迷霧，釐清身世來歷。史道上，貿然闖入蠻荒台灣者，大凡不是唐山海盜、唐山浪子，便是中國失敗者、中國夢想家。這名落拓遊客，似乎還保有幾分古老三角湧的傳統遺風，一邊喃喃吟誦著一首應時童謠，一邊轉頭朝向他們與她們連連眨眼，親切邀請道：

「人客啊，來去喔。三月拜過媽祖婆，四月、五月來去拜火金姑，山桐花啦！」

敬拜祖師公、媽祖婆，是在地人的年度信仰大事，也是平時訪客遊賞三峽的休閒方式之一；使得祖師廟、興隆宮與老街，常常是人潮眾多的大熱點。本鎭山城，在按例慶讚「祖師生」、「媽祖生」之外，何時增加了，「火金姑」與「山桐花」的新潮祭典？這兩站耳目一新的遊旅景點，又到底設在何處？

「我們已經很累，也很厭倦了！你說的火金姑和山桐花祭場，最好是設在鳶山附近，要不你的誠意，我們只能心領了。」他們有心無力，意興闌珊的回答道。

「很近，就在鳶山後花園，最近每年來到夏季，都會接連舉辦火金姑祭和桐花祭。」

鳶山後花園，使他恍然想起，胡大仙說過的什麼清聖空靈休憩勝境，不覺精神一振。

通常而言，當一種活動提升到「祭」或「典」的形式，象徵層次，已經非常崇高。敬拜人文終極精神的神佛，是爲了祈願求福，禮祭自然生態的火金姑與山桐花，到底爲了什麼？這兩種時尚祭場的途徑，究竟又如何走法？

「兩處祭場，以鳶山古道，或是鳶山後花園的流螢小徑、桐花步道爲引徑，你們若是怕迷路，那就跟我同行。」落拓遊者，似乎歷經相當人間世事，也是累積相當倦意的說：「拜過一切神明，求過一切菩薩，你們不覺得還是滿腔七情糾葛，滿腹六慾糾纏嗎？若是可以透過一盞盞明滅螢火，一朵朵飄飛桐花，短暫超脫沉重生命，豈非比漫長的參禪入定，慘烈的跳崖自殺，還要來得簡捷省事？這就是火金姑祭，山桐花祭，新設舉辦的目的了。」

不必服用鎮靜劑，遭受有點麻木，有點遺忘的童騃渾噩之苦；也不必灌飲孟婆湯，接受徹底輪迴，徹底遺忘的世代斷憶之憾。只要每年這麼遊過一趟流螢小徑，這麼玩過一趟桐花步道，便可形同謁佛一回，或死過一次；然後，心靈恢復清新朝氣，人生重新邁步上路。

海濱有逐臭之夫，山野有尋癖之士。這介落拓遊者，似乎並非一般專往熱點瞎湊的流俗過客，一邊喃喃然慫恿著，一邊施施然走出鬧街，選擇人跡稀少的某條山道走去。

「喔，喔，聽見嗎？牠們來了，它們來了，祂們也來了，大家都來了！」

「嘿，嘿，聽見啥？牠們是誰，它們是誰，祂們又是誰，大家都是誰？」

一大群由於「完全變態」的循環過程，從水陸泅爬，脫胎到凌空飛舞。與其被童書插畫家，彩繪成「精靈天趣」，毋寧讓鄉土作家，詮釋爲「現世蛻化」的「四月流螢」——

一大片因爲台灣緯度高低的節氣遞移，由國境極南，往極北傳綻而至。與其被生態觀察者，演繹成「自然現象」，毋寧讓鄉土作家，見證爲「台灣哀愁」的「五月飛雪」——

一大抹來自天海遊蹤的縹緲身影，體認於無常人生，感悟於無羈仙道。與其被民俗學方家，註解成「民間信仰」，毋寧讓鄉土作家，引頌爲「立地成佛」的「仙公傳說」——

那麼巧合，今年全在農曆四月的鳶山及其後花園裡，「三位一體」的結閏交會了。

關於「四月流螢」的火金姑，由始以來就跟三角湧的荒天野地同在。一年一代，一生四態，渾沌蟄隱階段的卵胎，血腥追噬階段的幼蟲，自省內啓階段的繭蛹，禁食戒殺階段的成蟲；可說其生命也短折多重，其終亡也素雅清絕。

關於「五月飛雪」的山桐樹，爲日本人引進之作物，生長快，全株是寶，皮可取膠，籽可榨油，材可製器。其性抗旱耐瘠，早已歸化本土山林，一歲一榮枯，一地一聚落；寒冬落葉，暖春抽芽，熱夏開花；爲了竭盡所能拚經濟，每逢五月，便一起愁白了整片台灣山頭。

關於「仙公傳說」的仙公，係指中國唐代的呂洞賓。十歲能文，十五歲能劍，曾經考中進士入朝爲官，婚後生有二子早夭，更身逢天下動亂，生靈塗炭，於是辭官伴妻退隱山林；四十歲，妻亡，致使常嘆時局叵測，人世難料，離苦離難之心趨堅，最後臨老證道成仙。

根據吳元泰《東遊記》所載，呂洞賓既已證道成仙，便即逍遙雲遊四海，從唐朝遊向明朝，由天庭遊向人間。某年，在偕同漢鐘離、張果老、李鐵枴、韓湘子、曹國舅、藍採和、何仙姑等七仙，向西王母賀壽辭行後，忽見東海煙波浩瀚，遠島海市隱現，煞是好奇；八仙一時遊興大起，於是聯袂踏波越島而去，途中遭到龍王太子摩揭，奪走藍采和之玉板，引發一場「八仙過海，各顯神通」，最後由齊天大聖出面，力戰蝦兵蟹將的中國神話傳奇。

另據《列子．湯問》所載，「渤海之東有五山焉，一曰岱輿，二曰員嶠，三曰方壺，四曰瀛洲，五曰蓬萊」。史家推測，其中「蓬萊」者，應該就是現在的「台灣」。

而依據他記憶所及，八仙中的呂洞賓、李鐵枴，當時確實來過台灣，並且地點就在本鎮鳶山後花園。二仙到訪日期，雖因年代久遠不能查考，但其跫音猶然時常可聞，足印、枴痕更是歷久彌新；赫然，就封印在中埔山腹裡，那條「懷舊古道」的「仙跡岩」上。

「仙公生在即，八仙必然齊聚。既然失情於人，失志於世，失庇於祖師公，失憫於媽祖婆；建議你們，不妨多繞幾步，去會會這八位寧可驚動天海諸神，就是愛玩的大遊仙。」

「此外，最關鍵的是，流螢小徑和桐花步道，其實就是兩幅鳶山後花園的陰陽變貌。站在懷舊古道的幽明分界線上，向亮處看向桐花步道，滿山簇簇的勞忙花影；向暗處看向流螢小徑，遍谷點點的淡定螢光。陰陽轉身觀看之間，生死轉念體悟之際——獅頭巖仙公廟，剛好就是世途行走，宜歇宜憩的最佳中繼站啦！」

這位落拓遊者，又是一陣沉沉陶醉的解說著，一番款款邀請的慫恿著。

主祀呂洞賓，副祀地藏王、齊天大聖的獅頭巖仙公廟，迄今已有一百三十餘年廟史。推算其創建年代，大約是在加拿大馬偕牧師，首履三角湧傳教不久的光緒初葉。

遊者由此可以想像，大遊仙呂洞賓在前述遠渺年代到此一遊後，並未留下參與乾隆二十年，首位土地公赴任的那場就職慶典。遊者也由此可以思考，仙公廟比市街諸廟晚建一百餘年，在三角湧好山好水、佳脈好穴，早都被捷足先登下，呂洞賓竟然先發後至，落得只能選在幽僻的獅頭巖落腳——這是仙性與神性的先天區別，還是仙道與神道的後天差異？

話說回來，先天的仙性與神性，有何區別？後天的仙道與神道，又差異在哪裡？

通往獅頭巖仙公廟的途徑有二。一是從老街尾，右轉攀抵鳶山運動公園，且停步小駐，且賞足三峽市街煙塵後，踩著新生代球賽聲，循鳶山古道盤山而上；半途，遇見山徑口告示牌左轉，擦過左側「鳶山村」野食店，與一片疑似黃飛故宅的「黃厝」，即可直行到底。

此路有句通關密語，旅者只要不斷暗唸「我就是愛玩，我就是愛玩」，便不致走失。

二是走出老街，行經本鎮首尊漢神、首間漢祠的「福德宮」直去，邂逅路旁一家機車店後，右轉入巷，再左轉沿山麓下的土地公坑溪岸，迤迤漫步蜿行。這路也有一句通關密語，在此必須特為預警的是，這密語萬一唸錯，旅者便會前途茫茫，而不知伊于胡底。

在他們記憶中，曾經就有人，錯以「我是誰」的密語偷渡後，竟然一腳採進「福德宮」前的防番隘門；自此跌入乾隆元年「土地公石」的並置時空內，一路晃向所謂的泰雅族「番境」禁域，從此失神而去。也曾經有人，錯以「我要抗議」的密語闖關後，竟然重走了一趟明治二十八年「三角湧之役」，兩次大會戰的那條「抗日古道」，落得滿懷悲愴而歸。

此路正確密語，一句掛上雙保險的加重複詞，那就是「我眞的好累，我眞的好累」。

旅者在報出正確密語後，會立刻有隆隆驚雷回應，然後幸會一陣剛才所說的西北雨。

他們就這樣聽著雷響，淋著滂沱大雨，拐入這條只有特立獨行者，才會選擇的僻徑。

僻徑上，隱隱而望，已有一位臭味相投的遊客，蹒跚走在前方。該遊客身形頎碩，行姿莊重，步履沉穩，背影微駝，初看酷似鼎鼎有名的諾貝爾化學獎得主，李遠哲。偶而，側臉觀賞山景溪色時，憂樂神韻則更像談吐幽默而犀利，一向善於自我解嘲的台大名醫，柯文哲。

十分有趣的是，該遊客有個一邊遊覽，一邊學著《射鵰英雄傳》的武學怪才周伯通，兀自下意識忙著，右手批判左手，左手辨正右手，不停自我糾纏對搏的自娛動作。

「好奇怪喔，他們台灣大學法律系調教出來的總統，怎麼會一個貪，一個爛呀？」

「那麼，到底是那個貪婪斂財的，比較可惡，還是那個顢頇誤國的，比較可恨？」

「唉，唉。爲啥我們台灣人，總是有時間忙著內鬥，沒時間思考子孫的未來呢？」

此遊客，渾然已經一路自我娛樂到忘掉雷雨存在，一股勁自顧自的疑惑著。也一肚子好奇地，使得他們因他那團一直解不開的疑惑，而被感染的一起疑惑著。

兩名老山戶，確切而言，應該是一對從山麓竹林走出來的老夫婦，老夫拄著一把蛇杖，老妻挽著一團台灣古髻。但彼此都是滿頭白髮，先後迎向該遊客問道：

「少年仔，莫再天眞懷疑了。滿頭白髮，交換你半甲子青春，今年答不答應呢？」

「莫睬他，每年找你換年紀。我倒是想請問你，看過咱家走失的，那群牲口嗎？」

「老阿公呀，台灣自古就是一座仙山夢土，您是怎麼老掉這頭白髮的？老阿嬤呀，三角湧從來也是一座安祥山城，您又是怎麼走失那群牲口的？」

「將近三百年忙上忙下，終結一輩子忙內忙外，他就這麼轉眼老掉了。一記記重腳像驚雷踩過，一陣陣重手像西北雨打落。前任山神，也就這麼一恍神，走失那群牲口了！」

「原來如此。但是，老阿公呀，如今世代，青春何堪，長壽何用？我倒是寧願以前生風采，交換您髮白如仙的超脫；老阿嬷呀，眼前的三峽，我倒是更寧願以上輩子浮譽，換取您心慈如母的悲憫。唉，唉，我不會就是，您們正在尋找的那群牲口之一吧？」

兩老搖搖頭，又點點頭。背後跟著，一對失去原野的草花蛇，一窩失去母親的小竹雞，以及一隻失去大板根的老樹精；踽踽然，繼續向前尋覓而去。該遊客在答問之間，片刻自我恍醒的暫爲停腳後，也隨即重新陷入雙手右左對打，一顆心互相糾纏的疑惑裡。

這對老夫婦，想必就是前述，頂街福德宮的土地公與土地婆吧？

但該遊客，顯然不是猜想中的李遠哲，或柯文哲。因爲行至不遠處，另外一間紅色小土地公祠時，有一名中年殘障居民，竟然熟識的向他問候說：

「富本先仔，您好清閒，好幸運。從台灣光復躲到現在，總算躲到出頭天了！」

「哈，哈，莫管太多，莫想太多，把往事忘光光，心就清閒啦。莫逞強顯能，莫賭氣鬥勝，平平凡凡的活著，平平淡淡的過日子，人就幸運啦！」

「一百年前，三朋先仔先受番害，毀掉大菁山場，後受日本人統治，憂煩病死。您老人家，雖然在前期染布業，小有成就，但六十年前那場縣長選舉冤屈，您吞忍得下嗎？」

「社會和諧，子孫平安，我就心滿意足了。那場選舉恩怨，我啊，忍得値得啦！」

「富本先仔，多謝您開示。很久才回來一次，請到我家飲一杯三峽碧螺春如何？」

「今日不行，我得趕著追上八仙過海的腳步聲，準時參加獅頭巖仙公壽宴。其實，我一直沒離開我們三峽，想找我泡茶，你可抽空前去祖師廟後的福安宮啦！」

「唉，我這樣子，走不能走，飛不能飛。哪有身命前去，喝您一杯土地公茶？」

透過上述對話加以猜測，被尊稱爲「富本先仔」的該遊客，一定就是世居老街經營「金聯春染坊」，早期卒業於日本中央大學法學院，一向擁有崇高聲譽的本地宿老，廖富本。

依他記憶所及，終戰前廖富本曾經任職過台北州農林廳、蘇澳郡役所農林課；終戰後，更出任蘇澳代理郡守、羅東區長，素來頗得眾望。民國三十六年，台北太平町因緝菸民憤，引燃二二八事件時，如此身世的廖富本，剛好正在接受高級公務員訓練，僥倖未遭波及。

民國四十年，前程看好，忠直剛正的廖富本，投入首屆台北縣長選舉。依當時選舉規則進行第一輪投票後，廖富本在四名競選者當中，獲得第一高票，只差二千二百多票，便可過半當選。但本該穩操勝券的局面，不料竟然在第二輪投票時，反而以倒輸十二萬二千四百餘票，非常意外卻也心中有數地，大敗給國民黨提名的代理縣長，梅達夫。

梅達夫，中國貴州江口人，畢業於保定軍校，官拜陸軍少將，民國三十四年扈隨國府接管台灣。三十六年，奉令接任私吞巨額公款，原官派的台北縣長，陸桂祥。

廖富本與梅達夫，出身不同，資歷迥異。這場選戰，從選民結構與民間聲望推定，前者必勝；但從時代背景與黨國因素觀之，後者必贏。候選人相同，選民相同，身世相左，結局相反，廖富本大敗的最後關鍵，究竟出在哪裡呢？

這是個大哉問，答案三峽人知道，廖富本也知道。而依他所記，廖富本敗選後，國府當局怕他東山再起，興風作浪，旋以三十八歲的超役年齡，徵往金門當兵；役畢返鄉，從此忍氣吞聲，遠離政壇，將餘生寄情在老街福安宮的重建工作。業暇，並擔任三角湧文化協進會創會理事長，將殘志轉注在本鎮文史的撰述上；直到筆禿墨盡，蠟蕊成灰而逝。

得失之間，尊奉他是本鎮文史志業的開山鼻祖，也不爲過。

天地無偏，蜈蚣百足，行不踰丈。游魚無腳，獨走千里——

少年仔，莫怨嘆，腳就在腦裡，翅就在心上。好好活著——

該遊客說完兩句勉勵話，一路繼續行去。殘障居民，是個先天重度小兒麻痺症者，蜷腿盤伏在土地公的供桌上，且拿自己當作一件命運祭品般，寂寂不動的陷入若有所悟中。

一群樹鵲，相偕從中園國小飛越土地公坑溪，投向土地公祠右側山林內。此鳥具有類似藍鵲家族的聒噪性格，偶而更會痛罵什麼人，痛責什麼事地，粗口爆出幾串莫名髒話。

牠們高亢呼喳著。爭相替誰出「怨氣」，或替自己出「鳥氣」的，一路訕罵道：

嘎啊，哥哩啊。哈哈——

嘎啊，巴嘎啊。哈哈——

巴嘎，巴嘎啊，哈哈——

巴嘎壓陋，哈哈哈哈——

西北雨傾盆落過，山城一清如洗，天色顯得藍上加藍，山色落得綠上加綠。

乾雷還在山谷迴響。土地公、土地婆循著，祂們所謂的驚雷驟雨聲，富本先仔追著，他所稱的八仙過海腳步聲，先後登往前方一堵塗滿童心彩繪的低崖山牆。

「當心，仙公廟到啦！此廟有個非常禁忌，情侶絕對不能入內參拜。」落拓遊客立刻善盡廟宇導覽良心的提醒道：「否則，萬一被呂仙公拆散鴛鴦夢，後果一概自己負責！」

「放心，我們早已經累到情意淘空，情愛耗盡，全身只剩下最後這縷魂魄了。」

童心彩繪的山牆上方，野台戲正在熱演；他們踩著鑼鼓聲與鞭炮屑，爬登至呂仙公受祀於民國年間的福山巖新廟後，時空一陣變異，視野一片扭曲。富本先仔與土地公夫婦，在此互相揮別，開始分途而行；前者走向棧板鋪設的「懷舊古道」，後者走向棧板下方，另一條早已荒蕪的山麓獸徑；須臾，彼此又在不遠山腰凸崖的一座瞭望棧臺上，重新揮手會合。

透過各自主客觀不同仰角，他們包括似人非人，似靈非靈，身分多重的落拓遊客在內。其中之一，忽然遠望著富本先仔的透空背影，恍惚出聲驚叫：

「秋霜秋雨容易了，最難消失是初心。我終於知道，我到底是誰了！」

這縷旅魂或這抹遊魄，回想此前遊逛至三峽溪「時空看台」，看人垂釣時，始終看不到站在自己正後方的，那名自稱「看盡史河難爲水」的廖富本，原來竟然就是他自己。

時空又是一陣變異。一行人好不容易調好扭曲視野，眼下所見，就這樣又少掉了一名成員。少掉的成員，剛好就是擁有豐富導覽經驗的那位文史工作者；以致，以下旅境所遇便顯得眞假難辨，旅情所感便落得虛實迷離，只能全靠旅者發揮想像力，自行自由心證了。

依他所記，這座仙公新廟山頭，是一處不爲三角湧人所知的多重時空埡口。這埡口，除了剛才所見的那兩條人獸山徑之外，另外還有第三條，可以上溯到上方狹谷的野溪心路。

野溪在此山腳，注入土地公坑溪；注入處，剛好流蕩成一泓世代窪潭，嬸姆姑嫂的浣衣聲，柮柮交響。窪潭畔，因應著這片柮柮交響，剛好悠悠流漾出三層今古浣衣景緻。

上層景緻，旅者可見幾名現代阿嬤，正在臨溪搗衣，藉由一根根工業化制式木棒，聊以搥搗古鎮的今日閒暇。往往，阿嬤們也會攜來父母還在上班的孫子，兼任看顧工作。

中層景緻，旅者可見兩排近代妯娌，正在臨窪搗衣，透過一截截農業社會的稱手竹棒，匆忙搥搗山城的昨日疲憊。一般而言，妯娌們大多會將幼兒揹在身後，以免礙手礙腳延誤晚炊，落了個「憨慢查某，看不到初三月」的持家罵名。

下層景緻，旅者可見滿潭前世燒耕部族，正在進行集體洗滌。潭墘，半裸族女，彎腰翹臀，揮石搗衣；潭湄，半裸族男，一邊摸蝦捉魚，一邊洗澡淨身。潭中，族童們則是個個一絲不掛，正在相互潑水作弄，嬉戲逗樂；反襯著下方溪灣，寂寂覓食的夜鷺、蒼鷺、小白鷺、黃頭鷺，渾然形成一片初民風情的向晚天趣。

此層浣洗景觀，因年代久遠，其部別族名，外貌形象，已經無從追憶。

但依據本鎮曾經在中埔、大埔、弘道三里交壤處，出現過「庛園山遺址」的物證推斷。他們如果不是，當年文仔嗹所屬的平埔先祖，應該就是時空更為遠邈，突然間竟在「台北盆地」銷聲匿跡的，「土地公山系統文化人」的殘族後裔。

聽說，千餘年前的呂洞賓，便是驚聞於這種童眞傳密的嬉戲聲，才有三角躑之行的。

聽說，呂洞賓到此一遊時，在大為驚嘆這片充滿向晚天趣的初民風情之餘，尤其格外著迷於那份半裸溪女隨著波光流映，且彎腰，且翹臀，且搗衣的原始浣婦風韻。於是，情不自禁地，搭配著同行跛腳仙，李鐵枴的枴杖觸地節拍，乘風引吭而歌，凌空抽劍而舞。

二仙且歌舞，且擊節，雙雙極盡陶醉，就這樣忘然兩次旋身重踩，踩得山頭天搖地動，野溪水花四濺。自此，山壁上留下了兩組踩印仙跡，山谷裡留下了陣陣雷雨迴響。

「縹縹海市，緲緲山村，樸樸原童，窕窕原女。一千年後，吾等必將再來！——」

就這樣，出於人性，入於仙道的呂洞賓，遊興未盡，當場許下這句千年古諾而去。

就這樣，早年以恬淡穴修成仙，素有「洞中之賓」雅稱的呂洞賓，依諾再臨三角湧之後，並不想多所干擾樂活自適的在地居民，也並不像熱衷人間煙火的其他唐山諸神，逕自選擇相遠於老街鬧區，相近於野溪浣衣的獅頭巖幽洞而居。豈料，悠悠千年，時過境遷，其所驚喜的原童天趣，純眞景象已佚；其所驚艷的原女搗衣，也已經添加了幾層人世滄桑。

然而，滾滾紅塵，芸芸眾生，三角湧旮旯之地，保住了些許仙性，不拜宏偉大廟、寧訪簡約小祠，不趨沉重神道、寧向輕盈仙途者，還是大有人在。仙公廟於是由獅頭巖幽洞凝聚香火，先從光緒初業的石祠，發皇爲百餘年後，在石祠上擴建於外的「廟中廟」；並爲了更加貼近日漸稀少的浣衣女，日漸寂寥的搗衣聲，呂洞賓只好顯靈指示移出分身，另在福山巖再立新廟，串連出「懷舊古道」兩端各有一廟，這座山並置兩間緬懷別館的「仙公傳說」。

二仙十足感動的溪女浣衣之美，究竟是如何一番勝景？遊者不是呂洞賓與李鐵枴，當然無緣臨境親睹；但似乎，可透過李梅樹傳世名畫的〈清溪浣衣〉圖，自行加以依性勾勒。

對於性情接近仙道者，胡大仙的旅狐網站，做出了如下建議：

以〈清溪浣衣〉爲藍本，只要將筆觸調成浮水印，將筆調勻入幾許童眞——

將山光水色，從三角湧溪與土地公坑溪交會口，挪移到此處野溪窪潭上——

將人物場景，從世俗外相，逐層向內蛻脫，終至顯露出，底層赤子心愫——

這幅畫境，便可在您眼前，雖不中亦不遠，包君滿意的，依稀擬眞成形——

古往今來，世上出於人性，入於仙神之道的特異兒女，並非只有唐山漢人獨有。

請看，在呂洞賓與李鐵枴，尚未來此一遊之前——

野溪左側的這座山頭上，此刻不就同時交疊出，幾抹似曾相識的獨特身影——

他們或高或矮，或胖或瘦，或美或醜，各因先天造化與後天境遇，而互有差別。但最大相似處是，他們全都擁有身在此中，心在彼外，隔著一段距離看待世事，超越幾階高度觀省己身的理想性格；另外，他們最大的共同點是，樂群而善察，最喜歡結伴登高望遠，相互真誠辨正，各自坦實沉思。

眼前，這支疑似「土地公山系統文化人」後裔，就有不知是友伴或情侶的三對男女，在欣賞這幅遠古的〈清溪浣衣〉畫面後，一邊陷入箇中情境，一邊離開其他族人；悄悄，牽手攀向，此處山頭的時空埡口上。他們時而遠近觀想著，時而激烈辨正著，時而緘默沉思著；突然，全都感受到一股天地悠悠的極盡蒼愴後，轉為陷入，另一股人世憧憬的極盡失落中。

其一，辨正的是，一則「花叢追蝶」的夢願經驗。說他從小就喜愛一切美麗的東西，曾於某日午寐時，夢見自己正跑在繁茂花叢裡，追捕一隻平生罕見的大彩蝶。大彩蝶兀自東閃西躲而飛，他則只顧左衝右竄而追。哪知，猛一抬頭，突然看到何時撲下一隻壞烏鶖，凌空叼走了大彩蝶；等到扼腕停步，環眼四顧時，這才發現腳下繁花，早已被自己踩爛了一大片。

「蝶花皆無，幸好明年花會再開，蝶會再來。我在夢裡，這麼自己寄望著！」他說。

其二，辨正的是，一則「空谷追虹」的狩獵經歷。說他年輕時便擁有一身好獵技，曾於某次雨後出獵，巧遇一隻世上少有的大白鹿，立刻放棄一隻已經得手的小灰兔，反身追捕那隻大白鹿；大白鹿一急，跳向搭在山谷那頭的大彩虹，驚逃而逝。豈料，他盯著額際天空的大彩虹追去，不知追過多少溪澗，追過多少山頭，就是追不到彩虹彼端的攀登處；正當失望回到原獵地一看時，卻發現那隻小灰兔，早讓躲在暗處的饞嘴山狸，啃食一空了。

「鹿兔俱失，我很後悔。發誓總有一天，一定攀上彩虹，獵得那隻大白鹿！」他說。

其三，辨正的是，一則「惡熊毀巢」的旁觀過程。說他常會率同族勇，向住在南邊山區的泰雅人，以陶器換蜂蜜，然後攜往住在北邊平原的擺接人，以蜂蜜換刀鋤。那年初秋，伴隨泰雅人臨巢採蜜時，在後人叫作「熊空」之地，邂逅了一頭搶蜜而來的大惡熊；泰雅人面臨這頭龐然巨獸的搶食，不敢貿然上前驅趕或搏殺，只能慌忙退至下風岩石下，靜觀變化。

大惡熊嗜蜜成痴，食盡泰雅人的蜂蜜，更湊近蜂巢伸掌掏蜜；惹得蜂群瘋狂圍攻，嗡嗡蜂吼不絕於耳。但惡熊並不害怕，自顧挖出蜜汁大吃一頓，掏出蜂巢痛快咀嚼。蜂群眼見屢攻無效，再看巢穴已毀，一部分開始撿拾巢屑餘蜜，一部分趕緊護住蜂王，倉皇而逃。

大惡熊舔頰晃臀離去後，兩人面對著吱吱哀鳴的破巢殘蜂，不禁一陣目瞪口呆。似乎，各自都因而勾起，曾經有過的某些難堪記憶，再也無心繼續採蜜。

「我們不忍詢問，泰雅人想起了什麼傷心往事？我自己則是突然湧現，我們祖上，一路從北邊大河畔，一代代不斷逃來這片丘埔山隅，那股永遠不能忘記的莫名哀傷。不過，最悲哀的是，我雖然領悟其中道理，卻是直到死後爲鬼，竟然還是只能空自感傷！」他說。

這座山頭上，三對友伴或情侶觀想著，辨正著，沉思著。他們在各自盼望著，何年會飛來另一隻大彩蝶，何月會出現另一頭大白鹿，何日會採得另一批新蜂蜜之餘，應該更加擔憂著，何時又會撲下另一隻壞烏鷲，何地又會躲著另一隻饞嘴山狸，何處又會竄出另一頭大惡熊吧？湛藍天空下，他們盼極而歌，憂極而唱，情極而祈；有人取出蘆笛咿嗚吹奏，有人擊掌引吭對和，有人手舞足蹈，五體俯拜而禱。

其後，各自又是一陣長長的沉思，一陣久久的緘默，一陣由古亙今的絕對孤寂。

其後，好端端的視野又是一片扭曲，無緣無故的一行人，竟然又少掉六名成員。

「好奇怪，他們爲何脫隊，又到底溜去了哪裡？」其他剩餘者，有誰這麼問道。

「這個時代，値得我們盡心盡力，這個國度，値得我們同生共死嗎？」

「累世奔波，我們已經不想成仙成神。但願從哪裡來，就回哪裡去！」

「多麼悲哀呀！我們這輩子，最後還是空讓生前美夢，化成煙霧呀！」

野溪出口，粼粼湧出幾抹，也許孕化過火金姑的浮世波色；狹谷深處，徐徐吹來幾陣，也許穿梭過山桐花的幽怨風息。那波色裡，這風息中，恍惚有什麼隱微聲音，姑且代替該六名成員，這麼回答著。

他們趁著時空變異，陰陽變貌之勢，且涉入這道四月狹谷，且攀上那座五月山頭。

同時，又藉著視野扭曲，路徑折疊之便，恰好使得彼此身、心、靈，足以多重輾轉在隨性所遊的「野溪心路」與「懷舊古道」，隨意所賞的「流螢小徑」與「桐花步道」之間。

懷舊古道上，當旅者巡禮過瞭望棧臺，上下兩處仙跡岩的雷雨源頭，鳶山後花園的幽明分界線，自此浮現於前。旅者游目所見，果然四處渾沌未明，陰陽未分的一片灰濛晦暗。

分界線途中，夜裡流螢蓄勢待發，晝間桐花含苞待放；而旅者，則是只剩一層皮影貼地寂行。大約走過十分鐘的明暗交錯歷程，視野豁然乍亮，獅頭巖仙公老廟儼然在望了。

整體看來，大遊仙呂洞賓的此處舊邸，並不豪華，是由一棵台灣古榕，一間唐山矮廟，所架構而成的一方世外天地；兩塊在地樸巖，幾隻海內外禽獸，所營造而出的一番清靜氛圍。

剛才，重新會合的富本先仔與土地公夫婦，早已先他們幾步到達。前者，正在以三角湧文史工作者暨福安宮代表人的雙重身分，一邊朝向諸多志工拱手致意，一邊走向接待處送上賀禮；後者，則走進那幾隻禽獸裡，各自老眼昏花地，正在比對當年走失的那批小牲口。

總計，當年走失的牲口是，帶孕母羊一頭，深情藍鵲、憤怒樹鵲各一對，迷途母竹雞、獨身紫嘯鶇、羅漢腳仔公雞、無頭樹精，各一隻。此爲前任山神，移交給土地公時，所列出的待尋名單；土地婆按冊，逐一叫喚牠們名字，猶如老慈母暱呼著，受驚失散的小憨兒。

聽見土地婆呼喚，牲口們立刻紛紛出聲相應，現身相認。千年悠忽，牠們即便身影早已蒼邁，嗓音卻是十足童喜而孺慕，正是所謂「天性所在，老禽獸也會發出撒嬌聲」了。

這撒嬌聲，不僅本地牲口如此。甚至，連守護在廟口的德國狼犬，鎮壓在廟側的印度大象——也是離鄉背井，如見母嬸的匐身低㹮，漂洋過海，如逢嬤婆的掀鼻啞嚎。

關於那些本地牲口，倒是讓廟方照顧得健康強壯，令人相當滿意。廟院前後，母羊已產下一隻可愛羔兒，紫嘯鶇已擁有伴侶，公雞仍是孤家寡人一個；小竹雞則在外圍竹籔裡，找到了母親，樹精也在拜庭左隅，找到了大板根的供奉處。藍鵲、樹鵲，更已繁衍多代，前者藏在榕蔭裡，喳喳相鳴，後者站在另一片相思樹梢，始終改不了那張壞嘴的哈哈對譙。

「你們這家族呀，好歹留點口德。終日罵來罵去，最後還不是罵到自己！——」

土地婆且叮嚀，且嘮叨，一邊被土地公催促著，恭謹迎向一位清俊的中年男子。

「哎喲，早知今日誤會，豈敢昨日粗心。老兄嫂呀，呂洞賓這廂失禮囉！——」

中年男子，一塵不染，一身三相，持摺扇、縛綸巾時，像一介斯文儒士；執拂塵、揹寶劍時，像一尊道教的「孚佑帝君」；垂目內睇、趺坐入定時，像一座佛教的「文尼眞佛」。有關當年那椿陶然舞劍，兩次重踩驚走一群無辜牲口的過失，他連忙躬腰認錯；未被問罪，先自賠禮，姿態謙懇得連三百年積怨的土地公夫婦，或任何三角湧的老爹娘，都會感動心軟。

三人雙方，取得冰釋當兒，突然對面山頭，一片霞光湧現。慧悾慈惠堂的瑤池金母，藏密噶陀寺的蓮花生大士，道影飄飄，梵嵐蒸蔚，幡然就近聯袂而至了。

須臾，琅琅玉響，藹藹清音，千里眼、順風耳開路，老街的媽祖婆也來了。隨後，禪杖未叩、千鳥先鳴，道身未見、龜蛇先達，三角湧溪渡頭的清水祖師公與上帝公，也來了。

再稍待，白雞的恩主公，橫溪一線的尪公、聖王公、三太保，也迢迢撥冗光臨了。

一下子，幅員有限的獅頭巖，立刻顯得聖光煥發，擠得水洩不通。早已提前到場，情義相挺的其他七仙，以及齊天大聖孫悟空，更是忙得左打恭、右作揖，好不一片歡鬧喜氣。

四下裡，矮窄寒酸的仙公廟，一年一度的「仙公生」壽宴，於是不得不從廟外，擺進了廟內，從外廟，擺進了內廟。從此時空，擺往了彼時空，從這層視野，擺向了那層視野。

依照唐山宴客慣例，靈以性歸，人以群分，物以類聚。佛僧素席，是設在清靜簡約的內廟舊殿，仙神董席，是設在香煙裊繞的外廟新殿；時賢世聖座位，是設在不脫人間情志的拜庭上，一般俗眾流水席，是設在臨時搭架的風雨棚下。介於神鬼之間，人性若有還無，情志若無還有的精靈怪妖們，則擺桌在露天林蔭空地；臭氣相投，別開生面的自成一區。

壽宴，先從一場〈太極圖〉扮仙戲，拉開序幕；隨後，兩齣〈醉八仙〉、〈富貴長春〉的天官賜福甫畢，另兩幕〈百家春〉、〈百鳥歸巢〉的人間心聲又起。其間，高昂激越的北管腔嗓，低回哀婉的南管唱調，立刻交聲疊響在這片須彌之大，芥子之小的異度仙境裡。

他們就挨靠在三角湧信眾區，敬陪末座。此區另有幾桌空席，不知是留給何方食客的，但卻久久未見，有人入坐。直到酒過三巡，壽星受完慶生讚禮，正要捧杯起身回謝時，那干食客，這才一陣呼呼喳喳、百無禁忌地，從廟前「黃厝」山徑的方向，大咧咧趕了過來。

這撥食客看來依稀相識，全都有些眼熟，但因時空深重難以細認，只聞帶頭者兀自踉蹌且吟唱，且吟唱且大笑。其口氣身影，倒是幾分類似，曾經在小暗坑見過的老遊丐：

哈哈，這趟遊旅——
也無雷雨，也無風霜
也無來去，也無哀榮
哈哈，這趟奔波——
一河滔滔，一舟盪盪
一風徐徐，一身空空

這帶頭者一把破蒲扇，一具酒葫蘆，全身邋遢，外貌像個滿臉玩世不恭的大羅漢腳仔。身後跟隨的小羅漢腳仔，瞎眼聾耳、拐手瘸腳、斷頸落頦的都有，顯然更是一夥人間四不像，世上五不全的大集合。如此不速之客，立刻遭到一名接客僕丁，加以厲聲攔阻：

「喂，來者是誰？瞧你們這身骯髒模樣，今日豈不掃盡諸家仙神酒興！——」

這名接客僕丁，也是長得極爲儒雅好看，生就一派老唐山古典型男的瀟灑氣態。如果不是溫雅唇角，不時會撇起幾許輕佻浮笑，簡直就是如假包換的呂洞賓再版。

「嘿，我是誰，誰又是我？你這條專噴黑嘴沫的烏賊精，那才是敗盡仙公聖譽的罪魁禍首。」

大羅漢腳仔搖搖扇，歪歪嘴，一睜眼就看穿此人，眞正身世的數落道。

「住嘴，你倒是說說，究竟誰噴誰的黑嘴沫？你們這群灰頭土臉的野羅漢，天殘地缺的臭乞丐！再不走，那便休怪我放狗咬人！」

「啥灰頭土臉的野羅漢，天殘地缺的臭乞丐？你沒看過，天上諸神有赤面青臉的，人間八仙有殘障貴賤的？再無端出口傷人，那便莫怨我，一扇打出你前生原形。」

戲台上，生旦淨末丑，鈸起板落的各盡本份；戲台下，大羅漢腳仔與山寨版呂洞賓，你來我往的互鬥嘴鼓。這邊，俗眾們霧裡看花，隔著幾層視窗，觀賞這場戲外戲；那邊，大羅漢腳仔正要舉手打下，逐桌回敬過來的呂洞賓，一個搶身，結結實實的承受了他這一扇。

「好，好，妙，妙！竹崙紫微坑靈隱寺來的瘋和尚，您這一扇打得好，打得妙！」仙術神法的虛實，看在位卑權輕責重的土地公眼裡，自是一陣使勁鼓掌；看在無位無勢，總是最後受害者的俗眾裡，卻認爲這是土地公，爲了不滿呂洞賓當年的魯莽行徑，而竊自喊爽。

但是，有關道相妖貌的眞假虛實，一恍神，旋又回神。大家只見，眞金不怕火的本尊呂洞賓紋風不動，山寨版的呂洞賓竟然慘聲呼痛，當場癱在地上，變成一隻無骨烏賊精。

「此精已痛改前非，且收爲本仙僕役，大尊者就請高抬貴手，饒他一命！——」

「羅漢我，當然肯饒他，否則區區小妖，哪還能逍遙到現在？但眞的假不了，假的眞不了。今日此舉，我只是想在是非與黑白之間，向世人做個外貌與本心的釐清啦！——」

原來，這大羅漢腳仔就是最愛打抱不平，專管人間閒事的降龍尊者，濟公活佛。

「哎唷，鄉親們！大家且吃著，且飲著，且猜猜他們是誰，誰又是他們？天底下，竟有兩個呂洞賓，一個仙風道骨，斬妖除魔，一個俊俏風流，拆人姻緣！」大羅漢法扇一收，伸手一拉，烏賊精馬上猥穢的人立而起。「大家且看著，一睜眼，當必心知肚明，立刻認出他們，誰是眞的，誰是假的。更且聽著，人世間，有情人終成眷屬，大可雙雙對對，出入仙公廟；成親後，想生多少兒女，就生多少兒女。再也不用忌諱，這隻烏賊精的媚男術了！」

原來，眞假呂仙公之間，曾經有過一段「眞假仙」亂假成眞，亂眞成假的大過節。

話說，關於靈肉糾纏，至死方休的七情六慾，其實也是人間如仙界，仙界如人間。

相傳，仙界在招兵買馬組成八仙時，呂洞賓曾經化爲富家倜儻俊男，試煉何仙姑的修仙決心。想不到，何仙姑通過考驗後，呂洞賓反而自墮人間情障，對何仙姑萌生人間情慾。

那天，呂洞賓自知不該爲愛所困，只好悄悄來到海濱觀潮解鬱，獨自飲酒舞劍，排遣情苦；豈知，劍氣一發不可收拾，竟然誤傷了暗中偷窺的烏賊精。更孰料，既羞愧又心急的呂洞賓，爲了傾力救治這名無辜的第三者，渾身醺醉下，便將千年修爲悉數輸給對方。

烏賊精得到千年能量，高興入世而去，但心術不正，不僅竊用了呂洞賓形貌，佔據了廟觀香火；甚至假借仙公名號，到處蠱惑女色，拆散情侶。另一方面，頓成一介凡人的呂洞賓，眼巴巴看著此精胡作非爲，雖然一再辯解卻被弄眞成假，揹上仙、精同身的正反罵名。

這段過節，呂洞賓後來是受助於何仙姑，恢復仙法，制伏烏賊精，獲得初步澄清。

鄉野間，呂洞賓前有追求觀音嬤，後有三戲白牡丹的風流訛傳；使得「眞假仙」的眞假事件，信者恆信，不信者恆不信。自古遭受訛語積深，百口莫辯之苦的呂洞賓，如今透過濟公活佛之口，獲得再度澄清，不禁感激得自行連乾三杯，以示謝意。

「哼，哼！世間男女，男人俊俏風流便該打，女人痴傻著迷就不該罵嗎？」神佛眼下，被打得不住撫痛的烏賊精嘀咕著，滿臉憤憤不以爲然的悻悻退下。

「哎唷，眞假仙啊，眞假仙！三昧火裡，現眞仙啊，現眞仙！兄弟們，不必自卑自慚，呂仙公都先乾爲敬了，大魚大肉、美酒好菜，咱們還客氣啥，大家盡管享用呀；——」

濟公活佛，葷素酒肉不忌，大口接受了三杯仙公酒，又兀自挾食了三塊東坡肉。

大家原以爲，那夥也像饞嘴濟公的追隨者，必是有樣學樣，準備趁機飽食一頓。

有人偷偷而望，怎知這群小羅漢腳仔，行色竟像遊過幾回流螢小徑而來，神態更像旅經幾趟桐花步道而至。生命早已像繁花綻放而返，性靈早已像螢火飛昇而去，碗裡早都盛滿盈盈花朵，杯裡早都斟足熠熠瑩光。哪還須要，七情六慾的世俗酒肉？

「哎唷，人生似夢，像蟬蛻變，脫胎換骨，改頭換面；——」

「這片山野，還有哪隻蟬，還在爲那只軀殼，受苦受罪嗎？」

濟公活佛，並不顯現西天尊者本相，也並不進廟，向那班道貌岸然的神佛打招呼。仍然就著那副大羅漢腳仔形貌，悠哉悠哉，自在自如，打轉在芸芸三峽人的今古酒席間。

一溜煙，祂依序出入清朝康熙年代，以迄日治期間的各個宴席座區。向陳瑜、李國開、董日旭、陳金聲、翁儕寬，向李三朋、陳種玉、陳嘉猷、陳國治、林金井等人，想必是說了些堯天舜地、百世其皇，子賢孫孝、百代其昌的好話；引得那幾位開基者，頻頻撫鬚告慰而笑，那諸多傳承者，連連拱手感恩而謝。

一溜煙，祂又踅到民國階段，轉繞在躋身於人神交界的土地公座位上，找到了仍舊自顧右手批判著左手，左手辨正著右手的「準土地公」富本先仔。

「好奇怪喔，他們台灣大學法律系調教出來的總統，怎麼會一個貪，一個爛呀？」

「那麼，到底是那個貪婪斂財的，比較可惡，還是那個顢頇誤國的，比較可恨？」

「唉，唉。爲啥我們台灣人，總是有時間忙著內鬥，沒時間思考子孫的未來呢？」

祂與富本先仔，眼神一個交會。送給這名三峽釣客，一句處世箴銘：

「昨日的你啊，既知此生從政毀前途，當把千卷政績作廢紙；——」

「明日的你啊，但守街頭巷尾一社稷，釣得滿溪清譽留青史！——」

箴銘如風，過耳入心。祖師級在地文史工作者的富本先仔，竟然就這樣忘掉了手上的自娛動作，正想抬頭看清來者是誰時，祂早已轉身移席過桌而去。

大羅漢腳仔，似乎還在尋找著什麼人；好像務必找到這個人，這才是祂今日此行的主要目的。

一溜煙，祂終於朝向他們這邊，打轉過來了。

這是個廟後草圃的小空地。由於，前方廟脊匍匐著兩對遊龍，凜凜而吟，背側巖頂伏藏著一頭臥獅，眈眈而視；加上，又靠近仙神精怪排遺，信眾遊客排泄的如廁區，而為一般賓客所迴避。因此，安插在此區席座者，大多若非那些被人形軀骸所遺棄的孤魂野魄，便是那干讓人性情志所丟失的殘緒遺願；可以說，「仙公生」籌備委員會如此安排，倒也是貼切巧妙，有意無意的標示出，類似當今現實社會的身分象徵。

「人生一遭，像暴風颳過。這片人間，還有誰，還在為那場八月颱，懊悔愧疚嗎？」

「想學龍騰卻失天空，想學虎躍卻缺山林，想盡人事卻時不我予，這該怎麼辦呀？」

大羅漢腳仔漫口說著，又是兩句勸世箴言。對於前句，祂伸手一揮，招來了四名小羅漢腳仔；一夥人睜眼一看，竟然就是當年那四個「輪姦」泰雅少女伊娜，最後讓「王字番」卡朗．達奧，狠加殂殺的溪南四姓子弟。

「哎唷，他們是誰，誰是他們？箇中因果，沒有他們，哪有你們當中的誰喔？」憤憤然，他立刻轉頭加以端詳，這才發現這四名子弟當中，竟然有一個，很像自己。一時之間，這個「他」突然羞愧到分不清，此人是自己的前生，還是自己是此人的今世。

對於後句，另一個「他」則伸手一掏，從衣袋內，掏出了一只老皮夾。又打開老皮夾，取出了一張「籤詩」，或「處方箋」。

「哎唷，這人間情志，怎麼結，就怎麼解。這皮夾姑將留著，這籤詩情該還給祖師公，這處方箋理當還給恩主公。如此一來，你便可離苦趨樂，自在自如的當個你自己了！」

「這皮夾，是前賢李梅樹所遺，我留它何用？」這名另一個「他」，疑惑問道。

「小三轉仔，且漢且番，歷經世代流轉，時空淘洗，你已經只剩你自己。留這皮夾，是為了隨時隨地提醒你，曾經有人善用它，重新收藏過自己心甘情願的，某些好東西！」

「喔，喔，是這樣嗎？那麼留著這皮夾，我又將何去何從呢？」

「若是，沉重壓蓋在一大片唐山廟頂下，是你所願，沉悶挨擠在一大堆唐山圖騰裡，是你所想，你便任選一座廟角祠隅，安心住下。要不，你也可以反向去做，以天爲頂，以地爲蓆，點燃一堆營火而眠，尋覓一塊山水而棲，落得此身完全跟漢人無關；——」

「若是，再不呢？前山祖師廟有一具大香爐，兩根李梅樹的百鳥朝梅柱，後山相對的另有二十六甕呂仙公的私藏酒，兩排山神的千蟲拜仙木。選前者化身爲一隻飛鳥，分享人間香火，選後者蛻變成一條爬蟲，共品仙公佳釀，倒也是兩種差強人意的折中辦法；——」

「祖師廟的人間香火，我已經不敢奢想，呂仙公的私藏酒，倒是有點嘴饞。若是選了後者，我一定盡力幫自己，也幫您找到這些酒。乾杯，祝我們境隨心轉，心想事成！」

「哎呀，酒伴難逢，正合我意。那麼就以酒爲盟，以杯爲誓，咱們乾杯啦！」

喀嚓，喀嚓，喀嚓，喀嚓。捧酒碰杯時，身後傳來有人連調光圈，猛按快門的攝影聲。

他以爲是某位攝影客，正在爲他們拍照存證。但並非如此，原來是以林成祖爲首的「六人公」，悄悄由仙神席位轉來此區，正在向久別乍逢的翁景新、翁國材父子，寒暄邀飲。喀嚓，喀嚓，喀嚓聲響，便是從他們八人當年斷頭處，相互發出的碎骨齟齬聲。

碎骨齟齬聲中，他陪大羅漢腳仔乾過這杯壽宴酒，不覺當下又是一陣時空變異，周遭又是一片視野扭曲。他調整視差再看，廟圍仙神邈邈，耳畔風葉簌簌。眼前，哪來的呂洞賓，哪來的烏賊精？哪來的濟公活佛，哪來的六人公與翁景新父子？

算一算，本來就所餘不多的一夥人，現在竟然只剩最後的他，以及他自己的影子。

第二十四章
懺贖同途

他是誰，誰又是他——

他自己的影子是誰，誰又是他自己的影子——

鳶山後花園折疊路徑的起站，火金姑祭與山桐花祭，已經接連如期展開。

地點就在世代溪女搗衣處，一落山戶門前，兩叢紅花成拱的九重葛樹下。

一張夾板桌，一疊七彩文宣，一名男祭司，一組導祭助手。不必燒符，不必念咒，只需擷來一瓣心香，卸下一日憂勞，全境便可任君愜意遊賞。

紅花簇簇的九重葛樹下，突然那名祭司抬起頭來，出聲叫住他。這祭司臉龐方正，一枚眉心褐痣，一腔文史熱忱；平時，雖然不著藍衣，身後卻總是拖著一抹半透明藍影。

最特別的是，此人經常拄著一把肢障鐵拐，撐起國立藝專畢業，全國十大傑出青年的人間身姿，一步一瘸腳、一杖一觸地的，奔波在當地鄉里間；一般居民呼之「李里長」，相知的文史工作夥伴則私下說他是，中埔里應讖現世的「活土地公」。聽說，這座懷古山頭、這條健行谷岸、這片自然生態，就是由他一步一腳印、一杖一鑿痕，所長期踩踏出來的。

值得一提的是，此人是江西老兵來台第二代，已經在古鎮成家立業，落地生根，育有一對最新世代的「三轉仔」。這是因爲其母是台中人，其妻是台灣原住民，台東阿美族之女。

天地悠悠，因果不休，歷史似乎早又翻過幾頁。冥冥中，相應於呂洞賓留下的兩座渡化廟堂，此人很可能就是李鐵枴顯靈轉世的，另一種漢人贖罪的應命化身吧？

「辛苦了，活土地公。今年，他們沒一起過來參祭嗎？」他所謂的他們，指的是兆青、月珠、文龍、炯任、胡大仙，那夥曾經試圖聯手再造，山城藍染風華的文化協會同志。

「久違了，剛才我瞥見你，獨自走向懷舊古道，就知道你還會繞過來逗熱鬧。」

「那是去年的我，好在沒讓呂仙公留下當志工，才能趕上今年這場螢光盛會。」

「整整一年，不見人影，也沒聽過生死音訊。這一年中，你究竟跑去了哪裡？」

「喔，也沒跑去哪裡。咫尺天涯，恍若隔世，只是被一群神鬼仙妖差使著，一頭栽入了胡大仙的網遊世界，重新見證了一回，咱們三峽人的文史心事啦。」

「另日有空，我一定洗耳恭聽你的精彩心得，或是新發現。」

「哈，也沒啥心得啦。只是像死過了一次，又重新復活啦。」

他與他，以及來自台南的胡大仙，雖說也算是一組新鄉三峽的現世信念；但顧慮此人，總是拖在身後的那抹藍影，上述所謂的文史心事、精彩心得或新發現，即便對方也許樂於傾聽或不致介意，他自己倒是有點矛盾的猶豫起來。猶豫的原因，十分無厘頭，竟然就是綜觀台灣當今社會亂象，彼此談來論去，怪來怪去，往往必然觸及的藍綠意識形態。

他不想失去這位三峽文史同道，同時相信對方也不願因而相互撕裂，當下眞是答應難，不答應也難。幸好，當他正打算採取不置可否，以笑敷衍的態度，保留此許同志共事餘地的沉吟間，一隊國小親、師、生合體賞螢團，適時走來化解了尷尬。

「請問，這抗日古道，眞的戰死過，很多台灣人和日本人嗎？」

「請問，這九重葛是誰種的，怎麼能夠，開得這樣美麗好看？」

「請問，這九重葛、火金姑和山桐花，全都是靈魂變成的吧？」

「請問，這流螢小徑和桐花步道，是同一條路，還是兩條路？」

小朋友的好奇心，格外純眞旺盛，東看西探，天詢地問。無論主題或副題，不管主學習或副學習，一下子就纏住了李里長與導祭人員。這使得他立刻趁機加入導覽工作，一面莞爾暗笑，一面私下懷疑起來。這群好像早已上網查過相關資料的小傢伙，這趟戶外教學是否喝多了，胡大仙羼入「貓尿酸蛋白」的電子飲料？

他暗笑與懷疑的另外原因是，這「抗日古道」當然戰死過，很多台灣人和日本人。但歷史的終極價值，卻可因人而異，誰是導覽者，誰就擁有詮釋權。

「哈，小朋友，你說這歷史，吊不吊詭呢？」他暗笑道。

九重葛，誰種的並不重要。花團錦簇，美麗好看的原因，可以比如說，這裡是仙公廟的風水寶地，蒙受著仙神的特別加持；這是民俗學上的見解。也可以比如說，這裡曾經有史前人住過，埋藏著在地先民的情志屍骨；這是考古學上的見解。又可以比如說，這裡曾經有抗日英雄走過，徘徊著護鄉烈士的情義魂魄；這是方史上的見解。更可以比如說，此處目前，老阿嬷的浣洗身影，隱約的世代搗衣聲，依舊傳響不絕；這是文學上的見解。小朋友，你說這花不美也難吧？

「不過，我到底應該採用哪種詮釋角度，比較折中呢？」這是他對自己的懷疑：「我的導覽解說，最少在仙公傳說和抗日古道上，一定是跟李里長大相徑庭的。」

流螢小徑與桐花步道，只要擁有兩次以上的遊賞記憶，其實一條路或兩條路，都一樣。也就是說，身爲一名自在旅者，你既可遵循一般節氣，分做兩趟路走，也可仿效特殊閏月，將兩種情境，絞成一條心索而遊；恰似路不轉心轉，一趟路同賞流螢飛雪的那種走法。

至於，九重葛、火金姑、山桐花的「靈魂說」，天眞的童言童語，簡直說中了他沉重心事。

前生今世，樹族的花開花落、蟲屬的蛻變繁衍、人類的繼往開來，無不都在忙著撞開一道世代出口。好兒女不得志，寄情於文創藝術，好靈魂沒出口，賦義於花韻華光。小朋友，人類自古以來，不都是這路不通轉那路，終至山窮水盡疑無路，柳暗花明又一村的嗎？

學童這種三界互相指涉，物我彼此投映的自由聯想，使他不禁又是一陣口沫橫飛。

「哇，您那好遙遠的故事，還有這好深奧的比喻，我們聽不懂啦！」小朋友們說。

「聽不懂沒關係，把故事和比喻記在心裡，將來回想就會覺得很有趣。」老師說。

情志可互相指涉，靈魂能彼此投映。一鞠躬，交還「大聲公」時，他跟李里長交身而過，竟然發現自己的「綠影」，交疊在對方的「藍影」上，瞬間彩染出，另一層更為明亮的「青光」；原來，藍綠光譜，也可以如此相互交映，好讓彼此身影，顯得更加清麗與輕盈。

「那麼，咱們另日再談了。我們呢，就在這溪谷半途，某處世代出口再見囉！」

他揮別，包括李里長與賞螢團在內的他們。抱定就這樣懷抱著這層青光、這份童趣，一趟路四月流螢、五月飛雪，同途交輝地，趕緊抽身先行一步。

場務，演員。已就位——

燈光，道具。已就緒——

那麼，清場囉。預備——

三，二，一。開麥拉——

這是補拍的最後一幕戲，額外的最後一次扮演，例外的最後一處旅站。

反顧來時路，風吹雨打三百年，頂街福德宮前的防番隘門，已經被向前推至這條野溪的丁字路，入口處。本質上，這隘門所防範者，早已不是殖民時代的泰雅「生番」；而是四月螢遊賞盛季，擅乘機器怪獸（汽車、機車）入境，攪擾火金姑生態的現代「莽撞鬼」。

丁字路，不同於十字路，代表著除非旅者原路退返，否則便只剩二途可選。一是按照原定遊程，向溪谷「流螢小徑」右轉進入，從「桐花步道」左轉退出；二是依循歷史老路，沿著抗日義士，以及坊城大隊走過的「抗日古道」直行，從此不再回頭。

這隘門，也有相關的通關密語。原則，寫在入口的警示牌上，旅者可自行揣摩擬訂。

根據他多年經驗，兒少輩最宜採行的是「我怕污染，我怕光害」，或是「我好想抽芽，我好想長葉」的兩句竅言；否則，便會再也不想努力學習，不想茁壯長大。青壯輩最宜採用的是「我不怕奔波，我不怕窮忙」，或是「我只想開花，我只想結果」的兩種口訣；否則，便會再也不想成家立業，不想開枝散葉。老輩最宜採取的是「我已無怨，我已無悔」，或是「我願果熟，我願蒂落」的兩套心態；否則，便會再也不想入土爲安，不想完成輪迴。

基本上，能夠成功通關的遊客，大都默契十足，絕口不談柴米油鹽醬醋茶，不談學業成績、不談股市匯率，不談理想、不談理念，不埋怨過去、不操煩未來；以至於，當下搶先發現當晚第一隻火金姑，翌晨搶先看見第一簇山桐花的驚喜，於是就成爲此行最大的共同目的。

就這樣，逐漸暮暗，或逐漸曙亮的谷徑中，大家無不目光如炬，專注逡尋而行。

然而，今年這趟老路，現下碩果僅存的他這三峽佬，早已遊興散盡，意不在此。

他已經累壞了。但願途中，能巧遇某些故友，邂逅某些舊事，然後順利找到山神的兩排「千蟲拜仙木」，呂洞賓的二十六甕「私藏酒」，一來姑且抵達終站，二來不負大羅漢盛情；三來，如果天公作美賞點口福，有幸飲得半甕仙公佳釀，痛痛快快的飲個酩酊大醉，醉到「立地成佛」或「四海仙遊」而去，最後也就此生無憾了。

沿途這麼盤思著。前方，驀然傳出一串驚呼，句型十分制式，聲韻似曾相識，大前年是「啊，好詭異，我看到一條綠蛇，從草叢竄過」；前年是「啊，好可愛，我看到一群竹雞，從竹林晃過」；去年是「啊，好有趣，我看到一對松鼠，在樹上追逐」。今年則是：

「啊，好倒楣，我怎麼又踩到，一坨臭狗屎！——」

這句倒楣聲，立刻使他想起，人類千古良伴，遠比同類更加忠誠的狗族。同時，也在腦幕上閃過，諸多包括曾經幫過卡朗．達奧，殺蛇救妹的泰雅土狗，被文仔嗹當過「人質」的霄裡社白獅犬，夠得上跟平埔頭目，席地而坐的四社獵犬；以及萬一踩到，反而博得一份小小「狗屎運」的，祖師廟口亂世街犬在內，一系列三角湧的好狗印記。

五年前，他開始熱衷這條溪谷步道的健行運動時，總會在往返途中，跟一位老阿嬤及其一隻老黃狗，不期而遇，擦肩而過。老阿嬤，已經老邁到能讓一般中年人，恍惚誤認爲是自己母親的高齡。仍然蹣跚山徑的原因，想必是這片狹谷內，還有幾畝老田；但後代都已經棄農從商從工而去，她非得每天這麼親自巡視一趟，便不能放心，便愧對婆家祖先吧。

老黃狗則亦步亦趨，時而緊隨在後，時而超前幾步；既像最後一個依戀身旁的貼心小屘子，又像最後一名長相左右的小護衛。老狗伴老主，如影隨形，不棄不離，誠爲一隻他親眼所見的，現世好狗。但直到月前，他猛然驚覺，竟然多次不再互相碰頭，不禁默默掛念起前者的安好、後者的安在，而嗒然若失；同時，也由此反證，這坨狗屎，應該不是牠的排遺才對。

世上狗族，當然絕大部分都是好狗，他從未見過有狗會嫌棄主人，或離家出走的；除非這個主人，已經不再是個「人」，或這個家，已經不再是個「家」。懂事以來，他也從未聽過，有哪家主人曾經說過，諸如「當家三年，連狗也嫌」的怨言；反而是狗被主人虐待，被主人棄養的，代代都有所聞，而今尤甚。

依據動物保護人士觀察，在一般人早已挪不出多餘同情心的現下社會，大抵會把好風好水的「流螢小徑」或「桐花步道」，當作「放生道場」的那些放生者，絕少是在地住戶。在地住戶，反而總會沿襲傳統的「奉茶」習俗，三不五時攜來廚餘，加以「奉食」；好讓這些放生狗，繼續殘喘苟活，繼續隨地拉屎，繼續提供那些作威作福者，其實都是人類的好佐證。

所以，遊客萬一踩到大煞風景的臭狗屎，倒楣或好運，只好概由自己認定與承當了。

此外，或有抱持「管他的」或「活該」想法的旅者，當應深入一層，思考如下課題：

好景不常，那麼一天，我是不是也會淪落爲，另一隻被遺棄在史道上的放生狗——

風水輪轉，有朝一日，我是不是也會屎化成，另一坨被憎惡於世途邊的狗排遺——

溪谷中的放生狗，或所謂的「流浪狗」，一直有增無減。臭狗屎，也一直常年可見。

這些喪家之犬，大致都以一幢「易家祝米園」的荒置山墅，做爲大本營。護衛目標是，右側崖壁前方，五株蓮霧樹下的一具垃圾子母車；依戀對象則是，疑似該山墅，或附近廢宅先祖逝世後，被子孫埋在對面突岩上的一座老墳墓。

老墳墓，外貌只是一堆雜草亂石，外地遊客不易察覺；只在每年清明節，以「掛紙」的方式，顯相月餘，其後便又受到山風山雨的催化作用，還原爲一片山林本色。然而，縱使無情歲月不斷剝蝕世代，殘忍時空不斷淘洗世情；某些在地老遊客，仍然可以勾起依稀記憶，回想到那座老墳墓下方，其實以前曾經住有一戶，管他谷外風風雨雨的老山農。

「唉啊，真罕見啊。你這個四界遊踅的小竹雞，五路拋拋走的小羅漢腳仔！」

悄悄，他推門而入。「咿呀」門響，伴隨著熟悉嘆息聲，迎面撲耳襲心而來。

「好幾次，我看到您蹲在門口抽菸，就是不敢上前問候。您們現在還好吧？」

「好幾次，我看見你匆匆緊步快行，總是過門不入。你到底一直在忙啥呀？」

「我一直忙著在跑路，忙著在閃躲。前世人是爲了閃躲族群相殺，這世人是爲了閃躲朝代變天，上一代是爲了閃躲族群追殺，這一代是爲了閃躲歷史重演啦！」

「世世跑路，代代閃躲，你一定累壞了。那麼進來呷一杯茶，暫歇一下吧！」

「喔，不，我今日是忙著來看火金姑，賞油桐花的。您這茶，另日再呷啦！」

他心裡想著，滿身史道煙塵，滿懷世途愁愴，怎能不累？但他這種曖昧身世，這條落拓身影，彼此無親無故，卻已經多次牽連對方；這最後一次，是絕對莫再攪擾他們了。

事實上，他並不知這戶老山農姓啥名誰，只知他們原爲住在野溪出口處的窮佃人；後來爲了自己擁有一塊田地，於是入谷墾山種茶。那個年代，三角湧漢人，已經跟平埔族逐漸融合，但兩族家犬，仍然處在世仇狀態；當時，身爲一介童騃「二轉仔」的他，總是不受雙方家犬認同，一出門玩耍，常被眾狗追咬，直追咬到稍長懂得避狗，躲狗爲止。記得，最早的印象是，他就像一隻落難小竹雞似地，躲進這家岔路山戶籬圍，引來主人出聲趕狗解危的。

其後，也許為了就近照顧莊稼，也許出於遺世清居性格，他們領著後代子孫，遷入了這片山谷內。那個世代，漢人與平埔族，早已沒界線，一般家犬也已經不再充滿仇恨；但整個古鎮，卻因一場漢人「被遺棄」事件，全體三角湧人，頓成喪家之犬。這事件，山城無人倖免，全域一片血淚斑斑的慘狀，已如〈廟口因果〉中，馬關條約與抗日活動所述。

那個階段，他已經是個初具「反抗自保」意識的青沖「三轉仔」，毅然應勢投入抗日營隊，卻在「三角湧之役」的第二次會戰，不幸中彈身亡。遺體，被鄉人草草埋在抗日古道的第二公墓；遺魂，則因山根支隊瘋狂焚街，逃入這片溪谷，二度惠蒙該家主人，冒險收留。那時，對方早已百年壽終，但彼此乍見如故，一直被收留到台灣總督頒布「寬赦令」，他這才又像一隻竹雞般，溜出這座墳墓，再也不敢當個「三角湧人」的，趕緊投胎轉世而去。

偏偏，他此生，還是命該注定當個「三峽人」；而且，還是一個，所謂「天衣無縫」、「中道而行」，外貌看不出任何痕跡，體內早已混過幾層多重血緣的，超完美「四轉仔」。但更加不幸的是，他依舊生不逢時，雖然天生高超才華，卻滿懷充塞有志難伸的怨嘆。

昭和十二年（一九三七年），日中戰爭爆發，他於是先應台灣總督府翻譯官考試及格，希望有所作為；旋以台裔日本兵身分，隨軍橫越台灣海峽，投入中國戰場。豈料，戰後日本降伏，對岸國府接管台灣；他則立場丕變，在返鄉經商與稼穡有成，隱身躲過二二八事件後，反過來以台裔中國人身分，逞才暢情著作，大力歌頌祖國的優秀風華，指謫日本的貪狼野心。

其實，他平生最痛恨，風吹兩面倒的「牆頭草」。但卻總是自覺，有如一棵年輪紊亂、楚材晉用，口是心非的風中樹；一副避重就輕，隱忍自我的九轉肝腸，百般掛戴假面，難以自主的矛盾擺盪。這矛盾擺盪，搖漾出他生於大正九年，死於民國八十年，享年七十二歲的一身兩貌；算是個遍歷戰亂，卻還能全身而退，安享後半生太平歲月的幸運「三峽人」。

生前，他喜愛詩詞，厭惡暴力，追求情味，唾棄血腥。總是感愧此身，空有滿腹悲憫文思，雖然踩過人間多少血泊，卻一直不忍下筆，給予正式披露；雖然面臨，人世多少戰亂悲痛，卻一直不敢爲文，加以正面批判。就這樣，僥倖一路平安無事走過從前，直到晚年子孫滿堂，壽終正寢的彌留時刻——他這才自我驚覺，即使總算躲過一切史道上的生劫死厄，竟然就是一直擺脫不了，苦苦糾纏在某個世途暗角的良心隱痛。

昭和十三年（一九三八）七月，日軍面對已經進行第二年抗戰的中國，猛烈發動武漢大轟炸；主炸點之一，徐家棚車站一帶交通要點，頓成一片滿目瘡痍，遍街哀鴻的人間地獄。此爲半年之間，相繼徐州大會戰、南京大屠殺後，日軍再次的長江河埠大進擊。其時，徐家棚車站附近，中國兵早已撤退一空，走得了的商家百姓，也都早已聞風而逃；街面舉目所見，只是無數烽火延燒的殘垣斷壁，肢體不全的戰殍死屍，以及逢人閃躲的烽火棄犬。

那年，他十九歲，隨著部隊指揮官清理戰場時，聽到一幢破巷民宅內，幽幽傳來一陣飄忽的飲泣聲。他特意落後幾步，藉著小解之便，悲憫逡探了這陣飲泣聲的傳出處。

透過頹牆暗光，他看到了一名中國老婦，正撫抱著一名傷重少年在哭泣；少年看來年紀小他二、三歲，茁長中的上身，倚靠在半截斷柱上，滿臉染血，似乎只剩最後一口氣。他暗想，老婦應該是個爲人母者吧？要不，大敵當前，豈會還敢視死如歸的守在少年身旁？

這位中國母親，形貌勞苦，體態佝僂；後腦杓，盤著一團類似台灣嬸姆的老髮髻。迎面一看，他油然一陣哀傷，恍如看到了一幅自己母親，日夜守盼在三峽家門的悲戚身影。

他的台灣母親，曾經在當初奉召出征前夕，向溪南庄的三太保、三峽庄的祖師公，祈求了兩道平安符，幫她一路守護這兒子。每次，當他在槍林彈雨中，有意無意的摸到這兩道平安符，老人家面對命運難卜的無助神情，總便深沉擊痛了他這顆異域征子之心。

——噢，三太保啊，當下一場戰役再起，我自己就是這名垂死少年嗎？

——噢，祖師公啊，當下一場戰役過後，我母親就是這位哭泣老婦吧？

當時，因爲立場不同，也許他可以忽視徐州大會戰的悲烈，忽略南京大屠殺的悽慘，而當作滾滾征途的必然現象。但卻永遠無法遺忘，現場這兩句，自己無語問天的卑微憂懼。

民國三十四年（一九四五），八月十四日，戰爭結束；十月二十五日，陳儀代表中國戰區最高統帥，接管了台灣。三十五年五月，他從中國戰場返回台灣家鄉，三峽鎮溪南里。

翌年，二月二十七日，征悸猶存，早已潛身經商，寄情農園的他，驚聞台北太平町緝菸風暴乍起。將近一年來，心懷回歸祖國，慶幸脫離日本統治的喜悅，立刻跌至谷底。

返鄉不久，他早有聽聞，對於第一批國府接收官兵，肆無忌憚的貪腐傲慢，已經在北部民間累積了不少怨怒。但始終半信半疑，半憂半慮，此次風暴一直按耐到第二天，他終於忍不住這種疑慮，偷偷從鶯歌搭火車，親自跑去台北一看究竟。

上午，他喬裝成一名商行業務員，臂下挾著一只黑色事務包，一路尾隨敲鑼打鼓、呼喊口號，請求嚴懲昨日打傷女菸販、誤殺路人元凶的示威群眾，從太平町圓環（延平北路），行至肇事機關的本町（重慶南路）專賣局台北分局。看見情緒失控的台北人，憤怒找出了疑似行兇的緝私員，連帶另一名現場出手阻攔的警察，加以亂拳毆死；緊接著，闖入分局，推出八、九輛車具，拋出大量菸酒火柴，凌亂堆置街上，一起放火洩憤。

午後，他踩著餘燼直燒至次日的這場街頭怒火，看到群眾開抵南門專賣總局請願未果，又繼續轉往長官公署（總統府現址），索討公道。豈料，隊伍行經中山南路口不久，大批武裝衛兵，早已阻拒於前。雙方碰頭，未經任何喊話或勸說，那些久戰疲憊、草木皆兵，早已充滿焦燥與不耐的中國兵，只聽遠遠官長一記令下，幾陣尖銳槍聲，便遽然破空響起了。

第一波槍響過後，示威民眾有的中彈倒地，有的受傷奔逃，整個隊伍立刻驚惶潰散。

基於戰場經驗，他料定第二波槍聲必將緊追而至，直覺反應下，立刻伸手拉住身前兩名大學生模樣的青年，躲向街角土堆。果然，槍聲倏忽又起，驚逃民眾再度傳開一片哀號。

槍聲稍歇，初生之犢的兩名學生，並未離開，他們爬出土堆，扶來了一名中槍學生。這學生應該是他們的同伴，半身鮮血，且喘且哭，看得兩人驚慌失措，不住向他跪地拜求：

「慘囉，慘囉！楊君是我們臨時拉來助陣的學弟，若是因為這樣死了，我們怎麼面對，他遠在高雄的卡桑啊？這位大哥，這位賢謝（先生），拜託您救救他，拜託您救救他！」

他老練察看該生傷勢，還好只是被子彈射穿了手臂，便即幫他止血裹傷。緊接著，二話不說就揹起這名高雄子弟，熟巧竄過第三波槍響街面，直奔新公園東側的台大病院。

「這位大哥，這位賢謝，請問您尊姓大名和住處，好讓我們日後找去答謝，送還保證金。」

急診室外，兩名青年眼看同伴已無生命危險，不禁眼眶泛濕，一再鞠躬道謝。

「我是三峽人，蘇大興。錢不是問題，好好照顧楊同學，就是對我最好的答謝！」

那年，他三十將屆的這樁人情，勉強算是該年代，自己唯一可供回憶的馬路道義。

其後，他退往記憶中的日本「新公園」，當時的「中山公園」，後來陳水扁選上市長，又改名的「二二八和平紀念公園」；向攤販買了一杯「公園號酸梅汁」，姑且消鬱解渴。

半晡，被鎮壓潰散的示威隊伍，不死心的又重新滙聚，不約而同的轉來新公園了。

此時，更加忿怒的台北人，結合原已糾集在長官公署附近的民眾，進佔公園內的「台灣廣播電台」。嘗試著，改變方式，藉由電台向全台各地，控訴他們憤憤不平的台北心聲。

他三幾口喝完那杯澀在舌頭，酸入腹肚的酸梅汁，一邊聽著「阿山（外省人）毋講理」、「豬仔（中國兵）太可惡」的播送聲，一邊取出黑色事務包內的紙筆，很想寫下某些臨場感傷。然而，筆尖下，倏覺全身既澀且酸，滿腔百味雜陳，哪有心情再寫？

是的，當幸運回到台灣家鄉，卻不意重新面對中國戰場的日軍死敵，重新勾起中國母親的悲泣畫面時，他是應該寫下某些歷史見證的。當幸運回到自己土地，卻不意再度反觀痛恨的血腥暴力，反視台灣母親的憂患悲傷時，他更是應該寫下某些歷史存眞的。

但不知爲何，三波槍響，竟然就這樣擊中了，他某種深層恐慌。他的手，他的筆，竟然就像那名手臂中彈的大學生一樣，半身鮮血，且喘且哭地，被殘暴槍火射穿半邊靈肉了。

身爲一名人類，一名人子，一名中華兒女。他眼前是，一團人性與人情的糾葛——

身爲一介漢人，一介日本兵，一介台灣子弟。他腦裡是，兩爿核心價值的撕裂——

當下，他可以直覺預知的是，一部血淋淋的台灣歷史，即將又有大悲劇發生了——
當時，他能夠本能反應的是，噤聲藏住情緒。惶惶然，挾起事務包，拔腿便逃——
當天，他於是就這樣，一邊噤聲於台灣廣播電台的控訴疾呼，一邊惶惶逃向台北車站。沿途，與其寫下血淚斑斑的壯麗史詩，毋寧拋棄一身高超才華的，失落那支世道大筆了。

第二十五章
靈肉仆繼

剛才，被這片溪谷之一的「地居主」，喚作「小竹雞」與「小羅漢腳仔」，那是因爲他前後四世，總是活在逃躲與隱避的遊離狀態。直到二十九歲那年，娶妻成家，總算強迫自己進行了一次沉澱與澄清，激勵自己體現一脈世代承續，生下了五男四女。

「你一定忘了喝孟婆湯，否則前生今世四代輪迴，某些事竟然還能記得歷歷在目？」

「我可說該忘能忘的，都盡量忘光了。而最最難忘的，就是那支失落的世道大筆！」

「被刻意的記住，是爲了被刻意的忘記吧？身爲三峽人，誰都難免沒失落過什麼。」就像歷代，陳種玉失落了一縷平埔慕情，李三朋失落了一場菁染大夢，蘇力、陳小埤失落了一抹民主烈願，六人公失落了一串義士頭，翁景新失落了一落大厝間；廖富本失落了一腔淑政心，李梅樹失落了一座長福橋，蘇大興失落了一部直追《戰爭與和平》的大史詩。

但這樣也好。所謂「天道互補」，有失落，必有拾得。請問，自古以來：

如果不是北台灣「湖畔文化人」，曾經失落了一座「古台北湖」，「台北盆地」平埔人，曾經失落了一枚「凱達格蘭」族名。現在的台北人，何來七千年的族繁不及備載——

如果不是泰雅人，曾經失落了一片「三角躅」，大豹社曾經失落了一條「大豹溪」。吾鄉三角湧，何來無限的美麗山林——

如果不是霄裡社人，曾經失落了一只「童年風箏」，安溪漢人，曾經失落了一條「火燒三角湧街」。吾鄉三峽，何來一條百年風華的仿「巴洛克式」老街——

他的影子，沿途如數家珍地，如此安慰他。

他的影子，那是一張如鬼似魅，如夢似魘的灰色平面人形物。此人形物伏地而行，悄寂無聲，平常絕少開腔；一開腔，總便適得其反的，更加刺痛他耳膜，撕扯他肝腸。

「不過，你可曾留意到，歷經前生今世幾度剝蝕，將近三百年諸多淘洗，顯然你已經所剩不多了。」下一句，這傢伙事不干己的提醒他：「現在，可憐或可悲而言，你除了保有我這條除卻鳶山不是山的老身影之外，好像只剩當年，被自己刻意遺棄的那支世道之筆吧？」

「唉，但願失落一甲子的那支筆，還能留在人間，就算被誰撿走，也沒關係。」

「嘻，天祐三峽。你那支筆，不但還留在人間，而且遠在天邊，近在眼前啦！」

「莫滾笑，趕緊告訴我。這支魂牽夢掛之筆，現在落在誰手中，藏在誰身上？」

「莫緊張，其實，你就是那支筆，也就是被自己刻意遺忘的，那縷殘情遺志！」

他的影子，一路前後相隨，並不因地形崎嶇而變貌，也不因地景參差而扭曲。倒是，竟然能夠因光源強弱，調整濃淡，因光體高低，修正長短，因光線角度，更改投向。

灰色平面人形物，伏貼在黝黑的柏油山道上，恍似渾然與他同聲連氣，互爲彼此。

「你這抹當局者迷，旁觀者清，尾大不掉的鬼東西，現在我們還能如何自處呢？」

「屢屢撕裂情操，每每忌諱脫胎換骨，難怪先賢死後，鳶山典範始終難再重現。」

「莫再自怨自艾，怨天尤人了。這趟後花園空靈之行，我們還要繼續走下去嗎？」

「四月螢，五月桐，如果眞是一條仙神必走之路，我們再累也絕不可錯失良機。」

「這一來，我應該怎麼處置這支筆，處置這縷情志，處置這身悲哀的珍貴天賦？」

「有個方法，你也許可以學習李梅樹，故意遺失一只老皮夾，或再度自我撕裂。」

既涉混世，更陷空茫，進退維谷，只能再度選擇自我遺失，或自我撕裂嗎？他自問自答著。

一恍神，閃過半坨狗屎，迷亂得不禁連帶這影子，也跟著錯錯落落的踉蹌了好幾步。

這片溪谷，這條「流螢小徑」、「桐花步道」，既然是一條陰陽變貌、生死轉念之路，最後他是採取了，前賢往聖從未做過，卻可更讓遠近有緣人，一體同享的第三種方式。那就是回歸一般世人都能接受的最簡狀態地，自我粉碎為一盞盞螢光況味，自我揮灑成一朵朵桐花風情，自我幻化作一縷縷人文情懷；但凡過往遊客，「見者有份」與「自行拾掇」了。

至於，此後那些或說是心靈相契者，或說是拾獲至寶者的「輕盈」與「沉重」、「歡喜」與「悲哀」，那就只能任憑他們各自的「轉化能力」與「傳承意願」了。

前方，踽踽然，走著一名似曾相識，模樣臭老如過冬番薯，神情僵漠像長期服用鎮靜劑的老病號。那是一個以賞螢為藉口，以尋夢為動機的任何初老三峽人，在恍惚擦肩而過下都會誤認為，竟然就這樣邂逅自己的落拓男子。

這男子心情不形於色，但好像在衣袋裡，藏有一只袖珍型的收音機。當一次次逸過其他遊客眼界時，胸中塊壘便會藉由老歌行板，幽幽洩出，干擾著第三者遊興的台灣悲調。

不過，還好的是這種干擾是互相指涉，彼此投映，以至見怪不怪，其怪自敗的。因為，沿途老少遊客，誰難免都會出於遊賞情緒，流露出常人難免的忘然情狀，或妄然噪音。

諸如，在那條每年六月，總有豆娘公然求歡，蜻蜓當眾做愛的野溪裡——就出現了，一對男者無視於赤身袒肚，女者不吝於裙腿高捲、衫胸低露，渾然自得其樂的青春嬉水旅伴。

諸如，在那處每年七月，總有獨角仙上樹爭偶，鍬形蟲下土產卵的山徑口——就出現了，一組親子罔顧形象，兒騎父肩、邊走邊哭，女扯母手、邊玩邊鬧，哭鬧同遊的有趣家庭。

諸如，在那片每年八月，總有蛙喉答答如機槍掃射，蟬嗓颼颼像警世嘶喊的稜麓空地——就出現了一隊小朋友興高采烈，家長累中帶勁，老師勁中帶累，情致反差的教學班群。

就這樣，一幅幅地，他逸出一撥遊客眼界，隨即疊向，另一撥旅者視野的時空推移；一框框地，一組旅者將他淡化成前煙景緻，另一組遊客旋即溶解爲後塵景觀的行色變換。

總之，流螢小徑諸貌，其實司空見慣。誰既履此境，誰也只能姑且一視同仁了。

「喂，老宅男，老米蟲，你今天不是値夜班嗎？怎麼有閒，偷溜出來賞螢呢？」

「喂，老遊魂，老逃犯，這趟成仙成神之旅，這是最後時刻。你準備好了嗎？」

就在垂覆著，兩排高瘦光蠟樹的幽蔭裡，不知哪來的兩記招呼，突然同聲喊開。

兩排光蠟樹前，三條桐花步道，於此交遇而上，形成一處任君挑選的旅境入口。

入口周遭，暮意漸起，林影被一再拉長，終至被拉出了樹身外，隱入了山體中。

今天是假日，一日遊兼賞螢者很多。熙攘人群裡，他不知招呼聲是來自左邊，可供浮生健行的鳶尾山脊？右邊，可供旅途小憩的噶陀寺？後方，曾經幾世輪迴的仙公廟？前方，即將登抵鳶峰南腹最深處，也是流螢小徑終點的「長春園」？還是，來自已經躲進自己腳底的那抹影子？最後，只好憑空自以爲是的，管他來自何方何處，管他是誰的自問自答道：

「喔，你說的是大樓警衛嗎？我早被區區警衛室，那片排山倒海的孤寂給逼退了。」

「哈，前世無功，今生無德，得此閒情，便已滿足。成仙成神之事，順其自然啦！」

既然如此，那麼紅外線鏡頭。預備——

人工布幕，燐火劑，螢光粉。預備——

雞狗乖，雞狗乖，雞狗乖。開麥拉——

將夜，竹雞家族頻頻發出催促聲，神鬼們於是呼應著，悄悄聯手，潑暗了這座山谷。

當下，該隊國小賞螢團，剛好用過色香味俱全的親子晚餐，導覽教師也將螢火蟲一生四態，重新複習完畢，第一批火金姑適時露臉了。就在現場，「哇，這裡有一隻，那裡也有一隻」，以及「哇，這邊有一盞，那邊又有一盞」的搶報聲中，他揮別這隊童心大發的兩代三倫共身；緩緩融進，所有相識者與陌生者，感知之內地，飄飄然，貼向山徑螢點內部。

「飄飄然」之說，一則是因爲人擠著人，心捱著心的浮托形容。一則是由於暮色漸合，螢光漸熾，任何人都會產生身心正在被山影壓縮，壓縮到只像一張人形剪紙，情慾正在被自己剝棄，剝棄到只剩一層靈魂薄片的直覺想像。

入夜，七至九點，是火金姑出現的高峰期。也就是說，短短兩個鐘頭過後，誰還是不被山影所壓縮，不被自己所剝棄，誰那就只好明年再來了。

依他經驗，流螢小徑的最佳賞螢地點，是兩排光蠟樹前端，直抵長春園的陰濕路段。此路段並不長，大約只有三百米。但聽說，某年曾經有一組包括童書插畫家、文史工作者、自然生態觀察者，以及鄉土作家在內的愛螢者，竟然聯袂走到凌晨，還不知伊于胡底；直到另一組早覺會員路過，提醒天色已亮，他們這才在同聲大呼過癮後，怡然自得，忘我下山。

當螢族生命，歷經卵胎期的「渾沌蟄隱」，幼蟲期的「血腥追噬」，蛹蛹期的「自省內啓」，成蟲期的「禁食戒殺」；最後，總結畢生是非功過，凝聚成一顆顆「蕞爾精魄」，幻化爲一抹抹「閃曳幽光」，脫胎換骨的飛舞於山谷間，面目一新的呈現在你眼前。

這麼一趟倥傯走訪的賞螢之旅過後，他無從窺探上述那干螢痴人士，究竟從中領悟了哪般人類性靈？也無從預知，眼下這班尚待教育的天真學童，這群早已定型的勞忙大眾，到底是僅止於天演現象內，閃閃螢光，是爲了覓偶繁殖的生態體驗？還是，只局限於半宵閒情外，盞盞螢舞，是爲了好讓自己明日，繼續踩波蹈浪的浮世體認？

但無論目的何在，目標何求，遊客慣常的雜沓喧嘩，此時畢竟還是慢慢沉靜下來了。其後，尤爲可喜的是，隨著夜暗加濃，螢點增多，芸芸七情六慾，總算更是有所沉澱了。

誰都難以確定，空冥天地、泛漫玄黑，這大半輩子勞我筋骨、煩我心思的萬千感知，竟然可以濃縮到只剩兩眶亮意，熒熒懸在意識上。誰也都難以確信，星閃河漢、螢舞人間，那孩提仰望的純眞夜空、終生追尋的遙遠願景，竟然能夠近近落實到身前身後都是——好像，你自己就是天星地螢的一份子，夢想，其實不必假手外求了。

「喔，喔，如眞如幻，直若千螢跳舞的山谷。今宵今夕，此生死而無憾啦！」

「這還不算什麼，有一年遊客多到水泄不通，螢點多到恆河沙數。人影貼著螢光，螢光貼著人影，整條山徑影影綽綽，整片山野幢幢閃閃，那才簡直讓你死生兩忘呢！」

「不是說，曾經有一組螢痴徹夜流連，差點就靈魂出體，隨螢飛天而去嗎？」

「沒那麼離奇啦。山夜賞螢，他們想是各懷遊情，一時遁入自己的夢境吧？」

「眞羡慕他們，這條流螢小徑，他們可以渾身蒙塵而入，滿襟沾露而出啊。」

「人生在世，總得有捨有得，有揚棄，有堅持，才能舉重若輕啦。像我嘛，時常揹著攝影機上山下海，總是想像著，自己是揹著滿肩美景，正在遊走天上人間。來吧，找一叢姑婆芋蹲下，把自己盡量想成就是那隻火金姑，就是那盞螢光燈籠，好讓我幫你拍照留念！」

「哈，承蒙美意，非常感恩。不過，暴露在紅外線的光罩裡，我這身始終蛻化不了的臭皮囊，恐怕反而更像一隻人形妖精喔！」

一名捕捉流螢意趣的攝影客，半截枯木般摸黑守候苦久，好像總算等到值得定格存證的此時此刻。當即，一邊跟誰竊竊私語，交換賞螢心得，一邊自言自語，趕緊按下快門。

剎時，天地淨空，鬼神清場。燐火朵朵而燃，螢光點點而舞，相機喀喀而響。

燐火，就是所謂的「鬼火」，色澤青藍，性如寒髓，樣態冷寂飄忽；是人骨蝕化後，所散放的最後情怨，天理越晦，燃燒越熾。螢光，就是火金姑尾端的「靈光」，色彩黃綠，性似涼脂，樣態幽朗有致；是螢蛹蛻變羽化後，所凝聚的終極情志，天光越暗，飛舞越酣。

人骨蝕化與螢蛹蛻變的選擇之間，他蹲下身來，合掌捧起一把「鬼火」或「靈光」。認定其中之一，就是自己魂魄的，仔細辨正著。

隱隱約約，流螢小徑盡頭，經由早期三階梯田，變遷而成一座「長春園」。

其上，好像有一組豬鼻灰蝠，正在盤旋巡弋；其內，好像有一撥漢人，正在品茗對弈，一撥原住民，正在圍火共飲。而山林周遭，似乎另有其他看不見的翠翅螽斯、褐領角鴞，赤腹松鼠、變色蜥蜴，正在擔任暗哨，隨時互遞訊息。

他繞過一塊勒有朱紅「惜福」漢字的鳶山老滾石，貼過一名偷偷將兩隻螢火蟲，藏入寵物盒內的小朋友。從一彎紫色鈴藤花垂掛的小拱橋，惟恐擾亂一派清溟氣氛的潛躡而上。

此園位於上仰狹谷底部，適巧處在鳶峰基磐穴眼，地形既低且高，地勢既隱且顯。恰可盡納，鳶山後花園該有的幽明底蘊，眼界裡於是展開了三幅，既衝突又和諧的對映套景。

前景，長春園前境，主構物爲南島風貌其外、東瀛情調其內的棕頂廳屋一幢，六角亭一座，磨光打亮的石椅六組，空山荒月一鉤。該撥漢人徜徉其間，品茗者茶香裊裊，其韻澀中帶潤，其味苦後回甘，所沏泡的想是古鎮最早的包種茶；對弈者盤面絡絡，其局攻守膠著，其勢黑白渾沌，所較勁的應該是這世上最簡單分明，這人間最詭譎莫測的圍棋遊戲。

中景，長春園中境，看來像似此園草創時期，一小弧承古啓今的踏渡斜坡；但因另一條新建臨麓便道的走通，早已逐漸草木荒蕪。踏渡斜坡，只見其上蝶舞花間，蛛營樹隙，其下蝓爬落葉，蚰鑽腐泥；儼然已經自我形成，一小塊人跡不再踩踏的自然生態樂土。

後景，長春園後境，主構物爲健身強魄爲體、怡心養志爲用的鋼環一套，鐵骨藤棚一座，孔雀開屏的旅人蕉一株，幽谷野嵐一卷。該撥原住民流連其中，圍火者火意熒熒，其焰燐裡含螢，其色青黃參半，所燃燒的竟是山城消失的遠族殘骸；飲酒者顏面瀟瀟，其神深重殷切，其情憂沉隱忍，所啜飲的想必是這世上最初始素樸，這人間最晦昧難期的幸福等待。

誰也不知他們，這茶已經品過幾番世代滄桑，這棋已經玩過幾度朝代更替，這火已經圍過幾重時空淘洗，這酒已經飲過幾層生死輪迴。但見，一介好像遊走前後兩境，既品過茶又飲過酒的觀棋者，似乎不耐久等了。一邊踱向那條臨麓便道的尋找著，一邊自言自語說：

「哎唷，當局者迷，旁觀者清；這較勁怕是一時難了，這等待也怕是天長地久喔。大夥兒，何不姑且坐在石椅上，覽一回那鉤荒月，權且靠在旅人蕉下，讀一遍那卷野嵐呢？」

「哎唷，留得青山在，不怕沒柴燒；白忙也是白忙，空等也是空等，我且忙且偷閒，且等且偷生啦。不是說，這裡藏有呂洞賓二十六甕酒，為啥我左尋右找，就是找不到呀？」

「哎唷，不是說，有誰答應幫我代勞嗎？那人來了沒，找到美酒一起飲個生生死死，我便賞他李白的半醉，杜甫的半醒，附帶清風一陣。從此，活得出醉入醒，迴旋自如哪！」

此人找著酒，也找著人。在平面化的幢幢人影中，輕輕碰撞他一下，然後擦身而過。

「哎唷，果然，寧棄大尖山頂的沉重大願，但守獅頭巖輕盈小諾的找來了。不過，可憐的番囝仔，可嘆的三轉仔，怎麼才只三百年的風風雨雨，眼前竟然剝蝕到只剩你一人？」

一鉤荒月下，此人這麼一撞，竟然悄悄撞出了，他那抹一路踩在腳底下的老影子。

「老人家，您問的是，我那夥三魂七魄的同道們，還是他那群七情六慾的同行們？」他與自己的月下身影，不約而同，一個恍惚，都異口同聲的回答道。

他以為此人正在尋找的，除了他以外，應該就是此刻又重新露臉的，這條老影子。

但好像都不是。他回頭一看，與之對話的竟然卻是另外一名，一手提著一盞螢光燈籠，一手拿著一團森森燐火，有點依稀印象的第三者。

「大羅漢，您就莫再挖苦我了。風風雨雨三百年，冰冰火火九重天，誰甘心就這樣投胎轉世，誰情願就這樣身心撕裂，誰捨得就這樣靈肉分離？吸，呂仙公的二十六甕酒，就藏在這條便道上，我已經幫您找到了。但是，我前世被祝福的那份境隨心轉，心想事成呢？」

「哎唷，莫急，莫急！呂洞賓這二十六甕，釉彩斑駁的鶯歌老陶甕，看來應似取自百年風光的風櫃店（樹林）酒廠。至於，酒名嘛，應該就是一系列有口皆碑的金雞酒，黃雞酒，紅露酒。你不是也很想偷飲半甕，來個酩酊大醉，從此立地成佛，或四海仙遊而去嗎？」

「有一種三角躅老酒，類似老唐山的女兒紅。我很懷念，不知呂仙公有收藏否？」

「類似老唐山，那種專爲閨女出嫁釀製的女兒紅。你還記得啥顏色，啥滋味嗎？」

「我已經忘了酒色，酒味。只記得，那是羼入眞情兒女的唾液，釀製而成的酒。」

「有，有，我幫你向山神打聽過了。那過程就叫嚼酒，那酒就叫粟酒，或粳酒！」

「對，對，就是你中有我情義，我中有你恩愛。顏色渾白，況味悲喜的這款酒！」

於是，就在夜色沉沉，螢光熠熠下，兩人四手，開始拆封，呂洞賓這二十六甕酒。

於是，泛泛旅者無人留神，芸芸遊客無人注意。當晚，他不枉此行的窺得這一幕。

該夜，他並不知這兩名嗜酒者，最後是不是偷酒得逞，飲個酩酊大醉，立地成佛。只覺得回神反顧時，他倏忽已經轉出流螢小徑，踽踽走在桐花步道的五月飛雪中。

其實，五月飛雪，三峽山野到處可見，卻以鳶山後花園最便捷，也最左右逢源。而在後花園，穿插交錯的諸多桐花步道裡，流螢小徑四月交會的這段主景，堪稱最爲沉醉人心。

他仍然選擇那條野溪谷岸，從植有兩棵九重葛的時空埡口，向身後總常拖著一抹隱約藍影的李里長，大致理念並不違和的打過招呼後，踩著溪女搗衣聲，迴身再度入境。

爲何總是選擇老路重走？那是因爲此路途中，曾經被追丟一頭大白鹿，此谷上空，曾經出現一道大虹彩？還是，那些遠古想像，現代想望，都只是自己一廂情願的世代執著？

相較下，白晝的五月賞桐，遊客大抵都會情侶相攜，夫妻相偕，或親友相隨。即便是，特立獨行的自了漢，也都會有自己那條老影子，前後相伴。他想像著，一座失去神話想像、內心想望的千古山頭，一介失去同行遊夥、同身遊影的旅者，這趟世途會不會就像一只風中翻飛的斷線紙鳶，一台失去核心作業系統的空殼電腦，那麼無助與無主？

情趣所極，歌之，詠之，手舞足蹈之。情意所至，笑之，哭之，生死相許之——

情志所極，磨之，礪之，魂淬夢煉之。情愛所至，容之，納之，萬般包涵之——

飛花所極，無處不菲，情思所至，無遠弗屆。一個轉身，他繞過前方一對，正在蹲俯同拾落英，共手擺出一朵大心花的青春男女；再一個轉身，他越過身旁一組，已經聯手串花成圈，正往一雙兒女頸間套下的青壯伉儷。又一個轉身，他適巧趕得上溶入，兩名空巢期的花甲夫婦，但只留住一框霏霏花姿、一襟飄飄落意，便已經幸福滿滿的手機傳送內。

時空蒼茫，揉情相牽，世代綿延，搓愛相繫。青春男女的心花，正將擺在哪裡？青壯伉儷的花圈，正將套向何處？花甲夫婦的花姿與落意，又待遙寄何方？

飄飄落意中，他似乎曾經幾度蹲下身來，學著賞螢之夜，私藏兩隻火金姑的小朋友；悄悄掏出，一只類似被李梅樹丟失的老皮夾，偷偷藏進，一縷疑似被蘇大興粉碎的老筆魂。

鏡頭內，他想必也讓這對空巢期老夫婦，側錄成某些，走在遠門路上的他鄉兒孫吧？

最後一個轉身，他已經重臨三條桐花步道的交會處，那兩排光蠟樹前端的旅境岔口。

此時，四月螢，五月雪，如醉如痴，輪番交映。閃閃螢光，霏霏桐花，日夜翻轉的此處交界，從螢光盡頭，花影盡處，前後分別走來了一位老媼，一名熟女。前者神似土地婆，白髮蒼蒼，一手持著一把蛇形枴，一手持著一張尋人畫像；後者貌如雞排老婆，鬢頰凌亂，一手握著一袋藥包，一手握著一幀尋人相片。

兩人就在岔口，不期而遇。並在路標上，各自貼上畫像與相片。

同時，如下相互詢問起來：

「請問，看過這男人嗎？」

「好像看過。他怎麼囉？」

「沒啥，只爲了追查一名偷酒賊，他忙得連最重要的這蛇杖，都忘了拿。」

「他也沒啥，只爲了閃避一身憂愁，急得連最要緊的這藥包，都忘了帶。」

「我從四月初，找到五月底，找到山蛇蹓過了六月，還是一直沒找到他。」

「我更慘，從結婚後找到現在，找到青春早已過盡了，還是一直在找他。」

「天無甲子喲，一塊大地、一片山林、一群迷靈，終竟拼不齊完整的他。」

「人無義理啦，一條心神、一生妄想、一團亂緒，總是湊不全完好的他。」

他，他，他。他，他，他。她們所謂的他，或他們是誰——

一干的他或他們是台灣之夫，台灣之父，還是台灣之子——

天長地久，海枯石爛。如今，她們已經找遍大街小巷，最後只好找來這片後花園了。

眼下，被移往下方兩框副鏡頭的兩幅副畫面裡，四月流螢該熄滅的都熄滅了，五月飛雪該落盡的都落盡了。主鏡頭裡，主畫面中的七月炎夏，卻是整座天空正在藍得令人憂鬱，整座山林正在綠得叫人發愁。

由於這天空藍得十足，這山林綠得極致，兩排光蠟樹於是顯得更加濃蔭幽深起來。也不知是此山各家地居主有意栽植，還是此谷山神土治有心呵護，這兩排光蠟樹域，似乎自成一座另類國度；諸多奇形異狀的原蟲，荒腔野調的原獸，不覺從四面八方，呼朋引伴而至。

「人客啊，來去喔。祭過了火金姑和山桐花，一起來去祭拜，最老叢的神仙樹喔！」

「人客啊，來去喔。賞過了野薑花和月桃花，一起來去欣賞，最新品的一串黃喔！」

「這夥美麗的小姑娘，笑一下。請問啊，我會不會就是妳們，今年的最佳伴侶呢？」

「哼，哪來的小羅漢，莫輕佻。我們選擇的是最後勝利者，你先打敗別人再說喲！」

「這位體面的老大爺，等一下。請問啊，我們是新來的參祭者，您就是新主祭嗎？」

「呶，今年主祭壇，設在左邊第八棵光蠟樹。樹下，那個赤腳僧，就是新主祭啦。」

左邊第八棵光蠟樹下，除了所謂新主祭的赤腳僧以外，身旁還站著兩名身分不明者。赤腳僧衲衫蔽體，手搖破蒲扇，腰繫酒葫蘆，嬉皮笑臉，一副玩世不恭的自樂模樣。兩名身分不明者，一老一少，老者鶴髮芒眉，龜顏茅鬚；從那張著急神色，掩藏不住知足常樂的老臉看，顯然就是如假包換的土地公。少者輪廓依稀，身形隱約；而面目蒼然，外徵難辨，總覺得遠看有點像我，近看又有點像你。

「老濟癲，小三轉仔，你們都在騙我吧？」老者聞聞少者的嘴巴，又嗅嗅赤腳僧的酒葫蘆，氣急敗壞說：「若無，一夕之間，好好的二十六甕酒，怎會空空如也的都遁走啦？」

「嘴巴空空，葫蘆空空，酒甕空空。情也空空，慾也空空，人也空空！」赤腳僧蒲扇輕搖，三句不離佛機禪味的德行，外加透露著，另外一番道意說：「有人釀了這酒，當然就會有人喝了這酒。有人藏了那酒，當然也會有人偷了那酒！」

「說來說去，終歸一句話，就是有人，偷了酒。」

「生要飲酒，死要祭酒，成神成仙，怎能無酒。」

「老兄弟，行行好！你就莫再拐彎抹角，莫再打啞謎吧。那麼，到底是誰偷了酒？」

「老哥哥，您稍安勿躁，等一下主事的頭家和爐主一到，偷酒賊不就一問便知了。」

兩排光蠟樹更加濃蔭幽深的地境外，同樣是熱如煎鍋的七月盛夏，這是鳶山後花園的第幾層並置時空吧？就在這樣的等待裡，旅境岔口，當初露臉的兩名人妻，白髮老嫗撕下畫像跨進主視野，終於找到了土地公，遞過那把蛇形枴；亂鬢熟女撕下相片，也終於驀然回首，迎向步履蹣跚的他，兩相形成，另一圈副畫面。

於是，主、副鏡頭，逐漸拉近，主、副畫面，逐漸疊合。然後，突然有誰，蟬喉蟬嗓的發出一串高枝嘶鳴，正式唱開了這層時空，另類祭典的大序幕：

各類族貴賓，請就座——

各家戶壇主，請入席——

這場類似三角湧傳統「拜公」、「吃公」的團祭習俗，一年一度擺設的副祭壇及席位，聽說上述兩排與週圓有多少光蠟樹，就會互相對應的設置多少祭壇，擺出多少席位。

頭家，爐主，請就位——

監祭，證祭，請就位——

陪祭，主祭，請就位——

全體肅立，典禮開始——

三，二，一。開麥拉——

他心神一凜，睜眼一看，類似三峽傳統廟會祭祀，照例經由卜桮產生的主壇輪値頭家與爐主，以前都是有頭有臉的「老大人」所出任。今年幸運榮膺者，想不到竟然一個是雀臉鴨身，一個是鼠頭貍腳的新生代；前者大家叫她「紅嘴姊」，後者大家叫他「蓬尾哥」。

監祭，理所當然，當非勞苦功高的土地公及土地婆莫屬。主祭，本來往年全由各族各類的德高望重者互舉之，但聽說本屆較爲特別，是由耆老們共決敦聘，這位遊方赤腳僧代爲領銜的；其因，好像是今年此域犯沖太歲，山崩、溪斷、樹倒不絕，山神、土治、祖靈無策，請來該僧透過別開生面的高妙佛法，但願祝生頌死兩全，給予一併妥善處理的雙重用意。

陪祭，鳶山所屬，擁有資格者，自願跑來了一大堆，被公推上台的則爲二男二女。

四人模樣，儼若兩對百年患難的模範夫妻，除了鬢邊各插一根藍鵲彩翎之外，二名男子都頸掛一串野薑花圈，外貌特徵是其一神色冷峻，額刺「王」字印記，胸吊豬牙項串，腰佩森寒彎刀；其二粗眉大目，耳懸銅圈墜環，腰纏褐色蔴帶，手持木柄鐵斧。二名女子則都頭戴一圈鬼針花箍，身搭一襲菁染「鳳蝶藍」披肩；至於，其他不同之處是，其一盤髻團、深弧目、五早衣、小綁腿的那位，抱著一隻神情溫馴的白獅犬，其二黥面、束髮，珠耳、貝項的那位，牽著一隻目光炯炯的黑土狗。

證祭，當司儀聲嘶力竭嘶喊良久，仍然不見有人出場時，有誰使勁推他一把說：

「一管禿筆，滿腹孤憤，一卷遺史，捨我其誰。小瘋子，活該輪到你露臉囉！」

他回頭一看，這名硬推他上台的傢伙，排除身旁雞排老婆，以及不時躲在暗處猛按快門的攝影客以外；最有可能的，就是自己那抹老影子，或是那名被當作偷酒賊的三轉仔了。

「活該輪到你露臉」之語，如此時空，如此世代。你說，這是你的幸運或不幸呢？

而在他邊尋思，邊上台站定後。蟬喉蟬嗓的司儀，又是一串迫不及待的長聲嘶唱：

獻花，獻果，獻酒。禮成——

祭典既成，主祭赤腳僧，第一杯酒灑給冥冥天地，第二杯酒灑給幽幽山林。然後，捧起第三杯酒，向大家邀飲道：「來，來，來，薄酒一盅，清風一陣！大家無醉不歸，乾啦！」

來，來，來，無醉不歸——

來，來，來，大家乾啦——

剎時，整個山域，立刻酒香瀰漫，杯箸交晃，歡鬧氣氛，絕不輸給獅頭巖的「仙公生」。但最大不同的是，荒山野宴，無鴨無雞，無魚無肉，純爲就地取材的大素餐。

另外，更加大相徑庭的是，此間慶會，無鑼無鼓，無歌無戲；勉強可以娛人耳目的，也是只有一幕幕、一場場，類似「祖師生」神豬比賽的串場節目。但其比賽過程，則是更加直截了當；比賽方式，則是更加感心動容的，一對一的「肉身格鬥」競技。

剛才，赤腳僧款款相邀的薄酒一盅、清風一陣，那是一句話中有話，弦外有音的悲憫佛懺。因爲，這盅薄酒、這陣清風，其實就是某些族群無情天演的，最後一杯快活暢飲，某些住民有情天意的，最後一次敘別相送。

「好哥兒，賽局之上，拳腳無眼，您們可千萬休怪，我下手狠毒喔。」

「好兄弟，乾了這酒，誰輸誰贏，誰生誰死，各自盡其在我便是啦。」

「好鄰居，誠心祝福，但願明年此時，我們還能同飲，這仙公酒啊。」

「好厝邊，乾了這酒，若有下輩子，我一定還是選擇，住在這裡啦。」

「生死有命，大家乾啦！——」

「後會有期，大家乾啦！——」

酒香似花露，一杯飲過一杯，酒氣如風息，一陣拂過一陣。如此最後一番竊竊私語，如此最後一場喁喁共話，尤其以主壇所在最大席位的桌面上，最爲喧騰熱切。

第八棵光蠟樹的這主壇前，或立或坐，或當事者或無事者，一株媲美祖師廟「百鳥朝梅柱」的「千蟲拜仙木」，氤氤氳氳，情蒸義蔚地，就這樣象徵性兼具代表性的浮矗而起。

「這酒，不就是呂洞賓失竊的那二十六甕酒嗎？哎呀，後勁好強，呂洞賓私藏的，這是什麼酒啊？」自己也飲到心神酣暢的土地公，腳步虛飄，蛇杖倒拿。歪歪斜斜地，一邊靠向土地婆，一邊罵赤腳僧，一邊找三轉仔，一邊喊著大家捉賊：「喂，喂，原來你們就是偷酒賊！喔，喔，捉賊呀，大家趕緊清醒過來，幫我捉賊呀！」

「嘻，嘻，藏酒者就是偷酒者，偷酒者就是飲酒者，飲酒者就是藏酒者。呂洞賓便是老濟癲，老濟癲便是老土地，老土地便是最老叢的光蠟樹啦。老哥哥，咱們都是共犯，都是一路同道的偷酒賊！要捉賊，那就先捉您自己啦！」

「老濟顚，誰敢跟你一路同道。不如，有福同享，有難同當，我們一起認罪去吧？」

「老土地，天下最美麗的老婆娘，就陪在您身邊。認罪前，您還是先溫存一番喲！」

金雞酒、黃雞酒、紅露酒，粟酒、粳酒、女兒紅。「喔，這是哪門子的仙公藏酒，誰喝了誰鬥志高昂，誰喝了誰情意綿綿。喔，喔，老寶貝呀，妳今日怎麼越看越年輕，越看越妖嬈！」土地公故意放走偷酒賊，放走自己地，若醉若瘋的放開蛇杖，伸手摟住了土地婆。

酒香再起，清風再吹。心盪神搖，視死如歸——

一年一度，首批原蟲，肉身格鬥，堂堂開打——

原蟲的肉身格鬥，其實並無人類的血腥暴力，也並不奪取對手性命，純然只在憑藉自己的旺盛信念，擊潰對方意志；勝者，也只是博得一顆待嫁少女的青睞芳心，並不奢求三妻六妾，也並不期待任何世俗掌聲，更不在意所謂的「社會褒貶」或「歷史定位」。而敗者，丟盔卸甲，心悅誠服的躺在落馬處，悲憐目送一雙新人濃情蜜意而去，功德圓滿而往，承先啓後而終；也就是說，最後悲壯奉獻生命、犧牲靈肉，成全這場光蠟樹祭的，反而是得勝的「情敵」。

關於「千蟲拜仙木」，依據自然生態觀察者統計，這種另類國度的奇特「拜公」、「吃公」活動，往年曾經出現過單單一棵光蠟樹，便湧來三百餘名參祭者的熱烈盛況。其成員，蛾類、蜂類、蟻類、金龜類都有，而獨角仙、鍬形蟲二族，則是當紅的肉身格鬥主角。千蟲所拜的「仙公木」，當然就是光蠟樹；所飲的「仙公酒」，當然就是光蠟樹汁。

七月，獨角仙、鍬形蟲的格鬥勇士，聽說勝者在獲得新娘一夜纏綿後，便會無怨無悔的被吸盡體液而死，藉以化爲養分，孕育下一代。敗者，在被打下光蠟樹後，喘息片刻，便會重新翻身爬起，反而可多活一些「羅漢腳仔」時日，贏得灑脫餘生而去。

境隨心轉，整片視野，他左顧右盼，前不見溜之大吉的赤腳僧，後不見逃之夭夭的三轉仔；甚至，連自己那抹長相左右的老影子，也早已知福知禍的躲入潛覺裡。整條流螢小徑與桐花步道，哪有什麼「紅嘴姊」與「蓬尾哥」，以及那兩對百年患難的模範夫妻？

做爲主壇的第八棵光蠟樹上，但見紅嘴黑鵯一雙，嬌聲嬌氣而囀，蓬尾松鼠一隻，伏伏竄竄而行。此外，便是滿樹梢的夏蟬在鳴叫，滿樹幹的節肢動物與甲蟲類在吮汁。

來，來，來，請等一下。大家有緣，今日的你們，就是明日的我們——

來，來，來，請笑一下。就在這棵光蠟樹前，讓我們幫你們照個相——

主鏡頭中，只剩一組拿著手機的年輕夫妻檔，想是正在以獨角仙、鍬形蟲的生態意趣爲背景，幫自己小兩口自拍後，向他與亂鬢熟女邀請著。副畫面內，他於是藉著幫自己拉理襟領，幫亂鬢熟女撥整頭髮的動作，效法土地公，順勢攬向雞排老婆。

「哈，原來最美麗的歐巴桑當前，我這米蟲，曾經也是一隻最被青睞的獨角仙。」

「老夫老妻，還裝模作樣學浪漫！告訴你喔，你女兒申請出國留學的入學函，今天同時收到了三、四封，我不懂英文，也不知到底錄取了哪些學校？還有，大樓警衛室空缺還在，人家連打好幾通電話，問你要不要回去上班？還有，待命停機那麼久，你那台老電腦暝日人吵鬼鬧，你也應該趕緊下決心，回家重開機放出他們，還是死心關機放走你自己啦！」

「應該，應該。不過，這次回家開機前，是不是請妳陪我跑一趟恩主公醫院？」

「你呀，掛號費又漲了，跑去恩主公醫院幹啥？這藥包，我整袋幫你拿來了。」

「好牽手，莫擔心，莫憂愁。這次，我是去把藥包和處方箋，還給恩主公啦！」

這個頁面裡，胡大仙最後以如下一首詩串，取代了旅狐網際遊覽公司的置入式行銷：

當「生態天演」，巧遇「文學書寫」——

當「文學書寫」，幸會「宗教信仰」——

當一支史道禿筆，打絞出三股世途心愫的美學對映——

李梅樹的「百鳥朝梅柱」所寓，其實便是人間的一處靈之棲所，魂之歸宿——

光蠟樹的「千蟲拜仙木」所啓，其實便是天地的一種活之旨趣，生之契機——

退出一切視野，揮別所有眼界。他重新轉個身，隨即擁著雞排老婆，輕快下山。

沿途，他們在一年四季接力綻開，一系列桃花、櫻花、柚花、桂花、七里香、野薑花的歡送下，似乎感受到有某尊雲端遊佛，悠悠忽忽走過，悄悄帶起了一陣風。

這風好像飄自，曾經有過某椿神鬼同證的獅頭山麓；也好像飄自，曾經有過某場海誓山盟的鳶山巔頂。風中，這遊佛在一貫悲憫裡，隱隱不忘草根性情的樂活唱道：

一佛一燈一舍利，一天一地一代人

一偕一唄一滅度，一草一花一次春

哎唷，怒放吧，紫牽牛——

哎唷，怒放吧，紅地荳——

哎唷，怒放吧，白百合——

哎唷，怒放吧，金忍冬——

哎唷，善哉，阿彌陀佛——

這個晚上，這介歸還藥包與處方箋的老米蟲，關上電腦，徹夜跟夜補女兒選定留學院校，議定留學事宜。然後，模擬著獨角仙、鍬形蟲，想像著「仙公酒」的暢飲了三罐「台灣蜜露」（台灣啤酒），懷想著蘇大興的那縷老筆魂，醺醺然，躺下便睡。

酣睡中，他做了一個夢。夢見他與雞排老婆，對坐在《春神跳舞的森林》與「千螢跳舞的山谷」裡，打絞著一條風箏長線；未幾，長線打絞完成，他們一起放飛了那只風箏。

那只風箏迎風扶搖而去。一邊幻化爲一隻漂鳥，一邊學著夜補女兒的語氣說：

我是一隻三峽黑鳶——

也是一隻三峽家燕——

更是一隻台灣藍鵲——

老爸，即便天涯海角，風雲莫測——

都請記住，我們之間的那件密約——

附錄：參考資料

參考書目

1.《三峽鎮志》：一九九三年／三峽鎮公所發行／王明義總編纂
2.《三角湧講古》：二〇〇六年／三峽鎮公所發行／焦妮娜總編輯
3.《藍金傳奇：三角湧染的黃金歲月》：二〇〇八年／台灣書房出版／林炯任著
4.《青姑》：一九九八年／躍昇文化出版／徐國揚著

台灣
經典寶庫
Classic Taiwan

本書由巴克禮牧師《為基督贏得福爾摩沙》(*Formosa for Christ*, 1935)及伊莉莎白牧師娘《從台灣遙寄給男孩女孩的書信》(*Letters from Far Formosa to Boys and Girls*, 1910)兩書合譯而成。

《為基督贏得福爾摩沙》一書，為巴牧師為關心海外宣教的英國長老教會青年所寫，他在書中回顧台灣教會從草創到蓬勃的發展歷程，並介紹當時台灣社會及在日本教育下成長的新興世代的整體面貌。巴牧師的牽手伊莉莎白牧師娘，則在生命晚期為英國少年寫了《從台灣遙寄給男孩女孩的書信》。她以溫柔幽默的文字，為讀者勾勒出早期台灣人的鮮活形象。

巴克禮牧師夫婦以其虔誠的信仰，數十年如一日的服事，成就了為台灣奉獻一生的典範身影，其著作早已超越宗教界線，不僅是他們鍾愛台灣的最佳見證，更是台灣人要共同珍惜的精神資產。

巴克禮牧師夫婦文集

福爾摩沙的呼召

REV. THOMAS BARCLAY 巴克禮牧師
ELISABETH A. TURNER 伊莉莎白牧師娘 原著
張洵宜／漢譯　阮宗興／校註

福爾摩沙
紀事
From Far Formosa
馬偕台灣回憶錄
馬偕博士 原著
林晚生 漢譯
鄭仰恩 教授 校注
福爾摩沙
紀事
From Far Formosa
馬偕台灣回憶錄
19世紀台灣的
風土人情重現
百年前傳奇宣教英雄眼中的台灣
前衛出版
AVANGUARD
台灣經典寶庫
譯自1895年馬偕 著《From Far Formosa》

甘爲霖牧師原著
素描福爾摩沙
Eslite Recommends
誠品選書
2009.OCT
二〇〇九・十月
Wm Campbell
一位與馬偕齊名的宣教英雄，
一個卸下尊貴蘇格蘭人和「白領教士」身分的「紅毛番」，
一本近身接觸的台灣漢人社會和內山原民地界的真實紀事……
譯自《Sketches From Formosa》(1915)
原來古早台灣是這款形！
百餘幀台灣老照片
帶你貼近歷史、回味歷史、感覺歷史……
淡水
安平
火燒島
紅頭嶼
前衛出版
AVANGUARD
誠品書店
www.eslite.com

台灣
經典寶庫
Classic Taiwan
7

李仙得台灣紀行

南台灣踏查手記

原著｜ Charles W. LeGendre（李仙得）

英編｜ Robert Eskildsen 教授

漢譯｜ 黃怡

校註｜ 陳秋坤教授

2012.11 前衛出版 272 頁 定價 300 元

從未有人像李仙得那樣，如此深刻直接地介入1860、70年代南台灣原住民、閩客移民、清朝官方與外國勢力間的互動過程。

透過這本精彩的踏查手記，您將了解李氏為何被評價為「西方涉台事務史上，最多采多姿、最具爭議性的人物」！

節譯自 *Foreign Adventurers and the Aborigines of Southern Taiwan, 1867-1874*
Edited and with an introduction by Robert Eskildsen

國家圖書館出版品預行編目資料

鳶山誌：半透明哀愁的旅鎮/詹明儒作. -- 初版. --
臺北市：前衛出版社, 2023.3
面；15×21公分
ISBN 978-626-7076-77-4（平裝）

863.57　　111018403

鳶山誌：半透明哀愁的旅鎮

作　　者　詹明儒
執行編輯　張笠
封面設計　江孟達
美術編輯　宸遠彩藝

出 版 者　前衛出版社
104056 台北市中山區農安街153號4樓之3
電話：02-25865708 | 傳真：02-25863758
郵撥帳號：05625551
購書・業務信箱：a4791@ms15.hinet.net
投稿・代理信箱：avanguardbook@gmail.com
官方網站：http://www.avanguard.com.tw

出版總監　林文欽
法律顧問　陽光百合律師事務所
總 經 銷　紅螞蟻圖書有限公司
114066台北市內湖區舊宗路二段121巷19號
電話：02-27953656 | 傳真：02-27954100

出版日期　2023年3月初版一刷

定　　價　新台幣750元

I S B N　（平裝）9786267076774
（PDF）9786267076873
（E-Pub）9786267076880

* 請上『前衛出版社』臉書專頁按讚，獲得更多書籍、活動資訊
https://www.facebook.com/AVANGUARDTaiwan